吉川英梨
YOSHIKAWA Eri

トヨタの子

KODANSHA

目次

装幀　坂野公一（welle design）
カバー装画　石居麻耶

プロローグ

「章男、車に気をつけなさい！」

自宅の玄関を飛び出した途端、母が叫ぶ声がした。小学校に上がったばかりの豊田章男は聞き流す。下手に返事をすると、ランドセルを片付けろとか宿題を終わらせろとか言われる。とっとと遊びに行ってしまったほうがいい。

章男の自宅は玄関から門まで職人が手入れする庭が広がり、ガレージにはいくつものクルマが並ぶ。今日、運転手の川ちゃんはえんじ色をしたツードアの車をピカピカに磨いていた。

「川ちゃん、それなんてクルマ？」

運転手は幌を外し、革張りのシートに掃除機をかけ始めた。

「トライアンフＴＲ４です。イギリスのメーカーで、このＴＲシリーズは……」

章男はこっそり川ちゃんの背後にある池の脇にしゃがむ。泥で手を汚した。

「えい、えい、えい……！」

トライアンフの光り輝くボディに泥の手形をペタペタと押していった。

「こらッ！」

川ちゃんが顔を真っ赤にして、章男を捕まえようとする。追いかけっこは得意だ。隣のダットサンフェアレディＳＰ３１０型の後ろに隠れ、ついでにその空色のボディに泥のスタンプを押す。新しい畳みたいな色をしたセダンは日野ルノーＰＡ62型だ。愛嬌のあるフロントマスクに泥でヒゲを描く。川ちゃんに首根っこを捕まえられそうになり、出口近くにあったクルマにぶつかった。

トヨペット・クラウン・デラックスＲＳ41型だ。濃い灰色のマットなボディに西日が差し込み、章男を静かに見守っているようだ。

この車だけは、汚さない。

だって俺はトヨタの子だから。

「いってきまーす！」

「帰ってきたらお仕置きですよ！」

章男はアッカンベーをして、近所の遊び場へ繰り出した。

章男は名古屋（なごや）市にある昭和（しょうわ）区で生まれ育った。国鉄名古屋駅界隈（かいわい）や、百貨店が集まる広小路（ひろこうじ）、名古屋の浅草（あさくさ）と呼ばれる大須（おおす）までは、市電を乗り継いで二十分かからない距離だ。昭和三十八年のいま、章男の遊び場所は路上だ。市電に警笛を鳴らされながら友達と鬼ごっこをする。車の排気ガスや砂埃（すなぼこり）を浴びても、メンコやベーゴマにいそしんだ。

今日も章男は荷下ろし中の日産ダットサントラックの下に隠れ、市電の陰からにゅっと飛び出したプリンス自動車のスカイラインに轢（ひ）かれそうになった。路地裏に入れば舗装道路はない。雨上がりの今日は、ぬかるみをわざと滑って泥まみれになって遊んだ。

フロントノーズの長い丸目のクーペが、泥をはね上げて路地裏に入ってきた。

「うぉー、なにあの車。かっこいい！」

進駐軍が残していった英語の交通標識に隠れていた章男は、思わずつられて道路に出た。運転席から背広姿の男が出てくる。

「お父さん！」

父親の豊田章一郎（しょういちろう）は多忙でほとんど家にいない。こんな真っ昼間に父親の姿を見るのは珍しかった。

「章男。あんまり川田（かわた）さんを困らせるんじゃないよ」

章男はその場で泥だらけの上衣とズボンを脱がされた。路上でパンツ一丁にされて、友達は大笑いしている。そのまま助手席に押し込まれた。父はなめらかなハンドルさばきでスポーツカーを繰り、路地裏を出る。普段は背広を着ているが、指先はいつも油で汚れて黒ずんでいる。

「お父さん、今日は早いんだね」

「章男がいたずらばかりで手に負えないと、川田さんから会社に電話がかかってきたんだ」

そんなに怒っていたのか。章男は青くなる。

「冗談だよ」

父親は章男の反応を見てくすりと笑った。家ではほとんどしゃべらないのに、車の中で章男と二人きりになると饒舌（じょうぜつ）になる。

「明日、日本グランプリに行くだろ」

日本中のクルマがサーキットでスピードレースをするらしい。日産をはじめ、父が働くトヨタも、スバルもいすゞもマツダも出場する。海外の自動車メーカーも参戦すると聞いた。

「鈴鹿サーキットまで距離があるし道も悪いから、車の整備をしておかないとな」

父は家族で出かけるときは自分でハンドルを握る。週末は川ちゃんを休ませるためだろうが、運転が好きなのだろう。

「この車はどこのメーカー？　トヨタじゃないよね」

「スチュードベーカーのアヴァンティだよ」

「ツードアなのに四人乗りなんだ！　ねえ明日はこの車で鈴鹿に行こうよ」

家族で出かけるときはたいていトヨペット・クラウンに乗るが、章男はこの車が気に入った。

「加速の伸びがいいね、エキゾーストノートも最高だよ！」

父は運転席で肩を揺らして笑っている。自宅に帰ると、川ちゃんが鬼の形相で立っていた。父親は車から降りるなり、好きにしていいというふうに章男を川ちゃんに引き渡した。

「全く、車を泥だらけにしたと思ったら、自分まで泥だらけになって」

自宅とつながる温室に引っ張られていく。温室の中はカラフルな花が咲き乱れて南国みたいだが、五月なのでホースの水で体を洗われると冷たい。流れ作業みたいに母親が章男の体を拭く。家政婦が洋服を持って現れた。

――出た、八事(やごと)の魔女！

長らく豊田家で働く家政婦の彼女は、鉤鼻(かぎばな)にぎょろ目で見るからに西洋の魔女だ。自宅に遊びに来る友達も、「八事霊園から来た妖怪だ」と怖がっている。長く冷たい指先に触れられると背筋がヒヤッとする。

リビングの暖炉の前の揺り椅子には今日も祖母の二十子(はたこ)が座っていた。くすりと笑う。

「またやらかしたのねー、章男ちゃん」

二十子おばあさんはいつも暖炉の前にいる。裁縫をしたり新聞を読んだりしているが、たまに物思いにふけって、暖炉の上に飾られた章男の祖父の肖像写真を見つめるときもある。

「さあ、坊ちゃん。今日もしっかり反省しましょうね」

八事の魔女に手を引かれ、章男は階下へ連れていかれる。丘陵地に建てられた邸宅なので、半地下のフロアがある。北側は斜面に面しているが、南側は窓があり日当たりもよい。半地下にある部屋は八事の魔女が使っている。いたずらをすると彼女の部屋の隣にある薄暗い物置部屋に閉じ込められるのだ。

幼稚園児のころは物置部屋の黒い扉を見ただけで泣いたし、反省もしたが、章男はもう小学生だ。

怖くない。

天窓の明かりと豆電球だけが頼りの薄暗い部屋は、六畳くらいの広さがある。コンクリートの壁がむき出しでひんやりした部屋だ。左右に棚が据え付けられ、段ボール箱や木箱が積み重なっていた。古いアルバムや書物の他、木製のからくり装置みたいなものまで置いてある。天窓から差し込む光は透明の帯のようだ。舞い上がった埃が光に反射してきらきらと光っている。

光の先の壁際で、なにかがピラピラと揺れていた。まるで章男を手招きしているようだ。横長の木箱に貼られた紙切れの一部がはがれている。

昭和八年に建てられたこの家は築三十年になる。三河地震と東南海地震、名古屋空襲を乗り越えて、伊勢湾（いせわん）台風にも耐えた。少し立て付けが悪くなって、どこからか隙間風でも吹いているのだろうか。

章男は木箱の前にしゃがみこんだ。深く考えずに蓋を開ける。ビリッと音がした。

「やべっ」

蓋の四方に紙が貼られていたようだ。章男の足元に、破れた紙切れが落ちた。

『悪霊退散』

お札にはお寺か神社の名前のようなものが書かれている。『昭和二十五年五月三十一日』という日付もあった。人の名前が最後に記してある。

『豊田喜一郎（きいちろう）』

これは祖父の名前だ。

トヨタ自動車工業を興した人だと父親から聞いているが、志半ばで亡くなったらしい。章男が生まれる四年前のことだ。

これはおじいさんが残した木箱だろうか。章男は改めて箱の中を覗（のぞ）き込（こ）んだ。油と金属のにおいがした。見たこともない機械が入っている。

鈴鹿サーキットのグリッドにずらりとレースカーが並ぶ。信号が青に変わり、レース開始の緑のフラッグがはためいた。スタート地点にいたC－Ⅵクラスのレースカーが一斉にスタートする。ポールポジションを取ったトヨペット・クラウンが前に飛び出た。

「がんばれ、トヨタ！」

章男は父親からもらったトヨタの社旗を振って応援した。鈴鹿サーキットは、日本初の専用舗装サーキットだ。『第一回日本グランプリ自動車レース大会』が昨日から開催されている。超満員だ。人々の歓声で章男は耳が潰れそうだが、マシンの爆音がそれをしのぐ。目の前を通過していくときは振動で座席が揺れる。まるでおへそのあたりをマシンが突き抜けていくようだ。

鋭いヘアピンカーブといくつものコーナー、そして立体交差もある8の字の鈴鹿サーキットを、トヨペット・クラウンは一位で通過していく。いすゞのベレルと競っている。日産セドリックとフォード・タウヌスは遅れ始めたか。前日のレースではB－Iクラスのコンテッサが横転した。ドライバーは無事だったが、クルマの部品をまき散らしながら弄ばれるように横転する様はショッキングだった。

なぜこんな危ない競走をするのか、章男は父親に尋ねた。

「プロのレーサーの他に、自動車会社のテストドライバーも走るんだよ。車の限界を知るためにハンドルを握るんだ。どれだけ速く長く走ったらクルマは故障するのか、命がけで確認する」

章男は改めてホームストレートを見る。

「あの人たちは、会社のために命がけでレースに出ているんだね」

父親の真後ろに座っていた人から、章男は頭をぐいぐい撫でられた。

「この子は、御曹司の御曹司のまた御曹司か。ワハハハ」

ステッキを持った背広姿の老人だったが、強い力で章男は首が外れそうだ。父は立ち上がり、丁重に頭を下げている。

「石田会長もいらっしゃってましたか」

石田退三というトヨタの前社長だ。石田は目を細めて章男を見ているが、目つきが怖い。

「御曹司には本当に手を焼かされたもんだ」

「僕はなにもしてないよ」

章男は口を尖らせた。

「佐吉翁の御曹司のことだよ。つまり君のおじいさんの喜一郎さん」

章男は自宅に飾ってある祖父の写真を思い出した。物置部屋のお札を破いてしまって以来、章男はちょっと祖父の写真を見るのが怖くなった。丸い眼鏡をかけた優しそうな人としか思わなかったが、なんだか最近は〝アレを開けてしまったのか〟と怒っているように見える。

「生きていらしたら、喜一郎さんは今年で六十九歳か。死ぬのが早すぎる。わしとの大事な約束をすっぽかして逝ってしもた」

石田が涙を流し始めた。しわくちゃで乾燥した顔に、涙がしみこんでいく。

「おじいさんと、どんな約束をしたの？」

「君のお父さんがいまに果たしてくれるから、君は気にしなくていいよ」

父はぎくりとした様子で、苦笑した。一位を独走するトヨペット・クラウンが直線コースに戻ってきた。ラスト一周だ。爆音をまき散らし、一瞬で通り過ぎていく。

トヨペット・クラウンは二位のいすゞ・ベレルに四秒差をつけて、一位でチェッカーフラッグを受けた。

全てのレースが終了したあと、お土産屋に立ち寄った。章男はショーウィンドーに並ぶクルマのミニチュアを見てはしゃいでしまう。

「ねえ、買ってもいい？　トヨペット・クラウンは絶対だよね。あっ、ロータスもある！　昨日ひっくり返っていたコンテッサも買いたいな」

次々とミニチュアの入ったケースを両腕に抱えていく。

「こんなに買わないよ」

父がたしなめ、商品を棚に戻そうとする。石田退三がひょっこり現れ、レジに立った。

「あの子が持っているのは全て私が払うよ」

父が慌てているのを、石田は豪快に笑い飛ばす。

「これは貸しだよ、章一郎君。父親と息子の借りを一挙に背負うとは、苦労なことだ」

父はこめかみをかいていた。石田が章男と目線を合わせる。

「ピットに行ってみたらいい。かっこいいクルマが揃(そろ)っているよ」

章男は買い込んだミニチュアカーを風呂敷に包み、父親と手をつないでピットに向かった。自動車メーカーやワークスチームが、等間隔のスペースの中に入る。長屋をガレージにしたみたいな光景だ。ドライバーやメカニックが忙しく行きかっている。排気ガスの臭いが充満していた。レースを終えたばかりのクルマが各ピットに入っている。

章男はトヨペット・クラウンに近づいた。エンジンは止まっているが、カンとかパキンという音がボディから聞こえてきた。ボンネットからはシューッと囁(ささや)くような音がする。レースを終えてひとまず休憩しているみたいだ。クルマの前に立つ。丸いヘッドランプと目が合った。

「お疲れ様。優勝おめでとう」

章男は声をかけずにはいられなかった。ボンネットに触れようとする。

「見てみるか」

父がメカニックに許可を取り、ボンネットを開けてくれた。ガクンと金属がかしぐ音がする。いきなり体の中身を晒(さら)されて、クルマが戸惑っているように思えた。心の中で、ごめんねとクルマに語りかけながら、ボンネットの中身を覗き込む。父が真ん中にある機械を指さした。

「これがエンジン。分解しないと仕組みがわかりづらいけど、この中に四つのピストンがある。それが上下運動することでクランクシャフトを回し、ギアを介してタイヤに動力を伝える……ようは、クルマの心臓だ」

章男はエンジンに見入った。

「心臓があるなんて、なんだか生きているみたいだね」

父は目を見開いて章男を見る。やがて微笑(ほほえ)んだ。

「そうだね。きっとクルマは、生きているんだ」

父に手を引かれて駐車場に戻ったが、一斉に観客が帰るので駐車場を出るまでに日が暮れてしまった。サーキットの外の道路も大渋滞だ。章男は後部座席でことんと寝てしまった。

眩(まぶ)しい光を感じて目を開ける。父はじっと前を見据えてハンドルを握り続けていた。東の空に太陽が昇っている。章男は身を起こした。運転席のシートに手をかけ、父の背中越しに朝日を見つめる。空はまだ薄紫色で、星が瞬(またた)いていた。地平線近くに顔を出した太陽は燃えるように赤い。

「章男、起きたのか」

「うん。朝になっちゃったね」

「ああ。朝だな。きれいな太陽だ」

自宅に到着した。章男は布団に寝かされたが、父はそのまま背広に着替えて仕事に出かけていった。章男はその背中を見つめながら、今日見た太陽のことを絶対に忘れないと思った。

「さあトヨペット・クラウンがお風呂前コーナーでトップに躍り出るか？　ロータスをいっきに追い抜けるか⁉」

章男は毎日ミニチュアカーで遊んだ。右手でトヨペット・クラウンを、左手でロータスを走らせ、ピカピカにワックスがけされた廊下を突き進む。

「トヨペット・クラウンがじわじわと追い上げる。ロータスに離されない、ついていく！」

壁もサーキットの一部に見立てる。しっくいだからデコボコしている。

「ここから路面はしっくい……ダートだぁ！　両車のラジアルタイヤの耐久性はいかに！」

章男の小学校の制服のブレザーを持った八事の魔女が追いかけてくる。

「坊ちゃん、遊びは終わりにしましょう」

「待ってよ、もうすぐゴールだから」

ミニチュアカーをしっくいの壁の上に走らせて、階段の手すりの斜面に並べる。

「さあこの先一メートルにわたって三十五度の傾斜地、そこへ地獄のヘアピンカーブ！　トヨタ対ロータス、決着はいかに！」

章男はぱっとミニチュアカーから手を離した。二台が勢いよく階段の手すりを滑り落ちていく。

「ああ、ダメ！　落ちたら床に傷が……！」

玄関で靴を履いていた母が慌てて身を翻した。ロータスは階段の途中に落ち、トヨペット・クラウンは廊下に頭から突っ込んで二度も床に叩(たた)きつけられて大破した。

「あーあ。壊れちゃった。セーフティカーだ」

章男はミニ万国旗をポケットから出した。この間、オリエンタル中村百貨店のファミリー食堂で頼んだお子様ランチについていたものだ。サーキットのフラッグに見立てて、日の丸を黄色に塗りつぶしている。セーフティカーが入る合図だ。

「先にドライバーの救出か！」

章男はひっくり返ったミニチュアカーのそばにしゃがみこむ。母は床についた傷を見て「フロアを張り替えたばかりなのに」と天を仰ぐ。八事の魔女が章男を脅す。

「きっといまにバチが当たります。今日は佐吉翁の命日なんですよ」

強引にブレザーを着せられ、押し付けられるように制帽をかぶせられた。運転手の川ちゃんに捕まって、トヨペット・クラウン・デラックスＲＳ41型の助手席に放り込まれる。父母や二十子おばあさんも後ろに乗った。

「お前、またなにかやらかしたのか」

「佐吉翁から天罰が下る、だってさ。あの魔女が」

母親は「魔女って言わない。八重(やえ)さんよ」と注意する。二十子はくすくす笑っている。クルマは屋敷の門を出た。

「あっ、ミニカーのほうのトヨペット・クラウンを忘れたよ」

「もう壊れていたわよ。せっかく石田さんに買ってもらったのに」

母に叱られ、これで何台目かと父も呆(あき)れていた。川ちゃんがたしなめる。

「佐吉翁は大変質素な生活を好まれ、ものを何十年でも大切に扱い、直し、使い続ける人だったんですよ」

「そういえば、国語の教科書で大きいおじいさんの話が出てきたよ」

章男の曽祖父にあたる豊田佐吉は発明王として有名だ。大工の息子で小学校しか卒業していないが、機織(はたお)りをしていた母親を楽にさせてやりたいと織機の開発にいそしんだ。いくつもの会社を興して発明を続け、勲章をもらったと書いてあった。

「教科書にはいいことしか書いていないでしょうが、佐吉翁は苦労を重ね会社を興したんです。発明狂だと悪口を言われたり、自分が作った会社から追い出されたりしたこともあったそうですよ」

佐吉の命日の十月三十日は、家族で静岡県の浜名湖の西側にある湖西町に向かう。佐吉はこの山口地区で生まれ育った。彼が住んだ茅葺屋根の家がいまでも残っている。祖父喜一郎の生家でもある。毎年佐吉の命日には顕彰祭が行われ、トヨタグループの幹部や地元の有力者も集まる。

二時間半かけて湖西町の山口地区に到着した。

佐吉翁が生活していたという茅葺屋根の家では、写真のパネルが土間に並べられていた。地元の山口地区の住民や豊田家の人々は襖を取っ払った四間の畳の部屋に腰を下ろし、語り部の話を聞いている。

「こちらが三十七歳当時の佐吉翁。涼しげな目元にきりりとした太い眉毛。色男ですなぁ」

みんなが穏やかに笑った。

「時は明治時代中期、欧米列強に支配されぬよう近代化を急ぐ日本にあって、佐吉翁は産業報国の精神に目覚め、自身がこの国のためにできることはなにかと来る日も来る日も本を読み漁り……」

同い年くらいの子供たちが五人ほど縁側に集まっていた。粉末炭酸ジュースの小袋をパタパタと振っている。章男はおいでと手招きされ、女の子から粉末炭酸ジュースをもらった。母から炭酸は飲んではいけないと言われているが、たまに市電の停留所前にある駄菓子屋でこっそり買って飲んでいる。この粉末炭酸ジュースは喉越しがいい。

「うんめぇ……！」

母親が鬼の形相でこちらを睨んでいた。章男は慌てて口元を拭い、両親の後ろに正座した。語り部の話が続く。

「幼いときから母親の機織り姿を見て育った佐吉翁は、能率のよくないことに気がつき、その改良に関心を持つようになりました。これが、現在のトヨタグループの始まりと言われる豊田商店開業の五年前の話……」

トヨタグループは数が多すぎて、章男にはよくわからない。

「佐吉翁が発明にいそしむ傍らで、かわいらしい二人の子宝が誕生しました」

語り部が、幼い兄妹（きょうだい）を写した白黒のパネルを出した。

「喜一郎さんと愛子（あいこ）さんのご兄妹です。喜一郎さんはのちのトヨタ自動車工業株式会社の創業者です。まだ道路も整備されておらず、自動車は外国産がたまに通るだけ、人力車が人を運び、馬車や牛車、大八車で荷を運ぶのが当然だったこの日本で、国産自動車を創るという野望を抱き、日本に自動車産業の基盤を築いた偉大なる人です」

炭酸ジュースのせいでげっぷが出た。周囲の人たちがびっくりして振り返る。章男は父親に首根っこをつかまれて、外に放り出された。

章男は地面にしゃがみこみ、棒切れでトヨペット・クラウンの絵を描いた。自分が悪いとわかっているが、恥ずかしくて父に謝りに行くことができない。

章男は小石を雑木林に投げた。それはけやきの大木の幹にあたり、みかんの葉を揺らした。どんぐりが落ちてきて、からかうように章男の頭をコツンと鳴らす。トンボが鼻の先を通り過ぎていった。阪神タイガースみたいな模様をしているが、大きな目はエメラルドグリーン色だ。

「お前、オニヤンマか！」

章男はオニヤンマを捕まえようとした。翅（はね）をぶうんと鳴らして、オニヤンマは飛び去る。章男は雑木林の中に入り、夢中で追いかけた。急斜面を登り、木の幹や地面に手をついた。大木の根に足をかけて、裏山を登り切る。眼下に青々とした海が広がっていた。

「フォー！　すっげぇ！」

思わず叫ぶが、背筋がぞっと寒くなる。

「変だな、このあたりに海はないはずだよなぁ」

山を越えて海まで来てしまったということか。周囲を見渡しても人っ子ひとりいない。鳥の声と木々の葉がざわめく音ばかりだ。海は波が立つこともなく、のっぺりして見えた。章男は急に心細くなった。

慌てて山の斜面を駆け下りる。早くお父さんとお母さんのところへ帰らなくちゃ。目の前に林道が見えた。車の轍（わだち）が残っている。佐吉翁の生家へと続く道に違いない。ほっと胸をなでおろしたとき、章男は木の根に足を取られて、林道に転がり落ちた。

クラクションと急ブレーキの音がした。クルマが迫っていた。タイヤから激しく土煙が上がっている。ヘッドランプを目のようにカッと見開き、黒いラジエーターグリルが大口となって章男を呑（の）み込もうとしている。章男はクルマにはねられた。

第一部

豊田喜一郎

1、謎の子供（明治三十八年）

久しぶりに浜名湖の西側にある故郷の山口に帰ってきた。生家の裏山に登ると今日も青々と水を貯(た)めた浜名湖が見える。秋の風がざわめき、湖面にちぢみ木綿のような模様をつけている。

豊田喜一郎は思い切り両腕を天に上げて、伸びをした。着物の帯が持ち上がり、十一歳の痩せた体ですぐに帯がゆるむ。喜一郎はここ山口地区で生まれ、三歳まで住んでいたらしいが、記憶はない。物心ついたときには名古屋の武平(ぶへい)町にいて、朝から晩まで休みなく働く両親のもとで育った。豊田商会という父の店と、家族が住む住居が一体化した場所だ。

十一歳になったこの春に喜一郎は尋常小学校を卒業して、愛知県第一師範学校附属小学校に入学した。母の浅子(あさこ)は豊田家の跡取り息子だからと勉学の指導に熱心だ。両親の仕事が夜半になったときは、喜一郎が五歳年下の妹、愛子の面倒を見る。ご飯の準備をし、絵本を読んでやる。名古屋の日々はめまぐるしい。

山口に来ると自然と体が緩む。寡黙な大工の祖父と優しい祖母に迎え入れられ、鎧(よろい)を脱いだような気持ちになるのだ。

喜一郎は祖父がけやきの大木に括(くく)りつけてくれたブランコを思い切り漕(こ)いだ。浜名湖の上空を飛んでいるようで面白い。

妹の愛子が着物の裾をたくしあげて裏山を登ってきた。

「お兄さんにお友達が来ているわ。アキオ君って人」

喜一郎はブランコから飛び下りた。

「アキオ？　誰だそれ」

「とても変な子なのよ。自動車に乗ってきたの」

「自動車だって⁉」

喜一郎は自動車というモダンな乗り物があることを学校で習ったが、実物を見たことはない。東京のほうでもほとんど見かけないと父は言っていた。

愛子と手をつなぎ、裏山の急斜面を下りた。雑木林の隙間から、緑色の荷台が見え隠れする。

「すごい。あれが自動車か」

「馬も牛もつないでいないのに、どうやって動くのかしら」

喜一郎は自動車におそるおそる近づいた。タイヤの上に黒い泥除けがついているが、緑色の車体は土でかなり汚れていた。幌はなく、座席は黒い革張りだ。自動車の前に回り、数歩下がって正面から見据える。愛子が、二つある丸く突き出たものに触れた。

「これはなあに？　自動車のおめめかしら」

途端にファッファァッと自動車がラッパのような咆哮を上げた。愛子は驚いて尻もちをつき、泣き出した。喜一郎は愛子の小さな背中をさすってやりながら、キッと自動車を睨みつける。

「ごめん、ごめん」

自動車の座席の足元に隠れていたのか、五歳くらいの子供がパッと身を乗り出した。色あせた紺色の着物をまとい草履を履いていた。

「驚かせちゃったね。これはクラクションだったのか」

その子は運転席の床にある突起を踏んだ。再び、ファッファァッと音が鳴る。

「だいぶ古い車みたいだな。最近のクラクションはハンドルについてるよ。そもそもこれがハンドルなの？」

少年は座席の右側についているレバーを動かした。

「ヘッドランプはどうやってつけるのかなぁ。スイッチがないけど」

喜一郎は、丸いランプのガラスカバーを開けた。

「これはガス灯じゃないかな」

名古屋の広小路にもうすぐガス灯がつくとかで、その仕組みを本で読んだことがある。

「えっ、電気じゃないの⁉」

喜一郎は戸惑い愛子と顔を見合わせる。電気が自宅に通ったのは数年前のことで、しょっちゅう停電するのでまだランプを手放せない。慶応生まれの父は菜種油の火を使った行灯(あんどん)で勉強をしていたと話していた。自動車のヘッドランプに電気を通すのは難しいのではないかと思った。

「あれ、壊しちゃったのかなぁ」

少年は左側のガスランプの前にしゃがみこんだ。ガラスが割れていた。

「そこはもともと割れていたよ」

「あー、俺にぶつかったからだな、きっと」

「ぶつかったって？」

「俺、この車にはねられたの」

四輪あるタイヤを変な顔で見た。

「自転車みたいに細いタイヤだな。どうりで乗り心地が悪いと思った」

「君、一体誰なの」

「僕はアキオだよ。君は喜一郎君だろ。そっちは妹の愛子ちゃん」

「そうだけど……どこかで会ったことがあったかい？」

山口にこんなへんてこりんな少年はいない。人の多い名古屋なら外国の人もたまにいるので、こういう子がいても、まあ、おかしくはない——いや、やっぱりおかしい。

「混乱するのはわかるよ。僕だって混乱したからね。だって顕彰祭でやってきたご先祖様の村で車にはね飛ばされちゃってさ、気がついたら豊橋（とよはし）に瞬間移動だよ。駅舎は木造でボロボロだし、看板の文字は右から左だし」

愛子は恐怖を感じたのか、喜一郎の後ろにそっと隠れた。喜一郎もごくりと唾を呑んだ。

「それでどうやら僕は夢を見ていると気がついた。長い長い夢だ。顕彰祭で君たちの写真を見たり当時の話を聞いたりしていたから、こんな夢を見ているんだと思う」

この現実を『夢』だと言われても……。

「だいたいこんな時代劇に出てくるような服を着せられてさ名札まで縫い付けてある。摂津登志夫（せっとしお）だって。誰だそれ」

「君はアキオと名乗っていたけど」

「うん。アキオだよ。昭和三十八年から瞬間移動してきたんだ」

ショウワとは年号のことだろうか。喜一郎は師範学校附属小学校の授業で歴史を習い始めているが、そんな年号は聞いたことがない。

「喜一郎！」

茅葺屋根の生家から、父の佐吉が出てきた。いつもの着流し姿だが、隣に立っている男は洋装だ。父と同年代くらいの男は、加藤（かとう）と名乗った。てっぺんの潰れたハンチングベレーをかぶり、ブーツを履いている。見るからにお金持ちそうだ。イギリスから個人輸入したランチェスターという自動車を乗り回していたらしい。加藤は困ったように腕を組んでいる。母の浅子も不思議そうな顔で外を見ていた。

「あの子は豊橋の駅前で自動車と接触したそうだが、お前の友達か？」

父が尋ねた。喜一郎はぶんぶんと首を横に振った。

「しかし、あの子はこの家から来たというんですよ」

加藤が戸惑った様子で訴えた。

「一体なぜあの子を乗せることになったんですか」

「ぶつかって怪我をさせてしまいまして……」

加藤はきまり悪そうに口ごもった。

「自宅まで送ろうと思い、乗せたんです。しかし自宅はショウワクだとか。そんな場所はありません。よくよく聞くと静岡県の豊田佐吉さんのところにいたというから、方々で訊き回って三時間かけてここに送り届けてきたんですが」

「ぶつかったときに頭を打ったんじゃなかろうか。とにかく駐在に知らせますからね」

父は喜一郎に向き直る。

「しばらくあの子と遊んでやってくれ」

「あんな変な子と遊ぶのは……」

アキオは無邪気にオニヤンマを追いかけている。裏山に入っていってしまった。

「ねえ、危ないよ！」

喜一郎も裏山に入った。アキオは不思議そうに、雑木林を見渡している。

「俺、さっきまでここで遊んでた記憶があるんだけどな。この先に海があるよね？　丘のてっぺんから見下ろせる……」

「海は見えないけど、浜名湖なら。ブランコに乗るとよく見える」

「ブランコ⁉　乗りたい！」

喜一郎はあっという間にアキオと仲良くなった。丘の上のブランコで遊び、かいぼりをしに小川のほとりまで下りた。草履を脱ぎ散らかして、即席で小川をせき止めた池に入る。小川から逃げ込んだ魚が白い腹を躍らせる。喜一郎が魚を追い立てると、アキオが手づかみで魚を獲った。

「すげえ、獲れたッ。これなんて魚？」

体側に虹色の縦じまが入っていた。

「これはハエかな。このきれいな模様はたぶんオスだよ」

次は喜一郎が捕まえた。アキオに顔を見せてやる。

「面白い顔してるだろ。これはハス。口をへの字にひん曲げて生意気な顔するんだ」

「確かに。俺の学校にこんな顔したやなやつがいるよ」

「うちにもいるよ！」

アキオと顔を見合わせ、喜一郎は大笑いした。獲った川魚を桶に入れ、生家に帰る。もう自働車はいなかった。加藤も帰ったようだ。愛子は畳の部屋で昼寝をしていた。納屋から機織りの音がする。

「バッタンバッタン言っているけど、なにか工事でもしているの？」

「バッタン織機だよ。おいで」

喜一郎は納屋の扉を開けた。祖母のゑいが足踏みをしながら機織りをしていた。アキオは珍しそうに眺めている。

「まだまだ機械じゃないんだね」

「ここは工場じゃないから、最新式の織機は置けないんだよ。いま名古屋の工場のほうじゃ生産性が二十倍の豊田式汽力織機を使っているんだけどね」

喜一郎は父の仕事を誇りに思っているから、専門家みたいな言い方になってしまう。祖母は笑っていた。

「ばあちゃん、魚を獲ってきたよ」

「まー、ぎょうさん獲んましたな」

祖母は微笑んだが、かいぼりで泥だらけになっている喜一郎たちを見て、顔を曇らせた。

「お風呂を焚くまいか」

喜一郎は裏の井戸から水を汲み、五右衛門風呂に溜めた。祖母が薪に火を入れる。アキオは不思議そうに五右衛門風呂を見ている。訊くと、自宅に蛇口があるらしかった。お金持ちの家の子供なのかもしれないが、なぜ服はこんなに質素なんだろう。

祖母が湯かき棒で中を混ぜて、湯加減を見る。

「うん、いい塩梅だね」

喜一郎は着物を脱いだ。アキオはもうすっぽんぽんで、五右衛門風呂の脇の階段を駆け上がる。祖母に手を貸してもらいながら桶をまたぎ湯につかった。喜一郎も後に続く。

「あーッ、いい湯だ！」

アキオもくつろいだ様子でため息をついた。目を輝かせる。

「ねえ、次はなにで遊ぶ？　どんな遊びが得意？」

「そうだね。凧あげでもしようか」

賛成、とアキオが手を挙げた。湯が跳ねる。

「僕が組み立てるから、アキオはなにか絵を描いてよ」

「わかった。トヨペット・クラウンにしようかな」

「トヨペ……なにそれ」

「君が創る会社の自動車だよ！」

喜一郎はちんぷんかんぷんだ。

「君は将来、自動車会社を興すんだよ」

喜一郎はつい数時間前に見た最新鋭の乗り物を思い浮かべた。

「僕が自働車を？　まさか！」

喜一郎はアキオと目を合わせて、大笑いする。

翌朝、喜一郎が布団から起き上がったときには、障子の外が明るくなっていた。愛子が隣の布団を小さな体で畳んでいる。昨夜、アキオと爪を作るうちに畳の上で寝てしまった。母親に起こされて布団に入ったことをぼんやりと覚えている。

喜一郎は土間に下りた。割烹着(かっぽうぎ)姿の母がかまどの土鍋からご飯をよそっている。

「ねえ、アキオは？」

母は少し表情を曇らせた。「とにかく召し上がりなさい」と囲炉裏を指す。喜一郎は囲炉裏端に座った。祖母が串刺しにした魚の焼き加減を見ている。家族の分しかなかった。

「アキオはどこへ行ったの？」

「あの子はもう帰ったよ」

父が外から戻ってきた。朝からどこかへ出かけていたようだ。囲炉裏を挟んで喜一郎の向かいに座るなり、アキオの話を始めた。

「お前が寝たあと、駐在さんが来て引き取った。親御さんが血眼になって探していたはずだ」

喜一郎はがっかりした。

「また会えるかな。名古屋に住んでいると話していたよ」

父は寂しげな笑みを浮かべるだけだった。喜一郎はそれ以上、アキオのことを訊くのはやめた。父のこのあいまいで悲しげな反応は、生みの母のことを尋ねたときと全く同じだった。喜一郎は生後二ヵ月足らずで実母と別れ、会ったことはない。

たぶんもう二度とアキオには会えないのだ。

2、父の帰還（明治四十四年）

喜一郎は十六歳になった。名古屋市東区の明倫中学校の三年生だ。正月を過ぎたある週末、喜一郎は人力車に乗って名古屋駅前に降り立った。父の部下である鈴木利蔵（すずきりぞう）が付き添っている。利蔵は、若いころは仕事がきつくてしょっちゅう家出をしては母に連れ戻されていた。喜一郎はよく〝家出の利蔵〟とからかっては怒られ、工場内で利蔵と鬼ごっこになった。工場を遊び場にしていた喜一郎や愛子に織機の仕組みや、危ないものを教えてくれたりもした。兄貴分だった利蔵も三十三歳になり、すっかり落ち着いた。

駅前は行きかう市電の車両や停車場に並ぶ人で混雑している。市電の脇を人力車や馬車、大八車が通る中で一台の自動車が走り過ぎていく。車掌のような恰好（かっこう）をした運転手が、後部座席にモダンな洋服を着た女性を乗せていた。ここ最近、名古屋でもたまに自動車を見かけるようになっていた。

「あれはハイヤーだね」

利蔵が教えてくれた。自動車会社と契約した一部の富裕層しか乗ることができないらしい。

「あれは買うといくらぐらいするのかな」

「買うなんて無理な話だよ、坊ちゃん。家や工場が一つ二つ建つくらいのお金がいるはずだ。自動車を所有できるのは財閥か、一部の華族ぐらいじゃないかな」

喜一郎は、自動車に乗って彗星（すいせい）のごとく現れたアキオのことを思い出していた。利蔵はくすくす笑っている。

「機械好きはお父さん譲りだね。お父さんを迎えに来たのに、自動車にばっかり目を輝かせて」

父は去年の初夏から欧米視察に出ていた。海外の紡織企業を見て回り研究しているというと聞こえはいいが、実は会社を追い出されてのことだと喜一郎は知っている。豊田式織機という父が作った会社の緊急役員会で、経営幹部と怒鳴り合いの喧嘩をしているところに居合わせたのだ。

〝工場に閉じこもって発明ばかりしていないで、少しは経営のことも考えてくれ〟

〝改良、発明なくして会社の発展はない。これ以上の発明を禁ずるなら、会社を出ていく！〟

父は椅子を蹴飛ばしていた。その一月後には欧米視察に出てしまった。名古屋駅で見送りをしたとき、周囲の人の噂話を聞いた。

〝佐吉さん、もう日本はこりごりだそうだ。発明に没頭できる国に住むつもりらしいぞ〟

父はよく周囲の人から変人扱いされていた。朝から晩まで本を読みふけって一週間誰とも口をきかなかったり、村中の機織り機を見て回り、何時間でも機織り機が動くのを眺めたりしていたという。

〝発明に没頭するには、金がいる〟

父は敷島を吸いながら煙たそうに目を細めて、母にぼやいていた。もう帰らないかもしれないと噂されていたが、年末にマンチェスターから届いた手紙には、一月一日に下関に帰港すると書かれていた。英国で買ったという絵葉書が同封されていた。

「見て利蔵さん。欧米ではこんな自働車が走っているんだよ」

絵葉書には走る自働車と追いかける警察官の絵が描かれていた。自働車は誇張されているのか、巨大だ。ヘッドライトは寄り目で、その下からなんのための構造物なのか、牙のようなものが突き出ていた。『ロールス・ロイス社シルバーゴースト』と書かれていた。

「銀色の幽霊……？」

利蔵は変な顔をする。

「エンジンの音が幽霊みたいに静かだから、シルバーゴーストと名前がついたんだって。かっこいいよね」

「かっこいいかなぁ。恐ろしげですよ」

後ろからポンと肩を叩かれた。

父だ。西洋人のように口髭(くちひげ)をたくわえていたので、驚く。丈の長いコートに、ピカピカの黒い革靴を履いていた。半年前に名古屋駅を出発したときは肩を落としていたのに、いまは堂々と胸を張り、目は別人のように輝いていた。

「ただいま、喜一郎」


納屋(なや)橋近くの茶屋でういろうを食べてから、自宅に帰ることになった。父は喜一郎がシルバーゴーストの絵葉書を大事に持っているのを見て、欧米の自動車の絵を描いてくれた。

「これはフォード社のモデルT。最初に寄港したアメリカでもあちこちで走っていた。いま世界で一番たくさん走っている車だよ」

喜一郎は子供のころ出会った謎の少年の言葉を思い出した。自分は将来、自動車の会社を興すと話していた。

茶屋の窓から、人が踏み固めただけのデコボコ道が見える。駅前は舗装されていても、裏通りに入れば、車どころか人力車も馬車も通らない。学校の先生は「欧米のように日本で自動車が走るようになるにはまだあと百年かかる」と言っていた。道がこの調子だから車が故障してしまうそうだ。いまから百年後というと二〇一一年、とうてい喜一郎は生きてはいまい。

「私は百年もかからないと思うよ」

父が髭を撫でながら言った。

「この半年、アメリカから始まって世界の工場であるマンチェスターを視察した。ドイツもロシアも見てきたが、大したことはなかった」

利蔵が尻を浮かせて驚いた。

「欧米ではお化けみたいな乗り物が我が物顔で走っているんでしょう？　そんな近代的な国を、たいしたことないなんて……」

「だが効率が悪い。世界最先端だというマンチェスターの織布工場を観察したが、女工一人が平均四台半を扱う程度だぞ」

八台を同時に扱う利蔵は拍子抜けしたようだ。

「うちのほうがよっぽど工員が優れている。私が開発中の杼換式(ひがえしき)の自動織機もどこにもなかった」

父の目がらんらんと輝く。

「人の手を借りず自動で動く織機の開発は目の前まできている。だが大事なところで豊田式織機の幹部連中ともめてしまった。あれを完成させたら紡織業界に革命が起こるはずだ」

喜一郎はごくりと唾を呑み込んだ。父は言葉にこそ出さなかったが、革命を起こす自信があるのだ。だからあっという間に日本に帰ってきた。

「日本人は手先が器用で勤勉だ。自働車の開発だって早いかもしれん。誰かが自働車を作り始め、そこらを走り始めたら、お国は慌てて道を作るに違いない」

思わず前のめりになって、喜一郎は尋ねた。

「では、何年かかりますか」

「誰かが情熱を持って生涯を捧(ささ)げるほどに取り組めば、二十年で日本に自働車産業を興せる」

利蔵と別れ、人力車に乗って島崎町(しまざきちょう)にある自宅へ帰る。車体の座席に揺られながら、喜一郎はひっそりと切り出した。

「湖西の山口で会った不思議な子供を覚えていますか。アキオと名乗っていましたが」

「摂津登志夫ちゃんのことか？」

父も覚えていた。喜一郎が将来、自動車会社を興す云々（うんぬん）の話をしようとしたら、父は思いがけないことを言う。

「お前はもう十七になるからそろそろ話そうか。摂津登志夫ちゃんは既に亡くなっている」

たったの一日遊んだだけの少年だが、アキオは鮮烈な存在だった。もう会えないと薄々察してはいたが、亡くなったと聞くのは辛（つら）いことだった。

「いつ亡くなったんですか」

「我が家に現れた翌日だよ。お前が寝入ったあと、駐在が保護しただろう。そのときすでに意識がなかった」

翌朝、父は駐在所まで様子を見に行っていた。

「お父さんが到着したときにはもう亡くなっていたんだ。三日後にようやく両親が迎えに来て亡骸（なきがら）を運んだらしいが、豊橋の子供がどうして湖西の山口に向かったのか。なんとも不可思議な事故として、警察も首を傾げていた」

3、結婚（大正四年）

欧米視察から帰国した父は新たに有力者を回って資金を得て豊田自動織布工場を作り、寝ても覚めても発明に明け暮れた。

「日本を紡織産業で世界一にする！」

父の力強い呼び声は人々の心を打ったようだ。出資してくれる人や従業員も増えて、喜一郎が二十歳になるころには「よい布はよい糸から」と愛知郡中村に紡績工場まで作った。

喜一郎は東北の仙台市にある第二高等学校に入学し、仙台市内で下宿を始めた。

年が明けた大正四年は、日本中が大戦景気に沸いていた。ヨーロッパが戦禍に見舞われたので、織維や紡績、織物などの注文が日本に殺到している。父の会社も業績がよい。

女学校に通う妹の愛子はすでに父の工場を手伝い始めていた。朝は五時に起きて、家族や従業員の朝食を作っていると手紙に書いていた。

「ただいま帰りました」

喜一郎は今日も学業を終えて、下宿先に帰ってきた。もう九月、東北の夏は名古屋よりもずっと早く終わってしまう。手を洗ったら水が思った以上に冷たかった。

夕食の仕込みをしている下宿先のおばさんが「お手紙が届いとっだよ」と東北弁で声をかけてくる。下駄箱の上に愛子からの手紙があった。

「兄妹仲が本当にいいんだべな。毎週のようにお手紙が届いて」

手紙はいつもより筆跡が荒々しかった。愛子が興奮している様子が伝わってくる。

『お兄さん、私、結婚がきまりました』

喜一郎は叫んでしまった。

「結婚だって!?」

愛子は十六になったばかりだ。早すぎないか。いや女子ならばそんなものか……喜一郎は両親が選んだ愛子のお相手について、読み進める。

名は児玉利三郎というらしい。児玉一造の弟とあった。一造は父の発明と心意気に共感し、資金を提供したり人脈をつなげたり、父を援助してくれた人だ。三井物産で働き、名古屋支店長を務めているときに父と出会った。その弟の利三郎も優秀なビジネスマンらしい。

下宿先のおばさんがどうしたのかと襖の隙間から顔を出した。喜一郎は事情を話した。十六歳での縁談をおばさんは全く驚かない。

「私の田舎の三番目の妹なんか十四で嫁いだよ。まああれは口減らしかねえ」

利三郎は伊藤忠(いとうちゅう)合名会社で働き、マニラ支店長も務めたと書いてある。綿花の輸出入に関わっていたのだろうが、マニラは支配者がスペインだったりアメリカだったり、独立抵抗運動などの争乱が続いている。

「そんな場所で支配人を務めるとは、剛腕な人に違いありませんよ」

「よがったでな、いいお相手さんを見っけられて」

愛子が一抹の不安を抱いている様子がわかる一文があった。

『いい人そうだけれど、年が十五も離れているんです。お話を合わせることができるかしら』

喜一郎はおばさんにぼやく。

「僕にとっては妹の嫁ぎ相手だから義理の弟になります。いや、年上だからあちらが兄になるのでしょうか。ややっこしい」

おばさんは「気にせん」と呑気(のんき)だ。

「女の子は嫁に出したらハイさようなら、よ。あちらの家の娘になるんだから、里帰りでもしない限り、お相手の男性と顔を合わせることなんでないんだがら」

仙台から名古屋まで汽車を乗り継ぐと三十時間以上かかるので、喜一郎は名古屋にはめったに帰れない。その間に愛子が嫁いでしまうというのは、寂しいことだった。便箋を捲(めく)り、最後の一枚を読む。喜一郎は背筋が凍り付いた。

十月、喜一郎は愛子と利三郎の結婚式に出るため、帰省した。愛知郡中村の工場と同じ敷地内にある自宅は、国鉄の線路のすぐそばにある。のこぎり屋根の工場が敷地内にいくつも並ぶ。今年の正月に帰省したときよりも二棟増えていた。父は工場を大きくしているようだ。

「ただいま帰りました」

女中が出迎えてくれた。母は着付けの真っ最中で、父は児玉家の接待で外へ出ているという。今日の結婚式の主人公二人もどこかで装いを整えていて、家にはいなかった。

「喜一郎さんも、今日は洋服に着替えてくださいね」

背広にネクタイを持たされた。喜一郎はいつも着物に袴（はかま）で通学している。洋装は慣れていない。ネクタイの結び方がわからず、四苦八苦する。利蔵がやってきて強く肩を叩かれた。

「御曹司！　すっかり逞しくなられましたな。もう二十歳を越えましたか」

「ええ、二十一です」

「あの愛子ちゃんが嫁ぐわけだ〜」

利蔵は感慨深そうだ。

「しかし、嫁に出すわけではないから、寂しくなることはない。よかったですね」

児玉利三郎は豊田家に入籍することになっている。愛子は児玉愛子にならず豊田愛子のままで、利三郎が婿に入るのだ。

豊田家には自分という跡取り息子がいる。父はなぜ利三郎を婿に取ることにしたのか。

遠く離れた仙台にいたこともあって、喜一郎は父に真意を訊けぬままだ。自分が名古屋にいたら、婿取りの縁談は進まなかったかもしれない。喜一郎はのけ者にされた気分だった。

利蔵が表通りを見てパッと顔を輝かせる。

「坊ちゃん、婿殿が到着されましたよ。自働車に乗っている！」

喜一郎は下駄をつっかけて、玄関を出た。『タイガー自働車』と書かれた黒塗りの自働車が停車していた。数年前から名古屋で営業を開始した、ハイヤー会社だ。運転手が降りてきて、白手袋を嵌めた手で恭しく後部座席の扉を開けた。

　革靴を履いた男が慣れた様子で自働車から降り立った。利蔵や使用人たちが丁重に出迎えている。児玉一造も出てきた。喜一郎は一造には何度も会ったことがあるが、いまは入り婿の姿しか目に入らない。体つきが大きくて威圧感がある人だった。

「やあ、喜一郎君。仙台から帰ったんだね」

　一造が声をかけ、利三郎に紹介してくれた。

「彼が喜一郎君だ」

　喜一郎は年長者の彼に、頭を下げる。利三郎はニカッと笑った。

「初めまして。これからよろしゅう頼むわ、喜一郎君」

　こてこての関西弁だった。利三郎は久々に来たという名古屋の様子を一方的にしゃべるなり、喜一郎が手に持つ洋服を見た。

「洋服は慣れてないんとちゃいますか。ネクタイ……」

　喜一郎はむきになってしまった。

「自分で結べますッ」

　踵を返し、自室に戻った。


　喜一郎がかつて使っていた部屋には、長持や織物の入った箱が積み上がっていた。

「ここは倉庫にされたのか……」

　ため息をつきながら、ああでもないこうでもないとネクタイを巻いてみるが、うまくいかない。

「くそっ！」

思わずネクタイを畳に叩きつけてしまった。足元にころんとお手玉が転がり込んできた。喜一郎はお手玉を拾い、周囲を見る。開いた窓からまたひとつ、お手玉が飛び込んできた。

窓の外を見る。住み込みの使用人や一部の従業員が寝泊まりする長屋ふうの建物が建っている。お向かいの窓から老婆がこちらに向かってお手玉を投げていた。

「やっと気がついた！」

寝巻きの袖を振り回し、老婆が喜んでいる。

「もしかして、タケさんですか？」

山田(やまだ)タケは島崎町にいたころから父の工場で働いていた女工だ。喜一郎や愛子によくビスケットを焼いてくれた。いまはその息子が紡織工場の技術者をしている。

「喜一郎さん、こっちへいらっしゃい」

向かいの長屋へ行くと、タケの嫁が喜一郎を丁重に出迎えてくれた。

「申し訳ございません、義母(はは)がどうしても喜一郎さんとお話ししたいというものですから。実は肺を悪くしていて、一ヵ月前から寝込んでいるんです」

「えっ。それはいけませんね」

タケは和室の布団の上で正座をしていた。喜一郎を見るなり目を細める。

「まあ、立派な青年になられて。前はこんなに小さかったのに」

今年の正月に帰省したときにタケとは挨拶を交わしている。年寄りは新しい出来事ほど忘れてしまうというが、タケは背筋がピンと伸びて老人ではないみたいだ。顔色は悪く、皮膚は土気色をしていた。皺(しわ)だらけの手も乾燥で粉を吹いていた。

「元気にしていたの？　いまは……？」

両手を握られた。欧米ふうの握手をしているようだ。その手は氷のように冷たい。

「いまは、仙台の高等学校に通っています」

「ああ、二高だったかしら。将来はやはり日本最高峰の東京帝国大学で勉強されるのね」

タケは江戸時代の生まれで小学校も出ていない。近代の学校制度のことなど知らないはずだ。いや、帝大のことはさすがに知っているか。喜一郎は頭をかいた。

「試験は最難関です。努力するのみです」

「いつから仙台にいらっしゃってるの」

「去年からですよ」

「いま高校二年生ね。ということは、十七歳？」

やはりタケは学校制度のことをよくわかっていない。

「僕はもう二十一になりましたよ」

「二十一歳がまだ高校生なの？」

嫁が見かねて、身を乗り出した。

「お義母さん、また熱が出てきているのかもしれませんよ」

額に手を触れたとき、嫁はびくっとして手を引っ込めた。

「冷たい……。熱はなさそうですけど」

タケは喜一郎に親しみの目を向ける。

「今日は愛子ちゃんの結婚式ですってね。ネクタイは苦手なの？」

タケが慣れた手つきで、喜一郎の首にネクタイを結んでくれた。嫁はあっけに取られている。

「お義母さん、いつの間にそんなハイカラなものを結べるようになったんですか」

「そりゃあ、お父さんのネクタイを……」

「工場勤めのお義父さんはネクタイを締めたことなんかありませんよ」

タケはぎくりとした顔を一瞬したが、取り繕うように笑った。枕元にあった手鏡を取り、喜一郎に向ける。ネクタイの結び目は小さく、首元で締まっている。まだ背広を着てはいないが、正式な洋装をした自分を見るのは初めてだ。気持ちも引き締まる。

「なにか不安なことがあるみたい」

突然、タケが指摘した。

「窓から見ちゃったの。とってもイライラしているように見えたわ。私に話してちょうだい」

喜一郎は戸惑った。女工だった老婆に、跡取り息子の悩みなどわかるはずもない。

「僕は元気ですよ。今日は妹の結婚式、めでたい日で――」

太腿（ふともも）をぴしゃりと叩かれた。嫁が咎（とが）めると、タケは嫁を部屋から追い出した。二人きりで膝を突き合わせる。

「お父様が決めた愛子さんの結婚に、納得がいっていないのね」

喜一郎は慌てて首を横に振った。

「児玉利三郎さんは立派な人のようですし、愛子には申し分ない相手と思っています」

「愛子さんが嫁に行くのなら――っていう話よね」

いち女工だった近所のおばあさんが、どうして豊田家の内情を知っているのだろう。タケはじっと喜一郎を見据えている。白内障で濁った瞳は焦点が合っていないように見える。心の奥底を覗かれているようだ。

喜一郎は観念し、正直な心の内を吐露した。自分という跡取り息子がいながら、父が入り婿として利三郎を迎え入れることにしたのは、自分が期待外れの息子だったからに違いない。高校も、名古屋市内にある第八高等学校を目指していたが、試験に落ちてしまった。

「家族や父の会社の幹部たちは、八高に落ちた息子など用無しだと思っているのでしょう」

「そんなわけないじゃない。ただの準備不足でしょう」

父は小学校しか出ていないから、喜一郎に高等教育は必要ないと考えていた。母の浅子や、父の右腕で遠縁でもある西川秋次(にしかわあきじ)が進学を勧めて、試験の直前に慌てて準備したのだ。なぜタケはそんなことまで知っているのだろう。

「婿取りと八高のことは無関係に決まっているわ。佐吉翁はあなたのために婿を取ったのよ」

「佐吉翁……？　父はまだ四十八歳です。そもそも入り婿を取るのがなぜ僕のためなんですか」

ぐいと手首をつかまれた。男のような力強さだった。

「相変わらずね。指先がインクだらけ。毎日勉強の傍らで、なにかの図を描いたりスケッチしたりしているんじゃないの？」

確かに喜一郎は運動が好きではないし、バンカラぶって政治的な活動をするのも苦手だ。椅子に座り機械をじっくりとスケッチするほうが好きで、腰から下げたインク壺(つぼ)は学校から帰るころには空っぽになってしまう。

「あら左の人差し指には切り傷が」

「歯車の紙細工を作っているときにナイフで切ってしまった痕です」

「ものを作るのが好きなのね」

喜一郎は笑顔で頷(うなず)いた。

「経済の先を考えることはどう？」

答えに詰まった。

「佐吉さんは誰よりもあなたという人を理解しているのよ。彼は若いころ、発明ばかりで会社の経営には疎かった。そのせいでとても苦労したのを、あなたも知っているでしょう」

そろばんをはじきながらため息をついている母親や、会社の幹部と喧嘩をして椅子を蹴っ飛ばしていた父親を思い出した。

「自分と同じ苦労をさせず、心おきなく喜一郎さんに発明に取り組んでほしいから、利三郎さんを豊田家に迎え入れたに違いありません」

確かに利三郎は金の計算だけではなく、経済の先を読む目にも優れているはずだ。関西弁でまくし立てる押しの強そうな様子は正直苦手だが、父の会社にとっては非常に頼りになる存在だ。

「そもそも繊維織物などの紡織業は、景気に左右されやすい業種です」

タケが経済を語り始めた。

「いまは大戦景気で父の会社もかなり儲（もう）けていると聞きましたが」

「やがて谷底に落ちますよ。反動恐慌が来ます」

ずいぶん難しい経済用語をタケは知っている。

「タケさん、うちを辞めてから経済の勉強でもしたのですか」

タケは本を読めないだろうから、誰かから聞いたり学んだりしたのだろうか。

「覚えておいて、喜一郎さん」

タケは喜一郎の疑問をあっさり聞き流した。

「不景気になったらみんなまずは洋服を買わなくなるでしょう。だから景気が悪くなってくると即座に大打撃を受けるのは紡織業なんです」

「はあ……」

「そんなときに喜一郎さんは技術開発をいったんやめて、経済の先を読み、経営に専念できますか？」

想像してみるだけで胃が痛くなった。できれば自分は発明に没頭したい。

「大丈夫。あなたと利三郎さんの両輪でトヨタ――じゃなかった。豊田紡織（とよだぼうしょく）は安泰ということです」

名古屋屈指の旅館で愛子と利三郎の婚礼の披露宴が執り行われた。喜一郎は父の隣に座る。父は丸に木瓜（ぼけ）の家紋入りの紋付きを着ていた。入り婿の利三郎も豊田家の家紋が入った紋付きを羽織っていた。隣の愛子は色打掛を引きずり、文金高島田に角隠しをかぶる。細い首が折れそうなほど華奢（きゃしゃ）に見える。

利三郎は、十五も年下の小さな花嫁を常に気にかけていた。付添人がいるのに、座敷に上がるときも、座るときも心配そうに見ている。汗が浮かべば懐紙を差し出してやっていた。愛子はもともと人懐っこい性格だから、臆することなく新郎に話しかけていた。むしろ利三郎のほうが利発な愛子に戸惑っているように見える。

喜一郎は酒を飲み慣れていない。ちょっと目が回りそうだ。宴会場の天井をじっと眺める。その幾何学模様を計算式に置き換えて、酔いを醒（さ）まそうとした。

「喜一郎君」

新郎の利三郎自ら酌をしにきた。喜一郎は慌てて背筋を伸ばし、お猪口（ちょこ）を手に持った。日本酒がなみなみと注がれる。彼が注いだ酒は、やけに喉を熱く刺激する。喜一郎はタケの言葉を思い出した。自然と言葉があふれる。

「これからご迷惑をおかけすることがあると思いますが、どうぞよろしくお願いします」

頭を下げた。利三郎は眉を上げる。

「なにをおっしゃってまんのや、豊田家の御曹司が！」

しっかりせいと言わんばかりに利三郎は喜一郎の二の腕を叩いた。わははと愉快そうに笑いながら、愛子の隣へ戻っていった。愛子はくすくす笑っている。

宴(うたげ)の帰り道、人力車を下りた喜一郎は、タケの自宅の引き戸が目についた。昼間にタケと引き合わせてくれたお嫁さんが目を真っ赤にして、白衣姿の医師を見送っていた。

「気を落とさずに。七十一ならば、大往生ですよ」

タケは七時ごろに亡くなったという。

4、障子の外（大正十年）

喜一郎は二高を卒業後に東京帝国大学の工学部機械工学科で学び、工学士となった。卒業後は法学部でも学んだ。幼少期は貧弱だった体つきも、平均以上になった。二十七歳、満を持して父の会社に入社した。豊田紡織という、三年前に会社化した工場だ。父は上海(シャンハイ)に進出していて、名古屋にはほとんどいない。まずは工場で三ヵ月間の研修をするように上海から指示が出ていた。上役へ挨拶を終えて、常務である義兄の利三郎に連れられて現場に向かった。

「日本の最高学府で工学士、法律も頭に入れよったらもう怖いものなしやな、喜一郎君」

喜一郎も期待で胸が膨らんでいる。昨夜は興奮で眠れなかった。

最初に紡績工場——輸入した綿を加工して糸にする工場で学ぶ。その後は織布工場だ。最後の一ヵ月は、織機を製造する工場を見る。現在は、佐吉が特許を取った豊田式汽力織機を改良した、広幅動力織機や小幅動力織機を生産し、日本全国の織機工場に販売している。海外に輸出もしていた。

喜一郎はやはり、綿糸綿布そのものより、それらを製造する機械の開発が楽しみだった。父は織機の完全自動化を目指している。喜一郎もそれを手伝いたい。

「三ヵ月の実習、がんばりや」

利三郎は工場長を呼びつけると「あとは任せたで」と事務棟へ戻った。喜一郎は帰省のたびにこの工場に出入りしているから、新入社員だという気はしなかった。工場長も顔見知りだ。

「お久しぶりです、今日からよろしくお願いします」

喜一郎は作業帽を取り、頭を下げた。この工場長はたまに紡織機を触らせてくれたり、一緒に遊んでくれたこともあったが、今日はよそよそしい。

「坊ちゃん。どうしてナッパ服なんか着てるんです」

「今日から三ヵ月、実習ですから」

三ヵ月も、と工場長は目を丸くした。

「御曹司は現場でそんな汚い作業着なんか着ないで、事務棟で経営の手伝いをなさったほうが……」

「僕は技術者です」

工場長はちょっと笑った。とても嫌な笑い方だった。

「日本最高学府の工学士で法学部出の超エリート御曹司を、汗まみれにさすわけにはいきません。現場は危ないし汚い。先週は粗紡機に挟んで指先を落とした者まで出ました。杼の糸交換を未だに口をつけてやる者もおって、肺病もうつりやすいんです」

喜一郎は身を乗り出した。

「そういう問題があるのなら、解決しましょう。指が挟まった機械はどれですか。同じ問題が起こらぬよう、改良します」

「それは現場でやりますから」

喜一郎は閉口した。

「研修期間が決まっているならいていただいてもかまいませんが、くれぐれも現場の邪魔をなさらぬよう、お願いしますね」

工場長がひとりの若い工員を呼んだ。

「君、今日から御曹司の世話役だ。椅子を持ってきて差し上げて」

ビロード張りの椅子が工場の片隅に置かれた。

喜一郎は意地でも椅子に座らなかった。工員たちに話を聞き、事故を起こした粗紡機を探すことにした。最初に声をかけた女工は怯（おび）えた。

「なにかの調査ですか？　大将の息子さん自ら機械を見るなんて――」

「とにかく、どの機械なのか見せてください」

女工は不安そうに工場内を走る。怪我人が出たのは紡績機械のはずなのに、織機の組み立て工場に連れていかれた。女工はトンカチを振るう職人に声をかけた。

「ここの工場でこの間、怪我人が出ましたよね」

「怪我なんか毎日のことや。ほれ」

職人は指先を見せた。爪が変形していた。

「御曹司が、怪我の具合を見たいということです」

そういう話ではないのに、女工は紡績工場へ戻ってしまった。

「機械の不具合を改良したいだけなのですが……」

「怪我人が多いのは鋳物のほうかな」

喜一郎は鋳物工場へ引っ張っていかれた。木戸を開けた途端、熱風に顔を覆われる。まだ春先で肌寒いほどなのに真夏のようだ。職人たちがオレンジに光る溶けた鉄を型に流し込んでいた。最も過酷な現場だが、熟練工の技が光る場でもある。誰もが上半身裸で、顔は煤（すす）で真っ黒だった。ここまで案内した工員はもういない。

喜一郎は仕方なく鋳物工場の職人たちに声をかけたが、怒鳴り返された。

「新入りはあっちへ行ってろ！　死にてぇのかッ」

喜一郎は行き場がなくなった。

正午のサイレンが鳴った。喜一郎は食堂に行き、握り飯と汁物をお盆に載せた。食堂の一角に顔見知りの工員がいた。同い年の青年で工場長の息子だ。工場ができたころに一緒に走り回って遊んだ。気安く声をかける。

「やあ、久しぶり」

「坊ちゃん」

工場長の息子はピンと背筋を伸ばして頭を下げた。

「やめてください。今日入ったばかりの新人で、君の後輩なんだから」

「そんな、恐れ多い……」

握り飯に食らいついていた同じテーブルの工員たちも、背筋が伸びていた。早飯食いは煙草(たばこ)を吸っていたが、喜一郎がテーブルに着くや煙草の火を消し、かしこまる。トランプをやっていた工員二人も、喜一郎を見てカードを片付けた。

「いいですよ、どうぞ続けていてください」

「いやいやいや……」

テーブルはさっきまで煙草の煙が漂い、人の笑い声でにぎやかだったのに、喜一郎が座った途端に静まり返ってしまった。一人が張り切った調子で話しかけてくる。

「そういえば、会社がいよいよ上海進出だそうですねッ」

「ええ、父はあちらで苦労しているようですが」

「素晴らしいです。大将のことを心から尊敬しています。御曹司も大日本帝国最高学府の――」

髭を生やした男が、「ゴマすり野郎め」と鼻で笑って立ち上がった。

「そんな言い方はないだろッ」

二人はもめながらテーブルを離れていった。喜一郎の隣に座っていた男性は、お先にと頭を下げて立ち去る。テーブルに残っていた五人も芋づる式に席を立つ。まだ握り飯を半分しか食べていない工員までが、引き上げていった。


みな自分を避けている。

社長の息子だから遠慮しているのだろう。仲良くしようとすると「ゴマすり」と言われてしまうのなら、誰も喜一郎に話しかけてこないのは当然のことだ。

喜一郎は開き直り、ひとりで工場視察に励んだ。どこで誰が怪我をしたか。どこかに効率の悪いところはないか。機械を動かす工員たちの手元をじっと見つめ、織機の完全自動化の糸口がないか、見極めようとした。ノートに気がついたことを書きとめていく。

喜一郎は二日目の昼食でも工員たちから避けられた。いたたまれなくなり、三日目からは人気のない倉庫の片隅で握り飯を食べるようになった。倉庫の外を、女工たちがおしゃべりしながら通り過ぎていく。倉庫の脇を喫煙所としている男たちもいた。あるとき、悪口が聞こえてきた。

「工場主の御曹司、本当に目障りだよ。じーっと俺の手元を見てやがる」

「工員の査定に来ているに違いないよ」

工員の品定めをしているのではなく、織機の改良を目指しているだけだ。

「研修とは名ばかりで、工員の首切りのために派遣されてきたんだな」

「やっぱり首切りがあるのか」

「この不況だぜ。俺の友人が勤めている紡績工場も一夜にして倒産した」

豊田紡織の業績は好調であることを、工員は知らないのだろうか。

「上海に新たに工場を建てるのに金がいるから、こっちの工員を切ろうって魂胆だ」

人員整理の話などひとつも出ていないのに、彼らは血気盛んだ。

「工場主のボンボンが、入社早々に首切りだと？　今度見かけたら、棒で叩いて工場からおん出してやるぜ」


研修期間も折り返し地点の五月中旬の朝、喜一郎はとうとう布団から出られなくなった。

――工場に出たところで、みんな自分を敵視する。

喜一郎に近づいてくるのは、下心のある人くらいだ。馴れ馴れしい態度で接してきた工員がいたと思ったら、給与の前借りをねだられた。

これまで朝七時には工場に出ることを自分に課してきた。だが今日は六時四十五分になっても布団から出る気がしない。窓の外からモーターやボイラーの稼働音がする。喜一郎はぼうっと天井の木目を見つめる。

学生時代は楽しかった。特に仙台の二高や東京帝国大学で共に学んだ友人たちは、日本の発展について考え議論する熱い志を持った者ばかりだった。現場実習では造船所も見たし、鉄道車輛の製造現場にも行った。実際に部品を組み立てたり分解したりして、仲間たちと学んだ日々は熱かった。

豊田紡織に入社したら、若い工員たちと情熱的な日々を過ごすのだと思っていた。

ごちゃごちゃ考えているうちに、正午の鐘が鳴った。午前中をサボってしまったが、誰も自分を探しにこない。喜一郎はうつ伏せになり、胸の下に枕を置いてノートを広げた。

新型織機の図を描いた。昔から図を描くのが好きだった。新しい仕組みを考えて図にしている間は、嫌なことを忘れた。物心ついたときから、実母のいない寂しさも、運動の授業でへまをした日も、図を描いていれば静かな気持ちになれた。

豊田紡織に入社してからノートは五冊目だ。「御曹司は工場に来てお絵かきを楽しんでおられる」と工員たちが陰口を叩いていた。

午後三時、腹が減って耐えられなくなった。茶漬けを喉に流し込み、工場に出た。

「社長の息子は昼過ぎまで寝ていても誰も怒らない」

「俺たちは五分でも遅れたら出勤表にペケを入れられるのに」

ひっそりと言う声が聞こえてきた。初日に準備された椅子が、いつかと同じ場所に放置されていた。喜一郎は座った。日が暮れて、一人、また一人と工員が仕事を終えて帰っていった。電気やボイラーが止まる。静寂の深さに泣けてきた。

「坊ちゃん」

振り返る。鈴木利蔵が立っていた。四十も半ばになり、鬢（びん）にも白いものが混ざり始めていた。〝家出の利蔵〟もいまや豊田紡織の幹部になっている。利三郎の右腕として経営にも携わり、毎日、工場や事務棟を忙しく行き来していた。

「いろいろ難しそうですね」

利蔵は苦笑いしていた。

「はい。大変難しいです」

「西川さんが上海から帰っておるんです」

西川秋次は遠縁であり、父の側近でもある。喜一郎の進学を熱心に勧め、父を説得してくれた人だ。現在は上海で父の事業を手伝っている。

「利三郎さんのお宅にいらしてください。大切なお話があるということです」

喜一郎は眉をひそめた。

「大切な話というのは、利三郎さんからですか。それとも西川さんからですか。それとも――」

「ええ。大将からです」

西川が父から伝言を預かり、帰国しているようだ。


喜一郎は気を重くしながら、名古屋市東区白壁町を人力車に揺られていた。名古屋城の東側にあるこの一画は、武家屋敷ふうの家々が多い。利三郎はこの界隈に一軒家を構えていた。

工場での研修が全く進んでいないことが、上海の父の耳に入ったのだろう。西川は叱責の手紙でも持ってきているに違いない。利三郎邸の玄関の引き戸を開けた。

「ごめんください」

女中が笑顔で出迎える。食堂では愛子が西川秋次に酌をしていた。西川はいま四十歳くらいだが、正絹の羽織を着ていて貫禄がある。

「やあ、若。すっかり立派になられて」

「西川さんこそ、お元気そうでなによりです」

利三郎はすでにほろ酔いで上機嫌だった。

「お兄さん、今日はビッグニュースがあるのよ」

愛子から大型蒸気船の絵が描かれたリーフレットを渡された。東洋汽船のものだ。裏側は世界地図になっていた。世界の重要港湾都市が航路でつながれている。

「喜一郎君は旅券を持っていたっけ？」

西川がニコニコしながら尋ねてきた。

「持っていませんが」

愛子が眉をひそめた。

「大変、急いで申請しなきゃ。査証も必要よね」

「米国に入国するには健康診断も必要だからね」

西川から手紙を渡される。父親からの一筆箋と乗船券が入っていた。利三郎は得意げだ。

「世界を見てこいというわけや」

愛子は嬉しそうに身を乗り出した。

「私たちも一緒よ、お兄さん」

「三人で米国視察ということですか」

「米国だけやない。喜一郎君は英国で研修つきや」

喜一郎は乗船券に同封されていた旅程表を見た。横浜港を出港したあと、サンフランシスコに寄港する。その後は自働車と鉄道でアメリカ大陸を横断だ。ニューヨークとボストンの工場を視察したあと、再び船に乗って大英帝国に渡る。マンチェスターのオールダムという町にある世界一の繊維機械企業で三ヵ月の研修を行うとあった。

「オールダムの繊維機械企業といえば……」

「プラット・ブラザーズ社だ」

西川が頷く。プラット社は業界で世界一位の大企業だ。喜一郎は父の一筆箋を読んだ。

『障子を開けてみよ、外は広いぞ』

5、青い瞳の美女（大正十年）

横浜港で大型客船春洋丸の汽笛が鳴る。喜一郎は愛子や利三郎と甲板に立った。見送りに立つ母に向けて山高帽を振る。春洋丸は黒い煙を吐いて青い海の上を航行していく。

○5○

喜一郎は全長が約百六十五メートル以上もある春洋丸の甲板をぐるりと一周した。太平洋に出ると見渡す限りの大海原で、陸地はない。海は穏やかで鏡面のように青い空を映す。空と海の境界があいまいなだけに、余計に『世界』の広さを感じた。

父が欧米視察に出たときのことを思い出す。出発前と後でまるで人が変わっていた。それほどの衝撃と熱気が欧米にはあるのだ。期待が膨らむ。

春洋丸は実ににぎやかな客船だった。昼は活動写真の上映会があり、夜はダンスパーティや仮装大会まである。乗船客は喜一郎ら日本人の他、横浜や神戸（こうべ）に駐在している欧米の外交官一家や財閥の人間が多かった。

最初は夜のパーティに顔を出した喜一郎だが、三日目には気疲れして、船室に閉じこもった。利三郎と愛子は夕食のあと、ダンスパーティに行った。船室の中はとても静かだ。

喜一郎は旅行鞄（かばん）からノートを出した。プラット社での研修がこの先に控えている。世界一の企業だから、もしかしたら織機の自動化の開発を終えて、生産目前かもしれない。喜一郎は新しい自動装置をあれやこれやと考えスケッチした。パーティの時間は長く感じたが、ひとりで図を描いていると時間を忘れる。

女性の悲鳴が聞こえた。

喜一郎は手を止める。甲板を走る足音が響き、男性の怒号も耳に入る。丸い窓から外を覗き見た。人が次々と甲板に集まっている。

喜一郎は船室を出た。甲板は風もなく、満天の星が広がっている。まるで静止画の中にいるようだが、船尾では推進器が波を蹴り水しぶきを上げている。

中年の米国人女性が身を乗り出し、海面を指さしながら英語で助けを求める。

「娘が落ちたの！」

喜一郎は手すりから下を覗き込んだ。三十メートルくらい下に海面がある。暗闇でよく見えないが、白いドレスが波間に揺れている。巨大なクラゲが浮遊しているようだ。船は二十ノット以上はスピードが出ている。海に落下した白いドレスの女性は、みるみるうちに後方へ置いていかれる。女性らしくない野太い声で叫んでいた。日本語のようだ。

「どうしていつも水の中からなんだ！」

錯乱しているようだ。海面から近い甲板から救命ボートが下ろされた。三人の船員が乗り込み、溺れる女性の元へ向けて櫂を漕ぐ。

「酔っぱらって甲板から落ちてしまったらしいよ」

すれ違う乗船客の噂話が耳に入った。喜一郎はブランケットを持って、船内の階段を駆け下りる。下階の甲板に行きついた。落下した女性の家族たちもここに集い、救命活動を見守っていた。海面から近いから風が冷たい。南航路を進んでいるが、夜は冷える。

救命ボートが横付けされた。ブロンドの髪を顔に張り付かせたびしょ濡れの若い女性が、咳き込みながら引き上げられた。家族に抱きしめられる。その場でずぶ濡れのドレスを脱ぎ始めた。胸元の白い膨らみがちらりと見え、喜一郎は慌てて目を逸らした。

寒そうに震えている。喜一郎は体を見ないようにしながら、ブランケットを差し出した。女性と目が合う。彼女の瞳の色は透明感あるターコイズブルーだった。瞳孔の周囲に花びらのように広がる虹彩はオレンジ色で、まるで青空に咲くガーベラのようだ。彼女は悲愴な表情で喜一郎を見ると、プイッと目を背けた。なにかを振り切るように、救護室へと消える。

ダンスを楽しんだ愛子は十時過ぎにことりと寝てしまった。喜一郎は利三郎に誘われ、ダンスホールへ酒を飲みに行った。楽団は引き揚げているが、蓄音機から軽快なリズムの欧米音楽が流れていた。若い人たちが難解なステップで踊っている。

「欧米ではこのジャズとかいう音楽が流行っているそうやで。クラシックに親しむ親世代は耳を塞いでいるんやないか」

喜一郎はダンスホールで大胆に踊る若い欧米女性たちに目を向けた。ショールがはだけ、肩回りをあらわにしても気にしていないようだった。ガーベラの瞳をした女性をつい探してしまう。

「誰か探しているんか」

利三郎が揶揄するように言った。喜一郎は慌てて目を逸らした。

「君ももう二十七やからな」

「なんの話ですか」

「落水した女性が救助されるところを見たんやろ。ブランケットを渡そうとしていたと。溺れた娘はぽろんと出てしもてたそうやないかい」

「出ていませんでしたよ！　確かにドレスは脱いでいましたが、コルセットをつけたままで……」

「やっぱり見とったんやないかい」

肩を乱暴に叩かれた。喜一郎はカッと頬が熱くなった。

「欧米人の肌は白くて透き通るようやな。そりゃ下着姿を間近で見てしもたら……」

「だからそんなんじゃないんです。僕が見ていたのは」

あのガーベラが咲いた燃えるような瞳だ。どうしてか、あの瞳に懐かしさを感じるのだ。

「妙なんです。彼女と以前、どこかで会ったような気がしてならない。あちらの態度も……」

「喜一郎ッ」

利三郎は大笑いし、喜一郎の肩を叩いた。初めて呼び捨てにされたが、悪い気はしなかった。

「もう二十七の男子なら、縁談を考えるべきやな。どれ、兄貴に一筆書いておくわ」

利三郎の兄の児玉一造は縁談の世話をするのが大好きだ。本人たちの人柄や家柄、経済状況を見越して、ピタリと良縁を取り結ぶ。

「せやから喜一郎、縁談が決まる前によう遊んでおけよ」

利三郎が顎を喜一郎の背後に振る。ガーベラの瞳をした美女が、立っていた。

彼女はキャサリン・モスと名乗った。アメリカの貿易商の娘で、幼少期から横浜に住んでいたという。二十歳になり、アメリカの音楽学校でバイオリンの腕を磨くため帰国を決めたらしい。一時帰省の家族と共に、春洋丸に乗った。今日初めて酒を飲み、酔って手すりを乗り越えてしまったそうだ。利三郎は気を利かせたつもりか、キャサリンに席を譲り船室へ戻ってしまった。

いまキャサリンはダンスホールにいた人々におだてられ、バイオリンを弾いていた。高低音をいったりきたりする複雑な曲を披露する。それでいて郷愁を誘うメロディで、喜一郎は思わず立ち上がって拍手をしてしまった。

「斬新な旋律ですが、どこか郷愁を感じる曲調ですね」

「『異邦人』という曲よ」

「タイトルからして日本人作曲でしょうか……。しかし日本語もお上手なんですね。バイオリンを始められたきっかけはなんだったのですか」

キャサリンはちっとも喜一郎の質問に答えようとしなかった。

「喜一郎さんはなぜ春洋丸に乗っていらっしゃるの」

「僕は欧米視察です。紡織企業で働いているので、紡機や織機の開発をしたいと思っています」

「すごいわ。欧米視察だなんて。会社の重役さんなの？」

喜一郎は、社長の息子であることを話した。御曹司かと差別されるかもしれないのであまり言いたくはなかったが、重役だと勘違いしているのを訂正しないのは、虚勢を張っているみたいで嫌だった。

「お父様の会社に入られたのね。一般の人には知れない苦労がおありよね」

喜一郎は驚いて、顔を上げた。

「私の父は貿易をやっているの。子供のころ父の職場は遊び場だったけれど、学校ではわがままお嬢様のレッテルを貼られて苦労したわ」

「そうでしたか。日本の学校では余計に大変だったでしょうね」

「まともな人ほど私に近づいてこないのよ。社長の娘に取り入ろうとしている、なんて陰口を叩く人がいるものだから」

自分もだと喜一郎は思わず身を乗り出してしまう。

「工場で一生懸命に働きたいと思っても、社長の息子だからとはじき出され、査定をしていると勘違いされる。僕と対等に話してくれる工員はひとりもいません。いたたまれなくて、倉庫で握り飯を頬張る毎日です」

キャサリンはガーベラの瞳をらんらんと輝かせて、身を乗り出した。

「同じよ！　私なんて、人の目が気になるからトイレでご飯を食べているわ」

喜一郎は仰天した。

「トイレ……!?　そ、それはトイレット、厠（かわや）のことですか？」

あんな臭くて暗い場所で飯を食うなんて信じがたい。

「衛生上、厠は避けたほうが……」

キャサリンはさっさと話を終わりにした。

「トイレのことなんかどうだっていいの。いずれにせよ、私たちは御曹司というだけでこんなにも差別されてしまう」

キャサリンは女性だから令嬢だ。日本語はなめらかだが、言い間違いはかわいらしかった。

「誰も本当の私を見てくれない。なにも悪いことはしていないのに！」

拳をテーブルに叩き下ろす。華奢な体つきをしているが結構な力があり、紅茶が波打つ。

「そうですよね。僕たちはなにも悪いことはしていない」

なだめるつもりで喜一郎は言ったが、心にすとんと響く言葉でもあった。

「堂々と自分がすべきことを遂行するしかないのかな……」

同じ気持ちを味わい共感してくれる人がいるだけで、気持ちが楽になった。欧米視察を終えて工場に戻るのは気が重く、プラット社での研修が有意義なら、そこで技術者としての腕を磨こうと思っていた。

だが、ひとりも理解者がいないわけではないのだ。事務棟に行けば利三郎もいる。利蔵も自分を心配してくれていた。それで充分じゃないか。

「なんだか、一刻も早く工場に戻って働きたい気分です」

キャサリンは、喜一郎の手にじいっと見入っていた。スケッチばかりしているので、指先はインクで汚れている。油分を取り切れず爪の周りが黒ずんでいた。

「汚い手ですみません」

「いいえ。とても素敵」

気がつけばジャズは終わり、セレナードが流れていた。ダンスホールでは自然とカップルが出来上がり、しっとりと踊り始めた。喜一郎はキャサリンに手を握られていた。海に落ちて体が冷えたままなのか、彼女の手はとても冷たかった。咄嗟（とっさ）に喜一郎は手を握り返した。

――踊りませんか。

夜曲の甘い旋律に誘われてそんな言葉が出そうになる。彼女とはなにかが通じ合っている気がするのだ。キャサリンは恥じらったのか、すっと手を抜いて立ち上がる。

「おやすみなさい」

彼女は行ってしまった。喜一郎は若い欧米人たちに慰められた。


翌日、朝食を早々に済ませ、喜一郎はキャサリンを探した。甲板には大海原を観察する人や、軽装で体操する人がいたが、キャサリンの姿はどこにもなかった。その家族もいない。

喜一郎は葉巻を手にしている利三郎に声をかけた。

「利三郎」

昨夜の件で打ち解けたこともあり、喜一郎も利三郎もお互いを呼び捨てにしていた。

「喜一郎。君もどうや」

葉巻を勧められる。

「いや、結構。ところでキャサリンを見かけなかったか？」

葉巻の先をカットしていた利三郎が手を止めた。

「誰やって？」

「キャサリン・モスさんだ。昨夜、落水して救助された貿易商の娘だ」

利三郎は喜一郎の腕を引いて強引に座らせた。

「まあ吸わんか」

口に葉巻を突っ込まれた。火をつけられる。濃厚な煙が肺に入り込み、激しく咳き込んでしまった。利三郎は愉快そうに眺めている。

「これでまたひとつ大人になりよった。ところで誰を探しとるんやって？」

「だから、キャサリンです」

「誰やそれは」

喜一郎は戸惑った。葉巻を指に持ち替え説明する。

「昨夜、酔って海に落ちた米国人女性ですよ。僕を捜しにダンスホールまでやってきて……」

「夢でも見とったんやないか、喜一郎」

利三郎は笑いながら席を立ってしまった。

喜一郎はその後、愛子にもキャサリンのことを尋ねた。彼女は直接には会っていない上、落水した女性がいたことすら知らなかった。部屋付のポーターを捕まえて、キャサリンのことを訊いた。ポーターはシャム人で基本的な英会話はできたが、キャサリンのことについてはどれだけ説明しても通じなかった。


約二週間後、春洋丸はサンフランシスコに入港した。遠い大海原の向こうに陸地の影がぼやけて見える。やがて進行方向に赤く輝く大きな橋が見えてきた。鋼鉄でできているようだが、日本の山奥にかかるような吊り橋(つりばし)構造をしていた。どうやって鋼鉄を吊っているのか、喜一郎はその技術力に度肝を抜かれた。

「あれがゴールデンゲートブリッジか」

うっすらと霧をまとった荘厳な姿に喜一郎は感動する。春洋丸が陸に近づくにつれ、桑港――サンフランシスコの街並みが迫ってくる。

急な坂道に張り付くようにして路面電車が走る。路地にはぎっしりと建物が並び、天にも届きそうな高いビルディングも見えた。歩道と路面電車の間を黒い乗り物が次々と行き過ぎていく。自動車だ。隣に立っていた日本人男性が、驚いている。

「桑港はどれだけタクシーやハイヤーの会社があるんでしょうね。あれだけ多いと乗客の取り合いで儲かりそうもありませんよ」

喜一郎は首を横に振った。

「あれはタクシーやハイヤーではなく、自家用車ではないでしょうか。庶民が車を所有しているんです」

「まさか。あんな高価で扱いにくそうな乗り物を、庶民が所有しているなんて」

日本人男性は、隣にいた米国人に尋ねた。米国人はピープルズ・カーだと言った。

「ピープルズ・カー。大衆車という意味ですよ」

日本にはまだ存在していない。

喜一郎の頭から、キャサリンが吹き飛んでいた。

6、港の花嫁（大正十一年）

翌年の春、喜一郎は欧州航路の箱根丸でマルセイユを出発して神戸港へ帰ってきた。欧米の先進工業都市を九ヵ月かけて見て回った後だけに、海軍基地のフランス積みのレンガ造りは時代遅れに見えた。

喜一郎はこの目でマンハッタンの高層建築ラッシュを見てきた。三角形をしたフラットアイアンビルディングは、二十二階まであるというのに風が吹いてもびくともしない。五十階建てのビルも建設中だった。地上はところせましと店が並び、路地裏も舗装されていた。たまに馬車が通ることはあるが、道路に列をなしているのは大衆の足になっている自動車だ。ほとんどがT型フォードと呼ばれる量産車だった。

移動のさなかで見た農村地帯でもT型フォードが走っていた。シャシーに荷車を取り付けて小麦粉を積んでいたり、刈り取った羊毛をもっさりと載せていたりして、農道を軽やかに走っていた。

箱根丸が岸壁に近づくにつれ、神戸港の迎えの人々が日本国旗を振っているのが見えた。多くが着物姿で子供たちは薄汚い恰好をしていた。迎えは馬車か人力車ばかりだ。馬や車夫が待機している。欧米とは隔世の感があった。

日本はいつ欧米に追いつけるだろうか。自分がこの国の発展と人々の豊かさのために奉仕できることはなんだろう。喜一郎は考えながら鞄を片手に、タラップを降りた。

「お兄さん！」

一足先に帰国していた愛子の声が聞こえた。モダンガールふうの断髪姿の愛子と、和服姿で庇髪の母が笑顔で出迎えてくれた。

「無事に帰りついて、ホッとしましたよ」

九ヵ月会わぬ間に、母は白髪が増えているように見えた。愛子は明るく笑い続けている。

「愛子、なにがそんなにおかしいんだい」

「だってお兄さん、いつかのお父さんみたいなんですもの」

母も笑い出した。

「洋服に革靴、外套に山高帽。おまけに旅行鞄までそっくりなんだものね。てっきりお父さんが帰ってきたように見えましたよ」

父はまだ上海にいる。西川秋次を右腕に『豊田紡織廠』という会社を上海に興し、軌道に乗ったと聞いている。

「納得するまで帰国しない、五年でも十年でもと言っていたのに、あっさり帰ってきたところまでそっくりですよ」

○6○

確かに喜一郎は、プラット社で技術を身に付けるのには最低でも三年かかると見越していた。いざ工場に出てみると拍子抜けすることばかりだった。母と妹たちに説明する。

「とにかく工員の効率が悪すぎるんです。ちょっと機械を動かしたらすぐに休憩に行くか、おしゃべりばかりだ。僕はあるとき時計で彼らの実働時間を測ってみたんです。八時間も工場にいたのに、きちんと働いていたのはたったの三時間だけでした」

母はたいそう驚いた様子だった。

「まあ、うちではそんな工員は見たことありませんけどね」

「しかも不良品のあまりの多さに閉口もしました」

織機は経糸(たていと)が切れやすい。一本切れるとすぐさま機械を止めないと、不良品が延々と織り上がることになる。豊田紡織では不良品を出さないために、経糸切断自動停止装置がついている。工員たちの対応も素早い。

「プラット社では、不良品が何メートルも織られていくのを横目にのんびり動き出す。工場長に報告に行って初めて織機を止めるのかどうか考える。その間に不良品が延々と吐き出されていくんだ。そもそも道具や機械の配置が悪い」

喜一郎は旅行鞄から、工場の配置を描いたスケッチを出そうとしたが、愛子に止められた。

「お仕事の話はまた後で。休日はオールダムのマーケットで買い物をしたり、カフェーにも通ったりしていたんでしょ？」

休日の話などどうでもよく、喜一郎は工場の話ばかりしてしまう。

「織機で不具合が出ると、工員が何十メートルも先の工具置き場まで行って、工具を持って戻ってくるんだ。そばに工具置き場を設置すればいいのに、工員がちんたら往復している間に、また不良品が続々と生産されていくというわけだ」

「もうわかったったら、お兄さん。今日はお友達も一緒なのよ」

ハイヤーの中で待っているらしい。

「神戸の街を一緒に散策してきたの。これからお兄さんも一緒に元町（もとまち）に行きましょう。素敵なフルーツパーラーがあるのよ」

母と愛子が乗りつけてきたハイヤーに、着物姿の小柄な女性がちょこんと座っていた。耳隠しに鼈甲（べっこう）のかんざしを挿（さ）していた。着物も絹の上等品で、いいところのお嬢さんのようだ。不安げに車窓を眺めていたが、喜一郎と目が合うなり、目を伏せて深く会釈した。

愛子が彼女の隣に座った。

「彼女、飯田（いいだ）二十子さんよ」

母が反対側から後部座席に座り、二十子を挟む。喜一郎はハイヤーの運転手に助手席へ案内される。二十子は愛子とぽつりぽつりと会話はするが、とても大人しい女性に見えた。元町のカフェーでは何層にもスポンジが重なった焼き菓子を注文していた。

「それはなんというお菓子ですか」

米国でも英国でも見かけなかった。喜一郎が問うと二十子は親切に教えてくれた。

「これはバウムクーヘンというドイツのお菓子です」

しばしドイツのお菓子やパンの話をしたあと、喜一郎は二十子に尋ねる。

「二十子さんは、愛子の女学校時代のお友達ですか？」

愛子がフルーツパフェに目を輝かせながら、首を横に振った。

「実は二十子さんとは、私も今日初めて会ったの。でも優しくてかわいい人だから、すぐ好きになっちゃった」

二十子はまた恥ずかしげに目を伏せた。母親が説明をする。

「二十子さんは、京都の髙島屋呉服店をやってらっしゃる、四代目飯田新七さんのお嬢さんよ」

飯田新七の話は聞いたことがある。若くして家業である呉服屋の髙島屋を継ぎ四代目を名乗ったが、周囲の反対を押し切ってパリの万国博覧会へ出かけ、貿易部門を立ち上げた野心家だ。

「二十子さんのいとこの美代さんは、戸畑鋳物の鮎川義介さんのところへ嫁いでいるのよね」

鮎川義介は東京帝国大学の工学部の大先輩にあたる。会ったことはないが、同窓で知らぬ者はいない。明治維新の立役者である井上馨侯爵の縁戚にあたるが、帝大卒であることを隠して職工になり、腕を磨いた人物だ。

「それはそれは、立派な家庭に嫁がれているのですね」

二十子は恥じることはないのに、顔を真っ赤にして俯いている。愛子は笑いをこらえていた。

「一体どうしたんだい、愛子」

母が言う。

「喜一郎さん。二十子さんは、あなたの結婚相手なんです」

喜一郎は事態をすぐに呑み込めない。

「新七さんのご家族と仲のよかった利三郎さんの提案で、児玉一造さんが取り持ってくださいました」

喜一郎はだんだん実感がわいてきて、顔が熱くなっていく。

「早く言ってください、お母さん。どうして帰国早々に縁談の話を――。神戸のカフェーでするものじゃないでしょう。利三郎は話を急に進めすぎです」

「だって急いだほうがお兄さんのためだから、って」

愛子が口をすぼめた。

「なぜこんなに急に縁談を進める必要があるんです。僕は今日、九ヵ月ぶりに帰国したばかりなんですよ」

「本当に、すみません……」

二十子が泣きそうになっているので、喜一郎はあたふたしてしまった。とんだ出会いだったが、縁談の話は支障もなく進んだ。白壁町の利三郎邸の近所に居を構え、年の瀬に喜一郎は二十子と結婚した。

7、関東大震災（大正十二年）

九月一日、喜一郎は東海道線の特急列車に乗り、十時ごろに東京駅に到着した。能登半島付近に台風があると新聞に書いてあったとおり、東京は風が強かった。特許局で用事を済ませて、十一時半に銀座の天ぷら屋で旧友と落ち合う。小林秀雄（こばやしひでお）という二高時代からの友人だ。東京帝国大学でも共に機械工学科で学んだ。彼は卒業後、鉄道省の技術者をやっている。

「欧米に行っておったんだろ。結婚もして、いい男になったな。赤子は」

「もうすぐさ」

妻の二十子はいま妊娠中だ。今朝もお腹（なか）を重たそうにしながら、喜一郎の上京の準備をしてくれた。

店に入り、天ざるを二つ頼む。

「喜一郎、どうだ仕事は」

「ようやくことが進み始めているよ」

欧米視察後に再び紡績工場に入ったが、熟練工たちの態度が目に余った。

「プライドが高くてね。自分が二十年かけて身につけた熟練の技を、おいそれと教えるわけにはいかないというわけさ」

そこで紡績機械メーカー、ホワイチン社の技術者が指導のために二週間、来日してくれた。

「それはそれは丁寧に紡績技術について指導してくれたよ。熟練工は恐れ入っていた。彼が二十年かけて師匠から学んだ技は、二週間の研修で習得できるレベルのものだったんだ」

なんともくだらないプライドだと小林が嘆き、壁にかかったポスターを見る。日本髪の女がキリンビールをコップに注いでいる絵だった。

「真っ昼間だが、ビールを飲みたい気分だな」

「僕はもう用事はないが、君は省に戻って仕事だろう。どうなんだ、君のところは」

「いま僕は満鉄のほうの事業もやらされて、いろいろと大変だよ」

小林は省営自動車計画の主査だが、南満洲鉄道の車輛の設計なども手伝っているらしい。

「満鉄は半官半民の企業だからね、こっちの政治が変わればあっちの総裁人事も変わる。地元民の反乱もたびたびあるもんだから、関東軍もあれやこれやと口出しをしてくる。参ったよ」

小林は技術者だから、官僚や政治家のごとく根回しや交渉をするのが疲れるらしい。気苦労は喜一郎の比ではないだろう。

「喜一郎。欧米を見て、自動車についてはどう思った?」

小林の問いに喜一郎は思わず箸を止めた。

「日本全国に網の目のように鉄道を敷くことが本当に正しいことなのか、いま、政府は慎重に判断をせねばならないときだと思っている」

窓の外をT型フォードが通り過ぎていく。東京の富裕層がすでに自動車を所有し始めている。ゼネラルモーターズのシボレーもよく見かける。ベンツ社の自動車なども走っていた。

「自動車が大衆の足になる日が来たら、鉄道より道路整備を優先すべきだろう」

確かに、未だ日本は主要都市の大通りが舗装されているだけだ。欧米のようなハイウェイはないので、都市と都市を結ぶ道路は険しい山道ばかりだ。

「道を作るのかレールを敷くのか。自動車の普及次第だ」

小林は未来を予測しかねるのか、首を何度も傾げた。

「東海道も山だらけだしな。ハイウェイを作るのは莫大な予算がかかる」

「トンネルを掘るのは現実的ではないよな。東京の地下鉄事業も、地権者の理解を得られず進んでいないんだが、無理だ無理だと言って日本の交通網を鉄道や市電に絞ってよいものだろうか」

喜一郎はマンハッタンの景色を思い出した。

「僕が米国で一番驚いた言葉がある。ピープルズ・カー、大衆車という言葉だ」

小林が「大衆車？」と繰り返した。

「米国では自動車がすでに庶民の足になっている。労働者が車を持てる時代になっているんだ」

「米国の企業はどれだけの高い給与を払っているんだ」

「国というのは、圧倒的多数の労働者が豊かになって初めて大きく経済発展するに違いないんだ。大衆が自動車を持つようになったら、なにが起こると思う」

小林が身を乗り出したので、喜一郎も話に熱が入る。

「自動車をひとつ作るのには大量の部品が必要なはずだ。僕は織機を見て育ったが、織機は自社の工場でほとんどの部品が賄える。だが車は違うだろう」

「そうだな……ボディは鋼板、運転席は皮革か織物……」

「ガラスも必要だ。タイヤはゴム製だからその加工技術もいる」

「エンジンなどの動力は鉄鋼、足回りのバネ、動力を伝える歯車は技術の高いものが必要だ。

喜一郎は水を飲み干した。

「つまり、車の大量生産を支えるには、製鉄、鉄鋼、ガラス、ゴム、繊維に合成樹脂、そして電装品——現代の主要産業の全てを結集しなくてはならない」

「まさに総力戦だな。いち企業が自動車産業を興すのは不可能だ」

「政府の主導が必要だと思うが、全ての歯車がいっきに回ったとき、日本は『自動車製造』という産業がもたらす金でとても豊かになると思うんだ」

話しながら、喜一郎は気がついていた。

「自動車産業が興れば、国も労働者も豊かになる社会を実現できる」

いまの日本や欧州のような、一部の富裕層だけに富が集中する社会ではなく、米国のように庶民が金を稼げる社会の実現が、未来の日本のあるべき姿なのではないか。小林も唸る。

「やはりそうだよな。我々官僚は国民がひとり残らず豊かになる道を模索せねばならない」

道路の整備を進めなければ、日本に大衆車の普及はない。

「喜一郎。そこまで理解できているのなら、自動車を作れよ」

小林が突然言った。

「なにを言ってるんだ。僕は地方の小さな財閥の、就職したての若造でしかない」

父の作った会社はいくつもあり、従業員も三千人を超えているが、所詮は地方の新興財閥だ。歴史ある三井や三菱などの財閥のほうが自動車事業に手を出しやすいだろう。大工の家系である豊田家が、国内に前代未聞の一大産業をゼロから興す——。

できるはずがないと言おうとしたとき、蕎麦猪口のつゆがひどく波打っていることに気がついた。

「地震か」

テーブルの上の電灯が小刻みに揺れている。やがて腰が浮くほどの強い縦揺れになった。

咄嗟にテーブルの下に隠れた。火を消せと厨房から叫ぶ声がする。外に逃げようとした客が、天窓から割れ落ちたガラスの破片を浴びた。厨房の大鍋がひっくり返ったのか、大きな湯気がのぼり、女性の叫び声がした。すでに厨房は火の手が上がっている。

「喜一郎、外に出よう！」

小林に腕を引かれた。あまりに強い揺れで足元もおぼつかない。通路は割れたガラスや食器が散乱し、飲み物がこぼれている。店から出た途端、壁が割れてコンクリートの塊が落ちてくる。喜一郎は小林の肩を抱き、間一髪で逃れた。

大地震の揺れが収まってすぐに小林とは別れた。官僚の彼はすぐさま鉄道省に戻らねばならない。喜一郎は家族に連絡を取るべく電信局を目指した。

だが通りは避難の人々でごった返していた。家財道具を大八車に載せた男や、布団を抱えた子供が、次々と出てくる。木造家屋は斜めに傾き、完全に倒壊した家も多い。レンガ造りの建物までバラバラに崩れ落ちていた。

――名古屋に戻ったら工場の耐震について考えなくては。

喜一郎は懐中時計を見た。昼の一時になっている。地震は十二時前後だっただろうか。何度も強い余震に見舞われている。市電は避難の人の混雑で立ち往生していた。遠くで煙が立っている。昼どきだったからあちこちで火事が発生しているようだ。風が強いせいで飛び火し、火事が広がっているようだ。界隈は経験したことのない暑さだった。

幸いにも喜一郎は無傷だが、新調したばかりの白麻の背広は店に置いてきてしまった。いつの間にか飛んできた火の粉で開襟シャツには焦げた穴が開いていた。

喜一郎は明日の午前中に名古屋に帰る予定だったが、とても無理だろう。復旧に何日かかるかしれない。自宅で二十子をひとりで待たせている。出産が近い。なんとかして無事を知らせて一刻も早く帰りたかった。

ようやく辿り着いた電信局は潰れ、火事になっていた。火のついた紙切れが灰の雨を降らせている。大量の電話帳が燃えているようだった。

喉が渇いていた。火事の熱さと路地にぎゅうぎゅう詰めの雑踏で、汗が止まらない。

東京駅へ行こう。すぐに電車は動かないだろうが、駅の構内にいれば飲み物が手に入るかもしれない。頑強な造りの東京駅は崩れていないはずだ。

京橋付近から東京駅が見えた。駅舎は火事にも遭っていないようでホッとしたが、以前は京橋から東京駅舎を見ることなどできなかった。それだけの建物がこの地震や火事で焼失してしまったのだろう。

駅前広場は避難民でごった返していた。白衣の看護婦たちが広場に畳を並べ、負傷者の手当てをしている。駅舎の中は避難の人ですし詰め状態で、持ち出した家財道具の山で足の踏み場もない。ようやく駅員を見つけた。

「名古屋に帰りたいのですが、東海道線の復旧はいつごろになりますか」

駅員は途方に暮れた顔をした。

「線路を見てみてください。とても無理です」

喜一郎はホームに入り、線路の先を見た。蛇がのたうつようにレールが曲がっている。枕木が割れてしまっているところもあった。線路脇の電柱も倒れている。全てを撤去しレールを敷設し直すのに、数ヵ月はかかるだろう。

喜一郎は膝からくずおれてしまった。

二十子は大丈夫か。初産間近で一番不安なときに心労をかけてしまう。愛子も母も心配し、利三郎や父は仕事どころではなくなるはずだ。

なんとしてでも帰らねば。だがもう気力がない。地震の前、蕎麦屋で飲んだ水が最後だった。喉が渇いて焼けそうだ。

何者かに肩を叩かれた。額を怪我し、顔に血の跡が残る男性が立っていた。法被に地下足袋を履いていた。大工だろうか。

「大丈夫ですか。額に怪我をしていますよ」

喜一郎は気遣った。ハンカチを出したが、大工は受け取らない。

「僕のことはいいんです。それよりどうぞ」

大工はコップを突き出してくる。半分くらい水が入っていた。

「喉が渇いてらっしゃるでしょ」

「そんなことより、ひどい怪我です。救護所へ行きましょう」

「絶対飲んでください」

大工は譲らない。

「こぼれるほど満杯に注いできたのに、道が悪くてけつまずいてしまって、半分もこぼれちゃいました」

まるで喜一郎のためにコップの水を汲んできたような言い方だ。豊田家は大工の家系だから、祖父か父の知人だろうか。

「あの……どこかでお会いしたことがありますか」

「ないです、ないです。とにかく飲んでください。うちに帰れば目の前が滝で、水は飲み放題なんです」

「滝……?」

まるで山奥から来たような言い方をする。

た。

「とにかく飲んで」

喜一郎はコップを受け取り、水を飲み干した。半分ではあっても、気力を蘇らせるのには充分だった。

「本当にありがとう。あなたは救護所で手当てを受けてください」

彼の肩を抱え、東京駅へと引き返した。

「あなたのお名前は？」

「いやいや、名乗るほどの者ではありません。この後、界隈は火災で三日三晩燃え続けます。一刻も早く東京を離れてください」

確かに、地震直後はこんなに方々から煙が出ていなかった。風が強すぎて、消防の手に負えなくなっているのだろう。

「三鷹まで歩いてください。そこから先の線路は無事です。中央線は動いていますから」

「あなたはどうするんですか」

「僕はここまでで」

救護所に着いたところだった。大工は畳の上に横たわり、ホッとしたように深くため息をついた。静かに目を閉じる。駆け付けた医者が大工の胸元を開き、聴診器をあてる。

「もう亡くなっていますね」

喜一郎は呆然と大工の脇にしゃがみこんだ。額の抉れた傷がかわいそうだった。白いハンカチを広げて、彼の顔にかけた。火の粉が飛んできてハンカチを焦がす。火災が迫っていた。

名古屋に帰らねば。

気力を振り絞り、中央線沿いの道を西へ向けて歩き始めた。

8、暗黒の木曜日（昭和二〜四年）

関東大震災のあとに生まれた長女の百合子（ゆりこ）が歩き始めるころ、長男の章一郎が誕生した。名古屋でもラジオ放送が始まった。家庭の中はラジオから聞こえる流行歌と、それを口ずさむ二十子、百合子が走り回る音に赤ん坊の章一郎が泣く声で、常にやかましかった。

会社では、新たに豊田紡織が開発に乗り出した自動織機の生産のために、名古屋市の南東部にある刈谷（かりや）町に工場を建設した。東海道線沿いの一帯だ。白壁町の自宅から人力車のみでは通えない。名古屋駅に出て東海道線に乗り、三十分ほどの刈谷駅で降りる。そこから徒歩で工場に出勤する毎日だ。

喜一郎は父の助言のもと、ベテランの鈴木利蔵や先輩技術者である大島理三郎（りさぶろう）らと四苦八苦して開発にいそしんだ。大島理三郎は利三郎と同じ名前の読みだが、経営者で利益を追求する利三郎と、理系の技術者の理三郎、名前からして覚えやすく喜一郎は親しみを持っていた。いよいよ彼らと自動織機を完成させ、すでに特許の出願も済んでいる。無停止杼換式豊田自動織機——通称、G型自動織機という。

日本全国の紡織会社や織布工場で飛ぶように売れて、欧米からも注文が入るようになっていた。先日、視察にやってきたプラット・ブラザーズ社の技術者は、G型自動織機の試運転を見て、「マジックルーム」と絶賛した。

このG型自動織機を生産するための会社を新たに立ち上げた。

株式会社豊田自動織機製作所という。刈谷工場が拠点だ。喜一郎は常務取締役に就任した。

昭和二年三月には次女の和可子（わかこ）が誕生した。仕事も家庭も順風満帆な日々だったが、父の佐吉は体調が悪化していた。

大酒飲みで敷島を吸っていた父は、もともと血圧が高く頭痛に苛まれていた。とうとう上海の豊田紡織廠を西川秋次に任せて帰国した。父には休んでほしかったのだが、大きなトラブルがあった。かつて父を追い出した会社、豊田式織機がG型自動織機の開発のさなかに、自動杼換装置の特許の所属を巡って訴訟を起こしたのだ。父は取締役として名前が残っていたから、自分が創った二つの会社の間に挟まれて、相当な心労があったようだ。自宅での療養もままならず、いまでは杖がないと生活ができない。

そんな折、父の勲章受章の連絡が入った。勲三等瑞宝章はこれまでの褒章と違い、天皇陛下から直々に授与される。東京まで出て親授式に出席するには父の足元がおぼつかないので、喜一郎が付き添うことになった。

関東大震災から四年経ち、東京の復興は目覚ましい。今日も東京駅で降りたとき、壁一面に張られた宣伝ポスターに喜一郎は目を奪われた。佐吉も足を止める。

「いよいよ来月に開通なのか」

日本初の地下鉄が開業する。上野から浅草までという短い区間だが、東洋でも初めての地下鉄だった。

「大地震のあった場所で地下鉄を掘るなんて、新聞で読んだときはまさかと思いましたがね」

震災直後ということもあり、地下鉄を通すのは不可能だというのが当初の世論だった。だが工事が始まっても崩落の話はなく、余震があっても地下鉄のトンネルはびくともしなかった。

「誰が成し遂げたのか、素晴らしいことだ」

喜一郎は鉄道省の小林から、地下鉄の事業を計画した早川徳次という人の話を聞いたことがある。

「情熱と社会奉仕の精神が並外れていたのでしょう」

東京は人口が増えすぎている。毎日ぎゅうぎゅう詰めの市電に苦しみながら通勤している人の姿を見て、なんとしてでも地下鉄を開通して庶民に貢献しようと思ったのが始まりらしい。

父はなぜか悔しそうだ。杖をつく音で、機嫌のよしあしがわかる。

「あと一ヵ月遅ければ地下鉄に乗れた。しかし陛下に親授式を地下鉄開業日に合わせてくれなどと言えるはずもないしな」

喜一郎は父の腕を取った。

「また来ましょう、お父さん。きっと近々、地下鉄に乗ることができますよ」

父をタクシーに乗せた。その脇をシボレーが走りすぎていく。駅前のロータリーを埋め尽くしていたのは、ほとんどがT型フォードだ。T型フォードを改良した『円太郎バス』だった。震災後に復興のために東京市がT型フォードを八百台購入し、人や物資の移送のために使った。鉄道のレールが曲がり市電も壊滅したので、物資の移送を自動車に頼らなくてはならなくなったからだ。

喜一郎はタクシーに乗り込んだ。

「四年前ここに立ったときは、五年も経たず東京に自動車が普及するとは思いませんでした」

「皮肉なことだな。地震で鉄道がダメになり、自動車頼みになった。国は自動車を走らせるために急いで道を作った」

細く曲がりくねった路地を区画整理し、次々と舗装道路を完成させた。こんなに道路が走りやすくなったのなら、と資金に余裕のある人が自動車を購入するようになった。かつては表記も『自働車』と『自動車』が混在していたが、最近は『自動車』で統一された。自動車という新型の移動手段が、日本社会に根付いてきているのだ。

「いよいよ自動車の時代の幕開けだ」

父が意味ありげに喜一郎を見た。

昭和四年、イギリスの老舗紡織企業、プラット・ブラザーズ社がG型自動織機の特許権を買いたいと申し出てきた。豊田自動織機に莫大な特許料が入ることになった。

喜一郎はプラット社との交渉と譲渡契約締結のため、再び欧米視察に出た。豊田自動織機の幹部の他、製品の輸出入の窓口をしている三井物産の幹部が同行した。G型自動織機のライセンスを売るため、渡英前に米国に二ヵ月ほど滞在することにした。

鉄道や市電、ときに車を借りて米国各地を回った。喜一郎はデトロイトに来たところで、ある程度の交渉を幹部たちに任せひとりで出かけることにした。

デトロイトは米国の自動車産業の中心地だ。工場を見たかったが、自動車産業をやっている企業との接点がない。工場の高い塀沿いの道を歩くうち、住宅街に迷い込んだ。モーター音が聞こえてきたので驚く。主婦が台車のようなものを庭で動かしている。自動で芝生が刈られているようだ。やがてこの家の主人がシボレーに乗って帰ってきた。油で汚れたつなぎ姿は見るからに工場の労働者だ。七年前に周遊したときから、車がすでに大衆のものになりつつあるとは感じていたが、米国の労働者たちは車だけでなく、最新式家庭生活機器を購入できるほど豊かになっているようだ。

最新鋭の機械を見たいと頼むと、労働者は気さくに家庭内を見せてくれた。

「あれは電気冷蔵庫。隣は電気オーブンだ。妻がいま動かしているのは芝刈り機だよ」

「高価な製品に見えますが、よほど会社からたくさんの給与を得ているのですね」

つなぎ姿の労働者は大笑いした。

「キャッシュじゃない。クレジットだよ。車も電化製品もなにもかも」

喜一郎はホテルに戻った。エレベーターホールで箱が下りてくるのを待つ間、映写機みたいな機械が傍らに置いてあることに気がついた。駅のホームやレストランにもあった。操作をすると数字が記された細長い紙がするすると出てくる。七年前はなかったものだ。伸縮式のシャッターを閉めてエレベーターを操作するポーターに、尋ねてみた。

「これはティッカーテープ機です。その時々の株価が印字されているんですよ」

喜一郎は取締役だから豊田自動織機の株を持っている。労働者ばかりの街で、どうして庶民が株価を気にしているのだろう。ポーターは答えた。

「誰だって株を持っていますよ。私もラジオと自動車のメーカーの株を持っています。自分が使う製品を作っている会社は、応援せねばなりません」

いまの日本で株というのは、一部の富裕層が持つものでしかない。アメリカでは庶民が持つまでに広まっているのか。

どうりで米国は株価がどんどん上がっていくわけだ。庶民が買い続ければ、高値を更新し続けるだろう。企業は設備や技術投資をし、儲けた分は労働者の給与に上乗せする。その金でまた労働者は株を買う。買った株が高く売れると、気持ちも豊かになるかもしれない。

だが株というものは水物で売買が非常に難しく、素人は手を出すべきではない。米国の庶民はどうやって損を出さぬようにしているのだろう。

同行している幹部たちと夕食の間、投資の話になった。米国庶民が熱心に株を売買していることについては、三井物産の古市勉（ふるいちつとむ）が内情を知っている。

「先の世界大戦のときに戦費を賄うために、広く国民に国債を買うように政府が促したのが、投資熱の始まりらしいですよ」

その国債は半年ごとに金利が支払われることから人気が高く、投資が国民に根付いたようだ。

「それに目をつけた投資家が、民間企業の株式購入を斡旋（あっせん）する会社を興して、いっきに株の売買が広がったんです」

豊田自動織機の幹部として同行する岡部岩太郎（おかべいわたろう）が首を傾げた。岡部は古くから父の事業を手伝い、

「民間企業の株なんて景気に振り回されて乱高下することだってあるでしょうに、庶民が軽く手を出していいんですかねぇ」

G型自動織機の製品化をサポートしてくれた人だ。

米国での視察を開始して一ヵ月経った十月二十四日、喜一郎はニューヨークに到着した。日本から持ってきたカメラが壊れてしまったので、岡部と一緒に写真機店に入る。珍しいものを見つけた。

「岡部さん、動く写真が撮れるそうですよ」

「シネマトグラフか」

両手に持てるほどの大きさの木箱にレンズとハンドルがついている。店主が使い方を教えてくれた。高価だったが、日本ではまだ見かけない最新鋭の機械を使ってみたかった。キャッシュで代金を払うと、店主はたいそう驚いていた。

岡部とマンハッタンに行き、通りをシネマトグラフで撮影しながら歩いた。ウォール街に入ったところで、喜一郎は投資信託銀行の看板を壊している男性を見かけた。界隈の銀行は人であふれ、行列ができている。株券の束をつかんで叫んでいる人や、破いて怒っている人もいた。

「なにがあったのかな」

喜一郎はシネマトグラフを止めた。ブロードウェイでは劇場前のカフェーで女性がティッカーテープの細長い紙を引きちぎっていた。街の風景を撮影できる雰囲気ではない。

「仕方ない、港へ行ってみますか」

ウォール街を避けて東に流れるイースト川の河口へ向かおうとしたが、行列が道を塞ぎ、通行もままならない。銀行から裏通りに行列が延びているらしいのだ。岡部が首を傾げる。

「これはいよいよ様子がおかしいね」

喜一郎は郵便ポストの脇にあったティッカーテープを引き抜いてみた。株価が印字されているが、全てが前日比でマイナスだった。

「これだけ軒並み企業の株価が下がることなんてありますか」

かつても綿花が大暴落し、紡績企業が混乱して倒産が相次いだことがあったが、他の業種には及んでいなかった。ティッカーテープの情報を見るに、繊維紡織だけでなく製鉄製鋼、自動車、サービス業、全ての株価が下がっている。

喜一郎は岡部と共にイースト川のほとりにある桟橋へ逃れた。アッパー湾に近いイースト川河口の船着き場まで下りて、川面（かわも）や行き過ぎる船、自由の女神などをシネマトグラフで撮影した。船着き場を歩くうち、喜一郎は湾に浮かぶ水死体を発見してしまった。

「岡部さん、人が浮かんでいる！　警察を呼んでください」

人を呼びに行った岡部を見送り、喜一郎はもう一度、川面を覗き込んだ。波紋が乱れている。ずぶ濡れの手がぬっと岸壁から伸びてきて、喜一郎の足首をつかんだ。青白い顔をした男の顔が見えて、喜一郎は腰を抜かした。

「早く米国を去ったほうがいい。これからもっと国内が荒れる」

ゆっくりとした英語で言われた。

「暗黒の木曜日だ」

それだけ告げると男は沈んでしまった。

十一月、喜一郎たちは株の大暴落で混乱する米国を後にして、英国へ渡った。ロンドンから鉄道を乗り継ぎ、マンチェスターへ向かう。喜一郎は駅の売店で購入した英国の経済新聞、フィナンシャル・タイムズを開いた。米国のウォール街で起きた十月二十四日の株価大暴落の余波で、英国内も企業破綻が相次いでいるようだ。『暗黒の木曜日』という文字があちこちに出ている。

「これは日本経済も無傷ではいられまいな」

デイリー・ミラー紙を読んでいた三井物産の古市が苦い顔をする。

「米国は自殺者が止まらないらしい。みなが一夜にして無一文になったも同然だからな。暗黒の木曜日だけで自殺者が十一人も出たそうだ」

あの日イースト川河口に浮かんでいた男はすぐに警察が引き揚げた。亡くなっていた。現場の様子から自殺だという。ゴムで束ねた株券を大量に持っていたらしい。なぜ死ぬ間際に喜一郎に忠告したのだろう。溺れて混乱していただけだろうか。『暗黒の木曜日』という言葉を当初から使っていたことも引っ掛かった。

マンチェスターからさらに鉄道を乗り継ぎ、オールダム・セントラル駅に到着した。

喜一郎にとってオールダムは七年ぶりだ。半月という短い期間だったが、下宿しながらプラット・ブラザーズ社の工場に通っていた。駅の様子は全く変わっていないが、異臭がした。ホームレスが駅正面の階段にしゃがんで動かない。プラット・ブラザーズの名前が入った作業服を着ていた。

喜一郎はホテルに荷物を置き、七年前によく買い物をしたマーケットや、カフェーなどを回ることにした。ニューヨークで購入したシネマトグラフを持って出かける。

だが撮影する気にはなれなかった。マーケットは半数以上が店じまいしている。カフェーもなくなっていた。日用品を購入した雑貨屋は、『空き物件』の張り紙がしてある。

オールダムの全てがくすんで見えた。かつてマーケットはとれたての野菜や肉、魚が並んでいた。花屋の軒先では色とりどりの花が咲き、女性たちの服も上等でカラフルだった。

いま路上には失業者と思（おぼ）しき人々が座ったり、寝転んだりしていた。『私を雇って。技術者です』と書いた板を首からぶら下げて練り歩く若者もいた。

プラット社は今年に入ってから相当な人数を解雇したとは聞いていた。行き場を失った労働者たちが、オールダムのメインストリートにあふれていた。喜一郎は路地裏に入り、かつて下宿していたプラット社の社員の家を訪ねた。ロビンという熟練工の自宅だ。

ロビンは喜一郎の訪問とG型自動織機の完成を喜んでくれたが、少しやつれたようにも見えた。紅茶をいただき、ロビンに近況を訊く。いまでも織機工場の責任者をやっているようだ。

「今年の首切りで工員が半分に減り、仕事はてんてこまいだ」

「そういえば、駅にプラット社の作業服を着た人が座り込んでいました」

「暗黒の木曜日のせいで、いまやロンドンもマンチェスターの中心部も失業者であふれている。ここの失業者たちは行き場がなくなってしまった」

話を聞くに、このオールダムの街の没落は、暗黒の木曜日以前からのもののようだ。

「二年前に綿花の大暴落があっただろう。我々は世界戦争の反動景気でも大きな痛手を負った。繊維紡織業は景気の影響を受けやすいんだ」

「確かに、日本でもたくさんの会社が倒産しました」

豊田紡織はなんとかしのいだが、二年前は織物工場の閉鎖が相次いだ。老舗の商社である鈴木商店まで破綻し、他人事（ひとごと）とは思えなかった。

「キイチロウなら、会社が苦境のときはどうする。どのように乗り越える？」

経営のことは利三郎らに任せきりだ。

「僕は技術者です。会社が苦境に陥らないためにも、さらに技術革新をし、人々に貢献できるように昼夜を徹して研究開発に没頭するのみです」

それは金があっての話だろうとバカにされると思っていた。事実、父の佐吉は金がない時期が多々あり、何度も苦境に立たされたのだ。だがロビンは喜一郎を否定しなかった。何かを噛（か）みしめるように大きく頷く。

「プラット社はそのような判断をしなかったのだ」

「……工員の首を切り、しのいだということでしょうか」

それは仕方のないことのように思える。

「いや。会社は新たに工場を増設し、たくさんの人を雇っているんだ」

アフリカに進出したのだ。喜一郎もその話は知っている。

「オールダムの工場を縮小し、植民地のスーダンに工場を建て、アフリカ人を安く雇って人件費を大幅に浮かせたんだ」

それでオールダムの街がここまで廃れてしまったのか。

「そして七年前に極東から研修にやってきた青年に立場を逆転される。目先の利益ばかりを追求することで、社会への奉仕の気持ちを忘れ、技術革新を怠ったからだ」


帰り道に色あせたマーケットを歩きながら、喜一郎は故郷を想(おも)う。豊田紡織のある中村町や豊田自動織機製作所がある刈谷町にも、近隣に工員たちの寮や住居がある。人が住み始めたことで次々と八百屋や雑貨店が進出してきた。駅前は様変わりし、にぎやかになった。

豊田自動織機製作所が苦境に陥り、工場が縮小されれば、あの繁栄は一瞬で廃れる。暗黒の木曜日から二ヵ月経ち、不況は世界の隅々にまで波及している。日本への影響も時間の問題だ。繊維紡織業界でもまた破綻が相次ぐだろう。

G型自動織機に次ぐ新しい技術開発を、早急に考えなくてはならない。景気に左右されない骨太の事業が、豊田グループには必要だった。

9、父（昭和五年）

プラット社との特許権の契約を無事に済ませ、喜一郎は翌昭和五年の春に日本に帰国した。すぐさま名古屋の中古車販売店に出向いた。売りに出されているのはT型フォードが多い。

「いらっしゃいませ、お車は初めてですか」

店員が声をかけてきた。中古車といえど高級品なので、販売員は背広を着ていた。

「いえ、自宅にシボレーがあります」

去年、ゼネラルモーターズの販売店でシボレーを購入していた。よほどの金持ちと販売員は勘違いしたのか、ヨーロッパの高級な中古車を勧めてきた。

「恐らくすぐに壊してボロボロにしてしまうと思いますし、狭い工場内で使いますので、安くて小さい車がいいのですが」

販売員はドイツ製の超小型オープンカー『ハノマーク』を勧めた。喜一郎は購入を決め、豊田自動織機の刈谷工場まで乗りつけた。守衛は珍しい欧州車に見とれている。

「まるでかまぼこをくりぬいたような形をしていますね」

「あとでゆっくり触ってみたらいい」

「いいえ、とんでもない！」

喜一郎は車庫を通り過ぎ、左に折れて工場が立ち並ぶ隙間の道を車で入っていった。工場を行きかう人や煙草休憩中の工員たちが壁に張り付いて、ハノマークを見送っている。

従業員食堂のすぐ脇の広場にハノマークを停車させた。東側にはテニスコートがあり、休憩中や業務後に従業員たちがテニスを楽しむ。南にある社宅には野球場もあった。塵芥(じんかい)焼き場のすぐ脇でもある。黒い煤がつきそうだが、ここが一番いいだろう。喜一郎は『乗ッテ好シ』と張り紙をして、ハノマークの鍵をつけたまま、車を降りた。

西側にある研究工場の二階の日本間に上がった。喜一郎が多忙のときに寝泊まりする部屋だ。窓からハノマークを眺め下ろす。終業のサイレンの後、工員や技術者が興味津々で近寄ってきた。だがほとんどが周囲を見るだけで立ち去ってしまう。

二十時を過ぎて帰ろうとしたころ、ハノマークのエンジン音が聞こえてきた。窓の外で男たちが盛り上がっている。風呂上がりの若い男子工員や技術者たちがハノマークに乗り込んではしゃいでいた。運転席にいるのは、坊主頭の若い青年、岩岡次郎(いわおかじろう)だ。別の工員に咎められている。

「これ本当に乗っていいんか？　常務が乗ってきたもんらしいぜ」

「ええって書いてあるやんか。つべこべ言わんと、どいてくれ」

岩岡は車の運転を習っていなかったのか、急発進だ。慌ててブレーキを踏んだが間に合わず、食堂の壁に激突しそうになる。急ハンドルを切り、激突は免れたが、車体をこする嫌な音がした。真っ青になって車から降りてくる。工員たちも血の気が引いたように、車の傷を眺めた。喜一郎は窓からその様子を見て、大笑いしてしまった。みなが一斉に建物の二階を見上げる。

「じょ、常務！　大変すみません、高価な車に傷を……」

岩岡は首から下げた手ぬぐいを取り、ぺこぺこと頭を下げた。

「なぜ謝るんだ。好きに乗っていいと書いてあるだろ。ただし公道には出るなよ。免許は持っていないんだろう」

「はあ……」

「敷地内なら、好きに乗り回していい」

「ほ、ほんまですか！」

岩岡が乗り回すようになり、ハノマークには日に日に人が集まってきた。年を取った熟練工や管理職にある壮年の技術者たちは興味を示さない。目を輝かせるのは若い男たちばかりだった。

喜一郎は、ハンドルを握った青年たちの名前をメモする。

岩岡次郎、大野千廣、白井武明、鈴木隆一……。

人事部にその名前を回して、経歴書を持ってくるように言った。ある夜、ハノマークは工場を出て外を一周して戻ってきた。ハンドルを握っていたのは、共にG型自動織機を開発した大島理三郎だ。大島は運転免許を持っているようで、若者たちに運転を教え始めた。

ハノマークは日に日に傷だらけになっていくが、乗り回しているのが技術者ということもあって、補修は早い。つぎはぎだらけのハノマークは若い工員たちに愛され、いつしか『シャトル号』と名前がつけられた。シャトルは織機の横糸を通す杼のことだ。

十日後、豊田自動織機製作所の経理部長が研究工場の喜一郎の部屋を訪ねてきた。

「常務、米国からこのような請求書が来たのですが、これは一体どういうことですか」

モールディング・マシンを注文していた。

「ああ、ちょっと新しい技術開発に必要だと思いまして」

「池貝鉄工所からの請求書はなんですか。プレーナー型四軸同時穴明け専用機とあります。こんなものが自動織機の製造に必要ですか？」

喜一郎は口ごもった。

「我が社にはいまこんな高価な機器を買う余裕はありません。調子に乗らないでいただきたい」

経理部長は佐吉を支えてきた古株だ。父ほどに年が離れているせいか、喜一郎は気ままな御曹司に見えるらしかった。

「オールダムの没落や暗黒の木曜日を、御曹司は現地で目の当たりにしてきたはずだ。日本の繊維紡織業も次々と潰れている。我が社も豊田紡織と並び経営が悪化しているんですよ」

「うちにはプラット社からの特許権が――」

「我が社でも労働争議が頻発しています。人員整理を行う予定だってあるのに、こんなわけのわからない設備投資などするときではありません」

経理部長は窓の外に見えるハノマークを顎で指した。

「あのかまぼこみたいな自動車はなんですか」

「あれはドイツ製のハノマークですよ」

「車種を訊いているんじゃありません。工員たちをあれで遊ばせて手懐け、なにをなさるおつもりですか」

喜一郎はだんまりを決め込んだ。

「まさか、自動車を作る、なんて言い出しませんよね」

喜一郎は笑って否定した。心から安堵している経理部長を見て、胸が痛む。

「いろいろなところが自動車を開発していますが、軒並み失敗、もしくは倒産していますからね。三井三菱の大財閥すら、日本で国産車を作るのは不可能と手をつけずにいるとか」

経理部長は笑顔のまま釘を刺す。

「なんとかマシンやらはもう購入してしまったのなら仕方ないですが、これ以上の無駄遣いはいけませんよ」

経理部長が出ていったあと、喜一郎はちゃぶ台の下に隠していた大同製鋼の契約書類を出した。電気炉を購入するのだ。大同製鋼は当初「これは売り物ではない」と断ったが、拝み倒した。プレーナー型四軸穴明け専用機の何倍もの値がする。喜一郎は契約書類に署名しようとして、手を止めた。喜一郎の名前で購入したとわかれば、また経理部長が大騒ぎするだろう。

窓の外から、男たちの悲鳴が聞こえてきた。直後に、ガッシャーンと大きな音がする。へたくそな運転手がハノマークを食堂の壁にぶつけてしまっていた。ヘッドライトを覆うガラスが割れ落ちている。運転席から出てきて頭をかいているのは白井武明、入社したばかりの十八歳だ。

喜一郎は、電気炉購入の契約書類に白井武明の名前をこっそり書いた。

一ヵ月経ち、若い技術者たちはとうとうハノマークのボンネットを開けた。エンジンを見て、感嘆の声を上げている。

「なんだこれ」

「どういう仕組みで動くんだ」

喜一郎は研究工場の二階の窓から声をかけた。

「どうやってエンジンが動くのか、気になるか」

若者たちが一斉に顔を上げた。岩岡が目を輝かせる。

「はい、気になります！」

「作ってみるか」

まさか、と若者たちは肩をすくめたり、頭をかいたりして笑う。自動織機を作ってはいても、いきなり彼らが車のエンジンを作るのは無理だ。喜一郎は外に出て小型のモーターエンジンを見せた。

「これはスミス・モーター・ホイールだ」

若者たちは次々と手に取り、裏返したり隙間を覗きこんでみたりする。

「まずはそれを分解して仕組みを理解し、作ってみたらどうだ」

電機技術者として脂がのってきた二十七歳の鈴木隆一が破顔した。

「面白そうだなー。本当にこれを分解していいんですか？」

「ああ、好きにしていい。よく学びなさい」

まだ十八歳の白井は待ちきれない様子だ。無邪気に言う。

「仕事に戻らなくちゃ。業務終了まで待ちきれないなぁ」

「もうやり始めていいよ。みな、持ち場には戻らなくていい」

若者たちはきょとんとして、喜一郎を見た。

「豊田自動織機に自動車研究室を立ち上げることにした。君たちは今日からそこのメンバーだ」

みなのけぞったり、目を丸くしたりしている。

「常務！」

経理部長が請求書を持って、走ってきた。

「またとんでもないものを買い付けたようですが、一体どうなっているんですか！」

喜一郎は、あっけに取られている若者たちに向けて、人差し指を向けた。

「自動車研究室のことは、俺たちだけの秘密だ」


十月に入り、父の佐吉の容態が悪化した。三十日の朝、いよいよ危ないと母から一報が入った。喜一郎は研究のために購入していたフォードA型のハンドルを握り、家族で父の療養先に向かった。

父は名古屋市の東部にある覚王山（かくおうざん）の別荘にいる。一階の和室に敷いた布団に仰臥（ぎょうが）していた。飲まず食わずが続いているようで、頬がやつれ呼吸が荒く、苦しそうだった。

「お父さん」

喜一郎は布団の脇に正座し、呼び掛けた。父の瞼（まぶた）が少し動く。四人の子供たちがわっと和室へ入ってきた。二十子が咎め、一歳になる次男の達郎（たつろう）を抱っこしたが、五歳の章一郎と三歳の和可子は縁側の長廊下で追いかけっこを始めた。父が目を細めて孫たちを見ている。七歳の百合子は障子の外で泣いていた。

喜一郎はもう一度声をかけた。父はなにか言いたげだったが、結局、目を閉じてしまった。

「三日前から、水も飲めなくなってしまってね」

母がつぶやいた。喜一郎は父の痩せた手を両手で握った。

湖西の山口でかいぼりをした日のことを思い出す。魚の獲り方だけでなく、凧の作り方やあげ方も教えてくれた。親子の時間は少なく父は働き詰めだった。だから「ただいま」と父の声がすると本当に嬉しかった。どれだけ父を恋しく思い慕っていたのか、いまさらながらに気づく。涙があふれてきた。

母や妻子に涙は見せまい。喜一郎は「すぐ戻る」と言って、別荘を出た。

フォードA型に乗り込む。覚王山の別荘地は急坂が多く、道も悪いので気晴らしのドライブには全く適していなかった。涙で視界が滲んだ瞬間、大木の根にタイヤを取られ、クルマのバランスが崩れた。慌ててハンドルを切ったが横転してしまった。激しい音に、大木で休んでいた鳥たちが一斉に飛び立っていく。

喜一郎は上になった助手席の扉を押し上げ、外に出た。運転席を下に横転した車を見て、ため息をつく。車体の屋根側に回り、押して元に戻そうとしたが、エキゾーストパイプやプロペラシャフトなどが目に入った。車の裏側を太陽の光の下で見るのは初めてだ。観察してしまう。

「喜一郎」

ステッキをつき、ガウンを羽織った父が歩いてきていた。喜一郎は驚いて駆け寄り、手を取った。

「お父さん、大丈夫なんですか」

「お前こそ……。怪我はないか。車をひっくり返しよったな」

父は厳しい顔で横倒しのフォードA型を見る。途端に大笑いした。さっきまで虫の息のように見えたが、かつての父のようにいまは潑剌としている。

「具合はどうなんですか」

「よくないに決まっておる。だが大きな音がしたものだから、心配して飛び出してきたんだ」

「それは……すみません。すぐに戻します」

自力で車の屋根を押していると、父は驚いた。レッカーと言いかけて口ごもる。

「専門的な業者を呼ばないと難しいのではないか。私も若いころにひっくり返したことがある」

喜一郎は耳を疑った。

「ひっくり返したというのは、馬車とか大八車を、ですか？」

父は応えず、杖を放り出して屋根を押し手伝おうとする。喜一郎はあっけに取られたが、慌てて止めた。

「お父さん、また脳溢血を起こしますよ」

「もう散々起こしておるよ」

言われるまま、二人で力を合わせいっきに車の屋根を押した。タイヤが少しバウンドして跳ね返る。砂埃が舞う中で、フォードA型は元に戻った。父が愉快そうに笑う。

「いやはや、この時代の車は意外に軽いんだな」

どういう意味か首を傾げた。

「とにかく、二人で少しドライブしよう、喜一郎」

慶応三年生まれの父が『ドライブ』という言葉を使うとは思いもよらなかった。自動車を所有している東京の富裕層が使い始めた言葉で、父にはなじみがないはずだ。

喜一郎は改めて車体を確認する。運転席側の扉に砂利の傷がついてしまったが、エンジンルームやガソリンタンクには問題がなかった。

「では行きますか。ドライブ」

砂利道をUターンした。山道を下りて、名古屋市街地に出る。

「どこへ向かっているんだ？」

「武平町ですよ」

豊田グループの原点ともいえる、豊田商会があった場所だ。これが父と二人きりで話ができる最後と喜一郎は覚悟を決めていた。この後に島崎町の豊田式織機、中村町の豊田紡織まで父を連れていく。涙があふれそうになるのだが、隣の父は感慨がなさそうだ。物珍しげに窓の外を見ている。

「ところで喜一郎。自動車部のほうはどうなっておる」

喜一郎はシートから飛び上がりそうになった。密(ひそ)かに豊田自動織機製作所に自動車研究室を設けてはいるが、部や課への昇格には程遠い。近々、役員や幹部に話して取締役会にも諮(はか)らねばならないと考えているところだった。

「お父さん、誰から聞いたんですか。まだ利三郎にすら話していないのに」

父は悠然と微笑むばかりだ。

「ひっそりと研究は始めています。技術者を厳選し、まずは車に慣れさせるところからですが、なにせ時世が悪いです」

紡織業の倒産が相次いでいる上、豊田紡織は工員の賃金をカットし、人員削減を始めようというところだ。

「プラット社からの特許料がいずれ入るとはいえ、刈谷のほうもいつ同じような状況になるかわかりません。いま自動車を作るなどと言っても、鼻で笑われるか激怒されるかのどちらかです」

「確かになぁ……」

「ですから、内緒で始めて既成事実を作ってしまおうかと」

○9○

病床の父に心配をかけまいと黙ってはいたが、話しても反対されることはないだろうと思っていた。父は気遣ってくれる。

「喜一郎。迷いや不安は、ないか」

しばし喜一郎は、フロントガラスの先を見つめた。舗装道路を走ってはいても、フォードA型は大きく揺れている。

「迷いと不安しかありません」

正直な気持ちを吐露した。

「いまの日本で自動車を作るということは、国にひとつの産業を興すということです。なにせ、前例がありませんから」

父は深く頷いた。

「そうだな。日本で初めて生産型乗用車を作った白楊（はくよう）社も、結局は事業がうまくいかずに解散した」

他にも石川島造船所が石川島自動車製作所を設立したが、トラックの製造に専念している。老舗の快進社自動車工場は脱兎（だっと）号を製造したのちにダット41型を誕生させたが、製造は苦戦し、結局解散した。

「発動機製造株式会社も挑戦しているらしいですが……」

「ダイハツは商用の三輪自動車を作っていたんだったか」

「ダイハツ……？」

父は咳払いし慌てた様子で流した。

「とにもかくにも、日本で大衆向けの乗用車の試作車は作られてはいるが、大量生産ラインに乗った乗用車は一台もないということだな」

「ええ。三井三菱も計画が持ち上がっては立ち消えするのが現状だそうです」

果たして自分にできるか。改めて心に問うと、不安しかない。

「その不安を、見て見ぬふりをしている毎日だというのが、正直なところです」

喜一郎は言いながら、声が震えた。自動車をやると決意したはいいが、誰にも相談できず、弱音も一切吐けなかった。のらりくらりと大型機器の買い付けをし、熱意ある優秀な技術者を厳選し準備を進めてはいる。一方で毎朝、刈谷工場に出勤するとき、駅の改札で足が震えるのだ。

自分が、この国に自動車産業を興すことなどできるのか。

「お前は自動織機で世界を獲ったじゃないか」

父は自信を持てと言いたいのだろう。確かにプラット社と特許権の契約をしたときは有頂天で怖いものなしだった。だからこんなに大それた決断ができたのかもしれない。

「あれは利蔵さんや大島さんの助けがあったからで……」

「それだ、すでにお前には共に汗を流してくれる仲間がいるだろう」

喜一郎は瞬きした。

「自動車に興味を持って集まってきた、若者たちも、だ」

大喜びでハノマークの運転席に飛び込んだ岩岡や、自分宛てに送られてきた大型機器を見て仰天していた白井の顔を思い出す。

喜一郎はブレーキを踏み、路肩にクルマを停めた。涙で前が見えなくなったからだ。

父は別荘に戻ったその日の夜、亡くなった。

10、解体（昭和五〜六年）

年の瀬に東京帝国大学時代の友人、隈部一雄が仕事で名古屋にやってきた。隈部は大学に残り、自動車工学の専門家になった。喜一郎は隈部を広小路のうどん屋へ連れていった。

「名古屋は初めてか、隈部」

「ああ。しかしなんのためにこんなにうどんを薄っぺらくしているんだ？」

隈部はきしめんが珍しいらしい。

「経営と開発に忙しい君と、こうしてゆっくり昼食を食べられるとは思いもよらなかったよ。東京を出る前に声をかけておいてよかった」

前日に電話がかかってきて、名古屋に来ることを知らされたのだ。

「俺たちの学生時代には考えられなかったがな。電話はなかったし、電報も遅かった」

「技術発展の速さに、たまについていけなくなりそうだ」

機械工学の教鞭を執る隈部は、新しい技術がすぐにやってくるので、大変だろう。

「ところで隈部。機械工学専門の君に、見てもらいたいものがあるんだ」

喜一郎はタクシーを拾って、隈部を刈谷工場へ連れていった。

「立派だな。ここでG型自動織機の生産をしているのか」

隈部は正門から工場群を眺め感嘆の声を上げた。工場の見取り図を指さす。

「従業員用の宿舎や社宅、運動場まであるとは、素晴らしいじゃないか」

自転車のベルの音がした。「おとうさーん！」と息子が呼ぶ。五歳の章一郎が自転車の前かごに乗っていた。自転車を漕ぐ青年が、ぐんぐんとスピードを上げて正門に向かってくる。

「隈部に見てほしいのは、あれだ」

「自転車に動力機をつけているのか？」

「スミス・モーター・ホイールだ」

青年がブレーキをかけたが、自転車は土煙を上げ喜一郎たちの先で停まった。息子を抱き上げて降ろすと、章一郎は走り出した。五歳の男児だからか、目的もなく工場内を走り回り、なんでも遊びに変える。ボイラーの掃除をしているふんどし姿の一団を見つけた。章一郎は「僕も手伝う！」と叫び、服を脱ぎ散らかした。

「キーさん！」

豊田英二（えいじ）、喜一郎のいとこが笑顔で自転車を降りた。喜一郎は章一郎を指さす。

「いつかの英二を見ているようだ。君もよくふんどし一丁で水遊びをしていただろ」

英二も物心ついたときから紡織工場を遊び場にしていた。根っからの機械好きで、いまは高等学校の受験を控えている。喜一郎の書斎で機械工学の本を読みふける日もあった。

「それ、恥ずかしいから言わないでくださいよ」

隈部は自転車に取り付けたスミス・モーター・ホイールを吟味している。簡便な動力源としてよく利用されているものだ。

「実はうちの会社で作ったんだ。ネジの一本からうちで鋳造して組み立てた。これを君に評価してほしい」

喜一郎はモーターを止めて、後輪から取り外した。すぐそばにある第一鉄工場に入り、作業台にモーターを置く。カバーを取り外しエンジンをかけた。吸排気装置が動いてピストン運動が始まった。

隈部はつぶさに観察している。

「なめらかに動くものだな。非常によくできているよ」

「おかしなところ、改善点はないだろうか」

「工具を借りていいか」

隈部は分解を始めた。

「実によくできているよ、問題点はない」

喜一郎は感極まる。機械工学の専門家にお墨付きをもらったのだ。若い技術者たちはこのスミス・モーター・ホイールを分解して部品をスケッチし、組み立てと分解を繰り返して学んだあと、あっという間に現物を作り上げた。実に優秀な技術者たちだった。

「隈部、ちょっと込み入った話がある。うまい店を知っているから」

もう夕暮れ時だったので、大須にある味噌煮込みうどんの名店へ隈部を連れていった。「またうどんか」と隈部は笑ったが、豊田グループの自動車事業参入について、真剣に耳を傾けてくれた。幹部たちのように鼻で笑ったり、頭ごなしに否定しない。技術的なアドバイスをしてくれた。

「スミス・モーター・ホイールを模倣して作ったのなら、まずは自動車も模倣から始めるのがいい。若い技術者たちは仕組みを座学で学ぶよりも、実際に触って分解したり組み立てたりするほうが楽しいだろう」

「もし試作車を作るなら、どのメーカーの車を参考にするのがいいだろうか」

「フォードかシボレーだろうね。まずエンジンはシボレーだな。燃料効率が経済的と言われているし、シンプルだ」

喜一郎は懐からノートを出し、急いでメモする。

「フォードは大量生産で作っているから、手作業の模倣には向かない。足回りなら模倣すべき価値はあるかな。サスペンションの構造がシボレーに比べて頑丈で優れている」

より具体的な話を聞くにつれ、イメージが膨らんでいく。この事業は周囲には秘密だから、刈谷工場内にそれなりの空間が必要だった。

喜一郎は隈部と別れ、急いで刈谷工場に戻った。今日も食堂脇の広場で、若い技術者たちがハノマークを乗り回して遊んでいる。喜一郎はハンドルを握っている河原潤次を呼び止めた。豊田紡織に就職し、自動織機に転籍して織機の設計を担当している、二十七歳の優秀な技術者だ。

「君はこの間、バックライトを破壊していたよね」

河原は真っ青になった。

「す、すみません……。年甲斐もなくはしゃいでしまいました」

「これ、頼むよ」

喜一郎はメモを渡した。

「今週中に、これだけの広さを確保できる場所を工場内から探し出して、天井まで覆ってくれ」


年明けの昭和六年、河原が広大な刈谷工場の中から、製品倉庫の一部に場所を確保してくれた。若者たちがハノマークで遊ぶ広場や、研究工場からもそう遠くない。廃材置き場にあったベニヤ板や鉄板を拾ってきて、壁と天井を覆ってしまった。砂埃の積もった床を掃除している研究室の技術者たちに、喜一郎は伝える。

「今日の夜の業務終了後に、みなここに集まってくれ」

「え、夜ですか？」

岩岡が変な顔をした。

「人の目があるから夜で頼む。足音を立てずにひっそりと来いよ」

夜の七時、握り飯を食いながら研究室二階で残業していると、守衛が喜一郎を呼びにきた。

「常務、日の出モータースの山口支配人がいらっしゃってますが」

「ありがとう、すぐ行くよ」

喜一郎は先日、名古屋市中区にあるゼネラルモーターズの販売店、日の出モータースで二台目のシボレーを購入していた。上客だととらえたのか、支配人自ら納車に来てくれたようだ。

支配人である山口昇は、喜一郎の二歳年下だ。野球が大好きで全国大会で優勝したときの勝利投手だったらしい。いまは通用門の脇にシボレーを停め、ピカピカに磨いている。

「こんばんは、こんな時間に納車を指定して、申し訳なかったですね」

「いいえ、豊田様のお役に立てて光栄でございます」

丁寧な挨拶に笑ってしまう。喜一郎は気安く肩を叩いた。

「やめてくださいよ、キャッチボールでもしながら待っていてくれたらいいんです」

ひととおり笑い合って鍵を受け取ったが、山口はどうしてか涙ぐんでいる。

「では、新車が出ましたら案内を送らせていただきます。日の出モータースへのご贔屓(ひいき)を引き続きよろしくお願いします」

山口は、部下が運転してきたシボレーの前に立ち、恭しく喜一郎を見送る。

「山口さん、なにかあったんですか」

経営が苦しいのではないかと薄々感じてはいた。自動車の普及で名古屋にも次々とディーラーが誕生しているが、ほとんどが一年もたずに店じまいしている。自動車の普及速度は緩やかだから経営を維持するのが難しいのだ。日の出モータースも然り、契約用のテーブルは脚に修理の痕跡があり、ティーカップにはヒビが入っていた。

「いやあ、なかなか、米国の会社と対等に商売しようとするのは骨が折れることで……」

自動車は割賦販売が多いが、支払いが滞った場合の損失を販売店がかぶらなくてはならないのだという。販売店の経営が苦しくなってもゼネラルモーターズは助けようとせず、さっさと見限ってしまうという話は喜一郎も聞いたことがある。

「気前よく現金一括で買ってくださる豊田さんのおかげで、資金繰りがなんとかなりそうです。本当にありがとうございました」

喜一郎はシボレーに乗り込み、工場の敷地内に入った。バックミラーに、深く頭を下げる山口の姿が映る。

喜一郎は製品倉庫の中へシボレーで乗り入れた。自動車研究室の要員として集めた技術者たちがヘッドライトに照らされて、目を細める。みな怪訝な表情をしていた。エンジンを止めて車を降りながら、入り口近くに立つ白井武明に言う。

「戸を閉めてくれ」

土埃があたりに舞い、閉ざされた空間に排気ガスの臭いが充満する。白熱灯のオレンジの光を浴びたシボレーは、山口支配人が直前まで磨いていたからか、黒い宝石のように輝いている。岩岡次郎が嬉しそうに運転席にやってきた。

「今度はシボレー。しかも新車ですか！」

ハノマークのように、従業員の余暇の遊戯と勘違いしているようだ。

「俺、今度こそ運転免許を取りに行かなきゃ」

白井が言った。同じくハノマークを壁にこすらせた河原潤次も、おっかなびっくりで新しいシボレーを見ている。

「きれいだなー。どんな塗装を施せばここまで輝くんだろう」

「触ってみたらどうだ」

河原はめっそうもないと首を横に振った。岩岡も手をこする。

「こんなにピカピカに磨いてあるのに、僕らの油まみれの手では触れられません。常務が作らせたこのスペースは、シボレーの車庫だったんですね。確かに中古のハノマークは外に置いておけても、新車は外に放置はできませんよ」

「車庫のためにこれだけ広いスペースを確保するはずはないだろう」

首を横に振った喜一郎を、大島理三郎が愕然と見る。

「若、まさか――」

共にG型自動織機を開発した大島なら、もう察しているだろう。喜一郎は頷いた。

「このシボレーは走ったり遊んだりするために購入したんじゃない。研究に使うんだ」

河原も気がついた様子だ。

「そういえば、僕らは自動車研究室の一員なんですよね」

「そうだ。なにをすべきかはわかるな。スミス・モーター・ホイールのときと同じだ。シボレーをいまから分解するぞ」

喜一郎が急遽仕立てた研究スペースは、息の詰まるような沈黙に包まれた。大島は額に脂汗をかいている。岩岡はきょとんとしていた。白井は口を開けたまま動かない。

「こんな高価なものを分解するなんて――」

河原がようやく口を開いた。

「遠慮するな。分解するために購入してきた車だ。構造を理解しながら部品をスケッチし、全てバラバラに解体したらまた一から組み立て直す。材料の研究も必要だ」

車体をばらして出てくる部品やネジに至るまで、なんの成分でできているのか分析する。タイヤひとつとっても、ゴムや繊維、樹脂などに分解できる。

「そのひとつひとつの成分分析を行う。硬度や強度まで測定しなくてはならない」

喜一郎は欧米から買い付けた機器を研究員たちに見せた。砂埃から守るために布をかけていたが、どれも高価な機材だけに、お披露目式のようだった。

「アムスラー万能材料試験機、ブリネル硬さ試験機にアイゾット衝撃試験機だ」

大島は感心しきりだ。

「欧米の最新鋭の機器を使えるなんて夢みたいだ。しかし車の部品の強度や材質を調べることで、どのように新型自動織機の開発に結びつけるんですか？」

勘違いしている。よほど自動車を作るということに現実感がないのだ。

「自動車を作るんだ」

喜一郎は力強く言った。

「豊田自動織機で、自動車を作るぞ」

11、火の玉組（昭和六～八年）

シボレーの解体と組み立てや材料の研究を始めて、半年が経った。自動車の部品をネジの一本からバラバラにして並べたところ、二万点に及んだ。喜一郎が開発したG型自動織機とは次元が違う。床を埋め尽くした部品を改めて見て膝が震えた。

気弱な姿を見せたら、喜一郎に促されるままにシボレーの解体を始めた若者たちは不安になるだろう。喜一郎は、豊田グループでやれないものなどないという強気の姿勢を崩さなかった。若い技術者たちと共に、日夜汗を流して自動車の理解に努めた。

昼食後、研究室二階の日本間にごろりと転がった。内臓が締めあげられるように痛む。二万点にも及ぶ部品を自社で賄うのは不可能だ。フォードやゼネラルモーターズも、関連会社に部品の製造を委託していた。いくつかは外部に発注すると考えなくてはいけないが……。

二万点。

日本中の町工場に頭を下げても、賄いきれるか。しかも材料がわからない。試しに前輪をつなぐ一部分であるタイロッドを製造してみたら、強度が全く足りない。鉄にどれだけの割合の炭素を混ぜてどのような製法で強度を出しているのか、最新鋭の精密機械で調べてみても、正確なところがわからなかった。豊田のレシピで作ると、自動織機の作動を支えることはできても、自動車では使い物にならない。シボレーを解体し、材料検査をしてしまえば、すぐに試作車の目途は立つと思っていたが、甘かった。

喜一郎は目を閉じる。

〝やらまいか〟

父の口癖だ。とにかくやってみよ、試してみよという意味だ。

喜一郎は製品倉庫に向かった。人の出入り以外は引き戸を閉めているが、何人かの工員が板の隙間から覗き見していた。

「なにをやっているんだ。持ち場に戻りなさい」

工員たちは蜘蛛（くも）の子を散らすようにいなくなったが、ひとりが引き戸の前に立ち、じっと喜一郎を見上げる。

「あのう、自動車を作っているという噂を聞いたのですが、ホントでしょうか」

東北訛（なま）りだった。仙台の二高出身の喜一郎には懐かしい。

「君、どこの所属だい」

「鋳物工場の遠野正三（とおのしょうぞう）です。この春に入社したばかりの下っ端ですが」

「そうか。鋳物工場は危険でなにより重労働だろう。いつもありがとう。では」

喜一郎は中に入りたいのだが、見られたくない。遠野はそこに突っ立ったままだ。

「遠野君。早く鋳物工場に戻りなさい」

「はい。常務をお見送りしてから、参ります」

「見送りなんかいいから」

遠野はニコニコ喜一郎を見るばかりだ。喜一郎はため息をついた。

「中を見たいのか」

「そりゃあ、もう!」

遠野が吊り上がった大きな目をカッと見開いた。

「クルマを作っているんですよね。俺も仲間に入れてもらえませんか」

自動車研究室は機械工学の知識がある者を中心に集めた。先入観がなく特技のある若者たちも見極めて声をかけているが、遠野のことは入社したてでよく知らなかった。

「俺、実は次の盆に故郷に帰ったら、幼馴染のお糸に結婚を申し込もうと思ってるんですッ」

なんの話が始まるのかと喜一郎は閉口した。

「お糸は俺が豊田自動織機で働くんだと言ったら、なんだいねそれってバカにすんです。昭和になったのに繊維工業なんてもう時代遅れだって。隣の山田さんとこの倅は船作ってで、裏の工藤さんは鉄道作ってんのに、織機なんか明治の話だって」

遠野は目をきらきらと輝かせて、喜一郎に訴える。

「俺も自動車を作りたいです」

直情的な言葉だったが、喜一郎の胸を打った。

「盆に東北さ帰ったら、俺は自動車を作ってんぞ、とお糸にいいトコを見せたいんですッ」

喜一郎は引き戸を開けた。

「入りなさい」

「えっ。いいんですか」

「ああ。今日から君も自動車研究室の仲間だ」

喜一郎は、喜び勇んで中へ入る遠野を見ながら、利三郎に注意されていたことを思い出す。自分は情にもろく、冷静な判断ができないところがあるというのだ。

「豊田常務！」

経理部長だ。遠野を中に入れただけで、喜一郎は扉を閉ざした。

「聞きましたよ、いまの会話！　やっぱりここで自動車の研究をしているんでしょう。シボレーを分解して仕組みを研究しているそうじゃないですかッ」

これまではのらりくらりとかわしてきたが、今日はいよいよ追い詰められそうだ。

「この件、取締役会は知っているのですか。利三郎社長は了解しているんでしょうね！」

「近々話すつもりではいますが、それは現物ができてからで――」

「やはりクルマを作るおつもりなんですね！　なんという身の程知らず」

喜一郎は傷ついたが、ぐっとこらえた。

「G型自動織機の特許の件で天狗になっているのではないですか」

「お言葉ですが、僕はG型自動織機だけでなく、精紡機の開発もしています。スーパーハイドラフト精紡機という、従来の練条スライバーを百倍に伸ばす……」

「知っていますよ。私は何年、豊田紡織で佐吉翁の右腕をやってきたと思っているんですかッ」

父はあなたのことを煙たがってはいましたよ――と心の中だけで反論する。

「私は君のことを小さなころから知っている。御曹司の君にこんな強い言葉は言いたくないが、君は自分のことを買いかぶりすぎている」

G型自動織機やスーパーハイドラフト精紡機の開発は、佐吉が築き上げてきた技術があってこそだと指摘する。

「佐吉翁亡きいま、翁が地ならしもしていない自動車づくりなど、できるはずがない」

「父がいないと無理だというんですか」

経理部長は言いすぎたと思ったのか、少しトーンを落とした。

「周囲の工員たちがどれだけ豊田常務の暴走やこの研究室のことを不安に思っているのか、代弁させていただきますよ」

「暴走だなんて――」

「火の玉組が豊田グループを食いつぶす。そう言われているんです」

自動車だ新事業だと、火の粉を散らしながら工場内を突っ走る存在だと言いたいらしい。

「佐吉翁の教えに則り、地道に真面目に働く工員たちは火の粉を浴びて大やけど、工場にまで燃えうつり、灰になってしまいます」

我々は中京の小さな新興財閥でしかないのだと言い聞かせてくる。

「そしてあなたは所詮、機織り屋の倅だ。いずれ取締役会が否決します。早いうちの撤退が、会社を傷つけず、またあなたを傷つけずに済むんです！」

一刻も早い英断を、と経理部長は迫る。

昭和七年は、年明けから不穏なことばかりが続いていた。一月に上海事変があり、日本の支配に抵抗する中国との衝突が報じられた。

日本は大陸に次々と軍を送り込んで鎮圧しているが、中国はあまりに広すぎる。叩ききれずに残党に山へ逃げ込まれ、追ううちに補給がままならなくなり、疲弊する。その間に抗日組織は力を蓄えてまた反乱を起こす。終わりの見えないいたちごっこが大陸で続いていた。

喜一郎は名古屋の中心地、栄の交差点近くにあるカフェーで、コーヒーを飲んでいた。名古屋の大通りを走る自動車を観察する。かつては人力車か馬車しか通らなかった広小路も、コンクリートで舗装された。市電の脇を自動車が通過していく。

最近はトラックに限っては国産車も見られるようになった。代表格は、ダット自動車のトラックだ。去年、戸畑鋳物がダット自動車製造の株式を取得して、自動車産業に進出した。戸畑鋳物といえば、東京帝国大学時代のずっと上の先輩であり、二十子のいとこの夫である鮎川義介が率いている。鮎川もいずれは乗用車を作るつもりだろう。

相変わらず豊田自動織機製作所の自動車研究室は、材料がわからずに四苦八苦していた。試作車づくりまで進んでいない。研究員たちは日中、各持ち場で自動織機を製作しなくてはならず、自動車研究室での作業は終業後の限られた時間しか許されなかったからだ。

一刻も早く自動車研究室の存在を取締役会に認めさせたい。出資についても取締役会に諮らねばならなかった。

喜一郎は覚悟を決めて、中村町の豊田紡織本社へ向かう。

事務棟で行われる取締役会では、豊田グループの取締役たちも集(つど)っていた。自動車研究室への出資——つまり、自動車産業への進出を提案する書類に目を通している。

喜一郎は概略を説明し、訴えた。

「三井三菱の大財閥ですら手を出せない自動車産業だとか、ほとんどの会社が手工業の試作車止まりで生産にこぎつけなかったとか、否定的な言葉を何度も言われています。だからといって我が社でやれないという証明にはなりえません」

「豊田グループでやれるという証明にもならんでしょう」

三井物産から出向している経営役員が言った。他にも厳しい顔が並ぶ。退屈そうな顔もあった。こんなものは早々に否決されると思っているのだろう。

「確かに自動車産業は裾野が広く、一から始めるのは骨が折れますが、いまの日本の技術なら充分に可能なはずだと東京帝国大学の隈部博士も言っています。このまま外国産の自動車が日本の道を埋め尽くすのを黙って見ているだけでいいのでしょうか」

取締役会は静かだ。

「かつて日本の紡績工場に並ぶのは全て外国産の機械でした。この三十年で逆転し、いまや豊田をはじめとする国産品の機械に置き換わりました。自動車でも同じことをやりましょう！」

場は白けている。恥も外聞も捨てて、喜一郎は訴えた。

「私は、日本人の頭と腕で大衆車を作りたい。この日本を、純国産の自動車で埋め尽くしたいのです！」

「喜一郎」

書類に目を落としていた利三郎が顔を上げた。

「『中京デトロイト化構想』というのを知っとるか？」

喜一郎は唇を噛みしめて椅子に座った。自分の熱意は誰にも伝わっていないし、誰の心にも響かなかったようだ。投げやりに答える。

「もちろん、知っていますよ」

中京地域の企業が出資し、国産自動車を生産しようという名古屋市長からの提案で始まった取り組みだ。いくつかの製造業者が手を挙げ、二年前から自動車づくりに乗り出している。すでに試作車を完成させていた。米国の大型乗用車『ナッシュ』をモデルに作られた、アツタ号という大型乗用車だ。改良を重ね、この三月には二号車が完成している。

「いまはアツタ号の三号車の試作に入るかどうかで、各社の意見がまとまらずもめよるらしい」

利三郎は、豊田グループは紡織と繊維機械に頼らない新しい事業が必要だという喜一郎の考えには、理解を示してくれた。

「しかし会社として自動車をやるにはあまりに危険すぎる。この提案書によると、君は出資金を最高でも三百万としとるが、甘い」

実際は倍以上はかかると利三郎は断言した。

「豊田自動織機の屋台骨を揺るがす数字やし、紡織に増資を頼んだところで、賃下げに涙を呑んだ工員たちや、首切りをして路頭に迷った工員たちは怒り出すやろな」

利三郎は身を乗り出した。

「ならば中京デトロイト化構想に手を挙げようやないか」

アツタ号の三号車の試作や量産体制について、各社の意見がまとまらない混乱状況につけいるつもりらしい。

「その中核を担うチャンスやぞ」

豊田グループ重鎮たちの表情が明るくなっていく。「それはよい案だ」「賛成」という言葉が次々と聞こえてきた。喜一郎はきっぱり拒否する。

「私は高級な大型乗用車ではなく、大衆車を作りたいんです。しかも中京デトロイト化構想にはあの豊田式織機が入っています」

父親を追い出した上に、訴訟まで起こした企業だ。情を捨てて冷静に判断をしろと利三郎には言われているが、技術者に対する理解のない会社とは手を組むことはできない。

「出資金はどないする。紡織や自動織機の売り上げを、お前ら火の玉組が吸い上げ続けて豊田グループは共倒れになる。自動車を作ったところで儲けはいつ出るんや」

喜一郎は言葉に詰まった。

「客が豊田の車を買いたいと思うて金を払う、その金を回収するのはいつになる」

利三郎の意見はもっともだった。

「だいたい誰が売るんや。この日本に、国産車を取り扱うディーラーはひとつもない」

「なくて当たり前です。日本車がこの世に存在していないからだ」

　思わず喜一郎は一同を見渡す。

「みなさんのような頭の固い連中が無理だダメだと頭ごなしに現場を押さえつけているから、これだけ日本の産業が発達しても国産車の一台も量産できない。若い者たちは情熱を持って取り組んでいるのに！」

　昼間の仕事をこなしながら、夜は自動車開発のために汗を流す仲間たちの顔を思い浮かべ、喜一郎は嗚咽（おえつ）が漏れてしまった。

「情けでは商売は成り立たん。情けでは従業員を食わせてはいけんのや」

　利三郎は言い聞かせようとしてくる。

「わかっています。しかし、失敗を前提にした話しかしないのはおかしい」

「ならばいますぐここへ君らが作った自動車を持ってこんか」

「いまはまだ材料の研究と——」

「君が自動車研究室とやらをひっそりと立ち上げてもう二年経っとる。エンジンすらできてへん。出資の判断などできるはずがない」

「わかりました、社長」

　喜一郎は詭弁（きべん）を弄した。

「私にあきらめる時間をください」

　利三郎が眉をひそめる。

「一年でいい。一年後にはあきらめますから、その間は努力させてください。御曹司の道楽を許してください」

　あえてあきらめる前提で開き直り、懇願した。取締役会は渋々、了承した。

会社の幹部を黙らせたとはいえ、一年という期限を作ってしまった。こうなったらなりふり構っていられない。中京デトロイト化構想から情報を取ることにした。開発の中心にいるのは、菅隆俊という豊田式織機の技術者だった。

喜一郎は菅に連絡を取り、アツタ号を見せてくれと頼んだ。喜一郎よりも八歳年上の菅は技術者として熟練の域に入るが、気さくに対応してくれた。試作車が保管されている倉庫へ共に向かう。アツタ号を見て喜一郎は息を呑んだ。

「素晴らしい。美しいクルマです」

米国のナッシュ号をモデルにしているだけあり、その大きさに迫力がある。喜一郎はライバルの自動車といえど胸が高鳴ってしまう。

「エンジンの音も聞いてやってください」

菅がエンジンをかけた。雄牛が荒々しく鼻息を吐くようだ。喜一郎の腹の底がしびれる。

「八十五馬力、エンジンは直列八気筒です。どうぞ、運転席へ乗ってみてください」

「いいんですか」

菅は人差し指を立てた。

「上に知られたら怒られますが、豊田さんにだけです」

「なぜ僕だけに?」

「だって車が好きでしょう。目に出ちゃってる。そういう人に乗ってほしいから」

喜一郎は運転席についた。木目調のダッシュボードは高級感にあふれ、計器類も充実している。ハンドルは本革巻で、指にしっくりなじんだ。喜一郎は思わず目を閉じて、この車を走らせているところを想像した。

「ああ――走ってみたい」

菅があっさり了承する。

「倉庫の敷地内ならどうぞ。公道ではないから大丈夫です」

喜一郎は礼を言い、サイドブレーキを解除してアクセルを踏んだ。倉庫の外に出て、ハンドルを左に切る。コーナーを曲がった先は五十メートルの直線だ。人もいないし公道ではないので、喜一郎はいっきにアクセルを踏んだ。

――これはいいクルマだ。フォードやシボレーに負けていない。

一周回って戻ってきた。菅は嬉しそうだ。自分が作った車が誰かを笑顔にさせているということが、胸に迫っている様子だ。喜一郎はその笑顔にしびれた。決意する。

菅隆俊を引き抜く。

彼は中京デトロイト化構想の中心人物であり、アツタ号を設計して作り上げた技術者だ。菅を引き抜いたら、中京デトロイト化構想は頓挫するだろう。恨まれる覚悟で喜一郎は切り出した。

「ところでこのアツタ号、お値段はいくらですか」

六千五百円だと菅は表情を曇らせながら答えた。

「高いですね。フォードの量産車は三千円ですよ」

「それもあって、量産化の目途が立たないんです」

菅はとても悲しげだった。

「実際の製造コストは九千二百円なんです。六千五百円で販売したところで採算が取れません」

「この先の開発や製造の予定はどうなっているんですか」

「それが、全く話が進まないんですよ」

五社それぞれの思惑がある。意見がまとまらないのだろう。

「こういう新しい事業は、圧倒的なリーダーシップを持ったひとりが陣頭指揮を執って目標に向かって突っ込んでいくべきなんです。いまや船頭多くして船山に上る状態です」

　菅は無念そうだ。

「これに乗りたいと言ってくれたのは、豊田さんが初めてです。問い合わせをしていただき、ありがとうございました」

　菅は寂しげにアツタ号のエンジンを切った。大事そうに白布をかける。喜一郎には、菅がアツタ号をねぎらっているように見えた。そこに車と、車を作った人との独特の関係を見た気がした。喜一郎はいよいよ切り込んだ。

「菅さん。うちで自動車を作りませんか」

　菅はぽかんとしている。

「私は、日本人の頭と腕で、国産乗用車を作りたい」

「はあ……」

「豊田自動織機製作所では現在、若い技術者たちが自動車の研究を進めています。そろそろエンジンの試作を開始しようかというところです。スミス・モーター・ホイールをお手本に、小型のものは作ることができました」

　菅は苦笑いしただけだった。本気で取り合っていない。あの程度のエンジンができたところで車を作りたいなど、本物の技術者を前に笑止千万なのかもしれない。

「菅さん、この車は六千五百円だと言ったが、私はシボレーやフォードよりも安い国産大衆車を作りたいんです。二千四百円を予定しています」

　無理な話だと菅は眉をひそめた。

「月産で二千台を生産すれば採算が取れます」

「二千台も月産できる機材と人材、場所はあるんですか？」

「これから探します」

「販売の問題もありますよ。ディーラーを募集し、販売網を全国に作らないと、月産二千台作ったところで在庫の山になります。あてはあるんですか？」

実はなかったが、喜一郎の頭に日の出モータースの山口昇の顔が浮かんだ。大見得を切って「ある」と答えてしまった。菅の表情が少し変わった。興味深そうに尋ねる。

「生産、販売体制ができたところで、法整備はどうでしょう。自動車を勝手に製造していいのか、政府の認可制になるのか、まだそれすら決まっていません。政府や省庁と緊密なやり取りも必要になってきます」

「それは大丈夫です。旧友が省庁にいますから、情報は入る。働きかけだってできます」

菅は乗り気になってきたようだが、慎重な様子で問う。

「そもそも豊田自動織機製作所で自動車を作るというのは、会社の方針ですか？」

喜一郎は答えに詰まった。だがここでひとつでも否と言ってしまったら、菅は誘いを断る気がした。なんとか言い逃れする。

「若い技術者たちは熱意を持って取り組んでいます」

「出資や方針を決めるのは取締役会でしょう。会社の幹部はなんと言っているんです？」

痛いところをつかれたが、菅も自動車産業に参入することの難しさを痛感しているからこそ、ここまで突っ込んだ質問をしているのだ。嘘（うそ）はつけないが、否とは言いたくないので、喜一郎はあいまいに笑った。菅は厳しく問う。

「車を作る技術を習得すること、試作車を作って走らせること、国と連携し必要な認可を取ること、そして大量生産できる工場を作り販売網を全国に張り巡らせること。ここまでやり切って生産に踏み切り販売したとしても、毎月入ってくるのは微々たる割賦金だけです。この割賦金や前金が入るまでにも何年もかかる。設備投資の採算が取れるのはいつになりますか」

利三郎にも指摘されたことだ。喜一郎はちゃんと計算はしている。

「ざっと五年。設備投資は五百万と考えています」

「その間、自動車部門は一円の売り上げもなく、本業の繊維紡織の売り上げを吸い取り続けることになります。そのことを幹部や従業員のみなさんは納得していますか？」

「だから私は菅さんを誘っているんです！」

喜一郎は必死に訴えた。

「アツタ号を完成させた菅さんが自動車研究室を引っ張っている——それが、反対派を頷かせる、大きな説得力になるんだ！」

喜一郎は菅の手を握りしめた。

「お願いします、菅さん。僕らと一緒に、国産乗用車を作りましょう！」


菅隆俊の入社で風向きが変わった。

利三郎は根負けし、自動車研究室に出資を決定した。利三郎に強く釘を刺される。

「予定していた事業をひとつ潰すことにした」

誰が担当のどんな事業だったのかは、利三郎は明言しなかった。

「この出資金は降ってわいた金やない。現場の血と汗と涙の結晶や。大切に使うんやぞ。誰かの悔し涙も入っとる」

喜一郎は決意を新たに、刈谷工場の製品倉庫の前に立つ。秘密の事業だったから始終閉ざしたままにしていた引き戸を、いま開け放つ。

『自動車部』の看板を掲げた。

いつかこの部署を、かつて豊田紡織から豊田自動織機製作所を独立させたように、ひとつの会社にするつもりだ。『豊田自動車』の車が日本中を走り、やがて世界に羽ばたくことを、喜一郎はすでに夢見ていた。

12、芸者はま子（昭和八年）

年の暮れ、喜一郎は名古屋の遊郭に近い老舗料亭の末席にいた。

「我が大日本帝国陸軍も、紡織の世界で世界制覇を成し遂げた豊田グループのごとく、日々研鑽し国家繁栄を成し遂げたらんこと、ここに……」

勲章をいくつもぶら下げた陸軍省の幹部が、上座で乾杯の音頭を取っていた。今日は昼から豊田紡織に陸軍省が視察に来ていた。

日本は今年の三月に国際連盟を脱退している。中国での抗日運動潰しと統治の違法性を指摘され孤立していたが、満洲国の建国が決定打となった。日本の傀儡国家だと国際社会から批判されている。

陸軍省が豊田紡織や豊田自動織機の視察に訪れたのも、満洲国への進出を促し、日本の主要産業を現地で根付かせて経済的支配を強めようとの考えがあるらしかった。

「満蒙は日本の生命線である！」

満洲と内モンゴルを死守せねば、欧米列強に負け日本は消滅するというスローガンだ。喜一郎は軍のプロパガンダには興味がない。末席にいることもあり、膳の下で手のひらサイズのメモ帳を開いた。新工場のスケッチをする。

豊田自動織機製作所の自動車研究室は『自動車部』に格上げされ、月産二千台を目指し日々邁進している。庶民に手の届く価格を維持するために、この台数の生産が不可欠なのだ。

月産二千台を生産するには、刈谷工場だけでは足りない。拡張したり工場内を整理したりして、自動車の製造態勢を整えているが、月産五百台が限界だ。広大な土地で、いまの倍の人数が働ける生産工場を早急に作らねばならなかった。すでに候補地は絞り込んでいる。刈谷町の東部にある西加茂郡挙母町の論地ヶ原が有力だ。赤土の土壌で耕作に適さず、長らく放置されていた。すでに挙母町長に工場用地の斡旋を依頼している。

酒が進み、芸者が日本舞踊を舞っていた。陸軍省の幹部は手拍子してはいるが、羽目を外す様子はない。

「すきやき、冷めてしまったみたい。もう一度火を入れてきますね」

芸者が小鍋を取ろうとした。呼んでいないのに何度も喜一郎のところへ酌にやってきている。

「いや、料理の世話はいいよ。君は踊ってきたら」

「でも、冷たいお肉は味気ないわ」

「そもそも、火を入れるのが早すぎるのだ」

乾杯の十五分後に、仲居がすきやきの入った小鍋を持ってきた。喜一郎は料理にあまり手をつけていなかったのに、仲居は流れ作業だった。

「客が食べるタイミングで火を入れて持ってくれば二度手間にならない。つまり最初の作業は無駄になったわけだ」

「あら。お料理でもジャスト・イン・タイムの思想ですね」

喜一郎は驚いて芸者を見た。彼女ははたと口元を押さえた。

「私、変なことを言ったかしら」

「いや——僕もちょうど、同じことを考えていたものだから」

喜一郎はプラット・ブラザーズ社での研修時に問題だと思ったことを挙母工場の建設に反映させ、生かしたいと考えている。配置が悪いせいで工員は無駄な動線を余儀なくされていた。工場の設立前に計算し尽くさねばならなかった。

この二年間、買い付けや部品工場探しのためにさまざまな工場を視察したが、どこでも目についたのは在庫の山だった。生産性を上げようとするばかりに、商品の大量在庫を抱えて劣化させる。だが気にする者はいない。一部は商品として使えなくなることを前提にしているのだ。無駄も含めないと大量生産はできないという、思い込みによるものだ。

「君、名前は」

喜一郎は察するところがあり、芸者に名前を訊いた。

「はま子です」

どうぞと徳利(とっくり)を持って、酒を勧めてくる。喜一郎はお猪口を持った。

「相変わらずキーさんの手は、油まみれですねぇ」

「僕はこの店に来るのは初めてだが？」

「そうでしたっけぇ」

はま子がなみなみ日本酒を注ぐ。宴会は盛り上がっていた。みな酒が進み芸者と一緒に踊り出す者もいた。どこからか自動車の話が聞こえてきた。

「豊田財閥でもいよいよ、自動車の生産に乗り出しましたか」

陸軍省の軍務局の若手が、喜一郎の二つ隣に座る石田退三と話している。石田は父の時代から豊田紡織を支えている営業畑の人だ。四十代中盤になり、豊田グループの番頭になりつつある。

「そういえば、戸畑鋳物もダット自動車の工場を買い取ったそうですしね」

「そりゃあ日産コンツェルンは金があるでしょう。いくらでも自動車事業に乗り出す体力と能力がある。日産と張り合おうとしたがために、豊田グループが共倒れとならぬか、私は生きた心地がしません」

取締役会で喜一郎が自動車産業進出について熱弁をふるったときは、難しい顔をしていただけで、苦言を呈することはなかった。いまは喜一郎に聞こえるようにあえて声を張り上げているようだ。

「佐吉翁が苦労してこの豊田グループを作り上げてきたかのように世間では言われておるが、それは利三郎さんをはじめとする、三井物産系の役員が適切な管理と正しい投資をして資金が枯渇せぬように必死に動き回った上での話だ」

石田はお猪口の日本酒をいっきに飲み干し、吐き捨てた。

「発明狂は一代で充分！」

酌を受けている軍務局の若手は、その倅が目と鼻の先にいると気がついていない。

「事業が二代目で途絶える、二代目の道楽で経営破綻というのはよくある話です」

「そうなのだ。あの御曹司、自動車などにうつつを抜かしおって。誰かが止めないと、豊田グループは二代でついえて八千人を超す従業員が路頭に迷う」

「その御曹司は追い出すべきですよ」

喜一郎は拳を握り、立ち上がろうとした。はま子が腕をつかんで止める。石田を隠すように右前に座り直した。

「石田さんもお辛いんですよ」

はま子は背後を気にしながら、耳打ちした。

「石田さんは当初の予定にあった紡織工場の拡張で、去年から長野と名古屋を何度も往復し、地元と交渉していたんです」

それは知らなかった。

「最初は地元の人の理解を得られず、門前払いだったとか。新しい紡織工場ができることで村が潤うはずだと、反対派の家を一軒一軒回り頭を下げて、ようやく理解を得たんです。次に電気を引くために電力会社へ何度も通って算段をつけたところで、利三郎さんが撤退を決めたんです」

自動車部を設立する代わりに撤退する事業があると利三郎が言っていたのは、このことか。

「いまは、工場が出来上がるのを楽しみにしていた村民に、石田さんはやっぱりやめましたと頭を下げて回っている最中だとか」

石田は二つ隣の膳の前で、喜一郎をぼろくそに言っている。悔し涙を流していた。

――自分が近くにいたら、酒もまずいだろう。

「僕はもう帰ることにするよ」

喜一郎は立ち上がり、宴会場を出た。はま子がついてきてひっそりと言う。

「大丈夫。石田さんはやがて喜一郎さんの最大の理解者となって、会社を支えてくれます」

「そうか」

料亭の長廊下をしばらく無言で歩く。ガラス戸の向こうの庭園はうっすらと雪をかぶっていた。はま子は女将（おかみ）に指摘され、慌てた様子で喜一郎の外套と帽子を持ってきた。

「もう年の瀬だな。今年は何年だったかな」

喜一郎は試した。はま子は一瞬、考える顔になった。

「一九三三年です」

西暦で答えたので驚いた。

「昭和では？」

はま子は間を置いて「八年」と正確に答えた。

「皇紀では」

二五九三年だが、はま子は困り果てている。わからないようだ。

「僕が十一歳のころのことだ。父の実家で遊んでいたら、奇妙な少年が現れた。彼はショウワから来たと話していた。まだ明治のころの話だよ」

はま子は喜一郎の外套を抱き、俯いていた。しおらしい態度に見えるが、蟹股（がにまた）だった。

大正が終わって新しい年号が昭和になったと知ったとき喜一郎はなんとも思わなかった。忘れていたのだが、はま子としゃべるうちに思い出したのだ。

――アキオのことを。

はま子はとぼけた顔で喜一郎に外套を着せる。大切そうに喜一郎の山高帽を差し出した。

問いただしたいと喜一郎は思ったが、口に出すにはあまりに現実感がない。

――君は未来から来たのではないのか。

路上の紙芝居ですら、そんな突飛な作り話をやらない。活劇でも聞いたことがない。

靴を履いて立ち上がる。はま子は上（あ）がり框（がまち）に正座して、顔を上げなかった。

「またお越しくださいなどとは言わないのかい」

はま子はようやく顔を上げたが、うふふと笑って誤魔化すばかりだ。

「またお会いしましょう、喜一郎さん」

喜一郎は東海道線に乗ったが、考え事をしていて、危うく刈谷駅を乗り過ごすところだった。はま子やキャサリンなど、自分の周囲に現れる不思議で親切な人たちのことをメモにしたためていた。そして、いまそんなことを考えている場合か、とメモを破く。

自動車部は本格的に試作車の製造に取り掛かっている。生産工場はまだないので、全て手作業だ。時間はかかるだろうが、すでに設計図はできている。現在の主流であるフォードやシボレーのような直線的な形のボディではなく、フロントから屋根にかけて流線形の、全体的に丸みをおびた形にすることにした。

車体をプレス成型するための金型を頻繁に変更する余力はまだない。何年か先の流行を予想し、流線形の金型を長く使うほうが節約できると考えたのだ。資金は一銭たりとも無駄にはできないが故の、流線形だった。

いまはまだ工場に大型プレス機はないので、試作車の車体は木の型に鋼板を重ねて木槌で手叩きして作っている。内装は豊田紡織に発注した。フロントやリアガラスはガラス製造会社に、タイヤはタイヤメーカーに発注済みだが、問題はエンジンだった。

車の心臓部だ。これを外注などしたら「自動車を製造した」とは言えない。

喜一郎は自動車部の試作工場に入った。もう秘密ではなくなったので、看板を付け替えてもっと広い場所に移転している。夜の九時を過ぎているが、ほとんどの工員がまだ工場内にいた。

試作工場に据えた電気溶解炉脇で、上半身裸の鋳物職人がクレーンから下げた取鍋を操作する。佐藤亀次郎という四十七歳になる鋳物の熟練工だ。オレンジに光る湯――溶けた鋼を取鍋へ移し替える。土間には砂を固めて作った鋳型が五個並んでいた。エンジンの主要部である、シリンダーブロックを鋳造しているのだ。クレーンを操作し、亀次郎が湯口に溶湯を注いだ途端、型から火が噴き出た。

「うわっ！」

新入りの遠野正三が後ろにひっくり返る。炎はすぐに消えたが、熱せられた水蒸気が天井を巡り、二階で鋳型を作っていた女工たちが「熱い！」と叫んだ。

「ダメだ」

男たちががっくりと肩を落とす。

シリンダーブロックはエンジンの土台だ。圧縮した空気と燃料を爆発させたピストン運動をクランクシャフトで回転力に換える。細かくて複雑な構造になっていて、狭い空洞が張り巡らされている。中子（なかご）と呼ばれる砂型を嵌め込んで空洞を作るのだが、中子の成分がわからずに苦労していた。

小さく薄い中子が鋳物が固まる間に崩れてしまい、空洞が変形してしまう。油分の含まれた油中子を成型し試したところ、溶湯から発生したガスが抜けきらず、湯を噴くようになってしまった。

喜一郎の足元には、中子が崩れたせいで変形したシリンダーブロックが方々に転がっていた。

13、妖怪アキオ（昭和九年）

一月、豊田自動織機製作所は自動車事業への進出を正式決定した。最後まで強固に反対していたのは石田退三だ。

喜一郎は工作機械の買い付けのため、菅隆俊を渡米させることにした。すでに大島理三郎が出発していて、米国のフォード社やゼネラルモーターズの視察に行っている。

まだまだ技術者の数も足りない。

かつて白楊社にいた二人の技術者も引き抜いた。大正時代に作られた小型乗用車オートモ号の開発を指揮した池永羆（いけながひぐま）と、自動車部品製造業界に詳しい大野修司（おおのしゅうじ）だ。軍用特殊車輌や戦車の設計をしたことがある倉田四三郎（くらたしさぶろう）も口説き落とし、二高からの友人で東京帝国大時代も共に学んだ伊藤省吾（いとうしょうご）も誘い入れた。日本エヤーブレーキ社に就職した伊藤は、三輪自動車作りの経験を積んでいる。

工場用地の買収のため挙母町長とも話をつけた。荒れ果てた論地ヶ原では土地を整備する工事も始まっている。自動車事業の基盤を着々と築いていた。

だが春が来てもまだエンジンができなかった。

日本中を飛び回り基盤づくりに奔走する中、喜一郎は十日ぶりに刈谷工場に戻ってきた。取り急ぎ背広のまま、自動車部を覗く。

今日も亀次郎ら鋳物職人たちがシリンダーブロックの型に溶湯を流し込んでいた。みな目がうつろだった。

遠野が木槌で砂型を割っている。シリンダーブロックの中の空洞部の砂をハケで落とす。ため息をつき、シリンダーブロックを廃材置き場に投げた。また失敗か。銀色に光るいびつなシリンダーブロックが山をつくっていた。もう百個近い。

「まだできないのか」

喜一郎は思わず言ってしまった。工員たちの試行錯誤を見守ってやるべき立場で、失敗を責めてはいけないが、今日は遠野のやる気のない目や、型を作る女工たちのあきらめの表情が、癪にさわった。

「そんな顔をしていて、成功するはずがない」

「それじゃ、次の型は笑顔で流し込みますよ」

佐藤亀次郎が嫌味たっぷりに答えた。煙にいぶされ、顔が真っ黒だ。目を血走らせて、型に溶湯を流し込む。嘘でも笑顔を作る余裕がないのだ。

喜一郎は背広を脱いでネクタイを取り、ワイシャツを捲りあげながら、型を製作する女工たちに声をかけた。

「中子がまだダメか」

女たちは無言で、ノートを開いて比率を計算している若い技術者、原田梅治を見た。原田は国内の技術雑誌や鋳物技術に関する洋書、大学の教科書などを徹夜で読みふけって研究している。まだ二十一歳なのに目にクマができてやつれていた。申し訳なさそうに喜一郎を見上げる。

中子は薄くて小さく形が複雑なため、容易に熱の力で変形してしまう。車そのものの材料を知るのも一苦労だが、まさか車を作るための道具の材料にまで苦心するとは思ってもみなかった。

「恐らくは油中子のはずで、いま、さまざまな油と砂を混ぜて試しているのですが……」

喜一郎は梅治のノートを見た。二十種類近くの油を試していた。油の成分を増減し、温度を変えて試行錯誤している。

「もしかしたら問題があるのは油ではなくて砂のほうかもしれないぞ」

梅治は本の山の下から、分厚い参考書を引っ張り出した。途方に暮れた顔をする。

「中子の成分になりうる砂は流通しているものだけで十種類はありますよ」

ざっと計算しても砂と油で二百通りの組み合わせになる。それぞれ比率を一パーセントずつ調整して試作するとなったら、二万通りになる。溶湯の温度も変えていくと途方もないパターン数になる。

「不良品の山で試作工場は埋もれ、出資金を使い果たすかもしれないな」

喜一郎はため息をついた。

「常務ッ」

遠野が荒々しく声をかけてきた。梅治や亀次郎が「おい」と遠野をたしなめている。遠野は黒くなった体を手ぬぐいで拭い、メリヤスのシャツを羽織って、出入口を顎で指す。

「ちょっと外で話しましょう」

背中が殺気だっている。亀次郎が「放っておいていいですよ」と言ったが、喜一郎は外に出た。食堂の裏の喫煙所で、遠野は煙草をふかしている。喜一郎の煙草は背広の中だ。工場に置いてきてしまった。

「どうぞ」

遠野が差し出してくれた。父が愛飲していた敷島だった。その煙を吸うのは何年ぶりだろう。

父がいてくれたら、中子について的確なアドバイスをしてくれたか。試行錯誤を続ける精神力を保てるように、立派な訓示をしてくれただろうか。

喜一郎は遠野のとげとげしい雰囲気をやわらげようと、あえて明るい話題を振った。

「正月に故郷に帰っていたな。お糸さんとの縁談は、どうなった」

「お糸とは別れました」

最低な話題を振ってしまった。

「自動車を作るなんて、バカだというんです」

「なに」

「日本人に、欧米列強のような産業技術はないというんです。国産自動車なんか作れるはずがないって。出来上がっても、怖いから乗られんと」

喜一郎は唇を嚙みしめた。

「機織り屋が作った自動車など、誰が乗るかと家族中が笑いました」

遠野は敷島の箱を右手で握りつぶした。

「悔しい！」

夜の閑散とした工場内に遠野の怒りが響く。

「常務、さっきの梅治さんとの話を聞くに、俺たちはあと二万回近く、シリンダーブロックを作らねばならないんですか」

「もう少し効率的に実験できる方法を考える」

「戸畑鋳物みたいに、どっかの自動車工場の生産ラインを丸ごと買えばいいじゃないですか」

遠野は鼻で笑った。

「日産コンツェルンの連中は、鋳物から吹く火でやけどをしたり、失敗した何百個ものシリンダーブロックを溶かし直すなんて作業はしていないと思いますよ。そういう失敗や試行錯誤をしたとしても、せいぜい一ヵ月とかやないですか。もう半年ですよ！」

遠野が灰皿を蹴飛ばした。吸殻が散らばり、茶色い水が地面にこぼれた。

「――すいません」

遠野は泣き出した。

「泣いても怒ってもいい」

喜一郎は灰皿を拾い上げた。遠野が「自分で片付けます」としゃがみこむ。喜一郎は若者の肩をつかんだ。

「でも、俺の前だけだ。自動車部のみんなにはあたるな」

遠野は頷いた。

「常務……。名古屋にいい女の子はいませんかね」

「試作工場内にバリ取りをしている女工がいるじゃないか」

「いや、もうちょっとこう……」

誰もいないのに、遠野は好みの女性の特徴を喜一郎に耳打ちした。喜一郎はくすぐったいのと面白いのとで笑ってしまった。

「中村町の豊田紡織の工場に行ってみろ。若い女工がたくさんいる」

よっしゃぁ、と遠野は目を輝かせた。

「油中子のほうもなんとかする。いま菅さんや大島さんが米国のフォード社に視察に行っている。情報を探ってもらおう」

喜一郎は研究工場の日本間に戻り、和机の引き出しから封筒と便箋を出した。大島と菅が滞在しているホテルに宛てて手紙を書いた。

『油中子ノ成分ガ何ヲモッテシテモワカラズ』

喜一郎ははたと手を止めた。便箋だけを握りしめ、国鉄に飛び乗った。名古屋に向かう。


利三郎を誘い、遊郭近くの料亭へ向かった。はま子が芸者として働く店だ。

「なんや、喜一郎が芸者のいる店に俺を誘うとはな」

「芸者が目的ではないよ」

「酒か料理か。浴びるほど酒を飲みたいのは俺も同じやで、喜一郎。エンジンはできたんか」

「シリンダーブロックさえもできていない」

正直に答えた。

「今日も俺は石田に詰められよった」

利三郎は胃が痛そうだ。腹をさする。

「僕は君の百倍は胃が痛い。現場の技術者たちは君の百倍、体を酷使している。みんな寝不足と疲労でヘトヘトになりながら、やけどや擦り傷の痛みを耐えてがんばっているんだ」

店に入る。小さな個室に案内された。利三郎は酒を頼んだが、喜一郎は女将を呼んだ。彼女が来るまでの間、喜一郎は大島や菅に宛てた手紙を利三郎に見せた。

「俺に訊かれても技術的なことは知らん」

「正解を知っている人がここにいるかもしれない」

「ここは料亭やぞ。工学士のお前にすらわからんことを知っとる人間がおるか」

女将がやってきた。喜一郎は早速、尋ねる。

「実は、芸者のはま子さんにもう一度会いたいのですが」

女将の表情がさっと曇った。

「はま子というのは、こないだの接待のときに、お前につきっきりやった娘やろ」

気に入ったのかと利三郎が喜一郎の肩を叩いた。喜一郎は女将に確かめた。

「もう亡くなっているのではないですか」

利三郎はぞっとしたように目を見張った。女将は小さな声で事情を話してくれた。

「おっしゃるとおり、豊田様がおいでなさった晩に、亡くなりました」

「喜一郎。なんで知っとるんや」

後で説明すると利三郎に言い、喜一郎は亡くなった理由を女将に尋ねた。

「それが大きな声では言えんのですが、某議員の縁戚に評判の悪い男がおりまして、はま子を気に入っておったんです」

店に通い詰めて結婚を迫ったが、はま子は断った。その男はしつこくつきまとい、とうとう事件が起こったらしい。

「あの日お店を開ける直前に芸者の控室に忍び込んできて、腹を刺したんです」

殺されてしまったとまでは思っておらず、喜一郎はしばし言葉を失う。

「警察には……？」

「男はいま留置場におりますが、なにせ議員先生の縁戚にあたる方ですから、我々も騒げません。新聞も書いていないようです。はま子には本当にかわいそうなことですが、店の評判に関わりますので、内密に願います」

女将は出ていった。喜一郎はしばし無言で食前酒をたしなむ。考え込んでいた利三郎が問う。

「はま子が殺されていることを知っとったようだが」

「亡くなっていることはわかっていた。殺されていたとは知らない」

「なぜ亡くなっているとわかったんや」

「利三郎。欧米視察のときに乗船した春洋丸のキャサリンを覚えているか」

彼は怪訝な顔を一瞬したが、きまり悪そうに目を逸らした。きっと思い出しているはずだ。

「キャサリン・モス。横浜の貿易商の娘だ」

「……誰のことやったか」

「君はそんな人は知らないと言い張っていたが、本当は亡くなっているんだろう」

利三郎は目を丸くして喜一郎を見た。

「正直に答えてくれ。僕はもう二十七の若造じゃない。ブロンド美女に血迷うようなことはない」

彼はこめかみをかいた。

「お前の言うとおりや。落水したときに頭を打ったんか、その日の深夜に亡くなった。朝、母親が起こしに行ったらもう体が冷たくなっとったらしい」

やっぱり――喜一郎は唇を嚙みしめた。

「なぜ僕にそれを言わなかった」

「本人に強く口止めされたんや」

キャサリンは利三郎の船室を訪ねていたそうだ。

「突然、懇願されたんや。喜一郎になにを訊かれても自分はいなかったことにしてくれと」

「どういう意味だ」

「こっちが訊きたいわ。しかし自分は存在しなかったことにせんと、豊田家の未来が大変なことになるっちゅうねん。お前の人生も大きく狂うと言い張る」

さらにもうひとつ、キャサリンは利三郎に押し通したという。

「欧米視察から帰ったら即座にお前を結婚させいということやった」

喜一郎は、神戸港に着いたその日のうちに二十子と顔合わせさせられたことを思い出す。

「わけがわからんかったが、翌朝になってキャサリンを血眼になって探す君の姿を見て、言うとおりにしたほうがええと思うたんや」

「それで、亡くなっていると知っていて、キャサリンなる人は存在しないと僕に嘘をついた？」

「忘れられん人になってしまうやろ。縁談を断って一生独り身なんてことが、豊田家の御曹司には許されん。愛子やポーターにも話を合わせるように言うた」

「家族も消えたが」

「ご遺体を他の客もいる階の船室に置いておけんやろ。家族はご遺体ごと従業員用の下層の船室へ移ったようや。せやから姿を見ることがなかったんや」

喜一郎は大きくため息をつき、壁を睨んだ。

「僕を励ましたり、助言をくれたりする人は、いつもその直後に死ぬんだ」

利三郎は変な顔をする。

「それは——お前が呪われとるとか、そういうたぐいの話か」

「わからないが、ずっと変だなと思っていたんだ。君と愛子の祝言があった夜に亡くなった山田タケさんを筆頭に何人もいる」

タケは婿を取ることにした父の真意を教えて、励ましてくれた。キャサリンは、工場で孤立していた喜一郎に共感して慰めてくれた。関東大震災のときは、喜一郎にコップ一杯の水をくれて死んだ親切な大工がいた。マンハッタンの自殺者は忠告を与えてくれた。

利三郎は理解しがたい表情をしている。

「なんらかの妖怪か物の怪が、死にゆく人の体を使ってお前を助けとるちゅうわけか」

言った途端、利三郎は大笑いした。喜一郎はかまわず続ける。

「発端は、アキオだ」

喜一郎は、子供のころに体験した不思議な出来事を伝えた。

「あの子はランチェスターという当時日本では珍しい車で現れて、元気いっぱいに裏山や小川で遊び回っていたのに、夜のうちに亡くなった。アキオは、僕がいずれ自動車会社を興すと言っていた」

「夢でも見とったんやないのか」

「そう思っていたが、アキオやタケさん、キャサリン……みな雰囲気が似ているんだ」

「ばあさんにブロンド美女が似とるか？　マンハッタンの自殺者は白人の男やろ」

「なんというか――みなどこか無邪気で、アキオっぽいんだ」

「アキオっぽいと言われてもな。わしはアキオをよう知らん」

「それにみな、未来を知っているふうだった」

料理が運ばれてきた。あまりに荒唐無稽な話だ。他人に聞かれたくない。しばらくは淡々と膳のものを口に運んだ。

「座敷童（わらし）のたぐいやろか」

利三郎がぽつりと言った。

「座敷童というのは、家庭に幸せをもたらす妖怪だったか」

「お前を助けとるんやろ」

喜一郎は大島や菅に宛てた手紙を取った。

『油中子ノ成分ガ何ヲモッテシテモワカラズ』

利三郎もその手紙を覗き込んだ。

「アキオが未来を知る座敷童のたぐいやとしたら――」

「油中子の成分を知っているはずだ。教えてくれるかもしれない」

作戦会議だ。はま子が使っていた部屋に手紙を置くか、と利三郎が提案する。

「いや、もう亡くなって荼毘に付されているんだから、アキオは乗り移れない」

「試作工場の壁に張っておいたら、アキオは気づくんやないか？」

喜一郎は首を横に振る。

「アキオは亡くなった人か亡くなる直前の人の体にタイミングよく乗り移るんだ。試作工場は若い連中ばかりで、いまにも死にそうな人はいない」

亡くなりそうな人がいる場所といえば……。

「病院か」

利三郎と喜一郎は料亭を出て、市内で最も大きい名古屋医科大学附属医院へ向かった。鶴舞にある。市電を乗り継いでいく間に酔いも醒めて、冷静になっていく。喜一郎は便箋を開いた。

「なんだか、ちょっと不謹慎かなぁ……」

「せやな。誰か死ぬのを期待しとるようやで」

市電は大須に到着するところだった。名古屋の浅草と呼ばれるこのあたりは夜になっても広小路と同じくらいの賑わいがある。

「もうちょっと飲んでいくか、喜一郎」

大須で降りてしまった。赤ちょうちんの出た飲み屋に入って利三郎と二人で再び乾杯する。バイオリンとアコーディオンを持った三人組がやってきた。流しの歌唄いのようだ。喜一郎は一円札を渡して奥田良三の『モンテ・カルロの一夜』をリクエストした。三人組はいい加減なタンゴ曲を演奏する。

「知らないなら知らぬと言えよ」

喜一郎は金を取り返そうとしたが、流しの連中はするりとかわす。別の客に促されて軍歌を歌い出した。喜一郎は白けてしまった。利三郎にからかわれる。

「瓶ビール三本分損しよった」

流しの連中が歌い出した軍歌は合唱になり、鬼畜米英がどうだとか、満蒙を死守せよとか、陸軍省のプロパガンダがあちこちから聞こえてきた。

二軒ほどハシゴしたころには、喜一郎も利三郎も千鳥足になっていた。大須の飲み屋街を歩きながら、利三郎が空に叫ぶ。

「おい妖怪アキオ、聞こえるかーッ。このままでは豊田はクルマを一台も作れんまま、潰れてまうぞー！」

「利三郎、社長が妖怪頼みでどうするんだッ」

喜一郎は腹を抱えて大笑いした。酔いも手伝い、調子づく。

「アキオ、頼む！　油中子の成分を教えてくれ。紙に書いて、自動車部の原田梅治の机に置いておいてくれー！」

「社長室の俺のデスクでもかまわん。そこの葉巻を吸ってええし、輸入物のボンボンチョコレートが引き出しに入っとる。食ってかまわんから、教えてくれー！」

路上の片隅で右足のない浮浪者が座りこんでいた。小銭が入った空き缶の前に、お情け頂戴の文章が書かれた紙を置いていた。東北の貧しい農家出身で関東軍に徴兵され、張学良（ちょうがくりょう）の軍と衝突した際に足を失ったらしい。喜一郎は小銭を缶に入れたが、利三郎は疑う。

「傷痍（しょうい）軍人ならこんなところで小銭をせびらんやろ。恩給があるはずや」

「だとしても足がない人生は大変だろう」

浮浪者は突然、歌を歌い始めた。

「明日がある……明日があるさ……」

知らない歌だが、軽快で覚えやすいメロディだった。

「若い僕には夢がある」

みょうちくりんな歌だ、と利三郎が笑う。

「ふむ。満洲で流行っている歌か？」

浮浪者は一心に歌い続ける。「明日がある」というフレーズを繰り返していた。やがて動かなくなった。喜一郎は利三郎に、大須の交差点に立つ警察官を呼んできてもらった。浮浪者の脈を取るが、冷たくなっていた。喜一郎はその肩に手を置いた。これはアキオに違いない。正解は教えず、歌で応えたのか。

「わかったよ、アキオ」

自力でやれ。喜一郎たちならできるということか。


その後もシリンダーブロック作りの失敗が続いた。

「今日はダメでも、明日がある」

喜一郎は部下たちを鼓舞した。工場の建設予定地や部品製造の工場を探し、省庁とのやり取りで日本中を飛び回っていたが、時間を見つけては刈谷の試作工場に入り、時にナッパ服に着替える時間も惜しく、ワイシャツを油で汚してシリンダーブロック作りを手伝った。

春になり、大島と菅が帰国してきた。大島は、フォード社のエンジン製造工場の床に落ちていた中子の一片を持ち帰ってきた。早速分析したところ、朝鮮銀砂だということがわかった。油の成分については原田梅治が分析装置にかけても、はっきりとした数値が出なかった。

ある日、鋳造の現場にいる大原一男（かずお）という三十七歳の職人が、海外の鋳物機関誌を開いて訴えた。

「ここにリンシードオイルがいいと書いてあります！」

丸善経由で毎月入手していた難解な雑誌を、大原は英和辞書片手に熱心に読んでいたようだ。

「リンシードオイル……亜麻仁油のことか」

女工たちが早速、成分を調整しながら中子の試作を始めた。一方、成分分析を繰り返す梅治が、朝鮮銀砂に混ざっていた油は桐油ではないかと意見した。いまは亜麻仁油と桐油の二つに厳選し、量を調整しながら、試作が始まっている。

九月末、やけに蒸し暑い日だった。

東京で用事を済ませた喜一郎は、東海道線の刈谷駅で下車して驚く。土砂降りで下水があふれ、駅前は一面水浸しだった。刈谷工場の門まで徒歩十五分だが、歩けたものではない。タクシーもなかなか捕まらない。タクシー待ちの客が話しかけてきた。

「もう二十分待っているのに一台も来ませんよ」

「台風でも来ているんですかね」

「先日、室戸に上陸した台風も関西の方でひどい被害が出たようですしね」

タクシーを待ちきれず、喜一郎は雨の中を刈谷工場へ向けて走り出した。東京で東海道線に乗る直前、刈谷の自動車部から重要な電報を受け取っていたのだ。

喜一郎がずぶ濡れで到着したとき、自動車部の全員は丸くなって、鋳物を見つめていた。

「できたのか」

喜一郎はみなに声をかけた。声が震えてしまう。女工が気遣って手ぬぐいを渡してくれたが、体を拭く時間も惜しい。

「できましたッ」

遠野が感極まっている。亀次郎は泣いていた。煤で真っ黒の顔に涙の白い筋ができる。

喜一郎は銀色に光るずっしりと重たいそれを持ち上げ中を覗き込んだ。シリンダーブロックの冷却通路が潰れることなく、完璧に出来上がっている。

14、撤退（昭和十年）

年が明けた。元旦、喜一郎は家族で熱田(あつた)神宮へ初詣に行った。利三郎のところを含め八人の子供たちが走り回るのを、二十子や愛子が追いかけ回す。母の浅子の手を長女の百合子が引き、縁日の方へ行った。お菓子をねだるつもりかもしれない。喜一郎は利三郎と共に拝殿の前に立ち、二礼二拍手する。

家内安全、商売繁盛。そして――。

「エンジンの馬力が上がりますように」

利三郎がおみくじを引いた。

「あかん。また凶や」

彼はよく凶を引く。豊田グループは健全な経営を続けており、全従業員数は一万人を超えた。

「会社の身代わりに凶を引き受けているんだ。社長の鑑(かがみ)だな」

喜一郎の言葉に、利三郎は苦笑いする。

「で、エンジンはどうなんや」

「大晦日(おおみそか)もみな遅くまでがんばったが、四十五馬力だった」

シリンダーブロックが完成し、すぐにエンジンの組み立てに入ったが、作動させてみると馬力が四十五しか出ない。モデルとしているシボレーのエンジンは六十馬力出る。馬力がなければ車はスピードが出ないし、坂道を登れない。

なにがダメなのか。なにが違うのか。再び自動車部は失敗の泥沼に嵌まっていた。

「失敗は成功の母、という言葉があるだろ」

「エジソンやな」

「成功したから、そんなことが言えるんだろうな」

喜一郎は深いため息をついた。

「成功しなかったら、失敗はただの失敗でしかない」

軽い愚痴のつもりだったが、利三郎は重く受け止めたようだ。

「喜一郎。もうすぐ自動車部の資金が尽きる」


正月三が日が終わり、豊田自動織機製作所も稼働し始めた。喜一郎は午前中に時間を作って試作工場を覗いた。エンジンの稼働音が聞こえてくる。菅隆俊や大島理三郎が中心になり、祈るような顔で計器を覗いていた。

「全然ダメだ、三十五馬力」

「落ちているじゃないですか」

遠野が軍手を地面に叩きつけた。

「やはり構造ではなくて、材料の問題じゃないのかい」

佐藤亀次郎が言った。菅も荒々しい。

「どの材料だっていうんだ」

「製造で最も時間がかかったのが、シリンダーブロックだ。なにかが違うといったら、複雑な機構のあれしか――」

「いや、ピストンの問題かもしれない。材料が悪いのかな」

二十一歳の若手が手を挙げた。豊田自動織機に入社して三ヵ月で自動車部に引き抜いた神谷(かみや)忠一(ちゅういち)

だ。エンジンに関する米国の文献を見せて訴える。

「吸排気システムが悪いせいではないですか。シリンダーヘッドの形状を変えればクランクシャフトの回転数は自然に上がるかも……」

神谷より一歳年上の白井武明がかぶせてくる。

「エンジンオイルの質の問題かもしれませんよ」

遠野は疲れ切った様子で頭をかいた。

「頭のいい学校出のみなさんで早くなんとかしてくださいよ」

喜一郎は工場の中に入り、遠野を叱った。

「そんな言い方はないだろう。技術者は必死でやっている」

「洋物の雑誌を読みふけっているだけじゃないっすか」

遠野は、テーブルに座って煙草をふかしながら雑誌を捲っている面々を指さした。米国で発行されている難解な技術雑誌から最新技術を学び、エンジンの馬力を上げる方法を探っているのだが、学のない遠野には、のんびり休憩しているようにしか見えないのだろう。遠野の手は鋳造の過程でできたやけどや切り傷で、膨れ上がっていた。

「技術者が間違っているから、俺たちがいくら汗水流して鋳造したところでエンジンが完成しないんだ」

遠野は面と向かって言わず、小さな声で文句を垂れた。だが若い白井や梅治は黙っていられなかったようだ。喧嘩腰で迫る。

「だったらお前が研究しろ。ここにある本や専門誌を読んでみろ！」

遠野が声を荒らげた。

「うるせえな、どうせ俺は字を読めないし書けねーよ！」

遠野は頭に巻いていた手ぬぐいを叩きつけ、「やってらんね」と工場を出ていった。喜一郎は追いかけようとしたが、菅が冷たく言う。

「年末からずっと遠野はあの調子なんです。女にフラれたらしいですよ」

遠野は熱意があり、鋳物工場の若手の中では根性もあるが、女に弱い。

喜一郎はナッパ服に着替えた。部下たちと一緒にエンジンの改良に励む。来客があった。書類を抱えた石田退三だ。

「織機のほうに用事がありまして、刈谷に来たものですから。どうですか、クルマは」

喜一郎は苦笑いにとどめた。石田は喜一郎の頭の天辺から足の爪先まで見て、呆れる。

「常務取締役自らそんな汚い恰好をして……。作業中の姿が佐吉翁にそっくりだ。墓から蘇ったのかと思いましたよ」

「父に似ていると言われるのは光栄です」

「私にとっては悪夢の再来ですがね」

喜一郎は奥歯を嚙みしめた。

「翁を尊敬はしておりますが、あの金遣いの荒い発明家に我々番頭はどれだけ苦しめられたことか」

部下たちの心を折りたくない。石田とは相談室で話をすることにした。喜一郎は事務員に茶を持ってくるように指示したが、石田が即座に断った。

「グループ会社の職員に茶の一杯を出す金の余裕などないでしょう。自動車部は資金が尽きかけている。それとも、その茶の金を自動織機の予算で賄うのですか」

計算が細かくてけち臭い石田に喜一郎は歯ぎしりしたくなったが、こうやって倹約し金を管理してくれる番頭がいるから、豊田グループは幾度の不況を生き延びることができたのだ。

「実は私、長野の工場拡張事業の解約行脚で、事業撤退に関する手続きや予算の計算が得意になってしまいました」

厭味(いやみ)ったらしく言いながら、石田は紐綴(ひもと)じされた書類を渡した。

「ご検討ください」

書類の表紙には『自動車部の撤退にかかる手続きと諸費用』と記されていた。造成が進んでいる挙母町の論地ヶ原からの撤退と解約費用や、試作工場の転用、自動車製造用に購入された工作機械の転用可能性も書かれている。売却した場合の粗利益まで計算されていた。

「いまなら損失は四百万円で済みます」

石田は臆することなく訴えた。

「一年二年と撤退の判断を先延ばしするたびに、倍々で損失は増えていきます」

喜一郎は震える手で試算表を捲った。

「五年後に撤退の判断をした場合、挙母工場はすでに稼働しているでしょうから、損失は豊田自動織機製作所の年間利益を超えます。もう倒産です」

喜一郎は書類をデスクに叩きつけた。

「あなたは豊田紡織の人間だ。豊田自動織機の事業についてあれこれ口出しをしてほしくない。長野の工場拡張の件で私を恨んでいるのはわかるが……」

「恨んではいませんよ。豊田自動織機は、佐吉翁が作った豊田紡織が母体です。織機が倒産したら紡織も無傷ではいられない。これは豊田グループを守るための正義だと思っています」

石田は毅然(きぜん)と言い張る。

「御曹司の道楽には口を出せない取締役会に代わって、私が正義を執行するしかないんだッ」

夕方には刈谷工場の食堂で、喧嘩騒ぎがあった。六人掛けの長テーブルがひっくり返っている。食器も割れて散乱していた。食堂の職員がこぼれた味噌汁をモップで拭いている。

喜一郎は片付けを手伝いながら、なにがあったのか尋ねた。

「営業さんがね、汗水流して日本中の紡績工場を歩き回り自動織機の契約を取っても、儲けを自動車部が食いつぶしていると言い出したの」

二年経ってもまだエンジンすら出来上がっていない。この現状に、職員たちも疑心暗鬼になっているのだろう。

「自動車部のみなさんは黙ってこらえて、食べていたんです。そこへ竹内さんが通りかかったんですよ」

竹内賢吉は、佐吉の時代から会社の経理を支えてきた四十九歳の番頭だ。経理部の中では自動車部を応援してくれる唯一の人間でもある。現在は豊田自動織機製作所の常務をやっている。

「竹内さんが営業部の人を注意したら、経理部が夢を見始めたら終わりだと、営業部と竹内さんでひどい言い争いになりました」

口論は食堂にいた従業員たちに伝播し、自動車の開発を続けるべきか否かで意見が真っ二つに割れたらしい。自動車部のせいで会社は分断されていた。


竹内賢吉は工場内にある医務室にいた。殴られたのか、唇の端を切っている。喜一郎が気遣うと、恥ずかしそうに笑った。

「いやあ、五十を前に、派手にやりすぎました」

無邪気に拳を振ってみせた。

「久々に燃えましたよ。一度でいいから営業部を殴りたいと思っていたんだ。営業部の連中といったら、俺たちが売ってやってるから会社は儲けていると、偉そうなところがあるでしょう」

「事実、営業部がいるから我々は技術開発に没頭できるんです」

喜一郎は販売網を作り上げるため動き出している。東洋綿花出身で豊田紡織の幹部である岡本藤次郎（おかもととうじろう）が、神谷正太郎（かみやしょうたろう）という日本ゼネラル・モータースの広告部長を紹介してくれた。今日の夜に会合を持ち、役員待遇で豊田自動織機に引き抜くつもりだった。

喜一郎が黙り込んだせいか、竹内が明るく言う。

「午前中に通用門で石田君に会ったんですよ。若を説得してくださいと言われました。番頭が技術者と一緒になって夢を見たら会社は潰れるとも言うんですが、僕は……」

喜一郎は立ち上がる。

「拳は大丈夫ですか。存外に、殴ったほうが怪我をするものです。一緒に病院へ行きましょう」

「大丈夫、若は自動車部へ行ってやってください。会社中からいろいろ言われて、みんな落ち込んでます」

「病院に用事があるんです。行きましょう」

喜一郎はハイヤーを呼び、名古屋医科大学附属医院へ向かった。かつて利三郎と行こうとしたが、不謹慎だと考えて途中で引き返した場所だ。

竹内がレントゲンを撮っている間、喜一郎は病院の敷地の庭をぐるぐると回った。だがアドバイスをしてくれそうな人は現れなかった。入院病棟に行こうと考えたが、足は止まった。

――こんな不謹慎なことまでして、アキオに頼ろうとするなんて、どうかしている。

喜一郎はベンチに座った。頭を抱える。ウワーッと地面に向けて叫んだ。通りすがりの人が奇妙そうに喜一郎を振り返る。病院を出て、鶴舞公園近くの通りを歩いた。電話ボックスを見つける。喜一郎は神谷正太郎が在籍している日本ゼネラル・モータースに電話をかけた。

今日の会合を断るつもりだった。

とても、自動車の販売網を作り上げてくれ、と依頼できる精神状態になかった。中京デトロイト化構想から菅を引き抜いたときの情熱はあまたの困難で枯れ果てていた。小銭を入れてダイヤルを回す。電話に出た男は、すでに神谷は退職したと告げた。とげとげしく尋ねてくる。

「もしかして豊田自動織機製作所の方ですか。あなたですね、神谷さんを引き抜いたのは」

正式にはまだ引き抜いていない。今日の会合で詳しい話をし、説得しようと考えていた。自動車部で試作車を作っていることは話したから、神谷は先走っているようだ。

「神谷さんは日本GMの優秀なディーラーを幾人も引き抜こうとしているんです。大阪支社だけで二人も辞表を出しているんですよ。我々GMの販売網を乗っ取るおつもりですか」

神谷はすでに引き抜きまでしている――。

「日本人が作ったクルマなど使用に耐えうる性能があるのですか？　後でGMに戻りたいと言っても神谷さんたちの席はもうありませんから。彼らが失業したらあなたのせいですよ」

喜一郎は電話を切り、石田が作った撤退計画書を開いた。自動車部の人員整理にも言及していた。すでに五十人以上の部員がいるが、自動車の開発のためだけに喜一郎が招聘（しょうへい）した菅隆俊や大野修司は、紡績や自動織機の開発には不要として、解雇するべきと記されていた。

もうここで立ち止まるべきなのではないか。

このままでは、多くの人を路頭に迷わせてしまうことになる。自動車部にいる技術者たちだけでなく、神谷らディーラーまで失業させてしまう。喜一郎は膝が震えていた。

「若！」

竹内が道路の向こうの病院から出てきた。

明るく拳を見せながら、道路を渡ってくる。

「ただの打撲で骨に異常はありませんでした。ご心配をおかけしました」

「竹内さん。今晩、時間はありますか？」

「ええ。空いていますが」

「僕と一緒に来てもらえませんか。日本ＧＭの幹部と話をする予定になっているんです」

土下座をして謝らねばならない。信頼する誰かにそばにいてもらわないと、頭がおかしくなりそうだった。事情を話すと、竹内は顔を真っ赤にして怒った。

「すでに自動車づくりは喜一郎さんだけの夢ではなくなっているのに、あきらめるのは早い」

「しかし現実問題、エンジンすらまともに作れずに、この先……」

「それじゃ、私は今日なんのために殴り合いの喧嘩をしたんだ！」

竹内は怒って帰ってしまった。


夜、喜一郎はひとりで料亭に向かった。かつて長野の工場の解約行脚をした石田退三の気持ちは、こんなふうだったのだろう。神谷正太郎は料亭の入り口で凛と背筋を伸ばし喜一郎を恭しく待っていた。三十七歳、背広に皺ひとつなく、紳士然としている。神谷には連れがいた。日の出モータースの山口昇だった。

「神谷さんから声をかけられて、心が躍りました。豊田さんならなにかやってくれると思っていましたよ」

山口もゼネラルモーターズの傘下から抜ける決意をしていた。喜一郎が言い出せぬまま、会食が始まった。

「今日、きっぱり米国のＧＭに電話をしてやりましたよ」

酔っぱらった山口が英語でまくし立てた。

〝金輪際オタクの車は売らない、このクソ野郎!〟

これまでの米国ゼネラルモーターズとの不平等契約から来る鬱憤を晴らしたのだろう。

「しかし我々では日本GMのような充分な給与を払えないかもしれません」

金の話から断りの道を探ろうとしたが、神谷は「金の問題ではない」とあっさり言った。

「我々は国産車を日本に根付かせるという豊田さんの壮大な夢に感動したんです」

神谷と山口は喜一郎そっちのけで、この先の未来を思い描いている。

「やはりクルマの名前は、カタカナで『トヨダ』かな」

「いいですね。戸畑鋳物のほうは『日産』となるらしいですよ」

山口はお猪口を片手に天井を見上げ、妄想している。

「フォード、GMにクライスラー、たまに超富裕層が乗るイスパノスイザの横を、日産やトヨダが走るんですね。いよいよ国産の乗用車が走る時代が来るんだな」

喜一郎は酒をあおり、撤退を切り出そうとした。

「ところで豊田さん。ひとつ訊きたいことがあったんです」

神谷が真剣な表情で喜一郎を遮った。

「豊田さんはなぜ自動車を作りたいと思ったんですか」

喜一郎ははたと我に返る。

どうして自動車を作りたいと思ったのか。

会社の事情もあるし、日本という国を真の産業国として発展させることに寄与したいという崇高な思いもあった。東京に爆発的に自動車が広がるきっかけとなった関東大震災が発生したとき、自動車について話していたという運命的な出来事も後押しした。

だが、いま改めて神谷に真正面から問われ、喜一郎は言葉に詰まった。これまで蓄積してきた理由をつらつらと説明するのは、ナンセンスだった。

喜一郎はすでに、もっと大きな感情を自動車に対して抱いていた。想いを口にしようとして脳裏に広がるのは、これまで喜一郎がハンドルを握ってきた自動車たちだ。中古車のハノマークは工員たちに遊ばれてボロボロになってしまったが、修復を繰り返し、いまでも工場の広場に置かれている。自宅にあるフォードA型は覚王山で横転させてしまったが、いまも元気に家族を乗せて走る。研究のために購入したシボレーは分解と組み立てを繰り返し、いまはもうその姿が消えた。

「私は、クルマが好きなんです」

感極まり、涙があふれてきそうになった。たったそれだけの言葉を涙声で絞り出した喜一郎を、神谷と山口は不思議そうに見ている。

「失礼」

喜一郎は眼鏡を上げて、ハンカチで目元を押さえた。お手洗いに行こうとして、女将に呼び止められた。

「豊田さん、緊急だと部下の方がいらっしゃってますが……」

竹内賢吉が長廊下を走ってきた。膳を下げる仲居とぶつかりそうになっている。

「竹内さん、どうしたんですか」

「撤退の件、ディーラーの方々に話してしまいましたか？」

喜一郎は目頭を拭い、首を横に振った。竹内は胸をなでおろした。

「増資ですよ、若。豊田紡織廠の西川さんが、自動車部に増資すると約束してくれたんです！」

喜一郎は茫然（ぼうぜん）と宙を見た。佐吉の右腕だった西川秋次だ。父の亡きあと、上海の豊田紡織廠を切り盛りしている。

「だが一体、なぜ。どうしてこのタイミングで」

「紡織の岡本さんに相談したんです」

岡本藤次郎は日本ゼネラル・モータースの神谷を探し出して喜一郎に紹介してくれた上、資金のことまで配慮してくれていた。

「岡本さんが方々に電話をし、西川さんに協力いただけないか頼んでくれたんです」

喜一郎はまた目頭がじいんと熱くなった。

「若、何度も言っているでしょう。もう自動車作りは、あなたひとりの夢じゃないんだ！」


夜になっても感情が高ぶったままで、寝つきが悪かった。少しの揺らぎで涙が出てしまいそうだ。ひとりになりたくて、白壁町の自宅ではなく別荘で過ごすことにした。昭和八年に名古屋市郊外の八事に建てた、和洋折衷の邸宅だ。家族の生活の場ではなく別荘利用が目的で、来客などの接待に使っていた。暖炉があり、温室もついている。鶴舞公園の噴水塔を作った鈴木禎次（すずきていじ）という建築家に設計を頼んだ。疲れ切ったときは、大切に育てている温室の植物たちに癒やされていた。

二階にある仕事部屋で夜通し海外の自動車雑誌を読みふける。目が疲れ、座布団を折りたたんで少し横になる。ひし形の網代（あじろ）天井をぼんやり見つめるうち、いつの間にか寝てしまった。

明け方近く、ハノマークのエキゾーストノートで目が覚めた。窓を開ける。ハノマークから飛び出してきた遠野が、喜一郎を呼びながら半地下の物置部屋の出入口へ駆け下りていくのが見えた。

喜一郎は一階に降りて玄関の扉を開けた。斜路の先にある物置部屋の出入口に向けて叫ぶ。

「遠野、玄関はこっちだ」

つんのめりながら遠野が上がってきた。クルマで来たというのに顔が赤い。興奮している。

「一体どうしたんだ、まだ朝の五時だぞ」

「すぐ工場に戻ってください。みんな待ってます」

喜一郎は着流し姿だ。着替える間もなく、遠野に腕を引かれてハノマークの助手席に詰め込まれた。

「飛ばしますよ、常務！」

遠野は急発進で別荘の敷地を出た。始発の八事線が四つ辻を突っ切ろうとするのを急ハンドルでよける。野菜を大量に積んだ大八車にクラクションを激しく鳴らした。未舗装の道路は走りにくいのか、道が均された市電の軌道上を走った。正面に市電が走ってきているのに、遠野はギリギリまでレールの上を走る。市電が警笛を鳴らした。正面衝突とはならなかったが、畑を耕す老人がうるさそうにこちらを見ていた。

「なぜこんなに急ぐ必要があるんだ。そもそもこんな明け方までみな残業していたのか？」

「渦巻き運動だそうです。チューさんがやってくれました！」

遠野の言うチューさんとは神谷忠一のことだろう。再び市電の軌道を走った。次の市電が眼前に迫っている。

「危ない！　早くよけろ！」

喜一郎が脇からハンドルをつかんで切ろうとするのを、遠野が振り払う。喧嘩しながら刈谷工場に到着した。小型のハノマークは通用門を突っ切って試作工場に向かう。急カーブを曲がり切れずに危うく横転しかけた。遠野の運転は乱暴すぎる。自動車部に到着するころには喜一郎は酔ってしまった。引き戸が開いている。明け方だというのに、自動車部以外にも大勢の社員が見物に来ていた。

喜一郎はふらつきながらハノマークを降りた。野次馬が左右に分かれて道ができる。神谷忠一が丸めた雑誌をつかんで走ってきた。

「豊田常務！　ようやく解決ですッ。シリンダーヘッドの吸排気システムに問題があったんですよ。燃焼室の内側を削って二ミリ深くしました」

「馬力が上がったのか？」

どれだけ改良しても試作エンジンは四十五馬力しか出ていなかった。

「ついでにこの雑誌を参考に、吸排気がスムーズにされるよう、空気の渦巻き運動を燃焼室に発生させる形状にしたところ、大正解でした！」

菅が忠一の肩を抱き乱暴に頭を撫でながら、得意げに言った。喜一郎は試作エンジンの前に引っ張り出される。

「いきますよ」

大島理三郎がエンジンに出力計器を設置した。菅がエンジンをかける。計器の針が跳ねたあと、じわりじわりと数字を上げていく。

「二十、二十五、三十……」

いっきに馬力が上がっていく。いつもはこのあたりで停滞する。四十五がやっとだったが、針は順調に目盛りを刻む。

「三十五、四十……」

「四十五、突破！」

遠野が叫んだ。あとはもう、その場にいる全員の声が揃っていた。

「五十、五十五……六十超えたぞ！」

喜一郎が叫んだ瞬間、馬力は六十二の最高数値を付けた。

「シボレーのエンジンを超えたぞッ」

みなが飛び上がって喜んだ。遠野は喜一郎に抱きついてくる。若い忠一や白井もしがみついてきた。その上に、大島や菅のベテラン勢が重なった。

「ようやくエンジンができたぞ、万歳！」

喜一郎は声を張り上げていた。自動車部とは無関係の通りすがりの工員たちも、万歳三唱をしてくれた。喜一郎は男泣きをした。豊田自動織機の自動車部を応援してくれる人は、こんなにたくさんいたのだ。

15、失踪（昭和十年）

豊田自動織機製作所、自動車部の試作工場に続々と人が集まり始めていた。誰かが流行り歌の『流線ぶし』を歌っている。

「お祭り騒ぎやな」

喜一郎と共にやってきた利三郎が、苦笑いする。

「ある意味祭りってことでいいんじゃないか」

喜一郎は特注した日本酒の一升瓶を持っている。これから神事に使うので、のし紙が巻かれていた。

五月にようやく試作車を完成させた。Ａ１型乗用車と名付けた、黒い流線形の小型乗用車だ。

エンジンの試作だけで一年以上を費やしたが、ついにクルマを作り上げた。やはり実物は説得力がある。黒くなめらかなボディと、高級感あふれる内装に取締役会は圧倒されていた。ニカッと歯を剝(む)いて笑っているようなフロントグリルと、丸目のヘッドライトに、愛着を覚える者もいた。自動車部反対の声は聞こえなくなった。

「このたびは試作車の完成、おめでとうございます」

石田退三に声をかけられた。にこりともせず試作車を見ている。

「やれやれ。現物を見せられてしまうと、言葉もありません」

石田は自動車部の撤退をあきらめた様子だった。喜一郎は後部座席の扉を開けた。前と後ろで扉は観音開きになっている。

「どうぞ、乗ってみてください」

石田は渋々、後部座席に座った。喜一郎は扉を閉めて、運転席に座った。工場内を一周する。石田は緊張からか手すり用の組紐(くみひも)をぎゅっと握る。

「乗り心地はどうですか」

喜一郎はバックミラー越しに尋ねた。石田は眉間に皺を寄せているが、口元は笑っていた。

「まあ、悪くはない」

「遠慮せず何でも言ってください。この車で完成ではないのです」

改良すべき点がまだまだある。

「どんどん改善しもっといいクルマをつくり、生産ラインに乗せるつもりです」

石田は呆れたように笑った。

「月産二千台が目標でしたか。挙母の土地の広さがあれば、可能ではありましょう」

「生産ラインに乗ったら、石田さんにクルマをプレゼントしますよ」

石田は腹を抱えて大笑いした。ヤケになっているのか喜んでいるのかはよくわからなかった。

試作工場に戻る。熱田神宮の神主がやってきて、祭壇を組み立てていた。Ａ１型乗用車のフロントグリルに紙垂(かみしで)をつけたしめ縄を飾る。豊田自動織機の取締役や幹部、そして自動車部の面々が、クルマの両側に立つ。喜一郎はこの先の自動車事業の安穏を祈ったが——。

ようやく試作車が完成したというのに、すでに次の難題が降りかかっていた。

神事を終えて、Ａ１型乗用車は公道を試走することになった。豊田グループの祖である父の墓まで往復する。刈谷から墓のある覚王山まで往復で六十キロ近い行程だ。

喜一郎がハンドルを握り、菅隆俊が助手席に乗った。自動車部だけでなく、工員たちや営業部、経理部の大喝采の中、喜一郎はクラクションを鳴らして出発する。

「がんばれー！」

「無事帰ってこい！」

若手の中でも兄貴分の岩岡次郎が中心になって、白井武明や原田梅治、神谷忠一らが肩を組んで誇らしげに試作車を見送っている。遠野は拍手をしているが、不満げだ。本当は自分が運転したかったのだろう。遠野はいまや自動車部の中でも無類のクルマ好きになっている。ハノマークをしょっちゅう借り出しては、女の子を乗せて名古屋市内を爆走しているらしい。

守衛が門を開ける。いよいよ試作車は公道に出た。

長らく喜一郎が夢見た瞬間だった。窓を開ける。風を切っているその音と空気を肌で感じ、これは自分たちが作ったクルマなのだと心に刻む。にぎやかな大須を通ったとき、雑貨屋が流していたラジオから『満洲国皇帝陛下奉迎歌』が流れてきた。〝日満親和、いよよ厚し〟という日本と満洲国の関係を称（たた）える歌は、軍歌を思わせる曲調だった。菅が、最近になって陸軍省が国民に配ったパンフレットに言及した。

「『たたかひは創造の父、文化の母』とありましたが、この先が不安ですね」

経済統制を強化し、国防の更なる増強のために、経済機構を軍が改革すべきと書いてあった。

「ええ。このままでは自由経済ではなくなるかもしれない」

企業が自由に物を作り、売ることができなくなる。試作車は覚王山まで約三十キロの道中を順調に走った。市電の通過を待っている間もエンジントラブルはなかった。水たまりに嵌まってもなんなく抜け出し、坂道も上がり切った。

「めでたい日だというのに豊田さんの顔色が優れないのは、そのせいですか」

菅は何かを察していたようだ。

「工場に帰ったら、みなに改めて説明するよ」

父、佐吉の墓に到着した。手を合わせる。


Ａ１型乗用車は無事、自動車部のある刈谷工場に戻った。部員たちに拍手で出迎えられる。もう夕方になっていた。後片付けは済んでいる。

「菅さん、走行データを見せてください！」

岩岡が菅の手からファイルを取り、白井と食い入るように見る。

「市販に向けてどんどん改良していかねばなりませんからね」

やる気を見せる若者たちに、喜一郎は無情な話をせねばならなかった。

「実は自動車の生産について、商工省が政府の許可制にする方針を固めている」

部下たちが顔を上げ、不安そうに喜一郎を見た。遠野が変な顔をする。

「許可制って……誰がなにを作ろうが勝手ですよね。なんで政府の許可が必要なんですか」

「確かに勝手に作ることは可能だが、許可をもらえれば、税制などの面でさまざまな優遇が受けられる。許可を受けられなかった会社は、優遇を受けた会社と競争を強いられることになる」

もはや勝ち目はない。

「一方で軍部は経済統制を強めている。国民が喜ぶものではなく、国防強化につながるものを優先的に生産してほしいだろうから、商工省もトラックの製造実績がある会社に許可を――」

「そんな勝手な話がありますか！」

遠野が声を荒らげた。自動車部の面々はどんよりする。

「こんなに苦労して国産乗用車の試作車を作ったのに、国の許可がなきゃ生産できないってことですか」

岩岡が泣きそうな顔で言った。

「ああ。そういうことになりそうだ」

まだはっきりとは決まっていないが、商工省にいる東京帝国大時代の旧友がその可能性が高いと喜一郎に教えてくれた。

「許可は取れそうなんですか」

尋ねる河原の声は震えていた。

「許可の要件をいま政府が作っているが、軍部が口出しをしてきている。大衆向け乗用車の生産について苦言を呈してくると思う」

喜一郎の目の前にある大衆向けの乗用車は、贅沢品の極みというわけだ。

「軍事転用が可能なトラックの生産をしているところを優先して、許可を出すだろう」

日産は乗用車を作らずに、トラックの生産を優先している。許可制を見越してのことだろう。

「許可は国内一社だけになるかもしれない、と悪い見方をしている官僚もいる」

このままでは日産が許可を取ることになる。もし許可が国内一社のみとなったら、豊田自動織機製作所は非常に不利な条件下で日産と競合することになってしまう。喜一郎は頭を下げた。

「みんな、すまない。乗用車の試作にこれほどまでに情熱を注いでくれたのに、いったんこれを棚に上げて、早急にトラックを作らねばならない」

遠野は投げ出すように、椅子に座った。

「トラックなんて嫌ですよ」

「商売で使うトラックを作ることだって大事なことだよ」

大島理三郎がやんわり若者に言った。

「でもキーさんの夢は国産乗用車でしょう！　庶民の手が届く価格で庶民のためのクルマを作る。一部の企業や運送業者に向けたクルマでない。そもそも、軍部が口を出すってことは、俺たちが作るトラックを軍事転用するつもりですよね。戦争に行くための、人殺しのクルマを作るんですか」

菅が遠野をたしなめた。

「そんな言い方をしてはダメだ。徴集されて最前線にいる兵隊たちは、みんな国を守るためと命をかけている。軍用トラックは彼らの助けになるものだと……」

「そんなん屁理屈（へりくつ）だッ」

遠野はピンと背筋を伸ばし、かしこまって喜一郎を見据えた。

「常務。乗用車作りをやめて、トラックを作るというんですね」

喜一郎は頷いた。

「今日にもトラックの試作に入ってほしい」

「俺は戦場に行くクルマなんか絶対に作りたくないです」

遠野は工場を出ていってしまった。癇癪（かんしゃく）持ちの遠野のいつもの拗（す）ねだ。いずれ戻るだろうが、その場は重い空気になった。大島が盛り上げてくれる。

「トラックの試作は、コイツのときほど苦労はしないと思いますよ。エンジンがわかっているんですから。運転室さえ作ってしまえば、金属加工部分が乗用車の半分以下で済むでしょうし、短期間で試作車はできるはず」

自動車部品の製造に詳しい元白楊社の大野修司も、決意を新たにする。

「私もトラック製造に必要な部品の調査をすぐに始めます！」

菅がまとめた。

「よし。一ヵ月で作ってやろう。そして必ず許可を取るぞ！」

現場は再び士気を取り戻してくれた。

だが遠野は戻ってこなかった。

三日後、亀次郎が遠野の辞表を持ってきた。字が書けないから代筆してくれと親分に頼んだらしい。喜一郎は心配が尽きない。

「東北に帰ったのか。仕事があるのだろうか」

「なんでも、南米に行くと張り切っていましたよ」

遠野の伯父がコロンビアに入植していて、コーヒー農園を経営しているらしい。南米でひと花咲かせてやると息巻いて、遠野は名古屋を去った。

16、峠（昭和十年）

トラックの試作車は夏には完成し、G1型トラックと名付けられた。本格的な生産に向けて、六日間の総合運行テストを計画した。刈谷を出発し、東海道線に沿って東へ向かい、箱根越えだ。小田原（おだわら）、東京を経たあとは所沢や熊谷（くまがや）、高崎を抜け、峠を走り続ける。険しい山道を走り抜かないとわからない不具合を探す。技術者たちは故障万歳の精神で走っている。

喜一郎は販売網を構築するために、神谷正太郎と共に全国行脚を始めた。東北での販売店誘致を終えた夜、刈谷の試作工場に電話をかけた。

走行テストに出ているのは大島と菅、岩岡と白井だ。故障が出たときのため荷台には部品を大量に積んでいた。電話に出た竹内賢吉が、走行テストの様子を教えてくれた。

「いま東京を出て、所沢に向かっているそうです。しばらくは平地なので、走行組はホッとしているようですよ」

「高崎に入る前になるべく部品を大量に調達できるように、資金を追加してやってください」

修理用部品がなくなったら、峠にトラックを置いて帰らざるを得なくなる。故障があっても量産されているフォードやシボレーの部品で代替できるようにクルマは設計している。

喜一郎は電話を切り、神谷と夕食を摂った。彼の人脈もあり、販売網作りは順風満帆だった。

「トラックの走行テストは順調ですか」

神谷が酌をしながら訊いた。

「実は、Ａ１型乗用車では出なかった問題が新たに出てきているんです」

トラックは車体が大きく、荷を積載すると乗用車とは比べ物にならないほどの負担が足回りにかかる。

「きついカーブが続くと、リアアクスル・ハウジングが折れてしまうんです」

足回りの部品は強度をあげて製造しているが、ハウジングの一部の溶接技術が未熟なのだろう。さまざまな手法を試しているが、折れてしまう。エンジンの試作当初は材料の問題で苦しめられたが、いまは工法の問題にぶつかっていた。神谷が難しい顔で意見する。

「自動車製造許可が国内一社のみとなった場合、うちは日産に勝ち目がありません。会社の名前が、あちらはすでに日産自動車と名乗っている。こっちは豊田自動織機製作所じゃあ……。販売網を作る全国行脚をしているうちに、まず訊かれる言葉があるんです」

〝豊田自動織機製作所という会社を初めて知りました〟

豊田グループは地元の愛知でこそ知らぬ人はいないが、全国区ではないのだ。

「一方、日産は東京に本社があるし、鮎川さんは知名度がある。しかもダットサンという小回りのきく有能なトラックが走り始めている。乗用車型だけでも累計で千五百台以上も生産しています。我々も一刻も早く現物をお披露目し、お客様に乗っていただかないといけません」

しかし、まだ自動車部は試乗できるクルマを作れていない。A1型乗用車は市場に出せる性能はあるが、いま優先すべきはトラックなのだ。

「販売実績を作るには、トラックの発表会を派手にやり、試乗してもらって、その場で契約するしかありません。許可がかかっていることを考えると、発表会は年内にやるべきです」

喜一郎は頷いた。

「やりましょう。どこか東京市内で会場を押さえてください」

神谷が念押しした。

「それまでにG1型トラックのリアアクスルの問題を、解決できますね？」

シリンダーブロックの油中子の問題は解決に一年近くかかった。エンジンの馬力の問題は半年だ。今年はあともう四ヵ月しかない。喜一郎は腹をくくった。

「間に合わせてみせます」

六日間、千二百六十キロにも及んだ走行テストが終わり、G1型トラックは刈谷町に戻ってきた。泥だらけになって試作工場に戻ってきたトラックは疲れ果てているように見えた。一センチの段差を越えた途端、もう無理だと言わんばかりにバンパーが外れる。

喜一郎は四人の技術者たちをねぎらったが、不良箇所一覧を見て眩暈(めまい)がした。理由不明のエンジンストップ、プロペラシャフトの折損、トランスミッションの破損……。

「不良箇所が五百はある」

気が遠くなった。


十一月十七日、喜一郎は技術者たちに混ざり、G1型トラックの下に潜り込んでいた。革靴の足が見える。日の出モータース支配人の山口昇だった。

喜一郎にシボレーを売ったときや、トヨダの販売店になると決め神谷と会食に同席したときは、笑顔だった。だがいまG1型トラックを見る目は非常に厳しい。日の出モータースでは十二月から販売する予定だ。『GM』の看板はすでに撤去し、いまは『国産トヨダ』の電光掲示板を発注していると話していた。

「豊田さん、東京にいる神谷さんから電話がありましてね」

喜一郎はタオルで顔を拭いた。汗がべたつく。オイルのせいだろうが、脂汗かもしれない。

「発表会まであと四日です。出発しなくて大丈夫なんですか」

東京の芝浦で発表会を行うため、神谷が場所を押さえていた。

販売するトラックは直接に道路を走らせて運ぶことになる。峠だらけの中山道(なかせんどう)ではなく、道が舗装されている東海道を通るつもりだったが、それでも最大の難所の箱根峠がある。故障や修理の時間を鑑みて、一週間前には刈谷を出ると神谷に約束していた。

「もう少しこっちで作業をしてから出発をさせたいのです。明日中には必ず出発します」

「改良に手間取っているそうですね。神谷さんが心配して、現物を見てきてくれと僕に電話をかけてきたんですよ」

山口は背広を脱ぎ、トラックの下に潜り込もうとした。

「リアアクスルの問題は解決したんですか」

ちょっと、と岩岡次郎が山口の腕をつかみ、下に潜らせまいとした。

「販売の人が現場に口出ししないでほしいです」

二人は睨み合いになった。喜一郎は慌てて間に入る。

「リアアクスルの問題は解決したんですね？　我々は自信を持ってお客様にこのトラックを売ってい

いんですね?」

岩岡は悔しそうに目を逸らした。喜一郎も答えられない。山口がため息をついた。

「がんばっているみなさんに、失礼なことを言いました」

深く頭を下げて、試作工場を出ていった。

十一月十九日、喜一郎は大島理三郎と菅隆俊、白井武明を乗せて、刈谷工場を出発した。門を出た直後にエンストした。東京まで三百キロある。あまりに先は長かった。


G1型トラックはしばらく順調に走っていた。豊橋で給油のために停車し、さあ出発というところで、リアアクスル・ハウジングが折れた。一回目の交換だ。

浜松市の一歩手前でタイヤがパンクした。これは道中でガラスの破片を踏んだことが原因らしく、運が悪かった。箱根峠を控えているため、タイヤはなるべく多めに積んでおきたい。浜松市内でタイヤの販売所を探すうちに、十九日は終わってしまった。東京での展示販売は二日後だ。喜一郎ら四人は順番に仮眠を取りながら、徹夜でトラックを運転した。焼津に入る手前でまたリアアクスル・ハウジングが折れた。これで三本目だ。

喜一郎はハンドルを握っていた白井に注意する。

「もう少し優しく運転できないか?」

「スピードは出していませんよ」

白井は、時速四十キロ以上は出していない。壊れるとわかっているからだ。

「カーブに入ったときにもう少し落とすべきだと思う」

「そんなにのんびりしていたら、明日に間に合いませんよ」

「わかっている。残り一日、徹夜でいくぞ」

箱根峠を目前にした三島で、昼食のために食堂に入った。三十分後に出発しようとしたが、エンジンがかからなくなった。

「くそ、なんでだ。がんばれ」

大島がボンネットを開けて、菅と共に原因を探る。エンストの原因がわからぬまま、大島や菅がエンジンオイルを足したり、点火装置を点検したりした。菅が気づく。

「ディストリビューターが壊れている」

「劣化が早すぎる。九月の走行テストのときは、千二百キロ以上走って問題がなかったのに」

大島が嘆いた。品質が悪くなっているということか。

「改良を重ねるうちに、想定外の負荷がかかってしまっているのかもしれません」

喜一郎はため息をこらえた。前向きに考える。

「販売前に新たな改良点がわかってよかった」

部下たちの表情は暗い。ディストリビューターが焼け落ちるとは想像していなかったので、予備を持ってきていなかった。

喜一郎たちは沼津に戻り、自動車整備工場に向かった。部下たちがディストリビューターの交換をしている間、喜一郎は電話局を探した。東京で待つ神谷に電話をし、現在地と到着予定を伝えなくてはならない。

これまで要所要所で電話をかけてきたが「まだそこなんですか」「間に合うんですか」と苦言ばかり浴びた。東京で待つ神谷も胃が痛いだろう。芝浦での発表会を成功させるため、神谷はあの手この手で人を集めている。肝心の販売車がないという事態になったら、神谷の顔に泥を塗ることになる。

喜一郎は深呼吸をして、神谷に電話をかけた。

「もしもし豊田さん、電話を待っていたんですよ！　いまどこですか」

早速、前のめりだ。沼津だなんて言える雰囲気ではない。

「今日じゅうには会場に到着していないと困りますからね。整備も必要でしょう。試乗予約が十八件も入っているんです！」

喜一郎は気が重くなった。この状態のトラックを客に試乗させるのか。電話局にかかっているカレンダーと時計を見た。もう二十日の十五時を過ぎていた。

「夜にはなんとか到着できる……かもしれない……」

声が消え入りそうだ。

「夜には必ず到着してください！　いま小田原あたりですか」

神谷の頭の中では、G1型トラックはもう箱根峠を越えているらしい。喜一郎は本当のことを言えぬまま、電話を切った。

ディストリビューターの交換を終え、再び沼津を出発する。もう日が沈み始めていた。

「このまま箱根を越えるぞ。私がしばらく運転するから、みな休んでいていいよ」

喜一郎はハンドルを握り、部下を気遣った。

「我々ではなく、クルマを休ませるべきではないですか」

菅が言った。

「いま休ませたら、間に合わない」

「間に合ったところで――」

大島が菅の言葉を止めた。トラックの運転室は重苦しい空気になった。

日が落ちたころに箱根峠を登り始めた。運転を白井に代わり、喜一郎は助手席で仮眠することにした。林道を走るトラックは大きく揺れる。タイヤが砂利を巻き込んで車体に当たる音が続く。眠れる状況になかった。岩を乗り越えたのか、クルマが大きく跳ね上がる。

「クルマに負担がかかる。よく前を見ろ。大きな石があったらよけろ」

「道幅が狭いんですよ、いまのを避けたら崖から落ちますよ！」

白井も疲れているのだろう、口調が荒い。サスペンションになにか不具合が起こったのか、前輪から異音が聞こえてきた。

「いったん停めたほうがいいだろうか」

大島が菅に意見を求めた。喜一郎は却下した。

「動いているうちは前進だ。時間がないんだッ」

前輪からの異音が激しくなっていく。峠は上り坂に入った。ヘアピンカーブが迫る。白井は怖気づいていた。

「優しくハンドルを握れよ。切り返していいから、無理をするな」

白井はスピードを落とし、丁寧な手つきでハンドルを左一杯に切った。途端に足元から金属がぶつかり合うような異音がした。振動で座席が小刻みに揺れる。

「いまのはなんだ」

「わかりませ……あれッ」

白井はアクセルペダルをべた踏みしているのに、トラックは前進しない。ヘアピンカーブの真ん中で停まってしまった。

「前に進みません！」

「まずいぞ、いま上り坂だ」

案の定、トラックはじりじりと後退を始めた。慌てて白井がブレーキを踏み込み、崖への激突は免れた。

喜一郎はトラックから飛び降りた。ヘアピンカーブを塞ぐようにトラックは停車している。大島と菅がすぐさま車体の下に潜り込んだ。やがて菅が嘆く。トラックの下から抜け出した菅は地面に座り込んでしまった。

「デフギアが丸坊主です」

ディファレンシャルギアの歯車の溝がすり減ってしまったようだ。

「どうりで全く走らないわけだ」

「とにかく、クルマを動かしましょう。道を塞いでしまっています」

喜一郎と菅、大島の三人がかりでタイヤの向きを変え、路肩にトラックを移動させる。峠の上からクルマのエンジン音が聞こえてきた。ヘッドランプの明かりでカーブの向こうがほんのり明るくなる。やがて二つのヘッドランプがこちらをカッと睨むようにして現れた。喜一郎はＧ１型トラックの前に立ち、両手を広げた。

「すみません、すぐに動かします！」

眩しいヘッドライトに目がくらむ。光に慣れるうち、それがオースチンセブンだとわかった。イギリスのオースチン社の小型乗用車だ。ベージュカラーのボックスサルーンと呼ばれる初期モデルだろうか。フェンダーなどの足回りに錆(さび)が出ていた。

運転席から背広姿の若い男が出てきた。

「うわ、やっぱり！」

喜一郎を見て、男は大騒ぎした。声に聞き覚えがある。

「遠野か？」

ネクタイを締めた遠野は、鋳物工場にいたときと変わらない無邪気な目で、喜一郎に微笑んだ。

トラックを作りたくないと豊田自動織機製作所を辞めた遠野は、箱根の観光地に流れていた。

「観光タクシーの運転手をしているのか」

喜一郎はトラックから外されたリアアクスル・ハウジングを分解し、シャフトを抜いてディファレンシャルギアを取り出した。歯車の溝が削れてしまっている。

「箱根は新婚旅行に来る人が多いから、結構いい金になるんですよ」

「お前は運転が好きだったからな。運転手の仕事は楽しいんじゃないか」

遠野は苦笑いしただけだった。

「コーヒー農園の話はどうなったんだ？　親戚がコロンビアにいるんだろ」

「伯父が入植しているんですが、俺は金がなくて船のチケットを買えなかったんです。船代を稼ぎたくて観光タクシーの運転手を始めました」

「金を貯めるんなら、うちにいればよかったじゃないか」

遠野はまんざらでもない様子だ。照れているのか、強引に話を逸らした。Ｇ１型トラックを指さす。いまは足回りをアッセンブリーごと交換している。

「あれは本当に売り物なんすか」

なかなか手厳しい。

「明日から発表会が始まる。最低でも一時間前には芝浦に到着して、泥を落とさないとな」

「試乗したいという人がいたら、誤魔化しきれなそうですよ」

「わかってる。わかっているさ――なんとか販売までに間に合わせる」

販売開始が十二月一日と話すや、遠野は目を丸くした。

「全然時間がないじゃないですか」

喜一郎は、遠野が乗ってきたオースチンセブンを指さす。

「あれでタクシーをやっているのか」

「タクシーは会社所有のフォード車です。あれは俺のクルマです」

遠野は家族を紹介するような照れた様子だった。喜一郎は驚愕する。

「中古車だったとしても高価だろう。コロンビアへの船代になったはずだ。そもそも南米に行くつもりならクルマを買うなよ」

遠野がまた口を尖らせる。本当は日本に未練があるのだろう。クルマにも——つまり豊田自動織機製作所の自動車部にも。

「まあ、いいクルマだが」

遠野の目がパッと明るくなった。

「月給の半分近くが支払いで飛んでいきますよ。古いクルマに大金はたいてバカじゃないかって、女にフラれたばっかりなんです」

「また女か、お前は……」

喜一郎は呆れて笑ってしまった。奔放な遠野といると少し気持ちが楽になる。深呼吸をしてみた。箱根はもう紅葉の時期だ。木々が赤や黄色に色づいている。

「オースチンセブンは、オースチン社が経営に行き詰まっていたときにたったの八ヵ月で開発されたクルマだったな」

初老のハーバート・オースチンと若い技師がハーバートの自宅にこもり、二人きりで完成させたといわれている。オースチンセブンはよく売れて会社の危機を救った。

喜一郎はジャッキで持ち上げられたG1型トラックを見た。疲れ果てている。傷の手当てを受けながらも、「こんな僕を売るのか」と消えたヘッドランプが喜一郎を辛そうに見つめている。喜一郎はいたたまれない気持ちになった。立ち上がる。

「遠野。すまないが、街まで私を乗せていってくれないだろうか。彼らに食べ物を買ってくる。電話もかけたいんだ」

遠野の会社の電話を借りられることになった。喜一郎は菅ら三人に声をかける。

「すぐに戻るから、それまで車内で休んでいていい」

オースチンセブンの助手席に乗った。遠野がハンドルを握り、走り出す。

「小型な見た目のわりに、エキゾーストの音は重めだな」

ハンドルも重ためですけどね。だいぶ改良したんですよ」

「お前もすっかりクルマに詳しくなったな」

トラック修理の明かりが遠くなり、周囲はヘッドライトの明かりだけが頼りになった。

「このクルマが峠を降りてきたとき、怒っているように見えた」

喜一郎は切り出し、声が震えた。

「父が天から降りてきて怒っているかのようだった」

遠野は黙っている。

「G型自動織機の生産と販売を開始したのは、完成した二年後からだった。俺はすぐに販売したかった。それだけの自信があったのに、父が許さなかった」

試運転用のG型自動織機を二百台作り、一斉に試運転しろと命令されたのだ。

「どうしてこんな無駄なことをするのかと俺は思ったが、三年以上の実地経験を経ずして販売するなと言うんだ」

実際に試運転をしてみると、次々と不具合が出た。データを集めて改良していった。

「あのG1型トラックを、売らなきゃならないんだ」

喜一郎は涙があふれてきた。

「どう考えても客に販売すべきでない改良不足のものを売らないと、自動車部は生き残れない」

今年中にトラックの販売実績を作らなければ、自動車製造会社の許可申請すらできないのだ。

「売りたくないよ、あんなもの——」

喜一郎は目頭を拭った。指についた涙は汗と油で黒くべとついていた。遠野が訊く。

「誰に電話をしに行くんですか、こんな時間に」

「東京の神谷さんだよ。もう寝ているかもしれないが、一刻も早く伝えねばならないだろ。芝浦での発表会は中止だ。日の出モータースでの販売も延期する」

遠野がオースチンセブンを路肩に停めて喜一郎に迫る。

「年内の販売をあきらめるんですか」

「あんなもの、売れない！」

「販売をあきらめたら申請すらできない。指定会社の許可をもらえなければ、乗用車も難しいんですよね？」

遠野はすでに豊田グループの人間ではないのに、嗚咽が混ざっていた。

「ホントのことを言います。南米行きを延期したのは、クルマを持っていきたかったからです」

乗船券を買いに行ったとき、遠野は大型客船の車両甲板にクルマが入っていく様子を見たのだという。

「日本で買ったクルマをあっちに持っていけるんだと気づいて、豊田の乗用車が発売されるのを待ってたんです」

遠野はフロントガラスを睨みつけたまま、ダッシュボードから筒形の部品を出した。喜一郎の手にごろりと落とす。ずしりと重量を感じた。

「フロントアクスルハブか？」

足回りの部品のひとつだ。

「Ａ１型乗用車のものですよ。俺が会社を辞めるとき、チューさんが強引に持たせたんですよ」

菅と共にエンジンの馬力の問題を解決した神谷忠一のことだろう。

「キーさんの汗が滲んだ部品なんだそうです。あんな人は他にいないから、豊田の自動車部を辞めたことを後悔するぞって言うんです」

「あんな人……」

「俺、経済のこととかよくわかんなくて知らなかったけど、キーさんは中京財界の筆頭高額納税者なんすよね。普通は部下に一言二言命令を出して、山の別荘か海でモーターボートでも浮かべて涼んでるような人が、夏は灼熱(しゃくねつ)地獄の試作工場でボタボタ汗垂らしてみんなと作業してくれた。現場のみんなは裏で泣いて感動してたんですよ」

忠一は喜一郎の汗のしみこんだクルマの部品を大切に持っていたらしい。喜一郎の手の中にあるフロントアクスルハブが少し錆(さ)びているのは、そのせいか。

「あんな経営幹部はいない、忘れるなと俺にその部品を持たせたんです」

遠野は突然ギアを入れ換えて、クルマをＵターンさせた。

「電話なんかしている暇があったら、あのトラックを修理すべきです」

「しかし――」

「修理してください、急いでやってください、キーさん。トラックも俺が買いますから！」

やけっぱちのように、遠野は言った。

「発表会に間に合ったとしても、試乗したらみんなそっぽを向くかもしれない。でも俺が買いますよ。買ってやる！」

「君はトラックが嫌いだと言ったじゃないか。戦場で使われるかもしれないんだぞ」

「だけど俺はキーさんのトラックなら買います」

「なにに使うんだ。タクシーにはならないぞ」

「コロンビアに持っていって、コーヒー豆を運ぶのに使いますよ!」

Ｇ１型トラックが立ち往生したヘアピンカーブまで戻ってきた。大島や菅、白井は休まずに足回りの総取り換えを続けていた。クルマを降りようとした遠野の腕を、喜一郎はつかんだ。

「お前、うちに戻ってこい」

遠野の顎が力んだ。途端に拗ねた顔をする。

「俺は——別にいなくても、どうとでもなるっしょ」

「確かに君の代わりはいる。だが君ほどにクルマが好きな人は他にいない」

喜一郎は心から伝える。

「一緒にやりたいんだ」


遠野が加わったことで作業がはかどり、修理は三時間で終わった。明け方に箱根峠を出発する。徹夜の修理だったので、みな疲れ果てていた。白井は目が開かない。菅と大島はトラックの荷台にゴザを敷いて寝ている。喜一郎も疲労困憊(ひろうこんぱい)していた。遠野はまだ二十二歳ということもあって、元気があふれていた。

「俺がハンドルを握ります!」

オースチンセブンを遠野の会社の駐車場に置き、ここからは遠野も含め五人で東京へ向けて出発する。喜一郎は助手席に乗り、運転席ではしゃぐ遠野に訊く。

「運転手の仕事はどうするんだ」

「東京に着いたら社長に電話して謝っておきます」

「大丈夫なのか、そんな調子で」

「そんなこと言うなら、俺を引き抜かないでほしかったですね」

全く調子のいいやつだ。G1型トラックはその後、順調に峠を越えた。どれだけ荒れた道や急なカーブがあっても持ちこたえてくれる。岩に乗り上げて大きくバウンドしても不具合は出ない。遠野がハンドルを握ってから、トラックの機嫌がいい。

運転手の気持ちが、クルマに伝播しているようだった。

喜一郎はクルマと人の間に特別なつながりがあるような気がしてならない。

遠野は箱根峠を越えたあとも楽しそうにハンドルを握り続け、結局そのまま芝浦まで運転した。発表会場のガレージに入り、エンジンを切る。G1型トラックは大きくぶるりと震え、静かに停止した。そのボディを喜一郎は撫でた。

「三百キロお疲れ様。これからピカピカに磨いて、お客様の前でお披露目だ」

G1型トラックの正面に回る。得意げに笑っているように見えた。

17、落下凧（昭和十〜十一年）

年の瀬、いよいよトヨダの販売店第一号の日の出モータースで販売が始まることになった。支配人の山口昇は、G1型トラックへの評価が非常に厳しい。喜一郎は必死だった。

「このフロントグリルを見てください。能のお面をイメージしてデザインしたんです。ここはクルマの顔ですから、純和風であることで国産車のアピールをしたかった。それからこれ」

クルマの鼻先に設置されるカーマスコットを指した。

「漢字は斬新ですね」

メーカーが意匠をこらすカーマスコットは船の舳先（へさき）にあるような女神のスタイルもあるし、動物をモチーフにしたものもある。喜一郎は『豊田』という漢字に翼がついた意匠を選んだ。

「いかにも速そうに見えるでしょう。漢字のエンブレムが国産車のアピールになります。またアクセサリー全体の形がなにかをイメージさせませんか」

山口は黙っている。

「名古屋といえば？　名古屋城にある……」

「ああ。金のしゃちほこですか」

山口は白けている。Ｇ１型トラックの改良不足の書類を捲った。喜一郎は頭を下げる。

「まだまだ改良が終わっていない段階での販売で、山口さんには大変なご苦労をかけてしまうかもしれません」

「正直に報告してくださったことは感謝しています。従業員たちにも読ませました。誰もこのトラックを売りたがりません」

「そこをなんとか――」

「確かに見てくれは素晴らしい。しかし性能はおもちゃだ」

技術者としてのプライドが深く傷ついたが、ぐっとこらえた。

「豊田さん。本気でこれを売れとおっしゃるんですね」

喜一郎は背筋を伸ばした。もう覚悟は決めている。

「批判、お怒り、罵声、全て甘んじて受け入れる覚悟です。殴られたってかまわないッ。それでも売ります」

いま売り始めないと、許可の申請すらできないのだ。

「ここで勇み足を踏んだら、トヨダのクルマは品質が悪いというイメージがつきますよ。挽回するのに何十年かかるかしれない」

山口の指摘に、喜一郎は唇を嚙みしめた。

「ひいては豊田自動織機製作所の評判も悪くなるでしょう。不良品を売りつける会社だと悪いイメージが付いて織機の販売にまで影響し、倒産するかもしれない」

山口は真剣だ。

「我々も同じです。日の出モータースは不良品を売るディーラーだと思われたら、トヨダさんの後どれだけ素晴らしい自動車を取り扱っても、信用してもらえない」

喜一郎は肩を落とした。山口はG1型トラックの販売を中止するか、先延ばしにすることを提案するつもりだろう。

「ですから、イメージが傷つかないよう、信用問題に発展しないように売るしかありません」

喜一郎は驚いて顔を上げた。山口はまだ販売の道を探ってくれている。

「全てを正直に顧客へ話すのです。話した上で買ってくれる人を探します」

そんな人いるのか、と喜一郎は自分の下で作ったトラックながら、思ってしまう。

「いまの豊田さんのプレゼンテーションを聞いて、何度も出てきた言葉がありました」

『国産』だ。

「これを売りにしましょう。欧米のトラックではなくて、日本人がゼロから作った純国産のトラックに乗ることを喜びとする人、そこに価値を見出(みいだ)してくれる人だけに売るんです」

山口が顧客の中から選んだのは、十人の愛国者だった。ひとりひとりに喜一郎がプレゼンテーションを行い、不具合の可能性も大島が事前に説明した。トヨダ車専門の修理チームも立ち上げた。なにかあれば全国どこへでもこの修理チームが駆けつけて、即座にトラックを直すという究極のアフターサービス保証をつけたのだ。

十人に説明したうち、三人は苦笑いで販売店を出ていった。ひとりは「こんなものを売ろうとする気がしれない」と説教をした。

　六人は購入を決めてくれた。うちひとり、名古屋で運送会社を経営している社長が、喜一郎に声をかけてくれた。廣本（ひろもと）という、日露戦争を戦った愛国者だった。

「俺はこのG1型トラックを買うんじゃない。あんたの心意気、つまり日本人の気概を買うんだ。がんばれよ！　どんな故障がこようが、どんとこいだッ」

　喜一郎は胸が熱くなった。


　正月は湖西の実家で豊田家が集まり、凧あげを楽しむ習慣がある。父の佐吉は凧あげが得意だった。孫が生まれるとそれぞれの名前を書いた初凧をあげて出生を祝った。

　喜一郎は元日に縁側で子供たちのために凧を作った。十一歳になる章一郎と、末っ子で七歳の達郎が横に座り、そわそわと喜一郎の手元を見ている。頭を突き出してくるので、喜一郎は手元が見えなくなる。丸出しの好奇心はかわいらしい。羽子板に飽きてしまった姉妹も加わる。

「お父さん、私たちも凧を作りたいわ」

「百合子は習字が得意だろう。凧になにか書くか」

　百合子は凧に使う布切れを持ってちゃぶ台に座った。墨をすり始める。「お着物に墨を飛ばさないでよ」と二十子が百合子の振袖にたすき掛けする。書き終えた百合子が得意げな顔で披露する。

『国産トヨダ』

　クルマの絵まで描いてある。喜一郎は嬉しくなった。利三郎も凧を見るなり大笑いする。

「トヨダ車の初凧っちゅうわけか」

「これは大変だ。万が一落ちたら縁起が悪いぞ」

　浜名湖へと抜ける西風が強く吹いている。絶好の凧あげ日和だ。子供たちを連れ田んぼまで下りていった。喜一郎が完成した凧を持ち、章一郎と達郎が糸を引く。全速力であぜ道を走った。

「離すぞッ」

凧が風に乗り、舞い上がる。兄弟はたまにひっくり返ったり、つまずいたりしながらも、必死に走っている。子供の力だけではあがらないので、喜一郎は途中で糸をつかんで立ち止まり、上下に操作する。

「それ、走るぞ！」

息切れしている子供たちを連れ、着物の裾をたくしあげて走った。

『国産トヨダ』は西風に乗り、高く舞い上がった。

「見事やなー」

利三郎が田んぼまで下りてきた。近所の人も出てきて、雲一つない青空に浮かぶ凧を見上げた。喜一郎に声をかける。

「素晴らしいことや。織機の次は自動車。事業のほうは順調ですか」

喜一郎は途端に胃が痛くなり、手元が少し狂った。風のせいか操作が悪かったのか、空に引っ張られていた凧糸がパツンとはねて、途端に力が抜けたのがわかった。糸が切れてしまった。

利三郎が寒そうに袂（たもと）に手を入れて、空を見上げる。

「落ちよる」

冬の風に舞いながら、『国産トヨダ』がゆっくりと地上へ落ちていく。子供たちが「あーあ」と残念がって遠くの空を見つめた。クルマのエンジン音がどこからか聞こえてきた。近くのあぜ道をオースチンセブンが土埃を舞い上げ爆走している。舞い落ちる凧の下に停まった。遠野が飛び出してくる。喜一郎は目を細めた。

「転んでしまうぞ」

地面に落ちる直前になんとか凧を取ろうと、遠野はあぜ道を逸れて、田んぼの中に入っていった。泥に足を取られながらも、凧をキャッチした。

「あのお兄さん、えらい!」

追いかけていった子供たちが飛び跳ねて喜んだ。凧をつかんだ遠野はバランスを崩して倒れ、尻が泥まみれになっていた。子供たちは大笑いしている。喜一郎も駆け寄り、声をかけた。

「あけましておめでとう。新年早々ありがたいが、寒いだろ。こんなに泥まみれになって」

喜一郎は二十子に湯と手ぬぐい、着替えを持ってくるように頼んだ。子供たちは、遠野が指で落とした泥と庭の土を混ぜて泥団子を作り始めた。寒そうに服を脱いだ遠野に泥団子を投げつけて遊んでいる。

「こらッ、常務の息子だからって許さないぞ」

遠野は泥のついた指で章一郎の顔に落書きをした。子供たちは大喜びだ。僕もやって私もと子供たちが遠野の前に列をつくった。利三郎が面白がって写真を撮る。

「ところで遠野、こんなところまでなにをしに来たんだ?」

新年の挨拶をしにわざわざ湖西まで来たとも思えず、喜一郎は尋ねた。

「アッ、忘れてた」

日の出モータースの山口からの伝言だった。

喜一郎は遠野のオースチンセブンに乗せてもらい、急いで名古屋に戻った。正月だというのに、山口はひとりで店に出て修理依頼の電話を受けていた。喜一郎を見るなり手を挙げる。新年の挨拶をしようとしたが、山口はそれどころではない様子だ。

「廣本さんが鈴鹿峠で立ち往生だそうです。サービスカーは出払ってしまっているので、取り急ぎ代車で現地に向かってもらえませんか」

「わかりました」

喜一郎は場所を記した地図をもらう。サービスカーの技術者たちが身に着けている、日の出モータースの作業着に着替えていると、山口が慌ててやってきた。

「豊田常務、そこまでは……」

何かおかしいだろうかと喜一郎は首を傾げた。山口は目を潤ませ、深々と頭を下げた。


滋賀県と三重県の県境にある鈴鹿峠まで、遠野の運転でも四時間かかってしまった。日付が変わろうとしている。峠道は真っ暗闇だ。喜一郎は目を凝らして、立ち往生しているG1型トラックを探した。他所で作業していたサービスカーが先に到着し修理を始めていた。ジャッキでトラックを持ち上げている。荷台にあった荷物は全て下ろされて、林道の脇に積み上がっていた。

トラックではなく心意気を買ったのだと言ってくれた廣本は、切り株に座って茫然としていた。喜一郎を見るなり、怒鳴り散らした。

「今日これで三回目だぞ。一キロ進むだけで故障するッ。あんた一体どんなトラック作ってるんだよ！」

喜一郎は平身低頭、謝った。

「今日の午前中も壊れたんだよ。そもそも代車が遅いよ！　夕方までに旅館に酒を卸すはずだったのに、あちらもカンカンだ。正月早々に客に出す酒がないんだからさ！」

「本当に、申し訳ありません」

「トヨダはクルマを作る才能がない！」

さすがに喜一郎は涙があふれてきそうだった。謝罪の言葉を繰り返し、フォードトラックの鍵を渡した。廣本は代車を見て、心底ホッとした顔をする。

「安心した。代車にまたトヨダのトラックが来たらどうしようかと思っていたんだ」

喜一郎は心を抉られるようだったが、頭を下げ続けた。

「荷物の積み替えは我々がやります」

遠野と共に酒樽（さかだる）を代車に積んでいく。三十分後、廣本は峠を下っていった。

喜一郎はサービスカーの技術者たちに声をかけた。

「どんな具合ですか」

「リアアクスル・ハウジングの折損です」

技術者は指がかじかむのか、手が震えていた。正月の深夜の峠だ。崖から染み出るせせらぎも凍り付いていた。

「どうにかなりませんかね。毎度こればっかり折れる」

「すみません。ガス溶接から電気溶接にすることで解決すると思っていたんですが」

結局、折れてしまった。どうすれば折れないリアアクスル・ハウジングを作ることができるのだろう。間違っているのは材料なのか、製法なのか。

「俺も手伝います」

遠野がトラックの下に潜り込んだ。喜一郎は薪を持ってきて火を起こそうと、徒歩で峠を下りた。暗闇を歩いている間、落下していく『国産トヨダ』の凧が何度も脳裏をよぎる。ようやく民家を見つけた。正月の夜中に迷惑だとわかっていたが、扉を叩いた。怪訝そうに出てきた老婆に、深夜の訪問を丁重に謝った。事情を話し、薪を分けてくれるように頼む。

老婆はひどく同情してくれた。リヤカーを出し、「好きなだけ薪を持っていっていいよ」と言う。喜一郎が薪をリヤカーに積んでいると、握り飯まで握ってくれた。大きなやかんが湯気を吹いている。茶をいれてくれているようだ。それを水筒に詰めている。

「申し訳ありません、あとで水筒を返します」

リヤカーを押して修理現場に戻ろうとして、心配そうに見送る老婆を振り返る。

――もしやあれは、アキオか。

すると老婆はこのすぐあとに亡くなることになる。

「どうぞ中に入ってください。この寒さは体にさわりますから」

「いいんやで。なんやあんた、うちの息子に見えるんやわ」

息子は関東軍に召集され、満洲のチチハルに派遣されているという。

「寒い寒いっていつも手紙に書いてくるんや。太陽が昇ってもマイナス十二度にしかならへんらしいの。ほんでも薪の一本も送ってやれん。あんたが使うてくれたら、わての気持ちもすっとしますわ」

喜一郎は丁重に礼を言い、リヤカーを押して峠を登った。悔しくて情けなかったが、人の優しさが身に染みる。喜一郎の脳裏には、落ちていく『国産トヨダ』ではなく、それを受け止めようと全速力で走ってくれた遠野の姿が蘇った。

18、レビュー（昭和十一年）

浅草公園六区の歓楽街は凄まじい人の数だった。狭い通りの左右に劇場の幟（のぼり）が立ち、通行人の頭上を塞いでしまいそうだ。色とりどりの旗に、劇やレビューのタイトルが躍る。

喜一郎は夏の強い日差しと人いきれに汗だくになりながら、浅草松竹座へ向かう。アイスクリーム売りに子供たちが群がり、商品を積んだ棒手振り（ぼてふ）りが軽い足取りで行き過ぎる。たまに人力車も通り過ぎていく。

半年前の東京は二・二六事件が起こり戒厳令が敷かれていた。喜一郎はそのころ刈谷工場にいて、仲間たちと抱き合い喜んでいた。リアアクスル・ハウジングの問題がとうとう解決したのだ。焼き嵌めと呼ばれる工法をすればどれだけの荒れ地を走っても簡単には折れないことがわかった。他も改良が進み、G1型トラックはいよいよ本格的に生産を開始、注文が入るようになっていた。

棚上げしていた乗用車の開発も並行して進めている。遠野がその中心にいた。

もともとは鋳物工場の下っ端だったが、出戻った遠野は不思議な立ち位置にいた。乗用車で走った経験が誰より豊富で、欧米のクルマにも詳しい。箱根の観光タクシー時代にかなりの数の欧米車に乗ったようだ。遠野が運転したときの的確な指摘に、技術者たちは舌を巻くようになっていた。

例えば、完成した試作車に遠野が乗り、工場の周りを一周して戻ってくる。

「このクルマはなんというか、街角でかわいいなと思って声をかけても、無視する女みたいだ」

わかりにくい表現でクルマを評価する。

「なにを言っているのかさっぱりわからない」

「専門用語を使って言え」

若い技術者たちは不満を漏らしたが、自動車作りの経験が長い菅隆俊や、白楊社で開発していた池永羆は、ピンとくることがあるらしい。

「ステアリング操作とタイヤの反応までにタイムラグがあるのかもしれない」

菅や池永が具体的な指示を出して調整し、また遠野が工場の周りを一周回ってくる。

「あと一歩です。微笑み返してくれるようにはなってるかな」

昨年は自動車部に、喜一郎以外で初めて大卒の技術者を採用した。東北帝国大学で教鞭を執っていた旧友が太鼓判を押す、齋藤尚一（しょういち）という優秀な学生だ。今年にはいとこの豊田英二も入社した。英二は喜一郎と同じ東京帝国大学の機械工学科を卒業している。

「キーさん！」

浅草松竹座の前で、英二が帽子を振っている。共に松竹座の中に入った。いつもはここで松竹歌劇団のレビューが行われる。ラインダンスが有名で、喜一郎も一度、母を連れて見に行ったことがあった。

母はこの一月に亡くなった。

最後までG1型トラックのトラブルを心配していた。地元の新聞社に『またトヨダ座禅組む』と書かれ、馬が故障したG1型トラックを牽引する風刺画まで掲載された。母は心痛していたようだ。体調がよくなったら浅草のレビューを見に行こうと約束していたが、かなわなかった。

危篤の知らせを受けてから、喜一郎は息が止まったあともずっと付き添っていた。アキオが宿るのをどこかで期待していたのだ。だが母が目を開けることはなかった。

アキオはもう自分の前に現れないのだろうか。

観客席には販売部の人間と劇場の関係者がまばらに座っている。

舞台には『ははたけ国産トヨダ』という大看板が上がる。映画会社の人が声をかけてきた。

「自社記録映画というのは、面白い企画ですね」

「ありがとうございます。九月にトヨダで展覧会をやるんです」

喜一郎は鞄からチラシを出し、渡した。

「国産トヨダ大衆車完成記念展覧会……ですか。消防車や散水車も来るんですね」

「はい。販売中のクルマはもちろん、試作車も来ます。ダンプカーも来ますから、お子さんにも楽しいと思いますよ」

この展覧会は自動車製造許可のためのアピールだ。販売で日産に大きく水をあけられている上に、G1型トラックの悪評が立っている。悪い流れを払拭するためにも、展覧会を開いて人を集め、トヨダを派手に宣伝しなくてはならなかった。

人を集めるのが得意な神谷正太郎が、すでに政府や軍部の高官の他、大財閥の重鎮から新興企業の若手社長などにも声をかけている。東京市内の新聞にチラシを入れて、一般の人の参加も広く呼び掛けていた。

当日はメインである車両展示に説明員を配置する。休憩室で飲食のサービスをし、映写室ではこれから撮影する自社映画を上映する予定だった。

早速リハーサルが始まった。羽根飾りを頭につけたレオタード姿のダンサーたちが、タンバリンを持って舞台の前に勢ぞろいした。『フニクリ・フニクラ』の軽快な音楽に合わせてラインダンスが始まった。母と初めて見たときは、一糸乱れぬ足さばきに感激したものだ。

いよいよ背後のビロードのカーテンが開く。待機していたＡＡ型乗用車が登場する。第一号の試作車Ａ１型乗用車を量産化したものだ。コンバーチブルのＡＢ型フェートンやＧ１型トラック、改良したＧＡ型トラックも舞台上を走行する。遠野らが運転するトヨダ車がラインダンスの列と前後して前に進む。舞台の手前で左右にターンして引っ込んでいく。劇場内は排気ガス臭くなるが、素晴らしいショーになっていた。

ダンサーたちが踊り、鈴やタンバリンを鳴らしながら、「国産トヨタ！」と駆け声を上げた。英二が慌てて監督に訴えた。

「トヨタではなく、トヨダですよ！」

「ええっ、そうだったんですか。失礼しました」

監督が舞台に降りていき、ダンサーたちに指導し直した。女たちは口を尖らせている。

「トヨタ、か。トヨダはやはり言いにくいのかな」

試作車のロゴマークやエンブレムを考えたときも、『トヨダ』の濁点のせいでバランスが悪いとデザイナーが意見したこともあった。

「市民は、トヨダよりもトヨタのほうが言いやすく覚えやすいのかもしれませんね」

喜一郎は頭の中で『トヨタ』の画数を数えてみた。八画、末広がりで縁起がいい。

七月二十三日、自動車製造許可の申請受付が始まった。喜一郎は朝一番に商工省に出向き、申請書類を提出した。それから待てど暮らせど商工省から音沙汰がない。旧友に何度か手紙を送った。審査のことは漏らすことができないらしい。果報は寝て待てと書かれるだけだった。

九月になり『国産トヨダ大衆車完成記念展覧会』が開催された。喜一郎と利三郎は胸元にリボンをつけ、丸の内の東京府商工奨励館の入り口にある階段の前に立つ。招待客を出迎えた。

喜一郎は表に掲げられた、『ＴＯＹＯＤＡ』の大看板を見上げる。ダイヤモンドをかたどった意匠は輝いているように見える。『Ｄ』を『Ｔ』にして『ＴＯＹＯＴＡ』のロゴを頭の中で想像してみた。

開場と同時に展覧会は人でいっぱいになった。目の前の通りに次々とクルマがやってくる。フォードＡ型やナッシュ、オースチン・アスコットなどが駐車する中で、喜一郎はグラハム・ページに目を留めた。観音扉になっている後部座席を運転手が開ける。シルクの帽子をかぶった男が悠然と降りてきた。

日産の鮎川義介だ。

騒がしかった出入口が、緊迫したように静まり返った。利三郎はそつなく挨拶をしているが、クルマの技術解説要員として配置されていた菅隆俊は緊張の汗をかいていた。鮎川が喜一郎に微笑みかける。

「日産コンツェルンの鮎川義介です」

「豊田自動織機製作所の豊田喜一郎です」

鮎川は展示されたクルマを見るなり目の色が変わった。Ｇ１型トラックの前に立ち、フロントグリルをじっと見つめたかと思うと、トラックの周りをじわりと一周する。Ｇ１型トラックの悪評は鮎川の耳にも入っているはずだ。鮎川のすぐ脇には陸軍省の幹部がいた。鮎川がトヨダのクルマをどう評価するのか興味を持っているのだろう。

「カーマスコットの形が面白いですね」

「これは名古屋城の――」

「おおっ、金のしゃちほこですね」

かつて山口は白けていたが、鮎川は顔をほころばせた。後ろの部下を振り返る。

「日産はなにをつけようか。江戸城は地味だったしな。家康（いえやす）公ももっと派手な装飾をつければよかったものを」

取り巻きが笑ったので、場がいっきに和んだ。

「失礼。徳川（とくがわ）家康公といえば岡崎、愛知の人ですね」

Ｇ１型トラックを前に、しばし戦国時代の話になった。

「中京には歴史を作る大物がたくさん出ておられる。織田信長（おだのぶなが）、豊臣秀吉（とよとみひでよし）然り。徳川家康などは干潟だった江戸を城下町に変えましたからね。三河の人の持つ執念と底力はすごい」

鮎川がＧ１型トラックを見据えた。

「このトラックも、フロントグリルは工業製品でありながら伝統を感じます。一方でわっと噛みついてきそうな勢いがある。さすが〝虎喰（とらく）う〟と書くだけあり」

トラックは『虎喰』と漢字で書かれることがある。

「やはり、ゼロから開発され情熱を持って作られたものには迫力がある」

鮎川は部下たちを見下ろした。

「我々も豊田さんを見習い、がんばらなくてはね」

鮎川は多忙なのか、十分ほどの滞在でグラハム・ページに乗り立ち去った。喜一郎は丁重に鮎川を見送った。うれし涙をこらえるのに必死で、礼を言うことができなかった。

翌日、展覧会会場に商工省から自動車製造を許可する書状が届いた。

トヨダは――いや『トヨタ』はようやくクルマの生産に乗り出す。

19、出征（昭和十二～十四年）

七月八日、喜一郎は八事の別荘の仕事部屋で考え事をしていた。来月にも、豊田自動織機製作所の自動車部が独立する。

『トヨタ自動車工業株式会社』の設立だ。

喜一郎は技術部門を統括する副社長になる。社長は利三郎だ。経営は彼に任せ、喜一郎はクルマの開発に専念するつもりだ。

もともと自動車部にいた連中はほとんどがトヨタ自工に転籍する。資金を捻出してくれた上海の西川秋次は監査役になる。熱心に自動車開発を応援してくれた竹内賢吉は事務部長で常務だ。販売部長となる神谷に、販売に関することは全て任せた。クルマを作る作業部は大島理三郎と菅隆俊が取り仕切る。

クルマの意匠や設計の担当部署も独立させ、池永羆を取締役部長とした。学生時代からの付き合いの伊藤省吾は監査改良部の部長になってもらった。実際に販売したクルマに不具合があれば対応する部署だ。いとこの豊田英二の所属でもある。

別荘の仕事部屋で人事案をまとめていると、焦げ臭いにおいがした。喜一郎は立ち上がる。

「おい、どこかで火が出てないか？」

和室を出て階下へ叫ぶが、人の気配がない。積み上げてあった新聞の見出しが目に入る。

『北平郊外で日支両軍衝突』

北京に近い盧溝橋という場所で日中が戦火を交えた。いよいよただの抗日運動では済まなくなってきた。いまどこかで焚火でもしているのかもしれないが、今日は余計に焦げたにおいが気になる。

子供たちが温室の横にある庭園で七夕飾りを燃やしていた。喜一郎も庭に出る。『戦争になりませんように』と誰かが書いた短冊が灰になっていった。雨が少し降ってきたので子供たちを中に入らせた。二十子と二人で七夕の火を消す。

「大陸のほうが心配です。戦争になったらせっかくこれまで築き上げてきた上海の事業がどうなるかと西川さんが気をもんでらっしゃるそうですね」

父の佐吉は常々「もはや戦争の時代ではない」と主張し、中国の人々と友好的に商売をして豊田紡織廠を軌道に乗せた。その遺志を継いだ西川秋次も、現地の中国人従業員をとても大切にしているので、辛い立場だろう。

「軍部は日清戦争で勝った記憶から抜け出せないのかもしれないが、現実問題、広い中国大陸の隅々まで兵站を送り込むのは難しい」

二十子は心配そうに喜一郎に尋ねる。

「トヨタ自動車工業の設立は、来月ですか」

「ああ。書類上の話だが、八月二十八日に登記しようかと思っている」

二十子は微笑んだが、不安げだ。

「大丈夫。もうすぐ挙母工場が完成する。刈谷工場からトヨタ自工は引っ越しだ。幸先が悪くとも、心機一転となるはずだ」

いま刈谷工場は挙母工場への引っ越しの準備が始まっている。巨大な電気炉を新設し、一トンフリーハンマーや七百トンプレスなどの新鋭設備も導入したが、いくつかの工作機械は刈谷工場から移設する予定だ。分解しないとトラックに積めないものばかりだ。

「なんだか清洲越しみたいですね」

廃れていた名古屋城を徳川家康が改修し、水害の多かった清洲から城下町ごと名古屋へ引っ越ししたことを例に出した。

「移動させるものや人の重さを合計したら、清洲越しを超えるはずだがな」

「あなたったら相変わらず、大変なことをさらりと計画してしまうのですね。刈谷越し」

二十子はようやく笑い、家の中に入っていった。

翌年の昭和十三年十一月、トヨタ自工は挙母工場への移転がほぼ完了した。正門に嵌め込まれた『トヨタ自動車工業株式会社』の銘板は、鋳物工場の佐藤亀次郎や原田梅治、そして遠野が型を取り、鋳造してくれたものだ。銘板が嵌め込まれる様子を、喜一郎は感無量で見つめた。

移転だけでなく工場の建設にもさまざまな苦難があった。日中戦争が始まり、鉄鋼価格が高騰してしまったのだ。数ヵ月もすると手に入れることすら困難になってしまった。幸い、豊田自動織機製作所の製鋼部が協力してくれたので、必要な機材はなんとか賄うことができた。

一日たりとも生産ラインを止めないように、緻密な計画を立てて機器を移転させる。

英二を先発隊として挙母工場に待機させ、工機の据え付けの陣頭指揮を執ってもらった。刈谷での作業が遅れて、挙母工場の機器到着が深夜になってしまうことが頻繁に起こった。まだ電気が完全に通っていなかったので、英二は据え付けに苦労したようだ。遠野は分解し梱包された工作機器を刈谷工場からトラックで移送する指揮を執っている。英二と遠野は同い年だった。

この二人はそりが合わないのか、移転のゴタゴタもあってよく喧嘩をしていた。遠野が一方的に英二に難癖をつけるのだ。英二が黙り込んでいる姿をよく見かけた。

会社内では遠野のほうが先輩だ。初期からトヨタのクルマづくりに携わっているというプライドがあるのだろうが、工学士の英二には頭脳も技術もかなわない。それがわかっていてムキになっているのか。だが同年代の白井武明や原田梅治は英二に対してそんな態度は取らない。

大島理三郎は、「嫉妬しているんですよ」と苦笑いした。

「勉学のほうでもかなわないし、英二さんはそもそも豊田家の人間で若のいとこだ。最近は若も挙母に入り浸りだし、遠野は若を英二君に取られたと思っているんじゃないかな」

そんな子供っぽい男だろうか。喜一郎にはよくなついてはいるが、遠野は軽いところがある。借金をこしらえてでも、女もクルマも次々に乗り換える。自我を曲げずにさらりと会社を辞めてしまったこともあったほどなのだ。

遠野のいら立ちの原因はなんだろう。


十一月二日、翌日の明治節もあってか、豊田自動織機製作所の刈谷工場内は静まり返っていた。みな早々に社宅に引っ込み、明日の休暇を楽しむのだろう。クルマの生産は明日から完全に挙母工場に移る。喜一郎は刈谷工場に来る機会が減るだろう。製品倉庫やがらんどうになった試作工場を感慨深く見て回った。

誰もいないと思っていたのに、試作工場の地べたに大の字になって寝ている人がいた。懐中電灯で照らす。

「誰だ……?」

男が起き上がり、目元を袖で拭った。眩しそうに喜一郎を見る。

「遠野か」

「えへへ、すみません」

「なんだよ。移転が無事完了して感極まったか」

「いやいやいや……」

「お前も明日から挙母工場だろ。早く宿舎を完成させないとな」

宿舎が出来上がるまで工員たちは刈谷から通勤することになるから、大変だろう。遠野は返事をせずに微笑むばかりだ。喜一郎はいったん事務棟に戻り、執務室に飾ってあった日本酒の一升瓶を取った。コップを二つ持ち、がらんどうの試作工場に戻る。遠野は地べたに座ったままだ。

「A１型乗用車の試走前に神事を執り行ったとき、祭壇に飾っていた日本酒だ」

「いいんすか、こんな土臭いところで開けちゃって」

「今日開けないで、いつ開けるんだよ」

「そうっすね」

遠野は正座し、喜一郎に酌をしてくれた。喜一郎が酌をしたら、えらく謙遜する。

「いつもの調子はどうした」

「だってキーさんはもう自動車会社の副社長でないすか」

しばし無言で酒を酌み交わした。

「挙母では君は作業部門のいち工員だが、君が担う目に見えづらい仕事を、なんとか形にできないかなと考えているんだ」

喜一郎は切り出した。遠野はとろんとした目で喜一郎を見ている。

「君はクルマをゼロから作る知識も技術もないが、クルマの仕上げがうまい」

「塗装はしたことないですよ」

「塗装じゃない。実際に出来上がったクルマをテスト走行したときに、ああでもないこうでもないと技術者に文句を言うだろう」

「あれは毎日クルマに乗ってるやつじゃないとわかんない感覚ですよ。クルマの乗り味がわかるようになるには、相当に――」

それだと喜一郎は遠野を指さした。

「乗り味。君は、クルマに最後の味つけをする務めを自然と担っていた」

遠野はじっと喜一郎を見つめている。

「そういう役職というかポジションを、作業部に作れないかと思っている。いや、監査改良部になるのかな……」

あれこれ考えていると、遠野は突然、肩を震わせて泣き出した。

「どうした。女にフラれたか」

「違いますよ」

「クルマの借金がとうとう返せなくなったか」

「だから違いますって」

「じゃあ、どうしたんだ」

遠野は懐から、赤く薄っぺらい紙を喜一郎に見せた。陸軍省が発行したものだ。

「戦争に行ってきます」


十一月三日、喜一郎はトヨタ自動車工業株式会社の挙母工場を稼働させるスイッチを押した。

工場内に整列していた従業員約四千人から盛大な拍手が起こった。工機の電源が入り唸る音や、初期動作を開始する機械音が工場内に響き渡る。

トヨタ自工の刺繡の入った作業着と作業帽を身に着け、喜一郎は壇上でスピーチをした。

「これまでどおりに日々精進し、日本の自動車工業もいつの日か、紡織業が成し遂げたように外国の自動車を凌駕することを……」

工場の壁に取り付けられた大時計が目に入る。十一時半になっていた。遠野は正午の東海道線で名古屋を離れると話していた。喜一郎は出征の見送りにすら行ってやれない。

――戦争のバカやろう。

トヨタ自動車工業の新たなる出発の今日、喜一郎は各所で新聞記者のインタビューや記念撮影に応じた。遠野が亀次郎らと作った銘板の前で撮影に応じたときは、深い悲しみが押し寄せる。

挙母町の施設は特に福利厚生に気を使った。社宅にアパートや寄宿舎など合計千五百人以上の住居を用意した。喜一郎は記者たちを連れて、施設の紹介をしていく。

「ここは技能者を養成する豊田工科青年学校です。男子作業員に五年の教育を施します。初年度は三百人が入校しています」

遠野がここで教鞭を執っている姿がなぜか頭に浮かんだ。

「食堂は五ヵ所に分けて作りました。工場内が広いため、食堂から遠い人はせっかくの食事も到着するころには冷めてしまうためです」

真新しい食堂で、遠野がカレーを頰張る姿が頭に浮かぶ。

「従業員には余暇も楽しんでもらうために野球場や総合運動場、プールも用意しました。家族を持っている人のために、幼児用の遊戯場も作りました」

女遊びのしすぎで結婚は遠そうだったが、遠野は子供が好きだった。工員の子供たちと遊戯場で遊ぶ姿が頭に浮かぶ。

「診療所も認可が下り次第、近隣の方もご利用いただけるトヨタ病院にする予定です」

遠野が作業中に指を挟み、診療を受けている姿が――。

「日用品の買い物にも不便しないよう、トヨタ百貨店も作りました」

遠野はここにいないのに。

「工場内には芝生の広場を作り、春には花見ができるよう、桜並木も整備しました」

新聞記者たちは日本最大規模を誇る挙母工場を絶賛してくれた。『東洋のデトロイト』と呼ぶ人もいた。

「ここで働く従業員のみなさんに、少しでも不便なく楽しい時間を……」

喜一郎は最後まで言えず、無念を噛みしめた。記者と一緒に施設を回っていた大島理三郎や竹内賢吉は、ほほえましく喜一郎を見る。

「若がまた泣いた」

「涙もろい人だから」


ドイツがポーランドに侵攻し、イギリスとフランスが宣戦布告したことで再び世界戦争が始まった。一世紀のうちに二度の世界戦争が起こるなど、人類史上なかった。二つの戦争を区別するため、一九一四年のほうが第一次世界大戦、いま起こっているほうが第二次世界大戦と呼ばれるようになった。

日中戦争は泥沼化している。国内では価格統制が始まっていた。ついに自動車の価格も自由に決められなくなった。無駄を省いて原価を低減し、大量生産して価格を抑え、庶民の手に届く大衆車を作るという喜一郎の夢は、ますます遠のく。

戦時下で材料すら手に入りにくくなった上に価格まで勝手に決められてしまったら、もはや経済活動ではない。トヨタ自工は軍部から発注が来る軍用トラックばかりを生産するようになっていた。

失意の中で遠野から手紙が届いた。満洲国で出された手紙のようだ。封を開けると写真しか入っていなかった。

ＡＡ型乗用車に乗り、得意げにハンドルを握って微笑む遠野が写っていた。裏に『満洲でトヨタのＡＡ型乗用車を買いました！』と書いてある。中国に輸出したものを中古で手に入れたようだが、喜一郎は首を傾げる。

――召集された一兵隊が、現地でクルマなど買えるだろうか。

しかも遠野は軍服を着ていない。開襟シャツを着て、隣にブロンドの女性を乗せていた。ロシアの女性だろうか。

「まさか遠野のやつ、脱走したのか？」

喜一郎は心配しつつ、写真の裏に書かれたメッセージをもう一度見た。はたと思い到る。

遠野は字が書けなかった。かつては辞表までも親分に代筆を頼んでいたのだ。この手紙も誰かに書いてもらったのか。だが漢字は簡略化されていて、文字遣いも珍しい。

アキオか。

これまでのように、失意の中にある自分を勇気づけるためにこの手紙を送ったのか。

アキオはいつも亡くなる人の体を使って喜一郎の前に現れた。

つまり遠野は死んだのだ。

第二部　豊田章男

1、呪いのエンジン（昭和三十八年）

七歳の豊田章男は母親の悲鳴を聞いてはたと目を覚ました。青い空にのんびりと雲が流れていく。まるで空を縁取るように木々の葉が茂る。章男は地面に倒れていた。

「坊や、大丈夫かい！」

白い手袋をした運転手が駆け寄ってきた。革靴が蹴った砂が章男の顔に降りかかる。両親も次々と駆けつけた。章男は運転手に身を起こされた。トヨペット・クラウンのデラックスがすぐそばにいる。ヘッドライト以外のフロントフェイスは全てラジエーターグリルになっている。去年フルモデルチェンジしたタイプだ。

「章男、大丈夫なの」

母親に抱きしめられ、頭をそうっとさすられた。

「頭を打ったんじゃないか？」

父も心配そうに章男の顔を覗き込んでくる。どうやら章男はトヨペット・クラウンにはね飛ばされたようだが、体はどこも痛くはない。

「章男君、大丈夫か！」

後部座席からスーツ姿の男が降りてきた。白髪交じりの頭をきっちり七三に分けた英二おじさんだ。祖父のいとこにあたる人で、父は兄のように慕っている。いまはトヨタ自動車の副社長をやっている。

「とにかく病院へ連れていこう」

章男は父に抱き上げられ、クラウンの後部座席に座る。英二おじさんがハンドルを握った。真っ青になっている運転手を気遣っている。

「君はここで待っていて。あまり思いつめないように」

病院に向かう。父はいくぶんか冷静になっていた。

「英二さん、すみません。ご迷惑を……」

「いや、俺が運転手を急かしたものだから。顕彰祭に遅れてしまいそうだったんだ」

章男は佐吉翁の顕彰祭のため、湖西に来ていた。だがそれは昨日の話のはずだ。昨夜は布団に入って寝たのだ。喜一郎君の隣の布団で、反対側には愛子ちゃんがいた。遊びすぎてクタクタに疲れていた記憶がある。

章男は喜一郎とかいぼりをし、泥んこになった。五右衛門風呂にも入り、凧あげの準備をしようとしていたのに、疲れて寝てしまった。はたと目が覚めたら林道に倒れていた。

章男はこんがらかった。

畳の上で寝たのに林道で目が覚めたことの意味がわからないが、かといって、クルマに轢かれた記憶がないわけではないのだ。章男はオニヤンマを追いかけていて、海に出てしまった。だがあの広々とした海は浜名湖だった。教えてくれたのは喜一郎だ。

「お父さん。僕は昨日、喜一郎君と遊んだよ」

父は目を見張り、章男の顔を覗き込んだ。運転席の英二おじさんも驚いている。

「おじいさんのことかい？」

「うん。でもまだ子供だった。着物を着ていて――写真があったでしょう。愛子ちゃんとの」

「愛子ちゃんだなんて言い方。愛子大おばさんでしょう」

母に注意されたが、ついさっき小さな愛子と会った。大おばさんなんて変な感じがしてしまう。父が英二に説明する。

「顕彰祭の前に父の生い立ちを辿る勉強会をやっていたんです。章男はその写真を見たのかと」

「そうだよ。喜一郎君はあの写真そのまんまだったけど、あれは白黒でしょう？　実際は日に焼けていて、体はちょっと細い感じがしたよ。でも力は強くて、かいぼりするときにこんな大きな石も簡単に掘り起こしてどんどん積み上げていっちゃうんだ」

割って入った章男に、英二おじさんも父もあっけに取られている。

「それなのにね、指が長くてよく動くの。凧を作っているとき、なんでも簡単に折ったりくっつけたり、嵌めたり外したりするから、僕はびっくりしちゃったよ」

信号が変わったのに、英二おじさんはじっと章男を見つめている。後ろのダットサンブルーバードからクラクションを鳴らされた。章男は後ろ向きになり、アッカンベーをした。英二おじさんがクルマを発進させながら、しみじみ言う。

「そうか。君はキーさんと遊んだのか。楽しかったかい？」

「うん！　すっごい楽しかった」

父は英二おじさんと仕事の話を始めた。今日はＯＥＣＤに関する通産省の会合があるとかなんとか、難しい話だった。

「またここからトヨタは試練だね」

「いつか来るとは思っていましたが、関税撤廃後にどこまで国際競争力を維持できるか……」

章男は父を見上げた。

「お父さん。会社、大変なの」

難しい話だから、と大人たちは章男に微笑むだけだった。

章男は窓の外を見た。自動車はぜいたく品だから、あまり走っていない。たまにトヨタや日産の乗用車を見かける程度で、すれ違うのはトラックばかりだ。

「業界再編に取り残されたとしたら、関税撤廃後にトヨタだけがひとり負けということになりかねない。下手をしたら倒産だ」

大人たちは深刻そうに仕事の話をしている。

「こんなとき、章男君のおじいさんならどうしたかな」

英二おじさんがバックミラー越しに章男を見た。

「次々と降りかかる困難を必死に乗り越えて、さあこれからというところで、最期、力尽きてしまったんだ」

元気でいてくれたらいまも……と寂しそうに英二はこぼした。

「父なら、ひたすらクルマに向き合っていたと思います」

父が背筋をピンと伸ばして言った。

「どのメーカーよりもいいクルマを作ることで、生き残ろうとしたと思います」

病院で詳しく検査をしたが、章男は擦り傷ひとつ負っていなかった。大事を取って、その日は母と二人で自宅に帰った。英二おじさんは東京へ、父は顕彰祭の後も地域の人々と会合があるので、湖西へ戻った。

今日は湖西に泊まる予定だったので、八事の魔女は生まれ故郷に帰っているらしかった。運転手の川ちゃんもいない。母と二人きりの八事の自宅はやけに静かだった。

章男は二十子おばあさんの指定席の揺り椅子に座り、暖炉の上に飾ってある祖父の写真を見つめた。丸い眼鏡をかけたおじいさんが、じっと章男を見つめ返す。厳しい表情をしているようにも、微笑んでいるようにも見える。不思議な写真だ。

母が洗濯物を畳みながら、章男に問いかける。

「お母さんは明日の午後に買い物に行くわ。一緒に行く？」

「面倒くさいよ。ひとりで行ってくれば」

「ひとりでお留守番は怖くないの？」

「大丈夫だよ。俺、もう七歳だぜ？」

母はぷっと噴き出していた。布団に入りながら章男はワクワクしてしまう。明日は休日でしかも午後は母が買い物でいない。父と祖母も夕方まで帰らないだろう。口うるさい八事の魔女も、いたずらをすぐ見つける運転手の川ちゃんもいない。

——明日はいたずらし放題じゃないか！


章男は翌日の午後、母が買い物に出かけたのを確認して自宅を出た。いつものたまり場である市電の停留所前の駄菓子屋に行く。今日も近所の悪ガキたちがメンコで勝負をしていた。章男が誘うと、二人が章男の家に行くと手を挙げた。

「温室や煙突があるんだろ」

「地下室があるんだろ」

章男は変わった形の邸宅に住んでいる。有名な建築家が手掛けた家らしい。悪ガキたちは探検をするような足取りで、敷地の中に入ってきた。門から自宅までの距離の長さに二人とも驚いている。ガレージに並ぶクルマを見て、戸惑った顔をした。一番背が高くてリーダー格の少年が章男を見下ろす。岸（きし）という苗字（みょうじ）だから章男は『きしめん』とあだ名している。

「章男、お前ってもしかして、お坊ちゃんなの？　すっげー金持ちそうだけど」

「それは会社のクルマだよ。お父さん、自動車を作っているからさ」

なーんだ、ともう一人の太っちょが言った。彼の苗字は森（もり）だからあだ名は『もりそば』だ。

三人で温室に入った。きしめんががっかりする。

「え、全然あったかくないじゃん」

「いまはボイラーを焚いてないんだ」

「なーんだ。つまんないの。暖炉は？」

悪ガキたちは温室と隣接する食堂に入っていく。リビングに暖炉を見つけると「あそこだ！」と駆け出していった。だが、火がついていないとか薪がないとか、次々と不満が出た。

「灰が飛ぶから、いまはあんまり使わないんだ。ヒーターのほうが便利だし」

「なーんだ。つまんないの」

そうだ、と章男は手を叩いた。

「うちには秘密の地下階段があるんだぜ」

章男は食堂と台所の間に立った。床の一部が引き上げられるようになっている。

「ここから半地下にある物置部屋に降りられるんだ」

きしめんももりそばも冷めた顔をしている。

「それ、ただの防空壕（ぼうくうごう）だろ」

戦争が終わって二十年近く経ったとはいえ、自宅や庭に防空壕が残っている家は珍しくない。章男はなんだか、面白いものや変わったものを見せないといけないような気になってしまった。トヨタ会長の石田退三に買ってもらった大量のミニカーを見せた。二人は飛びついて遊んだ。飽きてきたころ、きしめんがいじわるに言う。

「これは自慢かよ、ガレージのクルマの数も普通じゃない。お前のお父さん、どこの会社だよ」

章男が答える前に、もりそばが口出しする。

「名前でわかるじゃん。豊田章男っていうんだから、トヨタ自動車だろ？」

「へー。お前、トヨタの子だったのか」

なぜだか変な雰囲気になった。章男はミニカーをしまう。

「それじゃ、とっておきのを見せてやる」

立ち上がり、二人を連れて玄関ホールに出た。二階に行く階段と、半地下に続く階段がある。

「やっぱり地下室があるのか。すげえな」

もりそばが感動の声を上げた。

「半地下だよ。斜面に建っているから。窓もあるし」

大した部屋ではないと必死にアピールしていた。自分はみなと同じ普通の子供なのだとわかってほしかった。

「で、なにがあるんだよ」

「呪われた木箱があるんだ！」

きしめんは鼻で笑った。階下へ下り、八事の魔女の部屋を通り過ぎて、物置部屋の扉を開ける。ギイと蝶番（ちょうつがい）がきしむ音が、今日はやけに大きく聞こえた。もりそばは薄暗い物置部屋を不気味に思ったのか、半袖の腕をさすっている。きしめんは埃で咳き込んでいた。天窓からちょうど西日が差し込んでいて、いつもより物置部屋は明るかった。

「ほら。この箱」

西日に照らされた木箱は安っぽく見えた。打ち付けた釘が錆びついている。茶色い錆が血を滴らすようにシミを作っていた。三人でじろじろと横に長い箱を見下ろした。

「確かにお札みたいなのが貼ってあるけどさ、破れてるよ」

「こないだ間違えて破っちゃったんだ」

きしめんが一歩退いた。

「お前それ、まずいんじゃないの」

「とにかく開けてみよう」

章男は両腕を広げて蓋を取った。もりそばも不安そうだ。

「開けたら悪いことが起こりそうだよ」

「大丈夫、平気だって」

章男はクルマにはね飛ばされたが、無傷だった。蓋を壁に立てかけ、中を見てみるよう友人二人を促す。もりそばが中に入っていた機械を指でちょんとつつく。章男も表面をこすってみた。埃がべたつく。油が混ざっているようだ。錆だろうか、血みたいでグロテスクに光る部分もある。

「底の方に緑色のタンクが二つあるけど、なんの機械だろう」

「車の部品じゃないか？　だってここトヨタの家なんだろ」

章男は緑色の筒の下に、黄ばんだメモを見つけた。滲んだ万年筆の文字で『ランチェスター、１９０３年製　水平対向エンジン』と記されていた。

「これはクルマのエンジンか……」

章男は鈴鹿サーキットで見たトヨペット・クラウンのエンジンを思い出してみたが、形が全然違う気がした。もりそばが木箱から離れた。

「章男、それはもしかしたらやばいやつかもしれない。お父さんが集めた名古屋の怪談話の中にあった、呪いのエンジンだよ！」

彼の父親は地元の新聞社で記者をやっている。

「事故を起こしたクルマって、使える部品だけ取り出されて再利用されるんだろ。呪われたエンジンは次のクルマに取り付けられるたびに、事故を起こしてまた次のクルマを呪う、って中古車を売る人が怪談話をしていたよ」

章男は笑い飛ばそうとしたのに、破れたお札が一枚だけ、ひらひらと揺れている。風はない。

きしめんが踵を返した。

「章男、ふざけんなよ。呪いを解いちゃったじゃないか！」

「俺たちに何かあったら、お前のせいだからな！」

友人たちは怒って帰ってしまった。


章男はその日の晩、怖くて眠れなくなってしまった。きしめんやもりそばが交通事故に遭ってしまったらと想像して涙が出てきたが、朝、目覚めたらすっかり忘れてしまった。

いつものように学校から帰るとランドセルを放り投げ、遊びに行った。停留所前のたまり場に仲間たちがいた。今日はベーゴマで勝負をしている。市電が通るたび、子供たちの鼻先をクルマが通過していく。

「危ないから、別の場所で遊ぼうぜ！」

章男が声をかけた途端、きしめんともりそばは白けた顔になった。

「俺んちで遊ぼうぜ」

きしめんが背を向けた。章男もついていこうとしたが、ドンと胸を突かれた。

「クルマ屋は来るな」

章男はカッとなって言い返す。

「お前、呪いのエンジンを開けた俺が怖いんだなッ。弱虫、べろべろばー！」

きしめんが拳を上げて飛びかかってくる。章男も殴り返し、取っ組み合いになった。

「お店の前で喧嘩するんじゃないよ！」

駄菓子屋のおばあさんが出てきた。バケツの水を構えている。章男は逃げ遅れ、ひとりでバケツの水を浴びてしまった。

「あんた、トヨタの子なんだって？　駄菓子屋なんかじゃなくて百貨店のお菓子売り場に行けばいいじゃない」

いつもは優しい駄菓子屋のおばあさんが、なぜかいじわるになっていた。

「市電が廃止になるんだ。ここの停留所もなくなる。人の通りが変わって商売あがったりだ」

章男はおばあさんの迫力にもじもじした。

「クルマがたくさん走るようになったから市電がなくなるんだよ」

全てクルマのせいだとおばあさんは言い切った。

「売って売ってぼろもうけしているトヨタのせい！」

2、横転事故（昭和四十七〜四十九年）

章男は小学校低学年のころは友人がたくさんいた。学年が上がるにつれて一人二人と友達が減っていき、やがていじめられるようになった。それはトヨタ自動車工業が企業として成長していくのと比例しているようだった。

近所の子が交通事故で怪我をすると「章男のせい」と言われ靴を捨てられた。咳が止まらないクラスメイトがいればクルマの排気ガスだけが原因とされ「章男のせい」にされる。徒競走で一番になって喜んだら、「生産台数が一位だからって調子に乗っている」と陰口を叩かれた。

どうしてすぐにトヨタと結びつけられてしまうのか。トヨタの子ではあるが、章男は章男だ。

十六歳になる年、東京の高校に通うために上京した。

――トヨタの子であることは、口が裂けても言わない。

高校の入学式の朝、章男は密かに決意しながら校舎の中に入った。小学校からある大学付属の高校だから、半数以上が顔見知りのようだ。隣にいた学生が気さくに話しかけてきた。

「君、外部受験の人？」

頷くと、気安く肩を叩かれる。

「そんなに不安そうな顔をしなくても大丈夫だよ。僕は初等部からいるから、何でも訊いてね」

親切そうな青年で、ホッとする。

担任は若い男性教師だった。自己紹介を始める。

「趣味はドライブ。ハコスカに乗って横浜をドライブするんだ」

ずいぶんとクルマ好きのようだ。章男は嫌な予感がした。

「よし、それじゃあ今日は初日だから一人ずつ自己紹介をしていこう」

章男の番が来た。章男は準備していたとおりに自己紹介した。

「静岡県から来ました豊田章男です。趣味はスポーツです」

愛知県だと言うとトヨタの子とバレてしまうので、静岡県にしておいた。ルーツは湖西だから嘘ではない。

「豊田君、君は名古屋だろ」

担任教師がニコニコと微笑み、指摘する。

「隠すことないじゃないか。あのトヨタ自動車の御曹司だなんて素晴らしい。先生はハコスカの前はスプリンターに乗っていたが、いいクルマだったよ。トヨタ創業家の長男だろ、胸を張れ！」

クラス中がどよめく。みな身を引き、遠巻きに章男を見た。朝礼が終わり、さっき気軽に話しかけてきた隣の席の生徒が目を泳がせた。

「さっきは気安く話しかけてすみません。トヨタの御曹司だとは知らなかったんだ。君ってすごい人だったんだね！」

卑屈に笑い、逃げるように章男の隣の机から立ち去っていった。

昭和四十九年、高校三年生の二学期のある週末、章男は名古屋に帰省した。

国鉄名古屋駅前は章男が小さいころとすっかり様変わりした。市電が順次廃止され、名古屋の空を覆っていた架線はなくなって、ちらほらと高層ビルが建てられている。ロータリーもバスより自家用車が多くなってきた。母がクルマで駅まで迎えにきた。

母も運転するようになったが、特にクルマが好きというわけでもなさそうで、売れ筋のカローラに乗っている。カローラはよく売れていて、上半期では車種別での生産台数ランキングで世界一位になっていた。

章男が車に乗り込むなり、母はちょっと悲鳴を上げた。

「フィンガー5かと思ったわ！　何なのその恰好」

「別に普通じゃないか。東京はみんなこんなだよ」

体にフィットするポロシャツにパンタロンを穿（は）いているだけなのに、母は騒ぐ。

「こんなに大きなサングラスなんかかけて」

「だって日差しが眩しいじゃないか。母さんも運転するときはかけたほうがいいよ」

章男はサングラスを母に貸そうとしたが、いらないとむげに断られた。

「髪の毛も耳が隠れるほど伸ばして、襟足も暑苦しいこと！　校則は大丈夫なの」

「まあうまくやっているから大丈夫」

母はため息をつきながら、ハザードランプを消しクルマを発進させた。

「おばあさんが章男を見たら卒倒するかもしれないわ。豊田家は質実剛健でやってきたのよ。お父さんがそんな恰好をしているのを見たことがないし、おじいさんも……」

「昔はこういう恰好が流行ってなかっただけだろ。若いときに流行っていたら、父さんもおじいさんも絶対この恰好をしたって」

「しないわ。絶対にしない。十月の顕彰祭までには床屋に行ってちょうだいよ」

「なんでだよ、せっかくがんばってここまで伸ばしたのに」

「そんな恰好じゃ佐吉翁やおじいさんはお墓の中でひっくり返っちゃうから！」

「平気だよ、父さんはなにも言わなかったし」

父は仕事で何度も東京に来ているので、たまに会う。髪が長かろうがラッパズボンを穿いていようが、苦言を呈したことは一度もなかった。失笑はしていた。

「お父さんが章男くらいの年にはね、戦争があってそんな派手な恰好はできなかったし、大学も授業がなくなっちゃって勤労奉仕よ。挙げ句の果てに食べていくのにも困って……」

「極寒の北海道でちくわを作って飢えをしのいでいたんだろ。それがいまや世界のトヨタ自動車の副社長。ひゃっほー！」

章男は『トヨタの御曹司』を逆手に取り、好き勝手にやっていた。小中学校のころはいじめられ、人々は世の中に起こる全ての元凶をトヨタとしているように見えた。

高校に入ってからは少し事情が違った。学校には社長や大企業幹部、芸能人の子供が多くいたせいか、あからさまないじめや仲間外れはなかった。

だが特別扱いには変わりがない。鉛筆を床に落とせば、誰かがさっとやってきて「どうぞ、御曹司」と恭しく差し出す。掃除当番で雑巾がけをしようとしたら「御曹司が雑巾がけはないよ」とラクな仕事を押し付けられた。剣道の授業では、章男と対戦する相手はみんな面を取るとき手加減していた。

章男はどこへ行っても、形を変えて差別されていた。

トヨタのない世界に飛んでいきたいと思った日もある。探すほうが難しいかもしれない。世界中に輸出をしている上に、南米やアジアにも工場を建設している。相変わらず日本一の自動車メーカーで、米国内で販売する海外メーカーの中では、一位のフォルクスワーゲンを抜く勢いなのだ。

「あのねえ章男。お父さんが〝日本一だぜ、ひゃっほー〞なんて言ったことがある？」

「まあ、そういうタイプじゃないからね」

「トヨタはいま本当に大変なのよ。オイルショックのことはわかっているでしょう」

「去年の秋のトイレットペーパー争奪戦？」

急激なインフレの物価高はまだ続いている。

「トヨタも原材料費の高騰に苦しんでいるのよ。乾いたタオルを絞る努力をして、原価低減をしているの。そこへきて排ガス規制のリミットが近づいているし」

大気汚染の深刻な問題から、米国でマスキー法という法律が制定されたのは四年前のことだ。自動車会社は一九七六年までに排ガスに含まれる窒素酸化物などを九十パーセント以上削減するように求められている。米国の各自動車メーカーは反発し、オイルショックによる燃費向上を優先している。日本国内でも規制が始まっていて、トヨタも必死に研究開発しているらしい。

「解決策が見つからない目標設定の上に期限までつけられて、対応できずに潰れる会社が出てくるわ。トヨタも例外じゃないって、英二おじさんもお父さんも現場のみんなと寝ないで研究に没頭しているのよ」

章男は肩をすくめた。

「なんだか日本一の自動車メーカーの話を聞いているようには思えないよ」

「お父さんも英二おじさんも、創業期の苦労を目の当たりにしているからね。会社なんてちょっとしたことで潰れてしまうと知っているのよ」

ちろりと母に睨まれる。

「あなたも、東京の一人暮らしに浮かれていないで倹約をなさい。豊田家は代々――」

「質実剛健。わかってるよ」

「わかっていたらおばあちゃんにクルマが欲しいなんてねだらないと思うけどね。十八歳とはいえまだ高校生でしょう」

正月に帰省したときに、免許を取るからクルマが欲しいと言ったら、父母に反対された。「働いて自分の金で買いなさい」と父は言い、母は「あなたは無鉄砲なところがあるから、若いうちはやめたほうがいい、子供のころクルマにはねられているし、もう少し分別がついた大人になってから……」と長々反対した。祖母の二十子にダメもとで頼んだところ「いいわよ」とあっさり承諾された。

「全くおばあちゃんは、章男には甘いんだから」

「高級車が欲しいって言ってるんじゃないよ。中古のセリカでいいんだ」

章男が憧れるセリカ１６００ＧＴは五人乗りのクーペだ。フロントノーズの丸みが愛らしく見えるが、ＧＴカーでエンジンはヤマハ発動機が手掛けた。パワフルなクルマだ。

「事故だけは気をつけて。自動車メーカーの息子が交通事故なんて洒落(しゃれ)にもならないから」

八事の自宅に到着した。章男が小さいときに階段からミニカーを落として床についた傷が、まだ残っていた。八事の魔女はずいぶん前に亡くなった。章男をかわいがってくれた運転手の川ちゃんは高齢で引退し、いま父の運転手をしているのは会社の秘書課の人らしい。

二十子おばあさんは七十三歳になり、背が縮んだ。まだまだ元気で、曲がった腰のまま、祖父の肖像写真の額縁を拭いていた。

「お帰り、章男ちゃん。面白い恰好をしているのねー」

笑いつつも、東京での一人暮らしをあれこれと心配してくる。

「ところでおばあちゃん、約束していたやつ」

章男は祖母に運転免許証を見せた。夏休みの間に自動車学校に通い、免許を取った。

「わかっているわー。ちゃんと準備しましたからね」

祖母と共にガレージへ向かう。コロナ・ハードトップが駐車されていた。

「おばあちゃん、これコロナだよ」

コロナもいいクルマだが、GTではない。

「販売店の人に話したら、これがいいって……。やだおばあちゃん、間違えちゃった？」

章男はブラウン色の渋いコロナ・ハードトップを改めて見渡す。内装を総取っ換えしたようで、新車のように輝いていた。整備手帳を見る。これまでに三人のオーナーの手に渡ったようだった。ボンネットを開けると錆を取り加工した痕があちこちにある。エンジンは手入れされ銀色に光っている。

二十子から鍵を受け取り、エンジンを吹かしてみる。永い眠りから覚めたドラゴンの息遣いのようだ。

「いやいや、コロナで大正解だよ、ありがとう！　ちょっとそこらをぐるっと回ってくる」

温室から様子を見ていた母が、慌てて飛び出してきた。

「いきなりなの？　危ないからおよしなさい」

「免許を持っているんだよ、いま行かないでいつ行くんだ」

章男はギアを入れ換えてコロナをバックさせた。スムーズに動いてくれている。次のオーナーを待つ間、このクルマは早く走りたくてうずうずしていたんじゃないかと感じた。

章男はUターンし、自宅の敷地を出た。周辺を一周するつもりだったが、走り足りなくて二周、三周する。エンジンが絶好調に吹け上がる音を聞くとたまらない。

「久々だろう、嬉しいな。俺は初めてなんだ、嬉しいなんてもんじゃないよ。我慢できない！」

章男は自宅の門を通過し、南北に延びる山手通に入った。北へ向かう。走れば走るほど帰りたくなる。もっとこのコロナと時を過ごしたい。どこかの交差点で右左折し自宅に戻るべきだったが、結局、名古屋大学も通過してしまった。本山の交差点が見えてくる。左折すれば、先祖の墓がある覚王山に出る。章男はハンドルを左に切り、広小路通に入った。車道が広いのでみんな飛ばしている。流れに乗るうちに七十キロ近く出ていることに気がついた。

減速した途端、ポルシェがエキゾーストノートを轟(とどろ)かせ章男のコロナを抜かしていった。カッとなってアクセルを踏み込む。ポルシェを抜き返そうとして、競ってしまう。

――くそ、トヨタの子じゃなければ百キロ近く出しているのにッ。

次の交差点を右折したら覚王山の墓地に到着する。ポルシェから離れ、急坂の細い道に入った。スピードの感覚が麻痺(まひ)したままで、時速六十キロも出ていた。カーブを曲がろうとしてもハンドル操作が追いつかない。

「危ないっ」

目の前にブロック塀が迫る。右の前輪が大木の根に乗り上げ、コロナは横転してしまった。


章男は布団の中で目が覚めた。見知らぬ天井が見える。畳のいぐさの香りと、干したての布団のにおいがした。硬い枕で頭が重い。肘を突き、ゆっくりと起き上がる。割烹着姿の女性が脇にいて、ぎょっとする。女性も章男を見て目を丸くしていた。

「お義母さんが生き返ったわ！」

女性は障子を開け放ち、廊下へ駆けていった。

章男は布団から立ち上がろうとして、こけた。ズボンの裾を踏んだらしい。いや、着ていたのは浴衣だった。紺色の格子柄でつぎはぎがしてあった。胸の下に平帯を締めている。

「えっ……」

章男には胸があった。腹に届きそうなほどに垂れている。着物の裾を捲った。すね毛が生えていたはずの章男の足の筋肉はそげ、肌は乾燥して粉を吹いていた。章男は股の間を着物の上から探った。ついているはずのものがない。

「なんだよコレッ」

叫んだ声はしゃがれた女の声だった。布団の脇の鏡台で章男は自分の顔を見た。

「誰だ、このばあさんは！」

頭をかきむしった。真っ白の髪は頭頂部で結い上げていた。

——遠い昔も、同じようなことがあった。

佐吉翁の顕彰祭で湖西に行ったときに、トヨペット・クラウンにはね飛ばされた。目が覚めたときには摂津登志夫という和服姿の子供になっていた。

——また俺は夢を見ているんだな。

「しかしいつの時代だよ。どこだよここは！　七歳から五歳になるのはまだしも、俺は現実には十八のピチピチの若者だぞ、なんでいきなりこんなクソババアに……！」

「タケさん……？」

開けっ放しの障子から、聴診器を首にかけた医者が入ってきた。割烹着姿の女性が説明している。

「息が止まってしまったと思ったら、ぱちっと目を開けてじっとこっちを見たんです。挙げ句に起き上がったものだから、腰を抜かしました。もう一ヵ月以上寝っぱなしだったんですよ。咳で飲み食いもままならなかったのに、一体なにが起こっているんだか」

「とにかく少し診てみましょう」

章男は布団に寝かされた。医者が着物の前を開けようとしたので、慌てて拒否した。自分のものではないからこそ、嫌だった。

「自分は元気ですから、さわらないで」

「落ち着いて、お義母さん」

女性が氷水に浸した手ぬぐいを絞り、額に載せた。章男は医者の手の熱さと手ぬぐいの冷たさをリアルに感じた。本当に夢なのか。とにかく状況を把握せねばならない。

「私はどこの誰なんですかね。長く寝ていたもんで、記憶が……。私はタケ？」

山田タケ、天保十五年生まれで、七十歳をすぎているという。女性は息子の嫁らしかった。

「ちなみにいまは昭和何年ですか」

医者も嫁も変な顔をしたので、章男は慌てた。そういえばかつても夢の中で喜一郎に昭和の話をしたら変な顔をされた。

「いまは大正四年の十月ですよ」

「ここは一体どこなんでしょうか……。自分の家だということはわかるんですが」

住所は愛知郡中村らしい。豊田紡織があった場所だ。豊田紡織は戦中の混乱で生き残るために別の紡織会社と合併し、やがてトヨタ自動車工業と合併した。戦後に再び独立し、現在は工場ごと刈谷町に移転している。

「ここは豊田紡織の敷地内ですか」

「ええ。ここは工場内の社宅です」

山田タケは豊田紡織の元女工で、息子は技術者として働いているということだった。医者が「壊れたのかな」と聴診器を外す。

「とにかく、目もよく動いているし、呼吸も安定している。なにより元気そうだ」

帰り支度を始めた。嫁が見送りに階段を下りていく。

「すみません、お忙しいのに呼んでしまって……」

「なに、今日は豊田さんのお嬢さんが祝言だというから、ついでに挨拶をしてきます」

豊田という言葉に章男は反応してしまう。この時代の豊田家のお嬢さんといえば、愛子大おばさんだろうか。昔は銀幕スターのような美人だったと聞いたことがある。

「自働車で婿取りだそうですよ。さすが佐吉さんは時代の最先端をいっていますなあ」

章男は鏡台の脇にある窓を開けた。社宅の一角のようだが、目の前に別の棟が建っていた。出入口の引き戸の脇に『豊田』の表札が出ている。

二階の開いた窓から青年が見えた。鏡の前に立ち、不器用そうな手つきでネクタイを締めていた。うまくできないのか、ため息をつきながら何度も結び直している。

祖父の豊田喜一郎だとすぐにわかった。八事の実家の暖炉の上の写真ではなく、子供のころに夢の中で一緒に遊んだ喜一郎と結びつく。あの時は坊主頭で着物を着ていたが、いまは黒々とした豊かな髪を七三にきっちりと分けている。十代後半か二十代になったころだろうか。

「おーい！」

叫んだが、聞こえない。紡織工場から聞こえてくる機械の音とボイラーの作動音で、周囲はやかましかった。この時代は道路が舗装されていないのだろう、土埃がひどい。ずいぶんとリアリティのある夢だなと思いながら、章男は襖の脇にあった簞笥（たんす）を開け、お手玉を見つける。向かいの部屋の窓に向かって投げた。喜一郎が眉をひそめて窓辺に立ち、ようやく章男——いや、タケに気がつく。

喜一郎が訪ねてきてくれた。章男は慌てて布団の中に入った。喜一郎を混乱させないように、病床の老婆になりきらなくてはならない。自分は山田タケと言い聞かせる。タケ、タケ……タケ章男。

障子の向こうから、嫁と喜一郎が話をする声が聞こえてきた。

「実は肺を悪くしていて、一ヵ月前から寝込んでいるんです」

「えっ。それはいけませんね」

喜一郎が部屋に入ってきた。一緒に遊んだときの面影はあるが、背も伸びて胸板も厚く、すっかり男らしくなっている。静かな目をしていたが、微笑んだときの人懐こそうな表情は変わらない。章男はすっかりおばあさんのような気分になった。

「まあ、立派な青年になられて。前はこんなに小さかったのに」

喜一郎は不思議そうな顔をして微笑み、座布団に正座した。

「元気にしていたの？　いまは……？」

つい両手を握ってしまう。喜一郎の手はびっくりするほど熱かった。自分の――タケの手が冷たすぎるのかもしれない。喜一郎は、仙台の高等学校に通っているという。もう二十一歳だと聞いて、どれだけ留年したのかと目を丸くする。

「二十一歳がまだ高校生なの？」

タケ章男はハッとして口を押さえた。この時代は学制がいまと違うのだ。嫁が口を出す。

「お義母さん、また熱が出てきているのかもしれませんよ」

額に手をあてられる。嫁はその冷たさに驚いていた。タケ章男はどうしてもはしゃいでしまう。

「今日は愛子ちゃんの結婚式ですってね。ネクタイは苦手なの？」

布団の上に正座し、喜一郎の首にぶら下がっていたネクタイを締め直してやった。嫁が怪訝そうに指摘してくるが、適当に取り繕った。楕円(だえん)の手鏡を取り、喜一郎に向ける。

喜一郎はまじまじと、手鏡の中の自分とネクタイを見ている。すっと表情が引き締まったとき、章男は喜一郎がそれまでどれだけ冴(さ)えない表情をしていたか、気がついた。

「なにか不安なことがあるみたい」

タケ章男は指摘した。

「窓から見ちゃったの。とってもイライラしているように見えたわ。私に話してちょうだい」

「僕は元気ですよ。今日は妹の結婚式、めでたい日で――」

タケ章男は喜一郎の太腿をぴしゃりと叩いた。この時代のおばあさんはこれくらいのことはしただろうと思ったが、嫁が真っ青になって咎めた。この時代は身分の違いがはっきりしていたから、よくない行動だったか。面倒なので、嫁を部屋から追い出した。喜一郎の前に正座しなおす。

「お父様が決めた愛子さんの結婚に、納得がいっていないのね」

ちょっと強引な態度だったか。自分が女性のふりをすると、母親の口調そっくりになってしまう。章男は喜一郎の不安を知っている。父から聞いたことがあるのだ。女工だった老婆に話すような内容ではないだろうし、明治の男は口に出さないだろう。だが腹にため込んでおくのもよくない。

喜一郎が慌てた様子で首を横に振っている。

「児玉利三郎さんは立派な人のようですし、愛子には申し分ない相手と思っています」

「愛子さんが嫁に行くのなら――っていう話よね」

喜一郎は言葉を失っている。どうして豊田家の内情を知っているのかと思っているに違いない。タケ章男は喜一郎が語り出すのを待った。ようやく、正直な心の内を吐露してくれた。

名古屋の第八高等学校の試験に落ちたことを引きずっているようだ。

「家族や父の会社の幹部たちは、八高に落ちた息子など用無しだと思っているのでしょう」

「そんなわけないじゃない。ただの準備不足でしょう」

小学校しか卒業していない佐吉は、息子にも学歴は必要ないと考え、中学校を卒業したらすぐに喜一郎を工場で鍛えるつもりだったと聞いている。母親の浅子や佐吉の右腕だった西川秋次が進学させるべきだと説得したことで、急遽、受験をすることになったのだ。だが喜一郎は受験の失敗を言い訳せずに受け止めているようだ。いかにも明治の男らしい潔さがあった。

「婿取りと八高のことは無関係に決まっているわ。佐吉翁はあなたのために婿を取ったのよ」

佐吉翁――とこの時代に呼んではいけなかった。いまは大正時代、佐吉翁は五十歳にもなっていないだろう。喜一郎も怪訝な顔をしている。

「入り婿を取るのがなぜ僕のためなんですか」

タケ章男は誤魔化しもかねて、ぐいと喜一郎の手首をつかんだ。指先はインクで汚れ、切り傷が残っていた。歯車の紙細工を作っているときにナイフで切ってしまった跡だという。

「ものを作るのが好きなのね」

喜一郎が笑顔で頷いた。タケ章男も嬉しくなる。

「経済の先を考えることはどう?」

問うと、喜一郎は答えに窮した。

「佐吉さんは誰よりもあなたという人を理解しているのよ。彼は若いころ、発明ばかりで会社の経営には疎かった。そのせいでとても苦労したのを、あなたも知っているでしょう」

章男は顕彰祭で散々聞かされてきた。

「自分と同じ苦労をさせず、心おきなく喜一郎さんに発明に取り組んでほしいから、利三郎さんを豊田家に迎え入れたに違いありません」

豊田利三郎はトヨタ自動車の初代社長だ。自動車部門に乗り出すときは反対しながらも、最終的には金を出した。喜一郎が病に倒れて亡くなった三ヵ月後に、あとを追うように息を引き取った。

「そもそも繊維織物などの紡織業は、景気に左右されやすい業種です」

タケ章男はつい語ってしまった。反動恐慌のことまで口走ってしまったが、いまこの体でこの世界にいるうちに、喜一郎の不安を取り除いてやりたかった。

「景気が悪くなってくると即座に大打撃を受けるのは紡織業なんです。そんなときに喜一郎さんは技術開発をいったんやめて、経済の先を読み、経営に専念できますか？」

　不安げな顔になった喜一郎を、タケ章男は勇気づける。

「大丈夫。あなたと利三郎さんの両輪でトヨタ——じゃなかった。豊田紡織は安泰ということです」

　喜一郎はようやく笑顔になり、婚礼が執り行われる神社へ向かった。

　タケ章男はどっと疲れてしまった。花嫁姿の愛子大おばさんを見たかったし、トヨタ自動車初代社長の豊田利三郎の姿を拝みたかった。あの佐吉翁までも、この世では生きて動き回っているのだ。

　章男は会いたくて仕方がないのだが、体が動かない。やがてひどく眠たくなってきた。目を閉じる。暗闇の中で、嫁が「お義母さん」と泣く声がうっすら聞こえる。


「大丈夫ですか！」

　花柄のワンピースを着た女性に声をかけられて、章男は目を覚ました。まるで現世のような恰好をした女性だ。それにしても首が痛いし、頭が重たい。女性が逆さまに見える。サイレンの音が聞こえてきた。

「もうすぐ救急車が来ますからね」

　章男は横転したクルマの中でひっくり返っていた。シートベルトをしているのでかろうじて体がシートにとどまっている。コロナ・ハードトップのハンドルを握っていた。

　——俺、戻ったのか。

　正確には夢から覚めたのだ。コロナを横転させてしまい、頭を打って気を失っていた。その間、自分は変な夢を見ていたのだろう。

章男は救急車で病院に運ばれたが、どこにも異常はなかった。警察署で取り調べに応じたあと、迎えに来た母のカローラで自宅に帰った。道中、相当に絞られた。

夕方、父が帰宅した。血相を変えてリビングに飛び込んでくる。章男を見るなり安堵した。

「病院に行ったら、豊田章男さんという人はいませんというから、てっきり……」

「生きてるよ、大袈裟な」

しかし、クルマを早速修理に出すことになった。父は全く怒らなかった。

「おじいさんもその昔、クルマをひっくり返したらしいからな」

章男は驚いて父を見つめた。当たり前だが、父には喜一郎の面影がある。二十一歳の喜一郎を思い出した。

首を傾げる。手のひらが、喜一郎の熱い手を覚えていた。干したての布団のにおいや紡織工場から聞こえるボイラーの音、土埃のひどかった当時の空気が夢とは思えないほどリアルに蘇ってきた。

「おじいさんはいつ車でひっくり返ったの？」

「確か、ひいおじいさんのお見舞いにいったときだったかな。覚王山の別荘の近くだよ」

章男が事故を起こしたのとほぼ同じ場所だ。佐吉翁が亡くなるころなら、祖父が三十代半ばのことか。

「今度会ったら、注意しておかなきゃ」

章男は思わずつぶやいた。父が怪訝そうに章男を見る。

「いやいや、何でもない。よく夢に出てくるんだ、おじいさんが」

父は遠い目になり、祖父の肖像写真を振り返った。

「夢に出てくるのか。会ったことがないのに」

喜一郎は章男が生まれる四年前に急逝している。脳溢血だったらしい。

「あれほど苦労して自動車事業を立ち上げたのに、戦争のせいでなかなか思うようにクルマを作れずに、しまいには……」

父はことあるごとに祖父の無念の話をする。これまで章男は大昔の話に興味はなかったが、今日は耳を傾ける。

「苦労してトヨタ自動車工業を設立したのに、太平洋戦争で挙母工場を国に取られてしまった」

挙母工場というのは、現在、トヨタ自動車の本社がある豊田市の本社工場のことだ。挙母は町から市になったあと、トヨタ自動車の企業城下町ということで、豊田市と名前を変えた。

「それまでも、軍用トラックばかりを作れと言われて、乗用車を作ることを禁じられてはいたが、おじいさんはあきらめずに乗用車の研究を進めていた。工場を取られてしまったらそれもままならない」

「おじいさんはなぜ乗用車にこだわっていたの？」

「国民に豊かになってもらうためだよ」

夢の中の喜一郎は、体つきは立派だったが、家庭内の出来事を気に病み、日本に自動車産業を興すなどという大それたことをする様子はなかった。

「おじいさんは時代に恵まれなかった。あと十年遅かったら、もっといい世界を見られたんじゃないかな」

トヨタのクルマがやがて世界にも輸出され、日本中の道路にトヨタの大衆車が走るのを見ることができただろう。

「戦争が終わったあと、すぐに乗用車を作れなかったの？」

「そもそも軍需工場にされてしまったからね。挙母工場にも大型爆弾を落とされた」

戦後は大混乱で食べ物もなかった。流通が滞り、配給も止まったからだろう。会社として生き残るため、喜一郎はさまざまな事業を提案した。

「それでお父さんはちくわ工場に？」

「いまのお前ぐらいのときだよ。稚内（わっかない）の水産工場で働かせてもらった」

冬は全てが凍てつく稚内の水産工場で働くことは辛かっただろうに、父は苦労を口にしたことはない。意外と楽しかったのかもしれない。

「おじいさんは会社を守ろうと必死だったけど、軍需工場だったから戦争責任があると危うく公職追放になりかけた」

当時の軍部から工場を取り上げられた挙げ句、戦争が終われば戦争責任を追及されるなんて、あまりに理不尽だ。

「そのときは会社の人たちが署名を集めてなんとかＧＨＱの追及を逃れられたんだが、今度は――」

まだ試練が続くのか。章男はすでに聞くのが辛くなっていた。夢の中とはいえ、つい半日前に青年の喜一郎と話をしたばかりなのだ。

「夕食ができましたよ」

二十子おばあさんが声をかけてきた。章男はリビングから食堂に移動しながら、祖母に話す。

「いまおじいさんの話を聞いてるんだよ。おばあちゃんも戦後は大変だった？」

あらあ、と二十子は少女のように笑った。暖炉の上の祖父を見て「おじいさん、話題になっていますよ」と微笑んだだけだ。辛苦を口にせず愚痴ひとつこぼさないのは、明治や大正生まれの人たちの気質だろうか。

父は酒を出した。苦労が報われずに亡くなった自分の父親の話をするときは、アルコールが必要なのかもしれない。

「戦後、今度はドッジ不況で経済は大混乱だったんだ」

インフレを抑えるためにGHQの経済顧問だったドッジが行った政策だ。急激なデフレに見舞われて企業が次々に倒産、失業者が続出した。

「そのころまだ自動車の公定価格が決められていて、価格を自由に設定できなかった。それなのに原材料費が高騰していたから、作れば作るほど大赤字になってしまった。いよいよ給料も遅れがちになり、おじいさんは毎日銀行に頭を下げて回っていたんだよ」

章男の手に、喜一郎の手の感触が蘇る。ものづくりが大好きだった青年が、何十年後かには会社のために銀行に頭を下げて回る——苦痛だっただろう。

「あのとき、おじいさんは高血圧にだいぶ苦しめられていた。ひいおじいさんのようにいつ倒れるか知れないから、ハイヤーも後部座席ではなく助手席に乗っていたんだよ」

後部座席だと意識を失っても気づかれないと思ったのだろう。

「利三郎おじさんも体調が悪かったし、経営や経理ができる人が次々と戦争や事故で亡くなって、おじいさんがひとりで全て背負っていた。銀行からは、当面の資金を貸す代わりにいろいろと条件をつけられた」

「工販分離だね」

クルマの売り上げをすぐ返済に回すため、販売部門が独立したのだ。トヨタ自動車販売という会社が新たに出来上がり、クルマを作るトヨタ自動車工業から切り離された。

「英二おじさんが、生木を裂かれるように辛かったと話していたね……」

いまでもトヨタ自動車販売は別会社で、分離されたままだ。

「極めつけが人員整理だな。原材料の入手が難しくてフル生産できなかっただけなのに、千六百人が余剰人員であると銀行側に指摘されてしまった」

これに労働組合は猛反発した。工場はストライキに突入し、またしても生産が止まってしまった。

このときの労働争議は凄まじく、英二おじさんも組合員につるし上げを食らったらしい。

「おじいさんは労働争議の混乱と人員削減の責任を取って、辞任した。自分が人生の時間の全てを注いで創った会社を追い出されたも同然だった」

章男は押し黙った。

「その後は石田退三さんが継いだ。覚えているか？　ミニカーを買ってくれた」

覚えている。優しかったが、章男の頭を撫でる手の力に厳しさも感じた。

「石田さんがトヨタを立て直してくれた。朝鮮特需があったのが大きいね」

朝鮮戦争で、米軍から軍用トラックの大量注文が入り、トヨタの業績はV字回復したらしい。喜一郎が辞任した二ヵ月後の話だ。

「悔しかったと思う」

普段は感情を表に出さない父が、無念そうに目を赤くした。

「悔しくて悔しくて頭にカーッと血がのぼって、病気がどんどん悪くなった。石田さんが父を社長に戻そうとしてくれて、社長復帰が決まっていたのに、その直前に死んでしまったんだ」

3、便所飯（昭和五十三〜五十五年）

章男は大学生になり、友人に誘われて始めたアイスホッケーに夢中になった。授業時間以外は朝から晩まで練習だ。試合や遠征で休日もない忙しさだった。

四年生になり、みな就職活動で忙しくしていたが、章男は米国の大学院に進学が決まっていた。勉強の時間以外はアイスホッケーに打ち込み、盆正月の八事への帰省のときまで、スティックとグローブ、パックを持ち帰るようになった。今日も駅まで母が迎えにきた。

「あんたはまた、背中になにを背負っているのよ」

スティックの入ったバッグを見て、母は呆れたように言う。アイスホッケーをやっていることは知っているのに、とりあえず章男の恰好にツッコミを入れないと気が済まないようだ。

「ここに持ち帰ってきたって練習できるところはないわよ。家でやらないでよ、床が傷つくわ」

「わかっているよ。だけど一日スティックを持たないと落ち着かない」

「まさかアイスホッケーとはね。お母さんはてっきり章男はレーサーにでもなるんだと思ってたわ」

子供のころに見た日本グランプリの影響もあり、章男は上京してからもよくサーキットに行ってレースを見ていた。

「俺がトヨタに入ったっていいことないだろ。どうせ御曹司だから入れたとか、縁故だろうとか言われるだけだ」

父もトヨタに入れと口にしたことは一度もない。

章男にはアイスホッケーしかなかった。クルマとは全くの無関係で、実力が全てのスポーツの世界にいるのは楽だった。アイスホッケーをしているときだけは、トヨタの御曹司と差別されることも優遇されることもない。章男の素の実力を評価してもらえる、唯一の世界だった。

母は帰路、スーパーに立ち寄った。章男は隣の本屋の店頭で『トヨタ生産方式』という本を見つけた。大野耐一（おおのたいいち）というトヨタの社員が書いた本だった。手に取ってパラパラとめくる。大野はこの本にあるトヨタ生産方式は自分が考えたものではなく、創業者の豊田喜一郎の『ジャスト・イン・タイム』の考えがもとになっていると断っていた。

夕食の時間まで、章男は購入した大野耐一の本を読んでいた。母が夕食を準備しながら、「お父さんに聞けばいいのに」と笑っていた。

「この大野さんという人は、おじいさんのことを尊敬しているみたいだね。嬉しくなるよ」

帰宅した父は、章男が『トヨタ生産方式』を読んでいるのを見て、わざと怖い顔をした。

「大野さんは厳しい人だぞ。口髭にぎょろりとした目をしてね。入社は豊田紡織だったんだ」

戦中にトヨタ自動車に転籍し、戦後間もなく工場長になったらしい。

「原価低減にカイゼンがモットーだから、とにかく工場内で無駄を見つけると無茶苦茶怒って指導していた。現場からは恨まれてたよ」

労働争議が起こったときは、大野を狙って不良品の鋳造物が落ちてきたこともあったという。

「それって殺人未遂じゃないか」

「恐ろしい時代だったなぁ」

父は呑気に笑った。章男は食卓につき、父のお猪口に酒を注いだ。

「会社はどうなの」

「大変だ」

トヨタは生産工場を次々と建設し、国内は敵なしだ。最高生産台数を更新し続けている。世界を見れば、あと上にいるのは米国のビッグスリー、ゼネラルモーターズとフォード、クライスラーだけだった。

一見、なにも悪いことはないように見える。みなトヨタの強さの秘訣(ひけつ)を知りたがる。それで『トヨタ生産方式』なるものが本になったのだろうが、父がはしゃぐことも安堵する様子もない。

「排ガス規制をようやくクリアできそうだと思ったら、また中東のほうがきなくさい。第二次オイルショックが来るかもしれない。関税も撤廃された。外国車と同じ土俵で戦っている真っ最中だ。年度末に数字を見るのが恐ろしいよ」

父は、トヨタがいつ潰れてしまうかと言わんばかりの深刻さだ。トヨタが倒産するかもしれないと思いながら働いている従業員はいなそうだし、そう思っている国民もいないだろうに、父が余裕そうにふんぞり返ることはない。子供のころはそんな父が不思議だった。

章男はアイスホッケーを始めて、父の気持ちがわかるようになった。一年生、二年生のときは下っ端で試合に出られなかったが、三年生あたりからポジションを取れるようになった。以降は、ポジションを後輩に取られまいと、それまで以上に練習するようになった。

上を目指しているときのほうが楽なのかもしれない。上り詰めてからの、落ちるかもしれないという恐怖は計り知れない。章男が盆でも正月でも練習するのはそのためだ。一日たりとも練習を休めなかった。休んだら終わりだとすら思うこともある。

テレビのニュース番組が、国会で野党が総理大臣を追及している様子を流していた。手に持っているのは、大野耐一の『トヨタ生産方式』だった。

「トヨタ自動車は現在、二千億円の利益を上げていますが、その陰でトヨタ生産方式なる効率重視の労働強化を強いられ、現場は苦しんでいます。どれだけの下請け業者が泣いているか、総理はご存じですか！」

章男は思わず、テレビの向こうに反論した。

「トヨタ生産方式は労働強化じゃない。従業員を楽にして早く仕事を終えるためのシステムなのに、なにを言っているんだ、この議員は」

著書をきちんと読んでいないのだろう。母は心配そうだ。

「英二さんは排ガス規制の対策で国会に招致されたわよね。この件は大丈夫かしら」

父は反論も心配も口にすることはなく、ただぽつりと言った。

「この議員は失礼だね。下請け業者だなんて言葉をトヨタでは使わないよ」

部品を製造する関連企業のことを、トヨタでは協力会社と呼ぶのだそうだ。

「協力してくれているみなさんを下請け業者だなんて。そんな言い方は失礼だから、使ったことはないけどなぁ」

夏休みの終わり、とある大学の同好会と練習試合があった。章男が所属しているのは大学の正式な部で、関東リーグにも出ている。お遊びサークルのチームと試合をやることはめったにないが、リンク代が相手持ちで日程も空いていたので試合をすることになった。

相手チームは同好会だからか、ちゃらちゃらしていた。応援の女子大生たちが大挙して押しかけて、変な空気だった。チームメイトのディフェンスが首の骨を鳴らす。

「ホッケーはお遊びじゃないと教えてやんなきゃな」

試合のホイッスルが鳴った。センターフォワードの章男は途端に相手チームに囲まれる。パックを持っているのはウィングなのに、三人がつきまとった。かわしてウィングのもとへ急いだとき、相手チームの選手ともつれて章男は滑る。思わず声を荒らげた。

「すみません、お手柔らかに」

章男をマークしていた三人は素直に謝った。相手のセンターフォワードがパックをウィングにパスするところだった。章男はすぐさまパックを奪い、そのままゴールを決めた。

観客席からため息が漏れた。「死ね、トヨタ」と聞こえた気がする。驚いて振り返ったが、誰が言ったのかはわからなかった。

ディフェンスが相手のパックを奪い、ウィングにパスする。ウィングがセンターフォワードの章男を見た瞬間、章男は五人の選手に囲まれた。いくらなんでもマークがきつすぎる。もみ合いになったとき、相手チームの三人がすっ転んだ。章男は残り二人も振り切って、ウィングからパックを受けた。何人もが向かってくるが、スピードは遅い。章男はウィングにパックを戻し、ゴール前へいっきに滑走した。ウィングが再びパックをパスするのを期待しながら振り返った。三人の選手が章男のところへなだれ込んできて、共倒れになった。

ラフプレーだ。審判も注意した。相手選手は謝るが、表情はへらへらしている。

「まあそうカッカしない。トヨタさんは日本一なんだから！」

観客席からもトヨタへの野次が飛んだ。スポーツの場でトヨタのことを持ち出されるとは思っておらず、悔しくて歯を食いしばる。

章男はその後も何度もラフプレーに遭った。イライラしたまま後半戦に突入する。章男は再びマークされる。小競り合いのたびに「トヨタをやっつけろ」のコールが観客席から上がった。チームメイトはため息をついていた。

「うちはトヨタ自動車のチームじゃないぞ」

あからさまなボディコンタクトが続いた。仏の顔も三度、だ。四度目の接触で、章男はとうとうキレた。

「やるのか、こら！」

ファイティングだ。北米のアイスホッケーでは、一対一で素手ならば殴り合いが許される。日本では認められていないが、章男はスティックを投げてグローブを脱ぎ、ファイティングポーズを取った。相手は止めに入った審判を突き飛ばし、素手で殴りかかってきた。よけようとしたとき、背後から誰かに押された。章男はバランスを崩して滑ってしまった。相手選手に一方的に殴られる。ようやく審判が止めに入った。章男は口の中から血が滲むのを感じながら、叫んだ。

「背後から別の選手がどつくのは北米のファイティングでもルール違反だぞ！」

章男の抗議は観客席の歓声にかき消された。

「巨悪トヨタをやっつけたぞ！」

試合は八対〇で章男のチームの圧勝だったが、勝った気がしない。控室で思わずスティックを膝でへし折った。ウィングが肩を叩く。

「気にするな、豊田。トヨタは大きい会社だから、嫉妬しているんだ」

「俺はトヨタ自動車とはなんの関係もない！」

ゴールキーパーが鼻で笑った。

「なんの関係もないわけはないだろ。息子なんだから」

「氷上では関係ないだろう」

「あるかもよ。怒り任せにスティックを折っても、お父さんがお金持ちだから湯水のごとくスティックを買い替えられるだろ」

言ったのは、スタメン落ちし続けている同級生だった。章男は思わず立ち向かう。

「やめろって。仲間に八つ当たりしてどうするんだ」

ゴールキーパーが止めた。

「していない。あいつが余計なことを……」

「ちょっと頭を冷やしてこい」

自分が悪いというのか。章男は腹が立ち、控室を出ていった。あてもなくリンク会場を突っ切り、目の前にある扉を出る。駐車場だった。さっきの同好会チームが遠征バスに乗り込み、帰るところだった。トヨタのハイエースに乗っていた。章男はばかばかしくなってくる。

「結局、トヨタ車に乗るのかよ」

控室に戻って昼飯にすることにした。章男は売店に立ち寄り、弁当と茶を買って控室に戻る。扉を開けようとして、チームメイトたちの悪口が聞こえてきた。

「トヨタの御曹司なら、今日みたいなことだってあるだろう。いちいちカッカしやがって」

「あれくらい我慢しろよな。いずれ巨大企業の社長の座をなんの努力もせずに手に入れるんだ」

章男は踵を返した。冷静になろうと、悠然と歩いているつもりが、こみ上げる感情を抑えられなくなる。リンクのロビーは人でいっぱいになっていた。午後から開放されるので、一般客が押し寄せていた。誰も章男を見ていないのに、ざわめきが全て自分への誹謗中傷に聞こえる。

「トヨタの子」「わがまま御曹司」「苦労知らずのボンボン」

あいているベンチに座った。弁当を食ってしまおうと思ったが、人々の視線が気になった。スポーツの世界でなら、フェアに自分を見てもらえると思っていた。

トヨタ自動車という会社を知らない人ばかりの世界に行きたかった。トヨタのクルマが走っていない国に行きたい。人が怖かった。章男はみなのことを知らないのに、なぜかみなは章男のことを知っている。そして章男がどういう人間か知らないくせに、苦労知らずの御曹司と決めつけた。

消えてしまいたい。

章男は男子トイレの個室に逃げ込んだ。便座の蓋の上に座る。十分ぐらい感情を堪えていたら、ぐうとお腹が鳴った。

章男は便所で弁当を食った。

章男は『トヨタ』から逃げ出すように日本を出国し、米国のボストン郊外にある大学院に留学した。広大なキャンパスにはバスが走り、スケートリンクもある。朝はスポーツジムで体を鍛え、昼間は勉学に励み、夕方からアイスホッケーの練習に打ち込む。

いまのところトヨタの子であることはバレていなかった。

章男は生まれて初めて、普通の人らしい時間を過ごしている。アメリカでの暮らしにクルマは必須だ。道路は広くて走りやすい。日本の路地裏のような狭く入り組んだ道を走ることもないので、章男は思い切ってマスタングを買って乗り回した。日本では無駄にデカいだけの派手なクルマだが、壮大なアメリカにはぴったりだった。

とにかくアメリカは広い。なにもない草っぱらのハイウェイを飛ばしてしばらくすると、開発されたショッピングモールがある。ダウンタウンやビジネス街は、またハイウェイをかっ飛ばして全く違う場所にあるのがアメリカだった。思い付きで街づくりをしたかのようだ。

マスタングは燃費も悪い。故障も多かった。しょっちゅう販売店へ修理に持ち込む。通称『オートモービル・ブールバード』と呼ばれる通りにあった。各メーカーの正規ディーラーだけでなく、中古車販売店やカー用品専門店が軒を連ねる。クルマ関係のものは何でも手に入るが、章男は目にしたくないものを見てしまう。

『TOYOTA』の販売店だ。

米国トヨタ自動車販売は昭和三十二年、章男が一歳のときに設立され、日本から輸出したクルマを販売していた。ディーラーもメカニックもアメリカ人なのだが、店舗にはカローラにクラウン、コロナやセリカが並ぶ。

——俺には関係ない。

章男はいつもトヨタの販売店を見て見ぬふりをしていた。

ある朝、日本にいる母から電話がかかってきた。やけに章男の米国生活を心配する。日米貿易摩擦の影響で、デトロイトではトヨタ車がハンマーで叩き潰されているというニュースが、日本で頻繁に報道されているようだ。デトロイトは米国の自動車産業の中心だ。大量の労働者がレイオフされたり解雇されたりして、路頭に迷っているらしかった。

「ボストンは静かなもんだよ。それよりトヨタはどう。相変わらず絶好調なの？」

「そう見えるだけ。いつもどおりよ」

「排ガス規制はクリアしたんだろ？　トヨタ生産方式が労働強化だという誤解もさほど広がらなかっ

たし、関税が撤廃されてもトヨタ車の売り上げは落ちるどころか、右肩上がりじゃないか」

「だけどね、米国のビッグスリーは上半期に軒並み赤字転落らしいのよ」

章男は驚いた。

「ビッグスリーまでもが赤字？　ＧＭなんて創業以来、赤字を出したことがないはずだよ」

「でも出したのよ。第二次オイルショックのせいでしょうね」

トヨタはよく踏ん張っているが、それが問題なのだと母は心配する。

「くれぐれも気をつけてね。デトロイトの暴動がいつボストンにも飛び火するかわからないわ」


夕方、章男はリンクへ練習に行く前に買い物をかねてショッピングモールへ足を延ばした。途中、オートモービル・ブールバードを通る。前方に黒い煙が上がっていた。

背後からサイレンの音が聞こえてきた。青い回転灯が光をまき散らしながら、章男のマスタングを一瞬で追い越す。時速二百キロ近く出ていそうだ。緊急車両とはいえ、日本のパトカーはあそこまでスピードを出さない。

章男はマスタングを徐行させながら先を進んだ。黒い煙を上げているのは、トヨタのディーラーだった。壁に掲げられたＴＯＹＯＴＡのアルファベットの看板を、梯子（はしご）に登ったアメリカ人男性がハンマーで叩き壊していた。

軒先に並んでいた新車も破壊し尽くされていた。カローラだけでなく、愛着のあるコロナや憧れのセリカも、バットでフロントガラスを叩き壊されている。

カローラが鉄パイプをヘッドライトに突き刺したまま、沈黙していた。コロナはルーフにハンマーを振り下ろされ、徐々にへこんでいく。勝手にセリカを乗り回しクラウンにぶつける暴徒もいた。火を放たれて黒く焦げていくのはターセルだ。暴徒たちが笑いながら逃げていく。

米国人ディーラーやメカニックは、その様子を遠巻きに見ているだけだった。警察官が駆けつけて、職員たちを避難させた。暴徒が五十人以上いるせいか、警察官が六人到着したところで、厳しく取り締まる様子はない。「やりすぎるなよ」くらいにしか言っていなかった。

トヨタのクルマたちは破壊される一方だった。章男はマスタングから降りて呆然と見つめた。

「アー・ユー・ファッキン・ジャップ？」

看板を壊していた男が梯子から下りてきて、章男に迫った。警察官たちが間に入る。

「見ろ、彼はマスタングに乗っている」

仲間だと言わんばかりに章男の肩を抱いた。章男は無言でマスタングに戻った。これを購入した中古車ディーラーは五百メートル先にある。タイ系米国人が経営する店だ。

タイ人のディーラーは通りまで出て、心配そうに黒い煙の出ているトヨタ販売店を見つめていた。章男を見るなり、「テリブル」と嘆いてみせる。彼は章男がトヨタ自動車創業家の人間だとは知らないが、日本人だとはわかっている。

「日本車のせいで自分の仕事がなくなったとビッグスリーの連中は思っているんだろうが、トヨタからしたらいい迷惑だよなぁ。トヨタはいいクルマを作っているだけだ」

店主の言葉が嬉しい。章男はつい前のめりになった。

「いい日本車がないかな。腹が立ってしょうがない。アメ車なんか乗ってたまるか」

タイ人店主は大笑いした。

「ナイスタイミング。先週いい輸入車が手に入ってな。今日か明日にも表に出す予定だったんだ」

ガレージのシャッターを開けた。ハッと息を呑むほど美しいクルマがそこにいた。

「カローラ1600GT。クールだろう」

米国では販売されていなかったはずだが、日本車好きの米国人オーナーが個人輸入したものらしかった。

愛嬌のある丸い四つ目をしているが、セダンボディの直線的な形と尖った鼻先が上品だ。フロントグリルにつけられた赤い『GT』の文字に章男は心をわしづかみにされる。素晴らしい出会いだった。

促され、章男は運転席に座った。扉を閉めたら外の喧騒が遠のき、クルマと章男だけの時間が流れる。一目惚れとはこのことだ。もう二度と離したくない。ハンドルを握り章男は誓う。

——やっぱり俺はトヨタ車が好きだ。

「これ、いくらだ？」


章男は寝ても覚めてもカローラ1600GTと過ごした。

「やっぱりトヨタ車は違うよ。乗り心地がいい。ガソリンをがぶ飲みもしない」

章男はドライブの最中にひとり上機嫌にしゃべった。今日はスケートリンクが閉館している。夕食を摂ったがまだ八時だったので、港までドライブすることにした。ワシントンストリートを北上し、州間高速道路90号に入った。

合流するとき、黒い怪物みたいなクルマと競ってしまった。いつもなら強引に入ることはしないが、先日、トヨタの販売店への襲撃を見て巨大なアメ車に嫌悪感を持っていた。

しばらく走っていると、バックミラーに何度も後続車のハイビームが反射した。先ほどの黒いアメ車が章男のカローラをあおっていた。ピタリと背後につけている。少しでも減速したら衝突だ。章男はギアを換えて加速したが、振り切れない。

やがてアメ車はカローラの真横につけた。シボレーのカマロだ。艶消し加工されたボディは闇に溶け込み、一層不気味に見えた。中には四人組のマッチョなアメリカ人が乗っていた。章男を見るやタトゥだらけの腕を出し、中指を立てる。

「ファッキン・ジャップ！」

後部座席にいたロングヘアの男は髪をなびかせながら、カローラに煙草を投げつけてきた。こういうときは英語で怒るとバカにされる。章男は日本語で罵倒した。

「ふざけんなよ、金髪豚野郎！」

「ホワット⁉」

「英語しかしゃべれないくせに威張るな！」

ハンドルを左手で握りながら、章男は右手の人差し指をこめかみにあて、くるくるパーの仕草をしてみせた。

カマロの男たちは顔を真っ赤にして怒り出した。どうやらなにかが伝わってしまったらしい。突如、左へ急ハンドルを切ってカローラに接近してきた。カマロに体当たりされたらカローラはひとたまりもない。出口のサインが見えてきた。直前で車線を変えて、章男はハイウェイを下りた。しばらく道沿いを走る。カマロはもう見えない。ホッとする。

チャールズ川のほとりに出た。海までそう遠くない。河口付近だから流れは穏やかだ。川幅も広く遊歩道を散歩するカップルが目についた。火照った頭を冷やそうと、章男は川べりの路肩にクルマを停めた。エンジンを切った直後、背後から急加速してきたカマロがピタリとカローラの左側につけた。降りてきた男たちに、章男はカローラから引きずり出された。

「ジャップが偉そうにアメリカを走るな！」

「敗戦国め、日本へ帰れ！」

章男はチャールズ川に投げ込まれた。

ずーん、と水の中を沈んでいく。章男はもがいて川面に出た。河口付近だからか川の流れはゆったりしている。

「死ぬかと思った！」

叫び声は女みたいに甲高く聞こえた。水が口の中に入り、ひりひりと痛む。どうしてか水がしょっぱかった。海水と混ざっているのだろうか。章男は川べりを目指して泳ごうとした。

目の前に巨大な船がいた。

対岸がなく見渡す限り水面が広がっている。チャールズ川はこんなに広かっただろうか。川沿いにハイウェイが走っているはずだが、その照明も見えない。満天の星が浮かんでいる。星空と水面の境界線があいまいだ。どこにも陸や建物が見えない。まさかマサチューセッツ湾まで流されたのか。湾内なら建物の影や航空障害灯が見えるはずだが、それもない。大西洋まで漂流したとでもいうのか。大型船の甲板にかなりの人の姿が見える。客船だろうか。

「おい、助けてくれ！」

恐怖で声が上ずる。救命ボートがやってきた。海兵隊のようなセーラー服姿の男たちが乗っている。米海兵隊かと思ったが、全員日本人だった。

わけがわからないまま章男は救命ボートに助け上げられた。体が重い。白いフリフリのドレスをまとっていた。

「なんだよこれは！」

自分は上下ジャージ姿だったはずだ。スティックを握るまめだらけの手は、いまは小さくて薄っぺらく、指が長かった。右足にハイヒールが嵌まっていた。

頭に重量を感じていたが、長い髪のせいだった。ブロンドのロングヘアだ。混乱したまま、救命ボートに助けられ、大型客船に引きあげられた。燕尾服（えんびふく）のようなジャケットを着てロングブーツを履いた紳士に抱きしめられる。小さな帽子を頭に載せた白人女性が「オーマイガ、キャシー！」と感涙しながら章男の頰を撫でた。

——まただ。またアレが起こったのだ。

章男は見知らぬ欧米人たちに代わる代わる抱きしめられ、ぶちゅぶちゅとキスをされた。

「くっそー！　いつの時代のどこの誰でどこの船だ、この野郎！」

思わず叫んだ。女性の家族が嘆く。

「ひどい日本語だわ」

「頭を打ったのかしら」

口々に英語で言い合い、かわいそうにと章男を抱きしめる。章男は甲板の角で、毛布を持って佇む日本人男性を見つけた。髪を七三に分け、ワイシャツ姿でサスペンダーをつけていた。

——おじいさんだ。

章男は思わず立ち止まった。またしても祖父、豊田喜一郎に夢で会ってしまった。

目の前のおじいさんは若くて気品がある。なめらかな英語で「これをどうぞ」と言い、章男の肩に毛布をかけてくれた。

「セ、センキュ……」

章男は頭を下げた。祖父といたかったのだが、章男は欧米人一家に手を引かれ、救護室に連れていかれた。

母親や姉と思しき人や看護婦に囲まれる。あっという間に濡れたドレスを脱がされた。

「風邪をひくからね、キャシー。急いで着替えて体を温めなきゃ」

救護室にはボイラーがあり、温風がまき散らされている。いつの時代のどんな人物の体の中にいるのか早急に把握せねばならない。

「あの、私はキャシーというの?」

姉らしき人が変な顔で章男を見た。

「あなたはキャサリン・モスよ。名前を忘れてしまったというの」

「頭を打ったか、海水を飲みすぎてしまって、なんだか頭がぼんやりするの……」

コルセットを脱がされ、全裸にされた。章男は天井を見た。目のやり場に困ってしまう。

同じ船に喜一郎が乗っている。会いに行き、話をしたい。山田タケの体に入ってしまったときのように、うまくこの時代の人間になりきらなくてはならない。章男は言い聞かせた。俺は——いや私はキャサリン・モス。キャサリン章男。

「この船はどこへ向かっているのかしら」

キャサリンの母親が大きなタオルで章男を包む。胸や股の間に容赦なくタオルが入ってきてごしごしとこすられた。

「サンフランシスコよ。三日前に横浜から出港したでしょう?」

「そ、そうだったわね。旅行で横浜に来ていたのよね」

姉が正面からキャサリン章男を覗き込んだ。

「私たちは横浜育ちよ。なにを言っているの」

「そうだったわ。お父様の仕事の都合だったかしら……横浜育ちよね」

章男は「そうだった、そうだった」と日本語で言ってみた。姉はなめらかな日本語でキャサリン章男に言う。

「しっかりしなさいよ。これからサンフランシスコに帰って、おばあさまの家から音楽学校に通うと決めたんでしょう」

章男は必死に状況を頭に叩きこんだ。

「私たちはすぐに横浜に帰ってしまうのよ。お父さんの仕事を手伝わなきゃならないし」

「そうだわね、お姉さまはお父さんの仕事を……なんの仕事だったかしら」

「私は時計の担当だけれど、お父様は小麦粉よ。未だに小麦粉にこだわっているけれど、これからは工業製品だということをお父様はわかっていない。日本人は欧米の工業製品を高く買うのに、二言目には小麦粉小麦粉。バカみたい」

一家は貿易商だろうか。ようやく下着のようなものをつけてもらえた。キャサリン章男はホッとしたが、コルセットを腰に巻かれてウェストをぎゅうぎゅうと絞りあげられる。飲んでしまった海水がせり上がってきて、喉にしみる。看護婦が水の入ったコップを持ってきてくれた。

「ところで、いまは明治――いえ西暦何年かしら」

英語で尋ねた。姉が答える。

「大正十年。一九二一年よ」

すると祖父はいま二十七歳か。東京帝国大――いまでいう東京大学の工学部を卒業し、法律も学んだあと、名古屋に帰って豊田紡織に就職したころだ。就職してすぐに愛子大おばあさんとその夫の利三郎らの三人で欧米視察に行く。恐らくここはその船の中だ。

「キャシー。落ち着いたようだから改めて訊くけど、なぜこんなことになったの!」

母親が怒り出した。姉が前に出る。

「私のせいなの。今日はキャシーの二十歳のお祝いの日よ。お酒ぐらい、と思って……」

キャサリン章男は姉と共に母親に叱られる。

「家族でお祝いをしたのにまだ足りずに、姉妹揃って部屋を抜け出したということなの？」

「私の半分も飲んでいないのに、酔っぱらって甲板の手すりで踊り出すなんて思いもよらないわ」

キャサリン章男はそれとなく喜一郎との関係を訊いてみる。

「私に毛布をくれた男性は？　落ちる直前まで一緒にいたのかしら」

「いいえ、全く知らない人だわ。心配してきてくれたのじゃないかしら」

横浜を出港してから、キャサリン・モスと喜一郎に関係はなかったようだ。

「客船で大きな騒ぎを起こしてしまったんです。今晩は一歩も外に出てはいけません！」

母と姉は父と一緒に船長に謝りに行き、キャサリン章男は船室に取り残された。チェストのランプをつける。オレンジ色の明かりに、アールデコ調に装飾された船内が浮かび上がった。ヨーロッパの貴族になったような気分だ。

どうせ夢だ。いずれ覚めるのならこのまま寝てしまおうと思ったが、覚醒したら自分はどうなっているのだろう。章男は不良白人たちに絡まれてチャールズ川に投げ込まれたのだ。覚悟して目覚めねばならない。

天井には石膏（せっこう）のレリーフがついている。シャンデリアが似合いそうな天井だが、明かりは埋め込まれていた。海は凪（な）いでいても、この時代の大型客船は少し揺れる。ソファやテーブルも床に固定されていた。

目を閉じる。ゆりかごの中にいるようだ。瞼の裏に、二十七歳の喜一郎が浮かぶ。日本の最高学府で学び終えた超エリートだ。それなのに、下階甲板で、毛布を持って立っていた。乗船客の落水に気がついて、思わず助けにきた様子だった。なんて優しい人だろう。

キャサリン章男は身を起こした。

「会いたいに決まってるじゃないか！」

ソファから立ち上がり、鏡で自分の顔を確かめる。髪をおろしたままだ。髪飾りはあるが使い方がわからなかった。とりあえず櫛（くし）で髪をすいて整えた。化粧をしたほうがいいだろうか。しかし化粧品の使い方がわからない。口紅だけはつけてみた。いま着用している服は首回りや胸の谷間が丸出しだ。クローゼットをあさり、ショールを巻いた。シルクの手袋のようなものもあった。つけたほうがいいのか。高級品か肌触りはよかった。

「ま、これでいいか」

キャサリン章男は船室をこっそり抜け出して、喜一郎を探した。これまで夢の中で二度も喜一郎と対面しているが、こんなふうに心がよじれたような気持ちになるのは初めてだった。どうして足が急いてしまうのだろう。不思議に思いながら喜一郎を探した。

彼はダンスホールのテーブルで酒を飲んでいた。後ろ姿ですぐに喜一郎とわかった。正面に座るのは、トヨタ自動車の初代社長の豊田利三郎だ。

利三郎は、頭髪がなく険しい顔した肖像写真がよく知られている。いまはまだ三十代中盤くらいだろうか。黒々とした髪を横に分けている。キャサリン章男に気づくや、面白そうに微笑み返してきた。喜一郎の腕をつついて、こちらを顎で指す。

喜一郎が振り返る。キャサリン章男は火照ったような気持ちになる。カローラ1600GTをガレージで見た瞬間とよく似ている。体が女だから、こんな気持ちになってしまうのだろうか。

喜一郎は慌てた様子で立ち上がり、一礼した。キャサリン章男も頭を下げる。

「ほなら、あとはごゆっくり」

利三郎がにたりと笑って立ち去った。喜一郎が椅子を引いてくれた。キャサリン章男は座ろうとしたが、レコードをかけて騒いでいた若い欧米女性に捕まった。バイオリンを押し付けられる。

「キャシー、いいところに来たわ。一曲弾いてくださらない？　レコードには飽きちゃって」

キャサリン章男は慌てて断った。

「バイオリンなど弾いたことは……」

章男はないが、キャサリンは音楽学校に入学すると話していた。欧米女性は途端にいじわるな顔をした。

「あら。名門音楽学校に合格したというのは、嘘でしたの」

章男はカチンときてバイオリンを受け取ってしまった。そのボディに触れた途端、自然と体が動き出した。無意識のうちにバイオリンを顎と肩で挟み、調律を始めていた。

――弾けるのか⁉

弓の持ち方すら知らないはずなのに、なめらかにバッハのメヌエットを奏でていた。夢の中の章男はキャサリンの体ごと能力を使えるらしい。キャサリンをけしかけた女性はキャサリン章男のメヌエットを「子供が演奏する曲だわ」と鼻で笑っていた。喜一郎は立ち上がって拍手してくれた。嬉しくて恥ずかしい。どうしたらいいのかわからないまま、喜一郎のテーブルに座った。

「先ほどは、毛布をありがとうございました。とても暖かかったです。あの、お名前は」

知っているが、尋ねた。

「豊田喜一郎といいます。あなたは」

「キャサリン・モスです。私は横浜育ちなので、日本語を話せます」

思い切って日本語で伝えた。

「どうりで日本語がお上手だと思ったんです。溺れていたとき、日本語で叫んでいたでしょう」

――確かにそうだったかもしれない。

「咄嗟に日本語が出るということは、日本育ちの西洋の方なのかなと思っておりました」

「そうなんです。父が横浜で貿易商をしています」

キャサリンの姉がこぼしていた愚痴をアレンジする。

「でも小麦粉ばっかり。日本は近代化しているのだから、私は時計の輸出をもっと進めたらいいのにと思っているんです」

　喜一郎は興味深そうに聞いている。彼の仕事に話を持っていく。

「僕は豊田紡織という、繊維紡織会社で働いております。まだ下っ端ですが」

　喜一郎の口から当時の話をいくらでも聞きたい。キャサリン章男は質問を重ねた。

「豊田紡織は父が起こした会社なんです。僕は苦労知らずの御曹司というわけです」

　喜一郎の表情に苦々しいものが浮かぶ。章男がしてきた苦労を、偉大な発明王の御曹司である喜一郎も味わっているらしかった。

　――そうか。彼もまた、トヨタの子として苦しんでいたのだ。

「よくわかります。私もどこへ行っても〝恵まれた御曹司〟扱いで」

　喜一郎はくすくすと笑った。

「あなたは女性ですから、ご令嬢ではないですか」

「やだ私ったら、日本語がたまにおかしくなっちゃう」

　喜一郎がうっすらと微笑んだ。キャサリン章男はその穏やかな横顔に見とれてしまう。

「父は織機の開発をしているんです。僕は紡績、糸を作る工場で研修している最中です。うまくはいっていませんが」

　喜一郎は後にスーパーハイドラフト精紡機という素晴らしい機械を開発している。G型自動織機も、佐吉翁の功績とされているが、実際に成し遂げたのは喜一郎と、鈴木利蔵や大島理三郎など佐吉の薫陶を受けた仲間たちだ。喜一郎はさらに三十代の後半でトヨタ自動車を立ち上げるのだ。日本に自動車産業の基盤を作り上げる。

　御曹司と言われて育ち、章男はだいぶひねくれてしまったと自覚しているが、喜一郎にはそんな様子がなく、穏やかで淡々としている。

どうしよう。本気で好きになってしまいそうだ。章男はこのまま目が覚めなければいいと思った。このままキャサリン・モスとして、喜一郎のそばで生きていきたい。どうせ目覚めても白人たちに絡まれてチャールズ川に投げ込まれる。日本に戻ったところで『トヨタ』がついて回り、生きづらいだけだった。

喜一郎はぽつりぽつりと、会社の話をしていた。

「僕にはそのつもりがないのですが、やはり工員から見たら僕は工場主の息子で、とっつきにくいのかもしれません。まともそうな人ほど避けるんですよ。工場主の息子に取り入ろうとしていると思われるのが嫌なんでしょう」

近づいてくる人は給与の前借りをねだるとか、出世を狙っているなど、下心がある人ばかりだという。

「僕が工員の食堂に入ると空気が変わってしまう。査定だと勘違いされる。僕はただ、みなと同じように工場でゼロから学びたいだけなんですが」

喜一郎はそこまでいっきに言うと、はたと口をつぐんだ。

「すみません。初対面の人に愚痴をこぼすなんて、男らしくないですね」

「いいのよ。何でも言って。私はあなたの気持ちがすごくよくわかるもの。私だって、わがままお嬢様のレッテルを貼られて人の目が気になって仕方がない」

「わかります。僕はいよいよ食堂で食事ができなくなって、いまや誰もいない真っ暗な倉庫で昼飯を食っています」

「私もよ！　トイレで食べたことだってあるもの」

喜一郎は目を丸くした。

「トイレというのは、トイレット、つまり厠のことですか」

この時代はまだくみ取り式便所か。便壺が真下に見える。さすがにどれだけ孤独でも厠で食事はおかしいか。キャサリン章男は慌てて言い訳した。

「あの、米国のトイレは水洗できれいなんです。日本のぼっとん便所とはちょっと違うの」

この時代の米国のトイレ事情を知らないが、その場しのぎで章男は言った。

「そうなんですか……。僕はあまりトイレットのことを気にしたことはないのですが、この先の周遊でトイレットを視察して回るのも面白そうだな」

キャサリン章男は慌てた。

「ダメよ、あなたは、自動織機や新型紡績機を開発しなくてはならないの」

思わず前のめりになったとき、キャサリン章男は無意識に喜一郎の手を握っていた。喜一郎は驚いた様子だが、拒否はしなかった。喜一郎の指先は今日もインクで汚れている。昔と違うのは、油の跡が爪の周りに残っていることだった。皮も分厚くなっている。豊田紡織に就職し、毎日、技術開発にいそしんでいるのだろう。

喜一郎が手を握り返してきた。

「——踊りませんか」

ダンスホールでは、欧米の若者たちがジャズのレコードをかけて踊っていた。

キャサリン章男は喜一郎に促されるまま、ダンスホールに出た。

「やだわ、私、スリッパのまま……」

キャサリン章男はあたふたしたが、喜一郎がしっかりとダンスのリードを取ってくれた。顔を上げると、すぐ目の前に喜一郎の顎が見える。緊張はしなかった。祖父だからだろうか。両親に手を取られているときのような安心感があった。

ダンスホールに陣取っていた若者たちが、ムーディなメロディのレコードをかけた。蓄音機ならではの雑音とたまに飛ぶ音が、やけに居心地よく感じられた。

――ずっとそばにいられたらいいのに。

キャサリン章男は喜一郎に身を任せたまま、再びそんなふうに思ってしまう。帰りたくない。

「喜一郎さんは、いま、おいくつなの」

もはや勝手にキャサリンの体が女としてしゃべっていた。

「僕は二十七歳です」

「そう……結婚のご予定は？」

二十子おばあさんといつ結婚したのか、章男はよく知らない。

「いえ、ないです。両親が決めることですから」

「喜一郎さんは、自由恋愛はしないの？」

喜一郎はとても驚いた様子で、キャサリン章男の顔を覗き込んできた。しばしお互いに言葉もなく、見つめ合ってしまった。

――ダメだ。俺は、祖父を。


体をぎゅうぎゅうに押しつぶされている。章男は目が覚めた瞬間に混乱に陥った。ここはどこだ。なにがどうなっているのか。背後の壁に体を押し付けられている。だが自分の体を押し付けているものは見えない。まるで壁に背中を吸われているようだった。巨大な掃除機の中にいるのか。いや違う、体が壁にピタリとくっついたままじりじりと体が浮いていく――遠心力だ。体にとてつもない遠心力がかかっていて、身動きが取れない。

「どうなっているんだ！」

突如、体が遠心力から解放され、章男は冷たいコンクリートの床に落ちた。八事の実家の物置部屋だ。据え付けの棚やそこにあったものが消え失せている。がらんどうの空間になっていた。

エンジンが封印された木箱だけが、部屋の真ん中に残されている。

木箱は、血を滴らしたように釘から錆が出ていた。章男が破いたはずのお札が、いまはきれいに四隅に貼られている――と思ったら一枚ずつお札が勝手に破れていく。箱の蓋がズレて小さな手が伸びてきた。章男は悲鳴を上げて飛びのいた。

「覗いてごらん」

子供の声がした。

「アキオ、覗いてごらん」

ランチェスターのエンジンが入った箱のそばに、子供が微笑み座っていた。悪意はなさそうだった。色あせた紺色の着物を着ている。『摂津登志夫』と名前が縫い付けられていた。

「君のせいで未来は変わってしまったよ」

「え？」

「君は存在しなくなってしまった。帰る体をなくしたんだ」

章男はおそるおそる箱の中を覗き込んだ。空っぽだ。黒い空間が底なし沼のように広がる。まるで宇宙を覗いているようだ。

「ここにあったエンジンは――」

「エンジンもなくなったのさ。君が未来を変えたから」

箱の中の黒い揺らめきの中に、ビジョンが浮かび上がった。喜一郎がいる。どこかの工場で技術者たちと汗水を流し、なにかを必死に作っている。エンジンの試作がうまくいかず、試行錯誤していたころだろうか。場所は鋳物工場のようだが、砂型をハンマーで外して出てきたのは、トイレの便座のような形をした物体だった。

「おじいさんたちはなにを作っているんだ？」

「トイレだよ」

「トイレ!?」

箱の中の異次元空間で、喜一郎は嬉しそうな顔で工場に看板を打ち付けていた。

『トヨタトイレット工業』

「なんでトイレを作っているんだ！」

喜一郎は石田退三と口論していた。

「日本人の頭と腕で、日本一の自動水洗トイレの開発を目指すんだ！」

章男は箱の中に叫んだ。

「おじいさん、なにを言っているんだ。クルマはどうしたんだよ！」

箱の中の空間が大きく揺らぎ、ぐにゃりと曲がったと思ったら、五代目社長のはずの豊田英二がスピーチしている様子が見えた。

「いよいよ、トヨタトイレット工業がＴＯＴＯを抜いて国内生産日本一になりました！」

章男は箱をつかんで、異空間に叫んだ。

「嫌だ、俺はクルマがいい！　トヨタはクルマを作ってくれ！」

「君のせいだよ」

摂津登志夫が言った。

「君がおじいさんの心を奪ってしまった。キャサリンはあの直後に死ぬんだ。おじいさんは悲しみに暮れ縁談も断った。だから君のお父さんも生まれないし、君もこの世に存在しないことになった」

――帰る体がなくなったというのは、そういうことか。

「キャサリンを想いながら独身を貫き、水洗トイレの開発に一生を捧げたんだ」

「だから、なんでトイレなんだよ！」

「君が厠で飯を食っているなんて言ってしまったからだよ。おじいさんはそんなキャサリンを不憫に思った。そしてサンフランシスコ港に到着し、トイレを見て衝撃を受けた。日本と変わらない汚い便所だったからね」

「確かに、水洗トイレだと適当なことを言ってしまったが……」

「君のおじいさんは、キャサリンはきっと美しい水洗トイレを夢見ていたに違いないと思ったのさ」

「どんな勘違いだ、それは」

「亡きキャサリンに捧ぐ、と欧米周遊の際には各国のトイレ事情を完璧に調べ回ったんだよ」

「自動織機はどうした。クルマはどうした！」

「周囲の反対を押し切り、豊田グループで水洗トイレ事業を立ち上げたんだ」

「やり直しをさせてくれ、頼む！」


章男は海中を沈んでいた。必死に体勢を立て直し、海面に上がる。

「どうしていつも水の中からなんだ！」

思わず叫んでしまった。満天の星と、凪いだ海に大型客船が見える。キャサリン章男は再び救命ボートに助けられた。キャサリンの両親と姉がキャサリン章男を抱きしめて、ドレスを脱がす。

喜一郎もまたかつてと同じ場所に立っていた。ブランケットを差し出してくる。キャサリン章男はプイッと目を逸らし、絶対に喜一郎を振り返らなかった。胸が絞られるように痛い。

女たちに体を拭かれながら、章男はひどい罪悪感に苛まれた。喜一郎と親しくならなければいいだけだ。無視することはなかった。

キャサリンの母と姉が会話をしている。小麦粉の時代ではないと姉が訴えている。予定どおり、章男は叱られ、船室に取り残された。再びソファにもたれ、アールデコ調の天井を見つめた。

喜一郎には会うまい。元に戻るまでここで目を閉じているしかないが……。

冷たい態度をとったことを後悔する。感情が高ぶるほどにどうしてかバイオリンを弾きたくなった。ソファから身を起こし、棚にしまってあったバイオリンケースを出した。

「おいおい、俺はここにバイオリンがあることすら知らないぞ」

自分で自分の動作にツッコミを入れながら、バイオリンを構えて切ない気持ちを旋律に乗せる。平尾昌晃（ひらおまさあき）と畑中葉子（はたなかようこ）の『カナダからの手紙』を弾いていた。キャサリンが知る由もない昭和五十三年の名曲だ。章男の知っている曲も弾くことができるのか……。

章男は摂津登志夫に、やり直しをさせてくれと叫んだ。本当に時間が戻って、章男は海への落水から時間をやり直している。

「つまりこれは夢ではないのか」

キャサリン章男はバイオリンを置いて、頬をぺちんと叩いてみたり、腕をつねってみたりした。それなりに刺激を感じるが、なんだか体が異様に冷たい気がした。

「もしかして俺はタイムスリップしているのか？」

摂津登志夫という謎の子供になって湖西で喜一郎と遊んだのも、タケ章男となって喜一郎にネクタイを結んでやったのも、そしてキャサリン章男として喜一郎とダンスしたことも。全てリアルに起こっていることなのか。

そもそも、章男の戻る体がなくなったとき、目の前に現れたあの少年——摂津登志夫は、何者なのだ。章男が最初に入った少年でもある。さっきの登志夫は全てを知っている様子で、エンジンの箱から這（は）い出（で）てきた。あの箱の中身は宇宙のようだった。真っ暗で歪（ゆが）みがあり、無限の広がりを感じた。あそこにはランチェスターのエンジンがあったはずだ。

なにがなんだかさっぱりわからないが、自分はどうやら、祖父の人生にタイムスリップしているらしかった。なぜ自分の身にそんなことが起こるのだろう。

喜一郎は自動車産業以外にも、たくさんの研究や発明に没頭していた。航空機も試作していたらしいしヘリコプターの研究もしていた。住宅事業にも興味を示し、災害や戦災に強い住宅建設についてもスケッチを残している。

もしかしたら、タイムマシーンでも作っていたのかもしれない。資料が残っていないのは、あまりに荒唐無稽で語り継がれなかっただけなのか。物置部屋のエンジンは、ランチェスターの部品を利用して作った喜一郎のタイムマシーンの試作品の一部かもしれない。

――だとしたら、なぜお札で封印されていたのだろう。

これはオカルト的な事案であり、科学的なものではないのか。章男は自分がいつどのような瞬間にタイムスリップしてしまうのか、思い出してみる。

最初は湖西で車にはねられたときだった。二度目はコロナに乗って横転したときだ。三度目の今回は、喧嘩になってチャールズ川に投げ込まれた。

どうやら命の危機に瀕(ひん)すると、章男は喜一郎の人生にタイムトラベルし、その時代の人の体に乗り移って喜一郎と接することができるらしかった。

考えた末、章男はスリッパからパンプスに履き替えた。クローゼットをあさり、白いブラウスとロングスカートを穿いた。口紅はつけず、シルクの手袋もしなかった。長い髪を四苦八苦しながら後ろで結った。部屋を出て、喜一郎と利三郎がいるはずのダンスホールに向かう。

喜一郎のトヨタ創業時の苦労と報われない最期を知っている。喜一郎の人生にタイムスリップできるのなら、助けたい。

予定どおり、キャサリン章男はダンスホールで喜一郎と向かい合った。利三郎は今回も気を利かせて席を立った。欧米人女性にバイオリンの腕前をあおられる。キャサリン章男は久保田早紀(くぼたさき)の『異邦人』を演奏した。ダンスホールにいた老人は腰を抜かし、ソムリエはワインを注ぎ損ねていた。

喜一郎は相変わらず、優しい。

「斬新な旋律ですが、どこか郷愁を感じる曲調ですね」

二度目だから、キャサリン章男は余裕を持って喜一郎と話すことができた。家族や音楽学校進学のことを尋ねられたが、自分のことより喜一郎の話を聞きたい。トヨタの子としての苦労話になる。

「まともな人ほど私に近づいてこないのよ。社長の娘に取り入ろうとしている、なんて陰口を叩く人がいるものだから」

喜一郎も、正直な身の上話をしてくれた。

「工場で一生懸命に働きたいと思っても、社長の息子だからとはじき出され、査定をしていると勘違いされる。僕と対等に話してくれる工員はひとりもいません。いたたまれなくて、倉庫で握り飯を頬張る毎日です」

「同じよ！　私なんて、人の目が気になるからトイレでご飯を食べているわ」

トイレに触れてはいけないのに、また口にしてしまった。アイスホッケーの試合の日の屈辱がどうしても忘れられない。喜一郎は仰天している。

「衛生上、厠は避けたほうが……」

キャサリン章男は慌てて話を逸らした。

「トイレのことなんかどうだっていいの。いずれにせよ、私たちは御曹司というだけでこんなにも差別されてしまう。誰も本当の私を見てくれない。なにも悪いことはしていないのに！」

キャサリン章男は熱弁することで、誤魔化そうとした。

「そうですよね。僕たちはなにも悪いことはしていない」

喜一郎はなだめるように言ったが、なにかに気がついたふうだ。

「堂々と自分がすべきことを遂行するしかないのかな……」

表情が明るくなってきた。キャサリン章男が想像していた以上に、喜一郎は工場での自分の立ち位置に悩んでいたようだ。

「なんだか、一刻も早く工場に戻って働きたい気分です」

キャサリン章男は喜一郎の手に見入る。前回は思わず握ってしまった。今回は触れまい。

「汚い手ですみません」

喜一郎がすっと両手を引っ込めて、膝の上に置いた。キャサリン章男は慌てた。

「いいえ。とても素敵」

音楽が途切れていた。若い女性が蓄音機に別のレコードをセッティングしている。ムーディなバラードが流れた。ダンスホールでは自然とできあがったカップルが、身を寄せ合ってしっとりと踊り始めた。喜一郎がじっとキャサリン章男を見つめている。甘い旋律に誘われて、身を寄せたくなった。ぐっとこらえる。だがその手にはどうしても触れたかった。日本の自動車産業を切り開くその手を両手で握りしめた。

——どうか、がんばって。

キャサリン章男はパッと手を離し、立ち上がった。

「おやすみなさい」

泣く泣くダンスホールを出た。

いつまでもキャサリン章男を見送る喜一郎の視線が、あまりに切なかった。章男は念のため、利三郎を捕まえて頼み込んだ。自分はいなかったことにしてほしい。そして喜一郎の結婚を早く進めるように言った。利三郎は困惑している。

「そのような嘘をつく必要がありまっか」

男なんだからなんぼでも遊んだらいいと思っているらしい。

「とにかくお願いします。私の言うとおりにしないと、喜一郎さんの人生が狂い、豊田家の未来は大変なことになります。これは本当ですッ」

英語で押し切り、キャサリン章男は船室に戻った。異様に眠たくなってくる。体がベッドの中に沈み込んでいくようだと思った瞬間、また水の中にどぼんと落ちた。口の中に入る水に塩気がない。水面に浮かび上がる。両岸に道路や電灯、建物が見えた。ここは章男が投げ込まれたチャールズ川だ。誰かに引っ張りあげられた。警察官が膝下を濡らし章男を救出してくれた。

「大丈夫ですか！」

「待って、電話をさせてほしいの」

章男は道路沿いにあった公衆電話に駆け込み、ポケットの中の小銭を入れて、日本の実家に電話をかけた。腕時計を見る。壊れていた。時間の感覚が滅茶苦茶だった。母が電話に出た。

「もしもし、私、キャサリ……」

章男は慌てて咳払いした。さっきも警察官に女のような高い声でしゃべってしまった。

「俺、章男だけど」

「なんなのよ。お母さんをからかっているの？」

「違うよ、混線しているのかも」

「どうしたの、こんな時間に。そっちはもう夜遅いでしょう」

「ちょっと訊きたいんだ。トヨタは自動車を作っているよね？」

「はあ？」

「いいから答えてくれ！　公衆電話だから、小銭が切れる」

「もちろん、作っているに決まっているじゃない」

「労働強化はどう。トヨタ生産方式は批判されている？」

「されていたけど、最近はあまり報道を見ないわね」

「日米貿易摩擦はどう」

「それはアメリカのほうがひどいんじゃないの？　ボストンでもトヨタの販売店がやられたと言ってたじゃない」

章男はホッとして、しゃがみこんでしまった。

「父さんは、元気？」

「相変わらず、トヨタの未来に頭を悩ませているわ」

章男は電話を切り、ため息をついた。

4、遺影（昭和五十七〜五十八年）

章男は二十六歳で大学院を卒業後、ボストンの中心地にある投資信託銀行に就職した。企業のM&Aを担当している。毎日朝から晩まで働き詰めだった。

入社して半年が経ったころ、企業合併の案件を担当することになった。南北戦争の時代から職人の一家がやっているテキサスの家具製造業者と、七〇年代に一世を風靡（ふうび）した健康マットレスの会社だった。家具製造業者は堅調ながら販売網が全米にない。一方の健康マットレスの企業は流行りが終わって潰れかけていたが、全国に販売網が充実している。この二つを合併して中堅どころのファニチャー企業を誕生させることになった。

テキサスの家具屋の社長は職人気質で頑固だった。健康マットレス会社の社長は過去の栄光が忘れられず、プライドが高すぎた。章男は信頼を得ようと、毎日双方へ通い詰めた。時に業務を手伝いながら共に問題点を確認し、説得にあたる。

十一月のサンクスギビングの連休も、章男はテキサスのおやじを翻意させるために家具のやすりがけを手伝っていた。年末年始は二週間ほど休みをもらえることになった。

八事の実家に帰ってきた。昭和八年に建てられた邸宅はあちこち補修がされて、だいぶガタがきている。父はトヨタの社長になった。英二は会長だ。今日は英二も夕食時に八事を訪ねてくるらしく、母も祖母もキッチンで忙しくしていた。

章男はリビングでくつろぐ間もなく、半地下へ下りた。物置部屋の扉を開ける。

木箱の蓋を開けて中を覗く。今日もそこにはランチェスターのエンジンがあった。錆が広がっている。シリンダーブロックが赤茶けているように見えた。

物置部屋を見渡す。左右の棚に漆器の入った箱が並び、古い書物が積み上がっていた。章男は祖父のアルバムを見つけ、開いた。子供時代の写真は少ないが、二高時代から増えてきた。着物に袴、制帽を被(かぶ)って集合写真に写る喜一郎を、章男は一瞬で見つけることができた。

春洋丸で撮影された写真もある。写真はモノクロでも、章男の記憶の中で喜一郎はカラーで生身の、優しい青年だった。

着物姿でくつろぐ喜一郎の写真や、旅行先の写真、家族の集合写真などを見ていく。トヨペットSA型小型乗用車の前で笑顔を見せている写真もある。

次のページを開いた章男は胸がずしりと痛んだ。葬式の写真だった。自宅の暖炉に掲げられている見慣れた喜一郎の肖像写真に、黒いリボンがかけられていた。

――これで死んだんだな、本当に。

なぜか章男は近しい人の死を目の当たりにした気分だった。章男はこの四年後に生まれている。会ったことはないのに、三度も彼の人生の時間にタイムトラベルをしたから、親近感を持ち始めていた。

たぶん章男はまたなにかの拍子にタイムトラベルするだろう。命の危険がないとタイムスリップしないようだから、怖くもあるが、どこかでまた祖父の時代を旅することを期待している。きっとまた会えると思っているし、会いたいと思っている。

それは別々の場所で生きる友人や家族を想う気持ちと変わらない。ただ章男と喜一郎は違う時空で生きているだけなのだ。だからこそ、この葬式の写真はあまりに辛くて見ていられなかった。章男の中で喜一郎は、違う時間軸の中でまだ生きている。

「章男、どうした」

父の声にハッと我に返る。いつの間に帰宅したのか、物置部屋に入ってくる。章男は慌てて目頭をこすり、アルバムを閉じた。

「おじいさんのアルバムか」

父が踏み台に腰かけて懐かしそうに写真を見る。誰かが階段を下りてくる音がする。英二が顔を出した。トヨタ自動車の創業期を知る二人が、いまここに揃っていた。

「父さん、英二さん。この箱がなんなのか知っている?」

章男は物置部屋の奥にある木箱を指さした。父は破れたお札に気がついた。

「お札が貼られていたのか。いつからこんなものがあったんだ」

「僕が子供のころからあったよ」

「お札が破られちゃってるな。なにか悪霊でも封印していたのかな」

英二が首を傾げた。二人とも中身を知らないのだろうか。

「中はエンジンだよ。ランチェスターの古いもののようだけど」

「ランチェスターだって？　もうとっくになくなった自動車メーカーだ」

父が興味津々な様子で蓋を開けた。英二も感嘆の声を漏らした。

「こりゃ明治時代のものだろう。創業期に欧米のクルマの動向を知るため必死で文献を集めて読んだからね。ランチェスターのエンジンも資料で見たことがあるが、実物を見るのは初めてだ」

「いまのエンジンと全く形が違いますね。底に二つある緑の筒はなんでしょう」

「左右に一対あるのがシリンダーだよ。真ん中がクランクシャフト。これにフライホイールが接続しているんだ」

二人ともその場でジャケットを脱ぎ、ワイシャツを腕まくりして、エンジンに触れた。技術者だから垂涎（すいぜん）物なのかもしれない。

「振動を減らすために、ピストン一個にコンロッドを二本つなげて、二個のピストンの間をパンタグラフのように対称の構造にして特許を取ったんだ」

「聞くからに複雑ですね。重そうだし、普及しなかったわけだ」

試しに男三人で持ち上げてみようかと章男は提案したが、英二が腰をさすった。

「やめたほうがいい。百五十キロ近くあるはずだ。章男君は大丈夫だろうけど、俺と章一郎君は腰を痛めちゃうよ」

「おじいさんはどうしてここに保管していたんだろう。その上、お札で封印までして」

章男は、子供のときに友人が噂していた『呪いのエンジン』について話した。技術者二人は非科学的なことには興味がなさそうで、苦笑いしただけだった。

「これはどこかの博物館に置いたほうがいいんじゃないか？」

頷き合う父と英二の間に、章男は慌てて入る。

「どういう経緯でうちの物置部屋にあったのかを、まずは調べたほうがいいよ」

章男が何度もタイムスリップしているのは、恐らくこのエンジンのせいだ。戻る体がなくなったとき、章男は物置部屋にいて、そしてこの箱の中で時空のようなものを目にした。お札を破いてなにかの封印を解いてしまったから、章男はタイムスリップしているのではなかろうか。

祖父の人生の時間に飛び込んでいることを二人には言えない。破れたお札よりも古いエンジンに目を輝かせている二人に、タイムスリップの話などをしたら、章男の精神状態を心配するだろう。英二がなにか思い出したようだ。

「これは終戦のころに挙母工場に届けられたものじゃないかな。変な男だった」

トラックでやってきて、荷台のゴザで覆った機械を挙母工場に運び入れようとしていたらしい。守衛ともめていたので、英二が駆けつけたのだという。

「これを指さして、自動車会社の社長が責任を取るべきだとか言ってたなあ。仕方なく喜一郎さんを呼びに行ってあとは任せてそれきりだった。どうなったのか思い出したこともなかったよ」

終戦の前日に空襲で挙母工場が爆撃されているから、気にしている場合ではなかったのだろう。

「ランチェスターのエンジンがどうして親父(おやじ)の責任になるのかな。そもそもどんな責任だ？」

父が首を傾げた。英二もわからないらしい。

「喜一郎さんはこれを受け取って、そのまま自宅に保管していたということになるよな」

「お札はいつ貼られたんだろう」

章男の質問に、英二が再び思案顔になる。

「僕が対応したときには、お札は貼られてはいなかった。お札なんか貼られてたら胡散臭(うさんくさ)すぎて喜一郎さんも受け取らなかったと思う」

父がお札に注目する。

「隠滝神社と名前が入っているね。名古屋市内にそんな神社はないよな」

章男は地図やタウンページで隠滝神社を調べたが、愛知県内にも該当する神社はなかった。

夕食の時間になった。食堂で父や英二の他、あとから訪ねてきたトヨタの幹部たちと酒を酌み交わす。ボストンでの章男の仕事に、みなも興味津々だった。

「製造と販売は一緒のほうがいい。うちもようやくだからな」

英二が言った。戦後に製造部門の自工と販売部門の自販が切り離されてしまったが、今年ようやく元の鞘に収まり、『トヨタ自動車株式会社』として再出発している。

英二の隣に座っていた、風神秀則という常務がおいしそうに日本酒を味わう。

「トヨタの戦後がこれでようやく終わりましたね」

風神はトヨタ自動車販売に就職し、初代社長だった神谷正太郎に目をかけられていたという。役員になってからはトヨタの工販合併のため大いに活躍した。いまはトヨタ自動車の常務、英二の懐刀だ。ゼネラルモーターズとの合弁会社の立ち上げに奔走している。来年にも覚書を締結し、二年後にも設立予定らしかった。

「生産拠点はどこを予定しているんですか」

「カリフォルニアのフリーモントですよ。土地柄は章男さんのほうが詳しいかもしれないね」

フリーモントはかつてゼネラルモーターズが生産工場を構えていた場所だ。オイルショックによる赤字転落で閉鎖されていた。

「すると、解雇された工員をまた雇うことができますね」

「ＧＭが持つ米国での販売ノウハウや製造技術を学ぶことができますし、トヨタも地域にたくさん貢献できます」

物置部屋のエンジンの話になる。

「手掛かりは隠滝神社だけとなると、探偵でも雇って調べさせるか」

英二が冗談交じりに言った。父は面倒そうだ。

「あんな古いもの保管していても仕方ないし、処分しちゃえばいいじゃないか」

風神がはたと目を上げる。

「隠滝神社——もしかして、豊橋の隠滝神社のことかな」

章男は飛び上がった。

「風神さん、知っているんですか？」

だが愛知県内に隠滝神社はなかったはずだ。

「静岡との県境の弓張(ゆみはり)山地の山深い場所にあるんだ。もしかしたら住所は静岡県なのかもしれない」

翌日、章男は風神の案内で隠滝神社に向かうことにした。弓張山地の険しい山中に向かうということで、ランドクルーザー60系に乗って章男を迎えに来た。

「それにしても、お札で封印された呪いのエンジンなんて——そんなオカルト話、聞くだけで私はワクワクしちゃいますよ」

風神は優秀なビジネスマンだが、神秘的な苗字のせいか、意外とオカルトな話が似合う。本人も好きで、昨晩も物置部屋で現物を見ると少年のようにはしゃいでいた。

「僕は子供のころから怪談話や都市伝説などの本を読むのが好きだったんですよ」

道中は、十六年後の一九九九年に世界が滅亡することを予言したノストラダムスの話で盛り上がった。物置部屋のエンジンについても風神が推理する。

「あのエンジンをお札で封印したということは、なにかよからぬものが憑いていると喜一郎公は思ったのかもしれない。鍵は隠滝神社ですよ」

風神にタイムスリップの件を話してみようか。彼ならバカにせず聞いてくれるかもしれない。

「風神さん。タイムスリップってできると思いますか」

風神は大笑いした。

「僕は文系でオカルトをちょっと知っているとはいえ、トヨタ自動車の人間ですよ」

タイムトラベルは物理的に不可能だと言い切る。

「違う時間軸が並行してどこかに存在しているとしても、その時空を超えて別の時間軸に体をそのまま持っていけるとは思えませんからね」

「意識だけ飛ぶというのは、どうでしょう。現代の人の意識が過去にタイムトラベルして、過去に生きた人の体に乗り移るとか」

「ははん。それはタイムトラベルというより、タイムリープですね。無論、ＳＦの世界でそう呼ばれているだけですが」

体ごと時空を移動するのがタイムスリップで、意識のみならタイムリープという。二つの総称がタイムトラベルだと風神は系統づけた。ランドクルーザーは東名高速道路の豊田インターチェンジを通り過ぎる。

「ところで隠滝神社は愛知と静岡の県境にあるということですけど、どういう経緯でそんな神社があることを知ったんですか」

「聖光寺の建立のときに、隠滝神社という名前を聞きかじったことがあるんですよ」

聖光寺は昭和四十五年に交通安全祈願のためにトヨタ自動車販売が建立した。長野県茅野市にある寺だ。

「当時の神谷社長と一緒にお寺の土地を探していたときに、神社関係の人から、トヨタと縁が深い神社仏閣がすでにあるはずだと聞きました」

それが隠滝神社だったようだ。

「隠滝神社がトヨタとどういう関係にあるのか、当時、自工の方にも尋ねてみたのですが、一切の資料が残っていなかった。変だなと思っていたんです」

そこで風神は隠滝神社を訪ねたらしい。

「先代の神主さんは病床で、話を訊いても要領を得なかった。ただ喜一郎公がなにかの祈禱を受けたことは確かでした」

東名高速道路を下り、国道から県道、市道に入る。やがて名もなき林道を走るうち、周囲を数十メートルの高さの木々に囲まれる。集落は見えず看板のひとつもない。さほど標高の高い場所ではないはずだが、ずいぶんと山奥に来た感じがする。たまに木々が開けた場所に出ると、陸地に囲まれた海の一部が見えた。

「いまのは三河湾ですかね」

「いや、浜名湖じゃないか」

章男は地図をよく見たが、方向感覚が完全におかしくなっていた。道に迷ったかと心配になるが、風神は気にせずにランクルを飛ばす。

「一本道の先だから、迷うはずがないよ。大丈夫」

林道沿いに定期的に立っていた電信柱も途絶え、住所がわからなくなった。林道の脇の崖下に急流が見える。一部は凍り付いているようだ。ランクルは急カーブが続く斜面へと進んでいき、ようやく『隠滝神社』の看板に辿り着いた。駐車場は雪で覆われている。脇にある池は氷が張っていたが、ピンク色の大きな睡蓮の花が咲いていた。一月の極寒のときに咲く睡蓮があるのか、章男は不思議に思った。

「ここから参道を登ります。山道だから気をつけて」

駐車場の先に大きな鳥居が見えた。あれが参道の入り口だろう。雪を踏みしめて歩くと靴底に砂利を感じた。クルマでの道中では北に赤石山脈が見えていた。いまは樹高が二十メートル以上ある無数の巨木に囲まれて、閉ざされた空間にいるようだ。

「あそこの杉の木は樹高が四十メートルはありそうですね」

ご神木か、しめ縄が巻かれている杉の木を章男は指さした。

「樹齢千年は優に超えていそうだな」

年明けだというのに、初詣の客が見当たらなかった。風が不気味な唸り声を上げる。猛烈な風に巻かれて、足がよろめいた。章男は慌てて岩肌に手をついたが、千年杉に巻かれたしめ縄の紙垂は全く動いていない。

「祖父はなぜこんな不気味な山奥まで来たんでしょうか……」

「ここは神様に呼ばれないと辿り着けない場所だと言われているんですよ」

「これだけ険しい場所にあると、そう思いたくもなりますね」

当時は駐車場などなかっただろう。林道も整備されていなかったはずだ。祖父は重量のあるエンジンをどうやってここまで運び、祈禱してもらったのだろうか。猛烈な風に阻まれながら三十分歩き、ようやく社殿に辿り着いた。木造の地味な建物だ。手水舎（ちょうずや）で手を清めようとしたが、凍り付いていた。ひしゃくは真新しく、奉納した人の名前が入っていた。賽銭箱も新しい。寄付した人の名前が玉垣に記され、敷地を守っている。

「こんなに山深いところにあるのに、信者は多そうです」

「初詣くらいしか神社に来ないような人はいない。きっと誠の信者だけがやってくる場所なんでしょう」

背後から声をかけられた。

「なにかご用でしょうか」

桶を持った白装束の男が立っていた。この寒さの中で素足に草履だった。背後で風が巻き上がる音がする。まだ四十代くらいの人だが、髪を後ろで結んでいて、時代錯誤な雰囲気があった。鷲鼻(わしばな)が唇に届きそうだ。肌は雪焼けからか赤黒かった。目つきの鋭さや服装からして天狗のようだ。章男はこの人になんとなく見覚えがあった。

「滝行の申し込みですか」

「滝行……？」

章男は訊き返した。風神が名刺を渡した。

「以前、こちらに伺ったことがあります。トヨタ自動車の者ですが」

「覚えています。確かあのときは父が対応しましたね」

先代の神主の息子にあたる人のようだ。

「トヨタ自動車創業者の豊田喜一郎がこちらでお世話になったと思うのですが」

「あいにく先代は亡くなりましたので、私はわかりません」

章男は、木箱から剝がしたお札を見せた。

「これが自宅の物置から出てきまして」

天狗のような神主に渡した。彼は目をカッと見開いた。

「これはどこに貼られていたのですか。家屋ですか」

「いえ……」

「破れてしまっています。何か起こっていませんか」

章男はどう説明すべきか戸惑った。実はタイムリープしてしまっていることを、話すべきか。

「古いエンジンが入った箱に貼られていたのですが……」

天狗の神主は難しい顔をしたままだ。

「再び封印を望まれるようでしたら、お伺いし祈禱いたしましょう」

天狗の神主は、そう簡単に持ち運べる代物ではないと察しているようだ。しかし――と章男を見つめた。

「そちらの方は、封印を望んでおられないようです」

章男は驚いて天狗の神主を見返した。風が吹き荒れている。目に砂埃が入った。咳き込み、目を開けたり閉じたりしているうちに、神主はいなくなっていた。

「ありゃまるで天狗ですな」

風神は身震いした。

「帰りましょう。長くいる場所ではなさそうです」

帰り道のランドクルーザーの中で、章男も風神も押し黙っていた。章男はあの天狗のような顔をした神主が誰に似ているのか、思い出していた。

八事の魔女――豊田家で使用人として働き、章男を厳しくしつけた女性だ。住み込みの家政婦だった八重は、封印されたエンジンがあった物置部屋の隣の和室を住処（すみか）にしていた。

5、転職（昭和五十八年）

章男はボストンに戻った。年明けから企業分割の案件を担当することになった。大きくなりすぎてコントロール不能に陥った水ぶくれ企業を分割し、再生させる。

新たに上司になった人が、「章男を待っていたんだ」と身を乗り出す。

「テキサスの頑固な家具屋と、過去の栄光にすがる健康マットレス企業の合併は見事だった。そんな君にしかできない仕事だと思うんだ」

章男は渡された書類を見て首を傾げた。章男が合併させた会社の新パンフレットだ。

「今度はこの企業を分割させる」

章男は目が点になった。

「よくよく調べたところ、健康マットレスの会社にも小さいながら家具製造の部門があった。今度はここを独立させる」

「双方を説得して合併させたのに、なぜ分割する必要があるのですか」

「私はテキサスの家具職人と、自由闊達（かったつ）なカリフォルニアの家具職人が一緒にやっていけるとは思えない」

「いいえ。双方は私の仲介の下、顧客によい家具を提供するためと手を取り合ったんです」

「お互いのいいところを潰し合うだけだ」

「お互いのいいところを尊重し合い、よりよい家具を作ると双方は固く握手をしました」

「カリフォルニアの家具職人のほうは分離独立させる」

上司は頑として言い張った。

「販売網はどうするんですか」

「いくつか潰れかけのファニチャー企業が西海岸にある。将来的にはそこと合併だ」

企業をくっつけてまた分離するつもりか。

「これは一体、誰のための仕事ですか」

上司は胸を張る。

「君はこの家具会社の合併でいくらのマージンを取った？　分割することでまた我々はマージンを取ることができる。会社の利益が上がるじゃないか」

章男は、堂々とのたまう上司が不思議でならなかった。

「利益のために無意味な合併や分割を繰り返すなど、企業に巣くうハイエナじゃないですか」

「あなたは正しい。どんな人も、会社や利益に取りすがるハイエナなのだ。君の実家の会社もそうだろう」

章男は唇を嚙みしめた。やはり出自を知っていたか。

「トヨタ自動車もハイエナだ。米国の自動車市場を散々食い散らかし、ビッグスリーを駆逐した挙げ句に、今度は弱り果てたゼネラルモーターズに取り入って、その跡地に工場を建てた。同じじゃないか。君たちもハイエナだ」

「違います。トヨタは――」

「しかも全く別名の合弁会社を建て前にしている。どうしてトヨタ自動車を名乗らないんだ。日米貿易摩擦による反日感情を、ゼネラルモーターズを隠れ蓑にしてかわしながら、更なる利益を得ようとしているんだろう。トヨタこそが史上最悪のハイエナじゃないか」

章男は会社に辞表を出した。

一年もたずに投資信託銀行を退職したことを、母はひどく心配した。父は相変わらず言葉が少ない。この先を心配するような言葉も一切なかった。

「実はもう次の転職先は決まっているんだ」

章男はボストンのアパートで引っ越しの準備をしながら、受話器を顎に挟んで気軽に話す。

「例のテキサスの家具職人が、イギリスのコンサルタント会社を紹介してくれてね」

テキサスの頑固おやじの曽祖父はイギリスのバンカーだったらしい。いまでも遠縁がイギリスにいるとかで、その場で電話をしてくれたのだ。

〝人が欲しいと言っていただろう。とっておきの人材を紹介するよ。トヨタ自動車の御曹司だ〟

余計なことを、と思ったが、イギリスは階級社会だ。出自がはっきりしていると重宝される。

「というわけで、イギリスで転職することになった」

「そうか。いい縁に恵まれたな。がんばれよ」

あっさりと電話は終わった。父に失望し、悲しんでいる自分がいた。

〝トヨタに入ったらどうだ〟

章男は父がそう言ってくれることをどこかで期待していた。電話線を抜いて、章男は段ボール箱の中に電話を入れた。頭を振る。

「俺はトヨタとはなんの関係もない。そういう時代じゃないんだ」

いつまで経っても「トヨタに入れ」と言ってもらえないことに、傷ついてしまう。別にトヨタに入りたいと思ったことはないが、言ってもらわないと、「お前なんかいらない」と思われてしまったようなネガティブな気持ちになるのだ。

「ああ。トヨタの子は厄介だな」

ロンドンに引っ越したあと、章男は早速、クルマを買いに行った。東京とよく似てコンパクトなロンドンは、鉄道や地下鉄の他、バスなど公共交通機関が充実している。郊外はのどかで、テムズ川沿いは田舎の風景が広がる。中古車販売店では日本車はあまり売っておらず、ローバーやミニ、ボクスホールが主流だった。章男の目を引いたのはＭＧＢのオープンカーだ。イギリスのスポーツカーブランド、ＭＧの主力だ。ロンドンの古い町並みによく似合う形をしている。章男はＭＧＢを駆り、就職予定のコンサルタント会社へ面談に行った。

「君には自動車関連会社の新規顧客の開拓を任せるよ」

やはりそう来たか……。社長に肩を叩かれる。

「君の名前が存分に生かせる職業は他にないだろう！」

章男はロンドン市内の地図を広げた。大手自動車メーカーは避けた。中堅どころの販売会社や修理会社、部品会社をピックアップした。観光地からも近いのでレンタカー会社もあった。このうち、メーカーの系列ではなく、個人経営でやっている店を絞り込む。一軒一軒、営業をする。相棒はこのコンサルタント会社の社長の娘、チェルシーだった。シンディ・ローパーみたいなふわふわの頭をした彼女は、コネ入社を隠さないあっけらかんとした令嬢だった。営業を始めて三ヵ月後、ぽつりぽつりだが契約が取れるようになった。

章男は今日ロチェスターの街までクルマで営業に向かった。

テムズ川のほとりにあるギャスケル・ガレージという自動車整備工場に到着した。創業は一九〇〇年代初頭、トヨタよりも歴史が古い会社だ。クルマの修理や整備には水がかかせないから、かつてはテムズ川から直接、取水していたのだろう。最初の営業はチェルシーがやる。コンサルタントに世界的自動車メーカーの関係者がいるということをにおわせて、章男が登場するという流れだ。章男は社長の命令で、トヨダではなくトヨタと名乗らされていた。

「初めまして、トヨタ章男です」

つなぎ姿の若い男性は、章男の名刺と顔をまじまじと見比べた。青い目と濃い眉毛の、ピーター・オトゥールによく似た男だった。

「トヨタの御曹司がロンドンでコンサルタントをしているんですか？」

「はい。なにか経営でお困りのことはないですか」

彼は三代目の跡取り社長だった。アーサー・ギャスケル・ジュニアと名乗る。

「私、最近これを読んだんですよ」

ジュニアが出したのは、大野耐一の著書『トヨタ生産方式』だった。イギリスでも売られていたらしい。

「しかしこれは非常に難解で、よくわからなかった。『かんばん方式』についても教えてほしいが、うちのような小さい工場で取り入れられるものでしょうか」

「では早速ですが、工場を見せてもらってもいいですか」

工場は三つに分かれていた。ひとつは、修繕を引き受けたクルマと、修繕が終わったクルマが保管される一時倉庫だ。これが真ん中にあった。右側に、実際に修理が行われる工場がある。左側は部品置場だった。

「部品ごとに仕分けてあるんでしょうが、メーカーがごっちゃになっています。メーカーごとの棚を作り、さらに部品ごとに小分けしたほうがいいと思いますよ」

「それだと場所を取ってしまうでしょう」

「一時倉庫のスペースを削ればいいのです。修繕が終わったクルマを顧客が取りに来るまでは顧客の都合があるでしょうから、スペースは必要です。しかし、修繕が始まるまでここで保管する必要はないんじゃないですか？」

顧客に、修繕まで持ってこないように言えばいいだけの話だ。

「部品を探すのにかかる時間は平均どれくらいですか」

「早ければ一秒ですけど、ひどいときは三十分……」

「平均十五分ですね。部品を毎日取りに来るとして、月二十日で三百分、五時間のロスです。年間ベースで考えると六十時間。一日七時間労働なら約九日間に相当します。浮いた時間を休暇とするか、さらに請け負って売り上げをアップさせるかは――」

チェルシーが慌てて間に入った。つい顧客のためにとあれこれしゃべってしまいそうになるのを、商売上手のチェルシーがいつも止める。

「はい、サービスはここまでです。どうでしょう。我がコンサルタント会社と契約しませんか」

「是非ともよろしくお願いします」

後日、再びギャスケル・ガレージを訪ね、事務所に戻って契約書を取り交わした。章男はジュニアの手のひらに目がいく。油が指紋に入り込み、黒ずんでいる。喜一郎のことを思い出した。最後に会ったのはいつだったろう。

部品倉庫の整理の際にまたコンサルティングに来ると約束して、工場を出る。ジュニアは律儀に見送りに出た。章男が乗り込んだローバーを見て、苦笑いした。

「トヨタ車には乗っていないんですね」

「これは会社のクルマです」

プライベートではMGBに乗っていると話すと、変な顔をされた。イギリスに来たのだから英国車に乗るのもまた楽しいことなのだが、ジュニアは理解できないようだった。

週末、章男は自宅のアパートで仕事の資料の整理をしていた。ケーブルテレビでクルマの専門番組をやっている。欧米ではクルマをレストアしたり、改造の過程を特集する番組がたくさんあるが、いま放送されているのはクルマを愛でる番組ではなく、こき下ろす過激な番組だった。

新車を試乗し紹介しているが、専門家だという輩が外装から内装までぼろくそに言い、性能もこき下ろす。ランキング下位になったクルマは爆破させられたり、崖から落とされたりする。

〝今月の最下位は、トヨタのカムリだー！〟

カムリは高級小型セダンとしてグローバル販売を目指していると聞いた。FF化のメリットを活かして室内の広さを売りにしている。合理的な作りだと章男は思っていたが、テレビ番組の専門家は散々の評価だ。

「なんてチープなクルマだ」

テレビ番組の観客たちは大笑いしていた。

「このキャビンの大きさ……あまりに不様なつくりだ」

章男のリモコンを持つ手が怒りで震えた。番組内のランキングで最下位になったカムリは草原に引っ張り出されていった。ここからが、この下品な番組の見どころらしい。司会者が叫ぶ。

「さあ、お仕置きだ！」

カムリは、世界最大規模のラフタークレーンに吊り上げられた。二十階建てビルくらいの高さまで持ち上げられていく。集められた観客やスタッフの罵声や怒号を浴びる中、落とされて地面に叩きつけられ、大破した。部品や車体の破片が飛び散る様は、カムリが泣き崩れているようだった。土煙が静かに上がる。彼の最期のため息に見える。


週明け、章男はギャスケル・ガレージの倉庫の整理作業を手伝った。部品棚の荷物を全て外に出し、若社長がメーカーごとに仕分ける。章男は棚や床をピカピカに磨き、穴が空いたり錆びついてガタがきた脚などを補強した。薄暗かった電球も明るいものに換えた。週末にやっていたひどいクルマ番組の話になった。ジュニアも苦い顔をする。

「僕もあの番組は大嫌いですよ。イギリスの恥です」

「毎週、どこかのメーカーのクルマを破壊しているんですか？」

「ええ。でもターゲットはだいたい決まっています。大型トレーラー車か、トヨタか日産です」

章男は苦笑いした。

「あまり気にしないほうがいいですよ。あんな番組が放送されたところで、街を見ればトヨタも日産もたくさん走っているでしょう」

「翌日のうちに中古車ディーラーに行きましたよ。すぐにトヨタ車に買い替えました」

本当はカムリを買いたかったが、近所で取り扱っているところがなかったので、とりあえずカリーナⅡにした。ジュニアは腹を抱えて笑っていた。昼どき、彼の奥さんがサンドイッチを持ってきてくれた。工場の前の休憩所となっている庭先のベンチでジュニアといただく。

「コンサルタントが一緒に埃まみれになって倉庫の掃除をしてくれていると知ったら、父も喜ぶと思います」

「お父さんはもう引退されたんですか」

ジュニアの親なら、章男の父の章一郎と同年代くらいだろう。現役でもおかしくない。

「コーンウォールで療養生活を送っているんです。もう現場には戻れません。大怪我を負ってしまいまして」

十年ほど前に工場で火事を出してしまったらしい。

「父は従業員を避難させて、消防が来るまで消火活動をしましたが、全身大やけどで一ヵ月も死線をさまよいました」

父親の早期の消火活動のおかげで、工場の一部は無事だったそうだ。

「しかし父は再起不能です。従業員と一緒に避難すべきだったと私は思ったのですが、父はとても満足そうでした。一生、車椅子なのに……」

ジュニアは涙ぐんだ。

「僕はそのとき、ベントレーの販売店でメカニックをしていたんですが、父の工場を継ぐ決意をしました。父から覚悟を問われました。なんて言われたと思います？」

ジュニアは青い瞳でじっと章男を見つめた。

「お前は会社のために死ねるかと訊くんです」

「…………」

「従業員にそれを求めてはいけないとも言われました。ベントレーでの仕事が多忙だったとき、父は会社のために死ぬなとよく言いました。しかし経営者は会社のために死ねというわけです」

章男はごくりと唾を呑み込んだ。

「会社のために死ぬ覚悟がないやつは、経営するなと言いたいんでしょう」

妻のサンドイッチをじっと見つめながら、どこか照れ臭そうにジュニアがつぶやいた。

「会社のために死ぬ気で働くと決めたら、実に毎日が愛おしくなります」

部品の箱に入っていたネジをひとつ取り、目を細めた。

「この部品ひとつとっても、胸がときめく」

掘っ立て小屋のような工場を振り返る。

「あのオンボロ工場も。事務室に創業時からある時計も。かつて従業員と喧嘩してへこんだ壁すらも愛おしい」

章男は心からジュニアが羨ましくなった。

「人はこんなオンボロ工場と言うけれど、僕はこの会社を継ぐことができて、本当に幸せだ」

トヨタさん、と問いかけられる。

「あなたはすでにトヨタを愛しすぎるほど愛していますよね」

どきりとした。

「きっと物心ついたときにはもう愛していた。創業家の人間だからだ」

脳裏に、祖父の肖像が浮かんだ。

「それは創業家の人間だけが持てる愛の歴史です」

章男は目を閉じた。どうしてか、涙があふれていた。

「トヨタさん。あなたの居場所はここではない」

6、ビクトル・トオノ（昭和五十九年）

章男は会社を辞めて帰国した。今度の仕事も一年持たなかったと母は嘆く。章男は帰宅してきた父親に直談判した。

「父さん。俺、トヨタに入社したい」

ネクタイを外しながら聞く父の表情はひとつも変わらなかった。

「なんだよ、藪から棒に」

「だから、やっぱりトヨタで働きたいんだッ」

「入りたい会社があるなら、履歴書を送ればいいだろ」

章男はズッコケそうになった。

「ま、まあそうだけどさ……」

「トヨタにコネ入社はない。入社試験は難しいし、面談も厳しいぞ。がんばれ」

「じゃ、いいんだね？　俺がトヨタに入るのを嫌がっていたじゃないか」

「父さんはなんとも思っていない。社員たちは嫌だろうがね」

章男は父親にばっさり切り捨てられた気分だった。

「お前を部下に持ちたいと思う人間は、いまのトヨタにはいない。身内同士で助け合いながらやっていた佐吉の時代とも違う。若い仲間と熱くやっていた喜一郎時代とも違う」

「俺は、命がけでやるよ」

章男は決意を込めて言った。父親ではなく、『トヨタ自動車の社長』に向けて訴えた。

「俺は命がけで、トヨタで働きます！」

「大袈裟な」

父親は大笑いしていたが、祖母の二十子は揺り椅子で泣いていた。


章男は無事に入社試験に合格し、トヨタ自動車に入社した。最初の配属は、元町工場の工務部だった。元町工場は石田退三が建設を決めた、トヨタ自動車にとっては二番目の大工場だ。昭和三十四年、章男が三歳のときに生産が開始された。かつては挙母工場と呼ばれた本社工場と同じ、豊田市内にある。いまはクラウンやマークⅡなどのシリーズを生産している。年間の生産台数は十万台近い。従業員は七千人近くいる。

トヨタ自動車は喜一郎の「国産乗用車を庶民の手に」という志をもとに作られたが、戦争に突入してしまい、しばらくは軍用トラックしか作ることが許されなかった。戦後は経営を基盤に乗せるためにも需要の多いトラックの生産を優先していた。この元町工場は、トヨタで初めての乗用車専用の生産ライン工場だ。喜一郎がこの工場を見たら喜んだだろう。

章男のトヨタ人生は、その元町工場で始まる。初日は工場長が中を案内してくれた。

「こちらはクラウンの生産ラインです」

天井のレールにクラウンの車体が括りつけられ、二人の工員が車体の下に部品を取り付けているところだった。手際よくボルトを入れて、電動ドリルで締める。一人はフロントの足回り、もう一人はリアの足回りやエキゾーストパイプに部品を取り付けていた。アンドンと呼ばれる電光掲示板の読み方も、工場長が丁寧に教えてくれた。

どこかでトラブルが生じたのか、ボタンが押され黄色のランプが点滅した。ラインリーダーが走っていく。すぐに解決に至らなかったようで、アンドンが赤ランプに変わる。ラインが完全に止まった。不良品を作らないためであり、これがトヨタ生産方式の考え方の基礎だ。ラインを止めることは悪しきことと考えられていた自動車業界の常識を覆したと言われている。

「ちょっとお待ちくださいね」

工場長が赤ランプのついている場所へ走っていった。怒鳴り声が聞こえてくる。五分後にラインが再開し、工場長も戻ってきた。厳しい顔つきをしていたが、章男を見るなり一瞬で柔らかい表情を作った。再び丁寧な言葉でラインの説明をする。

「工場長。僕は新入社員です。敬語は使わなくていいですよ」

工場長の額には脂汗が滲んでいた。

「そう言われましても……」

「なんだか、すみません。気を使いますよね、豊田家の人間がいると」

「いやいやいや。そんなことはないです。とても光栄なことですよ」

午前中の工場見学を終えて、章男は食堂に入った。レーンに並んでおかずを選んでいるとき、隣の男性と手が触れた。

「失礼」

「すいませ……アッ」

隣の男性は章男の顔を二度見した。まるで化け物でも見てしまったような顔をしている。肩をすぼめて先を急いだ。前の男性を押している。章男は食堂を見渡した。五百人近くが座れるテーブルの半分以上が埋まっていて、ほぼ全員が章男を見ていた。章男が振り返るや、慌てて目を逸らして麺をすすったり、ご飯をかきこんだりする。

章男は食堂の隅の席を取った。誰も座っていない六人掛けのテーブルだ。うどんとかき揚げ丼の定食を食べたが、人の流れが気になり、味がわからない。

誰も章男がいるテーブルに座らなかった。みなが素通りしていく。食堂はやがて満員になった。あいているじゃないかと近づいてきた人が、章男を二度見し、なにごともなかったふりで通り過ぎていく。気遣いの言葉が聞こえてきた。

「おい、社長の息子を一人ぼっちにさせたらまずいんじゃないか」

「幹部を呼んでこよう」

誰かが工場長を連れてきてしまった。

「大変申し訳ありません。豊田さんは幹部専用の食堂へどうぞ」

「僕は今日入社した下っ端ですよ。幹部じゃありません」

工場長が困ったように、食堂の工員たちを見渡した。

——章男がここでよくても、みながダメなのだ。

「わかりました。明日から別の場所で食べます」

翌日、章男は弁当を買って出社した。事務棟の屋上へ行く。女子事務員たちがお弁当を広げてしゃべっていた。設置物の陰に隠れて食べたが、太陽熱温水器のそばだった。章男は汗だくでフラフラになりながら、二日目の昼食を済ませた。

三日目は工場の脇にある桜の木の下で、売店で買った菓子パンを食べた。フェンスの向こうが県道491号でうるさくて排気ガス臭い上、桜の木から毛虫が落ちてきた。

四日目は雨が降っていた。章男は食事が摂れる場所を探しさまよう。工場の非常階段に座ったが、吹きさらしのらせん階段で、雨が吹き込んでくる。春洋丸で喜一郎と話した夜のことを思い出した。

彼は倉庫で食べていたと話していた。

章男は結局、トイレを選んだ。男子トイレの個室はあまり使われないから、こぎれいだ。便座の蓋の上に座ったとき、安堵のため息が漏れた。壁で囲まれた狭い空間は安心できる。御曹司として二度見されることも目を逸らされることももう慣れたが、一人ぼっちで哀れだと思われるのが最もつらかった。父だけでなく、喜一郎の顔にも泥を塗ってしまうような気がしたのだ。

「トイレは落ち着くなー」

章男は思わず嘆息して、おにぎりをかじった。たまに人の出入りがあると緊張したが、誰も個室までは来なかった。のんびり食べていると、突如、個室を激しくノックされた。

「おい、誰か入ってるのか？」

章男は思わず息を潜めてしまった。男二人の会話が聞こえてくる。

「鍵が壊れてんじゃないの」

下から覗かれると思い、足を浮かせた。煙草の煙が流れてくる。

「俺の喫煙所が。くそ」

扉を思い切り拳で殴られた。トイレは禁煙だが、喫煙所は限られた場所にしかない。配属場所によっては遠いので、こっそりトイレで吸う輩がいるらしかった。

「詰まってんだ。誰かがでっけー糞(くそ)をしやがったな」

扉の向こうにいる男が笑いながら扉を蹴り始めた。鍵が壊れ、あっけなく扉が開いた。

彫りの深い顔をした男が、章男を見て目を丸くしている。期間工のようだ。つなぎの色が正社員の工員とは違うので、すぐにわかる。

「どっ、どうも……」

章男はおにぎりを持ったまま、ぺこりと頭を下げた。

「どうも……」

期間工は章男とおにぎりを交互に見ながら、変な顔をして扉を閉めた。豊田家の御曹司であるとバレただろうか。章男は恥ずかしさで叫びたい気分だった。扉の外の男たちは外国語まじりで会話していた。出稼ぎにやってきた外国人労働者だろう。

トヨタの御曹司の顔を知らないことを祈るしかない。

元町工場での勤務が始まって一ヵ月経ったある日、夜間の生産中に部品が不足するトラブルが起きた。発注数を間違えていたのだろう。ラインを再開させるため、章男はトラックを飛ばして部品を製造している協力会社へ出向いた。

深夜二時、工場にいたのは守衛だけだった。守衛は『豊田章男』の名札を見るなり顔色を変えて、社長に電話をかけた。老齢の社長が寝ぼけ眼でやってきた。懐中電灯で工場内を回り、一緒に部品を探してくれた。

一週間後、これが大問題になった。

本社からスーツ姿の人間がやってきた。人事課の連中らしい。査定かもしれないと工員たちは緊張した面持ちだ。呼び出されたのは章男ひとりだった。三十代後半くらいの女性が筆頭で、三人の男性部下を引き連れていた。

「豊田さん、先日はとんでもないことをしてくれましたね」

深夜に部品工場に押しかけたことを叱られた。

「すみません。あちらの工場も二十四時間稼働していると勘違いしておりました」

「工場が閉まっていた時点で、戻るべきでした」

「いや、帰ろうとしたんですが、守衛さんが社長を呼んでしまって……」

「豊田さんが行った行為は、職権乱用にあたります」

人事の女性が一方的に言った。

「権力者が深夜に部品工場に押しかけたんですよ。協力会社は営業時間外でも仕事をせざるを得なくなります」

「ちょっと待ってください。そんなつもりはなかった上、私は権力者ではなく、下っ端の従業員です」

「そう思っているのは豊田さんだけです。あなたはパワーを持った権力者なんです」

章男は唇を嚙みしめた。

「幹部の食堂を使わないとか、必死に普通の人になろうとしているようですが、あなたは生まれながらの権力者であることを自覚すべきです」

おかっぱ頭の人事課員は真剣そのものだ。

「あなたの一言が周囲に与える影響をもっと深刻にとらえ、自覚してください」

睨み合いになったが、章男は反論できなかった。

「あなたは余計なことを言わず、本音を封印し、流れに身を任せているだけでいいんです。いずれは社長の椅子が待っているんですから」

章男はこの女の顔を忘れまいと目に焼き付けた。名札には『古谷政子（ふるやまさこ）』とある。

章男は夕方、事務棟の屋上のベンチでため息をついた。

「俺は社長になりたくてトヨタに入ったんじゃねーよ」

豊田市に夕日が落ちていく。

「トヨタのために働きたいだけだ」

胸につけていた名札バッジを外し、自分の名前を見つめた。『豊田章男』であることが辛い。この名前が周囲に放ってしまう威圧感が憎くて仕方なかった。

こんな毎日のために、自分は欧米での仕事を捨ててきたのか。いま思えばロンドンの小さなコンサルタント会社はやりがいがあった。それぞれに哲学を持った経営者たちと出会えて、学びが多かった。いまの自分はなにをしているのか。トヨタだからこんな目に遭うのだ。

外で働いていると「なぜトヨタのために働かないのか」と言われる。

だが実際にトヨタの中で働き始めると、影響力があるからなにもするなと言われる。

「俺はどこに行けばいいんだよ！」

章男は名札を地面に叩きつけた。

「あんた、大丈夫？」

ぶっきらぼうな声が背後から聞こえた。章男は慌てて袖で涙を拭う。トヨタの御曹司が屋上で泣いていたと社員が知ったら、動揺させてしまうだろう。章男は目を合わせないようにし、会釈だけはして、屋上を立ち去ろうとした。

「豊田章男さん」

男が名札を拾い読み上げた。特別扱いのない平坦（へいたん）な口調だ。章男は男の顔に覚えがある。

「あっ」

相手も思い出したようだ。

「こないだ便所で飯食ってた人！」

外国語を話していた期間工だ。彫りは深いが、見た目は日本人だ。どうやら章男が誰なのか知らないらしかった。トヨタの社長が誰なのかも気にしたことがないのだろう。豊田章男という文字を見ても、ピンと来ないのだ。章男を心配してくれた。

「便所でひとりで飯食ったり、こんなところでひとりで泣いてたり……。いじめられてんのか？　相手は誰だよ。俺が殴ってきてやる」

「いやいや、結構……」

男はベンチに座り、退屈そうに煙草を吸う。ここは禁煙だが、章男はかまわずその隣に座った。

「お名前は？」

「ビクトル・トオノ」

日系人のようだが、日本語は流暢(りゅうちょう)だった。

「どちらの国から？」

「コロンビアだよ。見えないだろ。日系コロンビア人三世だ」

「そうですか……」

コロンビアは確か内戦中だったはずだ。国内の政情が不安定なので、祖先の母国である日本に出稼ぎに来ているのだろう。

「いつまでこちらにいるんですか」

「いつまでって、一生だよ。俺は日本に骨をうずめる覚悟でここに来たんでね」

トオノは夕日を眩しそうに見つめ、堂々と言い放つ。

「俺はトヨタで天下を取ってやるんだ」

下剋上(げこくじょう)だとか豊臣秀吉の話をする。人懐こい笑顔で章男を見た。

「あんた、トヨタのクルマじゃなにが好き？」

「4WDハイラックス・サーフかな」

「気が合うね」

握手を求められた。章男はその油にまみれた黒い手を、強く握り返す。トオノが言う。

「俺はヨタハチ。絶対だ」

トヨタが初めて作ったスポーツカー、トヨタ・スポーツ800のことだ。

「ヨタハチといえば、船橋サーキットだな」

「よく知ってるな！　浮谷東次郎だろ」

「そうそう、一九六五年七月十八日の全日本自動車クラブ選手権レース」

「ホンダS600と小クラッシュして最下位になりながらも最後いっきに挽回して優勝だ！」

思わず拳をぶつけ合ったが、章男は首を傾げる。

「俺が九歳のときだよ。君はまだ生まれてないんじゃないか？」

「あ、バレた」

トオノはまだ十九歳だった。

「親父が日本の親戚から雑誌やらラジオの音声やらを手に入れて、家でずーっと聞いてたんだ」

彼が幼少期からコロンビアの内戦は始まっていたらしい。

「政府軍の爆撃予告の日は避難壕にこもるからね。ソニーのヘッドフォンでレースの音声を流し続けるんだ。クルマの爆音に助けられたもんだ」

まだ十九歳でも大人びて見えるのは、母国で戦争を体験したからだろうか。

「去年、トヨタが販売を開始したスプリンター・トレノは知っているか？」

章男は尋ねた。

「もちろん。AE86だな。レビンとトレノのどっちがいいかな」

「トレノのほうが面白そうだ。リトラがまたいいんだ」

「わかる！　まるで車が覚醒しているように見えて、グッとくるよな」

日暮れまでクルマ談議に花が咲く。トオノは最後まで、章男が社長の御曹司であることに気がついていなかった。

ビクトル・トオノという友人ができた。休日にはよく一緒に走りに行ったりレースを見に行ったりしたが、章男は自分が創業家出身の御曹司だということをトオノに言い出せなかった。教えたら避けられるのではないか。嫌われるのではないか。出自を言えないこともあり、トオノと友情を育んでいるという実感がない。元町工場という広大な敷地の中で顔を合わせることもめったになく、相変わらず章男は孤独感に苛まれていた。

そんな中で祖母の二十子が八十三歳で亡くなった。葬式で父がぽつりと言う。

「章男がトヨタに入社したのを見届けた。ホッとしておじいさんのところへ行ったんだろうな」

章男は孤独の中で歯を食いしばり、元町工場に三年間、勤務した。

7、関東大震災（昭和六十三年）

章男は財務部管財課へ異動になった。トヨタ自動車の歴史や資料をまとめ、手付かずで残っている工場跡地などを整備する。豊田家の人間として生まれ、誰よりも創業家の歴史に詳しい章男にはぴったりの仕事だった。

真夏のある日、章男は会長の英二と名古屋市西区則武新町（のりたけしんまち）に向かった。かつては愛知郡中村だった、豊田紡織跡地だ。喜一郎が工場内に住み込んで働いていた。戦後に閉鎖された後、長らく放置されていた。今日はその跡地をどうするか決めるため、英二と現地視察をする。

跡地を囲う工事用フェンスの前で、豊田紡織の担当者が待ち構えていた。早速四人で中に入る。章男の腰丈ほどに雑草が生えて、中は荒れ放題だった。当時の地図のコピーを片手に、建物を確認する。

「これは当時の宿舎ですね。工員が三百人ほど家族と住んでいたようです」

木造でほとんど崩れ落ちてしまっていた。その向かいの建物は完全に崩壊し基礎しか残っていなかった。豊田紡織の担当者が説明する。

「ここは佐吉翁の自宅建物がありました」

章男ははたと思い出した。この界隈は、山田タケが住んでいたところだ。章男は七十年前のこの地にリープしたのだ。

そういえば、最近は全くタイムリープしていない。

命の危険に晒されていないからだろう。三十歳を過ぎて無謀なことをしなくなった。章男は喜一郎に会いたいのだが、わざと死にかけるようなことをするわけにもいかない。エンジンはまだ八事の実家にあるはずだ。隠滝神社まで行き神主と話せば、タイムリープの秘密を探れるか。毎日仕事が忙しすぎて、それどころではなかった。

赤いレンガ造りの壁にのこぎり屋根の工場群が見えてきた。

「レトロで趣がありますね」

章男は目を細めた。外壁のレンガはところどころ崩れ落ち、屋根も穴だらけだったが、建物自体はさほど傷んではいなかった。日本各地で高層ビルが建っているいま、ガラス張りのビルや三角形のビルなど近未来的な建物に慣れ、レンガ造りの建築物は芸術的に思える。

「修繕はかなり必要ですが、取り壊してしまうのはもったいないですね」

ここの建物を利用して博物館のような事業ができないか。名古屋駅から名古屋鉄道で一駅しかないし、タクシーに乗れば五分ほどの好立地だ。財務部の上司から、更地にして売却する方向で視察してくるよう言われたが、残しておくべきだと章男は強く思った。

工場出入口の巨大な観音扉は、チェーンと南京錠で施錠されていた。中に入る。

細長い工場内に、紡績課の看板がかかったままだった。ここには喜一郎が開発したスーパーハイドラフト精紡機がずらりと並び、女工が作業をしていたはずだ。のこぎり屋根は錆や腐食で方々に穴が空いていた。床がところどころ抜け落ち、雑草が隙間から生える。梁が鳩の住処になっているのか、鳥の糞だらけだった。

天井の穴から光が降り注いでいる。廃墟なのに幻想的だ。

章男には、この廊下の上を歩き、機械を見て回る喜一郎の姿が見えるようだった。

英二は工場の中心を支える柱を触って歩いた。

「一部が金属プレートで補強してあるだろ。あれは喜一郎さんが大正十二年に新たに手を加えさせたんだ。関東大震災で潰れた工場を目の当たりにして名古屋に帰ってきたからな」

章男は驚き、顔を上げた。

「おじいさんは、関東大震災のときに東京にいたのですか⁉」

章男は週末、八事の自宅に帰った。

「珍しいわね、リゲインのCMばりに忙しいんじゃないの。二十四時間戦えますか、だっけ」

全く実家に戻らない息子に、母親がチクリと言った。

「ちょっと集中したいから、邪魔しないでくれ」

章男は母の顔も見ずに階段を駆け下りて半地下の物置部屋に向かった。扉を開ける。五年前と変わらず、木箱に入ったエンジンが奥の壁際に置いてあった。

章男は母が下りてこないことを改めて確認し、木箱に両手を置いた。意識を集中させる。

——タイムリープ、タイムリープ！　大正十二年九月一日に飛んでいけ！

なにも起こらない。

章男は木箱の前で正座しなおした。膝下からコンクリートの床の冷たさがしんしんと上がってくる。両腕を回しエンジンの木箱を抱きしめる恰好になる。

「頼みます。もう一度おじいさんに会わせてくれ。どうか大正十二年に――」

扉が開いた。母が呆然と章男を見ている。

「あんた、頭大丈夫?」


いまこそ、このエンジンを隠滝神社に持っていくべきだった。だがひとりで動かせる重さではない。章男はトオノを呼んだ。彼にしか協力を頼めないし、出自を含めてトオノに話してしまおうかと思ったのだ。トオノは女の子とデート中だとかで断ってきたが、ランチェスターの一九〇三年製のエンジンを動かすという話をすると、興味をひかれたようだった。

「一九〇三年だって?　千日戦争のころじゃないか。すぐに行くよ」

章男は元町工場に行き、小型クレーンがついた、トヨタのユニック車ダイナを借りて自宅に戻ってきた。トラックを物置部屋の外扉の前につけてトオノの到着を待ったが、女連れだった。元町工場の事務員だ。彼女は章男を見て目を丸くする。

「ちょっと!　友達って御曹司のことだったの!?」

トオノの腕を叩き、ひっそりと叫んでいる。

「オンゾウシ?　なんだそれ」

トオノは恋人そっちのけで、木箱の中のエンジンに目を奪われている。

「こんな形は初めて見た。なんでこんなものを物置部屋に置いているんだ」

女性が咎める。

「ビッキー、ここは豊田家の物置部屋、それこそ博物館みたいなものなのよ」

章男は女性を帰らせた。

「とにかくトオノ、エンジンをトラックに積むのを手伝ってほしいんだ」

「エンジンを積む？　動かすんだろ」

「動かすというのはエンジンをふかすということじゃなくて、とあるところに運びたいんだ」

「なんだよ、ブンブン言わせるんじゃないのかよ」

木箱はすのこの上に置かれていたので、クレーンのベルトを回すことは難しくなかった。すのことダイナの荷台に載せる。

「で、これをどこへ持っていくって？　博物館かクルマの歴史研究所か」

「神社だ」

トオノは大笑いした。意味がわからないことがあるとトオノは笑い飛ばしてやり過ごそうとする。それが日本で暮らす日系コロンビア人の彼の処世術なのだろう。

隠滝神社へ向かう道中、章男はタイムリープのことは伏せて、エンジンについて説明した。

「終戦間際に本社工場に持ち込まれたものだが、悪霊がついているらしいんだ」

「悪魔払いのためにお札で封印されていたのに、章男が破いちゃったのか」

「まあ、そういうことだ」

「それでももう一度封印してもらいに隠滝神社というところに行くんだな」

章男は適当に誤魔化した。封印はしない。もう一度、呪いの力を借りて喜一郎のもとへタイムリープしたいのだ。だがこんな突拍子もないことをトオノに話すのは憚(はばか)られた。

「そもそも、どうして本社工場に持ち込まれた年代物のエンジンが章男の家にあるんだ？」

章男は咳払いしたあと、ステアリングを握るトオノの横顔に言った。

か。冗談はよせ」

　トオノは大爆笑した。全く信じてくれない。

「それじゃなにか、章男はトヨタのロイヤルファミリーのプリンスってことか。こんなプリンスいる
「トヨタを創った人だ。ちなみに父親はいまトヨタの社長をやっている」

「ソウギョウシャ……」

「実は、俺は創業者の孫なんだ」


　隠滝神社の参道入り口に到着した。以前は凍り付いていた池に、今日も美しい睡蓮の花が咲いていた。いまは真夏だ。一年中咲く睡蓮の品種があるのだろうか。饒舌にしゃべっていたトオノも、なぜだか唐突に黙り込んでしまう。車内の静寂がやけに濃く感じられた。この場所だけ時が止まっているようだ。トオノが運転席から降りるなり、腕をさすった。

「やけに寒くないか。いま夏だろうに」

「ここはずっとこんな感じだ。不思議な場所なんだ」

「で、あのエンジンを持っていくのか？」

「参道を運んでいくのは難しい。とりあえず、神主をここに呼ぼうと思うが……」

　トオノが横にいる状態で、タイムリープの相談をしていいものだろうか。いや、トオノのことだからテキトーに笑い飛ばしそうな気がする。

　参道をトオノと二人で三十分かけて登った。何年かぶりに隠滝神社に辿り着く。真夏なのに鬱蒼とした木々に囲まれて、日のあたる場所が少ない。真冬に来たときと比べて風は全く吹いておらず、豊かに茂った木々の葉は微動だにしない。ピンと張りつめたような緊張感があった。

「こんにちは」

拝殿の中を覗き込んだが、誰もいなかった。社務所も鍵がかかっている。お守りやお札売り場はシャッターが閉まっていた。

「すみません……！」

シャッターを叩く。どこからか男の唸り声が聞こえた。耳を澄ませるが、社務所からではない。上空では風が吹き荒れているようで、杉の巨木が激しく揺れていた。地上は無風だ。唸り声は続いている。男の叫ぶような声にも聞こえた。祝詞だろうか。すぐ耳元でなにかが囁きかけるような音がした。章男はぞっとした。

――やはりここは、なにか変だ。

喜一郎に会いたい一心でトオノを巻き込みここまで来てしまったが、どうかしている。

「トオノ、もう帰ろう」

彼の腕を引いたが、びくとも動かない。トオノはごつい顎を上げたまま、拝殿を見て固まっていた。

「どうした。トオノ」

トオノの視線がすっと章男をとらえた。

「耳を澄ませてごらん」

幼子のような無邪気な声音だった。

――確かこの声は。

どこからかまた囁き声が聞こえてきた。近づいてきている。男たちのざわめきも接近しているようだ。参道は拝殿の裏側からさらに山頂へと続いている。参道は細いしめ縄が張り巡らされ、紙垂が挟まっていた。

白い服を着た一団が、参道を下りてきていた。先頭に立っている男は大幣（おおぬさ）を持っている。ただの紙の音が、山の囁き声のようだ。章男が聞いたのはこの音だろうか。すぐ耳元から聞こえたような気がして、首筋がぞわりと粟立っている。

あとから三人の男がついてきている。みな白い着物姿で裸足だった。全身ずぶ濡れで、震えながら歩いている。

隣にいたトオノが遠くに向かって手を振っている。章男はぞっとした。

——トオノになにかが取り憑いている。

先頭にいた白装束の男が章男とトオノに気がついた。風神秀則とここを訪れたときに対応した、天狗のような神主だ。


章男は様子がおかしいトオノをいったん駐車場のダイナの中で待たせ、再び拝殿に戻った。祭壇には榊(さかき)が飾られ、鏡が置いてある。簡素な着物に着替えた神主が、あぐらをかいて待っていた。章男は正座し深く頭を下げた。

「あなたはまたいらっしゃると思っていました」

章男が言い出すのを待たず、神主は言った。

「例のものは駐車場ですか」

なにも言わずとも、神主は全てを察している様子だ。

「再び封印するということで、よいですね？」

神主の膝の前に、四枚のお札が準備されていた。さっきまでなかったはずだが、いつの間に懐から出したのだろう。章男は質問を急いだ。

「私はトヨタ自動車創業者の孫の豊田章男と申します」

神主は微動だにしない。

「例のものは終戦ごろに祖父が見知らぬ男から預かり、先代の神主さんを呼んで封印したようなのです」

神主は頷いた。

「私は祖父の喜一郎が亡くなった四年後に生まれています。そのころから自宅の物置部屋にありました。その隣の部屋は使用人の女性が使っていました」

八重という名前だった。

「もしかして、神主さんの親戚にあたる方ではないですか？」

「ええ。その人は私の伯母の八重でしょう」

つまり先代神主の姉ということか。

「恐らくはその封印を守るために、あなたのご自宅に雇われていたものと思われます。それをあなたは開けてしまったわけですね？」

責められているような気がして、章男は思わず謝ってしまった。

「まだ子供だったもので」

神主は変な顔をした。

「子供時代のことなのですか」

「ええ。封印を解いてしまったのは、七歳のときのことです」

神主は相当に驚いた顔をした。悪霊を放ったかもしれないのに、よくこれまで生きてこられたな、というところだろうか。章男は躊躇(ちゅうちょ)しながらも、とうとう伝えた。祖父の人生の時間に、タイムリープしていることを。

「発端は、この封印を解いてしまった直後でした。クルマに轢かれたのです。目が覚めたときには、明治——恐らくあれは三十八年ごろ、西暦で言うと一九〇五年にタイムスリップしていました」

神主は無言のまま、章男を見ている。

「ＳＦ的に言うと、タイムリープです。私はあの時代の子供になって目が覚めました」

摂津登志夫のことも説明する。

「当時はタイムリープしているという意識はなく、夢だと思っていました。しかし幼いころの祖父と一緒にかいぼりをし五右衛門風呂に入り――記憶は鮮明に残っています」

十八歳でクルマを横転させてしまったときのタイムリープについても話した。

「気がついたときには、大正四年の死にかけた老婆になっていました」

神主が無言なので、章男は焦って早口になってしまう。

「三度目は私が渡米中のことです。米国人とトラブルになり、川に投げ込まれて溺れました。そのときは、大正十年の太平洋にタイムリープです。大型客船から落水したブロンド美女に入ってしまいました」

章男はやり直しをしたことも正直に話した。

「私は体が年頃の若い女性だったせいか、敬愛する祖父に恋心を抱いてしまいました。それで未来が変わってしまったようで、帰る体がなくなってしまったのです」

神主は目を閉じていた。寝ているのか。なにかを考え感じているのか。

「意識が戻ったときには、エンジンが保管されていた物置部屋にいました。あの箱の中に、私は宇宙のようなものを見ました。時空だったのかもしれません。そして私が最初に入った摂津登志夫という少年が現れました。彼に、未来が変わってしまったことを告げられました。トヨタ自動車は水洗トイレの会社になっていたのです！」

神主は目を開けた。章男を見る目に親しみのようなものが見えた。

「豊田さん、一緒にいらしてください」

章男は白装束に着替えさせられた。裸足で参道をいく。神主は祓詞を唱え大幣を振りながら、山道を登っていく。参拝に来た人が、ありがたそうに章男や神主を下から見上げ、手を合わせていた。

山の裏側に近づくにつれて、砂利を踏む裸足の裏に細かい振動を感じる。地響きのような音も聞こえてきた。木々の隙間を縫うように連なるけもの道を歩く。滝が現れた。十メートル近く上から滝つぼに流れ落ちている。

「滝行です」

ここに到着したときに見かけたずぶ濡れの三人組は、滝行を終えた人々だったのだ。

「やりましょう」

「無理です。帰ります」

章男は踵を返したが、神主が立ちはだかる。

「豊田さん。心を無にして、滝と一体化するのです」

「そういうことをしに来たんじゃありません」

「あなたは再びおじいさんに会いたいのですよね」

章男はハッとして神主を見つめた。

「あれを封印したくない。だからここに来た」

章男は滝を振り返った。瀑布が天空に吹き出し、滝つぼに叩きつけられている。あんなところに入ったら死んでしまいそうだが――おじいさんに会いたい。

焦げ臭い。誰かが泣いている。熱い。章男は目を開けた。

「どこだここは！」

章男は崩れた家屋の中にいた。崩れた壁と割れた窓の隙間から、女性が顔を覗かせている。章男のことを「あなた」と呼び、周囲に助けを求めている。

章男は梁に上半身を挟まれていたが、なんとか這い出した。窓を足で蹴破り、がれきの外に這い出る。よかったと女がまとわりついてくる。割烹着姿だった。

——まさかここは。

消防の半鐘が方々で響き渡っている。通りに並ぶ家の半数が潰れたり、傾いたりしていた。遠くで黒煙が立ち込めている。

「頭を打ったのね。額の傷がひどいわ。とにかく座って」

倒れた電柱の上に座らされる。御徒町一丁目の住所表示がついていた。喜一郎はどこで被災したのだろう。

「くそ、詳しく訊いてから来ればよかった！」

章男は思わず木の電柱を殴った。とにかく来てしまった以上は、探さなくてはならない。章男の額の傷を手当てする女性に言い聞かせる。

「人を探してくるよ。君は避難所に行ったらいい」

喜一郎は中央線回りで帰ったというから、東京駅で探せば出会えるはずだ。御徒町からなら徒歩で行けるだろう。章男は大通りを探そうとしたが、現代のようにクルマの走行音を頼りにはできない。クルマがほとんど走っていないのだ。舗装道路もなく、地面に市電のレールが敷かれていた。章男は大工なのか、地下足袋に組の名前が入った法被姿だった。大八車を引いている人を見かけた。地震や火事のときは手ぶらで素早く避難するべきなのに、桐簞笥の上に布団を重ね、引き手には大量の鍋をぶら下げていた。

「すみません、東京駅に行きたいのですが」

男性は途方に暮れた様子であたりを見回すばかりだ。

「ＪＲ——いや国鉄の線路がどのあたりを走っているのかだけでも教えてもらえませんか」

国鉄がＪＲになったのは去年の昭和六十二年のことだ。ようやくＪＲと言い慣れてきたのに、ここでは国鉄と言わねばならない。

「国鉄の線路はこの道をまっすぐですが、あなた額が切れていますよ。大丈夫ですか」

章男は妻らしき人が持たせてくれた布切れで額の傷を押さえながら、国鉄の線路に向かって急いだ。ぐらぐらと地面が揺れている気がした。斜めにひしゃげていた金物屋が、土煙を上げながら倒れてきた。

「余震か……」

先を急ぐ。額から血が噴き出してきた。痛みはない。ようやく線路を見つけたが、縦に横に波打っている。枕木は散乱し、盛り土が崩れてしまっていた。章男は東西南北がわからない。どちらへ進むべきか。一方は高い建物がひとつも見えない。もう一方は、砂煙の向こうにコンクリートの建物がいくつも見えた。あそこが東京駅だろう。砂利に足を取られながら線路を歩く。

やがて運河にかかる鉄橋に辿り着いた。線路の橋脚がひしゃげている。右手に万世橋（まんせいばし）が見えた。ここは現在で言うところの電気街、秋葉原か。水辺に死体が折り重なっていた。このあたりは火災がひどかったのだろう。

章男は手を合わせ、一目散に運河を渡った。山手線（やまのてせん）に乗れば数分の距離だが、倒壊家屋や避難の人で道は埋め尽くされ、歩くと一時間はかかりそうだ。もうあちこちで火が出ているようで、灰や火の粉が飛んできた。火災が広がりつつある。

大通りに出た途端、立ち往生した。避難の人々がすし詰め状態になっている。家財道具を括りつけた大八車やリヤカーが道を塞ぎ市電も立ち往生していた。黒のシボレーが一台、あきらめたように人ごみに紛れている。

この時代は、着の身着のままで避難するという常識が市民に根付いていないのだろう。警察官が家財道具を置いていくように叫んでいるが、誰も聞く耳を持たない。

章男は誰かの大八車の上にのし上がり、荷物から荷物へと飛び跳ねて前へ進んだ。もしかしたらこの体の持ち主は大工ではなくとび職だろうか。軽々と荷物の山を越えられた。ようやく雑踏を抜け出す。

東京駅の駅舎が見えてきた。いまと佇まいがほとんど変わらない。

線路の真ん中でしゃがみこんでいる喜一郎を見つけた。

8、滝行（昭和六十三年）

章男はエンジンを封印せず、持ち帰って物置部屋に戻した。なにかに取り憑かれたふうだったトオノは、章男が滝行から戻ったころには、ダイナの助手席でいびきをかいて寝ていた。記憶もあいまいで帰り道もぼんやりした様子だったから、ちょっと心配になる。

——たぶん、トオノに取り憑いたのは、摂津登志夫だ。声が全く同じだった。

章男はひとりで隠滝神社に通うことにした。

神主はなにも訊かないし、章男もなんの説明もしなかった。

滝行を始めてから、章男は頻繁に喜一郎のもとへタイムリープしている。だが入る体を選べない。関東大震災のときは、救護所でもらった水を喜一郎にあげるのが精一杯だった。

二度目の滝行で目覚めたのはニューヨークだった。世界恐慌の発端の地であるウォール街の、暗黒の木曜日のさなかだ。喜一郎はそれが世界史の中で最も有名な不況の始まりだと知る由もない。伝えようと思ったのだが、岸壁に上がり損ねて喜一郎の足首をつかんでしまい、脅かしてしまった。

喜一郎を助けたいのに、あまり助けになっていない。むしろ不審がられている。タイムリープできるのが亡くなる人の体だからだ。

今日も章男は滝行に向かうため参道を歩く。大幣が囁くたびに、心はまっさらになっていくようだ。滝の音が近づいてきていた。章男は神主の背中に訴える。

「私は祖父を助けたいだけなのです」

神主がピタリと足を止めて、章男を振り返る。

「だがどうにもうまくいきません」

彼の目が鋭く光を放った気がした。

「彼は助けてほしいなどとは思っていませんよ」

神主は中空を見ている。その目にはなにも映っていないようだった。

滝に到着した。名もなき瀑布に今日も圧倒される。真夏のいまでもここだけ異様に寒い。空気は澄み渡り、滝の爆音で耳の奥が割れそうなのに、かえって静かな気持ちになった。

神主が祝詞を唱え始めた。章男は滝の前で拝礼し、滝つぼに膝まで入った。心臓発作を起こさぬよう、徐々に体を冷水に慣らす。全身が総毛立っていく。皮膚が限界まで縮みあがり、体の内側まで引き絞られているようだ。

喜一郎はアキオの助けがなくとも、トヨタを立ち上げる。なんのためにタイムリープするのか。答えがわからぬまま、章男は脳天に瀑布を受け止めた。

章男は布団の中にいた。タイムリープしたようだが、今日は人も場所も時もはっきりしない。最近のタイムリープでは、『関東大震災の喜一郎』とか『暗黒の木曜日の喜一郎』と具体的に思い浮かべて飛んでいた。

今日はなにも望まず滝に入った。ここはどこだろう。胸元にひやりと冷たい感触がある。医者が聴診器をあてていた。目が合う。医者は狼狽した。

「目が覚めましたか」

はい、と返事をした。しゃがれた男の声だ。布団の脇で章男の手を握っている女性がいた。日本髪を結い眼鏡をかけている。章男は起き上がってしまった。

「あ、浅子……さん？」

豊田浅子はホッとしたように微笑んだ。

「どうしたんですか、妻をさん付けなんて」

章男は鏡を探した。床の間には盾や勲章が飾られていた。

――まさか。

廊下に飛び出した。医者や浅子が止めようとする。章男は寝巻き姿だ。手足は皺だらけで、足の動きも悪かった。廊下の突き当たりに姿見を見つけた。

頬に両手をあてて叫ぶ。佐吉翁だ。

偉大なる発明王になってしまった。


章男はまだ三十二歳だ。曽祖父とはいえ教科書に出てくる偉人の貫禄が出せるか。

――まだ老婆や若いブロンド美女のほうがやりやすいのに。

とにかく佐吉翁だ。彼の晩節を汚さぬよう行動せねばならない。下手をしたらトヨタの歴史が変わってしまう。章男は佐吉翁になりきるためにひとりの時間が必要だった。医者や浅子から止められたが、ちょっと家の周りを散歩するだけと断り、玄関を出た。杖なしで歩き出したのを、医者も浅子もぽかんと見ていた。章男翁は慌てて玄関に戻り、慣れない杖を使いながら、庭に出た。三人の子供がどんぐりを拾って遊んでいる。幼児を抱いている母親は二十子のようだ。するとあの五歳くらいの少年は父親か。こんな姿でいるところを見られたら怒られるような気がして、章男翁は逃げるように敷地の外に出る。

ここは覚王山の別荘地だろう。章男翁は杖を持て余しながら、隣にある墓地に入ってみた。豊田家の墓はまだなく、雑木林になっていた。どこからか激しい金属音が聞こえてきた。交通事故だろうか。章男翁は急いで雑木林を出た。昭和六十三年では舗装されている道路も、昭和初期のいまは砂利道だ。埋まった石や木の根で地面が盛り上がるデコボコの悪路だった。

「あっ！」

クルマが運転席を下に横転している。フォードA型だろうか。助手席から喜一郎が這い出てきた。

章男翁は猛然と走り出したかったが、こらえた。

「俺は佐吉翁だ、病床の佐吉翁……」

杖をつきながら近づいた。喜一郎はクルマの裏側に見入っている。

「喜一郎」

章男翁は貫禄が出るように、腹から声を出した。喜一郎が驚いた様子で駆け寄ってくる。いま三十六歳、肌艶がよくて精悍（せいかん）になっている。これからいよいよ自動車部を立ち上げようかというところで、喜一郎が最も輝いていたときかもしれない。

章男翁はわざと厳しい顔を作って、横転したフォードを見た。こらえきれず、大笑いしてしまう。自分もかつてこのあたりでクルマを横転させたのだ。喜一郎は変な顔をしている。

「具合はどうなんですか」

「よくないに決まっておる。だが大きな音がしたものだから、心配して飛び出してきたんだ」

「それは……すみません。すぐに戻します」

喜一郎が自力でクルマの屋根を押し始めた。この時代にレッカーサービスはあるのだろうか。

「専門的な業者を呼ばないと難しいのではないか。私も若いころにひっくり返したことがある」

喜一郎は驚いている。

「ひっくり返したというのは、馬車とか大八車を、ですか？」

佐吉翁の若いころにクルマは走っていないのだ。誤魔化しつつ、喜一郎と力を合わせてフォードの屋根を押し、クルマを元に戻した。祖父と力を合わせていることが、章男は嬉しかった。

「いやはや、この時代のクルマは意外に軽いんだな」

喜一郎がまた変な顔をする。

「とにかく、二人で少しドライブしよう、喜一郎」

別荘は目と鼻の先だったが、喜一郎は砂利道をUターンした。名古屋市街地に出る。豊田グループの原点ともいえる、豊田商会があった武平町に向かうという。喜一郎は父の死が近いことを察しているのだろう。昭和五年の、殺風景で埃っぽい名古屋の町並みは珍しいが、観光に来ているわけではない。話したいことも山ほどあるから、章男翁はつい急いてしまう。

「ところで喜一郎。自動車部のほうはどうなっておる」

喜一郎は誰から聞いたのかと慌て出した。まだ利三郎にすら話していないらしかった。先走ってしまったが、章男翁は鷹揚に振る舞い話を促した。

「ひっそりと研究は始めています。技術者を厳選し、まずは車に慣れさせるところからですが、なにせ時世が悪いです」

佐吉翁が亡くなった昭和五年は、世界恐慌の余波で日本経済も悪化していた。現在でいえば不況のあおりを受けやすいのはレジャーや飲食業界だが、このころは繊維紡織業だった。倒産が相次いでいることろだろう。豊田紡織でも賃金をカットし、人員削減をした記録が残っている。プラット社からの特許料が入るとはいえ、不安は残るだろう。

「いま自動車を作るなどと言っても、鼻で笑われるか激怒されるかのどちらかです」

「確かになぁ……」

「ですから、内緒で始めて既成事実を作ってしまおうかと」

喜一郎がちょっと声を潜めた。その瞳はいたずらを企む少年のようだが、絶対にクルマを作るという固い決意を感じた。

「喜一郎。迷いや不安は、ないか」

しばし喜一郎が黙り込んだ。舗装道路はわずかで、大通りに出ても陥没や隆起があちこちにあり、ダートを走っているようだ。現代のクルマと違い、静粛性はないが、それでも章男翁には喜一郎の不安の息遣いが手に取るようにわかった。

「迷いと不安しかありません」

喜一郎が吐露した。

「いまの日本で自動車を作るということは、国にひとつの産業を興すということです。なにせ、前例がありませんから」

確かに章男がもしいま新たな産業を日本で興せと言われたら、途方に暮れるだろう。白楊社や快進社などが開発に乗り出しているが、量産できた会社はないし、どこも倒産するか他社と合併して名前が消えたりしている。

「発動機製造株式会社も挑戦しているらしいですが……」

「ダイハツは商用の三輪自動車を作っていたんだったか」

昭和六十三年にはトヨタと業務提携している。軽自動車に強いダイハツはミラが大ヒットしていて、スズキのアルトとしのぎを削っているところだ。喜一郎が変な顔で章男翁を見た。

「ダイハツ……？」

ダイハツという名前になったのは戦後のことだったか。慌てて流す。

「大量生産ラインに乗った乗用車は一台もないということだな」

「ええ。三井三菱も計画が持ち上がっては立ち消えするのが現状だそうです」

喜一郎のため息の最後は震えていた。

「その不安を、見て見ぬふりをしている毎日だというのが、正直なところです」

祖父はこんなにも不安に思い、ひとりで抱えていたのか。章男翁は勇気づける。

「お前は自動織機で世界を獲ったじゃないか」

「あれは利蔵さんや大島さんの助けがあったからで……」

「それだ、すでにお前には共に汗を流してくれる仲間がいるだろう」

この時代には豊田自動織機製作所内に自動車研究室が立ち上がっている。仲間が深夜に集まってこっそりシボレーの解体を始めるはずだ。

「自動車に興味を持って集まってきた、若者たちも、だ」

喜一郎は路肩にクルマを停めて、笑顔で涙を拭った。


隠滝神社からの帰り道、章男は元町工場の北側にあるトヨタの従業員寮に立ち寄った。仲間を思い涙を浮かべた喜一郎の横顔を思い出し、再び胸を熱くする。

——仲間っていいよな、ほんと。

章男にとってはトヨタでの唯一の仲間が、トオノだった。勤務場所は別々だが、たまに元町工場に遊びに行っては、食堂で飯を食う。仕事帰りには飲み屋で、陽気に上司をこき下ろすトオノと一緒に騒いだ。

今日も章男はトオノと軽く一杯飲むつもりだった。自宅に電話をかけてもつながらなかったので、直接、彼の社宅の部屋を訪ねた。トオノの部屋は玄関扉が開けっ放しになっていた。明かりが漏れている。

「トオノ？」

扉の外から中に呼び掛ける。中はがらんどうで、清掃業者が掃除をしていた。

「ここに住んでいた人はもう引っ越されましたよ」

章男は公衆電話に飛び込み、トオノの電話番号を押した。工場から離れた市外に転居するとは思えない。引っ越しが済んでいたらつながるはずだ。

〝この番号は現在使われておりません〟

翌朝、元町工場のトオノが担当するラインに顔を出して彼を探したが、いない。上司も他の期間工たちも、誰もトオノの行方を知らなかった。

トオノは章男になにも言わず、忽然（こつぜん）と姿を消した。

章男はまたひとりになってしまった。

9、芸者殺人事件（平成元年）

章男は愛知県警本部の前を行ったり来たりしていた。荒唐無稽と踵を返すのだが、ここにきっと手掛かりがあるはずだとも考え、結局は正面玄関に向き直った。受付で名刺を渡す。

「トヨタの歴史を確認しております。自動車の歴史も包括的に調査しており、交通事故についても調べています。こちらに残っている交通事故の資料を見せていただけますか」

「被害者や被害現場のお写真も含まれますので、一般の方に開示はできません」

「戦前のものでかまわないのですが。いまや平成ですよ。昭和初期は歴史でしょうに」

受付の警察官が電話で確認を始めた。ロビーで待つこと三十分、制服姿の若い警察官が資料室へ案内してくれた。

「トヨタの方とお話しできるなんて、光栄ですよ。僕、クルマが大好きなんです」

「そうでしたか。ディーラーを紹介しましょうか。少し値引きできますよ」

営業トークしてしまったところ、若い警察官は向き直って章男の両腕をつかんだ。

「本当ですか！　レクサスが欲しいんですよ。レクサスＬＳ４００！」

トヨタ自動車は今秋にレクサスという高級ブランドを立ち上げる。マニアの間ではＬＳ４００の写真が出回っているらしかった。米国で立ち上げたブランドなので、日本での販売はない。個人で逆輸入して手に入れるしかないのだ。

「レクサスですか……。珍しいですね」

流行りのソアラならわかるが、日本ではまだマニアしか知らない米国のレクサスを欲しがるなんて、よほどのカーマニアだろう。彼はしつこく問い詰める。

「どうして米国のみの販売なんですか。トヨタは日本の企業でしょうに」

「しかし、日本でニーズがあるかどうか、見極めが難しいところでして」

資料室に入った。一番奥のキャビネットを警察官は指さした。

「ここが戦前の資料です。交通課での取り扱い事案は下段に並んでいます」

章男は明治三十八年の資料を探し出す。明治三十年代は一冊に紐綴じされていた。このころは交通課や交通部という部署はない。『交通事故』という言葉が存在しなかったころだ。

荷馬車の馬に蹴られて通行人が死亡したとか、人力車の下敷きになり婦人が怪我をした、自転車のブレーキ故障で崖から転落したなどの事案が並ぶ。

五月に入ってすぐ『自働車事故』の記載を見つけた。まだ明治のころは『クルマ』とは言わず、自動車も『動』と『働』の漢字がごっちゃになって使われていた。

明治三十八年に豊橋市で、三河の絹王こと加藤富太郎が所有する自働車車輛（英国より個人輸入のランチェスター）が、摂津登志夫と衝突、死亡させた、とある。

加藤富太郎は明治時代中期に養蚕業で大成功した実業家だ。当時の日本は絹の輸出が世界一位で、日本中に『絹成金』がいた。事故当時は本人がお遊びで乗り回していたらしい。『車輛ノ損傷ハ前面灯ノミ、エンジン始動セズ摩訶不思議』と警察官は書いている。公的文書を書くことに慣れている警察官が『摩訶不思議』という言葉を調書に残してしまうほど、車両の不具合が不可解だったのだろうか。八事の邸宅にあるエンジンは、恐らくこの車両のものだ。

章男は事故の報告書に添えられた、最後の文言が目につく。

『ナホ本事案ハ日本初ノ自働車車輛ニヨル死亡事故デアル故、加藤ノ送検ニ於イテハ内務省ト相談ノ上ニ決定ス』

摂津登志夫は、日本で初めての交通事故の犠牲者だったのか。八事の自宅に保管されていたのは、日本で初めて人を死に追いやったエンジンということになる。


名古屋市則武新町にある豊田紡織の跡地は記念館にすることが決定し、現在はレンガ造りの工場の修復作業が行われている。章男は次にトヨタ鞍ヶ池記念館の拡張を進めていた。豊田市内にあるこの記念館は本社工場のあるトヨタ町からクルマで東へ三十分ほどの大谷山の麓にある。昭和四十九年にトヨタの累計生産台数が一千万台を超えたことを記念して開館した。海外進出を本格化させていたころだったので、海外からの重要な客をもてなす場として利用されていた。ここにトヨタ自動車の創業期を詳しく展示することになった。

　章男は創業展示室で流すミニ映画の制作を任された。大スケールの立体音響映像で喜一郎の視点から創業期を見せる。映像制作会社を決め、役者も選定し、東京のスタジオで撮影が始まっていた。章男は制作総指揮の立場だ。気持ちはスティーヴン・スピルバーグだった。

「カット！」

　スタッフがカメラの前でカチンコを鳴らす。章男はすぐさま豊田紡織の役員室のセットの中に入った。喜一郎役の俳優に演技指導をする。

「いいですか。あなたはこれから日本に自動車産業を築こうとしているのです。三井三菱の大財閥も手を引いた一大産業ですよ！」

「はあ……」

　丸眼鏡をかけた喜一郎役の役者が頭をかく。章男は、喜一郎の本音を直接聞いている。物足りないのだ。章男が熱弁しているのを、監督やスタッフたちが呆れて見ていた。

　その週末には隠滝神社までスープラを走らせ、再び滝行した。章男はいま創業期の映像を作っているから、そのころにタイムリープするよう思い描いた。さて今日は誰に入るのか。


　章男は畳の上に膝を崩して座っていた。結い上げた髪で頭が重たい。黒い着物を着ていたが、金糸の柄が入った派手なもので、帯も赤と金で豪華だ。鏡を求め立ち上がる。羽織が畳の上に無造作に放置されている。くずかごが倒れ、鏡の前には化粧品が散乱していた。

　鏡を覗き込む。章男は日本髪を結い、おしろいで顔が真っ白だった。

「これは舞妓（まいこ）か。いや芸者か」

「はま子。はま子や！」

階下から女性の声が聞こえてきた。誰も返事をしない。廊下に出たが、閉ざされた襖が並び他に人の気配がなかった。自分のことだろうと、章男は返事をしてみた。

「来られるなら下りてきてちょう」

芸者章男は階段を下りたが着物で危うく足を踏み外しかけた。

「満蒙は日本の生命線である！」

宴会場から、軍人らしき声がした。芸者章男は襖を開け、適当に三つ指をついて頭を下げた。宴会場に入る。勲章をつけた軍人が五人ほどいる。あとはみな背広姿の男性たちだった。利三郎が上座のすぐ脇にいた。春洋丸で会ったときはまだ新婚で若々しかったが、いまは頭が少し後退して貫禄があった。他にも豊田紡織や豊田自動織機製作所の幹部たちが勢ぞろいしていた。

軍人の演説の内容からするに満洲事変と日中戦争の間くらいの時期か。喜一郎はどこにいるのだろう。他の芸者たちに倣って酌をして回りつつ、探した。

トヨタ自動車の第三代社長の石田退三がいた。小さいころ章男にミニカーを買ってくれた人だ。十年ほど前に鬼籍に入った。いまはまだ髪が黒々としていて、章男が知る姿よりもずっと恰幅がよかった。険しい目つきをしている。

ようやく喜一郎を見つけた。末席にいるのをいいことに、膳の下で手のひらサイズのノートを開いて、なにやらスケッチをしている。軍人の演説やプロパガンダになびかない。喜一郎らしかった。いま四十歳手前くらいだろうか。佐吉翁にリープしたときよりも、一層逞しくなっていた。父親を見送り、いよいよ自動車のエンジンの試作に入っているころだ。

芸者章男は喜一郎に見とれ、手元が逸れた。酒をこぼしてしまう。慌てた様子で女将がやってきた。怒られると思ったが、気遣われた。

「無理しないでね。腹にさわるからあまり動き回らないほうがいいわ」

章男がリープした芸者は、やはり体調が悪いのだろう。見た目は病人風情ではない。ようやく喜一郎のそばまでやってきた。

「お酒をどうぞ」

喜一郎がお猪口に残った酒をあおり、芸者章男に突き出した。いまはシリンダーブロックの鋳造に手を焼いているころだ。喜一郎の手は一層、皮が硬くなっているように見える。油汚れで指紋が黒く浮き上がり、切り傷があちこちにあった。小さなノートに見取り図のようなものを描いていた。挙母工場の配置に違いない。いまそこは豊田市トヨタ町という日本最大の企業城下町になっている。

喜一郎が視線に気づいたのか、ぱたんとメモ帳を閉じた。芸者章男は慌ててお料理の話をふった。すきやき鍋の火を入れ直そうとしたら、喜一郎が効率の悪さを指摘する。目がいつもより赤い。工場のことを考えながらも、酔いはしっかりと回っているらしかった。

「客が食べるタイミングで火を入れて持ってくれれば二度手間にならない。つまり最初の作業は無駄になったわけだ」

「あら。お料理でもジャスト・イン・タイムの思想ですね」

喜一郎のことは誰よりも知っているという自負がつい口に出た。喜一郎は驚いた様子だ。慌てて芸者章男は口元を押さえた。

「君、名前は」

「はま子です」

喜一郎に酒を注いだ。その傷だらけの手にやはり見とれてしまう。

「相変わらずキーさんの手は、油まみれですねぇ」

「僕はこの店に来るのは初めてだが？」

「そうでしたっけぇ」

こうなったら酔わせてしまえ、と芸者章男はなみなみ日本酒を注ぐ。酌に回っていた陸軍省の男が、石田退三と自動車産業の話をしていた。長年のライバル企業である日産の名前も耳に入る。

「そりゃあ日産コンツェルンは金があるでしょう。いくらでも自動車事業に乗り出す体力と能力がある。日産と張り合おうとしたがために、豊田グループが共倒れとならぬか、私は生きた心地がしません」

石田は暗に自動車部を批判しているようだ。酔い任せに叫んでいる。

「発明狂は一代で充分！」

相手の男は喜一郎の存在に気がついていないようだ。

「その御曹司は追い出すべきですよ」

喜一郎の拳が震えていた。立ち上がろうとしたので、芸者章男はその腕をつかみ、座らせる。石田退三が見えないように座り直して石田の事情を代弁する。

「石田さんは当初の予定にあった紡織工場の拡張で、去年から長野と名古屋を何度も往復し、地元と交渉していたんです。最初は地元の人の理解を得られず、門前払いだったとか」

喜一郎は知らなかったようだ。石田はいまは反対しているが、喜一郎が労働争議の責任を取ってトヨタ自動車の社長を辞したとき、トヨタ自動車の社長を引き受けてくれた。売り上げもV字回復させた。誰よりも創業者の喜一郎を気遣い、彼を社長に戻そうと奔走してくれた。

喜一郎が身を引くように立ち上がった。芸者章男は慌てて喜一郎を追いかけ、廊下を力強く歩くその背中に教える。

「大丈夫。石田さんはやがて喜一郎さんの最大の理解者となって、会社を支えてくれます」

芸者章男は女将に呼び止められた。忘れちゃダメよ、と喜一郎の外套と帽子を持たされる。ちらりと喜一郎が芸者章男を振り返る。どうしてか、ちょっといじわるな、試すような表情をしていた。

「もう年の瀬だな。今年は何年だったかな」

挙母工場の建設前であることや「満蒙は日本の生命線」の掛け声から、察しをつけた。

「一九三三年です」

年号でもなんとか答えたが、さすがに皇紀で答えることはできなかった。

「僕が十一歳のころのことだ」

切り出した喜一郎にどきりとして、芸者章男は彼の顔を見上げる。

「父の実家で遊んでいたら、奇妙な少年が現れた。彼はショウワから来たと話していた。まだ明治のころの話だよ」

喜一郎の外套と帽子を抱いて困り果てる。彼は芸者章男の顔を覗き込んで、少し笑っていた。

——もしかして、正体がバレているのか。

だが喜一郎はそれ以上に問い詰めることはなかった。面白がっているのだろうか。そんなことはありえない、と流しただけか。その表情は父の章一郎にそっくりだった。章男が小さいころ、困ってしまったことがあったとき、父はあんなふうによく章男の顔を覗き込んで微笑んでいた。

喜一郎はコロコロと形を変えて現れる自分を、愛情深く受け入れている。

喜一郎を見送り、芸者章男は宴会場を素通りして、二階に上がった。どうやらここは芸者の控室らしかった。下では民謡に合わせ、鼓や三味線の音が聞こえる。

早くまた会いたい。次のタイムリープはいつにしよう。芸者章男は帯を緩め、とりあえず一息つく。手に血がついていることに気がついた。

「えっ……」

帯の下の着物に血が滲んでいる。着物が黒いので全く気がつかなかった。章男は帯を取った。赤い襦袢(じゅばん)のお腹のあたりが濡れていた。腹にサラシを巻いていたが、そこに滲んだ鮮血は乾き始めていた。

10、仲間（平成四年）

真夏のある日、章男は石川県金沢市内の犀川沿いにあるラーメン屋で昼食を摂っていた。地元のサラリーマンやつなぎ姿の客たちが、天井に括りつけられたブラウン管テレビを見つめる。

「松井の打席だぞ！」

夏の全国高校野球大会の真っ最中だ。石川県代表の星稜高校が接戦を繰り広げていた。『ゴジラ』のあだ名がつけられた星稜高校の松井秀喜選手は、夏の甲子園の注目選手だ。

章男はこの春から営業部に異動になった。トヨタ販売店の北陸地区担当の課長だ。野球の続きが気になったが、名古屋発の特急しらさぎがそろそろ金沢駅へ到着する時間だ。去年購入したばかりの愛車のソアラに乗り込み、ＪＲ金沢駅へ向かう。特急電車の改札口で待つ。

天敵が改札口に姿を現した。章男が出迎えるとは思っていなかったのか、相手は驚いたようだが、いつかと変わらぬ冷めた視線で章男を一瞥した。

「御曹司自らお出迎えですか」

「お久しぶりです。わざわざ北陸まで恐れ入ります」

「本当に。元町工場でのトラブル以降、私はあなたの御守り役かしらね」

人事部の古谷政子は嫌味たっぷりに言った。章男がまだ新入社員だったころ、元町工場までやってきて〝なにもしゃべるな、本音を言うな〟と章男の心を縛った人物だ。章男より十歳年上だった。トヨタ自動車は創業時から女性の社員が少ない。事務部や人事部に多少いるが、技術部門ではトレーサーの女性社員がいる程度だ。彼女は数少ない女たちの中で頭ひとつ飛び抜けた存在でもある。現在は人事部の課長になっていた。

章男は政子を連れてソアラに乗り込んだ。

「このクルマ、デートカーじゃない？」

八〇年代にそんなふうに呼ばれるクルマが流行った。

「古いですよ。いまはもう九〇年代です」

「この手のクルマは苦手なのよ。車高が低いスポーツカータイプは酔うでしょ」

章男はクルマを出し、トヨタ北陸本部に向かう。信号待ちのときに謝罪した。

「このたびは、すみませんでした。しかし先に手を出してきたのはあちらです」

「詳しい話は事務所で聞きます」

章男は営業部の現在の部署に異動してきて、販売店が問題だらけであることに気がついた。十年前まではトヨタ自動車販売として独立していたから仕方がないが、あまりに無駄が多すぎる。トヨタ生産方式（ＴＰＳ）やカイゼン、ジャスト・イン・タイムなど、喜一郎の時代からトヨタ自動車工業内で脈々と培ってきた原価低減の考えが全く浸透していなかった。

章男は部下を引き連れ、北陸地域にあるトヨタ販売店の全てを視察し、行く先々で改善点を指摘していった。ありがたがる店長はほとんどいなかった。うるさそうに適当にあしらうか、旧自販には旧自販のやり方があるのだと言い張る人、うちはこれで三十年やってきたと拒否する人ばかりだった。

事務所に到着した。普段からここの従業員は各販売店を回っているので、昼間は事務員がひとりいるだけで閑散としていた。茶を待たず政子が切り出す。

「ことの発端は先月、トヨタ東金沢店ね」

「クラウンマジェスタをはじめとする数々の新車が、販売店のヤードで三十台も雨ざらしになっていました。古いものだと半年もヤードに新車が放置されていた」

工場での無駄を省いて六週間で出荷された新車が、販売店に半年も放置されていたのだ。

「なんのためのTPSでしょうか。工員たちは自らの動線や行動に無駄がないか常に顧みながら一生懸命にクルマを作っているのに、販売店がこんな状況じゃ工員の努力が無駄になります」

すでに政子は聞き取り調査をしてきたようで、店長の言い分を代弁する。

「出荷日時が決まった段階でメカニックによる整備を行い、修繕を施しているので、安全対策には問題がないそうよ」

「安全対策なんぞは当たり前の話でしょう。そもそも雨ざらしのヤードに在庫を大量に確保する意味はなんですか。売買契約が成立した時点で出荷をかければいい」

「販売店の店長によると――」

「客を呼び込むために新車を大量にヤードに並べることに意味があるというやつでしょう」

政子がむっつりと黙り込み、章男を見た。

「雨ざらしになって修理をされた新車もどきのクルマを数日で納車するのと、何週間か待ってもらって正真正銘の新車を出荷する、どちらがお客様のためになりますか」

「あなたその調子で店長を責め立てたの」

政子が書類を見た。

「この店長はトヨタ自販に新卒で入社後、営業成績トップで何度も表彰され――」

「表彰された人に悪いところを指摘してはいけないのでしょうか。販売台数にかかわらずお客様の立場に立って親身になるのがディーラーの真の姿だ。売った台数じゃない。どれだけ真心を売ったかです」

「純粋なのねぇ、御曹司は」

あしらうような政子の態度に、腹が立った。口調が荒くなる。

「あんた、俺をバカにしてるのか」

「私は女で出世コースから外れてるから、御曹司だろうがなんだろうがはっきり言わせてもらう」

章男は目を見開いた。〝女だから出世コースから外れている〟という言葉に、引っ掛かったのだ。

「君は会社という組織で生きていくには、純粋すぎるのよ」

キミ呼ばわりにはむかついたが、黙って聞く。

「君の言っていることは正しいわ。だけど正論が常に人の心を動かすとは限らない。正論は時にひどく人を傷つける」

トヨタ自販に生涯を捧げてきた定年間近のディーラーに正論をぶつけたところで、そのプライドを傷つけるだけだと言いたいようだ。

「だから黙っていろというのか。プライドよりも――」

「お客様の利益が大事？　確かにそうよ。でももう二十代の小坊主じゃないんだから、言い方とやり方をわきまえろと言っているの」

「最初は懇切丁寧に説明した。あちらにも長年ディーラーをしてきたプライドがあるのはわかるが、あのディーラーは俺が敬語で説明している最中に鼻毛を抜き始めた」

「きっと鼻がむずむずしただけよ」

「で？　俺が悪いのか」

政子はなにか言いかけて、口を閉ざした。茶で喉を潤し、覚悟を決めたように章男を見た。

「支配人があなたの言い分を聞こうとしなかったのは、トヨタの御曹司だからでしょうね」

章男は湯呑みを握りつぶしたくなった。

「コネ入社でスピード出世中の、将来社長の席が約束された御曹司の言うことなんざ聞いてたまるか。それが全社員の本音よ」

政子がじっと見つめてくる。章男の反応を観察しているようだ。

「なるほどね。ようやく、鼻毛を抜きながら俺の話を聞いた支配人の気持ちがわかりましたよ」

咳払いし改めて言った。

「俺は確かに出世が早すぎる」

政子に問う。

「古谷さんは人事畑にいてもう二十年だ。どうしてだか知っていますか」

知らないとそっけなく言われた。即答が疑わしい。

「しかも俺は部を渡り歩いている。当初は元町工場だったから俺はいずれは工場長になってトヨタの生産部門の一翼を担うのだと思っていた。ところが次に配属になったのは全くの畑違いの管財だ。普通こんな人事はありえないだろう」

「そうね。技術部はずーっと技術部だし、経理部は課や係を異動するだけで経理畑を進むのがトヨタの人事よ」

その道のプロフェッショナルになった者だけが部長に上り詰め、役員となって会社の経営に携わる。その中からさらに逸材が社長になるのだと章男は思っている。

「過去の豊田家だってみんなそうだ。創業者の喜一郎はずっと技術部門を統括していた。英二会長や章一郎社長も技術部系にいて、管財やら営業部やらを担当したことがない。なんで俺だけこんなに各部署をたらい回しにされているんだ」

管財の異動はまだ納得ができた。記念館事業は創業家出身の章男がやるにはぴったりの仕事だったからだ。

「だがそのあとがおかしい。生産管理部に突然異動になった。なにをすべきか右往左往して一年も経たぬうちに営業部でいまここにいる」

政子は黙って章男の話を聞いていた。

「しかも入社十年たらずにしてもう課長だ。出世が早すぎる。周囲は奇妙に思うだろうし、反感を買って当然だ。どうしてこんな人事がまかり通っているのか、人事畑のあんたは知っているはずだ」

「だから、初めて会ったときに言ったでしょう」

政子はため息をまじえる。

「黙ってのらりくらりとやっていれば、あなたには社長の椅子が待っている」

「俺はトヨタの社長になるためにトヨタに入社したんじゃない！」

思わず声を荒らげたが、あらそう、で流されてしまった。

「周りはそうは見ていないのよ。七万人いるトヨタの社員は創業家の御曹司であるあなたを一般社員とみなさない」

政子が身を引いてぶっきらぼうに言う。

「私もあなたも、トヨタの本流にはなれないの。私たちは亜流なの」

本流、亜流という分け方に章男は違和感を持った。

「私は女という亜流。前例がないから評価しにくい。あなたは創業家の長男だから、能力があろうがなかろうが出世していく特殊亜流にいるわけ」

「誰がそんなことを決めている」

「トヨタに入社した、名もなき普通の男たちよ」

「俺だって、普通の男だ」

「そこがあなたの悪いところ。あなたが一番、あなたが背負っているものが見えていないの」

章男は鼻息を荒くしたが、反論はできない。

「何度も言っているでしょう。あなたは創業者の孫で、現社長の長男なの。どれだけ優秀であっても認められることはなく、後ろ指さされたまま社長に祭り上げられる。もしくはどれだけのボンクラであっても周囲から持ち上げられ不祥事は揉み消され、やがては社長に祭り上げられる。そういう存在なの」

「だから俺は何度も言っている。社長になりたくてトヨタに入ったんじゃない」

政子はうるさそうに聞き流し、立ち上がった。

「最後に二つ教えてあげます。私は最初、あなたの出世が早くて部署をまたいでいるのは、章一郎社長直々の命令による帝王学の一環だと思っていた」

「父は人事に口出しはしていないはずだ」

「ええそのとおり。英二会長もあなたのことにはノータッチだった。すると英二会長や章一郎社長にゴマすりしたい連中の忖度(そんたく)かもしれない」

「俺もそうかなと少しは考えた」

「違うみたい。豊田家潰しはもう始まっていたのよ」

その言葉は凄まじい威力を持って章男の耳に入ってきた。

「豊田家潰し、だと？」

「豊田家から距離を置くことがトヨタがグローバル企業になる最低条件だと考えている。そしてそう考える男たちがトヨタの本流になりつつあるのよ」

当たり前のことだと政子は言い放った。

「いまトヨタの社員は七万五千二百六十六人。連結では十万人を超えるのよ。厳しい就職戦線を勝ち抜き、生き馬の目を抜く出世競争を戦う男たちがいまのトヨタを支えている。その中で豊田の姓を持つ者は数人しかいない。社員ではあなただけ。だからあなたに活躍されては困るの」

指を差された。

「創業家出身のあなたを慕って人が集まり派閥になるのを恐れているのよ。だからあなたが仲間を作れぬうちに異動させている。あなたが人から慕われることがないように、あなたをスピード出世させ、創業家だから過剰評価されていると思わせて周囲の嫉妬心をあおっているの」

章男は椅子に落ちた。ため息をつく。

「教えてくれてありがとう。よくわかった。これでいろいろ納得できた」

涙があふれてくる。

「そうか——俺は、どれだけがんばってもトヨタで仲間を作ることはできないんだな」

11、左遷（平成八～九年）

朝の七時半、章男はソアラに乗って豊田市トヨタ町一番地のトヨタ自動車の本社に向かう。周辺道路は出勤する社員たちのクルマで渋滞していた。

章男は今日から本社勤務だ。駐車場にクルマを停めてエレベーターに乗った。昭和三十五年に建設された本社ビルは五階建てで、社章にもなっているトヨタのマークが西側についている。

章男は国内業務部のフロアで降りた。平成八年の春から、業務改善支援室に異動だ。また部をまたいだのだ。相変わらずのたらい回し人事を、周囲は『御曹司の帝王学』ととらえていた。週刊誌も嗅ぎつけた。トヨタ自動車の御曹司の特別扱いを否定的に書く。

役員ですらないサラリーマンを実名でこき下ろす週刊誌があることに驚き、また悲しくなる。どうやら『豊田章男』だから書いていいと思っているらしい。心から傷ついた。

国内業務部の広々としたフロアにかかる課の看板を見たが、どこにも業務改善支援室の札は見えなかった。変だなと思いながら廊下に出た。段ボール箱を持ったスーツ姿の男とぶつかる。互いに謝り、落としたファイルや文房具を拾う。章男はついでに尋ねる。

「ところで、業務改善支援室を探しているのですが、知っていますか」

「私もそこを探しているんですよ」

男が辞令を見せた。

「同じ部署ですね。僕は室長です」

男は背筋を伸ばし、頭を下げた。

「今日からよろしくお願いします。国内商品部から来ました猿田毅です」

「こちらこそよろしく。とりあえず、部屋を探しましょう」

だがいくら探しても業務改善支援室は見つからない。そのうち、同じく業務改善支援室を探す二人の男と巡り合った。犬山義彦と名乗った男は三十代で、もう一人は鵜飼寛人という二十代の若者だった。無邪気に言う。

「なんだか桃太郎みたいですね。犬山さんに猿田さん。自分は雉ではないですが、一応、鳥の名前が入っていますし」

「俺は桃太郎なのか？」

章男はちょっと笑ってしまった。

「とりあえず場所を受付で訊いてくるから、ここで待っていてくれ」

エレベーターで一階に下りて、受付の女性に業務改善支援室の部屋を探してもらった。

トヨタ自動車はこの本社地域だけで工場の建物が九つと棟が八つある。受付の女性は地図を開いたり、一覧表を見たりして調べてくれた。

「業務改善支援室というのは、本社にはございません」

章男は狐につままれたような気持ちで、国内業務部に戻った。スーツ姿の男に捕まった。

「豊田さん！　探していたんです。小田原部長がお呼びですから、こちらへ」

小田原和明は国内業務部のトップだ。彼はその秘書らしかった。共に国内業務部のフロアに入り、窓を背にした上座のデスクへ行く。猿田と犬山、鵜飼がその脇に立っていた。

「豊田君！」

窓を背にして座っていた小田原部長が立ち上がる。小柄で頭も小さいせいか、鼈甲縁の眼鏡が巨大に見える。

「異動初日から、部署をうろちょろしないでくれ。みなが迷惑するから」

「目障りだったのなら、申し訳ありません」

これまでの章男なら反抗していたが、もう四十歳になった。とりあえず部下たちを廊下に出した。なにか部下が問題を起こしたのなら、章男が代わりに謝ろうと思ったのだ。小田原はもう用は済んだとばかりにデスクに座っていた。

「小田原部長。改めまして、国内業務部、業務改善支援室に異動してきました、豊田章男です」

一礼した。がんばりたまえという短い言葉が返ってきただけだった。

「業務改善支援室の場所がわかりません。受付に訊いても存在しないと言われてしまいました」

小田原が思い出したように言う。

「今日発足なんですよ。君たちは立ち上げメンバーです。がんばってください」

「――あの。どこのフロアを使わせていただけますでしょうか」

「私に訊くなよ。君たちが発足メンバーなんだ。どこかに場所を確保して業務をしてください」

「では、業務というのは具体的になにをするのでしょうか」

「豊田君。君は創業家の人間でしょう。創業者を見習って好きなことをしたらいいじゃない。喫緊の仕事はないから、好きにやりなさい」

章男は頭が真っ白になった。

「豊田家は一人一発明だろう。佐吉翁は織機。喜一郎公は自動車。しかし志半ばで逝去されたので、息子の章一郎氏が自動車を継いで世界に羽ばたかせた」

天井を見上げた小田原がすっと冷たく章男を見据える。

「君はなにができるのか。楽しみにしていますよ」


章男は廊下で困惑気味に待つ部下三人に言った。

「今日はとりあえず、帰ってくれ」

みな目を丸くしたが、本当のことを章男は言えなかった。

「諸々（もろもろ）、準備がまだ整っていないそうなんだ。私がやっておくから、今日は帰ってかまわない」

「手伝いますよ。僕らだけ休みというのは気が引けます」

鵜飼が申し出たが、断った。

「私ひとりで少し調整したいことがあるんだ。そのうちきっと忙しくなるから、今日は休んでくれ」

章男は部下三人を強引にエレベーターに乗せた。犬山が前に出た。

「室長。せめてお名前だけでも」

章男は名刺を渡した。

「古い名刺ですが。豊田章男です」

名刺を配った。三人は名刺を見ながらエレベーターの中に収まった。扉が閉じる瞬間、御曹司と気がついたようだ。「えー！」と叫ぶ声が聞こえてきた。

章男は人事部のフロアに入った。入り口に近いデスクの人が章男に気づき「あっ」と声を上げる。

波紋が広がるように、人々が顔を上げたり視線をさまよわせたりする。

人事部はひとり残らず章男の顔を知っているようだ。章男が『特殊亜流』だからだろう。

「古谷政子課長はいるか」

窓辺のデスクから、スーツ姿の女が速足で近づいてきた。

「下の喫茶室で話を聞くから」

ひっそりと言い、章男の腕を強く引いた。章男は腕を振り払った。

「ここで話せばいいじゃないか」

「あなたが直接乗り込んできたらみんなビビッちゃうでしょ。殴り込みにきたと思われる」

「殴り込みになんかきていない。真意を尋ねにきただけだ」

「それを殴り込みというのよ」

「俺の頭に血がのぼる人事異動をまたやったと自覚がある。だから殴り込みにきたとビビるんだ」

章男は政子に引っ張られて一階の喫茶室へ連れていかれた。だが政子は店内に入らなかった。章男に向き直り、なんのクルマに乗っているのか訊く。

「変わっていない。ソアラだ」

「乗せて。クルマの中で話しましょう。君はハンドルを握るととても冷静になるから」


車内で政子がラジオをつけた。いま流行りの小室サウンドが流れている。電子音と高いキーの歌声が、重く張り詰めた車内で空回りしている。

「今度は国内業務部ですってね」

章男は答えなかった。

「工場勤務に始まって、管財に生産管理部、営業部ときて今度は国内業務部。いよいよ本社勤務。本丸に近づいているんじゃない？」

「裏を知っているくせに、よくそんなことが言えるな」

政子はつまらなそうにフロントガラスに視線を戻す。

「業務改善支援室の発足メンバーだとさ。部長は好きなことをやれだと。なんだそれは。俺は会社に遊びにきているんじゃない。しかもデスクどころかスペースまで準備されていなかった！」

政子は腕を組んだ。

「それでなぜ人事に来たの。うちにクレームを入れられても困るわ」

「なんのために業務改善支援室を作ったのかを知りたいんだ」

政子は黙っている。

「俺に発明でもしていろと言わんばかりだったが、あれは本音じゃないだろう。俺を塩漬けにするための部署なんじゃないのか。事実することがない」

「好きなようにやりたいことをやればいいじゃない。ある意味チャンスだと思うわよ」

「言われなくても好きにする。トヨタのためになる仕事を自分で探して形にしていく」

章男は歯がみしながら決意を新たにしていく。

「俺が気になっているのは、部下たちのことだ」

戸惑ってばかりの部下三人の表情を思い出し、章男は胸が痛くなった。

「一体どういう事情で俺の部下に選ばれたんだ」

クルマは名古屋鉄道の豊田市駅前ロータリーに入っていた。ホテルやビルが立ち並ぶ一角だ。政子がしみじみ言う。

「すごいわよね、豊田家って。街を丸ごと変えた。ここは挙母市だったのよ。トヨタが大きくなったことで、町も駅の名前も変わり、ホテルや病院にまでトヨタの名がつくようになった」

「それを面白く思っていない連中の仕業なんだろ、今回のこの人事は」

章男がこんな目に遭うのは仕方がない。もう慣れた。

「だが部下たちは違うだろ。彼らのサラリーマン人生は大丈夫なのか？」

「君って優しいのね」

政子はたいそう驚いた顔で、章男を見た。ようやく説明してくれる。

「猿田君は英二会長の運転手をしていた。最近までは秘書のひとりだった。犬山君は経理畑の人。一昨年、係長が交通費を水増ししていることに気づいて内部告発をした」

「猿田は豊田家と近いから追いやられたということか。犬山は上司の不正を告発した素晴らしい人材じゃないか」

「企業にとっては危いということでしょう」

「その考え方は最低最悪だ。鵜飼は」

政子の目つきが鋭くなる。

「鵜飼寛人は本流のど真ん中。東大卒の野球部エースで、専務の大俵にかわいがられている」

大俵光介はトヨタ自動車の専務だ。長らく営業部にいて、トヨタ自工とトヨタ自販の合併のときに暗躍したと聞いたことがある。自販の中には、合併に難色を示し独立王国を保ちたい反対派がいたらしい。彼らを抑えたのが大俵だと言われている。

「大俵の噂は父から聞いたことがある」

「章一郎氏はトヨタ自販に出向していたものね。大俵は合併のときに反対派を分裂させる工作を仕掛けたから、豊田家の工作員だと自販の連中は噂していたわよ」

章男はぎょっとした。

「工作員などとんでもない。豊田家はそんなものは送っていないし、そもそも父は大俵のやり方に苦言を呈していた。あいつには心がないと怒っていた」

「大俵専務が豊田家と蜜月だというのは、やはりただの噂なのね」

政子は興味深そうにメモを取り始めた。社内の流派や力関係などのポリティクスをよく研究している様子だ。

「若手の鵜飼は、大俵の子飼いなのか？　大俵も東大野球部のエースだったな」

「そういうこと。なぜその鵜飼君が、あなたの部下として場所すら用意されていない部署に左遷されたのか」

改めて左遷と言われると、気が滅入る。

「鵜飼は大俵の逆鱗に触れるようなことをやらかしたのか。もしくは大俵のスパイか？」

政子は応えず、メモ帳をトートバッグにしまった。

「豊田君、ここで下ろして。私は電車で会社に戻るわ。ひとりになって考えたいでしょ」

章男は路肩にクルマを停めた。

「古谷課長。いつもありがとう」

上から目線の物言いに腹は立つが、政子は章男に真実を教えてくれる唯一の人ではあった。トヨタという巨大企業の中でマジョリティになれない者同士、章男に同情してくれているのかもしれない。

政子は首を傾げた。

「なぜ私に礼を言うの」

「いつも本音で話をしてくれる。俺と関わったっていいことなんかないだろうに」

政子がにたりと口角を上げげながら、足をクルマの外に出した。

「私、豊田君のクルマの運転が好きなのよ。酔わないから」

どうもこの女に言われると褒められている気がしない。

「クルマ屋の息子だ、当たり前だろ」

政子はすっと冷めた顔になった。

「トヨタはもうクルマ屋じゃないのかも」


国内業務部フロアの北隅にあった資料置き場を片付けてスペースを作った。デスクを四つ置き業務改善支援室はスタートだ。この業務改善支援室でなにができるのか四人で話し合い、販売店にTPSを広めることを事業化することにした。章男が営業部時代にやっていたことだ。これを北陸の販売店だけでなく、トヨタの全国の正規ディーラーに浸透させる。

章男は全国津々浦々で喧嘩をして回った。ただでさえ敵だらけだから、もう気にしない。年上だろうが売り上げナンバーワンだろうが関係なく、改善点を見つけては指摘する全国行脚をした。猿田と犬山は「敵を作って歩いているようだ」と嘆いた。鵜飼はやる気満々で、楽しそうに章男の業務を手伝っていた。策士の大俵専務が見込んだだけあり、鵜飼は仕事ができる。彼の真意がわからなかったが、一緒に仕事をする分には頼りになる男だった。

忙しくしている間に平成八年も年の瀬になった。仕事納めの日、鵜飼が章男に声をかける。

「今日仕事納めですし、どうですか、一杯」

無邪気に誘う鵜飼に、章男は戸惑った。トオノが消えてから、章男は部署での忘年会や新年会、送別会などぐらいにしか出なかった。二次会は断っている。自分がいるとみな本音を話せないだろうと思ったからだ。犬山や猿田も飲みに行く準備をしていた。

「そういや発足した日から無茶苦茶でしたもんね、うちの部署」

「せめて忘年会はやりましょう。今日が無理なら、新年会でも」

章男は微笑んだ。

「俺はやめとくよ。ありがとう。三人で楽しんでこいよ」

冬休み初日、章男はソアラに乗って隠滝神社に行く準備をしていた。なんだか朝から横腹がきりきりと痛む。神経痛かなにかだろうか。章男は腹を刺された芸者はま子のことを思い出した。

——やっぱり今日はやめておくか。

章男は自宅のソファに横になり、テレビをつけた。章男がタイムリープする直前、はま子は誰かに刺されて死んだのだろう。その最期を章男は使わせてもらった。罪悪感が募ることはこれまでもあったが、いまはタイムリープする気持ちになれない理由が他にあった。

喜一郎とどういう顔をして会えばいいのかがわからない。

かつては、大変な思いをしてトヨタを立ち上げて無念のうちに亡くなった祖父を、助けたい一心だった。だが自身がトヨタの社員となり、役職に就くうち、気持ちが萎えた。

トヨタは変わってしまった。熱い情熱を持った男たちが汗水流して世のため人のためにクルマを作る会社ではなくなった。建物は立派になり、世界中に工場ができて、生産台数は日本一になったが、中身はスカスカだという気がした。

喜一郎の孫として、トヨタの社員として、どの面を下げて創業者と顔を合わせていいのか、わからないのだ。

テレビを見た。平成八年を振り返る番組をやっていた。アムラーが流行ったとかで、茶髪にガングロ、厚底ブーツの女性たちが繁華街を闊歩（かっぽ）する。アトランタオリンピックの話題も多かった。

章男はテレビを消して、会社へ行くことにした。休むことが難しい。寝ても覚めてもトヨタのことを考えていた。夢の中でもトヨタで働いている。この会社がこのままどうなってしまうのか心配でならなかった。自分のことはどうでもよかった。手柄や成果が欲しかったらとっくにトヨタを辞めて他の会社に就職している。何かを成し遂げたいのなら起業していただろう。

自分がどういう目に遭おうが、トヨタを放っておくことができないのだ。

本社は冬休み返上で働く人がちらほらといた。章男は業務改善支援室へ行き、これまで部下がやってきた販売店の業務改善報告リポートを読み返した。そういえば大掃除をしていない。

章男は棚に積み上げられた段ボール箱を取り出していった。ほとんどが書類や備品だが、販売店で不必要なもの、廃棄予定のものをいったん預かる投げ込み箱もあった。

奥にあった箱の中からコンピューターの本体が出てきた。東京都港区にある販売店の店長が、ウィンドウズ95が入った新しいコンピューターに買い替えたので、古いものを粗大ゴミに出そうとしていた。もったいないので猿田が引き取ってきたが、配線がわからずに放置していたらしい。

章男は自分のデスクの下に本体を置き、ブラウン管テレビくらいの大きさがあるモニターをデスクの上に置いた。配線をつなぎ電源を入れると、カラカラと音を立てて動き出した。隣の部署からLANケーブルを拝借し、つなげてみた。インターネットに接続することができた。

「なにか検索してみるか」

パッと頭に思い浮かんだのは、『豊田喜一郎』だった。トヨタ自動車の公式サイトが引っ掛かった。

「そりゃそうだわな」

章男は次に、佐吉翁のことを調べてみた。発明王の佐吉は出身地である湖西市のホームページや、明治時代の偉人を扱うページなどで詳しく紹介されていた。

摂津登志夫の名前を検索してみた。個人が趣味で運営している交通事故の歴史をつづったホームページがヒットした。摂津登志夫は、日本初の交通事故の犠牲者として名前が残っていたが、章男が愛知県警で見た以上の情報はなかった。

「すごいな。まさかあの子の名前まで出てくるとは」

章男はこれまでタイムリープした人で名前のわかっている人を検索してみることにした。最後にリープしたはま子は殺人事件の犠牲者として検索に引っ掛かった。昭和初期の名古屋の歴史を編纂(へんさん)しているひとのホームページで触れられていた。彼女は料亭の人気芸者だったが、一方的にほれ込んだ男に刺殺されたそうだ。

「それにしてもこのインターネットというのはすごいな」

調べ物をするときは図書館に行くのが基本だった。大量の参考資料を引っ張り出して、山積みの本に埋もれながら必要なことを読み探し、抜き出す。章男も愛知県警まで足を運んで摂津登志夫の交通事故を調べた。

「いまはこうして検索画面に言葉を入れてエンターキーを押すだけ」

真偽のほどはさておき、ずらりと情報が出てくる。はたと気がついた。

「これって究極のＴＰＳじゃないか」

一年後、章男は満を持して国内業務部の幹部会議に出席した。他の課の課長たちも集まっている。章男はスクリーンを使うので、猿田と犬山、鵜飼の三人の部下を連れていた。

部長の小田原がやってきた。小さな頭をオールバックに固めているせいか、マッチ棒みたいだった。章男はプレゼンを始める。

「実は昨今の急速なインターネット普及に伴いまして、販売に関して究極のＴＰＳを実現できないかと模索しておりました」

業務改善支援室で中古車の検索サイトを作ろうと、この一年の間、試行錯誤してきた。

考えを簡略化して、上層部の人間に伝える。

「世帯の六割に乗用車がいき渡ったいま、既存の顧客の買い替えを促すべく、中古車の流通に革命を起こしたいと思いました」

インパクトを狙い、仰々しい言葉を使った。これをさらに上の役員会議にかけて事業化するためだ。小田原部長はこの業務改善支援室でなにか成し遂げろと言った。

——これが俺の選んだトヨタでの新たなる事業だ。

章男は四十一歳になっている。喜一郎がA1型試作乗用車を完成させたのと同じ年だ。このインターネット事業を成功させて、トヨタをさらに発展させるのだ。

「現在は、ディーラーが新車の買い替え時に中古車を引き取ってから、次の顧客に販売し契約、出荷するまでに最短で四十日かかっています。修繕や車検、行政手続きなどのせいでこれだけかかるわけではありません。中古車を買いたい人と、売り手のマッチングがうまくいっていない。だから四十日もかかるのです」

みな章男らが作った資料を読んでいる。章男はプロジェクターを使って説明していたが、誰もこちらを見ていなかった。

「そこで我々業務改善支援室は、UVISというシステムを作り上げました」

章男は鵜飼に合図し、スクリーンの画像を切り替えさせた。

「まず、引き取った中古車を撮影し、画像を登録します。車種、年式、型、色などの情報も付加していきます。中古車を買いたい人がUVISで検索すると、全国の中古車を絞り込んで探すことができます。気に入ったものがあればディーラーに連絡を取り、商談を始めます。この間に中古車は修繕を済ませ、契約後にすぐ納車できるよう準備できます。検索から出荷まで十日で済むのです」

本当かとある課長が疑わしそうに顔を上げた。

「実証実験はすでに済んでいます。リードタイムが一ヵ月短縮した上、手続きにかかる人も減りました。ガレージのスペースも空くので、取り扱い車両を増やすこともできました。中古車の販売台数は三倍に伸びました」

小田原は黙っている。別の課長が首を傾げた。

「画像だけ見て中古車を買おうと決断する人はいるかなあ」

「私もそこは心配したのですが、商談を進めるきっかけにはなるようで――」

「普通、試乗してから中古車を買いますよね」

他の連中が次々と頷いた。小田原は資料に目を落としたままだ。

「疑わしいというのならば、このＵＶＩＳの試験導入を東海地方に広げてみませんか」

課長たちはみな首を傾げたり、鼻で笑ったりしている。

「最終的にこのＵＶＩＳを全国のディーラーに設置し、運用がうまくいきましたら家庭用コンピューターでもアクセスできるようなプラットフォームを作りたいと思っています」

みな、ちんぷんかんぷんといった顔になった。

「家庭で普及しつつあるウィンドウズでも使えるようにするんです。一方でそのサイトから、商取引や買い物もできるようにしたい。例えばカー用品を扱う全国のショップが、ネット上で商売できるようなプラットフォームです」

最終的にはクルマ関連用品だけでなく、食料や雑貨、衣類などの日用品も検索して販売できるようにしたいと考えていた。

「クルマを持っていない顧客と接点を持ち、彼らの閲覧画面に広告を差し込めば、新車の販売機会を増やすこともできます。テレビでＣＭを打つよりずっと広告費を押さえられます」

「効果のほどは」

隣の課長が問いかけた。

「実証実験をしないと正確な数字は出せませんが、いま、インターネット上に広告を出す企業が増えています。我々トヨタで人々がアクセスするプラットフォームを作れば、広告収入すら入ってくるかもしれないんです」

　向かいに座る課長が資料をデスクに投げた。

「全然わからない。全く理解できない」

　章男は根気よく説明しようとしたが、遮られる。

「パソコンに出てくる画像だけを見て購入の判断をするだろうか。普通は手に取って製品の性能や手触りを確かめてから買う。中古車であっても高い買い物だよ。写真だけ見て購入を決意する人がいるはずがない」

　定年近い課長は、説得するような口調で章男を説き伏せる。

「インターネットというのは仮想空間だろ。君はそんな場所で商売しようっていうの？　創業者が泣くよ」

　章男はムッとした。

「ＵＶＩＳはこれからやってくるＩＴ時代の新しい事業の形です」

「豊田喜一郎さんは、手が油で汚れていない技術者を叱ったそうだよ」

「私はクルマを作る技術者ではありません」

「そうだね。君は一体トヨタでなにをしている。なにができる」

「販売のリードタイムを短縮する全く新しい形の事業をいまここで展開しようとしているんじゃないですか」

「そんなに興奮しないで」

　課長たちは和やかに笑い合った。ひとりが、俯いたままの小田原部長を振り返る。

「小田原部長はどう思われましたか」

小田原がぱっと顔を上げた。資料を読んでいると思っていたが、手元の書類を開いた痕跡がなかった。小田原はあっさり許可した。

「では取締役会に上げようか」

章男は拍子抜けした。

「本当ですか」

「だって豊田家御曹司が考えた事業ですよ。取締役会にかけないと、英二名誉会長や章一郎会長の逆鱗に触れてしまう」

章男は奥歯を噛みしめた。

「好きにやったらいい。業務改善支援室は君のホビーをやるところだからね」

怒りと屈辱で顔がカッと熱くなる。小田原は立ち上がった。

「それからそのシステムの名前だけど、アルファベットの略じゃわかりにくいよ」

「もちろん、実用化されるときにきちんと名前を――」

「トヨタの名前を使うなよ」

章男は絶句した。

「これは君のホビー。御曹司の提案だから予算はおりるだろうが、トヨタの事業ではない」

怒りのあまり、開けた口から声が全く出ない。

「いい加減にしろ！」

代わりに激怒したのは犬山だ。従順で真面目だった彼が顔を真っ赤にして怒っている。

「室長がどんな思いでこの一年、ＵＶＩＳ事業に奔走してきたと思っているんだ！　コンピューターはお古で予算も認められず、室長のポケットマネーで必要経費を賄ったのに！」

デスクをひっくり返してしまった。部屋を出ようとした小田原の足の上に、重さ五キロのプロジェクターが落ちる。

章男は翌週、本社の食堂に初めて入った。多数の社員が集まる食堂には嫌な記憶しかないので、いつも業務改善支援室で弁当を食うか、部下たちと外食をして済ませていた。

古谷政子を探す。彼女も外食派だろうと思っていたが、人事課を訪ねると女性社員が「いつも食堂で食べていますよ」と教えてくれた。

政子は六人テーブルにひとりで定食を食べていた。周囲のテーブルはグループで固まる女性社員たちで埋まっている。きゃっきゃとにぎやかな中で、政子は焼き魚を口に運びながら雑誌『ＣＬＡＳＳＹ．』をつまらなそうに捲っている。五十代の彼女が読むには若すぎるように見えた。

章男は彼女の前に立った。嫌な顔をされたが、章男が探しに来た理由を察してはいるようだ。

「お久しぶり。いまはなんのクルマに乗っているの？」

「プリウスだ」

プリウスは世界初のハイブリッドカーとして東京モーターショーに出展し、業界をアッと言わせた。トヨタ独自のパワートレーンシステムを搭載し、エンジンと電気モーターを組み合わせることで、駆動系の効率を大幅上昇させている。燃費効率は従来のガソリンエンジン車の二倍もある。環境に負荷をかけない新技術だ。自動車業界だけでなく世界が注目している。

政子が食べ終わるのを待ち、プリウスの助手席に政子を乗せて章男は適当にクルマを流した。会社や喫茶店などではなく、政子とは車内で人事情報をやり取りするのがお約束になっていた。

「犬山の件、どうなった」

小田原部長に怪我をさせたとして、謹慎処分を受けた。いまは自宅で大人しくしている。

「まずは怪我をした小田原部長の具合を心配したら？」

「わざと彼の足を狙って落としたわけじゃない。あれは運の悪い事故だ」

「あなたの部下なのよ。そういうふうにとらえてくれるわけないじゃない。南米の方の工場に出向させられるみたい」

犬山は新婚で妻は妊娠中だと聞いている。章男は弱り果てた。

「地球の反対側だ、いくらなんでも遠すぎるだろ。俺のせいだ」

政子は否定しない。

「実は鵜飼君の人事情報も流れてきている」

「スパイの鵜飼か。役員に近い部署か役職に昇進か？」

「彼も南米よ」

章男は驚き、路肩に停めて政子を見据えた。彼女は肩をすくめるばかりだ。

「……やつは本当に、本流が送り込んできたスパイなのか？」

「私はそう確信しているけど、章男派に翻ったのかも」

「俺は派閥など作っていないぞ」

「そうじゃなきゃ、いきなり南米の関連会社になんか飛ばされない」

関連会社ということは、トヨタですらないようだ。

「犬山君はＴＤＢ本社が有力。そこの課長だって」

ブラジルトヨタ、南米最大のトヨタの海外事業部だ。国内に大工場が二つある。地球の反対側ではあるが、そこの課長なら悪いポストではない。

「鵜飼君はコロンビアの Sofasa 社よ」

ルノーとトヨタの合弁会社だ。会社の名前にトヨタすら入っていない。鵜飼はまだ二十代なので役職にもつかないらしかった。

「コロンビアは内戦中じゃなかったか？」

「内戦に麻薬王に滅茶苦茶よ」

章男は、入社したころに仲良くなったビクトル・トオノのことを思い出した。政子に訊いてみると、彼女もよく覚えていた。人事部では有名な問題児だったらしい。

「会社を追われた理由がいまどき奔放すぎてね。借金と女」

新車が出るたびにクルマを次々と買い替えて、女の子も取っかえ引っかえだったそうだ。

「事務部にいた若い子に次から次へと手を出していた上、借金取りが工場にまで押しかけてきたから、辞めてもらったの」

思い出して損した気分だ。章男は三河豊田駅で政子を下ろした。

「今日のドライブはもう終わり？」

「あんたも、あまり俺と親しくならないほうがいいよ」

政子は今日は珍しく、章男が立ち去るのを見送った。

12、出向（平成十年）

年が明けて年度末、異動の季節になった。章男は、南米に異動になった犬山や鵜飼にかける言葉がない。犬山は「怒りを抑えられなかった自分が悪い」と転勤を章男のせいにしてはおらず、自省していた。

鵜飼はまだ若いこともあってか、ルノーとの合弁会社への出向を武者修行ととらえていた。スパイだったのかと問いただしたかったのだが、直前で呑み込んだ。これ以上親しくなると、本流から切り離されたかもしれない鵜飼の立場を、もっと悪くしてしまうと思ったからだ。

成田空港まで彼らを見送った。犬山は深く一礼し、保安検査場へ向かおうとした。

「犬山。俺の代わりに怒ってくれて、ありがとう」

犬山は目を潤ませ、妻に慰められていた。

鵜飼は堅い握手を求めてきた。

「戻ってきたら、また部下にしてください」

「やめとけよ、出世できないぞ」

「俺は出世がしたくてトヨタに入ったんじゃありませんよ」

章男は鵜飼を見直した。警戒していたからあまり彼の本質を見られていなかった。気骨のある男らしかった。

「がんばってこい」

業務改善支援室は二人抜けたが、新たに二十人近くの異動が決まっていた。ＵＶＩＳシステムの本格稼働に向けて動き出したのだ。幹部会議でぼろくそに言われたが、取締役会では評価されたのかもしれない。スペースも狭すぎるので、新たに別フロアに引っ越しをする。新しい部下たちが来るのは楽しみではあった。

頭に手ぬぐいを巻いてデスクを並べていたとき、小田原部長が取り巻きを引き連れて新しい部署までやってきた。

「豊田君、専務がお呼びだ」

次期社長候補と名が高い、大俵光介だ。たかだか室長の自分になんの用だろう。役員専用のエレベーターに乗せられた。父がいる会長室や、英二がいる名誉会長の執務室の前を通る。章男は訪ねたことはない。そもそもこの役員フロアに来るのが初めてだった。

小田原が専務執務室の扉をノックする。背の高い重厚な扉を、秘書が開ける。二十人は座れそうなテーブルが手前にあったが、飾り棚には本が詰まっているだけだ。『勤倹力行』という力強い書が額縁に入れられていた。自動車会社の幹部の部屋というより、武道家の部屋のようだ。上座に大俵専務が座る。西日を背に受けていて、表情が見えない。

「国内業務部、業務改善支援室の豊田章男です」

大俵専務が一枚の紙を滑らせてきた。章男のいる末席まで届くはずがなく、秘書の手を介して章男の手元に届けられた。英語で記されているが、内示のようだ。章男は目を疑った。

「おめでとう、豊田君。栄転です」

「ちょっと待ってください。ＵＶＩＳの事業が始まったばかりですし、部下もなんとかかき集めてきたところです」

やっと章男が立ち上げた新規事業がスタートするところなのだ。大俵が一方的に言う。

「しかし内示が出ました。ＮＵＭＭＩに行ってください」

トヨタとゼネラルモーターズの合弁会社だ。ニュー・ユナイテッド・モーター・マニュファクチャリング・インクの頭文字を取り、ＮＵＭＭＩと呼ばれる。米国のカリフォルニアに工場がある。

「そこの副社長のポストです。素晴らしい」

小田原がにこやかに言った。わけがわからなかった。章男の部下二人は海外の僻地に飛ばされた。自分までもが追い出される。だがＮＵＭＭＩの副社長ときた。

「私はまだ入社十四年目の四十二歳です。ＮＵＭＭＩの副社長は歴代を見ても入社三十年近い五十代の人材がなっています。私は早すぎます」

「喜んでください、豊田君。これは栄転なんですよ」

大俵は口角を上げて微笑んでいた。

「ＵＶＩＳ事業の話を聞きました。あれは素晴らしい」

「ですからあの事業の基盤を固めるため――」

「しばらくは国内業務部であの事業を育てていきます。あとは我々に任せて、君は米国でしっかり経営実務を学んできてください」

大事な部下を僻地に飛ばした挙げ句、手柄を取り上げて章男本人を海外に出すというわけか。章男は口が勝手にしゃべっていた。

「私、会社を辞めます」

自分ひとりが栄転し、部下たちが僻地に飛ばされるのは我慢ならなかった。もう無理だ。とてもこの会社にはいられない。

「私が辞めますので、犬山と鵜飼を戻してもらえませんか」

大俵はあっさり言った。

「わかりました。では辞表を出してください」

小田原は困惑している。

「豊田君。私は立場上、受け取れないよ。君は御曹司だ。辞表を受け取った私にどんな火の粉が飛んでくるかわからない」

章男は辞表を出すだけで、周囲に迷惑をかけてしまうらしい。


辞表を握りしめ、八事の邸宅を訪ねた。最近は盆正月ですら帰っていない。昭和八年に祖父が建てた邸宅も相当にガタがきている。温室のタイルはいくつか剝がれ落ち、その真下の物置部屋の壁にはヒビが入っていた。

「ただいま」

エプロン姿の母が顔を出した。厳しかった母も、中年になった息子にはなにも言わない。少し老け込んで見えた。懐に忍ばせた辞表を重たく感じた。母は三度目の転職をまた心配するだろう。

「珍しいわね、お盆でも正月でもないのに帰ってくるなんて」

「父さんに話があるんだ」

　会社ですればいいのに、と母は笑う。

「そうだ、二階の押し入れにあなたの私物もいくつかあるから、片付けてほしいのよ。そろそろこの家も建て替えようかと思ってね」

　章男は足を止めた。

「この家を取り壊すのか」

「雨漏りもするようになったのよ」

　リビングのソファテーブルには、建築会社のパンフレットがいくつか置いてあった。

「地下の物置部屋にエンジンがあるだろ。それは持っていくから、処分しないでくれ」

　変な顔をしている母を置いて、章男は二階へ上がった。父の仕事部屋から音楽が漏れ聞こえてくる。かつては喜一郎が仕事をしていた部屋だ。

　父は七十歳を過ぎても新しい工業製品に興味を持っているから、ＣＤコンポを使っている。最近はＭＤを使いこなして音楽を編集し、携帯電話も持ち始めていた。

　声をかけようとして、手を止める。坂本九（さかもときゅう）の『明日があるさ』がかかっていた。最新機器を使いこなしてはいても、聞いている音楽は古い。

　章男は襖に手をかけたまま、しばし廊下でその曲を聞いた。女性になかなか告白できない男心を明るく歌った曲だが、いまの章男には沁（し）みた。

　――若い僕には夢がある。

　章男の夢は、なんだろう。

自分はどんな夢を持ってトヨタに入社したのだろう。やりたいことも、チャレンジしたいことも、漠然としていて具体性はなかった。ただトヨタのために働きたい。それだけで入社した。だからダメだったのだろうか。

「章男か？」

音楽が止み、父が呼び掛けてきた。章男は目に浮かんでいた涙をこすり、明るい声で答えた。

「ああ。ただいま」

襖を開けた。父は机に向かっていた。もうすぐ建て替えるからだろう、押し入れの荷物を整理している。古い手帳や資料、アルバムの写真などが机の上に広げられていた。

「ちょうどよかった。見るか。おじいさんの写真だよ」

喜一郎がAA型乗用車の前に立っている全身ショットだった。閉じた扇子のようなものを持っている。このころの写真は記念館事業の際にたくさん見てきた。喜一郎は表情を引き締めていることが多かったが、この写真では嬉しそうに微笑んでいた。

「いまのお前と同い年くらいじゃないか」

「そうだね。昭和十一年の国産トヨダ大衆車完成記念展覧会で撮ったスナップだと思うよ」

あの日の別の写真と同じネクタイをしているから、すぐにわかった。詳しいなと父が笑う。いまの章男と同じ四十二歳のときの喜一郎の写真を、父がしみじみと眺める。

「いい顔をしていると思わんか。おじいさんの人生で一番よかったときかもしれない。このあと――」

父は言葉を呑み込んだ。章男を見る。

「お前はＮＵＭＭＩに出向だって？」

章男は返答に困った。父に出す辞表がジャケットの内ポケットに入っている。

「えらいスピードで出世してるが、どうなってるんだ。英二さんも変な顔をしておったが」

不可解そうに章一郎が尋ねた。やはり二人とも章男の人事に関してノータッチなのだろう。平等に扱ってほしいから口出しをしていない。余計に本流の思うままになっている。だが章男は父に泣きつくことは絶対にしなかった。それこそ御曹司の役得になってしまう。トヨタに入社したときから、自分のことでなにかあっても父や英二を頼らず相談もしないと決めていた。

「父さん――」

辞表を出そうとしたが、いま手の中にある喜一郎の写真を父に返すことすらできなかった。

「この写真、もらっていいか」

「手帳ごと持っていったらいい。表に出せないおじいさんの本音もメモしてあって面白いよ」

昭和十三年、一九三八年の手帳だった。トヨタ自動車工業を設立して二年目にあたるころだ。当時の新聞の切り抜きやチラシ、スナップ写真なども挟まれていた。章男は辞表の入った内ポケットに、喜一郎の手帳を入れた。部屋を去ろうして、訊かれる。

「アメリカにはいつ出発だ？」

章男は答えず、階段を下りた。


翌日、章男は隠滝神社に向かった。神主は数年ぶりに来た章男を見て驚きもしない。確認はしてきた。

「滝に入るのですね」

「はい。よろしくお願いします」

「今日はくれぐれも気をつけてください。恐らく今日で最後になります」

章男は目を丸くした。

「あなたは今後ここに来ることはないでしょう」

「なぜですか」

思わず神主に迫る。滝行しないとタイムリープできない。喜一郎にもう会えないというのか。

「あなたが変化しているからです」

神主はそれ以上、語らなかった。白装束に着替え、祈りながら参道を歩く。神主の草履の裏が砂利を踏みしめる音を聞きながら、章男は神主の言葉の意味を考えていた。

――俺は変わった。

それはいいことなのか。悪いことなのか。章男は考え続けていたが、滝つぼに膝までつかった途端、寒さで体が引き絞られて頭が真っ白になった。

章男は滝を見上げた。そんなつもりはなかったのに、今日で最後らしい。滝の下に入る。


章男は飲み屋街で座りこんでいた。片足がない。傷痍軍人だろうか。薄暗い通りに、バラックのような店構えの飲み屋がずらりと並んでいる。人通りは多いがみな千鳥足で、喧嘩をしているような声が聞こえてきた。新宿のゴールデン街みたいな雰囲気だが、さほど明るくはない。電柱は木製でいまより電線が低く、街灯は心細い光を放っている。住所表示を見る。

「ここは大須か」

名古屋駅の南東にある、名古屋の浅草と呼ばれているにぎやかな一画だ。喜一郎が周囲にいるはずだが、料亭などではなく場末の飲み屋にいるのは意外だった。大須にはトヨタ自工で初めての販売部の事務所があったから、なじみのある飲み屋があったのかもしれない。探しに行きたいが、片足がないので立ち上がることも難しい。

向かいにある赤ちょうちんの出た飲み屋から、喜一郎と利三郎が出てきた。もう何軒かハシゴしてきたのか、千鳥足だ。会話は一方通行だしろれつが回っていなかった。突如、利三郎が空に叫んだ。

「おい妖怪アキオ、聞こえるかーッ」

——俺のことか？

喜一郎は大笑いしている。

「このままでは豊田はクルマを一台も作れんまま、潰れてまうぞー！」

「利三郎、社長が妖怪頼みでどうするんだッ」

ツッコミを入れた喜一郎が、笑いながら一緒に叫ぶ。

「アキオ、頼む！　油中子の成分を教えてくれ」

いまは試作車づくりで最も苦労しているときのようだ。

朝鮮銀砂と桐油。こうメモに書いて渡すか、この場で伝えようか。章男は杖を立て壁に手を突き、試行錯誤して立ち上がろうとして、部下たちの顔が唐突に頭に浮かんだ。鵜飼が桃太郎一行みたいだと称した四人組でＵＶＩＳシステムを作ったが、みなＩＴの素人だったから並大抵の苦労では出来上がらなかった。これまでにない画期的なものを作るのだと、システムエンジニアに丸投げはせず、彼らに基礎を教えてもらいながら、山積みの参考書籍を片端から読んで勉強し、ゼロからシステムを構築していった。何度やっても入力した情報が反映されず、原因を探るためにシステムをひとつひとつ見直した夜もあった。「もう帰ろう」「いやあともう少し」四人で夜明けを迎えた日もあった。

章男は、僻地に飛ばされていった部下たちのことを想う。犬山は章男の代わりに怒ってくれた。鵜飼はまた部下にしてほしいとまで言ってくれた。苦労を共にした時間があったからこそ出来上がった信頼関係だろう。章男は立ち上がろうとする手に力が入らなくなった。

——俺には仲間がいたのだ。

章男は泣きながら、父の部屋で聞いた曲を口ずさんだ。

――明日がある。

喜一郎が目の前に立ってこちらを見ていた。缶に小銭を入れるところだったが、歌に聞き入っている。やがて不思議そうに章男を見つめた。その正体に気がついたか。

――おじいさん、これで最後です。さようなら。

戻った章男は辞表を破り捨てた。四月一日、ＮＵＭＭＩの副社長として、米国カリフォルニア州に旅立った。

第二部　トヨタ倒産危機

1、トラトラトラ（昭和十六年）

豊田喜一郎は名古屋の八事にある別荘で、朝食を摂っていた。最近は東京での仕事が多く、挙母工場からも遠いので、白壁町の自宅にあまり寄り付かなくなっている。八事の別荘には温室があり、たくさんの植物を育てているので家族も気に入っていた。

冬の寒さに負けず、温室は濃い緑の葉が豊かに生い茂る。だがいま口にした味噌汁はほとんど味がしなかった。分量を間違えたのかと台所に立つ妻の二十子に訊く。

「味噌も醤油（しょうゆ）もなかなか手に入らないんですよ」

日中戦争が長引き、国は軍部への物資供給を優先して、国民への配給を制限している。自由経済はどこへやら、商店は物資を交換する場所になった。

昭和十六年、喜一郎はトヨタ自動車工業の社長に就任した。日中戦争が始まって四年、満洲国の設立や南方への進軍を批判する米英との関係が、急速に悪化していた。最近は米国との開戦が噂されている。

「行ってくるよ」

喜一郎はGB型トラックに乗り込み、挙母工場へ向かった。愛用していたパッカードや乗用車は贅沢品と見られ、町で走らせると後ろ指を指される。戦艦を作るため、軍に愛車を供出させられたという人もいる。日米が開戦したら、喜一郎の乗用車も接収されてしまうだろう。

恐らく、日本中にいまある金属や鋼材を全て溶かしても、米国の軍装品の百分の一にしかならない。国がそれをわかっていれば米国と戦火を交える判断をしないはずだが、すでに米国から石油の輸出を止められて、日本は追い詰められている。米国側の交渉人である国務長官ハルの最後通牒（つうちょう）を軍部が呑むとは考えがたかった。

戦時下の価格統制や配給制度のせいで自由経済がなくなり、豊田紡織は思うように生産もできない。織布の生産が止まれば、自動織機も売れない。利三郎は豊田紡織や豊田自動織機製作所の経営に専念するため、トヨタ自動車工業の社長を降りた。紡織や自動織機はいまトヨタ自工へ卸す自動車部品を作ることで糊口（ここう）をしのいでいる。

トヨタ自工はトラックばかり生産している。三月には自動車の公定価格が国によって決まってしまった。増産して一台あたりの自動車価格を低くするという市場原理が働かない。だが軍部がトラックの発注をしてくるので、トヨタ自工はまだましだと言えた。

喜一郎は挙母工場の中に入る。三河線の鉄道車輛が今日もトラックの部品や必要材料を挙母工場へ運んでいる。宿舎前の広場では工員たちがラジオ体操をやっている。低い日差しのせいか、十二月とは思えない陽気だ。青空が広がっていた。

喜一郎は宿舎の脇を走り抜ける。工員が日々の買い物に困らぬように、トヨタ百貨店は数々の日用品を売っていた。いまは配給物の交換所になっている。本事務所の玄関前で車を降りた。西側にはテスト走行路がある。コースを外れ芝生に乗り上げているトラックがいた。技術者が五人ほど集まっている。

喜一郎はテスト走行路に入り、声をかけた。英二がクルマの下に潜り込んでいた。監査改良部の技術者として五年目、二十八歳になった。

「坂道を登らないのか？」

喜一郎はクルマのフロントマスクを見て、顔が引きつった。

「ヘッドランプはどうした」

真ん中にひとつあるだけだ。二つのヘッドライトのクルマに見慣れているだけに、ひとつ目のトラックは怪物に見えた。

「商工省が今月になって出してきた、自動車の新たな規格だよ」

旧友であり、監査改良部長でもある伊藤省吾が、喜一郎に書類を見せた。

「また標準型の仕様を変えたのか」

車種も限定された上、国から価格も決められた。最近は仕様まで指定されるようになったが、これが滅茶苦茶だった。英二が上半身を起こして憤る。

「本当にクルマのことがわかっている人がこの仕様書を作っているんですかね。ブレーキは後輪だけとしているんですよ」

「それでコースを外れたのか」

ブレーキを踏んでも後輪しか停車しないので、制動距離を大幅に超えてしまう。大野修司もぼやく。

「鉄が足りないから、なんとか部品を減らしてクルマを作らせようとしているんでしょう。全ては軍艦を新造するため。二言目には海軍、海軍で嫌になります」

英二はこのトラックで前線で戦う兵士たちを慮る。

「こんな滅茶苦茶な仕様のトラックで戦地を移動していると思うと、胸が痛いです」

英二は召集されて訓練を受けていたが、前線に送られる直前で軍部の方針が変わった。理系の技術者は兵役免除となったので、トヨタ自工に戻ってきた。戦場に送られた同僚たちの顔を思い浮かべているのだろう。

「敵はまず海からやってくるだろうからな。陸に上がられる前に、海上で撃破するつもりだ。だからトラックより軍艦に金をかける」

喜一郎は頷いた。英二がぽつりと言う。

「やっぱり、日米開戦は避けられないんでしょうか」

トラックを試作工場に運び、どうすればこのトラックを安全に走らせられるか、英二や伊藤らと検討した。背広姿の男が入ってきた。

「社長！　こんなところにいた」

副社長の赤井久義（あかいひさよし）だ。利三郎が経営から抜けた穴を埋めるため、三井物産の経営陣にいた赤井を招聘した。喜一郎は各工場に足を運んでいることが多く、社長室にいることはほとんどない。赤井はいつも走り回って喜一郎を探している。

「日本自動車製造工業組合の会合の件です」

国内の許可会社で結成された管理統制のための組織だ。この会合で、機械工業組合連合会から配給される材料を受け取ることができる。材料によって配給方法が異なるので、手続きが非常に煩雑（はんざつ）で、無駄の極みと言える仕事だった。

喜一郎は油まみれの手を洗い、ナッパ服から背広に着替えて、社長室に向かった。利三郎が社長だったころは書籍や書類があちこちに積まれていたが、喜一郎が社長になってからは図面や乗用車の石膏モデルばかりになった。乗用車を作ることは禁止されているが、研究だけは続けている。暇さえあれば喜一郎は設計図を描いていた。

事務部長の竹内賢吉が社長室で待ち構えていた。胸を押さえている。

「竹内さん、体調は大丈夫ですか」

「ええ、最近ちょっとまた動悸（どうき）が……」

竹内は心臓が悪い。喜一郎も四十七歳になり、父のように高血圧が出てきている。たびたび頭痛に悩まされていた。喜一郎は頭痛薬のテーリンを、竹内はホリ六神丸を常備薬として持ち歩いている。

赤井と竹内の三人で応接椅子に座った。

「実は来年度の自動車の公定価格決定会議が年明けにもあるのですが、商工省が事前に価格を提案してきています」

喜一郎は商工省の書類を見た。怒りで顔から火が噴き出そうだった。

「これはどういうことだ。同じトラックでもどうして日産のほうが百円も価格が高いんだ！」

日産も生き残りをかけて、必死に値段交渉しているのだろう。

「私もがんばりましたが、力不足で申し訳ありません」

赤井が頭を下げた。

「いや私の力不足だ」

頭にカーッと血が昇り、割れるような頭痛で目の前が真っ白になった。赤井がテーリンを出してくれた。竹内がコップに水を汲んできてくれる。

「すまない。私がこれでは――落ち着かなくては」

「いいえ、頭にきて当然です」

薬を吞もうとしたとき、英二がナッパ服姿のまま、社長室に飛び込んできた。

「社長、ラジオを聞いてください！」

英二が棚に置かれたラジオの電源を入れた。チューニングする。

「大本営の重大発表がある、と防災無線で流れていました」

嫌な予感がした。

「まさか、日米開戦ではなかろうな」

竹内が首を傾げる。

「三国同盟の離脱の発表ではないんですか」

離脱したら欧州で英国やフランスと戦うイタリアとドイツを激怒させるだろう。日本はアジアでの利権を相当に失う羽目になるが、米国と戦うよりはましだ。

「米国の自動車の年間生産台数は四百四十七万台、日本は四万六千台だ。工業力だけ見ても、百対一の格差がある。勝てるわけがない」

赤井は喜一郎に同意したが、神妙に言う。

「以前、商工省近くのカフェーで、官僚らしき人の話をちらりと聞きました」

陸軍省トップの東条英機が、首相の近衛文麿にとんでもない詭弁をふっかけて日米開戦を迫っているという話だった。

「米国と開戦することになっても、ヨーロッパ戦線を優先し、米国は半分の勢力しか日本に向けてこないはずだというんです。たとえ戦力が一対十であっても、これで一対五になると」

そもそも一対十ではない。一対百だ。

「その上、米軍が太平洋を移動する労力を考えると、一対四になる。さらに、日本は神の国であり、日本兵の強靱な精神力をもってすれば、一対二にまで戦力差は縮められると主張していたそうです」

ラジオで大本営の発表が始まった。本日の日本時間未明に真珠湾の奇襲を行い、大成功のうちに米艦隊を沈めたという勇ましい内容だった。発表が終わると軍歌が流れた。

途端に激しい頭痛がする。勇ましい軍歌も歪んで聞こえた。

――日米開戦だ。

喜一郎は歯を食いしばって痛みをこらえ、立ち上がる。すぐさま部下たちに指令を出した。

「英二。工員たちが動揺しないように現場に行ってやってくれ」

英二が出ていくのと同時に、竹内も腰を上げた。日米開戦の衝撃のせいか、胸が苦しそうだった。

「竹内さんは休んでいてください。無理は禁物です」

喜一郎は赤井の肩を叩いた。

「赤井さんは私と一緒に東京へ。今後、さらに物資が手に入りにくくなるはずだ。目星をつけて多めに配給してもらえるよう、作戦を考えましょう」

在庫を多く抱えることはジャスト・イン・タイム思想からかけ離れているが、なりふり構ってはいられない。トヨタが戦時下を生き延び、社員を路頭に迷わせないことを、まず考えるのだ。

2、クラッシュ（平成十四年）

国境はサンイシドロという街にあった。灌木（かんぼく）が点在する乾いた丘の上で、豊田章男はいったんレクサスSC430を停めた。幌を開けオープンカーにしてアメリカ西海岸のハイウェイを飛ばしてきた。本革張りの車内は砂まみれになっていた。

二〇〇二年、米国カリフォルニア州サンディエゴにいる。日差しがあまりに強く、サングラスをしていても目が痛む。NUMMIの副社長を二年務め、すでに帰国して取締役に就任している。久々の休日に古い友人と会うため、渡米し国境の街にやってきた。

一台のピックアップトラックが幹線道路を外れ、丘を登り始めた。砂埃を激しく巻き上げながら岩を乗り越え、砂地の急斜面をグリップして駆け上がる。荷台にキャンプ用品や予備タイヤなどを詰め込んでいる。タイヤ周りのフェンダーは乾いた泥がこびりついていた。

長距離の悪路を走り切ってきたふうだが、クルマには疲れが見えない。逞しく大地を這う。トヨタのランドクルーザー70系だ。二十年近く前のクルマだが、砂煙を巻き上げて、章男の目の前でピタリと停まった。

助手席の扉が開いた。ワイシャツにスラックス姿の鵜飼寛人が砂埃で咳き込みながら、降りてくる。

「お久しぶりです、室長」

かつての呼び方を思わず口走ったふうだが、慌てて言い直した。

「いまはＮＵＭＭＩの副社長でしたね」

「それはとっくに退任してるよ。次は常務だ」

章男はこの春にトヨタ自動車の常務取締役になる。四十六歳で常務はやはり異例のスピード出世だ。本流派からどんな嫌がらせが待っているのかわからない。胃が痛くなるが逃げずに戦うつもりだ。

運転席からサングラスをかけた男が軽々と降りてきた。白いＴシャツにハーフパンツ姿だが、足先はレーシング用のシューズを履いている。

「ヘイ、ワッツアップ！」

男はサングラスを取って陽気に叫び、両手を広げた。

「トオノ……！」

思わず強く抱き合った。元町工場から姿を消して以来、ほぼ十五年ぶりだ。

「章男。だいぶオッサンになったな」

章男の肩を叩きながら、ビクトル・トオノはなめらかな日本語で言った。

「まだまだピチピチの四十六歳だが」

トオノは握手の手を離さず、大笑いする。もともと彫りの深い顔をしていたが、トオノも三十七歳になり、目尻に幾重もの笑い皺ができる。無精髭もあいまって、貫禄があった。

コロンビアにあるSofasa社に出向していた鵜飼が、行方知れずになっていたビクトル・トオノと章男を再びつなげてくれたのだ。

「ハンバーガーでも食いながらゆっくり話そうぜ」

国境のすぐそばにバーガーキングがある。その屋根を指さして、トオノは言った。

「ところで寛人から聞いたよ。お前、豊田家の跡継ぎだったんだってな！」

「いまさらかよ」

トオノは無邪気に章男を冷やかしながら、軽やかにランドクルーザーに乗り込んだ。


バーガーキングに入ったトオノは、巨大なワッパーをぺろりと二個たいらげ、おかわり自由のドリンクコーナーでコーラをがぶ飲みしながら、元町工場を解雇されたあとの話をしてくれた。すぐに故郷のコロンビアに帰ったわけではなく、別のメーカーでも期間工をしていたらしい。どこも長くは続かず、一九九〇年に帰国した。求人広告でSofasa社の募集を見て、飛びついた。期間工として働き始めたが、運転の腕を買われて工場長の運転手をやるようになったという。

「あちらはゲリラによる外国人誘拐がビジネスになっています。欧米からやってきたビジネスマンも同じです。ルノーから派遣されてきたフランス人も何人も誘拐されています」

「そこで俺の出番ってわけだ」

トオノが半袖から伸びる筋肉質な二の腕を誇ってみせる。元町工場時代から彼は運転がうまかった。

「あるとき、ルノーの幹部を乗せて自宅に送り届けようとしたら、ゲリラに狙われたんだ。あいつらもしつこくて、三台と三時間カーチェイスした」

一台は市街地で撒いた。電柱にクラッシュさせたのだそうだ。

「二台目は砂漠地帯で立ち往生してた。残り一台は、熱帯雨林で泥に嵌まって動けなくなってたよ」

トオノは得意げにペラペラしゃべっているが、フィクションがすぎる。まるでサーキットとラリーを組み合わせたようなカーチェイスだ。

「そもそも砂漠地帯と熱帯雨林が三時間で行き来できる距離にあるかぁ？」

鵜飼が生真面目に反論する。

「その距離感でいろんな気候の土地が存在するのがコロンビアなんですよ」

トオノのドライビングテクニックは上級らしく、この春からはルノーのワークスチームに入ると話す。章男は思わず口をすぼめた。

「トヨタのワークスチームに入って再来日すればよかったじゃないか」

二十年前のランドクルーザーに乗ってやってきたことにしろ、トヨタ車が好きなはずだ。トオノはあっさりしていた。

「トヨタはお断りだね。売れ筋のセダンばっかり作って、面白くない。スープラもアルテッツァも、ラインナップはあるんだろうが販売店には全然ない。店を覗いてもつまんないんだよ、トヨタは」

トオノは三杯目のコーラを汲みにテーブルを立った。鵜飼はその背中を見て微笑む。

「少年みたいな人ですよね。一発で好きになっちゃいましたよ」

「ところでお前の人事はどうなんだ」

鵜飼はすっと背筋を伸ばし、笑顔で答えた。

「ご挨拶が遅れました。本社に戻り猿田さん率いるガズー事業部でお世話になっています」

章男が業務改善支援室で立ち上げたＵＶＩＳのシステムは、その後は猿田が中心となり、ＩＴに強い若手のメンバーが完成させた。全国のディーラーがこれは便利だと重宝し、いっきに広がっている。相変わらず会社は冷たく、トヨタのシステムを名乗ることができなかった。章男は、画像のローマ字表記（ＧＡＺＯ）と動物園（ＺＯＯ）を掛け合わせ、『ＧＡＺＯＯ』と名付けた。

「鵜飼は本社に戻されるのが早かったな」

「俺、大俵社長とコネがあるんで」

堂々と言い放ったので章男は驚く。鵜飼には大俵のスパイ疑惑があった。大俵は去年からトヨタ自動車の社長になっている。

「同じ大学の野球部だったか」

「はい。入社してからも社内でOB会があった関係で、目をかけてもらっていました。俺が豊田室長の下で働くことになったとき、室長の動きをよく見て逐一報告しろとか言われたんですよ」

鵜飼は平然と口にした。アンタッチャブルな事柄だという意識がないのだろう。

「そんなスパイみたいなことはしませんとはっきり言ったら、唇を尖らせていましたよ。ハートの小さいやつほど策略を巡らせますからね」

章男は思わず声を潜めた。

「お前、自分がコロンビアに出向させられたのはどうしてか、わかっているか?」

いい武者修行になったと鵜飼は笑顔で答えた。

「セキュリティの関係で宮殿みたいなところに住まわされたんですけどね、使用人が十人もいたんです。貴族の気分を味わえました。近所で麻薬組織と政府軍がドンパチやり始めたときは肝が冷えましたけど」

ネガティブなこともひとつの経験として前向きに受け止めている。トオノほどハチャメチャではないが鵜飼は呑気なところもあるようだ。トオノはドリンクバーに居合わせたメキシコ人女性をナンパしていた。フラれたのか、テーブルに戻ってくる。

「そうだ。章男に見せようと思って持ってきたんだ」

懐から一枚の白黒写真を出した。どこかの農村で撮られた写真のようだ。着流し姿の喜一郎が『国産トヨダ』と墨で書かれた凧を持って笑顔で立っていた。

「どこで手に入れたんだ？　かなり貴重な写真だぞ」

喜一郎の前に子供たちがしゃがんで座っている。顔を泥だらけにしているが、ひとりは父の章一郎だ。まだ十歳くらいだろうか。真面目で控えめな父にもやんちゃなところがあったのだと、章男はほほえましく思った。その隣に見知らぬ青年がいた。

「これは俺のおじいさん。遠野正三」

トオノが言ったが、章男はすぐに理解が及ばなかった。

「俺の祖父とお前の祖父は知り合いだったのか？」

「豊田自動織機の従業員だったんだよ。鋳物工場にいたって聞いたけど」

「トヨタ自工ではないのか」

「トヨタ自工設立のころに、召集されたらしい。満洲で死んで、トヨタに戻れなかったんだ」

章男は白黒写真を見つめた。トヨタの社史には名前が残っていないが、現場の若者と喜一郎はこんなに近い距離で接していたのだ。鵜飼も感慨深そうだ。

「なんだか不思議な縁ですね。双方のお孫さんが巡り巡って、いま国境でハンバーガーを食っているなんて」

章男は改めて、トオノを誘う。

「お前、ルノーは辞めてトヨタに来いよ。トヨタのテストドライバーになればいいじゃないか」

わお、とトオノは笑って肩をすくめたが、言葉は厳しい。

「俺が乗りたいと思う面白いクルマをトヨタが作ったら、考えてやってもいいぜ」

偉そうに、と鵜飼は大笑いしている。章男も笑い飛ばしてみせたが、心には焦燥感が募った。

そう、いまのトヨタのクルマは、つまらないのだ。

日本に帰国してすぐに、父から電話がかかってきた。父は取締役名誉会長になっている。章男が常務取締役になったことについてはなにも言わず、八事の邸宅の話を切り出す。章男が米国へ出向する前に建て替えの話が出ていたが、進捗を全く聞かなかった。

「保存する価値があるとかで、移築する計画が出ているんだ」

章男が創業期の展示を手掛けた、トヨタ鞍ヶ池記念館の敷地内に移築するのだそうだ。

「鈴木禎次氏の建築物ですからね。確かに保存したほうがいいかもしれません」

「そうかぁ？　あんなへんてこりんな形のぼろ屋を」

父は歴史的な価値がある創業期の建物なども「汚いからさっさと壊せばいいのに」とあっさり言ってしまうところがあった。

「そういえば、遠野正三さんという人を知っている？　創業期のメンバーらしいけど、名前が残っていないんだ」

章男はビクトル・トオノが見せてくれた写真の話をした。

「覚えてないよ、お父さんが小学校のころのことか？」

「父さんは顔が泥だらけ。おじいさんは国産トヨダと書かれた凧を持っていたよ」

章男は、遠野正三の孫にあたるビクトル・トオノが、ルノーでテストドライバーをしているという話をした。父はようやく思い出したようだった。正月に国産トヨダの初凧をあげたとき、糸が切れて落下してしまったのだそうだ。

「これはまずいとオースチンセブンをふかしてあぜ道をかっ飛ばし、凧を受け止めた若い職人がいた。あの人が確か遠野という人だった」

昭和初期に若者がクルマを所有していたとは、遠野という人も相当なクルマ好きだったのだろう。ビクトル・トオノもカーキチの血を引き継いでいる。

「二十五歳で召集されて、満洲で亡くなったと聞いた。生きていたら、トヨタ初の公認レーサーになっていたんじゃないかな」

正式な辞令が出て、章男は春から技術部門の改革に取り組むことにした。トヨタの新車を開発する部門だから、他社にまねされたり専門誌にすっぱ抜かれたりしないように、厳しい守秘義務がある部署だ。閉鎖的で、『白い巨塔』と呼ばれることすらある。

まずは技術部門トップへ挨拶に行くことにした。トヨタの副社長でもある。章男は早速、門前払いを食らった。

「新しいものを作り出す部署に効率重視だの無駄を省くだのTPSを持ち込んだら、つまらないクルマしかできないでしょうね。新しい技術は百の無駄と失敗の中からようやくひとつ生まれるもので……」

章男はつい前のめりになった。

「TPSを誤解していますよ。トヨタ生産方式は不良品を作ってしまうという究極の無駄をなくすための考え方であり、それが結果的に効率がよくなるということであって、試行錯誤や失敗を否定するものではありませ……」

「同じことでしょう」

副社長は考えようともしてくれない。章男も鼻息が荒くなる。

「そもそも、トヨタはとっくにつまらないクルマばかり作っていると言われていますよ」

副社長は目をひん剝いて章男を睨んだ。

「それは会社の方針だ」

「つまり、売れるためだけにつまらないクルマを作っていると自覚しているんですね？」

章男は副社長の執務室から追い出された。

「相変わらず、歯に衣着せぬ言い方をしますねぇ」

同席していた鵜飼が苦笑いした。彼は自ら希望して章男の部下になり、この春から章男の業務をサポートしている。肩書は、常務取締役付課長代理だ。

「上から攻めたのではかえってうまくいかないかもしれませんよ」

「しかし上を納得させないと、技術部には足を踏み入れることすらできないぞ」

章男は副社長室を出て、エレベーターを降りた。技術部門の心臓部にあたるフロアに向かう。

扉の向こうには、手を油で汚し、汗まみれになって熱心に取り組む技術者がいるイメージだ。創業期のような熱い光景が見られると期待していたが、扉の中に入って章男は拍子抜けした。

みなパソコンの前に座っていて、現場に行こうとしない。作業服姿の人も何人かいたが、みなとてもきれいで、手を油で汚している人はいなかった。コンピューターでクルマの設計ができるからだろう。章男や鵜飼を迷惑そうに見た。販売店のときも似たような視線を浴びたが、ここはもっと冷ややかだ。販売店は客が来るから活気があった。章男と鵜飼はいったん、廊下に出た。

「これは困ったな。どんなソフトを使っているのかとか、パソコンの中身をこっちが把握できないと、業務改善の提案をしづらい」

「とりあえず、隣の部署も覗いてみましょう」

隣のデザイン部門では開発車の実物大クレイモデルを作っていた。これを実際にクルマで使われる塗料でペイントし、取締役に見せて意見をもらう。ゴーサインが出てから試作車作りに入るのだ。章男は完成しかけたクレイモデルを見て、既視感を覚えた。

「このクルマはミニバンですか？」

「はい。ホンダのオデッセイが売れましたので、人気に火がつくのではないかと予想しています」

現在の売れ筋はスモールカーやミニバンだ。トヨタではカローラやイスト、ヴィッツがよく売れている。そうした中で、スモールカーとミニバンの両方の良さを取り込もうと考えたのだろう。だが章男は引っ掛かる。

「このクルマはストリームにそっくりじゃないか」

ホンダのストリームは二年前に発売したミニバンで、オデッセイでは大型すぎると考えるユーザーのニーズに応えるべく、5ナンバーに収まるサイズとして発売された。すでに十万台近く売れていたはずだ。サイズ表を見たが、ストリームと全く同じ寸法で驚愕する。

章男が指摘するとデザイナーは無言で誰かを呼びに行った。やってきたのは、午前中に喧嘩したばかりの副社長だった。

「我々だってこんなクルマを作りたかないんだッ」

副社長は声音を抑えながら訴える。

「私は中村健也（なかむらけんや）さんや長谷川龍雄（はせがわたつお）さんのもとでクルマ作りを学んできた。元チーフエンジニアとしてのプライドがある」

かつて、クラウンやカローラを作り、ヒットさせた開発主査の名前が出てきた。

「先人から、決して他社の完全コピーのような商品を作るなと口を酸っぱくして言われてきた。多少似てしまったとしても、ここだけはトヨタのオリジナルでこだわりなのだといえるクルマを作れと学んだのに」

副社長は屈辱にまみれた表情だ。章男は戸惑い、鵜飼と顔を見合わせた。

「大俵社長は言った。これも戦略のひとつであり、一台くらいコピー商品があったところで気にするなと……」

どうやら背後のクレイモデルは、ホンダのストリームとあえてそっくりに作っているようだ。

「なぜ大俵社長はそんなクルマ作りを指示したんですか。これはホンダが激怒しますよ」

「激怒したところで、どうなる」

副社長は自嘲するように笑った。

「トヨタは日本一の販売網を持っている。人々はストリームではなく、トヨタが出したクルマを買うことになる」

「まさか、ホンダの売れ筋を潰すつもりなんですか」

そんな卑怯(ひきょう)な戦略を社長が直々に命令したというのか。


章男は初めての取締役会に出席することになった。大俵社長の他、専務取締役になっている小田原など、本流が集まる。

「トヨタはおかしくなっている。このままじゃ絶対にダメだ」

章男は会議の直前、鼻息荒くネクタイを締めた。鵜飼がジャケットを腕に通してくれた。

「喧嘩する気満々じゃないですか」

「ここで戦わないでどうする。このままじゃトヨタはトヨタではなくなってしまう」

「しかしやりすぎはダメです。冷静に考えてください」

鵜飼に両肩をつかまれて、じっと顔を覗き込まれた。言い聞かされる。

章男はその言葉に、ぐっときてしまう。

「ストリームの一件だけで、常務がまた海外に飛ばされるほうが俺はまずいと思っています」

「常務は本社にいなくてはダメなんです。いいですね？　冷静に話してきてください」

章男はジャケットのボタンを留めて、取締役会に向かった。

翌朝、章男は鵜飼と本社を出て、技術本館の東側にあるテストコースへ向かった。鵜飼は歩きながら、今朝がた届いたばかりの取締役会の議事録を捲り、ため息をついた。

「滅茶苦茶喧嘩しているじゃないですか。『この野郎』って書いてありますよ」

章男はとぼけて口を尖らせた。

「タイプミスかなんかじゃないか？」

「大俵社長も激怒していますよね。『トヨタは豊田家のものではない』だなんて、豊田家の人がいる場で言いませんよ」

「うん、怒鳴ってた」

なにやってんすか、と鵜飼が天を見上げる。

「言い訳させてもらうが、グローバルマスタープランなんか、承服できるわけがないだろ」

章男は議事録を指ではじいた。世界市場の伸びの七割をトヨタのクルマにするという仰天目標だ。

「同業他社に対するリスペクトというものがない」

「このプランに則れば、ホンダのストリームの件は理解ができますね」

他社の売れ筋のクルマを完全にコピーした商品を売って、乗っ取るのだ。

「俺はそんな会社が作るクルマには乗りたくないね」

昨日の取締役会で同じことを言ったが、みな失笑しただけだった。「自分が社長になったときに手柄を取っておきたいから、いま反対するんだろ」と勘繰る幹部までいた。

「正直、国内ではうちの一人勝ちですからね。日産も大変そうです」

日産はバブル崩壊後に業績が悪化し、平成十一年にフランスのルノーと資本提携した。社長は外国人になり社内の公用語は英語になったらしい。

「業界八位のメーカーの年間生産台数を、トヨタは一ヵ月で生産していると豪語している幹部までいた」

　なんて嫌な会社だろう。

「俺は取締役会に出てぞっとした。カネと数字の議論ばかりだ」

「そうしないと生き残れないという、トップ企業ならではの切迫した事情はあると思います」

　鵜飼が冷静に分析した。

「京都議定書か」

　平成九年に気候変動枠組条約締約国会議で採択された二酸化炭素の削減目標だ。日本が議長国ということもあり、国内トップのトヨタにはガソリンに代わるエンジンの開発を急がねばならないというプレッシャーがある。

「電気自動車という手もありますが、いま国内で走っている台数のクルマを全て電力で賄うとしたら、原子力発電所の増設が不可欠です」

「一朝一夕にはいかないだろう。どこかに作るとなったら猛烈な反対が住民から起こるはずだ」

「電気自動車が難しいとなると、ガソリンに代わる新たなる燃料の開発が必要です。この技術開発費用は概算で数百兆円かかると言われています」

　国内で担えるメーカーは、トヨタしかいない。

「経営陣はその開発費用の捻出に頭を痛めています。他社の売れ筋を乗っ取ろうがなにをしようがなりふり構っていられないというのは、ある意味、仕方がないことかもしれません」

　もしトヨタが数百兆円をかけてガソリンに代わる新しい技術を開発したら、いずれはその技術を他社がまねることになる。他社は開発費用を浮かすことができるのだ。

「一車種のデザインをまねたぐらいでほざくな、と言っている役員もいたよ」

　章男はため息をつきながら、陸橋を通りかかった。下はテスト走行路だ。全長は十五キロメートル、ヘアピンカーブや坂道も立体交差もある。ダートのような砂利や土、泥の路面も作られていた。
章男は陸橋の手すりに手をついた。

「だからといって、売れ筋にばかり頼りすぎだろ」

「スープラの製造中止ですか……」

鵜飼が議事録を捲り、ため息をついた。

「スポーツカータイプは確かに流行ってはいないが、熱烈なユーザーは楽しみに待っている」

「アルテッツァもやり玉に挙がっていますね」

トオノのつれない言葉を思い出し、章男もまたため息しか出ない。

「クルマ好きに背を向けるクルマ会社って、どうなんだよ……」


章男と鵜飼は陸橋から階段を下りた。テスト走行路のスタート地点には、サーキットのピットのようにガレージが並んでいる。テストドライバーやメカニックが三十人くらいいた。

一台のセダン型の試作車が走行路を回っている。車体を見ただけでは形やデザインがわからぬよう、迷彩柄の塗装が施されていた。一同はデータが集積されるパソコンに見入っている。

「こんにちは」

章男は笑顔で声をかけた。何人かが振り返る。作業着姿の人が多い中で、スーツを着た男性がしかめっ面で章男を見た。

「どちら様ですか。ここは部外者の立ち入りが固く禁じられています」

鵜飼が前に出て、上長の許可は出ていると書面を見せた。

「我々は技術部門の業務改善のため、現場を見させてもらっています。こちらは豊田章男常務取締役です」

彼らは走行データの確認に夢中で、鵜飼に見向きもしなくなった。章男は丁重に申し出る。

「お忙しいとは思うのですが、簡単にこちらの業務を案内していただけませんか」

エンジンの爆音が近づいてくる。レースのように試走車が爆走していた。クルマの限界を知るための走行だろう。急ブレーキを踏んだ。摩擦熱による煙が後輪タイヤから上がり始めた。走行スピードが落ちると、煙はエキゾーストパイプ付近からも見えた。

「タイヤが燃えていないか？」

章男は鵜飼に耳打ちした。メカニックも気づき、慌てた様子で叫んだ。

「消火器！」

試作車が章男の目の前で停まるころには、エキゾーストパイプ付近から出た火が右のリアタイヤに燃えうつった。ゴムが焼けるにおいがあたりに漂い、喉が痛くなる。メカニックたちが消火剤をまく。みなが首を傾げながら、どこに問題があるのか議論している。

自動車は精密機械だけに、ひとつの不具合の原因を探るために何千、何万通りの試行錯誤が必要になってくる。こういうときに頼りになるのがドライバーとメカニックのカンだ。過去の経験と照らし合わせて最短で故障原因を突き止める。

運転席の扉が開き、テストドライバーが出てきた。消火剤の粉が舞っている中で姿を現したので、どこか神々しい。火を見ても慌てることなく、悠然としている。章男は声をかけた。

「初めまして。技術部門のＴＰＳに取り組んでいる、豊田です」

ドライバーは一瞥しただけだった。ペットボトルの水を飲み、制動についてメカニックと話を始めた。会話が途切れたころを見計らい、章男は再び切り出す。

「トヨタ生産方式を聞いたことがありますか。この現場でも……」

「ここは命がけの現場だ」

章男はハッと息を吞んだ。ドライバーが顎でクルマを指した。まだ煙がくすぶっている。

「俺たちテストドライバーは命がけで、火が出るかもしれないクルマに乗っている。今日死ぬかもしれないと思いながら、毎日試作車のハンドルを握っている。そんな現場に効率を持ち込もうというのか？」

章男は反論できなかった。

「帰ってください」


技術部門のTPSが遅々として進まない中、章男は富士スピードウェイのGTカップ決勝戦の観戦にきた。トオノがスカイラインGT-Rで出走すると聞いたからだ。ルノーのワークスチームであるルノー・スポールは出場していないが、日産と共同開発した新エンジンを搭載しているとかで、トオノがハンドルを握ることになったらしい。

章男は鵜飼と共に富士スピードウェイにやってきたが、トヨタの人間なので、日産のピットには入れない。トオノを観客席で見守りながら、出走を待った。鵜飼がトヨタのテストドライバー制度の簡略図を渡した。

「テストドライバーには資格が必要なのか」

「正確にはトヨタ社内だけの規定になりますが、この資格がないと社内のテストコースは走れません。走行性能を評価する資格を持つドライバーは、エンジニアを含めて三百人います。その中でクルマの最終試験を担当するのがトップガンといわれるテストドライバーです」

現在、トヨタにトップガンは十人いる。

「さらにその中で凄腕(すごうで)の者はマスタードライバーと呼ばれます。社内では三人しかいません」

マスタードライバーまで上り詰めた三人は、みな定年近い熟練だ。命がけの現場だと言って章男を門前払いしたのも、三浦順二（みうらじゅんじ）という五十八歳のマスタードライバーだった。十六歳で現在のトヨタ工業学園にあたる技能者を養成する専門学校に入り、国産車初の本格的なスポーツカーであるトヨタ2000GTの開発現場にもいた超熟練だ。

富士スピードウェイサーキットでは各ドライバーがスタートポジションに向かい始めた。トオノがブルーのラインが入った日産のレーシングスーツを着て、GT－Rに乗り込んだ。章男はぼやく。

「GT－Rもいいが、トヨタ育ちのトオノが日産を背負って走るのを見るのはモヤモヤするな」

予選でポールポジションを取ったマシンから順に出走を始める。まだ緑のフラッグは振られていない。最初の一周はタイヤを温めるための走行でスピードもさほど出さない。トオノのマシンもタイヤを効率よく温めてグリップ力を高めるため、スラローム走行していた。

技術部門から門前払いを食らい続けているいま、章男は秘策を考えていた。

トオノをルノー・スポールから引き抜いて、トヨタのテストドライバーにするのだ。ラテンのノリで明るいトオノが入ってくれたら、閉鎖的な部門の空気が変わるだろう。章男たちが入りやすくなる。すでにトオノに打診しているが、けんもほろろに断られた。

〝アルテッツァの生産中止の話を聞いた。トヨタでテストドライバーになったって面白くなさそうだからやめておく〟

何度ヘッドハンティングしようとしても、フラれ続けていた。

「そりゃそうだよな。クルマ好きのためのマシンを追求しているメーカーでテストドライバーをしたほうが楽しいよ」

鵜飼がテストドライバーの資格表を、手に取った。

「トヨタのテストドライバーの何人かから聞いたんですが、トオノのレベルならばトップガンに入れてもいいくらいだと言っていました」

「本当か。あいつはまだ三十七歳だろ」

トヨタでは三人しかいないマスタードライバーを筆頭に、十人いるトップガンもまた熟練工のような存在感がある。いぶし銀の頑固おやじみたいな雰囲気の男たちが粛々とハンドルを握り、メカニックに注文をつける。章男は何度も走行テストコースに通ううち、マスタードライバーの三浦の驚くような指示を聞いたことがある。

〝このクルマは湿布でも貼っておけ〟

メカニックは理解した様子で足回りの改良をしていた。職人同士の共通言語は外の人間には理解しがたい。ＴＰＳを広めるどころか、意思疎通を図るのも難しい、独特の世界だった。

観客席目の前の直線道路に爆音が聞こえてきた。サーキットを一周したマシンが戻ってきたのだ。緑のフラッグが振られる。いよいよレースがスタートだ。各マシンがエキゾーストを轟かせて加速し、一瞬でホームストレートを駆け抜けていく。トオノのマシンはスタート時には二番手にいたが、最初のコーナーに差し掛かるところで三、四番手の二台のマシンに抜かされた。なにかがはじけ飛んだように見えた。

「接触したか？」

三台は競り合いながら一瞬でコーナーの向こうに消えてしまった。接触や事故のアナウンスはない。電光掲示板の順位表は次々と入れ替わる。予選を二位通過したトオノだが、すでに五位にまで落ちていた。今日はなにか様子がおかしい気がした。

トオノのマシンが再びホームストレートに戻ってきた。トオノと競っていた二台はずっと先で抜きつ抜かれつを繰り返している。再び第一コーナーに消えていく。

胸騒ぎがする。鵜飼が携帯電話をネットにつなぎ、予選の様子を調べ始めた。

「予選の段階で、あの二台のマシンはもめていたようですね」

急減速して走行妨害をしたとかしないとかで、予選終了後にドライバー同士が一触即発の状態だったらしい。いま四周目に入っている。ホームストレートでトオノは六位に落ちていた。競っている二台に危険を感じ、あえて距離を置いているのかもしれない。その二台は二位と三位につけている。ヘアピンカーブに入る直前、三位のマシンがインに入り損ねて急減速する。後方にいた四位のマシンが急ハンドルを切り、コントロールを失った。

「おい……！」

章男は思わず立ち上がってしまった。スピンした四位のマシンは、アウト側を時速二百キロ近い速度で駆け抜けようとしたトオノのGT－Rと激しく接触した。GT－Rはタイヤが浮いたことで完全にダウンフォースを失い、遠心力と慣性力で軽々と宙に舞った。右側面を地面に叩きつけ激しく三回転し、再び宙に舞い上がってマシンの外装を粉々にまき散らしながら、また叩きつけられる。まだ止まらない。次々と装備品を剝がされながらサーキットを転がっていく。芝生の上でようやく停止した。マシンのエキゾースト付近から火が出る。

ビクトル・トオノは心肺停止状態でコックピットから救出され、ドクターヘリで静岡県内の救急病院へ搬送された。懸命な治療の末に一命は取り留めた。章男は病院の待合室でホッとしたが、何日経っても意識が戻らなかった。多忙な章男に代わり鵜飼がお見舞いに通っていたが、十日後、無情な報告をしてきた。

「脳死判定が出たそうです」

コロンビアから来日している家族は延命治療を望まず、一両日中に延命装置が取り外されるという。章男は慌てて仕事を切り上げ、トオノが入院している病院に向かった。トオノの両親は放心状態で声をかけることができなかった。トオノとよく似た妹と少し会話をしたが、通訳を介していたので深く語らうことはできなかった。家族の了承を得て、章男は病室でトオノと二人きりになった。

「トオノ」

心電図の音が無機質に鳴っている。呼吸器からは機械の音しかしなかった。

「トオノ？」

章男はトオノの手を握った。温かくて柔らかい。まだ生きているが、もうすぐ死ぬ。章男はその手を握ったまま、くずおれた。その手に額をつける。

「トオノ。頼む。がんばってくれ。おかしいだろ。こんなの違うだろ……！」

涙が滂沱（ぼうだ）と流れてきた。

「トヨタのクルマが好きでトヨタの期間工になったんだろ。ヨタハチやハチロクが好きだと言っていたじゃないか。おじいさんだってトヨタの人だろう。ＧＴ－Ｒで死ぬなんておかしいよ」

無表情だったトオノの頬が少し動いた気がした。「いまクルマの話をしている場合か」といつもの調子で笑っているように見えた。

「俺はまだお前に言ってないことがたくさんあるんだよ。お前にトヨタのドライバーになってほしいとは言ったが、まだ続きがある。頼みたいことがあった」

洟（はな）をすすり、必死に訴える。

「俺はお前に運転を教えてほしかった」

力のないトオノの手を強く握りしめた。

「テストドライバーは命がけの仕事なんだろ。お前に教えてもらおうと思っていたんだ。俺もテストドライバーになってトヨタで命をかけて働きたいと考え始めていたのに……」

しゃくりあげながらいっきにしゃべった。息苦しくて、深く息を吸う。一方的に握りしめていた手の力が無意識に弱まったとき、体が右手からトオノの方に吸い寄せられるような不思議な感覚を覚えた。

はたと顔を上げる。涙で視界が滲みよく見えない。目頭をこすった。

トオノが目を開けてこちらを見ていた。しっかりと章男の手を握り返している。

「アキオ……。久しぶり」

3、護国第二〇工場（昭和十九年）

挙母工場内には三ヵ所の門があり、それぞれに『トヨタ自動車工業株式会社』の表札が出ている。各工場の入り口や食堂の前、宿舎などにも会社の名前が入った看板がかけられていた。

いまその全てが外され、リヤカーに投げ込まれていた。正門にはレンガ造りの門に『トヨタ自動車工業株式会社』の銘板が嵌められている。鋳物工場にいた遠野が最後に手掛けた特別なものだ。陸軍省の整備局からやってきた軍人たちは、この銘板すらも取り外そうとしていた。勝手に工場から工具を持ってきてレンガを砕いたり削ったりしている。喜一郎は、陸軍省の軍人たちが持ってきた新しい木の看板を見下ろした。

「大きさが違いすぎます。嵌まらないでしょうから、銘板はそのままにして上から新しい看板を括りつければ……」

口髭をたくわえた若い軍人が喜一郎の眼前に立った。まだ大学を出たばかりの青年将校か。英二よりも年下に見えた。

「君は誰に口をきいている。今日から君はこの工場の社長ではなく、生産責任者だ。そして今日からここは、軍部直轄の機関である」

『トヨタ自動車工業株式会社』の銘板が、とうとう外された。リヤカーに投げ入れられる。

軍人たちが、銘板が嵌まっていたへこみを覆うように、木製の看板を括りつけた。

『護国第二〇工場』

　去年の十一月に商工省と農林省が廃止され、軍需省と農商省が設置された。翌月には軍需会社法が施行された。国が直接企業を統制し、生産をコントロールすることになった。当初は航空機製造会社が中心だったが、年明けすぐに喜一郎のもとにも軍需省から指定通知がきた。

　トヨタ自動車工業株式会社はなくなり、今日からここは『護国第二〇工場』という名前になった。喜一郎は戦争が終わったらすぐに乗用車の生産に乗り出せるように工場で研究開発を続けていたが、四六時中軍人がうろついているとなれば、それすら許されない。

　陸軍省の青年将校が喜一郎に向き直る。

「今日から私がここの最高幹部である。国の方針に従って自動車の生産を行い、必要とあらば工場では別の軍需品を作ることになる。君は生産責任者として、国から生産に関する指導があった場合には従い、適宜、従業員に命令を与えること」

　喜一郎は返事を絞り出した。

「では豊田君。まずは工場内を案内してくれ。ここは広すぎて、なにがなんだか」

　青年将校は恥ずかしそうに微笑んだ。表情にあどけなさが残っている。喜一郎は怒りを呑み下し、部品工場から案内しようとした。トヨタ自工の看板が入ったリヤカーを軍人たちがどこかへ持ち去ろうとしている。

「待ってください。せめてひとつだけでも手元に残させてください。これは工場ができた祝いに、鋳物工場の職人たちが作ってくれたものです」

　満洲で死んだ遠野の笑顔が浮かぶ。

「うちひとりの職人は、日中戦争で死にました。骨すら戻ってきていない。彼の遺品でもあるのです。どうか――」

軍人は喜一郎の手を振り払い、リヤカーを押して門を出る。軍用トラックの荷台に銘板や看板を投げ入れた。青年将校が言う。

「物資不足だ。堪忍したまえ。木の看板は燃料となり、銘板は溶かされ軍艦や航空機となって皇国を守る。日中戦争で亡くなったその部下も、英霊となって靖国で喜んでおられるはずだ」

クルマと女に目がなかった遠野が、靖国神社で万歳なんかしているはずがない。喜一郎は悔しさを噛みしめながら、工場を案内していった。英二と副社長の赤井久義も後に続く。カーッと頭に血が昇ったせいか、案内をしながら喜一郎はひどい頭痛に襲われていた。工場内の技術的な質問は英二が説明を代わってくれた。

工場や宿舎の設備を案内して回る間、喜一郎はあちこちで、捨てられたり、塗りつぶされたりする『トヨタ自動車工業株式会社』を見た。工員が使う道具に記されていた『トヨタ自工』の文字も消され、『護国第二〇工場』と書き換えられる。宿舎の子供たちが遊ぶ公園ですら『護国第二〇工場公園』と看板が付け替えられていた。

午後には広場で工員六千名を集めた一斉集会があった。クルマが好きで就職した若い男性工員はほとんどが戦争に取られた。いま集められているのは、十代の勤労学徒や、仕事を失った芸者、刑務所の受刑者などだ。青年将校は集会で新たな工場の方針について訓示するらしい。

「工員のナッパ服の『トヨタ』の刺繍もなるべく早く付け替えさせてください」

「一斉に作業服を作り替えるんですか？　そんな金はありません」

創業以来、まともに目標数を生産できた月はない。価格統制に部品不足、仕様の統制まで入り、目標の月産二千台まで程遠い状況だった。赤井の経営努力で赤字は出さずに済んでいる。

「布切れに護国第二〇工場と記し、上から縫い付ければいいでしょう。豊田さんも背広はこれまでです。国民服に着替えてください。足にはゲートルを巻くこと」

「私は軍人ではありません」

「国の外ではあなたの息子ほどの年齢の若者たちが、この国土と国民を守るために命がけで戦っておるのです。ここが戦場になっていないからといって、平時の気分では困る。前線におる兵士たちと共に戦う気持ちで、トラック生産に邁進していただきたい！」

喜一郎は社長室でカーキ色の国民服に着替えた。ゲートルの巻き方を知らない。英二を呼んで、教えてもらった。身をかがめてゲートルを巻こうとしたが、脳髄が抉られるような痛みが走った。後頭部を押さえて耐えていると、英二が察した。

「頭をあまり動かさないほうがいいです。僕がやりますよ」

「ありがとう。朝から陸軍省のせいで頭に血が昇りっぱなしだ」

英二が黙々とゲートルを巻いてくれている。油で汚れた手と若さあふれる横顔を見た。英二は遠野と同い年だ。生きていたら、こんな感じだっただろうか。無邪気で奔放だったから、遠野は子供っぽいままだったかもしれない。涙がこぼれそうになったが、頭痛で引っ込んだ。

午後のサイレンが鳴り、全工員は集会のため、運動場に集められた。陸軍省の青年将校が壇上に上がり、拡声器で長々と訓示をした。

「ではここで、新たに生産責任者となられた豊田喜一郎氏による万歳三唱をお願いします」

喜一郎は怒りで卒倒しそうだった。

「なぜ私が――」

「豊田さん。覚悟を決めていただきたい」

拳を握りしめ、歯を食いしばる。横で心配そうに赤井副社長や英二が見ていた。常務の竹内賢吉は喜一郎の常備薬と水筒を胸に抱いている。

喜一郎は血が出るほどに唇を噛みしめて、壇上に上がった。寄せ集めの工員たちに混ざり、菅隆俊や大島理三郎、佐藤亀次郎など創業期のメンバーの顔がいくつか見える。喜一郎は声を張り上げた。

「護国第二〇工場、万歳！」

両手を振り上げた。一拍遅れ、陸軍省の者たちがあとに続くと、工員や技術者たちも困惑した様子で万歳をする。

「大日本帝国、万歳！」

涙を流しながら、喜一郎は万歳三唱をした。


喜一郎は次第に挙母工場から足が遠のいた。軍部に卸すための水陸両用車の開発などは蒲郡(がまごおり)海岸にある研究所で進めた。工員たちがラッパで軍歌を歌いながら行進し配置につくのを見るのは気が滅入った。軍隊式に人を呼ばないと若い青年将校にいちいち注意される。午後には生産が止まり、匍匐(ほふく)前進の練習をしたり、銃剣で藁(わら)人形を突いたりする。女工は竹やり訓練をやらされた。

新聞もラジオも日本軍の躍進を報道しているが、ならばなぜ米軍が本土に上陸する恐れが出てくるのか。喜一郎が送り出したクルマ好きの若者たちは、なぜみな骨になって帰ってくるのか。遠野のように骨すら見つからない者もいる。手足を失って戻ってきた工員は、思うように働けず将来に絶望している。海軍では神風特攻隊なるものを組織して、パイロットを飛行機ごと敵艦隊に突っ込ませ自爆させているとも聞いた。あまりに非人道的な作戦だ。

十二月七日、喜一郎は新聞すら読む気にならず、早々に八事の別荘を出た。モンペ姿の二十子が砂埃で汚れた日本国旗を洗濯していた。

市電に乗り市内の様子を見て回った。いつも混雑していた市電は、かつては女性や子供の洋服でカラフルだった。贅沢は敵と言われるいま、老若男女がカーキ色の国民服を着ている。かつての盛り場だった大須もほとんどの飲食店が店じまいをしていた。扉に海軍省と陸軍省が競い合うように志願兵募集のポスターを貼り巡らしている。

東山動物園は閑散としている。ここにいた動物たちの半分は、エサを賄えないので毒殺されたらしい。ウサギなどは食用にされ、軍部の毛皮にされた。最近は飼い犬すら食用と毛皮用に強制供出されている。

喜一郎は図書館に入り、第一次世界大戦で敗戦国となったドイツの資料を片っ端から集めた。日本は戦争に勝つ見込みはない。喜一郎にいまできることは、いずれくる敗戦を生き延び、会社と社員たちを守るための計画を立てることだった。一方で、自動車の研究ではなくこんなことに労力を使わなくてはならない現実に、気が滅入る。

デスクが揺れ文字を追えなくなった。近くに爆弾が落ちたのかと思ったが、次第に揺れが大きくなっていく。書架が倒れ始めた。これは地震だ。


十二月七日に起こった地震の規模や被害がよくわからないまま、一週間が過ぎようとしていた。新聞の一面はあてにならない大本営発表ばかりだ。紀伊(きい)半島沖を震源とする大きな地震があったことは小さな記事になっていたが、死者数や倒壊家屋の情報は一切なかった。

豊田自動織機製作所の常務取締役となった石田退三が、挙母工場の喜一郎を訪ねてきた。窓の外では、青年将校の号令のもと、工員たちが防火訓練のバケツリレーをしていた。

「挙母工場は地震の被害がありましたか」

「見てのとおり、問題ありませんでした。僕は関東大震災で被災しています。耐震についてはかなり口うるさく設計させましたから」

石田が社長室の外の廊下をわざわざ覗き、扉をぴったりと閉めて、喜一郎の横に座った。

「南区の三菱重工業の工場が倒壊したのはご存じですか」

喜一郎は名古屋で発行されている新聞を開いた。そんな記事は掲載されていなかった。

「軍部の検閲が入ったんでしょう。そこはもともと紡績工場だったのに、軍需指定されて飛行機の製造をしていたんです。軍部が耐震を無視していくつかの工場の壁や柱をぶち抜いて、飛行機が製造できる大きさの工場を作ったがため、倒壊したんです」

喜一郎は唇を嚙みしめた。

「倒壊したいま、軍部は東海地区で航空機を生産できる軍需工場を新たに探すはずです」

石田がわざわざ挙母に来た意味がわかり、喜一郎はハッとした。

「まさか、うちが？」

「ありえます」

「無茶な。航空機を作れるほどの広さはない」

「また柱や壁をぶち抜いて工場をつなげると言いかねません」

喜一郎は立ち上がる。

「被災現場を見てきます。軍部が建物にどのような改造を加え、どのように倒壊したのか、見ておくべきだ。もしあの青年将校がここを飛行機工場にすると言い出したら、反論する材料になりますから」

石田が乗りつけてきた豊田自動織機製作所のトラックで、共に被災地へ向かう。

「石田さんもクルマの運転をされるようになったんですね」

「訓練所に行きましたよ。約束を忘れたんですか、御曹司」

覚えている。石田に乗用車をプレゼントすると言った。

「試作車が完成したときでしたね。当時、我々は火の玉組と呼ばれていたような」

喜一郎は石田と目を合わせ、懐かしさに微笑み合う。喜一郎は無念がこみ上げ涙がこぼれた。

「あのころはまだ遠野もいた」

「若。こらえましょう」

石田も目を赤くし、絞り出すように言う。

「人生こらえなくてはならないときがあるものです。大丈夫、いずれいいときが来ますから」

トラックは一時間ほどで南区の飛行機工場被災地に到着した。燃料の臭いが喉を刺激する。死臭で息をするのも苦しい。

ぺしゃんこに潰れた屋根が延々と連なっていた。しゃがんで屋根の下を覗き見る。がれきの隙間から腐り始めた人の手が突き出ていた。十二月も中旬だというのに、ハエが大量にたかっていた。突如サイレンの音が鳴り響いた。

「空襲警報だ！」

防空壕の入り口はがれきの下らしい。石田が喜一郎の手を引いた。

「とにかくここから離れましょう。トラックへ！」

喜一郎は空を見上げる。B29の姿が、南の空にはっきりと見えた。編隊のようだ。何十機いるのか。爆撃機の爆音が内臓にまで響く。喜一郎は石田の耳に怒鳴った。

「あの高度なら、この工場のありさまをパイロットは目視できるはずだ」

地震で潰れた軍需工場に焼夷弾（しょういだん）を落とすような無駄を、米軍がするとは思えなかった。案の定、B29の編隊は上空を通り過ぎて東の空に消えた。やがて真っ黒な煙が地平線から立ち上るのが見えた。

「方角的に、大曽根（おおぞね）にある三菱重工業の名古屋発動機製作所がやられたんでしょう」

昨年の軍需会社法施行のあと、真っ先に軍需指定された工場だ。

とうとう米軍の爆撃機が名古屋の上空まで飛んできた。遅かれ早かれ挙母工場も狙われる。

石田は自社の工場を心配し、トラックで刈谷へ戻った。空襲の混乱で喜一郎はタクシーを捕まえられず、東海道線と三河線を乗り継いで挙母工場に帰った。午後九時になっている。

上空を強い北風が渦巻き、不気味な轟音を立てていた。B29の編隊が近づいてくる音と似ている。正門に立ち、『護国第二〇工場』と書かれた新品の看板を、恨めしく見つめる。これのせいでB29に狙われることになる。挙母町の住民たちも巻き込んでしまうだろう。喜一郎の説得に応じて六十万坪の土地を売却してくれた挙母町長の顔を思い出し、胸が苦しくなった。

苦労を重ねてようやく建てた工場を軍部に取られ、取られたが故に米軍に狙われる。協力してくれた人々も巻き込まれて死ぬかもしれない。

喜一郎はしゃがみこみ、立てなくなった。なぜこれほどの試練に苛まれなくてはならないのか。乗り越えても乗り越えても、自らの努力ではどうにもできない困難が喜一郎の前に立ちはだかり、全く報われない。

「社長」

遠慮がちに声をかけられた。鋳物工場の佐藤亀次郎だった。この寒風吹きすさぶ中を薄着で、顔は煤で黒い。

「まだ働いていたのか？　もう九時だぞ」

「ちょっとね、秘密の任務をやっていたんです」

喜一郎は亀次郎に連れられ、鋳物工場の中に入った。炉に火が入っていて、中は真冬なのに暑いほどだった。作業する工員たちは汗をかいている。砂型をハンマーでたたき割り、出来上がったものを取り出そうとしていた。クルマの部品ではない。

「何を作っているんだ？」

「見ていてください」

砂型が外され、小さなほうきで残りの砂が取り除かれていく。細長くて平べったい鋳物は、銘板だった。『トヨタ自動車工業株式会社』とある。

喜一郎は涙がこみあげてきた。

「いつか戦争が終わったら、護国なんちゃらの看板を薪にしてくべて、芋でも焼いてやりましょう。そしてこれを正門に嵌め込むんです」

亀次郎の言い草に笑ったとき、目から涙があふれ出した。

陸軍省の青年将校に見られると強制供出される。喜一郎は英二を呼び、亀次郎たちと共に鋳物工場の脇にある空き地に銘板を埋めた。

これからは本土が戦場になる。挙母工場は狙われるだろうが、泣いている暇はなかった。

絶対にトヨタを守るのだ。

4、モリゾウ（平成十六～十八年）

ビクトル・トオノがトヨタ自動車本社のテスト走行路にカラーコーンを置いた。西日が建物の隙間から差し込み、トオノの右頰に残るやけどの跡を照らす。

「まさかジグザグ走行の練習か？」

章男は生まれて初めてレーシングスーツをまといながら、笑ってしまう。

「教習所じゃあるまいし。わかった。時速百キロ近く出してジグザグ走行するのか？」

「いや、今日は時速四十キロでいいが、水をこぼすなよ」

トオノは紙コップに水を汲んできた。それをスープラのボンネットの中に置く。

「あれはドリンクホルダーに水を置いているだろ。ボンネットのほうが大きく振れるから、ずっと難しいぞ」

『頭文字（イニシャル）D』の世界じゃないか」

トオノが見本を見せてくれた。時速八十キロくらい出ているが、道路に吸い付くような走りで安定感がある。危なげなくスラローム走行した。

クルマやタイヤの動きを見るべきなのに、章男は感慨深くトオノを見てしまう。事故直後は脳死状態だったトオノだが、奇跡的に回復した。退院の三ヵ月後にはルノー・スポールを退社し、トヨタ自動車のテストドライバーとして再雇用された。章男はなにも言っていない。トオノは章男が願った場所でいま、トヨタのクルマを運転している。

あの事故から二年、普段トオノはテストドライバーをやっているが、章男のために時間を作り、運転を教えてくれるようになった。大きな後遺症もなく、今日もクルマをかっ飛ばす。死にかけたというのに事故のトラウマもないようだ。いまも時速百五十キロ近くを出して、あっという間に戻ってきた。ピタリと停止線で停まったスープラは得意満面の表情に見える。トオノがハンドルを握るクルマは、生きているようだった。

「確認するぞ」

章男はボンネットを開けた。紙コップの水はほとんど残っていた。トオノは涼しい顔をして運転席から降りてきた。スープラと同じ顔をしてやがる。

「ま、最初だから時速三十キロでいい」

「バカにするな」

章男は運転席に乗り込み、早速、スラローム走行をした。六十キロくらい出してしまったが、かなり慎重にハンドルさばきをした。フロントが振られている感覚もない。章男は自信満々でボンネットを開けた。声を上げて二度見してしまう。紙コップの水は空っぽだった。

「ほらな。へたくそめ」

撮影していたメカニックたちも失笑している。トオノと章男のドライビングの映像を見比べてみると、章男の運転中はフロントが大きく左右に揺れてしまっているのがわかった。

章男はその日一日だけで百回以上もスラローム走行の練習を行い、タイヤをはきつぶした。トオノはすり減ったタイヤの角をなぞるように指さす。

「スラローム走行でショルダーが減るのはへたくそな証拠。溝の部分がすり減るようになったら褒めてやるよ」

トオノは章男の運転をくそみそに言った。章男はだんだん腹が立ってくる。

「人事にいた女性は俺の運転だと酔わない、うまいと褒めてくれたぞ」

「おべっかに決まってる。女の褒め言葉を真に受けるなよ」

「そんな言い方はないだろ！」

「はいはい、先生に反抗しない」

章男は運転席から引きずり出されて、トオノが運転するスープラに押し込められた。シートベルトを締めるやいなや急発進する。たったの六秒で時速百キロを超えた。コーナーが近づいてきているのにトオノがアクセルを緩める様子はなく、二十秒後には時速二百五十キロを超えた。胃が浮く。まるでジェットコースターで急降下しているかのようだ。強烈なGがかかるので、ヘッドレストに置いた頭を動かすこともできない。顔面の皮膚が頭蓋骨に吸い付くようだった。コーナー目前で急ブレーキを踏んだときには四点式シートベルトが体に食い込み、上半身が飛んでいきそうな恐怖に襲われる。前から後ろへ流れていたフロントの景色が、突如、横に流れていく。ドリフトしているのだ。タイヤが甲高い音を上げるが、不思議と喜び勇んでいるようだ。章男がやると悲鳴だった。

章男はトオノから技術を学ぼうと必死だった。ガソリンは半日でなくなる。タイヤは一日で丸坊主になった。そんな章男を温かく見守る者もいるが、冷めた目で見ている者もいた。マスタードライバーの三浦順二だ。章男になにも言わないし、陰口を言っている様子もないが、目を見ればなにを言いたいのか察する。

——御曹司の道楽。いまに音を上げて執務室に戻っていくだろう。


年明け、章男は北海道に向かった。士別市にトヨタが保有する寒冷地での走行テストを行う士別試験場があるが、トオノが章男を連れていったのは網走だった。ここのテストコースは降雪が踏み固められ、完全に凍り付いてリンク状態だった。南米育ちのトオノはゴム長靴を履いても滑る。何度もコケながら「こっちだ」と章男を開けた場所に案内する。章男は余裕で凍てついた広場の上に立った。

「アイスホッケーができそうだが、ここでなにをするんだ」

「走るに決まってるだろ。俺がアイスホッケーでもすると思ったか？」

章男はすでに時速二百キロ近くのスピードで走行できるようにはなっていたが、さすがにこの氷のサーキットは震えあがった。

「こんなところでクルマを運転するのか？」

トオノは凍り付いた広場のど真ん中に立ち、自分の周りを回れと章男に指示した。

「最低速度は八十キロだ。絶対に八十キロを割るな」

「無理だ。スリップしたらお前を轢き殺してしまう」

「フフフ。殺すなよ。スリップしたらカウンターステアでクルマを立て直せ」

無謀だと章男は抗った。トオノは章男の肩を叩き、あっさり言う。

「あんたならできる」

章男は覚悟を決めて、白い息を吐くスープラに乗り込んだ。トオノの周囲を回る。二十メートルの距離を保ち、少しずつスピードを上げていると、「もっと近づけ！」と怒鳴られた。

章男は深呼吸し、必死にステアリングを回し、ギアを換えクルマの挙動を安定させようとする。あまりに静かだった。自分の呼吸音しか聞こえない。余計に緊張する。かつて死にかけたトオノの姿がいまになって頭にちらついた。グリップを失ったクルマを操作していると、空飛ぶクルマのハンドルを握っているようだ。自分も浮いているような気になり、体が余計に力む。するとステアリング操作が遅れる。

「リラックスしろ、リラックス！　肩が浮いているぞ」

トオノは見抜いている。怖くないのか、ひょうひょうとした表情で立っている。時速八十キロを超えた途端、リアタイヤが滑り出した。スピンしないように慌ててカウンターステアで立て直そうとしたが、間に合わずに反対側にクルマのお尻が振れる。

「おつり出てるぞ、おつり！」

章男はとうとう雪の壁に突っ込んでしまった。新雪に埋もれる。メカニックや、章男に付き添っている鵜飼が飛び出してきて、雪からクルマをかき出してくれた。

章男は運転席から這い出て、訴えた。

「危険すぎる。こんな練習はすべきじゃない」

トオノはなにも言わない。これまで黙って見ていた三浦が章男に口を出してきた。

「こういう気象条件のもとで走っているトヨタ車は世界中にいる。南極ではランクルやハイラックスが走っているんだ」

「だからって時速八十キロも出さないでしょう」

「万が一出てしまったときにクルマがどうなるのか、テストドライバーは試す必要がある。士別のテストドライバーはこんなつるつるの走行路で時速百キロ以上は出してテストをするんです」

章男は恐怖で頭が真っ白になっていたが、三浦がアドバイスしてくれたことの重みを感じる。

「言いましたよね、我々は命がけなんだ」

じんわりと目頭が熱くなってきた。トオノもかぶせてくる。

「あんた、覚悟を決めたんじゃないのかよ」

他のメカニックたちや鵜飼は祈るような目で見ている。章男は再びステアリングを握り、トオノの周りを走り始めた。時速四十キロですでにスープラが滑り始めたが、滑り方を予測して数秒早くステアリング操作し、クルマを立て直す。時速八十キロを超えたとき、とうとう予測不能な滑り方をした。右へ左へカウンターステアを行いブレーキを踏み込んだが、クルマは言うことをきかない。くるくるとスピンする。何度もトオノの姿が見え隠れしながら近づいていく。相当なスピードが出ているはずなのに、時間はくっきりと流れている気がした。エンジンを切ってしまいたい。ゲームのようにリセットしてしまえたらいいのに、一度滑り出したクルマは停まるすべがない。

——本当にそうか。

このまま、一度死にかけたトオノをはね飛ばしていいのか。

このクルマをいまコントロールできるのは章男だけなのだ。章男はブレーキペダルを小刻みに踏んでタイヤのグリップ力を取り戻そうとする。そうっとアクセルを踏んでトラクションを確保——と思ったときにはトオノとの距離が二メートルにまで近づいていた。焦らずに慎重にステアリングを切った。トオノにぶつかる寸前でその身をかわす。左のヘッドランプがトオノのスタジアムジャケットをかすめたか。ふわりと持ち上がる。章男は五十メートル先で安全に停止した。

しばらく放心状態だった。トオノが悠然とやってきて、ボンネットを叩く。

「言ったろ、あんたならできるって」

トオノの向こうのピットで、男たちが安堵のため息をついている姿が見える。

「お見事！」

三浦が拍手をしていた。

練習を終えてピットに戻った瞬間、章男は腰が抜けた。その場にいた鵜飼やメカニックたちが椅子に座らせてくれる。みな冷や汗をかいているが、トオノひとりが笑っていた。

「笑いごとじゃないだろ、お前。なんて練習をさせるんだよ」

鵜飼も生きた心地がしなかったようだ。真っ青になっている。

「俺は何度も新聞の見出しが頭をよぎりましたよ。トヨタの御曹司が社員を轢き殺す」

三浦は章男の運転をデータ化したものをパソコンで見ていた。

「常務はクラッチとシフトチェンジのタイミングが若干ズレている。スピードに影響するのはもちろんのこと、クルマを傷める原因になります」

次々とメカニックやドライバーからダメ出しを受ける中、鵜飼が日本酒の大瓶を持ち出す。

「まあまあ、冷えますから今日はカンしてみんなで一杯やりましょう！」

「おいおい、ここはピットだぞ」

「私がＯＫしたんです」

同行していた技術部の副部長が微笑んだ。

「だって常務は飲みに行こうと誘っても、来ないじゃないですか」

そうだそうだ、とみなが章男を冗談ぽく非難した。鵜飼が言う。

「下戸でもないのに、なぜ俺たちと飲んでくれないんですか。もうみんな仲間じゃないですか」

——仲間。

章男はどうしていいのかわからなくなってしまった。

「ピットで酒を飲んだとバレたら怒られるんじゃないか……」

冷静なふりをしてみなを注意しながらも、放心状態で酒をあおった。

日本酒が喉に落ち、カッと腹の底が熱くなった。目が勝手に潤んでしまう。『仲間たち』が、章男の運転をああだこうだと評価していた。ぼろくそな意見が多い。ここで御曹司だと遠慮しないのは、きっちり指摘しないと章男の命に関わってくるからだろう。

鵜飼がトオノに酒を注ぎ、文句を言っている。

「お前がとんでもない練習をさせるから、常務はいまさら涙ぐんでるじゃないか」

「そんなんじゃない」

章男は目元をごしごしとこすった。トオノは酒をおあり、鼻歌すら歌っている。

「さあ、次は章男をどこへ連れていって鍛えてやろうかな」

再び降り出した雪を見上げ、トオノは恍惚（こうこつ）とした表情で言った。

「やっぱりニュルだな」

ニュルブルクリンク。ドイツのニュルブルクにある、世界一危険と言われているサーキットだ。

「通称、緑の地獄だ。覚悟しておけよ」

章男は五十歳を前に、取締役副社長になった。平成十七年、大俵光介は退任して会長となり、新社長となったのは小田原和明だった。

「それにしても多すぎるだろう、取締役が。こんなにいらない」

ざっとリストを数えただけで、役員が七十名以上もいた。

「あなたも含めて、ね」

送迎車の中で隣に座っていた政子が言った。

「あんたも含めて、な」

章男も言い返した。トヨタ自動車には現在、社長の下に八人の副社長がいる。筆頭は政子で、最年少は章男だ。他は全員が六十歳前後の本流派の男たちだった。政子は章男より十歳年上だからもうすぐ還暦だが、染めた黒髪を後ろでひっつめて、今日も寸分の隙もない。上司におべっかを使ったり、女の武器を使ったりするようなタイプではないので、政子は細腕ひとつで副社長にまで上り詰めたといえる。

年齢的にも実力的にも、小田原の次の社長は政子だろう。章男は自分がどうしてこんなに早く副社長になったのか、相変わらずの『謎』人事を読み切れずにいた。

「そもそも常務だったんだぞ。常務に就任してから三年で副社長なんておかしいだろ」

「あなたにレースの参加をやめてほしいのよ。創業家の御曹司が万が一事故を起こしたらどうなる？」

「あの世に行ってハイさようなら、だ」

「あなたを支えるメカニックや他のドライバー、開発責任者、全員の首が飛ぶでしょうね」

「馘首（かくしゅ）したら末代まで祟（たた）ると遺書を書いておく」

「本気でニュルブルクリンクのレースに参加するつもりなの？」

章男は答えなかった。送迎車が東京プリンスホテルに到着した。これからトヨタ自動車の年央会見が行われる。会見場には業界紙だけでなく一般の全国紙やテレビ番組などのマスコミもやってくる。国内企業で初めて連結純利益が一兆円を超えてから、マスコミの数は年々増えていた。

マイクを握りひな壇の中央で挨拶をする新社長の小田原は胸を張っている。カメラのフラッシュは小田原か、紅一点の政子に集中していた。末席にいる章男を狙うカメラもかなり多かった。

章男は目立たないように短く自己紹介をして、マイクを後方に回した。質疑応答が始まる。

「豊田副社長にお訊きします！」

いきなり指名された。

「トヨタ自動車は今期も連結純利益が一兆円を超えました。創業家の人間として、改めてお気持ちをお聞かせください」

「先人の血と涙のたまものだと思っております。数字に甘んじることなく、今後もユーザーのみなさまにご満足いただけるクルマを作っていきたいと思っています」

次に指名されたマスコミも、章男に質問をした。

「トヨタは当たり障りのない、平凡なクルマばかり作っているというユーザーの意見について、お考えを聞かせてください。プリウスばかりで、スープラも生産中止、アルテッツァも終了ということですが」

章男もその方針について社長に訊いてみたかった。

「そのお話は社長から」

マイクを置いた途端、「逃げた」「押し付けた」という言葉がマスコミ席から聞こえてきた。

「我々トヨタは国内一位の自動車企業から、全業種においても国内一位となりました。トップ企業の責務として、広くユーザーのみなさまの期待に応えるべく、採算性や将来性を鑑みて総合的に判断しました」

取締役会で言ったように、「一部のカーマニアのためのクルマは作らん」とはっきり伝えればいいものを、小田原のコメントは政治家の答弁みたいだ。

「豊田章男副社長にお訊きします」

またか。京都議定書のガソリン規制についての話だった。章男は技術部出身の専務に話を振ったが、次の質問でも指名された。うんざりしてため息をつく。小田原社長はのけ者にされていると腸が煮えくり返っているのではないか。

「大型ＳＵＶハイラックスサーフのリコールがありましたが、この点についてのご意見をお聞かせください」

章男は慌ててマイクを取り戻した。品質保証担当の副社長として、章男が誠意をもって答えねばならないことだった。

「お客様にご不安とご迷惑をおかけしていることは、大変恥ずかしいことです」

改めて謝罪したとき、技術部出身の専務の顔が真っ赤になっていることに気がついた。

記者会見が終わり、駐車場に向かった。送迎車の隣に乗り込んできた政子がちくりと言う。

「大人気ね、御曹司。それにしても今日の記者会見は非常にまずかった」

ピンとこない章男に、政子は軽蔑したような表情をする。

「鈍感すぎる。あなたは今日の記者会見でこれでもかと取締役会を攻撃したのよ」

「俺は攻撃などしていない」

「マスコミの質問があなたにばかり集中した。あなたは質問を適宜専門の担当者に回していたけど、それは社長がすることとよ。小田原社長は屈辱的だったでしょうね」

「俺に向けて質問がきたんだから仕方がないだろう」

「それからリコールの質問の回答もまずい。『恥ずかしい』はないでしょう」

「実際、恥ずかしいことじゃないか」

「あそこは『遺憾』とすべき。技術部出身の専務も同席していたのよ。彼の屈辱にまみれた顔を見た？　とにかく今日の年央会見は史上最悪だった」

政子は怖い顔で章男に迫る。

「あなた、相当に覚悟しないと。取締役会から今後、どんな反撃をされるかわからないわよ」

章男は品質保証担当副社長として、テストドライバーの仕事も担うようになっていた。社内でスーツを着ることはほとんどなく、作業服姿でテスト走行路に直行することが多かった。

「役員が作業服なんて」

「トヨタほどの会社の幹部はスーツを着ないとおかしいだろう」

悪口がたくさん聞こえてきた。試作車があがればレーシングスーツに着替えてクルマに乗ったが、章男が真剣に取り組むテストドライバーの仕事をマスコミまで揶揄するようになった。

平成十八年の大晦日はテストドライバーの仲間たちとピットの掃除をした。章男は積み上がった雑誌の中から、自分をバッシングする週刊誌を見つけてしまった。

「また書かれたのか……」

鵜飼が捨てようとしたが、章男はページを捲った。来年のニュルブルクリンク耐久レースに出ることについて悪口が書かれていた。

『豊田章男　耐久レースに出場予定。社員は複雑〝私たちががんばって稼いだお金で御曹司が道楽に膨大な金を注ぎ込んでいる〟』

トヨタはワークスチームをニュルブルクリンクのレースに参戦させる予定がないため、章男はガズーレーシングチームを立ち上げた。社員たちにトヨタ車の応援を呼び掛けている。その反応がこれかと、章男はまた深く傷ついた。三浦がフォローする。

「レースはクルマを鍛えるために必要なことだ。道楽なんかじゃない」

メカニックたちも嘆く。

「メーカーの副社長がレースに出ることの意義を理解できる人がこの世にどれだけいる？　モータースポーツに自動車会社がワークスチームを出す意義ですら、わかっていない人が多い。大半が、排気ガスをまき散らしレーサーの命を脅かす危険な道楽だと勘違いしている」

そもそも、と三浦が章男の手から雑誌を奪った。

「社員がわかってないんじゃな。こんな記事が出たのもトヨタの社員がしゃべったからだろ」

鵜飼が勘繰る。

「また大俵さんの策略じゃないっすか」

彼はすでに会長職を退いている。会長時代に経団連の副会長や自動車工業会の会長をやり、経済界だけでなく政界にも人脈を広げていた。

「そういえば、大俵はいまなにをやっているんだ？」

鵜飼がパソコンで大俵のホームページを探し出した。拳を突き上げマイクを握る画像がプロフィールに使われている。

「次の衆議院議員選挙で、愛知三区から立候補だそうですよ」

「仮にも元クルマ屋が、なにやってんだ」

絶対に票を入れてたまるか。

「トヨタ自動車の元社長という肩書を前面に押して選挙に出るそうですよ。章男さんがレースに出て万が一のことがあったら、選挙に影響が出ると思って、マスコミにあれこれ書かせているのかも」

元幹部の選挙のためレース出場を断念するなんて納得できない。

「なにがなんでも出てやる。堂々と出てやる」

「あまり軋轢を起こさないほうがいいんじゃないか」

三浦が心配した。トオノは話に入らず、耐久レース出場のためのレジストレーション用紙に記入していた。あっさり言う。

「なら名前を変えて出ればいいじゃないか」

レーサーも芸名みたいなもので登録し、出走している人がいるらしかった。

「いずれバレたとしても、出走前は気がつかないだろ。急いで名前を考えろ」

棚を拭き掃除していた鵜飼が、色あせたぬいぐるみをゴミ箱に投げた。章男は緑色のそれを思わずキャッチした。

「捨てるのはもったいないだろ」

「そうですけど、終わりましたよね、万博」

昨年の春から秋に愛知県内であった『愛・地球博』のマスコットキャラクターだ。モリゾーと言ったか。

「万博はうちの親父が協会の会長として老体に鞭打ってやり遂げた。やれ万博など時代遅れだとマスコミから散々叩かれたんだ。終わったからって用無しはかわいそうだろ」

トオノが急かしてくる。

「章男、早く名前を決めろ。ニュルは今日中にエントリーしないと走れない」

章男は手の中のマスコットを見つめた。

「じゃ、モリゾウで」

その場にいた全員が大爆笑した。

5、ニュルブルクリンク（平成十九年）

ニュルブルクリンクはドイツのフランクフルトから北西へ約百五十キロの場所にある。シンボルは中世に建てられたニュルブルク城だ。玄武岩でできた城は黒く、森の深い緑に囲まれ貫禄がある。ベルギー東部へと連なる山地の中にある町で、国境からもそう遠くない。

ニュルブルクリンクというサーキットは、この古城を囲むようなコースレイアウトになっている。全長は二十五キロメートルあり、コースで囲まれた内部にも村や一般道がある。コース内部が外と遮断された富士スピードウェイや鈴鹿サーキットとは趣が違う。

ヨーロッパ大陸の中ではやや北に位置するので、冬は雪に埋もれる。レースシーズンは三月から十一月だ。Ｆ１が開催されるグランプリコースと、耐久レースや走行テストなどが行われる北コース『ノルトシュライフェ』がある。章男たちが走るのは、主にノルトシュライフェだ。

ドイツは市街地以外は制限速度がほとんどない。規制の厳しい市街地を出た途端に人々は平気で百キロ以上の速度を出す。ニュルブルクの周辺も速度無制限だ。

フランクフルトの空港からは、ニュルのトヨタのガレージにある社用車のレクサスＩＳで移動した。世界一危険なノルトシュライフェは走行テストを行うのにうってつけなので、界隈には世界中のメーカーがガレージを置いて、日々、試作車を鍛えている。トオノがハンドルを握った。章男は助手席に座り、改めてニュルブルクリンクの英語のパンフレットを開いた。

「へえ。ノルトシュライフェの完成は一九二七年か」

「章男は何歳だ」

「生まれてるわけないだろ。おじいさんの時代だよ」

喜一郎が三十三歳のときだ。

「トヨタ自動車は設立もされていない。祖父がＧ型自動織機を大量生産していたころだな」

後部座席にいた鵜飼が言う。

「一九二七年はトヨタ自動車の母体である豊田自動織機が設立されて二年目ですね」

アウトバーン3号線を抜けて、67号から63号へと走る。国道258号線に出れば、あとは一本でニュルの森の中だ。フライト疲れか、鵜飼は後部座席で寝始めた。トオノは運転に集中している。昔はペラペラとうるさくしゃべる男だったが、事故以来、寡黙になることが多くなった。

「お前のおじいさんがトヨタ自動車の創業期にいたってのは、不思議な縁だな。じいさんたちは自動車を試作して、俺とお前はニュルを走る」

「満洲でうちのじいさん、あんたのじいさんの話ばっかりしていたらしいよ」

ロシア人の祖母から聞いたという。トオノはかなり複雑な背景を持っているが、これまでクルマの話ばかりで、まともに家族の話を聞いたことがなかった。

「じいさんは徴兵されて満洲に行かされて、逃げたんだ。ハルビンの歓楽街に出稼ぎに来ていたブロンド美女を引っ掛けて、母さんが生まれた。じいさんは関東軍の憲兵に捕まって連行されて以来、行方不明だ」

拷問されて死んだのだ、とトオノが断言した。

「冷たいコンクリートの上で死んだ。どれだけ故郷を思っていたか。トヨタのクルマに使われていたネジをお守り袋に入れて大事に持っていた。あれはフロントアクスルハブのネジだと思う。章男のじいさんとの思い出の品なんじゃないか?」

行方不明ということはご遺体が見つかっていないのだろうし、どう亡くなったのかもわからないだろうに、まるで見てきたことのようにトオノはしゃべった。

「祖母は赤子と満洲に取り残されて路頭に迷いかけたが、コロンビアに入植していた祖父の伯父を頼って、南米に渡ったんだ」

「やがてコロンビアでお前が生まれたということか」

トオノが生まれたころのコロンビアは内戦で混乱していただろうが、トオノはその苦労話は一切しなかった。
「職を求めて来日したとき、トヨタの期間工を選んだのは、やはりおじいさんの話があったからか？」
「いや。トヨタのクルマが好きだったから。ただそれだけだよ」
トオノは薄く微笑んだ。どうしてか、とても寂しそうな笑顔に見えた。

ニュルブルクリンクのすぐ脇にあるホテルに到着した。窓を開けるとサーキットビューだ。明日から二十四時間耐久レースが始まるので、サーキットの脇にある芝生の広場では観客がテントを張り、バーベキューを楽しんでいた。観覧車もある。すでに使われていないがジェットコースターのレールが残っていた。まるで遊園地のようだ。

章男はしばしサーキットの風景を見つめた。ピットの一部が見える。ニュルの二十四時間耐久レースには、ドイツの主要メーカーであるベンツやＢＭＷ、ポルシェをはじめ、世界の有名メーカーがクルマを走らせにやってくる。

前日に各種メーカーの関係者たちが集い、ウェルカムパーティが行われる。メカニックやドライバーが出席するが、欧米のメーカーは社長もやってくる。日本からは、スポーツカーで存在感のある日産やスバルはよく社長が来ていた。

小田原社長は来ていない。会社としてエントリーしていないので、当然のことではある。トヨタはクルマも古い。章男らガズーレーシングは、アルテッツァ二台で参戦する。生産中止になっているクルマで走るメーカーなど、トヨタぐらいだ。

どこのメーカーも、新車種を投入してきている。クルマを市販する前に耐久レースで走らせることで、不具合を見つけて改善する。クルマを鍛えるのだ。

五月に売り上げが落ちる要因が米国であっただろうか。

と前月を上回っていた。最後に前月を下回ったのは五年も前のことだった。

今月、五月の売り上げが四月を下回っていた。三月、二月とさかのぼってみる。そこではじわじわ
ルを公表したあとの売り上げ推移を分析している。米国の販売実績書類を捲り、首を傾げた。

パーティが始まるまで、章男はパソコンを立ち上げ、書類を開いた。品質保証担当として、リコー

翌日の十五時に二十四時間耐久レースがスタートする。章男が乗るアルテッツァは109号車だ。
一台を四人のレーサーが交代しながら二十四時間走る。トオノはもう一台のアルテッツァにドライバ
ーとしてエントリーしている。スタートを控え、章男はそわそわしながらピット奥の休憩スペースで
ランチを食べた。トオノが声をかけてくる。
「顔色が悪い。だいぶ緊張しているな」
章男はスタートドライバーだ。二時間走ったあと六時間休憩し、二十三時から深夜一時まで再びハ
ンドルを握る。朝の七時にまた順番がくるまで、ホテルに帰って仮眠を取る予定だ。手が空いている
時間はピットにいてレースの状況を分析することも大切だが、章男は副社長としての仕事を抱えてい
た。ピットの奥にある休憩所に仕事道具を持ち込んでいる。米国での売り上げ減に関する情報を集め
ていた。
「ちょっと経営のことで気になることがあってな……」
昨夜のパーティで、章男は米国に輸出している主要メーカーに尋ね回った。気がついていない幹部
がほとんどだったが、パーティ後に調べてきたらしい。
今朝ホテルの朝食会場でベンツとBMW、それからポルシェの幹部と話した。やはり五月に入り、
米国での売り上げが急激に落ち始めていた。

「売り上げ減がトヨタだけではないとなると、米国経済でなにかが起きている可能性がある」

もしなんらかの不況の入り口にいるのだとしたら、早めに手を打たないとまずい。

「トヨタは米国の売り上げに支えられている。日本の販売台数よりも多いんだ」

トオノは変な顔をした。

「あんた、意外に呑気だな」

「なにが呑気なんだ！　会社を心配して……」

「これからレースだ。緑の地獄を舐めるな。売り上げのことはいったん忘れて、レースに集中しろ」

トオノの言うとおりだ。章男は思い切り自分の顔を叩いた。


十五時、ポールポジションのクルマがスタートを切った。章男は後方で前の車両について、時速百キロほどでスタートラインへ向かった。ニュルブルクリンクは全長も二十五キロと長いが、高低差も三百メートルある。最高高度はホーエアハトで、その先にヴィッパーマンという要注意のポイントがある。森の中にあり、最も天候が変わりやすいのだ。谷底にあたるエクスムーレは晴れていても、ヴィッパーマンでは土砂降りで、冬が近いと雪すら積もることがある。明け方は霧が出る危険なポイントだ。

スタートして山を下り、S字カーブを抜けた先で最初の難所のフルークプラッツがある。その手前が急坂になっているので、先が見えない。完全なブラインド状態のまま時速二百キロ近くの速さで突っ込むと、すぐにフルークプラッツの急コーナーに出る。この急坂で不用意にジャンプしてしまうと、接地荷重が不十分なのでコーナーでスピンしてしまう。

これまでに章男も何度かスピンしてしまった。スタートしてすぐにこれだから、残りの二十五キロが恐怖でしかなくなるが、チョークの落書きがされたギャラリーコーナーに出ると少しホッとできる。地元民が思い思いにメッセージやメーカーのマークをチョークで描き、ドライバーを激励してくれる。観客との距離も近く、キャンプエリアもあるのでバーベキューの匂いがしてくるコーナーだ。

その先もジャンピングスポットやS字カーブ、急坂がいくつもある。最後の直線はみなアクセル全開で突っ込んでいく。アルテッツァよりも馬力のあるクラスのマシンも同時に走るので、ここでどれだけ安全に抜かしてもらえるかがポイントになる。

章男はギアを入れ、アクセルをふかした。

グリーン・フラッグが目の前ではためいている。章男がスタートラインを踏んだ瞬間、搭載されているメーターがカウントダウンを始めた。

あと二十三時間五十九分五十九秒！

スピードメーターはすでに百八十キロを超えていた。

「よし。楽しんで走ろうな！」

最初の難所のフルークプラッツがすぐにやってきた。先を走るクルマが次々とジャンプしている。章男は時速百八十五キロで突っ込んだ。今日、天気はよいがタイヤはまだ充分に温まってはいない。タイヤが地面をグリップする力がまだ弱くてふらつく。ステアリング操作でカバーし、直後のコーナーは振り切られることなく通過できた。

その後は長い下り坂に入る。道の左右に高低差があり、うねっている。ステアリング操作を誤るとすぐにコースアウトしてしまう厄介な道だ。やがてすり鉢の底のような左高速コーナーに入る。重心を外側に持っていかれそうになりながら駆け上がる。S字カーブの先にシケインがあることを念頭に置きながら慎重にステアリングを握っていると、ピットから情報が入った。耳に入れたイヤホンから音声が聞こえる。

「その先のシケインでポルシェがコースアウトした。デブリが散らばっているかもしれない」

「了解」

章男は徐々に速度を落としながらS字カーブを抜けた。シケイン脇の芝生にポルシェが乗り上げてしまっていた。リアウィングが外れ、細かい部品が周囲に散らばっている。前を走るベンツが指先ほどの部品をはね上げた。アルテッツァのフロントガラスに飛び込んでくる。バチッと大きな音がした。

心拍数が跳ね上がる。ステアリングが少しぶれ、車体がふらつく。この先はエクスムーレだ。連続S字コーナーをハイスピードで下る。コース幅は狭くエスケープゾーンがない。緑の森が壁のようにそそり立ち、閉塞感がある。森は断崖絶壁に茂っている。逃げ場がないので恐怖心をあおられる地点だが、下り坂なのでスピードが乗ってしまう。

「モリゾウさん、なにかぶつかったか？」

ピットから監督が呼び掛けてきた。

「部品の一部だ。前のマシンがはね上げたが、問題はない」

後ろからマシンの唸り声が聞こえる。別クラスのフェラーリがバックミラー越しにぐんぐんと近づいていた。車体が低いので地を這う獣のようだった。安全に抜いてもらいたいが、コース幅が狭いのでいまは難しい。この先にコース幅が広くなるポイントはあるが、時速二百キロで通過すると一瞬だ。フェラーリがアルテッツァの後ろにピタリとついた。速度が落ちていくエキゾーストノートは、がっかりしているため息のようだ。章男はプレッシャーを感じ、無意識にアクセルを踏み込んでしまう。時速二百三十キロを超えた。三浦がピットから呼び掛ける。

「エクスムーレでそんなに飛ばしたらいけない。モリゾウさんがここを安全に通過できるのは百九十までだ」

「背後のフェラーリが気になる。後ろにピタリとくっついてくる」

「空気抵抗を減らすため真後ろにつけているんだ。いまエクスムーレは風が強くなっている。向かい風だ」

右手に断崖絶壁、左手は背丈が数十メートルある木々が生い茂る。そこを切り開いた道路だけに、エクスムーレは風が強くなりがちだ。都会のビル風とよく似ていて、森を抜けた途端に風はぴたりと止む。

「その先の急坂に出た途端、空気抵抗が止んでいっきに加速するから気をつけて」

「わかった」

下りが終わり、左の連続コーナーを抜けたとき、風が止んだのか急に車体が軽くなった。クルマが勝手に加速したように感じる。三浦が言ったとおりだ。背後のフェラーリが唸り声を上げアルテッツァを抜かしていった。途端にコースアウトし、ガードレールにぶつかってフロントが大破した。

部品が空中を舞う中を、章男は突っ込んでいく。部品や欠片(かけら)が雨のように降りかかり、バチバチと激しい音を立てた。

「またクラッシュか」

ピットのトオノがイヤホン越しに呼び掛けてきた。

「今日は荒れてるな。マシンはどうだ」

「いまのところ問題ないが……」

章男は喉がカラカラに渇いていた。二十五キロあるニュルブルクリンクの半分しか走っていないのに、もう目の前で二台がクラッシュしている。ニュルはそういうコースなのだとわかってはいたし、これまで何度もテスト走行や事前練習でニュルを走った。だが実際のレースになると違う。他のドライバーたちの熱量と緊張がニュルの道をさらに険しくしている。ステアリングを握る手だけでなくアクセルやクラッチを踏む足も必要以上に力んでしまう。

章男は追い立てられるようにしてスタート地点に戻ってきた。ピットが一瞬だけ見える。仲間たちが外に出て章男を激励していただろうが、景色が早送りのように流れ溶けていく。二周目に入ってすぐ、トオノから連絡が入った。

「章男、戻ってきたらピットインしろ。マシンが悲鳴を上げている」

章男は燃料計を見た。まだガソリンはあるし、マシンのどこにも不具合は出ていない。

「マシンが怖がっているんだ。少しリラックスさせる」

それは章男が怖がっているから、ということか。二周目を終えピットインした。すぐさまメカニックが取り囲み、車体がジャッキで持ち上げられる。タイヤ交換だ。燃料も注入された。メカニックが車体にトラブルがないか確認している。トオノはコックピットの章男を素通りし、メカニックにボンネットを開けさせた。エンジンから蜃気楼(しんきろう)が立っていた。章男は声をかける。

「エンジンがおかしいのか？」

メカニックがボンネットに手を入れて、エンジンになにか施している。

「いや、ピカピカに磨いてやっているだけだ。どうどう、と気持ちをなだめてやりながらね」

章男は苦笑いした。

「ドライバーの拍動がそのままエンジンに伝わってるんだ」

そんなことあるかと章男は思ったが、トオノのまなざしは真剣だ。

「窓を閉めて、しばらく話せ」

トオノは立ち去った。章男は窓を閉めてコックピットに身を任せた。アルテッツァの放心状態が伝わってくるようだった。金属が急激に冷えるカン、カン、という音が不定期に聞こえてくる。しばらく無音だと思ったら、章男に何かを訴えかけてくるように連続して鳴る。

「――怖かったな」

カン。

「ごめんな。俺が怖かったからだ」

「…………」

「ドライバーの交代まで、もうちょっと俺とがんばってくれないか」

カン、カン。

「楽しく走ろうな」

フロントガラスの目の前で、カウントダウンの数字を持った鵜飼が立つ。出発三十秒前だ。大きなヘッドフォンとヘルメットにかぶられている鵜飼の姿が、なんだかおかしかった。

「あいつ、似合ってねえな」

アルテッツァも笑っている。笑顔になったことで、章男もマシンもリラックスできた気がする。監督がやってきた。

「悪い知らせだ。ヴィッパーマンは土砂降りらしい」

ピット周辺は晴れ渡っている。森の天気はすぐに変わるのだ。

「ウェットタイヤに換えるか？」

「ヴィッパーマンの一キロメートルだけが雨なんだ」

残りの二十四キロは乾いている。

「ドライタイヤのままのほうがいいな」

アルテッツァのジャッキが外された。タイヤが地面をグリップする。鵜飼がピットに引っ込んだ。章男はギアを入れ換えてフルスロットルで走り出した。

コースに出て徐々にスピードを落とした。ピットイン前よりも速度を抑制している分、落ち着いてコースを回ることができた。ジャンピングスポットを飛んだとき、ヴィッパーマン上空が真っ黒な雲に覆われているのが見えた。その黒い渦の中へ次々とマシンが吸い込まれていく。

章男はマイクを切り、アルテッツァに話しかけた。

「あそこは凄まじいだろうが、がんばれるか」

エンジンは快調、タイヤもしっかりと地面を握り安定感がある。

「ドライタイヤが滑らないか心配だが、一緒に走り抜けてやろう」

アクセルをふかす。やってやるぜと言わんばかりのエキゾーストノートが、章男の体を突き抜けていく。ＳＰ９クラスのポルシェが新幹線以上の速さでアルテッツァを抜いていった。もう気にならない。アルテッツァと共にジャンピングスポットを飛び、共にＳ字カーブで遠心力に振られ、左右の高低差がある道では共に体をねじらせる。アルテッツァと一心同体で走っているという感じがした。

いっきに日が陰り、暗くなった。雨粒がぽたぽたと車体を叩きつける。地面に散らばったタイヤのデブリが突風でコロコロと道を横切っていく。まるで西部劇の決闘前に道を転がるタンブルウィードのようだ。太陽が雲に遮られた薄暗闇の左右の森で、木々が大きく枝をしならせている。

黒い嵐に包まれたヴィッパーマンに、突入する。


赤い炎がメラメラと上がり、火の粉が次々と章男の顔に降り注いでいた。

炎上している。クラッシュしたのか。章男はフルブレーキをかけようとしたがブレーキペダルが見当たらない。手にはバケツを持っていた。

「えっ……」

章男は起き上がる。カーキ色の木綿の服を着ていた。空は暗いが地上は赤く照らされている。無数の黒い鳥が飛んでいた。次々と火の玉が落ちてくる。

「お父さん！」

坊主頭に国民服姿の青年が章男に覆いかぶさってきた。心臓マッサージを始める。青年の服の袖は焼け落ち、背中は黒く焦げた穴がたくさんあいていた。

青年は章男と目を合わせると、泣きじゃくって抱き着いてくる。

「よかった。生き返った！」

どうやらタイムリープしてしまったようだ。深く考えている暇がない。目の前の家が猛火に包まれている。家の梁だけが真っ黒く残り赤い炎に焼かれていた。やがて火の粉をまき散らしながら、悲鳴のような音を立てて崩れる。章男は青年を庇(かば)いながら、無我夢中で逃げた。

「どこへ行けばいいんだ」

緑の地獄にいたが、いまは炎の地獄だ。道路の両側は火の壁ができている。どこもかしこも燃え盛っていた。上空を飛び去る鳥のような軍団が、赤い炎に照らし出されている。次々と旋回しては爆弾らしきものを落としていく。

「あれはB29か？」

第二次大戦末期の空襲のさなかにタイムリープしてしまったらしい。青年の手を引き逃げまどううち、炎が出ていない暗い森を道路の向こうに見つけた。

「あそこに行こう！」

森の中にそびえ立つ城の姿が見えた。

「これはなんていう城だ？」

章男は城郭の中へ逃げ込みながら、青年に尋ねた。

「名古屋城に決まっているじゃないか」

ついさっきまでニュルブルク城のそばを走っていたから、咄嗟にわからない。

章男は城郭に入ろうとして、お堀に次々と飛び込む火だるまの人を見た。たくさんの人が焼け出されてお堀に飛び込み、溺れ死んでいるようだった。城壁の内側に身を隠すようにして青年としゃがみこんだ。自身が着ている国民服を調べた。左胸に名前が縫い付けてあった。

『竹内賢吉』

トヨタ自動車創業時の事務部長だ。彼は名古屋大空襲のさなかの一九四五年三月十九日、延焼した自宅を消火中に心臓発作で亡くなった。

章男はしばし呆然とした。最後にタイムリープしたのは戦前の大須だった。トヨタ自動車工業が設立される前で、喜一郎も章男も四十代になったばかりだった。

滝行に行くとき、隠滝神社の神主に今日で最後だと言われたのだ。

もう二度とタイムリープはしないと思っていた。喜一郎には会えないと思っていたのに……。

とにかく来てしまったのなら会いたい。喜一郎のことだから、工場を心配して挙母にいるか。

「工場の様子を見てくる。君――いやお前はここにしばらく避難していなさい」

確か三月十九日の空襲で名古屋城は狙われない。名古屋城に焼夷弾が落とされるのは、五月十四日の空襲だ。今日は名古屋駅が全焼するはずだ。

「駅の方には行ってはいけないからね」

「お父さん、気をつけて。クルマはいつものところに避難してあるよ」

明倫中学校の校舎の裏手にあるらしい。学校は空襲で狙われないから、絶好の隠し場所だ。

章男は当時の名古屋の地図を思い浮かべながら、火の手が上がる白壁町を走る。二十分かけて明倫中学校に辿り着いた。クルマの鍵の他、財布などの貴重品は全てポケットに入っていた。竹内はトヨタ自動車が初めて生産したＡＡ型乗用車に乗っていた。すでに生産されて十年近く経っている。あちこちに錆やへこみがあったが、エンジンはかかった。

「よし。挙母までがんばって走ってくれ」

章男はつい数十分前まで、アルテッツァでサーキットを走っていた。この時代のクルマはタイヤやサスペンションの性能も低い。道も舗装されていないので腰に響く。再びタイムリープしたことの困惑と恐怖で、トヨタが初めて生産した乗用車を運転できる喜びはない。

バックミラーに、炎上する名古屋駅が小さく見えた。普段は暗闇だろうが、いまは市街地の炎がほんのりと道を照らしている。原っぱの中の一本道を、挙母工場方面へ向けて走る。道に迷ってしまったが、地平線がオレンジに光るころには、挙母工場に辿り着いた。正門を見て目を疑う。『護国第二〇工場』という真新しい木の看板がつけられていた。

「そうだ。工場を軍部に接収されたのか……」

いま、本社工場のレイアウトは創業期とは全く違う。社長室のある本事務所はどこだったか、資料を思い出しながら走る。トラックが複数台停車している横にＡＡ型乗用車を停めた。

木造二階建ての本事務所はどこの部屋にも明かりが灯っていなかった。ろうそくの炎と思える小さな光が点々と揺れる。空襲を警戒し、工場内も灯火管制をしているようだ。バタバタと人が行き来する姿が廊下に見えた。怒鳴り声が聞こえてくる。

「ふざけるな！」

喜一郎の声だ。本事務所にいるようだ。この時代は板張りの廊下で天井も低い。章男の生きる現代では本社は再び建て替えられ、流線形のガラス張りの高層ビルになっている。怒鳴り合いの喧嘩は一階の奥から聞こえてきた。『生産責任者室』という札が出ていた。

「ここへきて撤退とはどういうことですか！」

喜一郎と青年将校が言い争いをしていた。青年将校は風呂敷に私物を次々と詰めている。

「いまやあなたが統率者だというのに、Ｂ29の襲来が近いとわかった途端に撤退ですか！」

「撤退ではない。私がここの統率者だという事実は変わらない」

「ならば工場に残って、工員の疎開の計画を立ててください。九千五百人以上いるんです。うち二千はまだ年端もいかない勤労学徒ですよ。子供たちを置いてけぼりにして、ひとり逃げるおつもりですか！」

「我々軍部は最後まで生き残り、米英に抵抗せねばならない」

喜一郎は顔を真っ赤にして怒っている。

「最後まで生き残る？　軍人たるもの、率先して民衆を守り前に出て戦うべきではないのか！」

「我々はこれ以上、B29の標的となる工場に常駐することはできない。生産計画は今後、文書で通達する。君たちは残り、生産を続けること」

青年将校は荷物をまとめて立ち去った。

「くそ！」

喜一郎は陸軍省が作った書類を叩きつけた。途端にこめかみを押さえて、しゃがみこむ。

「大丈夫ですか！」

竹内章男は慌てて中に入った。喜一郎を抱えてソファに座らせる。朝日が差し込み、喜一郎の顔を照らしている。頭痛のせいだろうか脂汗が滲んでいる。眉間の皺が深い。苦悩がくっきりと顔に出ていた。喜一郎がうっすらと目を開けた。

「竹内さんか。薬を頼みます」

竹内章男は喜一郎のデスクの方々を探り、薬を探した。

「上から二段目の引き出しです」

「すみません。すぐに準備します」

テーリンと記された処方薬が出てきた。それだ、と喜一郎はうっすら微笑み、頷いた。

「竹内さんもだいぶ混乱していますね。名古屋は大丈夫でしたか」

「白壁町は火の海です。私の家も焼けました」

喜一郎は血相を変えて身を起こした。

「大丈夫、寝ていてください。頭を動かしてはいけません」

竹内章男は水差しの水をコップに注ぎ、喜一郎に渡した。薬を袋から出す。

「家族のみなさんは」

「名古屋城の城郭内に避難しています」

「竹内さんこそ胸の具合は」

「――なんとか」

胸をつかみながら、竹内章男は応えた。心臓はすでに止まっている。亡くなった人の体を使って動き回っていることに、また罪悪感が突き上げた。

「いまのを見ていたでしょう。あれが大日本帝国の軍部の正体だ」

喜一郎は薬を呑むと、ヤケになったように笑う。

「工場を取り上げておいて、B29が工場を空襲して回ると知るや、逃げていった」

挙母工場も、夏に入ると空襲を受ける。終戦の前日の八月十四日のことだ。

「白壁町が火の海だそうですね。あそこに工場はないはずですが」

「はい。米軍は明らかに民家に焼夷弾を落としています」

「挙母工場がやられるのも時間の問題だ。工員たちの疎開を急ぎましょう」

すぐに動いて喜一郎を手伝いたいが、体が竹内なだけで、中身は平成を生きている章男だ。具体的になにをどうしたらいいのかわからない。

「社長！」

ナッパ服姿の技術者が中に入ってきた。豊田英二だ。九十四歳の現在も最高顧問としてトヨタ自動車に名前が残っている。体調は崩しがちになり、自宅で療養中だ。目の前の英二は三十一歳、背筋がピンと伸び、よく日に焼けていた。

「名古屋で空襲が——」

言いかけた英二は、窓辺に立つ竹内章男を見て心配した。

「自宅は大丈夫ですか。竹内さんが住んでいるあたりがやられたと連絡が入っていますが」

突如、飛行機の唸り声が聞こえてきた。遠くに聞こえていたそれはものの数秒で爆音となって耳をつんざく。窓の外に低空飛行をし近づいてくるグラマン機がいた。キャノピーが開いている。据え付けの機関銃の銃身が見えた。銃口がこちらを向く。

「伏せろ、機銃掃射だ！」

喜一郎が叫んだ。英二と同時にダイブするようにして床に伏せる。竹内章男は動けない。これまで白黒写真でしか見たことがないグラマン機の姿と、米兵の顔がはっきりと見えた。章男は数年前までNUMMIの副社長として、米国のカリフォルニアでアメリカ人たちと共に働いていた。率直にものを言うアメリカ人とは仕事がしやすく、友好的な関係にあった。こちらに銃口を向けている米兵に理解が及ばない。

「竹内さん！」

喜一郎に腕を引かれ、竹内章男は床に倒れた。直後に、ダダダダッと機関銃が連射する音とガラスが割れ落ちる音がした。弾が床板に次々とめり込み、その振動が竹内章男の体を突き抜けていく。まるで自分が撃たれているような錯覚に陥った。

ものの三秒ほどの機銃掃射だった。

轟音は遠のき、なにも聞こえなくなった。室内は硝煙臭くなっている。立ち上がった英二が呆然と窓辺に近づいた。英二と竹内章男が立っていた場所が、米軍の機銃掃射によって穴だらけになっていた。喜一郎も立ち上がり、機銃掃射の跡を見る。

「名古屋の空襲の帰りに立ち寄ったか」

「すでにここが軍需工場であると米軍も把握しているに違いありません」

なにごとかと社長室に飛び込んできた人がいた。三井物産から招聘された、副社長の赤井久義だ。彼も深夜の名古屋空襲を受けて、早めに出社したらしい。

赤井はこの年の暮れに交通事故で亡くなってしまう。喜一郎と英二のもとに駆け寄ろうとしたが、竹内章男に気がついて目を丸くする。竹内章男はしゃがみこんだままだった。

「竹内さん、顔色が真っ青だ」

起き上がろうとしたが、体がピクリとも動かない。時間切れだ。喜一郎や英二も駆け寄る。

「胸の発作か。気付け薬はどこだ！」

喜一郎が叫ぶ。赤井が竹内章男に心臓マッサージを始めた。英二が薬を取りに部屋を飛び出していった。

「がんばれ、竹内さん。がんばるんだッ」

竹内章男は喜一郎を見た。手を握り、目を潤ませている。章男はいま、意識が薄れていく中でひどい緊迫感を持っていた。目が覚めたら、俺は——。


章男は瞬きした瞬間、嵐のヴィッパーマンに突入した。レーシングスーツにヘルメットをかぶり、アルテッツァのハンドルを握っていた。考えている暇がない。マシンは時速二百三十キロ出ている。土砂降りだった。ワイパーを動かしたが、滝のような水がフロントガラスを流れて視界が悪くなる。ライトをつけ減速した。右、左、右と等間隔のS字カーブに入る。ここはリズミカルにステアリングを切って抜けていくのが常だが、雨の壁の向こうになにがあるのか見えづらい。以前の章男なら緊迫してフロントガラスを睨みつけていたが、不思議とリラックスしていた。考えなくても体が勝手に動く。体が、この道を理解している。前後を走るマシンもライトをつけているから、コーナーで姿が消えても地面を反射する光で位置が予測できた。

不思議だ。世界一危険なサーキットを土砂降りの中で、しかもドライタイヤで走っているのに、恐怖心がなかった。むしろ無事に元どおりの現世に戻れたことでホッとしていた。

もしかしたら未来が変わっているかもしれないと思ったのだ。竹内賢吉の死に場所を挙母工場にしてしまったが、問題はなかったようだ。

章男は心が安らいでいた。アルテッツァの車体と章男の体が溶け合い、一体化したような気持ちだった。

土砂降りが弱まってきた。抜かしていくマシンのエキゾーストノートが振動となって章男の体を突き抜けていく。黒い雲の隙間に青空が見えた。章男の心はひどく静かだった。

「モリゾウさん、ピットインしてください。ドライバーの交代時間です」

監督から連絡が入り、章男はピットに戻った。タイヤ交換や補給が行われる中で章男はコックピットを降りる。修理点検を受けるアルテッツァのボディに手を置いて、ねぎらい感謝する。章男は休憩や仮眠を取れるが、アルテッツァは明日の十五時まで走りっぱなしだ。

ピットでは鵜飼がアルテッツァの走行データを集めていた。次のドライバーである三浦が章男をねぎらう。章男はアルテッツァを振り返った。

「コイツもよくがんばっていますよ」

「ああ。こんなにやんちゃで素直な子もいないのにな」

アルテッツァの生産中止をいまさらながら残念に思う。章男はアルテッツァと三浦を見送った。十七時二十分を過ぎたところだった。残り二十一時間四十分。

ニュルブルクリンク二十四時間耐久レースは、始まったばかりだ。

章男は隣のピットに顔を出した。１１０号車のアルテッツァはすでにドライバーの交代が終わっていた。二番手ドライバーはトオノだ。いまのところガズーレーシングの二台のマシンにトラブルはない。

鵜飼が章男を探しにやってきた。

「副社長、少し休みますか」

「ここで俺はモリゾウだよ」

鵜飼は苦笑いをしただけで、米国での販売が急減している件について、深刻そうに囁く。

「古谷副社長がすぐに分析に入るということです。もう小田原社長の耳にも入っています」

章男は迷った末、鵜飼に頼む。

「大事なのは日本で分析されたデータよりも米国の空気感だ。現地のメーカーに接触して生の金融情報を集めてくれないか。現場で働く人間の生の声や肌感覚のようなものがほしい。それをデータと突き合わせた時に初めて見えてくるものがあるはずだ」

日本の自動車メーカーの幹部たちと夕食会が十九時から入っていたが、キャンセルした。鵜飼は了承し、章男が小脇に抱えていたヘルメットを受け取ろうとした。

「初めてのレース、疲れましたよね」

章男は鵜飼の手からヘルメットを取り上げた。

「俺の小間使いみたいなことはしなくていいよ。自分のことは自分でやれる。ここで俺はただの新人ドライバーだ」

鵜飼はちょっと寂しげな顔をした。章男は「頼んだぞ」と鵜飼の肩を叩き、ひとり、ホテルの部屋に引き上げた。

ホテルの部屋のインターネットで『赤井久義』を調べてみた。部屋に持ち込んだレシーバーから、ピットの会話が聞こえてくる。レースの行方やマシン、ドライバーの様子が気になるが、章男には他にやらねばならないことがあった。

赤井はトヨタ自動車に招聘された三井物産の幹部として、顔写真や名前はいくらでも出てきたが、どのような状況下で亡くなったのか、詳しいことがわからなかった。事故は昭和二十年の十二月十日に起こる。章男がタイムリープした九ヵ月後に、不慮の事故で亡くなってしまうのだ。

トヨタ自動車の戦後の苦境と資金繰りの悪化による倒産危機は、相次いだ経理部門トップの死が影響している。時代背景もあるだろう。戦後の制限会社指定に自動車の価格統制、ドッジラインによるインフレ抑制策による大不況だ。

一方で、竹内か赤井のどちらかがいれば、人員削減を引き換えにした喜一郎の辞任は回避できたという見方がある。事務的な仕事をもひとりで抱え込んでしまった過労と、倒産危機による心労で、喜一郎は社長復帰目前に亡くなるという悲劇的な最期を迎えてしまったのだ。

喜一郎の心労を和らげ、社長のまま死なせてやりたい。

そんな考えが章男に浮かんだ。赤井の死を防げれば、喜一郎はさほど苦しまずに済むはずなのだ。未来は変わってしまうかもしれない。喜一郎が亡くなったことで、父は急遽トヨタ自動車に入社することになったのだ。タイミングがズレたら、章男は生まれてこなかったかもしれない。

――だとしても。

章男はホテルのデスクから立ち上がり、サーキットを見下ろした。すでに日が落ちている。照明で照らされたサーキットを、次々とマシンが唸り声を上げて通り過ぎていく。

章男が戻る体がなくなるくらい、どうでもいいことのような気がした。章男は五十一歳になり、苦難はあったが仲間もできて、トヨタ自動車の副社長として有意義な毎日を過ごしている。いま自分がいなくなったところで、会社の屋台骨が揺らぐこともないだろう。

レース中にタイムリープできることがわかった。どの瞬間にそれが訪れるのかは体が覚えている。ある程度コントロールもきく。赤井久義の交通事故を回避し、喜一郎を救うべきだ。

章男は二十三時にアルテッツァのコックピットに入った。深夜一時までハンドルを握る。

前回と同じ、ヴィッパーマンの深い森の中でタイムリープした。目が覚めると田んぼに左半身がめり込んだ状態で倒れていた。雲ひとつない青空が広がっている。すぐそばでトラックが横転していた。音に驚いたのか、鳥が一斉に羽ばたいていた。

誰の体にリープしたのだろう。章男は立ち上がって土を振り落としながらトラックに近づいていった。運転手は頭から血を流し、気絶していた。トヨタ自工の名が入ったつなぎを着ている。

「しっかりしろ、いま助ける」

サイドミラーに自分の姿が映った。悲鳴を上げる。

赤井久義だ。彼の体にリープしてしまった。もう亡くなってしまったのだ。章男は思わずへたり込んでしまった。

「そうじゃない、そうじゃないのに……！」

拳で地面を叩く。タイムリープすることはコントロールできるようになったが、その先で入る体を選ぶことができない。章男は運転手を助けたあと、大の字になってあぜ道に倒れた。

「戻れ。戻れ戻れ……。やり直すぞ」

戻るまで章男は目を閉じているしかなかった。消防や警察がやってきて、担架で病院に運ばれた。

医者が死亡宣告する。駆けつけた妻子が泣く。赤井章男は目を開けることができず、暗闇の中でその慟哭を聞いた。誰かが入ってきたことが気配でわかる。喜一郎の声がした。

「赤井さん、嘘だろ」

手を握られた。油でごわついた分厚い手は、年齢と苦労を重ねて、みずみずしさに欠けていたが、まだまだ力強い。どうかこの手を守らせてくれ——。


章男はヴィッパーマンの森を抜けて、緩いカーブの下り坂に入っていた。思わずハンドルを叩く。

「クソッ！」

うまくタイムリープできなかった。監督から連絡が入る。

「モリゾウさん、トラブルですか」

「いや。失礼。大丈夫——」

章男はマイクを切った。プランツガルテンのジャンピングスポットが目の前に迫っていた。運転に集中する。ここは飛んだ瞬間の路面の傾きと、着地したときの傾きが違う。タイヤが接地した瞬間に大きくよじれるような力が車体に走るので、マシンにとっては最も過酷な場所だ。

「がんばれ」

小さく声をかけて坂道を駆け上がり、跳ねて着地した。アルテッツァを通して、章男の体にもよじれた力が加わる。いまは心もねじれている。焦っているせいで腹の底から不快感がわき上がった。時計を見る。二十三時五十八分。二度目の走行を開始して一時間が経とうとしている。スタートからは約九時間が経過した。突如ガラガラと足元から異音がした。

「足元でなにか引きずっている」

章男はマイク越しに訴え、スピードを落とした。

「プランツガルテンだったから、足回りの故障かもしれない。すぐにピットインしてください」

監督が指示した。章男はマイクを切り、再び悪態をついた。

タイムリープもレースもうまくいかない。章男はピットまでの十キロを時速百キロ程度で走り、ピットインした。すぐさま車体が持ち上げられ、メカニックたちが潜り込んだ。

「やっぱり。サスの部品が外れている」

サスペンションの不具合らしかった。プランツガルテンではクルマに激しい三次元の衝撃が加わる。フラットなテスト走行路では表面化しにくい故障だ。意義のある不具合なのだが、章男は焦る。

「修理にどれくらいかかる？」

「うーん。溶接修理では対応しきれないだろう。プランツガルテンを飛ぶうちにきっとまた外れる。三十分はかかるな」

章男は思わず、脱いだグローブをテーブルに叩きつけた。三浦が変な顔で章男を見た。

「レースには出るがレースをするなと言ったはずだ」

あくまでもクルマの性能を確かめることが目的で、勝つためにレースに出ているわけではない。ニュルブルクリンク耐久レースに出ると決めた日から、三浦は口を酸っぱくして言い続けていた。

「わかっています」

三十分もピットインしたら順位は下がる一方だが、メーカーの場合は順位やタイムよりも、不具合が出たことを喜ぶべきなのだ。そのデータを集積し分析することで、対策が具体的に見えてくる。より安全なクルマを作ることができるのだ。

「少し休憩してくる。終わる前に呼んでください」

章男はピットの奥にある休憩室へ入ろうとした。トオノに腕をつかまれる。

「章男、どうした。様子がおかしい。鵜飼も副社長の様子が変だと心配していたぞ」

「別に、俺は普通だ」

「乗ってきたクルマを見ればわかる。あんた、どこを走っていた？」

章男はどきりとして、トオノを見据えた。彼独特の比喩だとわかってはいたが、大真面目に答えてしまう。

「ニュルに決まっている」

「あんたの心はどこにあると訊いているんだ」

「………」

「あんた、死ぬぞ」

「死んでもかまわない」

三浦がひやひやした様子で章男とトオノを見ていた。鵜飼は章男が叩きつけたグローブを拾い上げ、間に入ろうとした。

「だから、俺の小間使いのようなことをするな」

章男は自らグローブを拾い、休憩室に閉じこもった。


サスペンションの部品交換は二十五分で終了した。章男はすぐさまコックピットに潜り込んだ。時刻は深夜〇時半、あと三十分で三浦と交代だ。レース再開から二周目、再びヴィッパーマンの森に入った。

——赤井久義の交通事故を阻止するのだ。それより前にタイムリープさせてくれ！

暗闇のヴィッパーマンの森は前に突入したときよりも霧が濃くなっていた。霧を抜けた途端、車体に激しい振動が走った。コースアウトしてしまったのか。左手に壁のようにそそり立っていた森が消えていた。凹凸だらけの悪路を章男はトラックで走っていた。猛烈な潮風が吹き、車体があおられている。助手席の窓が割れフロントガラスにもヒビが入っていた。海辺の道路を走っている。章男は全身血塗れだった。まるで爆撃でも受けたかのようだ。衣類は左袖が焼け落ち、左腹のあたりの布がくすぶっている。

「くそ、ここはどこだ！」

叫んだ途端、右手に見える暗い海から鋭い閃光が走る。ドーンという爆発音がした。すぐ目の前を走っていたトラックに命中し爆発したのだ。章男は急停車する。海から次々と砲弾が飛んでくる。森の中に逃げ込み、耐え忍ぶ。潮と火薬、そして血の臭いでパニック状態になった。章男は自分が誰なのかわからないまま、駆けつけた消防団に助けられて、病院に運ばれた。医者が「生きているのが不思議だ、すぐに輸血を」と叫んでいる。看護婦は章男の左腕に突き刺さったガラス片をピンセットで慎重に取っている。章男は輸血も治療も断った。この体が誰のものだかわからないが、死んでいるのだ。

「俺は平気なので、他の方を優先してください」

怪訝そうな表情の看護婦に、章男は日付を尋ねた。いまは昭和二十年の七月二十九日だという。

――戻りすぎた。赤井の交通事故までまだ四ヵ月以上ある。

今回のリープもうまくいかなかった。自分が誰の体にリープしたのかすらわからない。そして喜一郎はどこにいるのだ。三十一歳の英二と見知らぬ中年の男が治療室に飛び込んできた。

「浜田さん、大丈夫ですか！」

英二は七三に分けた前髪が乱れ、額にかかっていた。浜田という人がトヨタ創業期にいたのか、章男はわからない。自分は誰なのか、英二に確かめるしかない。

「すみません、私はなにがどうなっているのやら……記憶があいまいなんです」

「浜田さんは内装カバーをうちの工場に届ける途中だったんですよ」

浜田なる人物はトヨタの協力会社の社長らしかった。現世に戻ったとき、協力会社で構成される協豊会の名簿を見れば、浜田が誰なのかわかるかもしれない。

「ご心配をおかけしています」

もう一人の中年男性が英二に頭を下げた。浜田章男が着ているのと同じつなぎ姿だった。部下のようだ。

「うちの運送部門にいたやつらも兵隊に取られてしまって、部品の納入が間に合わなくて……」

いまや三十代、四十代の男性まで徴兵されているのだという。

「人手が足りないから浜田社長自らトラックで納品に出たんです。すると今度は艦砲射撃なんて」

海からの閃光は艦隊の艦砲射撃か。終戦の半月前にあたるいま、米軍の艦隊は本土のすぐそばまで迫っていたようだ。

「浜松もひどい空襲です。空から海から爆弾が飛んでくる。地獄です」

部下がうなだれた。英二が気遣う。

「工場のみなさんは無事でしたか」

「ええ、それはなんとか」

浜田章男は英二に向けて訴える。

「挙母のほうもくれぐれも気をつけてください。軍需指定されていますから」

挙母工場の空襲は八月十四日だ。幸い、疎開が済んでいたので誰も犠牲にならなかったが、鋳物工場が爆撃を受けた。章男は具体的に忠告する。

「鋳物工場が特に狙われやすい」

英二は不思議そうに首を傾げた。章男は適当に言いつくろう。

「空から見ると、いかにもという感じがして狙われやすいと思うのです。形が狙われやすいというか……」

鋳物工場にある備品をひとつでも外に持ち出し、会社の損害を小さくしてほしいのだ。喜一郎の心労だって減る。英二に訴えながら瞬きした瞬間、視界が猛烈な勢いで背後に流れていった。

「嘘だろ！」

章男はハンドルを握っている。時速二百五十キロでヴィッパーマンの森を抜けていた。S字カーブに差し掛かっている。戻ったようだが、唐突すぎる。だがレース中に戻れたということは、現状は変わっていないということだ。レースが終わったら、トヨタ自動車の社史を調べ直す。鋳物工場の損害状況が変わっているはずだ。ヴィッパーマンの森を抜けてプランツガルテンへ急降下していく。先ほどサスペンションに不具合が出たジャンピングスポットだ。ここで故障を恐れて速度を落とすべきではなかった。テストドライバーとして、章男はいくらでもクルマを壊すのだ。

章男は時速二百二十キロで急坂に突っ込んでいった。車体が浮いた。着地の瞬間につい瞬きをしてしまった。章男は胸に凄まじい衝撃を受ける。体がぐちゃぐちゃにかき乱されるようだ。着地に失敗してアルテッツァが横転したか。それにしてもひどい砂埃だった。ひしゃげた金属の下敷きになっていて、動けない。章男はハンドルを握っているつもりだったが、胸に細長い鋳物を抱いていた。頭の下にあったのは折れた木の柱だった。クレーンのワイヤーのようなものが目の前に垂れ下がっている。マシンの部品ではない。

喜一郎の声が聞こえた気がする。夜のニュルブルクリンクを走っていたはずが、がれきの隙間からは青い空と入道雲が見えた。B29爆撃機の機影が飛び去る。

――またリープしたのだ。

「英二！」

章男の体の上のがれきが取り除かれていく。喜一郎の顔が見えた。

「大丈夫か！」

国民服姿の喜一郎にがれきの山から引っ張り出された。章男は銘板を抱いていた。『トヨタ自動車工業株式会社』と記されたものだ。埋められていたのか、土にまみれている。喜一郎が泣いていた。砂まみれの顔に涙の痕がくっきりと光る。

「これを取りに戻っていたのか。ありがとう、英二。ありがとう……」

章男は豊田英二にリープしてしまっていた。

——嘘だろ。

豊田英二がここで亡くなるということか。トヨタ自動車の中興の祖と言われ、十年以上もトヨタ自動車の社長を務めた人物なのに。

浜田なる人物にリープしたときの対応がまずかったのだ。空襲では鋳物工場が狙われやすい、と英二に余計なことを言ってしまった。英二は恐らく、空襲のサイレンを聞いて咄嗟に鋳物工場へものを取りに戻ったに違いない。死んでも守りたいものがあった。それがこの銘板か。

英二章男は茫然としたまま、身を起こした。

「僕は大丈夫です……」

やり直さなければ。現世に戻るまでの間、どうしているべきか。喜一郎が病院に連れていこうとしたが、断った。銘板を喜一郎に託し、顔に流れる血を袖でこすりながら本部の建物に戻った。英二の執務室を探したが、彼は確か戦時中は生産管理部長で個室はあてがわれていなかった。近くの便所に駆け込み、個室に閉じこもる。

これは確実に未来が変わっているはずだ。リープから戻ったとき、どんな現実が章男を待っているのか。そもそも戻る器があるか。いつだったかは摂津登志夫が現れて、タイムリープのやり直しをさせてくれた。だが戻る器——つまり豊田章男の体があるうちは、彼は同じ場面のやり直しはさせてくれないようだ。

「ああ、なにやってるんだ俺は……！」

英二章男は血塗れの拳を膝に振り下ろすしかなかった。外は空襲警報が鳴り続けていた。すでに工員たちは疎開しているので、人の姿はなく静まり返っている。空襲警報が空回りしているようだ。あと何時間、英二の体でいられるだろう。喜一郎が心配しないように、血を拭いて手足の傷に手ぬぐいを巻いて隠した。頭頂部が少し陥没していた。これが致命傷かもしれない。英二章男は作業帽子をかぶって誤魔化す。

じっと寝ているわけにはいかない。たったの数時間のリープであっても、トヨタ自動車の役に立つことをしておきたい。鋳物工場の後片付けをしようと、部屋を出た。喜一郎が救急箱を抱えて立っていた。

「英二、休んでいろ。ひどい怪我をしているんだぞ」

「大丈夫です。鋳物工場を片付けましょう。もう今日の空襲はないはずですから」

「どうしてわかるんだ」

「……同じ日に同じ場所を何度も狙いません」

苦し紛れに言ったが、喜一郎は納得してくれた。生産責任者室の前に、英二がさっきまで抱えていた銘板が立てかけられていた。

「英二が持ち出してくれなかったら壊れていただろうな。地面に埋めておいたんだが、大きな穴が開いていた」

「なぜ銘板を埋めていたんですか？」

恐らく英二は事情を知っていたから取りに戻ったのだろうが、訊いてしまった。喜一郎は変な顔をしながらも、教えてくれた。

「トヨタの名前が入った銘板は軍部に接収された。いまごろ軍艦の一部になっている。もう海の底かもしれないな」

代わりに木製の『護国第二〇工場』の看板がつけられたらしい。

「鋳物工場の職人たちが、こっそり作り直してくれた。一緒に埋めただろう？」

みながトヨタ自動車工業を愛し誇りに思っていたからこその行動だろう。

「そういえば、陸軍の姿が見えませんね」

かつて工場を捨てて撤収する青年将校と喜一郎が言い争いをしていた。

「秋には戻るとは通達がきていた」

軍部が支配する秋はこない。明日には終戦なのだ。

「やつらがいない間だけでも、つけちゃいませんか」

目を丸くした喜一郎に微笑み、英二章男は銘板を再び抱きしめた。『護国第二〇工場』と書かれた木の板は、鋳物工場の爆撃で吹き飛んだスレート屋根の一部が直撃して、割れていた。

「取ってしまおうか」

喜一郎が笑いかけてきた。すでに五十を過ぎているが、少年時代の面影が残る。英二章男は工具箱からペンチを出し、板をぶら下げていた金具を取り外した。トヨタ自工の銘板が嵌まっていたくぼみがある。鋳物工場の職人たちが作った銘板がピタリと嵌まった。

喜一郎と共にいつまでもその銘板を眺めていたい気分だったが、落ち始めた西日の反射光がふいに英二章男の目を焼いた。正門のすぐ脇に暗い土色のトラックが停まっている。昭和十八年に発売されたトヨタKC型トラックだ。戦中の資材不足でヘッドランプもひとつしかない。木製の荷台はゴザで覆われていたが、その隙間から覗く銀色の金属が西日を反射している。

「あのトラックはなにを積んでいるんですか」

「ああ、あれか。英二も見てみたらいい」

喜一郎が覆いを取ってくれた。英二章男は息を呑む。八事の物置部屋に封印されていた、ランチェスターのエンジンだ。

「午前中に奇妙な老人がトラックで運んできたんだ。一九〇三年製ランチェスターのエンジンだ」

物置部屋の木箱の中にあったときは錆が目立ち、埃や油が固着して鈍色だったが、いまは太陽の光を受けて鋭く輝く。

「軍部に見つかったら溶かされて軍艦にされてしまう。うちで預かり、八事の別荘の物置部屋にでも隠しておこうと思っているんだ」

「これを持ち込んだのはどんな男だったんですか」

英二章男は思わず前のめりで喜一郎に訊いた。

「それが不思議な話でね。英二は三河の絹王を知っているか？」

加藤富太郎という豊橋の豪農の息子で、明治時代に絹産業で財を成した人物らしい。欧州から個人輸入したクルマを何台か所有し、趣味で乗り回していたそうだ。

そのひとつが、一九〇三年製のランチェスターだという。

章男が摂津登志夫として喜一郎の少年時代にタイムリープしたとき、湖西まで乗った自動車だ。

「そのランチェスターは子供をはね飛ばして死なせているらしいんだ。以降も不可解な故障や事故を繰り返し、廃車にしてもエンジンだけが巡り巡って加藤氏のところに返されてしまう。加藤家も没落し、一代で途絶えてしまったそうだ」

エンジンをトヨタ自工に持ち込んだ男は、加藤の遠縁の男らしかった。

「なぜその人は、ここにエンジンを持ってきたのでしょうか」

「そのエンジンは交通事故で死んだ子供の怨念で呪われているというんだ」

摂津登志夫か。

「夜な夜な夢に出てきて加藤氏を苦しめたとか。交通事故がなくならない限り呪われ続けると遠縁の人は思い込んで、自動車メーカーに処分の義務があるとかなんとか、こじつけていた」

ピストンを覆う筒状のカバーの緑色が、章男の時代よりも色鮮やかだ。やけに生々しく見えて背筋に寒気が走った。同時に体の中心が凍り付いたように動かなくなった。

――なんだこれは。

瞬きをした次の瞬間には、章男は猛烈な寒風にもまれていた。終戦間近の昭和二十年八月にいたはずだが、寒い。風が強すぎて目も開けられない。タイムリープから戻ったのか。アルテッツァはニュルブルクリンクのヴィッパーマンの森を越えて、ジャンピングスポットがあるプランツガルテンを通過したところだったはずだ。ようやく風が収まって目を開けた。

海だ。岸壁に立っている。漁船が近づいてきた。甲板に漁師たちが出て接岸作業をしている。

「若社長、今日は大漁だどぃ！」

甲板で白い息を吐きながら、漁師が章男に手を振っていた。鼻を真っ赤にした男性が、荷物を積んだ台車を運んできた。

「いやあ寒いですね、稚内の春はおせえや。もう六月だってのに」

「稚内……!?」

どうしてそんなところにいるのか。章男は胸まである胴長靴にスタジアムジャケットを着ていた。白いゴム手袋を嵌めている。

「ちゃちゃっとやっちゃいましょう、二代目」

「二代目……？」

「どうしたの、茫然としちゃって。章男ちゃん」

「あ、章男ちゃん……」

背後の建物が目に入った。水産加工場のようだ。コンクリート造りの堅牢な建物で、壁には『豊田水産加工株式会社　稚内工場』という看板が設置されていた。

漁船が接岸した。次々と魚が荷揚げされていく。荷台に積み重なっていた網目状のコンテナを開き、部下らしき人が魚を入れ換えていく。

「若！　ぼーっとしてないで、計量！　伝票作らないと」

「すまない。気分が悪いんだ」

章男は逃げるように、『豊田水産加工株式会社』の中に入っていった。ビニールカーテンの内側では、水揚げされた魚が仕分けされ、ベルトコンベアに載っていた。ミンチにされて大鍋に注がれていく。やがてそれはちくわの形に加工されていった。

「ここは父が働いていたちくわ工場か」

戦後の食糧難を生き延びるため、喜一郎は息子の章一郎を稚内のちくわかまぼこ工場に送り込んでいた。敗戦後の民衆にまず必要なのは乗用車ではなく、食料品や日用品であると考え、どじょうの養殖も命令した。家庭用のミシンやアイロンなどを作らせ、糊口をしのいでいた。

「父さん……！　父さん！」

父はどこにいるのか。トヨタ自動車を率いた父は取締役名誉会長としていまも元気に仕事をしている。未来が変わっていたとしても健在のはずだ。事務所のようなところへ飛び込んだ。

「章男。なにを騒いでいるの」

母に声をかけられた。『豊田水産加工』の刺繍が入ったエプロンをまとい、帳簿をつけていた。

「――母さんこそ、なにをしてるんだよ」

「早く伝票をちょうだい。ちゃちゃっと計算しちゃうから。札幌本社がうるさいのよ」

豊田水産加工株式会社は札幌に本社があるらしい。ここは稚内工場と看板が出ていた。壁には世界地図が貼ってあった。豊田水産加工株式会社の支店のある地域に印が入っている。全国の漁場に加工工場があり、世界中に輸出しているらしかった。国内一位のマルハと激しい攻防を繰り広げているという経済新聞の記事が壁に貼られていた。水産加工業界でそれは『マルトヨ戦争』と呼ばれているらしい。

「父さんはどこにいるんだ」

「ちくわ自動製造機の試作工場でしょう」

章男は母が指さす方の扉を開けた。薄暗く長い廊下に出ると、東南アジア系の女性とぶつかりそうになった。

「コンニチハ、若社長」

出稼ぎの人かなにかだろうか。次の扉を開けると工場の外だった。金髪の女性とロングヘアを後ろに結んだ男がヤンキー座りで煙草を吸っていた。

「若社長。おつかれさまーす」

「お、お疲れ様……。父を見なかったか？」

「ショーさんなら試作工場っしょ」

父はここでは「ショーさん」と気軽に呼ばれているらしい。章男は男性が指さした扉を開けて中に入った。父は工場に据え付けられたベルトコンベア式の機械の中に半身を突っ込み、ドライバーで作業をしていた。技術者らしい人が四、五人いる。

「私は成型ではなくて焼きの問題だと思いますけどね」

「いや、成型だろう。温度が一度上がると穴が〇・一ミリ歪む。この〇・一ミリの誤差が不良品を出しているんだ」

章男は眩暈がした。トヨタ自動車はどこへ行ったのか。マルトヨ戦争も興味深いが、日産のブルーバードとトヨタのコロナでしのぎを削った『BC戦争』すら歴史から消えたのか。父が機械から半身を抜き、立ち上がった。

「章男。どうした」

章男はへなへなと、傍らにあった椅子に座り込んだ。

「父さん。うちはクルマを作っていたんじゃないの？」

部下たちが悲しげに章男や父を見た。

「佐吉翁から始まったトヨタグループは、紡織業からスタートして、自動織機製作所を作った」

「刈谷の話をしているのか？」

「そうだよ。おじいさんが自動車部を立ち上げ、トヨタ自動車を豊田市に作ったじゃないか！」

「豊田市ってなんだ」

章男は天を仰いだ。この世界にトヨタ自動車がなければ、豊田市も存在しないのだ。

「挙母工場でクルマを作っていただろう……」

部下のひとりが心配そうに章男を覗き込んだ。

「若。一体どうしたんです」

「俺は若じゃない、若だなんて呼ばれたことはない！　若と呼ばれていたのは、おじいさんだけだ。

自動車を作っていた……」

父がため息混じりに章男の肩を叩く。

「お前がクルマ好きなのは知ってるよ。だけどトヨタ自動車工業はもうない」

「どうして。あんな立派な工場まで作ったのに」

「挙母町の工場はフォードに引き取ってもらっただろ」

章男は耳を塞いだ。聞きたくない。

「仕方ない。全て戦争のせいだ。経理を見ていた竹内さんが亡くなり、技術部の中心人物だった英二さんを空襲で亡くした。おじいさんは酒ばっかり飲むようになった。極めつけは、赤井さんの交通事故死だったな……」

その事故を阻止するためにタイムリープを繰り返しているのに、事態は悪化する一方だ。

「あのときおじいさんは毎日のように泥酔して、空に向かって怒鳴っていたよ。神様は、トヨタ自動車に必要な人ばかりを奪い取っていく、と」

「……それで、おじいさんは」

「公職追放されたと知っているだろ」

挙母工場が軍需工場に指定されていたので、喜一郎は軍部の関係者だとGHQにみなされてしまった。しかし協力会社や販売会社の人々が署名活動をしてくれて、公職追放は免れたのだ。

「署名を集めたんじゃなかったか？」

「そのころにはもうおじいさんは病床にいたからね。現場に立てる体ではなかった。署名活動をやろうという話もあったが、気運は高まらなかった」

そんなに早く病床に臥せってしまったのか。

「それで、トヨタは？」

「おじいさんは病床にいたから裁判に立つこともできず、弁明もできなかったしな。父さんはここで働いていて、なんの情報も入ってこなかった。名古屋から連絡を受けたときには、もう全てが終わったあとだった」

この世界では喜一郎は公職追放され、トヨタは制限会社に指定されて細分化されてしまった。

「トヨタ自工は消えたんだ」

夜を待ち、章男は野寒布岬に立った。稚内の六月の夜は寒い。海辺は特に冷えた。章男は会社の名前が入ったモーターボートに乗り込む。風が猛烈に吹きつけた。海上は真っ暗だが、白波が暗闇に浮かんで見える。

「ワカ、なにしてる！」

昼間に工場の廊下ですれ違った、東南アジア系の女性に止められた。

「こんな夜にそんな小さな船で行ったら、死ぬよ。波高二メートルある。越えられないよ」

「大丈夫だ。俺はニュルの急坂のジャンピングスポットを時速二百五十キロで何度も飛んでる」

章男はエンジンをかけた。船に乗るのは初めてだが、この程度の小型船舶は計器類が少ない。なにがどれだかだいたいわかる。章男はスロットルレバーを操作し、沖に繰り出した。想像していた以上に波が高い。たかだか数十センチの波も、真正面から突っ込んでいくと船体が浮き、次の瞬間には海面に叩きつけられる。デコボコ道を滑走しているように揺れる。振り落とされないようにしながら、スピードを上げていった。

二十ノット——おおよそ時速四十キロしか出ていないのに、風を遮るものがないせいなのか、体感は百キロ近かった。目の前の海面が膨らんでいく。やがてそれは波になり、頂点に白い泡がわき上がる。

——大丈夫。戻るのだ。昭和二十年八月十四日に！

章男は目の前にそびえる波の壁に突っ込んでいった。

ニュルブルクリンク二十四時間耐久レースはフィナーレを迎えようとしていた。ガズーレーシングのアルテッツァ二台のうち、章男が乗っていた１０９号車は明け方にスピンしてしまい、再びピットに戻った。車体に問題はなくすぐにピットアウトした。十四時五十九分、章男は最終ドライバーとしてそのハンドルを握っていた。

すぐ目の前を、トオノが運転する110号車が走る。最終コーナーを曲がった途端、直線のずっと向こうに白黒の旗が大きく揺らめいているのが見えた。章男はずっとこの瞬間を夢見ていた。しかもトオノのアルテッツァが先導してくれている。孤独な取締役会を耐え抜いていられるのは、トオノが章男の居場所を作ってくれたからだ。

そのトオノに守られながらチェッカーフラッグを受けているのに、章男にはなんの感慨もわいてこなかった。

すでに車載時計は二十四時間を過ぎ、カウンターが止まっている。アルテッツァはトオノらの110号車が八十二周、章男らの109号車が八十周を走り切った。

いま109号車もゴールし、章男はマシンを減速させていく。ピット前の金網に仲間たちがよじ登り、拳を振って章男やトオノ、そして二十四時間走り続けたアルテッツァ二台に歓声を贈った。章男は窓を開けて拳を振ってみせたが、心の中は空っぽだった。

章男が赤井久義の交通事故死を阻止するため、レースのさなかにやり続けたタイムリープは失敗の連続だった。最後は挙母工場の近くに住む老人にリープした。空襲警報が鳴る中、全速力で挙母工場の中に入った。鋳物工場の脇で土を掘り返し銘板を取り出そうとしていた英二を説得して、避難させた。目の前で鋳物工場に爆弾を落とされて一部は粉々に吹き飛び、銘板は衝撃で真っ二つに割れてしまった。喜一郎がひどく悲しんでいたところで、章男はレースに戻ることができた。

チェッカーフラッグを受け、章男はトオノのアルテッツァに続き、ピットインした。コックピットを降りた途端にドライバーやメカニックが肩や背中を叩き無事の完走をねぎらってくれた。鵜飼は抱き着いて感涙していた。章男も感動し、泣きたかった。初めての二十四時間耐久レースで、しかも場所は世界一過酷なニュルブルクリンクだったのだ。これを糧にテストドライバーとしてもっとトヨタに貢献したいが、いまは頭も体も度重なるタイムリープの失敗で疲労困憊していた。

アルテッツァはオイルや土で汚れ、ボディは歪んで補修テープの痕がある。相当にくたびれているように見えた。クルマにも仲間たちにもかける言葉が見つからないまま、章男は休憩室のソファに倒れ込んだ。

クッションに顔を埋める。脳裏に、戦争で疲弊した喜一郎の顔が浮かんだ。

——なにもしてやれなかった。

章男はソファを拳で殴った。

「くそ……！　くそくそ、くそ！」

それは『時』もしくは『運命』のささやかな抵抗なのだろうか。時を逆行する存在が現れたとしても、未来を思うとおりに作り変えることができないように抗っている。全く別の悲劇が生まれるか、トヨタ自動車そのものがなくなってしまうかのどちらかだった。章男が喜一郎の未来を変えてやりたくても、思うとおりにはならないということがよくわかった。

トオノと三浦が部屋に入ってきた。三浦が切り出す。

「心ここにあらずだった。経営のことが気になるのだろうが、切り替えられないのならば、レースには出ないほうがいい」

トオノは通り過ぎ際に「完走おめでとう」と嫌味っぽく言っただけだった。

表彰式を終え、章男は十八時にホテルの部屋に戻った。夜はニュルブルクリンクのレース主催者とのパーティがある。ル・マンやナスカーなど、欧米のモータースポーツ関係者がやってくる。鵜飼が章男の分のタキシードを準備し、部屋を訪ねてきた。

「例の件の情報収集ですが、レース中にフォードの関係者と接触し興味深いことを聞きました。どうやら、住宅ローンの焦げ付きからくる金融不安が広がっているようです」

信用度の低い者が利用できるサブプライムローンが二〇〇〇年代のＩＴバブル崩壊後に流行ったそうだ。

「信用度がそもそも低いわけですから、ローンを払いきれずに破綻している人が多数出ているそうです。フォードについては春先から売り上げが落ちています。国内経済を分析したところ、原因はサブプライムローンではないかと」

「わかった。その債権を扱っているのはどこの銀行が多いのか、調べておいてくれ」

鵜飼はもう調査済みだ。

「さまざまな金融商品に組み込まれているんですが、より多く取り扱っているのは、リーマン・ブラザーズです」

老舗のリーマン・ブラザーズなら、金融商品の焦げ付きが多数出たところで、乗り越えられるか。万が一破綻したら米国経済が揺らぐだろうから、政府が支援する可能性もあった。

「よくわかった。引き続き、米国の関係者と接触できたら探ってくれ」

章男は扉を閉めた。タキシードをクローゼットにしまい、古谷政子の携帯電話番号に電話をかけた。日本は深夜一時ということもあり、探るような声で政子が電話に出た。

「すまない。寝ていたか？」

「いいえ。副社長がひとりレースに出ているものだから、雑用が多くて毎日午前様なのよ」

「それは申し訳なかった。ところでひとつお願いがある。鵜飼の処遇についてだ」

電話の向こうが一瞬、沈黙した。

「鵜飼君がなにかやらかした？」

「もう一度、海外を経験させたい。海外の工場か合弁会社である程度の役職を与えて、外に出してほしい。あんた、人事部長に言ってくれないか」

「どうして。鵜飼君は大事な右腕でしょう？」

章男が明言せぬうちに、政子が先走る。

「まあ、鵜飼君は大俵のスパイだからねぇ……」

「大俵はもうトヨタとは関係ないだろ」

彼は衆議院議員に当選した。トヨタの役職からは全て降りている。この先も会長でいたら多額の報酬が受け取れただろうに、それを蹴って国会議員になった志は素晴らしいとは思う。大俵は経済産業大臣政務官に抜擢されている。

「相変わらずわかっていない。トヨタは所詮、民間企業なのよ。創業期だって国策に振り回されて、創業者はどれだけの悔し涙を流したか」

誰よりも章男は知っている。『護国第二〇工場』などという看板を見てきたばかりだ。

「いつだって担当省庁とはうまくやらないとね」

大俵との関係は今後も続くということか。

「鵜飼君にはくれぐれも気をつけて。あなたを失脚させようと、大俵と共に政（まつりごと）の立場から策略を練っているに違いないわ」

気が合いすぎるのだろう、章男といると鵜飼は力関係を察して小間使いになってしまうところがある。章男とは離れたところにいたほうが自分で考え行動したくさんを学ぶだろうと思って外に出そうとしたのだが、政子はすぐに策略だの権力闘争だのと結びつける。

ニュルブルクの市街地までタクシーを拾った。何軒か飲み屋を回ったとき、小さなパブでトオノを見つけた。ドイツ人美女の肩でも抱いて陽気に飲んでいるかと思いきや、ひとりでココアを飲んでいた。しかも店主にチーズを持ってこさせ、ココアと混ぜながら飲んでいる。

「ニュルの女の子にフラれたところか？　なんだよそのクレイジーな飲み方は」

「コロンビア流の飲み方だよ。こうしたほうがコクが出ておいしいんだ」

店主は肩をすくめているが、ニュルによく走りにくるトオノのために、ココアとチーズを常備しているらしかった。

「章男も飲んでみろよ。店主に〝ビクトルのココア〟って言えばこれが出てくる」

章男は遠慮してビールを頼んだ。いまはアルコールが必要だ。すぐに飲み干しておかわりを頼んだ。

「トオノに話しておきたいことがあるんだ」

「そうか。なんでも言ってくれ」

ピットでは怒っているように見えたが、トオノはいつもあとに引きずらない。章男は二杯目の生ビールも飲み干した。酔わないと、言えない。

「レースでは本当に申し訳なかった」

心ここにあらずだったことを白状した。

「集中していたのは最初の一時間くらいだけだ。その後は別のことに囚われていた」

「仕方がない。あんたはただのドライバーじゃない。日本一の企業の副社長だからな」

「そうじゃないんだ。経営のことで引っ掛かることがあるのは確かだが、その点は鵜飼や本社の人間が代わりに分析をしている」

「他に心配事があったのか。命がけのレースをないがしろにできるほどの……。わかった。お気に入りのサーキットクイーンにフラれたな」

トオノは深刻ぶるのが嫌なのかもしれない。章男は前のめりになり、その耳に囁いた。

「実は俺は——体質なのかわからんが、タイムトラベルできるんだ」

トオノがじろりと章男を見た。

「正確にはタイムリープだ。意識が時空を超える。そしてそこで亡くなった人の体を数時間借りて、動いたりしゃべったりすることができる」

子どものころから何度も繰り返していることも話した。

「いつだったか、一緒に静岡の隠滝神社に一緒に行っただろ。お前もあのときは様子がおかしかった。実は、あの神社で封印されたエンジンは呪われている。俺は封印を解いてから、祖父の人生にタイムリープするようになった」

これまでどういう状況下でタイムリープしたか、一部を話した。

「恐怖を感じたり強く集中したりすると心と体が分離して、幽体離脱のようなことが起こっているのかもしれない」

トオノは黙っている。

「この十年はなかった。ところがレース中に期せずしてタイムリープしてしまった」

章男はトオノの沈黙が気になった。

「おい、聞いているか？」

「もちろん聞いている」

茶化すか怒り出すかどちらかだと思っていたので、真剣に聞いているトオノに違和感があった。促され、章男はニュルでどのようなタイムリープをしたのか説明をした。

「そんなこんなで、ほとんどレースに集中できなかった。やはりトップレーサーのお前や三浦さんは見抜くよな」

そうか、とトオノはココアを飲み干した。章男は戸惑ってしまう。

「――信じるのか」

「ああ」

「本当に？　こんな荒唐無稽な話を？」

「章男」

今度はトオノの表情が硬くなった。ひどく前のめりになり、章男の横顔に囁いた。

「実は、俺もタイムリープしている」

章男は無言でトオノを見返した。

「俺は二十一世紀の人間ではないんだ」

「――どこから来たというんだ」

「それは言えない」

しばらく無言でトオノと見つめ合った。章男から噴き出してみせることにした。トオノも水を噴いた。しばらく二人で腹を抱えて笑い合った。

6、リーマン・ショック（平成二十年）

翌年、鵜飼は米国レクサス本社の開発事業部に異動が決まった。初めて会ったとき二十代後半だった鵜飼ももう四十一歳だ。二度目の海外出向はこたえるらしく、不満げに成田空港を飛び立った。章男は見送りに行く暇もなかった。米国での売り上げ減が止まらず、その対策で忙しかったのだ。テストドライバーの仕事もある。

八月末、章男は汐留（しおどめ）のホテルの最上階にあるイタリアンレストランに呼び出された。テーブルに小田原社長と古谷政子がいた。小田原が早速、嫌味を言う。

「最近はレースにも行かずに大人しくしているそうだね」

「ええ。ニュルでひどい目に遭いましたから」

　章男は適当に流した。正面から相手にしなければいいという処世術を学んでいた。

「ほう。ひどい目とは」

「ニュルは前後左右に高低差のある世界一危険なサーキットです。Ｆ１が走るようなフラットなサーキットではないし、本社のテストコースも平面でしかクルマを見ることができません。ニュルはクルマに三次元の力が加わります。予想外のことが起こるのがニュルなのです」

　小田原は興味を持ったようだった。

「ニュルの走行路にはそういった事情があるのか。確かに行く価値はあるな」

　章男は開いた口が塞がらなかった。クルマ屋のトップにいながらそんなことも知らなかったのか。

扉が開く。大俵政務官が手を挙げながら入ってきた。

「豊田君か。久しぶりだな」

　議員バッジをつけた大俵は白髪が増えて太ったせいもあるのか、貫禄たっぷりだ。章男は笑顔を作ったが警戒は怠らず、握手を返した。ふにゃりとした生暖かい手に虫唾(むしず)が走る。

　経済産業省の事務次官も同席していた。省のトップに立つ男だ。官僚は生き馬の目を抜くような熾烈(しれつ)な出世競争に晒されるというが、細面の穏やかな紳士だった。

　食事が始まる。会話をリードしたのは事務次官だった。

「昨今の米国経済の冷え込みがじわじわと日本経済にも影響を及ぼしています。トヨタさんはいかがですか」

「国内は安定していますが、米国の販売数低下に底が見えない状態です。アジアやアフリカ地域の販売に力を入れて、なんとか前年比増は保っております」

小田原が応えた。大俵は満足げだ。

「さすがトヨタだ。上半期はどうなんだ」

「堅調ですが、やはり米国経済の冷え込みが懸念材料です。他社比較ですと我が社は大した痛手は被らなそうです」

小田原が数字の書かれた書類を見せた。章男は眉毛を上げた。

「それは社外秘では？　いくら元会長の大俵さんとはいえ――」

「来月には公表されるものだ。そもそも大俵政務官は一国の省庁のナンバー3なんだぞ。数字を共有することはこの国の経済にとって重要なことだ」

大俵は老眼鏡をかけて数字をじっと吟味した。「ちょっと」と秘書らしき人に計算機を持ってくるように頼んだ。その場で電卓を叩き始める。

「うむ、世界シェアは減っていない。むしろ増えている。米国経済の冷え込みは一過性のものだろうから、ここは耐えどきだな」

「もしかしてまだグローバルマスタープランをあきらめていないんですか」

事務次官が口を挟む。

「私は、世界中の自動車をトヨタ車で埋め尽くすという壮大な夢に感動しましたよ」

章男のフォークの先からパスタがゆるゆると落ちていった。

「日本経済はバブル崩壊後、特に製造業が長く暗いトンネルに突入し、出口が見えません。かつて家電メーカーといえば日本一強でしたが、他国の模倣や追随で駆逐されてしまった」

事務次官は恍惚と大俵を見つめた。

「必ずや成し遂げましょう。バブル崩壊で失われた日本のプライドを呼び覚ます、いい起爆剤になります。トヨタ自動車の拡大戦略が実現したとき、日本人は再び立ち上がるのです」

章男はセコンドピアットが来る前にもう帰りたくなった。本気でこんなバカげたことに追従しているのか。政治家となった大俵へのゴマすりなのか。

大俵に呼び掛けられる。

「豊田君は遅かれ早かれ、望まれようが望まれまいが、トヨタを先導することになる人間だ。なにせ創業家の人間ですからね」

章男は運ばれてきた魚の蒸し料理を急いで食べた。早く帰りたい。米国経済のホットニュースを聞きたかったのに、彼らは向いている方向が章男とはあまりに違う。

「君は自分のキャビネット構想くらいはできてるんだろうね？」

章男が社長になったときに取締役を誰にするのかということだろう。

「私はたびたび総理と面談をすることがある。総理は大臣を経験するようになったころから、いつ国のトップに立っても慌てぬよう、キャビネット構想を練っていたそうだ。だからすぐに政権のかじ取りができた。それができていない政治家はそもそも総理大臣になるべきではない。で、君は？」

そんなことを章男は考えたこともなかった。いいクルマを作ることとそれに付随することに全力を傾けてきた。トヨタを支配したいと思ったこともないし、頂点に立つことを夢見たこともない。

「私は社長になりたくて入社したわけでは――」

「豊田君。何度も言うが、君は創業者の孫だ。その名前だけですり寄ってくる連中がいるだろう。それもまた君のひとつの才能だ。豊田キャビネット構想を早急に作っておき、しかるべきときに備えなさい。それが創業家の人間のあるべき姿のはずだ」

九月中旬、章男は迎えのアルファードに乗り、本社に出社した。副社長執務室の前にある秘書室では、室長になっている猿田が出勤しているはずだが、今日は見知らぬ人がいた。

「おはようございます、本日より副社長秘書室長に異動になりました……」

章男は目を丸くした。

「異動だって？　猿田は」

「本日付けで、中国のＴＦＴＭの業務部長に異動です」

天津一汽（てんしんいっき）トヨタ自動車有限会社という中国の自動車メーカーとの合弁会社だ。

「今日は九月十五日だぞ。昨日までここにいた人間が今日中国に出向なんてありえるか」

章男は執務室に入り、すぐさま人事部長を呼び出した。人事部長は役員も兼任しており、章男より十歳以上年上だ。副社長の章男を見下すような、ふてぶてしい態度でやってきた。

「猿田の急な異動の事情を説明してください」

人事部長は顔色ひとつ変えない。

「あちらの業務部長が急病で倒れたのです。すぐに代わりが務まる優秀な人材を早急に送り込む必要がありました」

「現地の人材を据えるべきではないですか。なぜ本社から猿田を引き抜く必要があったのでしょうか」

「もちろん、優秀だからです」

「猿田は中国語をしゃべれないはずだ」

「あちらで勉強することでしょう。猿田室長は非常に優秀な人材ですからね」

人事部長は感じよく微笑み、副社長室を立ち去った。

夕方、章男は悶々（もんもん）としたまま技術本館脇にあるテスト走行路へ向かった。迷彩柄に塗装されたＲＡＶ４の新型が停まっている。メカニックの整備を受けていた。いつもは製品のこだわりや特徴を説明にくる技術部の課長の姿が、今日はなかった。

「実は課長は急な異動がありました」

章男はレーシングスーツに着替えるところだったが、ファスナーを上げる手を止めた。

「今日は九月十五日だぞ。こんな時期に異動があるか」

「よくわからないのですが、士別の試験場の責任者になられるとかで」

本社から遠い北国に突然異動になったのか。

章男はレーシングスーツを脱いだ。

「悪い、急用だ。別のやつにテスト走行を頼んでくれ」

章男は人事部に殴り込みに行こうと思ったが、やめた。心当たりがある人物が所属する部署を自ら回った。

章男が将来的に社長になったときにキャビネットの一員として役員に登用したいと考えた人材だ。十人挙げたが、一人残らず本社を出され、遠方に異動になっていた。


小田原社長は豊田市内の一軒家に住んでいた。午後八時、章男はアポイントメントを取らずに直接訪ねた。小田原は股引に肌着、腹巻き姿だった。章男の直撃に仰天し慌てて着替えている。章男は激怒していたのに、出端をくじかれてしまった。小田原は社長室で何兆円という金と何万人もの従業員を動かし、今期売り上げは何十兆円だと目標数値をぶち上げているわりに、ずいぶんと質素に生活していた。

「自宅にまで押しかけてくるなんて、なんなんだ」

小田原の妻は「こんな小さな家に豊田家の方が」と慌てている。

「豊田家の大邸宅に比べたら粗末な家だろう。来るなら半年くらい前からアポを取ってくれないとなぁ。そのころまでにリフォームをしておくのに」

三十五年ローンで買ったと話す自宅は壁紙が薄汚れていた。リフォームの計画は子供たちの部屋が片付かず、なかなか進まないのだと小田原は笑った。とてもリラックスした様子だった。

――この男は恐らく、なにも知らない。

「小田原社長。かつて大俵政務官と食事会をした際にキャビネットの話をしましたね」

小田原は頷いた。とぼけているようには見えない。

「私はあのときは受け流していましたが、その後、古谷副社長に促されて、キャビネットに入れたい人材の名前を書きました。彼女は、小田原社長に渡しておくと言いました」

「私は受け取ってないよ」

大俵が陰で糸を引いているのか。だがすでにトヨタを離れた大俵が、トヨタの社内人事に口を出せるだろうか。別の本流社員が、豊田家外しのために自分を陥れようとしているのか。

テレビがニュース速報を流す。小田原の表情が凍り付いた。章男も血の気が引く。

アメリカの老舗銀行、リーマン・ブラザーズが破綻した。

社内で足を引っ張り合っている場合ではない。

7、トヨペット vs. 蒸気機関車（昭和二十二〜二十四年）

豊田喜一郎は終戦から二年後の八月十五日を東京で迎えた。正午に追悼のサイレンが鳴る。ＧＨＱの本部がある第一生命館の階段を下りていた。サイレンの音と同時に立ち止まり、山高帽を胸にあて黙禱する。

満洲で命を落とした遠野を始め、工場から戦地に送り出し、帰ってこられなかった者たちの顔を思い浮かべる。空襲のさなかに亡くなった竹内や、戦後の混乱の中で事故死した赤井の冥福も祈った。

目を開ける。通りを国産の木炭自動車がのんびりと走り過ぎていく。煙を吐いて煤け、のろのろと走る横を、GHQの高官が乗る高級外国車が颯爽と走りすぎていく。

「戦争が終わって二年、自動車技術の差は開く一方だな」

喜一郎は思わずぼやいた。

「戦争が終わって二年経っても、まだ自動車メーカーがここまで陳情に来なきゃならんような状態だからだ」

共にGHQを訪ねていた、隈部一雄が言った。彼は東京帝国大学などで教鞭を執っていたが、喜一郎が頼み込んで、トヨタの技術部顧問として招聘した。英二と共に新しいクルマの開発にいそしんでいる。

「今日で最後になるといいが」

喜一郎は思わずため息をついた。戦時中からトヨタ自動車工業は何度も危機に見舞われたが、戦争が終わっても全く状況は好転しなかった。

軍需工場として扱われていたから、制限会社指定を受けてしまったのだ。トヨタ自工の機械や設備が戦後賠償の対象になるので、自由な生産活動が制限される。長らく陸軍省に支配されていたのが、今度はGHQに押さえつけられているようだ。毎日GHQを訪ねて陳情を重ねてきた。八月に入り、ようやく解除指定を受けてホッとしたのもつかの間、今度は喜一郎自身が公職追放者のリストに載ってしまった。

販売店を束ねる神谷正太郎が全国のトヨタ販売店の社員に呼び掛けて、嘆願書の署名を集めてくれた。トヨタに部品を納める協力会社の集まり、協豊会でも署名を募る。喜一郎は隈部と共に、いまその嘆願書をGHQに提出したところだ。これからうつしを総理庁に出しに行く。

汗を拭きながら地下鉄を乗り継ぎ、喜一郎と隈部は永田町駅で降りた。緩く長い坂を上がるうちに、空腹感が強くなる。入館許可を得て総理庁の食堂に入り、隈部と蕎麦をすすった。

「こうやって金を払えば食べ物にありつけるようになった。これがどれだけの幸せか」

隈部が嚙みしめるように言った。

「そうだな。配給を待たず、闇市で争奪戦に参加せずとも、貨幣を出せば飲食物にありつける。ありがたいことだ」

「君、国民服やゲートルはどうした」

「とっくに捨てたよ、あんなもの」

終戦を告げる玉音放送は雑音ばかりでよく聞き取れなかった。実感がわいたのは、翌日にワイシャツと背広を身にまとったときのことだ。だが金はないしどこへ行っても食料がない。クルマの技術者にどじょうの養殖をやらせて、エンジン技師にはミシンを作らせた。息子の章一郎は稚内の工場でちくわを作っている。極寒の地で大変な思いをしているだろうに、意外とちくわ工場の業務が楽しいらしく、戻ってくる様子がない。

「まだまだトヨタ自工は先が難しいが、石田さんのところは絶好調だね」

豊田自動織機製作所は繊維産業の好調を察してすぐさま増産計画を立て、営業部員を全国の紡織工場に送り込んだ。戦前のように輸出もしようとしたが、輸出入はＧＨＱの許可なしにはできない。石田はＧＨＱに何度も通い詰め、なかなか首を縦に振らない米国人を説き伏せた。戦後日本の第一号の輸出にこぎつけている。

「石田さんは本当に頼もしいよ」

若いころ喜一郎は石田のあの押しの強さに辟易(へきえき)したものだが、いまや豊田グループには欠かせない大番頭だ。トヨタ自工は戦後二年経っても自由にクルマを作ることができず、喜一郎は政府やＧＨＱ

との折衝ばかりに時間を取られている。豊田自動織機製作所の躍進は大きな希望の光だった。

「日本の自動車産業の終焉(しゅうえん)はもう始まっているよ」

思いがけない言葉が背後から聞こえてきた。総理庁の職員らしき男二人が話していた。

「どこもかしこも軍需指定されたせいで、GHQに制限指定会社にされている。そもそも技術力が低かったのに、戦争のせいでさらに世界と水をあけられた。米国だって、自国のメーカーの利益を優先するだろう。制限指定した工場は接収して、GMやフォードに売り払うだろうな」

「身も蓋もないことを言うな。腹が立つじゃないか」

「別にいいだろ。お前、国産乗用車に乗りたいと思うのか？」

相手の男が水を噴いて、大笑いした。

「ないね。どこもろくなのを作っていないからな」

「そもそも許可会社は何社あったんだっけ？　日産といすゞとそれから……」

「なんだったかな。中京の機織り屋がやってた……」

総理庁の職員は鼻で笑った。

「ああ、トヨタか」

喜一郎はそばが喉を通らなくなった。

「そんな会社、あったのか」

「俺たちですら知るか知らないかの小さな会社だろ。もはや再起不能だろうよ」

隈部が立ち上がり、物申そうとした。喜一郎は止めて彼の腕を引き、食堂を出る。隈部はまだ怒りが収まらないようだった。

「どうして平気な顔をしていられるんだ、豊田。ずいぶん失礼なことを言われた」

「仕方がない。トヨタ自工はまだまだ知名度が低い」

「低いままなのは、戦争のせいだ」

「そうだが、自国民が魅力的だと思える乗用車をまだ作れていないし、販売もできていない」

「それも戦争のせいだ。軍部のせいじゃないか！　君は高い志を持って、日本人の手で日本人のための国産乗用車を作るという理想のもとで心を血塗れにしてがんばってきた。それなのに、我が国の国民ときたら、米国産のクルマで充分だなんて――」

隈部は涙ぐんでいた。喜一郎は旧友の肩を叩く。

「隈部、俺の代わりに怒ってくれてありがとう」

彼にハンカチを渡した。

「とにかく、米国産のより魅力的な乗用車を急いで作ろう。そして広く国民にアピールする方法を考えねばならない」

改めて食堂に戻った。席を替えて、広告宣伝について考えた。

「有効なのは新聞広告か」

「いまのトヨタの体力では地方紙への宣伝が精一杯だ。全国紙に小さな記事を出すだけで、開発費用が飛んでしまう」

「ではまた祭りに山車を出すか？　今度はどこの祭りだ」

トヨタ自工は先日の名古屋復興パレードで花車を出したところだ。中京でトヨタを知らぬ者がいないのは、雇用されている者が多くいる上に、地元の行事で宣伝活動をやっているからだろう。

あれこれ隈部と話しながら、総理庁に署名を提出した。

喜一郎は帰りの汽車に乗る前、電信局へ立ち寄った。挙母工場の英二に電話をかける。彼は声が弾んでいた。

「社長、聞いてください。午前中にS型エンジンが四十馬力も出ました！」

新たに開発中のS型エンジンは水冷直列四気筒で小型車向けのものだ。まだ乗用車の生産は許されていないが、許可が出たらすぐ量産態勢に入れるよう、試作車を作らせていた。日本の細く入り組んだ道にぴったりの、小回りがきく車を作っている。

「車体の重量をもっと軽量化できたら、最高速度は八十キロ近く出ると換算しています」

早く現物を見たい。喜一郎は急いで東京駅へ向かった。東海道線のホームにいたのは蒸気機関車だ。隈部が嫌な顔をする。

「早く全てを電気列車にしてほしいものだな」

蒸気機関車は煤がひどくて風向きによっては窓が開けられないのだ。

「全てを電化できるほど国内の電力事情はよくはない。しかも蒸気機関以上の馬力が出ないと客車を牽引できない。電気列車ではまだまだエネルギー不足だ」

喜一郎は蒸気機関車のすぐ後ろの客車に乗り込もうとして、ふと足を止めた。

「隈部、先に乗っていてくれ」

喜一郎は先頭に行き、蒸気機関車の中で出発準備をしている職員に声をかけた。

「すみません、お訊きしたいことがあります。この蒸気機関車の最高速度はどれほどですか？」

立派な髭を生やしたその職員は首を傾げた。

「時速は七十キロくらいだったと思いますが」

もしかしたら蒸気機関車よりS型エンジンのクルマのほうが速いかもしれない。喜一郎ははやる気持ちを抑えながら、客車に戻った。隈部の隣に座る。

「いいことを考えた。トヨタ車と蒸気機関車を競走させよう」

「ええ？」

よほど突飛なことと思ったのか、隈部は変な顔をした。

「これを新聞社に記事として大きく取り上げてもらえばいいんだよ。広告ではなくて記事ならば宣伝費はかからない。性能をアピールできるし、一石二鳥だ」

　次々とアイデアが出る。

「競走に出る乗用車には愛着がわくような名前をつけよう。AA型とかSA型とかでは人々はピンとこない。そうだ」

　喜一郎は三たび手を叩いた。

「新聞で名前を公募しようじゃないか。これも新聞社に掛け合って記事扱いにしてもらえれば、広告宣伝費が浮く。車の写真も載せてしまえば一石三鳥だ」

「確かに、宣伝費が浮く上に一般公募で愛称が決まれば、話題になりそうだが……」

　隈部が心配する。

「もし蒸気機関車に負けたらどうする。宣伝どころか、悪評を垂れ流すことになるぞ」

「絶対に負けないクルマを作ればいいだけだ」

　汽車が名古屋に着いた。その足で喜一郎は新聞社に駆け込んだ。


　愛称の一般公募の結果、トヨタの乗用車の愛称は『トヨペット』に決まった。トヨタのかわいいペットという意味で、親しみやすいだろう。

　昭和二十三年八月七日、三度目の終戦記念日を前にして、いよいよトヨペットと蒸気機関車の競走が始まった。毎日新聞が取り上げてくれることになり、出発の名古屋駅は朝からカメラマンや記者の他、トヨタ自工の関係者が押し寄せていた。

　トヨペットの競走相手は名古屋発大阪行きの急行第十一列車だ。トヨペットも名古屋駅前でスタンバイしている。運転するのは徴兵されていた工員だ。戦地で中尉の専属運転手に抜擢されていたほど運転がうまい。

ゴールは大阪駅だ。トヨペットは旧中山道の悪路を走ることになる。故障するかもしれない。最高速度はトヨペットのほうが速いが、レールの上を安定して走る蒸気機関車のほうが有利か。会社の幾人かは「トヨペットの悪評を垂れ流すだけだ」と心配していた。隈部も不安そうだ。

「ゴールを大津あたりにしておいたほうがよかったんじゃないのか。瞬発力ではトヨペットだろう」

「それだとトヨペットの勝ちだとみんなわかって、盛り上がらないだろ」

「そうだが、大阪までもつかな……」

隈部はベージュ色のトヨペットのボンネット前にしゃがみこんだ。V字に切り込んだボンネットの中央にシルバーのラインが走る。鳥が翼を広げた形のトヨペットのエンブレムがラインの鼻先にあった。鳥が羽ばたいているような疾走感のある見てくれだ。隈部のトヨペットを覗き込む表情にも、愛着が見えた。

「がんばれよ。車窓から見守っている」

喜一郎はトヨペットを撫で、駅のホームに向かった。英二が待っていた。喜一郎に映写機を渡す。

「まさか蒸気機関車のほうに乗り込むなんて思いもよりませんでした」

「クルマが走っている姿を外から撮影したいんだ」

トラックでトヨペットを追いかけ後方から撮影しようと考えていたが、悪路で揺れるので、撮影はままならないだろう。蒸気機関車からのほうが撮影しやすい。もっとも、道路と線路が並走している区間はあまりないので、撮影のチャンスは少ないが。

午前四時三十七分、急行第十一列車が黒い煙を上げて動き出した。同時にトヨペットもスタートを切る。喜一郎は窓を開けて映写機を回した。田んぼを挟んだ向こうに、砂煙を上げて走るトヨペットを写す。林に阻まれて姿が隠れたが、木々の間から細切れに、坂道をすいすいと登っていく姿が見える。泥水を踏んだかリアフェンダーが汚れていた。だからこそ力強い。

喜一郎は遠野を思い出していた。

戦争が終わって落ち着いたら大陸へ渡り、遠野の足跡を辿りたかった。満洲国がなくなって軍部の関係者も軒並み巣鴨（すがも）プリズンに入っているので、手掛かりはひとつしかない。遠野が購入したというＡＡ型乗用車だ。あれを探し出し、持ち主の変遷がわかる書類が残っていれば、遠野が没した場所も見当がつくはずだった。

だが、満洲国は中国に返還されてしまった。日本人は中国大陸へ渡ることはできない。上海の豊田紡織廠も中国政府に接収された。社長を務めていた西川秋次も後始末が終われば日本に帰国するだろう。他の日系企業は終戦直後に火を放たれたり、経営者が虐殺されたりしている。西川がある程度の財産を持って帰国できそうなのは、豊田紡織廠が地元の人たちから信頼されていたからだろう。

機関車はトヨペットに離されていく。やがて鉄道は長いトンネルに入った。トンネルを抜けたときにはもうトヨペットの姿はなくなっていた。道路は途切れ、森の中のレールを蒸気機関車はゴトゴトと走り続ける。

途中の米原駅で連結のためしばし停車した。喜一郎は汽車を降りてお手洗いへ向かう。ホームをジグザグに歩く売り子の少年を見かけた。肩から下げた四角い箱に駅弁が山積みされている。それを守るように両腕を突き出しているが、両手はハンドルを握るように構えていた。

「ブーン、ブーン……」

少年は駅員に注意されていた。

「なんのまねだい、お客さんの邪魔になるよ」

「さっき駅前を通過していったトヨペットだよ！　汽車よりずーっとかっこよかった。僕も乗りたいなあ」

喜一郎は胸が熱くなった。お客様に喜んでもらい、子供たちに夢を与える。この瞬間のために乗用車を作っているのだ。少年を呼びとめ、弁当を五つも買ってしまった。

九時二十三分、蒸気機関車は予定どおりに大阪駅に到着した。喜一郎はホームを飛び出し、大阪駅前のロータリーに出た。トヨペットが我が物顔で停車していた。タイヤはすり減り、車体は泥だらけになっていたが、出発前よりも一層逞しく見えた。二百三十五キロを平均時速六十キロで走破したのだ。

「故障や立ち往生は？」

「一度もありません」

喜一郎は運転手と肩を叩き合い、喜んだ。

翌日、毎日新聞がこの記事を大きく掲載してくれた。その次の日には、『蒸気機関車vs.国産乗用車』を掲載する記事が別の新聞社でもちらほら出た。本社にもトヨペットの問い合わせの電話があった。そのたびに事務員が近隣の販売店を紹介した。

喜一郎は販売部の神谷正太郎に毎日連絡をして、トヨペットの売り上げ状況を確認した。「問い合わせは来ています、いまに販売に結びつくでしょう」という話だった。だが販売に結びつかないまま、問い合わせは一週間で途切れた。

街を走る乗用車はＧＨＱの外国車ばかりで、あとは戦中戦前のクルマばかりだった。

年が明けて、昭和二十四年になった。

トヨタの資金繰りは急速に悪化していた。

そもそもトヨペットの生産をするにも資金が足りなかった。急激なインフレで物価が一年で十倍に膨れ上がったことが原因だった。自動車の公定価格は撤廃されておらず、原材料費の高騰を値段に反映できない。販売価格を大幅に上回ってしまう。大量生産すればなんとか利益は確保できるはずが、GHQが乗用車の生産に制限をつけていたため、それも思うようにいかない。一日も早く制限解除や自動車公定価格を撤廃してもらうよう、喜一郎はGHQや総理庁に通い詰め陳情を続けた。

八方ふさがりの中、助けてくれたのは神谷正太郎だった。トヨペットが売れることを念頭に、販売店に内金を十万円工面して先に振り込んでもらった。これでようやく生産にこぎつけたという事情があった。

この内金も、割賦で買う客が多数を占めると、販売店は長らく回収ができなくなる。喜一郎は朝起きてすぐに資金繰りが頭をよぎり、夢の中でもそろばんをはじいて頭を抱えている。焦燥で頭痛がひどくなる一方だった。

三月に稚内から章一郎が帰省してきた。正月に帰る予定が、仕事が忙しくて帰れず、春まで持ち越しになっていたのだ。章一郎は雪焼けして肌が浅黒かった。

「稚内はまだ一面雪景色です。最近は快晴の日が多くて、ちょっと外で作業するとすぐこれです」

章一郎はちくわ製造機の開発について相談をしてきた。

「いまの手作業では効率が悪いですから、いっきに百個くらい絞れる機械を開発したいなと考えているんです」

「ほほう、それは面白そうだな」

喜一郎は息子と深夜過ぎまで、ちくわ製造機の構造案をスケッチしながら議論をした。成長した息子と技術開発の話をするのは楽しく、感慨深かった。

「お父さん、乗用車のほうはどうですか」

「素晴らしいクルマが完成しているんだ」

「トヨペットですね。上野の停車場近くの販売店で見かけました」

「過去のＡＡ型とは比べようもないくらい、いい乗用車なんだがな」

唸りながら、弱音を吐いた。

「売れない」

章一郎が黙り込んだ。

「この十年、戦争で乗用車を作らせてもらえなかったせいで、さらに欧米のクルマと水を開けられたと思っていた。だが工場の技術者たちはトラックで十分に腕を磨いていた。フォードやＧＭに負けないクルマを作っているし、ダットサンにだって負けていない。それなのに、売れない」

二十子から止められていたが、棚から酒を出した。

「お父さん、あまり飲まないほうがいいです。お母さんがお父さんの頭痛のことを心配しています」

「いや、飲んだほうが頭がすっきりするんだよ」

章一郎がグラスに水と氷を入れ充分に薄めた。味気ない酒で余計にもやもやしてしまう。

「町でダットサン乗用車を見るたびに頭痛がする。外国のクルマも含めて見るのも乗るのも好きだったんだがな……」

いまは市場に出回るトヨタ以外のクルマを見るのが辛かった。売れなかったトヨペットを見ると悲しみがこみ上げる。

「クルマが嫌いになってしまいそうだ」

会社では絶対に口にできない本音だった。喜一郎は技術者や開発者たちを勇気づけ、いいクルマを作ればきっといつかみな買うようになると言い続けている。

「時代のせいです、あまり思いつめないで。今日はもう寝ましょう。お風呂を焚いてきます」

章一郎が居間を出ていった。息子の鞄のポケットに突っ込まれた新聞が喜一郎の目に入った。停車場で買ったらしい東京の新聞だった。『竹馬経済』という言葉が一面に載っていた。

日本の企業は地に足がついておらずフラフラで、竹馬の片方は米国の補助金、もう片方も国内の補助金に頼っている、とGHQ経済顧問のドッジが発言していたらしい。

「制限制限で、そういう状況に追いやっているのはGHQと日本政府だろう」

悔しい。喜一郎は血が滲むほどに唇を噛みしめた。記事を読むにつれ、喜一郎は血の気が引いていった。ドッジはいくつかのインフレ抑制策を実施する予定らしいのだ。

インフレーションの次に必ずくるのは、デフレーションだ。対策を講じるのならなおさら、物価が急落していく可能性が高い。

トヨタの顧客たちは割賦金を返済し続けることができるのだろうか。もし回収が困難になってしまったら、トヨタはさらに資金繰りが悪化する。

うまく乗り切らなければ、トヨタは倒産してしまう。

8、巨額赤字（平成二十～二十二年）

豊田章男は副社長室で夜の報道番組を見ていた。平成二十年も暮れに差し掛かっている。世界の販売台数売り上げランキングでトヨタがゼネラルモーターズを抜いて一位になったとスポットニュースが伝えていた。たった三十秒のニュースで背後関係の解説はない。世間の人は、トヨタは最強だと勘違いしていることだろう。

社内の雰囲気は暗かった。販売台数で世界一位になったと喜んでいる人はひとりもいない。

ノック音がした。よう、の一声だけでトオノが入ってくる。副社長室なのだが、人の目を気にせずトオノはジャージ姿で気軽に訪れる。シャンパンを持っていた。

「販売台数世界一位、おめでとう！」

シャンパンを開けやがった。章男は呆れを通り越して笑ってしまう。

「お前はトヨタの社員だろ。現状は四千六百十億円赤字の見通しだぞ」

これほどの巨額な赤字をトヨタは創業以来、出したことがない。

「販売台数が世界一になったのは、ゼネラルモーターズがリーマン・ショックでズッコケたせいだ」

米国ではサブプライムローン問題で金融の引き締めがあり、ローン審査が厳しくなった。クルマの販売台数が急激に落ちている。

「まあまあ堅いこと言わずに。それでも一位を取った会社として歴史に名前が残るんだぜ」

トオノの呑気さには救われる。棚からグラスを二つ出し、シャンパンで乾杯した。

「で、四千億円の赤字だって？　数字がデカすぎてかえって実感がわかないな」

社員は呑気なものだ。トヨタの社員が五人くらいしかいなかったら、少しは切迫感がわくのかもしれないが、これだけの大企業にもなると「そのうちなんとかなるだろう」くらいにしか思っていないだろう。

「自分には関係ないと思わず、もう少し危機感を持ってくれ。赤字はドッジ不況のあった昭和二十五年以来なんだ。このとき、会社は潰れかけている」

トオノは理由を聞きながら、シャンパンのおかわりを気取った手つきで注ぐ。

「戦後のインフレはドッジラインによる金融引き締め策で収まったが、次はデフレでみな資金繰りが急速に悪化した。クルマを割賦で買った人は代金を返済できなくなった」

トヨタはクルマを作ったら赤字、売っても代金を回収できないという地獄に陥ったのだ。

「おじいさんの時代の話か？」

「そうだ。祖父たちは銀行に頭を下げて回り緊急融資を頼んだが、当時の日銀の総裁が〝日本には自動車産業はいらない〟と言い切って、保護しない方針を示した」

戦後は国際分業が当たり前になるだろうというのが大筋の見方だった。自動車は海外で作ったものを輸入すればよいと日本中の誰もが思っていた時代だ。金を貸したところでトヨタには返す能力がないとみなされてもいたのだろう。

「トヨタはそのとき、まだろくに乗用車を作れていなかった。法律で制限されていたせいだ」

「結局、どうなった」

「日銀の名古屋支店長だけはトヨタの味方になってくれた。彼の呼び掛けで中京の銀行が集まって協調融資を決定したが、厳しい条件がついた」

工販分離と人員削減だ。

「トヨタは販売と製造を別会社に分離させられてしまった」

人員削減についてトオノは「どこもやっている」と軽く流した。

「だがトヨタ自工は、人員削減をしない代わりに給与のカットに応じさせる約束を労組側としていた。だから労使協議はもめにもめてストライキにまでなって、工場は大混乱に陥った」

「その混乱をどうやって収めたんだ?」

「人員削減と引き換えに祖父が辞任した」

トオノは悲しげに口角を下げた。

「トヨタはその二ヵ月後に朝鮮戦争特需で業績がV字回復だ。以降は一度も赤字になっていないし、人員削減もしてない。これでわかったか。今期の巨額赤字の意味が」

小田原も社長を続けることはできないだろう。退任に追い込まれるはずだ。

「なるほど。それでこんな記事が出ていたんだ」

トオノはコンビニの袋の中から週刊誌を出した。

「ここに書いてある。トヨタショック。豊田市役所も困惑を隠せず」

赤字を出した以上、納税はできなくなる。企業城下町の豊田市は財政が悪化してしまうだろう。トヨタ自動車は会社とその社員と家族の人生だけでなく、いまや豊田市民の公共サービスも背負っているようなものだった。

「で、次期社長は創業家の豊田章男氏らしい、と書いてるぞ」

まさか、と章男は鼻で笑った。

「俺はまだ五十二だぞ。他の取締役はみな六十前後だ。大俵も小田原も六十を過ぎてから社長になった。俺がなるには早すぎる」

「世襲反対の動きがトヨタ社内にあるらしい」

具体的にどんな動きかは書いていなかった。

「週刊誌がテキトーに吹聴しているだけだろ。世襲反対のプラカードを掲げた社員がデモをしているとでもいうのか」

「こういうのは水面下でやるもんじゃないの。頭のいいやつは陰湿だから」

章男のキャビネット構想に名を連ねた優秀な人材が、遠方に飛ばされてしまったことを思い出した。まさかあれが『世襲反対の動き』ということか。

「そもそもこんな記事が週刊誌に出ること自体が『世襲反対の動き』だ。社員がみな反対しているような書き方をしている。これで『新社長は豊田章男さんです』となったら、世間は豊田家に反感を持つはずだ」

ただでさえ入社してからスピード出世してきたので、章男は白い目で見られてきた。

「社内の動きも不穏だが、米国はもっと不穏だろうな。ＧＭを抜いて世界一位になっちゃったじゃないか」

トヨタが米ビッグスリーを駆逐したと考える人間は出てくるだろう。

ゼネラルモーターズは民事再生を申請し、米政府の管理下で再建に取り組んでいる。フォードは傘下にあったいくつもの自動車会社を売却し、クライスラーはフィアットの傘下に入った。

章男は学生時代、日米貿易摩擦問題でトヨタの販売店が襲撃されたのを見た。米国でまたなにか起こるかもしれない。社内も社外も火種だらけだった。

年明けの平成二十一年一月、章男は夕方にテストコースへ向かおうとしたが、緊急取締役会議に呼ばれた。小田原社長が上座にいた。専務や常務など三十名が長テーブルに集い、残り六十名は壁際に並べられた椅子に三列で座っていた。相変わらず役員の数が多すぎる。いつも小田原の脇に控えていた〝筆頭副社長〟の古谷政子の姿がなかった。

小田原が立ち上がり、深く頭を下げた。

「私は巨額赤字の責任を取って、退任することにしました」

みながそれぞれに目礼した。同情の目を向ける人が多いが、目を血走らせる人もいる。

「この場で次期社長を指名したいと思います。豊田副社長、どうかよろしくお願いします」

小田原の唐突な指名に、章男は耳を疑った。

「こういうときこそ創業時の精神に戻り、創業者の血を引く君がトップに立ってトヨタを率いるべきだと思う。社長就任、おめでとう！」

どう考えても「おめでとう」の状況ではない。役員たちが一斉に立ち上がり、拍手をした。

「いや、ちょっと待ってください。急に言われても――」

次期社長は政子だと思っていた。年齢的にも適任だし、小田原や大俵も一目置いていた。八人いる副社長の中でも判断が早く的確で、大物相手でもものおじせずに折衝ができる。

なぜ、役員最年少の章男なのか。

政子がこの場にいないのも不思議だ。自分を差し置いて御曹司が社長に指名されたと聞いて、腸が煮えくり返っているのだろうか。女だから亜流だと自虐していた彼女を思い出す。

「これから東京本社にて記者発表しますので、そのつもりで。十八時四十五分に発表します」

章男は腕時計を見た。

「いまから東京はとても間に合いませんよ」

「古谷副社長がマスコミに伝えます。豊田新社長はこのあと、テスト走行でしょう。どうぞ、行ってもらってかまいません」

心の整理がつかないまま、章男はテスト走行路に向かった。ピットの中で新社長発表の報道を見ることになった。トオノがガムを嚙みながらモニターの前に座る。開発部の面々やメカニックなども興味深そうに、報道番組で新社長が発表されるのを見た。ほとんどがガズーレーシングの面々だ。

東京都文京区の水道橋にあるトヨタ東京本社のロビーには、多数の報道陣が集まっていた。

「新社長の発表なのに、会場を準備していないのか。こういうのはいつも東京プリンスホテルで報道陣を何百人も集めて豪華絢爛にやっていたじゃないか」

三浦が首を傾げた。

「巨額赤字を出した直後だからな、地味なほうがいいのかも」

開発部の技術者が応えた。テレビの中で、古谷政子が本社の表玄関から出てきた。マスコミのフラッシュがたかれる。みなが口々に言う。

「へえ、女性か。人事の人だったか」

「いいんじゃないか。トヨタ自動車初の女性社長も悪くない」

「それにしてはひどい仕打ちじゃないか？　ホテルの記者会見場じゃなくて、東京本社の表玄関で立ってやらせるなんてさ」

テレビの中で政子は一礼し、メモを読み上げた。

〝トヨタ自動車の新社長は、副社長の豊田章男氏に決まりました〟

一同が一斉に章男を見る。ピットは大騒ぎになった。

六月の株主総会で承認され、章男は正式にトヨタ自動車の社長になった。株主総会後、章男は運転手に頼み、覚王山にある喜一郎の墓に向かった。

章男は改めて墓前に手を合わせて、社長に就任したことを報告した。

「おじいさん、期せずして社長になりました」

言葉が続かなかった。最後に会ったのは、ニュルブルクリンクの耐久レース時にタイムリープしたときだ。戦時中の混乱と失敗で、喜一郎とはろくに会話ができなかった。

その後も章男はレースには出ているし、ニュルブルクリンクでも走っている。だがタイムリープはしなかった。初挑戦のときほどの恐怖や緊迫感がないせいかもしれない。

もう一度会いたいが、トヨタの社長でいる間は、タイムリープする気にはなれなかった。喜一郎が作り、命を削って守り抜いたこの会社を、次の未来へ安定した状態でバトンタッチするまでは、章男は現実に集中するべきだった。

「おじいさん。またお盆に来ます」

十五時から本社の役員会議室で、黒字化緊急対策委員会がある。墓地の駐車場にセンチュリーが停まっていた。運転手が後部座席のドアを開ける。降りてきたのは父の章一郎だった。

「お前も来ていたのか。忙しいだろうに」

父は微笑んだ。

「もう帰ります」

「うん」

昔はそれなりに会話があったし、章男は敬語を使っていなかった。トヨタに入社してからは経営者と従業員という関係になり、めっきり話をしなくなった。いまは現役とOB経営者という関係だ。章男は自然と敬語を使って話すようになっていた。

迎えのクルマに乗ろうとして、章一郎が「章男」と呼び止めた。

「八事の移築、早く進めてくれよ」

「ああ。すみません」

移築の話が出たのは五年以上前のことだが、章男が保留にしていた。エンジンを章男の自宅に移動していいのか迷っているうち、ニュルブルクリンクでタイムリープした。いまは社長になり、それどころではなくなってしまった。父は八事の邸宅について訊いただけで、社長になったことにはなにも言わなかった。

本社に戻る車内で、運転手が遠慮がちに章男に声をかけた。

「また週刊誌に書かれていましたね。黒字化の具体策はこれから発表するのに、御曹司新社長はレースばかりに出て経営には興味がないようだと」

今期は一度もレースに出ていない。

「かつてレースに出たときの写真が使われていました。ひどい話です」

章男は黙って微笑むにとどめた。以前、章男をバッシングする週刊誌報道を逐一報告してくる広報部が「ひどいですよね」「怒りを禁じ得ません」と章男に同情したときがあった。つい声を荒らげてしまったら、翌週にはそれが記事になった。週刊誌の記事に激怒し冊子を床に叩きつけたと書かれていた。

実際には心が傷ついただけで、週刊誌を叩きつけてなどいない。広報部がマスコミとつるんで章男くなっていた。

を叩いているように見えた。広報部にも本流派が多くいる。若くして社長になった章男を嫌っているのかもしれない。運転手は親身な青年で家族のように思っているが、彼にすら本音を漏らすことが怖くなっていた。

ガズーレーシングの面々ともあまり親しくならないようにした。トオノも遠ざけている。彼らに火の粉をかぶらせるわけにはいかなかったのだ。

章男はもう誰も信用していなかった。

誰とも本音で話さず、社内で笑うこともなくなった。笑った瞬間にその写真を撮られ、翌週には週刊誌で「巨額赤字を抱えた社長が歯を見せて呑気に笑う」と悪口を書かれるかもしれない。

役員フロアにある会議室に入った。役員たちが一斉に立ち上がり、章男に頭を下げる。役員は七十人もいたが数が多すぎるので、退任を迫っている。他にも、相談役や顧問になった役員ＯＢがトヨタには八十名近くおり、多額の報酬が支払われていた。彼らにもいずれ退陣してもらわねばならない。合計百五十名いる役員や役員ＯＢの中で、章男の方針に好意的な人物はひとりもいない。敵を増やすことになるという自覚はあるが、赤字が四千億円も出ているのに、役員やそのＯＢに報酬を出せない。社員の賃下げや人員削減をするつもりはないが、役員やそのＯＢたちを慕う社員、恩がある社員は社内にごまんといる。ひとりの役員やそのＯＢを切るごとに社内に百人の敵を作っていくことになるだろう。さまざまな悪口が報道を通じて章男の目に留まる。

〝その血を引くだけで世界のトップ企業の社長になれる豊田家〟

〝レースばかりのお気楽御曹司、その手腕に続々疑問符〟

〝役員の肩叩き――創業家の恐怖政治の始まりか〟

章男は表だってなにかを強く言うことを避け、マスコミの前にも立たなかった。目立たぬように、だが会社を黒字に戻すために粛々とやるべきことをやる。

会議室の上座に座る。副社長留任の古谷政子が章男に書類を渡した。彼女は、役員の誰しもが嫌がった新社長の発表を押し付けられた。女だから社長になれず、御曹司の章男に白羽の矢が立ったのだと言う人もいるが、政子は、赤字のときに社長を押し付けられた章男に同情的で、敵対心はなさそうだった。

取締役会が作った黒字化計画にさっと目を通した章男は、愕然とした。

「なぜ来期まで黒字化を延ばす計画になっているんですか？　現場はカイゼンを徹底して原価低減を達成しているはずです」

誰も章男と目を合わせない。

「先週、豊田市内にある工場を回りましたが、黒字化に成功していました。今期中に黒字化は可能なはずです」

この計画書では、黒字化達成の最短見込みは、平成二十二年度末となっている。

「現場は相当に無理をして原価低減に努めています。現場に長く我慢を強いるのは現実的ではありません」

業務部長が言った。

「あなたは工場に行ったのですか。我慢して無理に原価低減をやっていると言ったのはどこの工場ですか」

「そんなこと社長に言えるはずはありません。言ったら工場長の責任問題に発展します」

「発展しません。現場が原価低減努力は厳しいと言っているのなら、その工場を見せてください。どこにどう無理があるのか確認します」

「言えません」

「あなたは本当にその工場を見てきたのですか」

業務部長は目を逸らした。

「私が視察した工場では、現場の若者たちが知恵を出し合いやる気を見せていました」

「社長の前だから、いい子ぶっていたんでしょう」

人事部長が言った。章男が反論する前に広報部長が手を挙げた。

「広報部の予算削減も、社長案ではあまりに厳しすぎます。前年度比で八割減はやりすぎです」

「内訳を見ましたが、そもそも広報部にこれほど巨額の予算はいりません」

広報部は毎年七百億円近い金を使っていた。

「他社の広告費と比較検討しましたが、こんなのはトヨタだけだ。テレビCMを減らし、出版社への広告も半減すればいい」

「トヨタは世界一の自動車メーカーです。他社との金額比較は意味がありません」

「では広報部で湯水のごとく使っている接待交際費をなくせばいい」

広報部長は立ち上がった。

「そんなことをしてみなさい、マスコミはトヨタを扱ってくれなくなります。クルマ雑誌はトヨタのクルマをこき下ろすでしょう。週刊誌はトヨタのバッシングに走り、世間のトヨタへの印象は悪くなります」

「ということは、接待でマスコミを持ち上げて、トヨタに都合のよい記事を書かせてきたということですか？」

広報部長は言葉に詰まった。

「そんなことに金を使わず、いいクルマを作ればいいだけのことです」

「簡単に言われても——」

「簡単です。いいクルマを作ればクルマ雑誌はトヨタのクルマを特集します。いいクルマを作れば週刊誌がなにを書こうが世間の人はトヨタのクルマを買います」

「あのね、社長。いいクルマを作ることなんか、当たり前でしょう」

開発部長が口を挟んだ。

「その当たり前のことができていなかったのがいまのトヨタだ。その結果が巨額の赤字でしょう」

「違う。巨額赤字はリーマン・ショックのせいだ」

「違う。数字しか見ていないからこうなった。だいたい、クルマの開発費用よりも広告宣伝費用が上回っているなんて、こんなのはクルマを作る会社ではない。トヨタはＰＲ会社じゃない」

一同が静まり返った。誰も章男と目を合わせないから、声が大きくなる。

「トヨタは自動車メーカーだ！」

章男は必死に役員たちに訴える。

「黒字化は今期中に必ず成し遂げたい。なにがなんでも達成しましょう！」

誰も章男と目を合わせなかった。

十二月のある日、章男は東富士にあるテストコースへ向かった。レーシングスーツに着替えていると、技術開発課長がやってきた。テストコースにはプリウスが待機していた。

「今日はプリウスか。新型ではなさそうだが」

「実は意図せずに急加速するという不具合の報告がちらほら出ています。その該当車両です」

プリウスは左ハンドルだった。

「これは米国で販売しているモデルだな。不具合の報告は米国で出ているのか？」

「米国とカナダの一部です」

章男はテスト走行路を一周してみた。急加速したと思う瞬間は皆無だった。ギアを入れ換えたり、急ブレーキを踏んだりしてみたが、なんの不具合もない。章男はピットにトオノを呼んだ。

「このプリウスで一周してくれるか」

どんな不具合が出ているのかあえて教えず、一周走らせた。章男は感想を尋ねた。

「普通にいいクルマだ」

「どこかに不具合は感じたか」

「いや、全く」

章男はメカニックを呼び、尋ねた。

「これは本当に不具合の申し出があった現物か？」

「はい。米トヨタで不具合が見当たらなかったので、本社に輸送されてきたものです。ガレージにあと十台ほど、米国から不具合報告があって輸送されてきたプリウスがあります」

章男はトオノと共に全てのプリウスに乗ったが、全く問題点がわからなかった。急加速をしたクルマもない。報告書によると、ブレーキが利きにくいと訴えているユーザーもいたようだが、違和感はなかった。

トオノが運転するプリウスの助手席に座りながら、章男は不具合報告の一覧を見た。

「米国だけ突出して多いな。あとはカナダが一部。欧州でも日本でも報告はない」

「前に言っていたとおりだろ。トヨタはゼネラルモーターズを抜いて米国のプライドをズタズタにした。普段は気にならないような小さなことでも、難癖をつけたくなっているのかもしれない」

「そんなにトヨタは米国で嫌われているだろうか」

「あんたが取締役会で嫌われているのと同じじゃないか」

遠慮のないトオノの言い方に、章男は苦笑いするしかない。

「黒字化は来期までお預けの計画なんだろ？　そんな会社は聞いたことないね。普通はなにがなんでも最短で黒字化を目指す。のんびりしたい理由が取締役会にあるんだ」

トオノが気づくくらいだから、章男だってとっくに察している。

「二期連続赤字を出したいんだ。厄介な御曹司社長に赤字の責任を取らせて追い出すため」

章男はじっとフロントガラスを睨みつけた。トオノは心配そうだ。

「いっきに役員の首を切ったろ。大ナタを振るいすぎたんだ」

「赤字なんだ。百五十人もいる役員やそのＯＢに報酬を払う余裕はない」

「週刊誌も面白いよねぇ。赤字を出したのは前の社長なのにさ。章男の責任になってたよ」

「広報部の戦略だろ。俺に悪評をつけて早く会社から追い出したい」

「なんでそこまで嫌われるんだ？」

「異例のスピードで昇進したこと、役員の半数をクビにしたこと、相談役や顧問も追い出したこと、広報部の予算を八割カットしたことだろう」

「そもそも、豊田家の人間だからだろう」

トオノは忌憚なく指摘した。

「トヨタは、もはや中京の小さな財閥ではない。そんな意識が強い社員ばかりになった。こうなったら、優秀だろうが無能だろうが豊田姓の社員は正当な評価を得るのは難しい」

「いまに始まったことじゃないさ。入社したときからずっとそうだった」

「でもいまはガズーレーシングがあるだろ」

トオノが口角を上げて章男を一瞥した。

「ガズーの連中はみんなあんたが好きだよ」

章男は押し黙った。涙を引っ込めるべく、厳しい現実に目を向ける。不具合報告一覧を見た。

「急加速は全米各地から出ているが、ブレーキの不具合は東海岸に集中している。一方でフロリダは皆無だ。申し出も冬が多い。もしかしたら寒冷地で起こりうる不具合かもしれない。クルマを全て士別に持っていって、調べてくれ」

章男はクルマを降りて、輸送について技術部の面々と相談する。スーツを着た男性がゲートを入ってくるのが見えた。外部者証を下げている。

去年から米国レクサスに異動している鵜飼寛人だ。一年ぶりの再会だった。

「遅くなりましたが、このたびは社長の就任、おめでとうございます」

鵜飼は硬い表情のまま、一礼した。

「ありがとう。日本に出張か？」

「章男社長と直接お話ししたく、帰国しました」

かなり深刻な話らしく、ピットではできないと鵜飼は言う。章男は建物の中の会議室を一つあけてもらった。窓から雄大な富士山が見える。久々の帰国のようだが、鵜飼は富士山を堪能（たんのう）する様子もなくノートパソコンを立ち上げた。

「レクサスでの仕事はどうだ」

鵜飼はじっと章男を見つめ返すだけだ。

「本当になにも知らない様子ですね」

「なにがだ」

「米国でなにが起こっているのか。あれほど本社に報告を上げたのに！」

鵜飼は声を荒らげたが、咳払いしてパソコンに向き直る。

「これから流す音声は、９１１の通報を録音したものです。これがいま全米で毎日報道されています」

鵜飼が再生ボタンを押した。米国の緊急電話番号のオペレーターと通報男性による切迫したやりとりが流れる。

〝ブレーキが利かない。クルマが勝手に暴走している、助けてくれ！〟

ドライバーが現在地をわめいている。サンディエゴ郊外のハイウェイを時速二百キロ近くで走行しているようだった。911のオペレーターは現在地を把握しながら、ブレーキを強く踏むこと、シフトダウンやサイドブレーキをかけることを提案したが、うまくいっていない。少女が泣く声も聞こえてきた。

〝交差点に差し掛かる。もうダメだ。みんなつかまって。祈ろう〟

音声はそこで終わっていた。

「いつ起こった事故だ？」

「今年の八月です」

今日はもう十二月だ。鵜飼は九月には本社に報告しているという。車種はレクサスES350だった。

「このレクサスはどうなった」

「交差点に時速二百キロ近くで突っ込み、ガードレールを越えて土手に激突、炎上しました。車内に乗っていた四人は全員即死です」

ハンドルを握る男性とその妻と十代の娘、それから妻の弟だという。

「運転手はサンディエゴの警察官でした。高速パトロールの隊員です」

「運転操作を誤ったとは思えないな。原因は？」

「フロアマットがアクセルペダルに引っ掛かったことです」

このレクサスES350は現地ディーラーが準備した代車だったようだ。事故車を米レクサス本部が点検したところ、フロアマットが二重に敷かれていた上に、固定されていなかった。

「我々米国レクサスはすぐにフロアマットを二重に敷かないように通達し、また固定型にするべくリコール手配をしました」

この被害者遺族とは現在、裁判中だという。

「フロアマットだけが原因ではないはずだと訴えています。我々の調査結果を信用してくれません」

米レクサス側からしたら、すでに調査が終わっているということか。ならば日本にあるトヨタ本社に話が来たとしても、社長のところにまで報告が上がらないのは、当然といえば当然だが——。

「十一月にこの音声がCNNやABCで相次いで報道されました。翌日から不具合の報告が殺到しています。しかもレクサスではなく、北米トヨタにです」

「プリウスの急加速の件か」

「そうです。レクサスの本社にまで不具合を訴える電話が入っています」

レクサスはトヨタの高級ブランドのひとつとして独立している。プリウスなどトヨタの他車種は取り扱っていない。

「プリウスの件は社長に報告が上がっていますか」

「上がってきていない。実物が輸送されてきているから、俺はテストドライバーとしては知っている。実際に乗ってみた」

「不具合は？」

「いまのところはない。だがブレーキの不具合については米国の寒冷地で報告されている。士別でテストするようにトオノに指示したところだ」

「その結果はいつ出ますか」

「これからクルマを士別に輸送し、テストを繰り返すことを考えると、二、三ヵ月はかかる」

「そんな悠長なことを言っている場合ではありません。米国はいまトヨタバッシングが頂点に達しています」

米国の主要報道番組で放送されたレクサスの事故やプリウスの急加速問題の映像を見せられた。一週間で報道時間は八十時間に及んでいた。プリウスやレクサスのユーザーが何十人とインタビューに応じ、どれだけ怖い思いをしたかを訴えている。

〝不具合は見つからなかったと販売店から戻されてしまいましたが、怖くて乗れません〟

四十代の白人男性が主張し、五十代くらいのラテン系の主婦も怒りを滲ませる。

〝急加速して自宅のガレージに衝突しました。ディーラーはアクセルの踏み間違いが原因だと言い張り、警察も天下のトヨタになにも言えません〟

若い黒人男性も訴える。

〝突然に急加速したから、その足でディーラーに駆け込んだ。だがクルマに問題はないの一点張りだ。俺の運転ミスだと主張してきた〟

みなが口を揃える。

〝もうトヨタには乗らない〟

〝トヨタ車に乗ったら命を奪われる〟

〝恥を知れ、トヨタ！〟

章男はすぐさま本社に戻った。鵜飼らレクサスや北米トヨタは九月には本社にトラブル報告をしていたのに、なぜ社長のもとに話が上がってこなかったのか。秘書が品質保証室との会合を調整する。

「社長面談は明日以降にしてほしいということです。室長は現在、タイに出張中です」

「室長がいないからなんだ。代理がいるだろう。現場で動いている技術者たちもいるはずだ」

「彼らは直接社長とは話せません」

章男は目を丸くした。

「どうして俺と話せないというんだ！」

「章男社長だから話したくないわけではないんです。社長と対応したことがある社員が現場にいないんです」

「俺は社長だが普通の人間だぞ。神様相手じゃあるまいし――」

「会社員にとっては社長は雲の上の存在です。おいそれと話せません」

章男は唇を噛みしめた。章男はこれまで、英二や父が気軽に技術者と話しているのを見たことがある。いつからトヨタは現場と社長にこれほど距離ができたのだろう。

「ならばこれから直接現場に言って、俺は神様じゃないから何でも言えと伝える」

「そんなことをしたら社員たちは卒倒してしまいます。あらかじめ通達してからでないと、受け入れられる状態では……」

「卒倒するぐらいなんだ！　四人死んでいるんだぞ！」

秘書は黙り込んだ。

「もういい。お前はここで留守番していろ。ひとりで行く」

章男は作業着を着て品質保証室に向かった。社長をひとりで行動させるのがよっぽど嫌なのか、秘書室の別の人間が三人、章男にくっついてきた。

章男は品質保証室に入った。タイ出張中の室長に代わり、課長と係長が対応に出た。二人は呑気だった。

「章男社長、お忙しいところありがとうございます。まずはお茶でも――」

「そんなものはいらん。北米の担当部署はどこだ」

係長が案内したのは、応接室だった。

「北米担当部署はどこだ。担当者のところへ連れていけ」

「いま、連れて参ります」

「直接部署に行くと言っているんだ」

「とんでもないです、社長を現場に連れていくわけには――」

「なんでだ。社長に見られてはまずいものがあるのか？　どうして米国でのレクサスやプリウスのトラブルがこれっぽっちも私のところに上がってこなかったんだ！」

課長と係長は顔を見合わせ、変な顔をした。

「とにかく現場の人間と話をさせろ」

係長が大部屋の扉を開けた途端、品質保証室にいる五十人の社員が一斉にデスクの前に立ち上がり、ピンと背筋を伸ばした。

「立たなくていい。軍隊じゃないんだ」

社員たちは戸惑ったように、係長や課長、そして章男の顔色を窺（うかが）いながら、椅子に座った。章男と目が合うとさっと逸らした。

「北米担当は？」

中央の島のデスクにいた面々が、こわごわと手をあげた。全部で十八名いる。

「サンディエゴでレクサスが暴走した事故のことは知っているか？」

全員が頷いた。

「ではその音声が全米のニュースで報道され、大騒動になっていることは？」

社員たちは気まずそうに目を逸らす。

「以降、プリウスが急加速することやブレーキが利きにくいという報告が相次いでいることについては？　北米トヨタやレクサス本部から何度も本社に問い合わせが来ていたはずだ」

　係長が訴える。

「不具合報告があったクルマを北米から豊田市に輸送し、担当者がいま調べているところです」

「確かに、俺もテストドライバーのひとりとしてプリウスに乗った」

「ならば話が早いですよね。我々がいくら走行テストをしても不具合は見つかりません。章男社長が運転されてどうだったでしょうか」

「確かに、私が乗ったときも不具合はなかった」

　課長はホッとしたようにため息をつき、苦笑いを見せた。

「あまり大きな声では言えませんが、リーマン・ショック以降、世界販売台数でトヨタが米ビッグスリーを……」

「米国民がトヨタに嫉妬してこんなトラブルになっていると言いたいのか？」

「リーマン・ショック以降、トヨタを攻撃できる材料を探していたに違いありません。そこへ運悪くレクサスの事故が起こった。しかし事故はフロアマットが原因のもので、これは現地ディーラーの責任です」

「遺族は納得してないし、警察もまだ結論は出していないぞ。米国にいるレクサスの担当者によると、年内にも米国運輸省がレクサスの事故の調査に乗り出すそうだ」

　課長は視線を落とした。

「米レクサス本部がフロアマットの問題だと主張しているからと言って、それで終わったと結論づけるのはあまりに稚拙だ。さらに不具合報告が急増しているのを、リーマン・ショックでトヨタに一位の座を奪われた嫉妬心からだと考えるのはひどい傲慢だ」

　社員たちは唇を噛みしめた。

「お前たちはそれを、サンディエゴの事故で即死した四人の墓前で言えるのか？」

章男は、目の前に座っていた若手社員に訊いた。

「君ならどうする」

青年は怯えたように肩をすくめた。

「サンディエゴの犠牲者の墓前に立たされたとして、君は彼らになにを言う」

「――まず、ご冥福を祈ります」

「謝罪しないのか？」

「我々の責任だと決まったわけでは……」

「しかし俺たちトヨタの冠がついたクルマで死んだんだぞ！」

「冠はレクサスであって、トヨタではありませんよ」

章男は目をひん剝いて青年を見下ろした。

「そういう問題じゃないだろう！」

こんなにも無責任で交通事故の犠牲者に冷たい人間がトヨタにいたのか。章男は愕然とする。

「自動車会社で働くということは、クルマを作る責任と、クルマが事故を起こすかもしれない責任の両方を担うということなんじゃないのか？」

社員たちは黙り込んでしまった。

「まず、自分たちの会社が作ったクルマに乗っていて亡くなった被害者たちに対して、たとえその過失がトヨタ側になかったとしても、お詫(わ)びをするのが普通ではないのか？」

「しかし謝罪してしまうとトヨタの過失を認めたことになります。組織としてそれはご法度です」

課長の言い草を章男は叱り飛ばした。

「組織の前に人間だろう！　ひとりの人間としてどうあるべきかを考えろ‼」

フロアはしいんと静まり返った。

「相手は大切な家族を交通事故で亡くしたひとりの人間なんだぞ。二度と同じ事故が起こらないように、全力で事故原因を突き止めますと墓前で頭を下げるのが、自動車メーカー社員としての良心だろう！　遺族を前に組織論をふりかざすなんてお前たちには心がないのかッ」

章男は涙があふれてきた。

「俺は情けないよ」

社員たちの目も赤くなっていく。

「百歩譲って事務系の経理や人事、広報や営業がうっかりそういうふうにとらえてしまうのならまだしも、お前たちは品質保証室の人間だろう。最初の窓口であるお前たちがそんな態度だから、ユーザーは不信感を強くするんじゃないのか。現場の技術者たちにことの重大さや北米の切迫感が伝わらないんじゃないのか！」

誰も反論しない。

「俺は情けない」

章男は繰り返した。

「本当に情けない」

係長が震えながら、反論する。彼も目が真っ赤だった。

「確かに我々には、危機感と被害者の方々への気持ちが足りませんでした。改めて心を入れかえこの件について対応いたします。しかし我々はこの件を放置していたわけではありません」

北米の問題についてトヨタがどのように対応しているのかをユーザーに向けリリースしてほしい、と広報部に掛け合っていたようだ。

「しかし新車の発表以外で予算を使うことはできないと広報に言われました」

章男は踵を返した。これから広報部と話をつける。

「わかった」

章男は広報部にも殴り込みに行ったが、似たような対応だった。「社長が部に乗り込んでこられたら社員たちが動揺する」と言って、部長が立ちはだかる。社長室で話を聞くと一点張りだ。丁重だが冷淡な態度だった。来週にもまた週刊誌に叩かれると思ったが、広報部のフロアの出入口で部長と言い争いをした。

北米のトラブルについての対外周知については「リコールが正式に決定してからの話」として、隠蔽するつもりはないと部長は言い切った。章男は厳しく指摘した。

「広報部としてそれが習慣化していたのかもしれないが、リコールの確定までには何度もテストがある。一日、二日で判断できるものではない。その間、ユーザーは自分のクルマも急加速するかもしれない、ブレーキが利かなくなるかもしれないと怯えながらトヨタのクルマに乗ることになるんだぞ」

「そんなことを言われましても……」

「ユーザーの不安や困惑をやわらげるような発表や対応策を練るのが広報の仕事なんじゃないのか？週刊誌とつるんで社長の悪口を言うことにばかり心血を注いでいるから、こんな基本的な仕事もできなくなったんじゃないのか」

「我々は社長の悪口など言っていません。言うわけがないじゃないですか」

「新車の販売時にしか広報費用は使えないとまで品質保証室に言ったそうだな」

「当たり前です。広報部は予算を八割もカットされました」

「これまでが不当に多すぎただけだ。工場にばかり原価低減を押し付けて、広報部は湯水のごとく金を使っていいのか？」

部長はしばらく黙って怒られていたが、いよいよ堪忍袋の緒が切れたか、じろりと章男を見つめ返した。

「恐れながら章男社長。トヨタ社史に大変お詳しいとは思いますが、広報部の歴史だって、苦難に満ちたものだったんです」

いまの宣伝はテレビやラジオ・新聞・インターネットに広告を出すというのが正攻法だが、かつては業界紙に記事にしてもらうことが一番大切なことだった、と広報部長は語る。

「かつてのトヨタはたいして名前も知られず、クラウンもコロナもぼちぼちという、地方の小さな自動車会社でした。当時の広報部は、トヨタの新車を記事にしてくれと、土下座をしてマスコミ各社を回っていたんです」

屈辱的な表情で、広報部長は訴える。

「諸先輩方は記事にしてもらうために記者の接待もしたそうです。そしていま我々は、トヨタの新車の記事を読者は読まないが、悪い話なら読者は喜んで飛びつくと言われるんです。社内でもめた話や、クルマができるまでの裏話をしてくれと」

社長は誤解しているのだと広報部長は訴える。

「我々はマスコミに章男社長の悪口など垂れこんでおりません。いいところ、素敵だなと思うところを話しています。特に若い社員はそうです。あなたを好いている人は多いんですよ」

広報部長は言葉をいったん、途切れさせた。

「だがその話を、マスコミは使ってくれないんですッ」

彼の目に涙が滲んでくる。

「章男社長が命がけでテストドライバーをやっている話をしても、物足りなさそうな顔をする。事実を書くと、生まれたときから苦労知らずのボンボン御曹司を持ち上げているとか、提灯（ちょうちん）記事を書くなと読者から批判が来ることすらあるそうです。しかし、悪い話を掲載すると売り上げが伸び、ウェブ記事のアクセス数が増える。巨悪や権力者の裏をもっと暴いてくれと庶民が拳を突き上げて喜ぶわけです」

広報部長は涙を流して訴えた。

「一生懸命がんばっている社長の背中を我々だって知っています。そんなあなたの悪口をマスコミに話して喜ぶ社員が、どこにいますかッ」

章男も涙が落ちそうになった。

「毎度毎度、章男社長はなにかやらかしてませんか、と記者から焚きつけられる。がんばっておられる、精一杯やっておられると言ってもどこも書かない。章男社長からちょっと怒られてしまいましたよとひとこと言えば、それが三ページにわたる悪口記事になって発売される。こんな記事はやめてくれと電話をかければ、巨大企業トヨタから圧力があったと噂されてしまう」

そもそも、と広報部長は言ったが、しばらく黙り込んだ。ティッシュで涙を拭い、部下に水を持ってこさせた。章男が断ったので、茶は出ていなかった。

「今回のリコール問題につきましては、我々も社長から米国に向けてなんらかのリリースは出すべきであると散々申し上げてきました」

「私のところには一切、話が来ていない。私はテストドライバーだったからプリウスの不具合を直接知ることができたし、レクサスの暴走の件については、北米本部にいる元部下から教えられた。午前中のことだ」

広報部長は変な顔をした。

「君は誰にこの件を報告したというんだ？」

「古谷副社長です」

章男はピンとこず、訊き返してしまった。

「章男社長はレースでお忙しいから、と業務報告は全て古谷副社長が一括管理しています」

仰天した。

「俺はそんな話は知らないし、いまはレースに出ていないぞ」

広報部長も戸惑った様子だ。

「古谷副社長に情報を集約するように指示したのは、誰だ？」

「古谷副社長ご本人ですが」

章男の脳裏に「あなたの運転が好きよ」と微笑んだ女の顔が浮かんだ。


章男は翌日から士別のテストコースへ向かい、走行テストを繰り返すトオノから直接プリウスの様子を聞いた。やはり不具合は出ていないという。年末年始の士別はマイナス四十度になる日すらある。最高気温は零度に届いていなかった。

「不具合が見つからないと先へ進めないんだ。ここまできたらなんらかの対応をしないと――」

トオノが白い息を吐いて遮る。

「そんなこと言われても、不具合がないのにリコールするというのか？」

章男は頭をかくしかない。

「とにかく、もう少しやってみる」

トオノは窓を閉めて、再びテストコースを走った。急ブレーキを踏む。雪や凍結で多少は滑っているが、パソコンでデータを見ている技術者は首を傾げる。

「ちゃんとブレーキは作動しています」

章男はデータの読み方を教えてもらい、全ての数値を確認した。トオノはいま乗っているプリウスで百回近く急ブレーキを踏んでいる。数値は正常の範囲内だった。雪が降ってきた。章男の頭にも雪が積もる。

「社長、いったんピットに入りましょう。風邪を引きます」

ピットの中には品質保証室の技術者たちがプリウスを囲み、ひしめき合っていた。ボンネット内に半身を入れ、油まみれになって作業を繰り返している。

「あれはなにをやっているんだ?」

品質保証室長が答えた。

「電子スロットルの不具合を見つけるための検査です。どういう状況下に置かれたら電子スロットルに不具合が出て電子制御システムに影響するのか、さまざまな検査をしています」

メカニックたちが電子スロットルに水をかけたり、スパナで叩きのめしたり、実際に現場で想定される以上のダメージを与えて、影響を調べている。

「ずいぶんといじわるな検査をやるんだな」

「不具合を見つけるためです。なんでもやるしかありません」

章男はノートパソコンに表示された検査一覧表をスクロールした。どれだけ下へカーソルを動かしても終(ま)わらない。実に四千も〝いじわる検査〟の項目があった。いまはアクセルペダルをスパナで捻(ね)じ曲げている。

検査をしている品質保証室の技術者たちの目は真剣そのものだ。中には章男が叱り飛ばした社員もいた。心を入れかえて品質不具合問題に取り組んでくれている。彼らの熱意のせいか、ピットの中は真冬の士別とは思えないほど暑かった。石油ストーブが三台も稼働している。

ここは暑いのか——章男ははたと気がついた。

「夜間、あのプリウスはどこに保管しているんだ?」

「ことは別のガレージです」

暖房のない、外気温とほぼ同じガレージだという。章男は考え込んだ。

「欧米ではクルマをガレージに保管する人が多いだろうな」

米国の住宅は、室内からガレージに直接出入りができる構造が多い。ガレージで作業をする人も多いから、寒冷地のガレージは暖房設備があるだろう。章男は提案した。

「今日はプリウスをここに置いておけ。暖房を焚いておくこと。それから、プリウスで街を走ったか？」

担当者は首を横に振った。

「テスト走行路を出て、町を走れ。なにか見えてくるかもしれない」

一週間後、社長室の章男に、トオノから直接電話がかかってきた。

「不具合の原因がわかったかもしれない」


二月四日、章男は東京本社で、品質保証室の技術担当者と打ち合わせしていた。記者会見が四時間後に迫っていた。不具合を技術的に報告できる者が記者会見に出ることになった。

シミュレーションする。章男は記者役だ。

「急加速もブレーキが利きにくいのも、プリウスの電子制御システムの問題ではないのですか？」

「いえ、我々の調査の結果、電子制御システムに問題は見つかりませんでした」

待て、と章男は止める。

「質問に対してノーなのはわかるが、ここでは使うな」

「しかし、イエスかノーかの意思表示ははっきりしたほうがいいのではないですか」

「日本人に対しては強すぎる。相手の疑問を否定する言葉は避けて、丁寧に説明しろ」

技術者は咳払いし、続ける。

「我々の調査で電子制御システムには問題が見つかりませんでしたが、ブレーキについてはある一定の条件下において、踏み込んだ感覚と実際に作動するまでに若干のズレが出ることがあると判明しました」

プリウスを暖房の効いたガレージで保管した翌朝、トオノが街を走らせたときに、ようやく気がついたのだ。速度の落ち方がこれまでとは違って鈍かったらしい。ブレーキペダルの部品の一部が気温の落差で結露し動作が悪くなっていることが原因だった。

「ブレーキの問題はわかってきましたが、急加速についての質問が来たらどうしますか」

電子制御システムは、四千項目に及ぶいじわる検査を実施中だが、いまのところ不具合は出ていない。全ての検査が終わっていない以上、不具合はないと主張するのは時期尚早だ。

「まずはブレーキの問題について早急にリコールを行い、急加速問題については月内にも結果を発表すると言うんだ」

ノック音がした。品質保証担当役員の専務が顔を出した。緊迫した表情で訴える。

「記者会見は私にやらせてください。肩書のない現場の技術者が記者会見に出たところで、説得力がないと思われます」

「彼は実際にクルマに乗り、足回りへ潜り込んで不具合を確認してきた。知識がある技術者が出るべきだ」

「しかし全ては品質保証担当役員である私の責任です。そして私にも技術者としての矜持(きょうじ)がありま す」

専務は章男に辞表を出した。

「最後に、私を男にさせてください」

章男は辞表は拒否したが、記者会見に出ることは渋々同意した。

章男は役員会議室のモニターで取締役たちと記者会見の様子を見た。専務がブレーキペダルの不具合がどのような条件下で起こるのか、図や表を用いて説明し、リコールを発表する。

「がんばれよ。これで一連の件はけりがつくはずだ」

章男は思わずつぶやいた。広報部長は懐疑的だ。

「私はこの記者会見は必要ないと思います」

「ホームページに情報を載せるだけでは済まなかったから北米であんな騒ぎになったんだぞ」

「北米でも散々情報発信はしているはずです。日本で記者会見し日本のメディアが多数を占める場で発信することの危険性を、もっと深刻にとらえるべきです」

政子が加勢する。

「これまで日本ではプリウスの急加速やらブレーキの不具合やらの申し出はほとんどなかった。記者会見することで日本国民は不安になるでしょうね。明日以降、今度は日本のユーザーからの不具合の申し出が殺到するに決まっているわ」

開発部出身の常務も意見する。

「士別で判明したブレーキペダルの不具合も、事故を誘発するほどのものではありません。よほど神経を研ぎ澄ませないとわからないレベルのミスマッチで、この数値はリコール対象ではないんです。レクサスの事故がなければ、ユーザーは気にもならなかった可能性が高い」

章男は反論しようとしたが、政子が遮る。

「そもそも交通事故が年間に二百万件近く起こる北米で、なぜサンディエゴの９１１の音声がマスコミに流出したのか。トヨタをバッシングしたいからに決まっているわ」

「だとしても、ユーザーが不安になっているのは事実だろう」

政子はすっと視線を逸らした。

「それが過剰演出されたものだろうが、ユーザーの不安を取り除いてやるのがメーカーとして正しい姿じゃないのか」

役員たちは咳払いをし、モニターを見つめる。

「この記者会見で風向きが変わるはずだ。欠陥隠しなどしていないと納得してもらうには、誠心誠意対応している姿を見せる他ないんだ」

専務の説明が終わり、質疑応答が始まる。一番に指名された記者が問う。

「難しい技術の話をされてもよくわかりません。もう少しシンプルに事実だけを教えてください。ブレーキに不具合があったのは事実なのですね？」

「不具合ではありません。ある一定の気象条件下で運転感覚と車両の動きがズレるということです」

時間に限りがあるので一社一問としていたが、記者は司会者を無視して質問をねじ込む。

「不具合ではないのにリコールするんですか？」

専務は、困っている様子の司会者を気にしながら、渋々答える。

「ユーザーのみなさまが不安に思ってらっしゃいますので、一度リコールし、結露防止策を講じ……」

「それってつまり不具合ですよね」

記者が遮る。攻撃的な記者を一番手に指名してしまった。章男は自分が責められているようで、手のひらにじっとりと汗をかく。一記者の独占的なやり取りになってしまい、他のマスコミ陣がざわめく中、専務は語気を強める。

「いえ、不具合ではなく、ドライバーのフィーリングの問題かと」

「ドライバーの感覚のせいにして、不具合をうやむやにしているだけでは？　ただの隠蔽じゃないですか」

違います、と専務が手のひらを見せて強く否定した瞬間、カメラマンから一斉にフラッシュがたかれ、場はシャッター音であふれる。カメラマンは、専務の冷静沈着な様子ではなく、動揺しているさまや負の感情をあらわにしている瞬間を逃すまいとしている。ほんの一瞬をとらえられたネガティブな写真がセンセーショナルな見出しをつけて記事になる。記者会見は非常に難しい。やはり専務を出すべきではなかった。

「私を男にさせてください、って言ったんですって？」

政子が章男に言った。今日は辛辣だ。

「甘いのよ、男のプライドとか技術者の意地とかで判断しちゃうと。だから記者に揚げ足を取られる」

別の記者はレクサスの暴走について質問した。電子制御システムの不具合を隠蔽しているのではとしつこく追及をされる。

「断じて隠蔽はしておりません」

専務はがんばった。

「そもそも米国では連日プリウスの急加速問題が報道され、運輸省まで動き出しているのに、これまで社長が沈黙しているのはなぜでしょうか」

「社長はあちこち奔走して対応にあたっています。テストドライバーでもありますから、実際に件のプリウスにも乗って確認しています」

「では社長が記者会見に出てきて説明すべきではないですか。なぜ専務なのでしょうか」

「技術的な話をしてみなさまにご理解していただくのが先だと判断しました」

「技術の話をされたって我々マスコミや国民は理解できません。これだけの騒ぎになっているのに、社長が雲隠れして専務に記者会見を押し付けているのは企業としてどうなんでしょう」

失敗だ。大失敗だ。章男は立ち上がり、広報部長に指示した。

「明日、私が記者会見に出る。早急に場所を押さえ、マスコミに周知してくれ」

広報部長は真っ青になった。

「明日ですか⁉　今日はもう十九時です。せめて週明けにしてください。土日も使って調整しないと……」

政子が椅子にもたれた。

「社長、あおられたからって慌てすぎですよ」

「慌ててはいない。最初から俺が出るべきだった。もっと早くにな！」

情報を選別し、章男への報告の流れをせき止めていたのは、古谷政子本人だ。どういう意図があってやったのか、章男は薄々気づいている。だがいまは先に北米の問題に対処すべきだった。

「これまでマスコミを避けていたのが仇（あだ）になったわね」

政子がため息をついた。

「社長が記者会見に出たとしても、もう『いまさら』。周囲からやいのやいのと言われて引きずり出されたように見えてしまうもの」

――あんたはそれを狙っていたはずだ。

章男は口には出さず、広報部長に再び命令をした。

「明日、絶対に記者会見をやる。週明けに先延ばししたら、ユーザーは週末の間に不安を抱えてトヨタのクルマに乗ることになる。彼らのためにやるんだ！」

翌日の夜九時、名古屋駅前のトヨタ名古屋オフィスで、章男は記者会見に臨んだ。一連の件について対応が遅れたこと、世間を不安にさせたことを丁重に詫びた。当初、三十分で記者会見は終わる予定だった。広報部が会見を終了させようとしたら、一部の記者から抗議が上がった。

「まだ手を挙げている人がいるじゃないか！　豊田社長、逃げるのか！」

ルールを守ろうとするマスコミ陣が、記者をたしなめてくれたが、章男は席に座り直した。

「逃げも隠れもしません」

章男は広報部を振り切って記者会見を続けた。終わったのは二十三時を回りかけたころだった。さすがの記者たちも疲れた様子だ。章男もヘトヘトになり、広報部や秘書の面々に囲まれながら地下駐車場に向かう。だが引き返すことになった。社長のクルマの場所がバレてマスコミが殺到しているそうだ。

「別にもみくちゃにされてもかまわんよ」

章男は言ったが、秘書たちが首を振らなかった。

「安全を確認できないクルマには乗せられません」

「お前たち、ＳＰみたいだな」

頼りがいがある秘書室長を章男は眩しく見た。しばらく方々と調整していた秘書室長が言う。

「トオノさんが迎えに来てくれるそうです。彼とならひと息つけるでしょう」

秘書室長の気遣いに章男は少し目が潤んだ。トオノはプリウスで迎えにきた。「いまこのクルマはないだろ」と章男がツッコミを入れたら、場はほんの少しだけ和んだ。章男は助手席に乗った。かつてはうざったいと思っていた章男の取り巻きたちが一列に並び、頭を下げた。

「社長。お疲れ様でした」

「うん。みんな、ありがとう」

トオノがクルマを出した。マスコミが気づいて何人か追いかけてきたが、トオノは路地裏を出たり入ったりして、うまいこと撒いていた。章男はしばらく黙っていた。なにかしゃべり出すと感情が高まり、泣いてしまいそうだった。

「港の方まで回ろうか？」

名古屋市街地を抜けたところで、トオノが提案した。

「中年男二人で海辺をデートするってのか」

初めて会ったとき十九歳の少年だったトオノも、いまや四十四歳の立派な中年男だ。もっとも、あんな性格だからか見た目はずいぶんと若く見える。

「マスコミもいじわるだよなぁ。今日に限って、技術の質問ばっかりしてくる」

章男が答えられないとわかっていて、「もっと詳しく電子制御システムについて説明しろ」とか「社長なのに答えられないのか」と章男を責め立てるいじわるな記者もいた。

「昨日は、技術の話は聞いてもわからないと言っておいて、なんてやつらだ」

トオノが章男を気遣った。

「家に帰るか？　送っていくが」

「いや、会社に戻る。週末にまた動きがあるだろうからな」

本社に戻ったのは、深夜一時ごろだった。広報部の幹部たちが残って、章男を待ち構えていた。米国はこれから昼間で動きがあるだろう。彼らも徹夜だった。章男が心配だからとトオノも社長室に入ってきた。呑気に祖父の時代の話を始める。

「そうだ章男。ＡＡ型乗用車ってなんのことかわかるか？」

「もちろん。トヨタ初の乗用車だろ」

試作車はＡ１型と呼ばれ、量産されたタイプはＡＡ型と名付けられている。千四百四台を販売した。

「ＡＡ型が現存しているという話が出てきたらしいよ」

ＡＡ型乗用車はトヨタ自動車本社にも現物は残っておらず、トヨタ博物館とトヨタ産業技術記念館にレプリカが展示されているのみだ。

「ＡＡ型乗用車に乗った俺のじいさんから、そっちのじいさんに手紙が届いていただろ？」

章男はなんの話かわからないまま、デスクの引き出しを開けた。父から預かっていた喜一郎の昭和十三年の手帳を出す。挟み込まれていたチラシや記事の間から、白黒の写真が出てきた。

ＡＡ型乗用車のハンドルを握り、窓から顔を出してカメラに微笑む遠野正三の写真だ。助手席にはブロンドヘアの女性がいる。

「こんな写真、挟み込まれていたっけな……」

章男は写真を裏返した。『満洲でトヨタのＡＡ型乗用車を買いました！』とペンで記されていた。

「現存する一台はこれじゃないかという話なんだ」

「お前のおじいさんが満洲で乗っていたものということか？」

「ああ。見つかったのが旧満洲と国境が近いロシアの農村だとかで」

トヨタ博物館の館長が、現物を見に行こうとトオノを誘っているらしかった。しばし遠野正三とＡＡ型乗用車の写真に見入る。広報部長が社長室に飛び込んできた。

「米国議会が動き出しました。トヨタは欠陥隠しをしていると決めつけています」

章男は写真と手帳をしまい、頭を切り替えた。

「記者会見であれだけ謝っても、まだダメか」

章男はトオノを社長室の外に出す。

「すまん、ＡＡ型の件は落ち着いてからだ」

「わかった。がんばれよ」

扉を閉め、広報部長に向き直る。彼は眉毛が八の字になっていた。

「先ほどの社長の会見の報道が米国でも始まっていますが、ひどい切り貼りです」

章男が「わかりません」「知りませんでした」と発言したところだけを切り取られ、不遜な態度と放送しているらしかった。誠心誠意説明し、頭を下げている場面は流さない。

「議会は公聴会の実施を予定しています。すでに北米トヨタ社長に召喚状が届いています」

「その話は聞いた。二月十日だろ?」

「なぜ日本の社長は来ないのかと何人かの議員が騒いでいます」

「行っていいのか? 召喚されないと無理ではないのか」

呼ばれていないのに、勝手に押しかけていいはずがない。章男には召喚状が来ていないのだ。

「またバッシングされるんだろうな、トヨタの社長は逃げている、と」

章男は夜通し日米のマスコミ報道をチェックし、過去の米国議会公聴会の資料を集めて、対策を練った。かつて自動車メーカーではゼネラルモーターズの社長が公聴会に召喚され、袋叩きにされていた。リーマン・ショック後の経営破綻について責任を追及されている。議員たちから「負け犬」「強欲」と散々なじられていた。

週末は日本国内でもトヨタバッシングに火がついた。政治討論番組でも『トヨタの欠陥隠し』が取り上げられた。それまでは減税だのなんだので与野党の議員が激しく対立していたのに、この件については与野党一致だ。声を揃えトヨタを糾弾する。

〝トヨタは一刻も早く隠蔽をやめてリコールを実施し、国民を安心させるべきだ〟

現役国交大臣の意見だった。

「隠蔽をしていないとあれほど記者会見で訴えたのに、これっぽっちも信用してくれないんだな」

自国の大臣すら聞く耳を持ってくれない。開発部の常務も憤る。

「技術的な説明をしても耳を傾けてもらえず、社長が謝っても信用してもらえない。どうしたらいいんだ」

トヨタ叩きは米国発だったが、いまや日本にも飛び火してしまっていた。

「大俵はなにをしているんだ」

広報部長が答える。彼は大俵と仲がよかった。

「永田町で孤立しているようです。トヨタを信用してほしいと政治家や省庁に言い回って煙たがられているとか」

テレビの中では野党の女性議員が切り込んでいる。

〝トヨタの隠蔽体質を抜本改革するには、経営陣の総退陣が必要だと思います。新たにクリーンな経営者がトヨタを率いるべきです。国交省並びに経産省の主導が必要な案件かもしれません〟

秘書室長がはたと顔を上げた。

「この女性議員、確か日本女性活躍推進連絡会議の議長ですよ。古谷さんのお友達です」

政子は件の組織の事務局長をやっているらしい。広報部長が受話器を上げた。

「古谷副社長に一報を入れます。隠蔽などしていないのに、このような発言は困るとあの女性議員に伝えてもらいましょう」

章男は首を横に振った。古谷政子が言わせているのだ。

「俺があとで本人に直接言う」

一週間後、章男のもとに米国議会から召喚状が届いた。ようやくかと章男は胸をなでおろす。早く米国に行き、みなから袋叩きにされたかった。正しい指摘は甘んじて受け入れ謝罪する。嘘をついていないということだけは喉が潰れても叫び続ける。

章男は公聴会を終えたら一連の責任を取り、社長を辞任するつもりだ。トヨタのために命をかけると覚悟して入社した。

やっとトヨタのために死ねる日がきたのだ。

公聴会が行われる五日前、章男はワシントン入りしたが、大寒波が襲来していた。市内の交通網が麻痺し、公聴会の開催も先延ばしになっている。飛行機の窓から見えるワシントン・ダレス国際空港も吹雪いている。

章男は秘書室や広報部の幹部ら十人と共に、ボーディングブリッジを渡った。すでに空港にもマスコミが詰めかけているらしい。章男は空港職員の通用口から駐車場に向かうことにした。北米トヨタの社長が迎えにきてくれた。鵜飼も助手席から降りてきた。章男の姿を見るなり、目を赤くする。

「わざわざ来ていただき、本当にありがとうございます」

「俺の仕事だ。そもそもお前が早く知らせてくれてよかったよ。まあ、対応は後手後手に回ってしまったがな」

迎えの車は、ピックアップトラックのタンドラだ。フロントノーズのほとんどがラジエーターグリルのいかついやつだが、オレンジカラーに温かみがある。

「いいクルマで来てくれたな」

あまりこの手のクルマは日本では見かけないこともあり、迫力を感じる。ワシントンの都市部でも普通に走っているのが、アメリカらしい。

「予定していたホテルですが、こちらもマスコミに占拠されてしまいました。ワシントン郊外にある関係者の別荘を借りられることになりましたので、そちらにご案内しますね」

「ありがとう。頼んだ」

タンドラは吹雪の中で揺らぐことなくハイウェイを南下していく。ワシントンＤＣのすぐ南にあるバージニア州のメドウッド・スペシャル保養地に入っていく。いまは雪に埋もれてはいるが、ゴルフコースやトレッキングコースもある自然豊かな地域らしい。雪が止み、牧場内を馬が楽しそうに跳ねているのが見えた。

到着してからは、食事と睡眠以外の時間は全て公聴会の準備に費やした。

電子制御システムについては理解をするのが難しいが、隠蔽はしていないと証明するには、具体的な説明をせねばならなかった。日本から同行していた開発部の部長が模型を使って説明してくれた。章男は二回目だからすんなり頭に入ったが、北米トヨタ社長はかなり混乱している様子だった。

夕食前に鵜飼と周囲を散歩した。近所や牧場の人は章男に全く気がつかない様子で気軽に挨拶を返してくれた。夕食時に報道番組にチャンネルを合わせたら、トヨタバッシングをやっていた。

どこかの大学の教授が、〝私はトヨタの電子制御システムの欠陥を証明できる〟と実験を始めた。一般の人に理解は難しそうだが、エンジンの回転数が突然跳ね上がったのはわかった。

「これがいま全米で放送されているというのか」

章男はうなだれた。開発部長は顔を真っ赤にして怒る。

「安全装置を外して実験していますよ。数値が上がるのは当然です。あまりにひどすぎる」

「安全装置の有無がエンジンの回転数に影響を及ぼすなど、一般の人はわからないでしょうね」

北米トヨタ社長がこぼした。もはやプリウスを売り続けるのは難しいかもしれない。世界初のハイブリッドカーとして、環境に配慮したクルマだった。一般ガソリン車の二倍の燃費という驚異的なシステムを作るために開発部は血の滲む努力をしてきた。

「我々がどんな思いでプリウスを完成させたか……」

開発部長が悔し涙を流した。

「クルマが不人気だから生産中止になるならまだしも、こんな言いがかりをつけられて生産中止になるのは、悔しくてたまりません」

章男は彼の背中をさすった。

「大丈夫――私が」

なんとかできるか。どうすれば、トヨタは嘘をついていないと世界中に納得してもらえるだろうか。テレビでは、ワシントンの空港から中継がつながっていた。リポーターがまくし立てる。

〝昨夜にも日本から豊田社長が到着する予定でしたが、公聴会前日になっても姿を現しません。日本のメディアも彼を血眼になって探しています。日本を出国したことは確かなようです〟

報道フロアにいるアナウンサーが失笑した。

〝豊田社長はどこかへ逃げ出したということでしょうか〟

空港の中継リポーターは強く頷いた。

〝私も逃走の線が濃厚かと思います。豊田社長に出された召喚状には法的拘束力がありません。今後、米運輸省は逮捕状の請求も視野に入れているのではないかと思われます〟

章男はフォークを落としてしまった。スタジオのアナウンサーが問う。

〝逮捕状ですか。罪状は？〟

〝もちろん、レクサスを暴走させ四人を死にいたらしめた殺人容疑でしょう〟

北米トヨタ社長が嘆く。

「いまはプリウスの電子制御システムの話だろう。レクサスの暴走はフロアマットにアクセルペダルが引っ掛かったことが原因なのに、どうしてここで話をすり替える」

章男は夕食を半分以上残し、席を立った。二階の部屋に引きこもる。

章男にあてがわれた部屋はログハウス調だが八事の実家のリビングと形が似ていた。暖炉やソファセットがある。暖炉の前には揺り椅子も置かれていた。祖母が愛用していたものより一回り大きい。章男は揺り椅子に腰かけた。ギイと木がきしむ音がする。暖炉からは薪がはぜる音がした。

――逮捕されるかもしれない。

章男はペットボトルの水をグラスに注いだ。コポコポと音が立つ。暖炉の周りは暑いほどだが、部屋の中には冷気があった。水は冷凍庫にあったのかと思うほど冷たかった。

章男が逮捕されたとして、その後トヨタはどうなるのだろう。財務状況は悪くない。今期の黒字化にはほぼ成功している。章男が逮捕されて米国から制裁を受ければ、全て丸く収まるのかもしれない。米国人は溜飲(りゅういん)を下げ、経営陣が刷新されたと日本のマスコミの追及も下火になるはずだ。

自分が全ての責任を取り、会社を去れば、トヨタは守られる。

章男はもう一杯、水を飲んだ。

あまりに早い退陣を人々から笑われ、後ろ指を指されるだろう。「これだから御曹司のボンボンはダメなんだ」と言われるに違いない。それでもトヨタを次の未来へつなぐことができるのなら、甘んじて受け入れる。

章男は深呼吸し、しばらく目を閉じた。暖炉の薪がはぜる音が耳に心地いい。外は再び雪が降り出しているようだ。積雪が外の音を吸収している。

ことんと寝てしまった。

目を開けた。天井の白さと蛍光灯の眩しさに目を細める。こんな部屋だったかと章男は目をしばたたかせた。誰かが章男の顔を覗き込んできた。

「大丈夫ですか」

章男は悲鳴を上げて飛び上がった。

喜一郎が目の前にいる。丸い眼鏡をかけて、豊かな髪を横分けにしていたが、白いものがたくさん混じっていた。

「伏見（ふしみ）通で突然、倒れられたんですよ」

またタイムリープしたようだ。章男は鉄製の古びたストレッチャーの上に寝かされている。鼠色（ねずみいろ）のジャケットとえんじ色のネクタイが脇に畳んで置いてあった。喜一郎は手に名刺を持っていた。ちらちらと見ながら問いかける。

「中山（なかやま）製菓の中山社長で間違いないですか。いま、私の部下が会社に連絡をしています」

喜一郎が指さした先に、廊下が見えた。赤い公衆電話の受話器を耳にあてる近藤直（こんどうただし）の姿が見えた。トヨタ自工の経理部長だ。唖然（あぜん）としている章男を慮るように、喜一郎は話しかける。

「お互い大変なときですな。私もちょうど、銀行に頭を下げてきたところで……」

戸惑っている章男を見て、喜一郎がふいに口を閉ざした。じっと顔を覗き込んでくる。章男は状況を把握しようと周囲を見渡した。病院の診察室だろう。天井が低く、壁際に薬品棚が並んでいる。看護婦は頭にナース帽をかぶっていた。医者が慌てた様子で駆けつけてくる。

「脈がないということでしたが――」

喜一郎が立ちふさがった。

「もう大丈夫そうです。急変したらまた呼びますから」

喜一郎は医者を追い出し、仕切りのカーテンを引いてしまった。ぴったりとカーテンを閉じて、覚悟を決めたように振り返った。

「君はアキオだね？」

亡くなった人の体を使って接触してくる者がいると前から喜一郎は気がついているようだった。だが章男は返答に困った。

「日付を教えてもらえませんか」

「昭和二十四年十二月二十五日だよ」

ドッジ不況で資金繰りが急速に悪化し、融資のために銀行行脚をしていたころだ。寝ても覚めてもトヨタ危機の真っただ中で、章男は疲れ果ててしまった。

「アキオ。君はどこから来ているんだい？」

遠慮がちに喜一郎が尋ねてきた。章男はどこまで答えていいのか判断ができなかった。

「あまり話せません。未来が変わってしまうことがあるので……」

喜一郎は何度も頷いた。

「やっぱり、君は未来から来ているんだな。トヨタの社員なのかい？」

喜一郎の瞳が輝き始めた。

「トヨタはタイムトラベルできるクルマを開発した。そうだろ？」

まるで少年のような喜々とした表情を、章男はほほえましく思った。

「残念ながら、そうではないです」

「そうなのか……」

喜一郎ががっかりした様子なので、章男は映画の話をした。

「一九八〇年代に、クルマでタイムスリップする映画が流行りました。デロリアンというクルマに乗るんです。核燃料を動力源としていましたが、フィクションです」

「デロリアン？　どこの国のクルマなんだい」

喜一郎が革の鞄からノートと鉛筆を出した。

「どんなクルマか教えてくれ」

これくらいは教えても大丈夫だろうか。章男はあまり絵が上手ではないが、思い出しながらデロリアンの絵を描いた。

「もともとＧＭの技術者だったデロリアンという人が設立しました。ガルウィングドアが特徴のクーペです」

上に跳ね上げられる扉に驚くと思ったが、喜一郎の反応は薄かった。

「この扉の形状は一度提案したことがあるんだが、部下たちにことごとく反対されてね」

「未来でもあまり流行りませんでした」

「それにしても君は絵が下手だな」

喜一郎が笑いながら言った。

「すみません、おじいさんに似なかった」

喜一郎は驚いた様子で章男を見た。しまった。孫だと言ってしまった。

「君は僕の孫なのか？」

もう引き返せまい。章男は頷いた。

「ということは、そう遠い未来から来ているわけではないんだね」

「はい。二〇一〇年から来ました」

「そうか……君はいまいくつだ？」

「今年五十四になります」

喜一郎は肩を揺らして笑った。

「私とさほど変わらないじゃないか」

章男はあまり笑うことができなかった。喜一郎はいま五十五歳だろう。死が二年後に迫っている。

「不思議だな。孫と一緒に年を取っているようだ。君が初めて僕に会いに来たのは、僕が十一のときだろう？」

章男は頷いた。

「あのときのかいぼりは楽しかったな。凧あげができなかったのが残念で……」

「そうでしたね、時間切れでした」

「次はいきなりタケさんに乗り移っただろ」

「入る体を選べないんです」

「どんなふうにタイムトラベルをしてくるんだい？」

「私もメカニズムがよくわかりませんが、呪いのエンジンが原因のようです」

どこまで説明していいのか判断できないまま、章男は教える。

「日本で初めて交通事故を起こしたランチェスターのエンジンです」

喜一郎は思い出したようだ。

「終戦間近の日に持ち込まれたものか。科学的にではなく、呪いの力で君はここへ来ているのか？」

「はい。クルマへの強い恨みがあのエンジンにはこもっているようです。自動車メーカーの創業者を混乱させるために、こんなことになっているのかも」

摂津登志夫の仕業ということになるのか。だがアキオの戻る体がなくなったとき、登志夫はやり直しをさせてくれた。味方だという気もする。

「なんの目的があってへんてこりんなタイムトラベルをして私に会いに来るのか不思議だったが、君はコントロールできていたわけではないんだね。衝撃的だったのは、キャサリンだ」

章男は噴き出してしまった。

「危うく惚れかけた。その次は関東大震災の被災した大工、暗黒の木曜日の自殺者か。芸者のはま子に……」

「その前に、佐吉翁にも」

喜一郎は大笑いした。

「それはまずいぞ。父は礼儀にうるさく年上を敬えと厳しく子供たちに教えていた。アキオがあの世に行ったときに相当に叱られるはずだ」

章男は涙を流して大笑いしてしまった。祖父と——喜一郎と話をするのは本当に楽しかった。

「大須で傷痍軍人に入ったこともあっただろう」

「よくわかりましたね。ほとんど会話を交わさなかったのに」

「素敵な歌を歌っていたが……」

喜一郎は口ずさもうとしたが、思い出せないようだ。章男が代わりに『明日がある』のフレーズを歌ってみせた。喜一郎はパッと表情を明るくし、それだそれだと何度も頷く。

「その後は終戦前後の混乱の中で何度かリープしました。失敗してやり直したこともあったので、あまりおじいさんと話せなかったんです」

赤井久義や英二にリープしたことは言わなかった。やり直したので、一部の出来事はなかったことになっている。

「君は遠野にもリープしただろう？」

ドライビングの師匠であるトオノの顔が浮かんだが、その祖父の遠野正三のことだろう。

「私に手紙を書いてくれたんだが、平仮名の仮名遣いが当時のものではなかった。最近の小学生たちのような漢字も使っていたから、アキオが送ってくれた手紙だと思っていた」

章男は首を傾げた。

「私は遠野さんにリープしたことはないです」

「そうなのか……遠野は字が書けないはずなんだが。誰かに代筆でも頼んだのかな」

喜一郎はひとり頷き、再び顔を上げた。

「で、いまか。あと何時間くらい話ができる？」

「早いときは一時間くらいで戻ってしまいます」

「ではクルマの話でもするか。君はトヨタで働いているのか？」

「はい」

章男は頷いた。喜一郎の表情が明るくなる。いまは資金繰りが悪化していても、会社はこの危機を乗り越えると気がついたはずだ。

「トヨタはこの先、どんなクルマを作るんだい？」

クルマなら教えて問題ないだろう。章男は喜一郎のノートに絵を描いた。

「これは先日乗ったクルマで、タンドラというピックアップトラックですね。北米でよく売れています。北米といえば、トヨタはレクサスという高級ブランドを現地で立ち上げたんです」

レクサスの新作の絵を描いて、喜一郎に見せた。

「日本でも展開しましたが、よく売れています」

「ほう。恐らく相当にかっこいいのだろうが、アキオの絵では伝わらないな」

冗談交じりに喜一郎は言った。章男は笑いながらプリウスの絵を描いた。

「ノーズからルーフトップまで角がない。究極の流線形だ。空気抵抗を相当に抑えられる。いまも技術者からこういう案が出るのだが、技術的に難しい。未来では可能なのか」

喜一郎は感激しているようだった。

「ええ。この空気抵抗を抑えた形の実現も素晴らしいですが、エンジンシステムに秘密があります。ハイブリッド形式と呼ばれるもので、燃費効率が通常の二倍になります」

「すごいな！　素晴らしい発明をしたじゃないか」

これがいま米国で大きな批判に晒されていることは、言わなかった。創業者に余計な心配はかけたくない。次にアルテッツァを描いた。

「私の大のお気に入りです。これでニュルブルクリンクを走りました」

「なんだって！」

喜一郎の瞳の輝きは、クルマ好きのひとりの少年のようだった。

「ドイツの山の中にある長いテストコースだろう？　相当なドライビングテクニックがないと走れないと聞いた。アキオが走ったなんて——君はトヨタでどんな仕事をしているんだい？」

「僕は……」

突然、章男の中に黒い感情がうごめいた。赤字の責任を押し付けられるかのように指名され社長になった。それまでのトヨタ人生も苦難ばかりだった。どこへ行っても御曹司と差別される。なにをやっても揚げ足を取られマスコミから叩かれる。さほどに章男を叩くのはどうしてか不思議に思っていたが、トヨタや豊田章男をバッシングする記事はよく読まれ、称賛されるらしい。トヨタや豊田章男を称える記事は興味を持たれず、提灯記事と批判される。

〝恥を知れ、トヨタ〟

米国人が吐き捨てた映像が蘇った。

世界はトヨタや豊田章男を差別し、憎んでいる。

いま目の前に、トヨタ自動車を創業し、トヨタのために命を縮めた男がいる。楽しそうにクルマの話をしていた。自分もニュルで走ってみたいと目を輝かせる。その夢をかなえてやりたいと思った。どうせトヨタが生き延びたとしても、世界一になったとしても、これほどまでに日本国民や米国民から嫌われてしまうのだ。誠実に嘘をつかず必死に説明をしても、日本の国会議員ですらトヨタの味方になってはくれなかった。

——トヨタなんか、意味があるのか？

章男はじわじわとわき上がる黒い感情を抑えられなくなった。いま目の前に、真にトヨタのために死んだ祖父を見て、長らく章男は自分が封印していた感情に気がついた。

——俺はトヨタのために死んでもいいと思っていた。世界で一番トヨタを愛しているのは自分だと思っていた。命を捧げられるのは自分しかいないと思っていた。

違う。章男はトヨタを愛する一方で、誰よりもなによりも憎んでいた。

「おじいさん」

嬉しそうに未来のクルマのスケッチを眺め、感想を述べる喜一郎に、章男は問いかけた。

「いま、銀行に頭を下げている真っ最中でしょう」

「ああ。なんとか協調融資で二億円がおりそうなんだ。あともう一息がんばらねばならない。そのためには、日銀総裁の一万田（いちまだ）さんに、自動車産業が日本に必要であることを伝えなくてはいけない。だが一万田さんは私に会ってくれようともしない」

喜一郎は困り果てた。

「おじいさん、もうやめましょう」

「え？」

「トヨタのために心と体を酷使するのは、もうやめませんか」

章男は目を逸らし、じっと天井を睨んだ。

「私もやめます。トヨタの役に立てると思っていたけど——僕には」

涙があふれてきた。

「おじいさんのほうが大事だ」

言葉に嗚咽が混じってしまう。

「おじいさんに会いたいよ。一緒にかいぼりや凧あげをしたかったし、おじいさんが運転するクルマに乗りたかった」

喜一郎の目も赤くなっていく。

「おじいさん、もうトヨタのために命を削らないでください。あなたはいまの心労とストレスがたたって……」

言えない。もうすぐ死ぬのだとは口が裂けても言えない。喜一郎は微動だにせず章男を見つめる。

「トヨタは生き延びますが、あなたは……」

「そうか」

喜一郎は章男の言葉を奪うように頷いた。聞いてほしくて章男は慌てる。

「トヨタはその後も成長しますが、いい会社にはなりません」

喜一郎は聞きたくなさそうだ。口を真一文字にし、俯いてしまった。

「クルマが世界中で売れぼろもうけします。でもそれだけです。売り上げを伸ばしシェアを拡大することだけが正義になってしまい、ユーザーへの誠意や他社へのリスペクトは失われた。会社の危機があってもみな他人事です。傲慢になったことで世間から嫌われた結果、みながトヨタを攻撃し、誰も味方をしてくれなくなってしまいました。こんな会社、いらないでしょう」

言ってしまった――。もう止まらない。

「こんな未来のために、あなたがトヨタに命をかける必要なんてないんだッ」

章男は子供のように泣きじゃくった。

「僕は……僕はこんな形じゃなくて、豊田章男のままでおじいさんに会いたいよ」

喜一郎の目からも涙がこぼれた。

「僕が生まれてくるまで生きていてほしい。二十子おばあさんのそばで笑っていてほしい。トヨタのために死なないでほしい。トヨタのために心労を重ねないでほしい。トヨタなんか、トヨタなんか

「……！」

「アキオ」

祖父は静かな声で呼び掛けた。泣きじゃくる小さな孫をなだめ守るような、優しい声だった。

「会社がいま、大変なときのようだね」

章男は涙を拭った。

「すみません……取り乱してしまって」

「いいよ。でもさ、アキオ」

「……………」

「トヨタは嫌われても、クルマは愛されているんじゃないか？」

章男ははたと喜一郎を見据えた。

「タンドラもプリウスもアルテッツァも、かっこいいじゃないか。想像するだけでワクワクするよ。まあ、君の絵はちょっと下手だけどね」

優しく孫をからかい、笑わせようとしてくる。章男はますます泣けてきた。

「誰からなにを言われようと、トヨタのクルマは愛されているよ」

喜一郎がタンドラの絵を窓辺に掲げる。

「北米の広大な土地を疾走するタンドラの、力強い走りが想像できるよ」

レクサスの絵をほれぼれと見た。

「高級感あふれるクルマだね。内装も豪華なんだろう」

最後、プリウスの絵に目を細めた。

「環境に優しいプリウスか。確かに最近、名古屋の街もクルマが増えて排気ガス臭くなったからな。未来の日本はプリウスのおかげで空気がきれいなんだろう。僕はトヨタ自工を心から誇りに思うよ」

章男は声を上げて泣いてしまった。喜一郎が布団をかけなおす。

「少しここで休んでいなさい。昭和二十四年は不況不況であまり居心地がよくないだろうけど、私はもう行くよ。トヨタ自工を守らねばならないからね」

喜一郎は凜として言い切った。

「こんなに素晴らしいクルマを作る会社だとわかったら、なおさらだ」


二月二十四日、アメリカ連邦議会議事堂に到着した。出入口は厳重な警備が敷かれていて、マスコミも野次馬もいなかった。章男は正面階段を上がる。十九世紀に建てられた神殿のような柱と、ドーム型の尖塔(せんとう)を愛でる余裕はない。

案内に従い、北米トヨタ社長や広報部、秘書室の面々を連れて中に入った。公聴会は一階の下院議会脇にある小部屋で行われる。ドーム屋根の内側はロタンダと呼ばれる議事堂の中心地だ。天井には初代大統領ジョージ・ワシントンの神格化を描いたフレスコ画がある。部下たちは傍聴席に入るため、ここから別行動だ。品質保証担当の専務が駆け込んできた。

「トヨタ本社の品質保証室から報告です。四千項目に及ぶ『いじわる検査』がすべて終わりました」

「どうだった」

「電子制御システムに問題はありませんでした」

トヨタの電子制御システムが暴走することは絶対にないと証明してくれた。

「ありがとう。よくがんばってくれた。品質保証室のみなのおかげで、胸を張って公聴会で証言できる。現場にそう伝えてくれ」

専務は目を潤ませ、深く頭を下げた。

吹き抜けのようになっている空間から、二階のロビーが見える。手すりの前に十人くらいの米国人が肩を組んで並んでいた。神聖な場所なので大声を出せないからだろう、手を振ったりジャンプしたりして、章男にアピールしていた。彼らはアルファベットの大文字が一文字ずつ入ったTシャツを揃って着ていた。章男はその文字を目で追う。

「I　LOVE　TOYOTA」

噴き出しそうになり、慌てて口を閉じ俯いた。笑いをこらえたら涙がこみ上げてきた。

「くそ……緊張していたのに、いきなりあれはないだろ……」

「あれはどこの誰ですかね」

北米トヨタが仕込んだものではなさそうだ。職員がやってきて、公聴会の会場に案内する。

扉が開けられた。章男は頬が緩んでいたが、扉の向こうのカメラの数と猛烈なフラッシュ攻撃に顔をこわばらせた。深く深呼吸し、公聴会の証言台に立つ。背後から左右にかけて傍聴席がある。そこにもアイラブトヨタのTシャツを着ている者がたくさんいた。『フェアにジャッジしろ』という紙を掲げている人もいた。

正面には各州を代表する下院議員が席についていた。章男の目の前には議長が座りこちらをじっと見下ろしていた。証言台中央に立つ章男の前に『MR　TOYODA』の札がある。その先にはカメラを構えたマスコミが鈴なりになって詰めかけていた。望遠レンズが雨後のたけのこのように無数に生え、章男めがけて伸びてきている。

宣誓し、午後二時に公聴会が始まった。

日本はいま午前四時くらいだろうが、豊田市と東京の二つの本社の役員会議室で、幹部たちは公聴会を見守ると聞いていた。昨夜はタイムリープから戻った途端に父から電話がかかってきて、「誠心誠意やってきなさい」とアドバイスされた。

秘書から一枚のメモが差し出された。豊田市の本社に、最高顧問の英二も駆けつけたという内容だった。いまはほとんど病床にいる英二だが、彼も過去に国会に招致されて議員からつるし上げを食らっている。「俺は日本の国会、章男君は米国議会。あちらのほうが一枚上手だ」と豪快に話していたらしい。これから集中砲火をひとりで浴びることになる章男への気遣いだろう。

父だけでなく英二までもが本社に駆けつけて公聴会を見てくれる。トヨタの創業期を知る二人――つまり、喜一郎を誰よりもよく知る二人なのだ。父がいて英二がいて、その隣に丸い眼鏡をかけた喜一郎が見守ってくれているような気持ちになる。昨日、直接会ってその優しさに触れたばかりだ。喜一郎を思うと泣いてしまいそうになる。

章男は創業期の人々の想いを胸に、まっすぐ前を見据えた。

先人がどれだけの苦労の末にトヨタを興したか。こんなことで潰されるわけにはいかないのだ。キッと前を見据えたとき、マスコミ陣から大量のフラッシュを浴びた。

出席した下院議員たちの中には敵意丸出しで厳しい質問をする者がいた。無表情にうわべだけの質問をする議員もいた。ケンタッキー州選出の女性議員は母親のような優しい表情で、章男がなにか言うたびにうんうんと頷いてくれた。ケンタッキー州にはトヨタの生産工場があり、大規模な雇用を創出している。彼女は自分の番が来ると持ち時間の五分をたっぷり使って、トヨタ擁護に回ってくれた。

最後に若手の議員が質問に立った。とても早口で、どこ選出の議員なのか聞き取れなかった。すぐに質問に入ったので、通訳もそこを飛ばしてしまった。

「まず、プリウスが急加速する不具合が出ていると知ったのはいつのことですか」

「昨年の暮れのことです」

「不具合の報告は九月以降に急増しています。あなたは数ヵ月間なにをしていたのですか」

「社長の私が把握するまでに時間がかかったことについて心苦しく思っております」

「社長の耳に悪いことが入らないような組織が出来上がっていたということですか？」

「自分ではそのようにしたつもりはありませんが、結果的にそうなったということを大変遺憾に思っております」

「それはあなたが創業者一族だからではないのですか？」

章男は言葉に詰まった。

「あなたは創業者、豊田喜一郎氏の孫だ。トヨタ自動車にとってシンボル的存在です。ロイヤルファミリーということになりませんか。つまり、トヨタの王様」

章男のことを「裸の王様」と揶揄したいのだろうか。章男は歯を食いしばり、こらえる。

「私は自分をそのような存在だとは思っていません」

「あなたは社内で王様のような存在として丁重に取り扱われていた。だから米国でこれだけの騒ぎが起こっていたのに報告がいかなかった。つまりあなたは社員から実務能力がある社長と思われていないのではないですか」

品質保証室のがんばりで、章男は自信を持って不具合はないと答えられると思っていた。自分自身がトヨタにとってどういう存在なのかについては、突き詰めて考えたことがない。返答にまごついてしまったが、かっこつけずに実務的な話をした。

「社員が私をどう思っているのかはわかりませんが、クルマの品質問題やリコールについて社長は判断しません。品質保証担当役員が判断をするのがトヨタの習慣です」

「その奇妙な習慣の理由は」

「奇妙とは思いません。判断をより現場に近い責任者がするというのは、当然のことだと思います。全ての判断を社長がやる会社を、私はいい会社だとは思いません。権力が一極集中してしまうからです」

青年議員は納得したようだった。時間を確認したあと、唐突に言う。

「私は小学生のとき、交通事故で父親を亡くしています」

議場が静まり返った。マスコミのカメラが一斉に青年議員の方を向く。

「私は、安全性能が高いといわれる日本車にしか乗ったことがありません。トヨタのクルマにも何台も乗りました。いま私が乗っているのはプリウスです」

青年議員の質問には裏表がなく、あまりに率直だった。

「妻は報道が始まってから、そういえば急加速したことがあるような気がするし、ブレーキも利きにくい気がすると言うようになりました。私にはわかりません。なぜ、乗る人によってこれほどまでにフィーリングが異なってしまうのでしょう」

章男は立ち上がり、深く頭を下げた。再びカメラが一斉に章男に向けられる。シャッター音が連続し、フラッシュが瞬いた。

「そのようなクルマを作ってしまい、申し訳ありません」

議員は黙っている。

「自動車メーカーとして、安心安全の乗り物を作ることが絶対の使命です。この原則から決して外れないよう、社員一同心を入れかえて、いいクルマを作っていきたいと思っています」

「あなたは交通事故に遭ったことはありますか」

それがどれほどの恐怖であるのか、訴えたいのだろうか。章男は頷き、詳細を話す。

「七歳のときにクラウンにはね飛ばされました。十八歳のときはコロナで横転しています」

何人かの議員が「ワオ」と目を丸くしている。笑いをこらえているような表情の議員もいる。気がつけば議場のとげとげしい空気が薄まっていた。

「それでもあなたは自動車メーカーの社長になった。崇高な思いがあったのでしょうか」

章男は率直に答えた。

「この先、交通事故を起こさないクルマを作るということは大きな目標のひとつです」

しかし真の理由は違う――。

「私はクルマが好きだからトヨタに入社しました」

章男はまっすぐな思いを伝えた。

「いくつかの仕事を経験し、やはりクルマが好きで仕方なくて、トヨタに入社しました。私は北米の広大な土地を疾走する力強いタンドラが好きだし、高級感あふれるレクサスとその乗り心地のよさにしびれます。そして環境に優しいプリウスを心から誇りに思っています」

章男は言いながら、これは全て喜一郎の言葉だったと心の中で苦笑いする。おじいさんはいまどうしているだろう。喜一郎もいま、トヨタを守るために戦っているはずだ。

9、トヨタの子（昭和二十五年）

五月三十一日、喜一郎はトヨタのBM型トラックのハンドルを握り、湖西へ向けて走っていた。挙母工場を出て豊橋の港町を越え、県境を目指していたが、どこかで道を間違えてしまったらしい。山道に入ってしまった。右左折できそうな横道もなく、道は狭くなる一方で、Uターンもできない。カーブで減速したとき、突如、エンストした。

「一体どうしたんだい」

喜一郎はトラックを停め、ボンネットを開けた。林道の脇には小さな池があり、美しい睡蓮の花が咲いていた。花びらの端は濃いピンク色をしているが、花柱の周囲は白い。淡いグラデーションと花柱のオレンジ色のせいか、睡蓮は下から電灯で照らされたように輝いて見えた。

エンジンに壊れている箇所はない。イグニッションキーを回したらあっさりエンジンがかかった。点火時期も問題なさそうだ。少しふかしてみたら排気管からいい音がした。

喜一郎は再び運転席に登ろうとしたが、キーンと頭が痛くなった。荷台にランチェスターのエンジンがある。捨てるに捨てられず工場の倉庫に眠らせていたが、日に日にその存在感が増していくような気はしていた。

あのエンジンにはなにか秘密がある。

アキオが中山製菓の社長にタイムリープしたとき、そう確信した。あれが原因で摩訶不思議なタイムトラベルをしているというが、それはいいことだったのだろうか。アキオにとってはよくないとしか思えないのだ。

彼は泣いていた。未来でどれだけ辛い目に遭っているのだろう。このエンジンが呪われているせいか。ならばいまのトヨタの苦境もこのエンジンがもたらしたものか。

トヨタ自動車工業は二つの会社に分離されてしまったのだ。

この一年、部下たちと中京の銀行を訪ね回り、時に土下座をして融資を頼んだ。協調融資がかない昨年末に二億円の融資が決定したが、代わりに提示されたのが工販分離だった。

会社を分裂させられて得た二億円の融資も、焼け石に水だった。

不況が好転することはなく、回収予定の割賦販売代金は四割しか戻ってこなかった。二億五千万円の焦げ付きとなってトヨタに跳ね返ってくる。クルマを売れば売るほど赤字が増えた。

四月までは自動車統制価格が据え置かれていたのに、原材料の価格統制は次々と撤廃され高騰した。今度はクルマを作れば作るほど赤字になってしまった。

トヨタ自工は巨額の赤字を抱えるに至った。

もう人員整理するしか生き残る術がない。

年末は銀行との交渉に明け暮れていたが、年明けからは労働組合と交渉の連続だった。

いまは自動車の統制価格がようやく撤廃されて、原材料費に見合った価格で販売できるようにはなった。だが外国車の輸入が急増し、トヨタは満身創痍のまま自由競争という荒波の中に放り出されてしまった。

会社の黒字化は程遠い。原材料費の支払いもできず、賃金の遅延や細切れ支給が続く。組合からは社長の喜一郎宛てに『争議行為通知書』が送られてきた。争議を告げるサイレンが挙母工場に響き渡った。

工員たちは連日ストライキに入っている。生産ラインが動いたと思ったら、すぐにストだ集会だデモだと現場を離れてしまう。『賃金払え、飢え死にする！』と書かれた札をサンドイッチマンのように首から下げて顧客対応する組合員も現れ、トヨタの評判は地に落ちた。

昨日は販売店の会合に呼ばれ、全国のディーラーたちの苦しみを聞いた。せっかく営業して注文を取っても、ストで生産が止まっているので、出荷ができない。顧客から直接クレームを受ける販売員は疲弊しきっていた。

喜一郎は辞意が喉元までせり上がったが、隣にいた副社長の隈部に説得された。

「豊田だけは絶対に辞めてはダメだ。君あってこそのトヨタだし、トヨタは君そのものなんだ」

会合の場にいた愛知トヨタ自動車の山口昇も、同意見だった。創業期に苦楽を共にした山口は日の出モータースの支配人から、愛知トヨタ自動車の社長になった。喜一郎を慮ってくれた。

「組合員も創業者の辞任までは求めていないでしょう。日産もいすゞも首切りをしましたが、経営陣は誰も辞任していません。そもそも余剰人員になったことだって、喜一郎さんのせいではない」

戦後に勤労動員が去ると従業員は三千七百人にまで減ったが、復員した工員たちを受け入れるうちに、八千人以上に膨れ上がってしまった。喜一郎は『辞任』の言葉を呑み下し、トヨタ自工本社へ帰った。だが改めてビラにまみれ沈黙する挙母工場に立ち、途方に暮れる。

——神様は俺にクルマを作らせたくないのだ。

喜一郎が天を恨むほどに、終戦の前日に持ち込まれたランチェスターのエンジンの存在感が増していくようだった。

——あれをなんとかせねば、トヨタに未来はないのではないか。

藁にもすがる思いで、喜一郎は湖西にある菩提寺の僧侶に相談することにした。祖父母の他、豊田家先祖の墓を守ってくれている寺が、湖西の生家の近所にあった。

どこまで山道が続くのか、どうやって戻ろうか考えながら、再びBM型トラックを走らせる。木製の電柱の住所表示が目に入った。トラックを停めて地図を開きながら、運転室を降りた。住所表示を確認しようとしたのだが、どこにも電柱が見当たらない。

「おかしいな。ついさっき確かに電柱が目に入ったのに……」

BM型トラックの向こうに池があることに気がついた。美しい睡蓮の花が咲いている。花びらの縁は濃いピンク色で、花柱に向けて白いグラデーションになっていた。花柱はオレンジ色で下から照らされているように光って……。

同じ場所をループしている。喜一郎は背筋が粟立った。池の先に鳥居がある。

「隠滝神社……」

どこからか神々が囁くような不思議な音がした。鳥居の下に大幣を持った神主が立っていた。

神主は荷台の木箱を見るなり、驚愕した。悪いものだとわかるのだろうか。目に涙をためていたが、懐かしそうに目を細めもする。

「実はこの箱の中身についてご相談があります」

喜一郎はこの神社を目当てに来たわけではないのに、勝手に口が言っていた。

「これはどうやら、時空を歪める力があるようなのです」

「すぐに送り返しましょう」

「え？」

「封印するということです」

どうやって百五十キロも重量があるエンジンを本殿へ運べばいいのか考えているうちに、神主は参道を引き返していた。

喜一郎は急いで追いかけたが、曲がりくねった参道はほとんど登山道のようで、神主の姿を見失った。ようやく境内が見えてきた。拝殿を訪ねる。祭壇の鏡を背に、神主は床にあぐらをかいていた。その目の前に、ＢＭ型トラックの荷台に残してきたはずのランチェスターのエンジンが置かれている。喜一郎は腰を抜かすほど驚いた。

これまで起こった摩訶不思議な出来事を、話すまでもないようだった。

神主は祝詞を唱え始めた。終わるころ、うっすらと微笑みながら本殿の後ろを指さす。

「本殿の向こうにも参道が続いており、しばらく行くと滝に出ます。お孫さんは、よく打たれていました」

アキオの話をしているようだ。神主は中空を見つめて微笑んでいる。未来が見えているのだろうか。アキオが心配になり、詳細を尋ねた。

「彼は乗り越え、そして、従業員に語りかけています」

神主が答えた。

「改めて会社をひとつにすべく、奔走しています」

喜一郎は、現在のトヨタ自動車工業に八千人近くいる従業員のことを思い出した。

神主が再び唱え始めた。祝詞というには厳しい口調で、なにかを説き伏せるような強さがあった。目の前にお札が四枚ある。いつの間に準備したのだろう。

喜一郎も手を合わせ、目を閉じた。

長い祓詞が終わる。喜一郎は目を開けた。拝殿の床板の上にじかに正座していたつもりが、どうしてか畳の上にいた。薄暗い六畳の部屋だ。脇に布団が重ねてあった。ここは八事の別荘だと気がついたが、鴨居（かもい）や天井の形が違う。二階にある喜一郎の仕事部屋ではない。

「――使用人の部屋か？」

扉が開けっ放しになっている。半地下の廊下から優しい風がふわりと吹いてきた。導かれるように喜一郎は廊下に出た。物置部屋の扉が開いていた。据え付けの棚が左右に並ぶ。つきあたりに木箱が置かれていた。お札が四隅に貼ってある。中身はランチェスターのエンジンのようだ。

喜一郎は記憶がすっぽりと抜け落ちていた。

玄関のチャイムが鳴る。

「ごめんくださいまし」

喜一郎はわけがわからないまま階段を上がり、玄関の扉を開けた。着物姿の初老の女性が、恭しく頭を下げた。

「今日からこちらでお世話になります、摂津八重と申します」

新しい使用人だろうか。喜一郎は二十子を呼びに行こうとして、はたと足を止める。

――摂津。

彼女は摂津登志夫の家族か。

「あなたは……」

八重が微笑んだとき、喜一郎は強烈な頭痛に見舞われ、立てなくなった。

目が覚める。八事の邸宅の仕事部屋にある網代天井が目に入った。窓の外は暗い。二十子が喜一郎の顔を拭いているところだった。

「……いま何時だ」

身を起こそうとした。二十子が止めたが、頭痛はしないし、身は軽い。

「お薬がよく効いたみたいですね。いま、夜の十時ですよ」

失礼しますと女中が入ってきた。八重だ。お盆には喜一郎の好物の芋煮汁があった。

「あなたは……いつからうちで働き始めたんだっけ」

「もうずうっと前からですよ」

八重が応えた。二十子はおかしそうにくすくすと笑う。女同士で冗談を言っているのだろうか。

「隈部さんと英二さんがいらっしゃっています。お会いになりますか」

労働争議の件の報告だろう。

「今日は何月何日だ？」

「六月五日です」

喜一郎は目覚める前まで、ＢＭ型トラックで湖西へ向かっていた。五月三十一日のことだった。不思議に思いながら身なりを整え、階下に降りた。大広間の時計は十時を指そうとしていた。隈部はいつもポマードで七三の髪を分けていたが、今日は少し乱れている。若い英二も目の下にクマを作っていた。

「社長、体調のお悪いときに、すみません」

「いや。君たちこそ大丈夫か。隈部も団体交渉の担当を外れたのに、寝ていないんじゃないか」

隈部はすでに経営責任を取って副社長を辞任している。いま労使協議の議長を務めているのは、常務取締役の大野修司だ。自動車の部品に詳しく、トヨタの協力会社を集め束ねてきた大野は、トヨタの屋台骨を支える一人になっている。

「そんなことより五日も姿を消して、みなどれだけ心配したか」

喜一郎は一昨日、隈部と共に販売店の会合に出たばかりと記憶している。

「自分は五日間もいなかったというのか?」

脇で茶を出す八重が、ちらりと喜一郎を見た。その視線が妙に意味ありげだ。

「労働争議が解決しなかったら、トヨタは倒産だ。君は気を病んでどこかで身投げでもしてやしないかと……」

隈部は肝を冷やしていたようだ。喜一郎は苦笑いしておいた。

「俺はなにをしていたのかな——」

八重はゆるりと微笑み返しながら、大広間を出ていった。喜一郎は改めて英二に問う。

「で、組合との交渉はどうなんだ」

「今日午前中の交渉も平行線で終わりました。組合側の意見がまとまらないようで、交渉の再開は二十三時です。幹部の辞任は当然のこととして、組合は頑として千六百人の人員整理を認めません」

「執行部はこちらの説得に理解を示し始めているように感じたから、妥結も近いと思っていたんだが。甘かった」

辞任してもなお隈部は労働争議の行方に気をもんでいる。争議を担当する役員だったから、責任を感じているのだろう。

「いままだ交渉中なのか?」

「大野常務らと睨み合いが続いている。だが、なんとか今日中に解決したいという経営側の意向には、組合側も寄り添ってくれている。日をまたぐ交渉になるだろうね」

英二が腰を上げ、覚悟を決めたような、震えるため息をついた。

「僕はそろそろ、団交の席に戻ります」

「私も行くよ」

喜一郎も立ち上がる。二人とも驚いた。英二は喜一郎の体調を気遣う。

「社長の体調が悪いことを組合もわかっていますよ。無理に出る必要は……」

隈部も重ねる。

「そうだ。君は療養していていい。随時、報告はするよ」

「いや。私が話すよ」

アキオのように、従業員と向き合わねばならない。


喜一郎は英二の運転するＡＥ型乗用車に乗り、挙母工場へ向かった。この二ヵ月、労働歌やシュプレヒコールがやまなかった挙母工場だが、深夜は近所を配慮してか、沈黙していた。クルマの出荷口はバリケードで塞がれている。『人員削減反対』『賃下げ反対』と赤い字で書かれたビラが大量に貼られていた。

バリケードを取り外そうとした経営側と、阻止しようとした組合員が、ここで衝突して警察が駆けつけたこともあった。組合員が解雇に関する掲示物を剝がすので、経営側が掲示板に金網を張り巡らせたが、組合側が工場の消防放水車の放水で剝がし飛ばすという大騒動もあった。

トヨタはもう二ヵ月もクルマを出荷できていない。

本事務所の中では、労働組合の執行部十名が代表して会社側と交渉を続けている。その他の組合員たちは前庭を埋め尽くし徹夜で座り込んでいた。月明かりが彼らの表情を照らす。疲れ切って居眠りしている者もいれば、眠気を飛ばそうと顔を叩く者もいた。社宅に住む組合員の妻たちも座り込みに参加している。子守歌の代わりに労働歌『インターナショナル』を口ずさみ、赤子を寝かしつけている母親もいた。

玄関のすぐ目の前には火が焚かれ、会社側が対象者に出した『退職勧告状』を燃やしていた。交渉の場を行ったり来たりする伝聞役の組合員が、表玄関から飛び出してきた。報告する。

「もう一時間以上、誰もなにも言わない。無言の睨み合いが続いている！」

「英二常務が戻ったら、動きがあるだろう。どうやら社長の邸宅へ行っていたようだ……」

言いかけた組合員の肩を、伝聞役が激しく叩く。喜一郎に気がついたのだ。

「社長が来ているッ」

組合員が続々と立ち上がる。緊迫したように口を閉ざした。

喜一郎は従業員に深く頭を下げた。玄関ロビーでは執行部の六人がごろ寝をしてハンガーストライキを決行していた。喜一郎は衝撃を受け、思わずつぶやいた。

「いつまでも飲まず食わずでいたら、死んでしまうよ」

女工がキッと喜一郎を睨みつけながら、近づいてきた。窮状を訴える。

「働いても給与もくれん、くれても遅いか細切れ。おんなじことやないですか。食べ物も買えません。飢え死にさせてるのは経営者でないですか！」

ハンストをしていた執行部が慌てて立ち上がり、言いすぎだと女工を咎めた。喜一郎は土下座したい気分だったが、英二が喜一郎の腕を引き、廊下を突き進みながら耳打ちする。

「ハンストは会社への抗議以上に、組合内部の分裂を引き締めるための示威行動らしいのです」

いまは全国で労働争議が頻発している。GHQによるレッドパージが吹き荒れている中、一部の過激な運動家が労働争議中の企業組合に入り込んで破壊活動を繰り返していた。トヨタの労組にもそういう輩が入り込み、一部が影響を受けて過激に主張するようになった。問題ある工員を組合が追い出す一方で、首切りやむなしと妥協を提案する組合員もいる。内部の統制が崩れてきているらしかった。

「それもまた、私の責任だろう」

喜一郎は覚悟を決めて、交渉が行われている会議室に入った。

会議室はたばこの煙でむせ返っていた。労使向かい合わせの長テーブルの、労組側中央には、労働組合委員長が座る。両隣に副委員長や書記長などの執行委員十名がいた。末席の者はハチマキや腕章をつけているが、長時間に及ぶ団体交渉の疲労でズレたり、外れてしまったりしている。室内は窓が開いているのに、たばこの煙と人いきれで、もやがかかっていた。

喜一郎が中に入るや、組合の執行委員たちは目を丸くした。慌てて立ち上がり、目礼する。経営側のテーブルの中央に座っていた大野修司常務が、席を譲ってくれた。喜一郎は団体交渉に出席するときはいつも後列に座っていた。大野常務は喜一郎の覚悟を察しているのかもしれない。

「こんなに遅くまで交渉にあたってくれて、本当にすまなかったね」

喜一郎は座るなり、双方をねぎらった。大野常務がハンカチでひとしきり目元を拭う。組合執行部は愛憎入り混じる目で喜一郎を凝視している。

「豊田社長は体調がお悪いと聞いていましたが」

「行方不明だ、という噂も……」

組合の面々が、矢継ぎ早に訊いた。

「トヨタと、トヨタの未来のことを、ずっと考えていました」

アキオが抱える未来のことまで……喜一郎はアキオのことを思い出し、疲れ切った組合の代表者たちや、深夜まで座り込みをしていた従業員たちのことを、慮った。隈部は喜一郎のことを「トヨタそのものだ」と言った。ならばこの会社に人生の時間のほとんどを捧げ働いてきた彼らもまた、トヨタそのものなのだと改めて気がつく。

難しい顔で黙り込んでいた副委員長が、突如、泣き始めた。二ヵ月も経営側と争い、クルマをお客様に届けることができない苦しみを、彼らもまた背負っていたのだろう。それでも自分の生活や仲間の雇用のために妥協できず、闘い続けるしかなかった。

「本当に、私の経営判断がまずかったせいで、君たちにまでこんな苦しみを……」

嗚咽交じりの喜一郎の言葉をかき消すように、委員長が叫ぶ。

「社長！　首切りはしないという大英断をお願いします！」

額をデスクにこすりつけた。書記長が嗚咽を漏らし、委員長の肩を叩いた。

「もう妥結しようじゃないか。社長がこの場に来てこうして俺たちと向き合い、涙を流してくれただけで……」

「ダメだッ。千六百人の仲間たちの人生がかかっている。どうしても、どうしても認められないッ」

出入口に、あふれんばかりに組合員たちが集っていた。廊下にまで人が押し寄せ、じわじわと室内の人の数が増えていく。交渉のテーブルは組合員に囲まれた。いまさら経営側に怒号を浴びせる人はいない。この二ヵ月の苦しみを労使共に沈黙の中で共有している。

喜一郎は涙を流すトヨタの従業員たちをひとりずつ、見つめる。その先にあるはずの、アキオが立つトヨタの未来とが、地続きになって見える気がした。喜一郎はアキオの本当の姿を知らない。思い浮かべられるのは、アキオが入ったタケやキャサリン、大工や米国の自殺者などだ。姿形を変えて喜一郎を支えてきた彼らと、従業員の顔が重なる。

みんなトヨタの子だ。

「私は父の佐吉からこう教えられてきました」

喜一郎はトヨタの子供たちに、語って聞かせた。

「従業員は家族。どんなに会社の経営が苦しいときでも首切りをしてはいけない。一杯のご飯をみなで分かち合うつもりで苦境を乗り切れ、と父は繰り返し説きました」

喜一郎は、頭を下げた。

「だがいまのこのトヨタ丸という船は八千人もの人員を乗せて、海に沈みかけています」

隣に座る経営幹部たちが、沈痛な表情で俯いた。喜一郎は顔を上げて訴える。

「誰かが降りねば船はみなを道連れに沈む」

組合員たちは顔を覆った。聞きたくない。受け入れたくないだろう。

「いまトヨタ丸から千六百人が降りれば、船は再び荒波を進むことができる。一方で、私は父とした約束を守り抜きたいと思う」

経営幹部も、組合員たちもじっと喜一郎に見入った。

「私も千六百人のトヨタの子と共に、トヨタ丸を降りるよ」

時が止まったようだった。人々も石のように動かない。喜一郎は改めて口にする。

「トヨタ自動車工業の社長を辞任します」

第四部　旅の終わり

1、死（平成二十三〜二十四年）

米国での公聴会から一年が経った。章男は二月二十四日を『トヨタ再出発の日』と考え、社員を集めて同じ過ちを繰り返さないよう、切実に訴えた。社内の風通しをよくするため組織の改編も行う。かつては工場も拡大の一途だったが、採算が取れていない上に今後とも成長が見込まれない工場は閉鎖か縮小の判断をせねばならない。だが人員削減は絶対にしないつもりだ。

北米リコール問題は決着がついている。トヨタの電子制御システムについて、米運輸省の依頼で調査をしていたNASAが、欠陥はないと最終報告を出した。運輸長官自らが記者会見で「自分の娘たちは安心してトヨタのクルマに乗っている」とリップサービスしてくれた。

トヨタの電子制御システムが暴走することをでっち上げた米大学の教授は雲隠れした。のちにプリウスの急加速で事故が起きたとする被害者団の弁護士からいくらかの報酬をもらっていたことがわかった。

「あの某大学の教授、訴えたっていいくらいなんじゃないの」

助手席に座る政子が言った。章男がハンドルを握り、技術本館脇にあるテスト走行路を走っている。

「エンジンの出力が跳ね上がるあの実験映像は、捏造（ねつぞう）だったわけでしょう。アメリカの法廷だったら何百万ドルかふんだくれて、制裁金の一部を取り戻せるかも」

トヨタはプリウスが暴走しないと証明できたが、ブレーキの不具合の対応が遅かったとして、制裁金が六十六億円も科された。米運輸省が一企業に科した最高額だが、トヨタは支払いに応じた。

「プリウスは悪くないんだ。俺たちの対応が悪かった。これ以上ことが長引いたら、どんどんプリウスの印象が悪くなってしまう」

政子は「甘いのよ」と鼻で笑った。

「で、このセダンはいつ発売の新車なの」

政子はすでに取締役会がチェックするデザイン会で見ているはずなのだが、迷彩塗装されているとわからないらしい。

「これは二年後を目途に発売予定のセダンだ」

「見た目はクラウンかレクサスあたりね。いまは迷彩柄でやぼったいけど、高級感はあるわ」

「ひとつ、古谷副社長に訊きたいことがある」

章男が生真面目に切り出したからか、政子は変な顔をした。

「君の入社は昭和四十四年だったな。大学の法学部を卒業後にトヨタに総合職として入社した」

「四半世紀以上前の話を、どうしていきなり訊くの」

「改めて知りたいからだ。君はどうしてトヨタに入社した？」

「はあ？」

「入社試験を受けただろ。面接官には志望動機をなんと伝えたんだ」

「そんなの忘れたわ。覚えている人なんかいるのかしら」

「俺は覚えているよ」

章男はハンドルをゆっくりと回した。時速は五十キロしか出ていない。まだ試作車の段階で、今日初めて走行路を走るクルマだ。下手をしたら死ぬので時速八十キロ以上は出さないでくれと開発担当者に拝まれている。

「命がけでトヨタで働くと父に話した」

「お熱いわね、御曹司は」

開発技術者たちはいつもなら走行路のそばで待機しているが、今日はピットの中に引っ込んでいた。三月十一日、冷えが厳しいわけでもない。ピットの中にいるメカニックたちを、政子は不思議そうに見た。

「なぜ彼らは外に出てこないの？　ヘルメットをかぶって重たそうなベストまで着ているけど」

「あれは特注した安全ベストだ。防弾チョッキと同じで、間に金属の板が入っているらしい」

「どうしてそんなものものしい恰好をしているのよ」

「このクルマになにが起こるかわからないからだ。世界初の水素による燃料電池車だからな」

政子は真っ青になった。

「ＭＩＲＡＩだよ。開発が進んでいるのは知っていただろ。水素はまだ取り扱いが難しい」

政子の唇がわなわなと震え始めた。

「水素爆発――」

「それを起こさせないために何重もの安全装備は施しているが、いまの段階でなにが起こるかは……」

停めてと政子は訴えた。

「一号試作車の初走行が行われる日は、不用意にテスト走行路に近づくなとメールが来ていたわ」

「知ってたじゃないか」

「あなたが誘ったんじゃない！　社長が走行路に入るならテスト走行は中止になると思った。走らせてみたらどうなるか見当もつかない試作車に社長自ら乗るとは思いもよらないもの。どこの自動車メーカーにそんな命知らずの社長がいるのよ」

「言ったろ」

政子がぎゃあぎゃあうるさいので、章男はクルマを停車させた。

「俺は命がけでトヨタで働く」

政子はクルマを降りると、ヒールを鳴らして、走行路から逃げていく。章男もクルマから降りた。駆け寄ってきたメカニックに軽く声をかける。

「走りは悪くないが、かなりの違和感がある。あとでゆっくり話そう」

メカニックの肩を叩き、政子を追いかけた。

「古谷副社長、まだ話は終わっていない」

枯れた芝生の上で政子は立ち止まった。

「いま組織改編の真っ最中だ。今年の年頭挨拶で、役員の数を三十人にまで減らすと宣言した」

政子はなにを言われるのか察したようだ。ぎろりと章男を睨み返した。

「副社長を退任してほしい」

その額にみるみる青筋が立ち、目が赤くなっていく。

「――次のポストは？」

「新興国向けの新しいカンパニーを立ち上げる予定なんだ。各国の実情に合った新しいモビリティの在り方を考えて実践する組織だ」

人数や規模、予算などをざっと説明した。政子はしばらく反応がなかった。聞こえているはずなのに、「なんですって」と訊き返す。章男が繰り返したら、とうとう怒り出した。

「私が訊きたいのは、なぜそんな大きな役職に抜擢を……」

「大抜擢だが、手強い仕事だぞ。なにせその筆頭はインドだからな。地頭のいい連中で一筋縄ではいかない。日本の流儀が一切通用しない連中ばっかりだ」

政子は動揺し始めた。

「ちょっと待って。これは発展途上国への左遷なのよね？」

章男は目を丸くした。

「そんなわけないだろう。モビリティ社会の未来を切り開く大プロジェクトのトップなんだぞ」

政子は動揺が止まらないのか、視線がさまよう。

「君にしかできない仕事だと思う。古谷副社長の手腕をいかんなく発揮してきてくれ」

「あなた、バカなの？」

唐突に政子が言った。

「私があなたになにをしてきたかわかっているんでしょう。本来なら私をトヨタから追い出すべきなんじゃないの」

「そうすべきだと言った役員もいたよ」

「私は決してあなたの味方じゃなかった。そりゃ最初は、組織の本流になれない者同士、あなたに同情したこともあったけど――」

政子が口ごもった。章男のほうから言うことにした。

「そうだな。あるときを境にあんたは変わってしまった」

政子が食らいついてきた。

「当たり前じゃない！　あなたはかわいそうな特殊亜流から、私のライバルになった。御曹司だというだけで十年早く昇進して私を追い抜かした。蹴落として当然でしょう！」

彼女にしては珍しくわめき続けた。

「わけがわからない。私は社長になったあなたの足を引っ張り続けたのよ。会社を二期連続の赤字に転落させて失脚させようと目論(もくろ)んだし、北米リコール問題はチャンスだとすら思ったわ」

「北米で起こっていたトヨタバッシングを俺の耳に入れないように情報を操作していたんだな。俺にわざとキャビネット構想を書かせて、腹心を外に放り出したのもあんたか？」

「そうよ。大俵や小田原はなにも知らない。私はあなたにこんなにひどいことをしたのに、なぜ辞めさせないのよ！　他の役員や相談役の肩を叩き続けているのに、一体どうして——」

政子が整えられた髪をかきむしる。やがて章男をぎろりと睨みつけた。

「あなた、一体なにを企んでいるの」

「なにも企んでない。ただ、君のようなタイプじゃないと今回のプロジェクトのトップは務まらないだろうなと思っただけだ」

「どうして怒らないのよ。私はあなたやトヨタにひどいことをしたのに、どうして——」

政子は今度、すがるように章男を見上げた。

「ひどいことをしたと自覚しているんなら、もう充分だ」

「…………」

「新天地では心を入れかえて、トヨタのため新興国のためにがんばってくれ」


章男は社長室に戻った。椅子にもたれて天井を見つめる。

政子は確かに章男の味方だった。親身に相談に乗ったり、辛辣でもアドバイスをしてくれた。嫌がらせを始めた本当の理由は出世競争によるものではないと思っている。政子にもプライドがあるだろうからあえて本人に指摘はしなかった。

政子は寂しかったのではないか。組織に仲間が、居場所が欲しかったのだ。

いつだったか、政子は食堂で若い女性向けの雑誌をひとりで読みながら食事をしていた。本当は他の女性たちと交わりたかったのではないか。常に日経新聞や業界紙を熟読していた彼女がファッション誌を読んでいたのも、『本流の女性たち』を理解しようと努めていたからではないのか。組織からの孤独と、女性の輪からの孤独——政子は二重の孤独に苛まれていたのだ。

そんな彼女にとって、特殊亜流だった章男は映し鏡のような存在だったはずだ。

だが章男はガズーレーシングチームを立ち上げたことで徐々に仲間が増え、居場所ができた。

政子が章男に嫌がらせを始めたころと重なる。

「俺はあんたを許したんじゃない。あんたの孤独に気づいてやれなかった自分が、悔しいんだ」

ふいに揺れを感じた。コーヒーカップの中の琥珀（こはく）がゆらゆらと揺れる。地震のようだが、さほど大きくはなく、やがて収まった。

時刻は十四時五十分になろうとしている。

秘書が社長室に飛び込んできた。

「さっき地震がありましたが、震源は東北沖だそうです」

章男は背筋が寒くなった。

「東北の地震で豊田市まで揺れたということか？」

「現地は震度七。太平洋沿岸に大津波警報が出ています」

章男はすぐさまテスト走行路のピットに連絡を入れる。

「トオノは確かいま東北出張だったよな⁉」

水素エンジンの開発は東北にあるガス会社と共同で担っている。そこへＭＩＲＡＩの試作車を見せに行ったのだ。まだ公道は走れないので、トオノはダイナのキャリアカーでＭＩＲＡＩを積載し、自らハンドルを握って早朝に出発していった。

本来なら公道を走れない試作車は、遠方の場合は名古屋港から貨物船で運ぶ。今回は船側に「水素自動車はなにが起こるかわからないから」と断られたのだ。

章男はトオノの携帯電話に電話をかけた。つながることはなかった。

　三月二十四日、岩手県の海辺のがれきから、トオノが運転していたダイナが発見された。トオノの姿はなく、積載していたＭＩＲＡＩも見つからなかった。大地震と大津波の混乱の中で、トオノとＭＩＲＡＩだけが太平洋に運ばれてしまったようだ。

　震災から一年後の平成二十四年三月十一日、トオノの葬儀が行われた。骨のひとかけらも見つかっていない状況だったが、東日本大震災の特例に則り、コロンビアの家族が死亡届を提出し、受理された。

　章男はトヨタ自動車の社長として、血眼になってトオノを探す暇も、泣いている暇もなかった。東北にある関連工場の現場に入り、被害状況をつぶさに確認していった。

　まずは社員とその家族の安全確認と生活支援だ。次に地域住民への支援物資の提供を行った上で、生産活動再開に取り組んだ。

　部品を輸送する港湾施設の復旧の目途が立たず、千二百以上の品目が入手困難だとわかった。生産車両の八割に影響を及ぼす。仕入れ先の復旧を手伝うことはもちろんのこと、復旧までの代替品の製造を受け入れる工場を探したり、代替品の開発も指示したりして、矢継ぎ早に手を打った。現場の工場で寝泊まりすることもあり、不眠不休で働いた。

　トオノはいずれひょっこり帰ってくるかもしれないと思っていた。「かわいい子がいて寄り道していたんだ」などと言ってトヨタのテストコースに戻ってくると思っていた。

　葬儀の間、章男は地に足がついている感じがしなかった。現実感がなく、自分になにが起こっているのか、トオノになにが起こったのかがよくわからなかった。

　トオノの年老いた両親にかける言葉も見つからないまま、章男はトヨタ本社に戻ってきた。

　喪服姿のまま社長室に向かう。秘書室の面々が悲愴な表情で、深く一礼する。

「お帰りなさい。少し休まれますか」

「いや。仕事する。休むと余計辛くなる」

秘書はコーヒーだけ出して、静かに扉を閉めた。章男はすぐに仕事に取り掛かったが、全く集中できなかった。

パソコンを開く。長久手（ながくて）にあるトヨタ博物館の館長からメールが来ていた。『AA型乗用車の調査について』というタイトルだった。

トヨタ初の乗用車のAA型がロシアで発見されたという話は、トオノから聞いた記憶がある。北米リコール問題の対応中で手をつけられないままだった。これからというところで、トオノが震災に巻き込まれ命を落としてしまった。

本当に現物なのか、輸出していないロシアでなぜ発見されたのかも含め、現場では調査が始まっていた。添付ファイルを開く。

廃車になっている小型乗用車の写真が出てきた。黒く輝いていたはずの車体がボロボロに錆びて崩れ、かろうじて原形をとどめている。『豊田』のカーマスコットは見当たらず、バンパーも外れていた。左ハンドルに改造もされている。だが縦長のラジエーターグリルや観音扉の他、喜一郎が考えた流線形がピタリと一致するらしい。現物で間違いない。

現存する唯一のトヨタAA型乗用車だ。

所有者はウラジオストクの農夫で、この祖父にあたる人が所有していた。若いころに満洲国境に近いハバロフスクで金貸しをやっており、満洲国在住のロシア人女性から買い取ったものだという。女性は日本人との混血児をひとりで育てていた。

章男はデスクの引き出しを開けた。遠野正三――ビクトル・トオノの祖父が満洲国から喜一郎に送った写真を見る。発見されたのは遠野正三が乗っていたAA型乗用車なのか。

ガラスが割れ、車体が朽ちかけてもなんとか原形をとどめている現在のAA型乗用車の画像をもう一度見つめた。トオノの最期を想像するのは辛かったが、彼が最後に運んでいたＭＩＲＡＩについて思いをはせた。太平洋の底に沈み錆びつき朽ちたとしても、海藻が生えて魚が棲み始めているかもしれない。漁礁のような場になり、きっと新しい命を育んでいる未来を――。

　章男は気配を感じて顔を上げた。

　出入口の扉が少し開いていて、ジャージの足が踵を返したように見えた。章男は立ち上がり、扉を開け放った。秘書室の面々がデスクで事務仕事をしていた。

「社長、どうかされましたか？」

「いま、ジャージ姿の男が通らなかったか？」

　秘書たちは、みるみる目を赤くした。ここへジャージでやってくるのはトオノしかいない。

「すまない。気のせいか……」

　秘書室の出入口が開けっ放しになっていて、エレベーターホールが見えた。扉が閉まったところだ。階数表示の数字が下がっていく。地下二階の駐車場で止まった。章男は送迎車のキーを秘書に頼んだ。

「ちょっと気晴らしにドライブしてくる」

「わかりました。運転手を呼びます」

　章男は秘書たちに念を押した。

「いや、ひとりにさせてくれ。頼む」

　章男は地下二階へ行き、送迎用のアルファードの運転席に乗り込んだ。エンジンをかけたとき、一台の車体の低いクルマが猛スピードで目の前を通過していった。アルテッツァだ。章男はすぐさまアクセルを踏み込んで、アルテッツァを追いかけた。

アルテッツァを一時間近く追いかけた末に章男が辿り着いたのは、八事の実家だった。いまは誰も住んでいない。両親は東京に引っ越している。

喜一郎が昭和八年に建てたこの邸宅は、移築保存されることが決まっていた。だが、章男がその工事にストップをかけている。章男をタイムリープさせるあのエンジンを半地下の物置部屋から動かしていいのか、まだ迷っていた。父は黙って章男が動くのを待っている。

定期的に植木屋が庭の手入れをし、清掃業者が室内を掃除している。喜一郎が建て、章一郎が引き継ぎ、章男が生まれ育った邸宅は、朽ち果てることなくそこに鎮座していた。

章男は鍵を開けて中に入った。階段下の床のへこみは相変わらずで、球状の意匠が施された階段の手すりも当時のまま残っている。誰もいないのに、つい口に出る。

「ただいま」

章男はちらりとリビングを覗いた。ダイニングの床だけ剝がされていた。移築の工事が一部で始まっていたのだろう。章男は引き返し、階段を下りた。物置部屋に入って絶句する。

「ない……！」

あのエンジンが消えていた。父が捨ててしまったのだろうか。清掃業者が間違えて処分したのか。

章男は慌てて父に電話をかけようとして、木箱のあった場所に古びた手紙が落ちていることに気がついた。

宛名には『アキオ』としか書かれていない。

喜一郎の字だ。章男は手紙を開いた。

『アキオへ

これを読むころ、君はもしかしたら混乱の真っ最中かもしれない。エンジンがない、タイムリープができないと……。少し説明させてほしい』

最後に病院で話をしたときの思い出話などが一ページにわたって書かれていた。あのあと、喜一郎は偶然辿り着いた隠滝神社でエンジンを封印してもらったらしかった。

『僕はこのエンジンを使って未来にいる君を助けに行こうと思っていた。君があまりに辛そうにしていたからだ。一方で、君がどうして私のところへ何度もタイムリープしてきたのか理解した。君も僕を助けたかったのだね。私のトヨタ創業者としての人生は確かに苦難に満ちていた』

手紙を読んでいる途中で、章男は物音に気がついた。人が階段を下りてくる音だ。

「誰だ！」

章男は廊下に出て、階段を見上げた。

トオノが立っている。いつものジャージ姿で、手すりに手を置いて章男を見下ろしていた。

「お前、やっぱり死んだなんて嘘だったんだな。生きていたんだな！　一体なにやって――」

彼は踵を返し、階段を上がっていった。

「おい、人の家で勝手に何やってんだ」

トオノは迷いなく玄関前の廊下を突っ切り、リビングを素通りして食堂に入った。台所との境目に立ち、床を指さす。ぽっかり穴が開いていた。章男は目を細めてその穴を覗き込んだ。半地下へ降りる階段が続いている。物置部屋に直接下りられる階段だった。

「防空壕の入り口だ。戦時中に半地下の物置部屋を防空壕として使うために祖父が急ごしらえで作った。戦争が終わって、俺が生まれてからもしばらくあった」

章男が中学生のとき、傷んだ床を張り替えるついでに、この出入口も塞いでしまったのだ。

「これがどうした」

トオノは旧防空壕の階段を下り始めた。

「トオノ？　下に行ってどうする」

彼はにたりと口角を上げた。ついてこいと言わんばかりだ。

「お前は一体何者なんだ」

階段を下りながら、ようやくトオノは答えた。

「アキオと同じだよ」

タイムリープしていたアキオと同じということか。ニュルブルクリンクでの告白は本当だったというのか。

「いつからだ?」

富士スピードウェイでの事故からだろう。脳死状態のトオノに未来から来た何者かが入ってしまったのか。彼はにたりと笑っただけだった。

トオノの後を追って、章男は物置部屋に下りた。そこにいた女を見て悲鳴を上げた。

2、防空壕（昭和二十五年）

喜一郎は八事の邸宅の二階の仕事部屋で、アキオに手紙を書いていた。

『君が僕を心配して僕の人生へタイムトラベルをしてくれたことは本当に嬉しかった。一方で……』

階下から二十子が呼ぶ声がする。喜一郎はペンを置いた。机の上はクルマ関係の雑誌や自動車の法令に関する書類が山積みになっている。アイデアを練っている新型高級セダンの石膏モデルも飾ってある。

「石田さんがいらしてますよ」

トヨタ自動車の新社長だ。会社でなにかあったのだろうか。喜一郎は六月に五十六歳になった。まだまだこれからだと新車のスケッチをしたり、ヘリコプターや航空機の設計を考えたりしている。近い未来に実現はしていないようだが、航空機を超える動力を使えばタイムトラベルは可能なのか。そのあたりの研究も始めたい。自分が生きている間は無理でも、いつかトヨタを引き継ぐ者たちが完成させてくれるだろう。

そのためには――。

喜一郎はアキオに宛てた別れの手紙をしまい、階下に降りた。リビングのソファで石田退三が古びた大きな鞄を持ち、待ち構えていた。

「若、お手紙でも書いていましたか」

喜一郎の着流しの懐から手紙が顔を出していた。袖の奥深くにしまう。

「英二君宛てですか。明日、出発ですからね」

明日、英二が米国のフォード社へ研修に向かう。全米にあるフォードの工場を見学したり、講義を受けたりして、最新の自動車技術を学んでくる予定だ。

「本来ならフォードの技術者がトヨタへ講義に来てくれるはずだったんですが、時世が許しませんでした」

「また戦争が始まりましたからね」

六月二十五日に北朝鮮の軍隊が北緯三十八度線を超えて韓国に侵攻した。米国は反共防衛のため朝鮮半島に軍隊を送り、戦時体制に入った。技術者の流出を防ぐため、海外渡航を禁じたのだ。フォードとは技術提携を予定していたが、それも白紙になってしまった。

「一方で、怪我の功名かもしれません。戦争をそんなふうに言うのは憚られますが……」

石田が発注書を見せた。米国第八軍調達部からBM型トラック一千台の注文がきていた。

「米軍から、日産といすゞ、そして我々に発注内示がありました」

激しい受注獲得合戦の結果、石田は千台をもぎとったらしい。

「さすがだね、石田さん」

トヨタは労働争議が終結し一ヵ月も経っていない。やっと生産ラインが動き出したところだが、月産六百台程度のペースでしか稼働していなかった。

「この発注についてGHQに詳しい話を聞いたところ、夏までにさらに三千台は必要で、最終的には五千台近くの発注になるやもしれない、とのこと」

石田は商人らしく、すぐさまそろばんを出して金額をはじいた。

「売り上げは三十六億円を超えます。これはとんでもない額です」

「銀行融資の二億円はすぐに返済できるな」

喜一郎はほっと胸をなでおろした。戦争で儲かるというのは不本意ではあるが、いまどん底にいるトヨタ自動車は命拾いをしたようなものだ。石田は挙母工場をフル稼働させ、かつて組み立て工場としていた刈谷工場の一部でもトラックを作る計画だという。

「トヨタ自工にとって幸運なことですが、一方で私は忸怩(じくじ)たる思いもあります。あと一ヵ月、労働組合に我慢をさせていればよかった」

喜一郎は苦笑いした。

「そういう状況ではなかった。争議を終わらせ、一刻も早く工場を稼働させないとまずかった」

石田は無念そうだ。

「経営者たるもの時に冷酷な判断も必要です。人員整理を粛々と行い一ヵ月耐えていたら、若は社長を辞める必要など――」

「僕は辞めたかったんだよ」

「え？」

「僕は乗用車を作りたいと何度も話していただろう。トラックばかり作っている会社なんて嫌だ」

石田は大笑いした。二十子がやってくる。

「石田さん、お夜食に芋煮汁を作っているんですが、食べていかれますか」

「おお、それは是非」

喜一郎は言った。

「湖西の祖母の味なんだ。おいしいよ」

「しかしこの梅雨明け前のじめじめした時期に芋煮汁とは……」

寒い冬に体を温める食べ物だろうと石田は言いたいらしい。

「うちの人は一年中ですよ」

二十子は笑いながら、お盆を持って階段を下りていった。芋煮汁は、半地下の物置部屋にある土間のかまどで煮込む。八重が火の番をしていた。二十子と八重が盆に載せた芋煮汁を運んできた。しばし石田と二人でその味わいにふける。石田は汁を飲み干し、手ぬぐいで汗を拭った。

「若。米軍にトラックを売り、儲けますよ。その儲けで、乗用車をやりましょう」

喜一郎は箸を止めた。

「トヨタに戻ってきてください」

こみ上げるものを必死にこらえる。

「私はまだ約束を果たしてもらっていませんからね」

「そうだった。君に乗用車をプレゼントする約束だったね」

膨れ上がる感情を笑い飛ばし、涙を誤魔化した。

石田が帰ったあと、喜一郎は物置部屋に入った。しばしエンジンの入った木箱と向き合う。二階の居室に戻り、黒電話の受話器を持ち上げて英二に電話をかけた。彼は結婚後、挙母工場の近くに新居を構えている。フォード研修の準備で忙しいだろうが、電話口で拝んだ。

「実は処分したいものがあってね。手伝ってくれないか」

　挙母工場の北東部にある鋳物工場へ木箱に入ったエンジンを運び終えたのは、夜の十時を過ぎようかというころだった。搬送を手伝ってくれた英二や守衛に礼を言い、帰宅を見送った。喜一郎はひとりで溶解炉の前に立ち、設定温度を上げていく。溶解炉が高温になるのを待つ間、喜一郎は作業机で手紙の続きを書いた。

『アキオ、もう僕の心配はよしてくれ。過去に生きた私を心配し、心を砕く時間があるのなら、それを未来のトヨタの人々や日本のため、市井の人のために使ってほしい。過去に生きた僕を心配する時間があるなら、未来のトヨタを心配し、もっといいクルマを作ってほしいのだ』

　溶解炉からブザー音が鳴った。喜一郎は涙をこらえて、別れの手紙を書いた。

『だから僕は決意したよ。君が二度と、過去に生きた私を助けようと思わないように、エンジンを処分する。僕はいま挙母の鋳物工場にいる。溶解炉の火を入れた。エンジンを溶かしてしまおうと思う』

　隠滝神社で封印したことで済むと思っていた。だが、摂津八重は笑ったのだ。

「あの子はいたずらっ子ですよ、こんな封印はへでもなく破いてしまうでしょう」

　いまから六年後の昭和三十一年に生まれてくるアキオのことを言っていたに違いなかった。八重には同じ苗字の摂津登志夫について尋ねたことがある。八重が二十三歳のときに交通事故で亡くした子供だと話してくれた。喜一郎はそれ以上のことを訊くことはできなかった。自動車メーカーの創業者として、交通事故で家族を亡くした人になんと声をかければいいのか、未だに正解がわからない。クルマを憎んでいるはずだ。頭を垂れて痛みに寄り添い、事故が起きない自動車の開発に心血を注ぎ続ける以上になにをしてやれるのだろう。

『君はまだ生まれてきていない。いまここで私がエンジンを炉に放り込んだら、君が呪いの封印を解くこともないし、タイムリープすることもない。つまり僕がエンジンを放り込んだ瞬間から、理論上は、僕らが共にしてきたたくさんの時間が消えてなくなることになるだろう』

ペンが止まる。涙をこらえた。かいぼりで遊び、ネクタイの結び方を教えてもらい、大型客船で語らった。横転したクルマを力を合わせて元に戻し、共に未来のクルマについて語り合った時間も、全て消えてしまう。喜一郎の記憶からも消えるのだろう。

『もしかしたらこの手紙も消えてしまうのかもしれない。君も僕も、いずれお互いを忘れてしまうのだろう。悲しいことだが、僕はトヨタの未来のためにも、決断する。

さようなら、アキオ。楽しい時間を本当にありがとう』

喜一郎は手紙を封筒に入れて糊付け（のりづ）した。椅子から立ち上がり、封印された木箱に手を置く。ひやりと冷たい風が吹いた気がする。溶解炉に火が入っているので、工場内は暑い。喜一郎はクレーンのフックを引き、専用ベルトをエンジンが入った木箱に取り付けた。溶解炉を開ける。

「ちょっと待ったー！」

誰かが鋳物工場の入り口から全速力で走ってきた。背広を着た四十か五十代くらいの男だ。縁がない四角い眼鏡をかけている。ずいぶん珍しい形だ。その人物はなぜか喪服姿だった。

「おじいさん！」

いきなり腕をつかまれた。

「ちょっと待って、エンジンを炉に放り込まないで！」

「君は誰だね」

「アキオです」

「え？」

「豊田章男です！　あなたの孫の……！」

喜一郎はシーッ、と人差し指を立てた。

「アキオなのか？　今度は誰の体にリープした？」

聞きながら、喜一郎はこの顔に見覚えがある気がした。息子の章一郎とその嫁の顔を足して二で割ったような顔をしている。

「本人です」

「えっ？」

「この体のまま、タイムスリップしてしまいました!!」

3、カウントダウン（昭和二十六年／平成二十四年〜令和元年）

「日本の自動車メーカーはいま、六重苦と言われています」

章男は隣で芋煮汁を食べる喜一郎に、つい愚痴をこぼした。今日は三度目のタイムスリップをしている。章男は章男の体のまま、八事の実家の旧防空壕の入り口を抜けることで時空を超え、喜一郎の人生の時間に辿り着く。今日は昭和二十六年の年明けだと喜一郎は教えてくれた。

「三重苦はよく聞くが、六重苦とは。具体的にどんな苦悶（くもん）なのだ？」

「円高と高額な法人税、労働規制に二酸化炭素削減。震災による電力不足。最後の一つはＦＴＡという自由貿易協定の対応遅れです」

詳細な説明は避けたが、喜一郎に雰囲気は伝わっただろう。

「おじいさんのところはいまどんな状況ですか」

「英二がフォード研修から帰ってきた。設備の合理化や近代化に取り組んでいる。いちいち訊かなくても知っているだろうに」

　喜一郎は芋煮汁をすすりながら笑い、かまどに立って静かに鍋をかき混ぜている八重に言った。

「おかわり」

　八重は笑顔で喜一郎の椀に芋煮汁をよそうが、章男のことは苦笑いで見る。もうすぐ自分が生まれてくる。いたずらし放題で八重を困らせるのだと知っているようだった。

「それにしても、どんなメカニズムなんだろうなぁ」

　喜一郎が防空壕入り口を見上げる。あの出入口が、章男と喜一郎の時代を繋いでいるようだ。

「私もよくわかりません。トオノは知っているんでしょうが……」

　トオノの中にいる人物は、遠野正三という鋳物工場の若者の体を借りて、喜一郎に手紙を書いたことも白状した。その後は子孫にあたるビクトル・トオノの体に入り、章男に寄り添ってきた。だからトオノは遠野正三の最期を詳しく知っていたのだ。

「そもそもこうしてわしが年喰った孫と物置部屋で芋煮汁を食っているのもなぁ」

「ええ。このシチュエーションも相当に荒唐無稽です」

　顔を見合わせて、苦笑いする。

「そうだ。いま私はこんなのを書いているんだが、どうかな」

　図面を見せられた。ヘリコプターのような乗り物の断面図だ。

「これはただのオートジャイロじゃないよ。噴射式なんだ」

　章男は農薬散布などを行うヘリコプターを想像するが、燃料を噴射するのだという。

「プロペラの先で燃料を噴射するんだ」

　ヘリの燃料は灯油に近いケロシンでガソリンほどの揮発性はないだろうが、危険な気がする。想像もしづらかった。喜一郎は途端に肩を落とした。

「アキオがピンと来ないということは、実用化は難しいということか」

章男は慌てた。

「僕は技術者ではないので、わからないだけです。もしかしたらそういうヘリが二〇一二年現在、飛んでいるかもしれません」

「そうか……じゃあもう少し詰めて考えてみるか」

出入口の階段にいつの間にかトオノが立っていた。

「アキオ。時間だ」

タイムトラベルをいつするのか、いつの時代に行くのか、どれくらい滞在するのか——全てトオノが采配しているようだ。いや、もしかしたら八重かもしれない。八重は摂津登志夫の母親らしい。隠滝神社の先代神主の姉だ。不思議な力を持った一家というわけか……。

章男は立ち上がり、喜一郎と握手した。

「それでは」

「またな。トヨタの社長は大変だろうが、無理をしないようにね」

祖父に気遣われながら、章男は階段を上がる。ちらりと後ろを振り返った。祖父がオレンジ色の白熱灯の下で、杖を片手に章男に手を振っていた。

いま、昭和二十六年の一月だった。あと一年二ヵ月後に喜一郎は死ぬ。

章男は自ら床の扉を閉めた。トオノに問う。

「祖父に最新の高血圧の薬を持っていっていいかな?」

ものを持っていくことは可能だった。章男はスマホにインストールした『明日がある』の音源を、喜一郎に聞かせたこともある。喜一郎は曲そっちのけで、スマホそのものに驚愕していた。分解させてくれとせがまれたが、未来を変えてしまうだろうからと断った。あの時の喜一郎の残念そうな顔は、おもちゃを取り上げられた少年のようだった。

「それがフェアなことなのかどうか、章男は自分で判断できるはずだ」

章男はうなだれた。改めて問う。

「なあトオノ。俺はあと何度おじいさんとおしゃべりができるんだろうか。まるで亡くなるまでのカウントダウンのようで、辛いんだ」

「ならばそこの扉を開けなければいいだけの話だ」

トオノが床の出入口を指さした。

「お前が俺を呼びに来なければいいだけの話では？」

「アキオが嫌なら、もう来ないよ」

「いやいや、俺はお前にも会いたいし、おじいさんにも会いたいよ」

トオノは薄く微笑んだ。章男が瞬きをした途端に消えた。

社長になってから、赤字転落に北米リコール問題、東日本大震災に続いてタイ大洪水と、次々と難題が降りかかってきた。生産が通常に戻ったのは平成二十五年ごろだ。その四月、章男はマスタードライバーの地位についた。三浦は高齢で引退していたし、トオノもいない。部下たちが作った試作車に乗り、章男がクルマに最後の味つけをする。五月には久々にニュルブルクリンク二十四時間レースに参戦した。

章男はコックピットの車載カメラ映像を、八事の実家の物置部屋で喜一郎に見せた。いつもそこには八重がいて、芋煮汁を炊いていた。喜一郎のところでは芋煮汁が、章男がタイムスリップしてくる合図になっているようだ。章男はいまこのオンボロの八事の邸宅に住んでいる。たいていは仕事の終わった晩や休日にトオノが現れて、床の扉を開けてくれる。自分で開けてもタイムスリップすることはない。

章男の時間は早く過ぎていく。喜一郎のほうは時間がゆっくり流れていた。章男にとっては半年ぶりでも、喜一郎にとっては一ヵ月ぶりだということが多かった。喜一郎の先が短いから、なるべく機会が持てるようにトオノと八重が時空を調整しているのだろうか。

平成二十六年にようやく世界初の水素による燃料電池車ＭＩＲＡＩの発売にこぎつけた。採算を度外視した売値でも一般大衆には高級車並みの値段になってしまった。水素ステーションの設備も思うように進まず、欧州や中国では電気自動車が台頭してきた。米国ではテスラ社の電気自動車が人気で、日本でも発売されるようになった。

内燃機関に代わる動力源の研究は進んでいる。走るクルマそのものがインターネットと常時接続するという構想も生まれてきた。自動運転技術も進化を遂げ、近い未来には動力源がなんになるにしろ、インターネットに常時接続したコネクテッドカーによる自動運転自動車が登場するだろう。一方で、道路や人の歩行、自転車や電車などの他のモビリティの変革を伴わないと自動運転は安全を確保できない。章男はウーブン・シティという未来都市建設プロジェクトをスタートさせ、数年内に発表する予定だ。喜一郎に話すとワクワクした様子だった。

「そこの住民になってみたいよ。楽しそうだ。しかし電気自動車がいまさら出てくるとはなぁ」

欧米ではガソリン自動車の台頭前に、すでに十九世紀末にはモーターで動く電気自動車が走っていた。

「戦時中も開発したよ。ガソリンがなかなか手に入らなかったからね」

一度の充電で二百キロ近く走行できるクルマだったらしいが、最高速度は四十キロしか出ず、坂道を上る馬力もなかった。バッテリーの主要原材料である鉛が高騰した上、ガソリンが流通するようになり、商品化することはなかったそうだ。

「いまは電気をどう充分に賄うかがネックで、シェアは一割にとどまっています。充電ステーションもまだ少ないですし、フル充電に半日かかる例もあります。震災の原発事故以来、原子力発電所の再稼働の判断は難しく、日本の発電は火力が八割です」

喜一郎が首を傾げた。

「火力で発電となったら大量の二酸化炭素が排出されるだろう」

「ええ。日本では電気自動車は二酸化炭素削減になりません。世界的に見ても電力事情に余裕がある国はごく一部です。新興国やアフリカでもＥＶの普及は難しい」

そこで章男はマルチパスウェイ――その国や地域の実情に見合ったＣＯ$_2$削減ができるクルマの開発を唱えているが、バッシングを浴び続けていた。

「トヨタは電気自動車に乗り遅れた、五年後にはもう潰れているとあおる人までいます」

「だが、クルマは売れているんだろう？」

「ええ。おかげ様で」

章男は仕事で日本中を飛び回っているが、走っているクルマはトヨタ車が多い。トヨタも豊田章男もことあるごとに叩かれるが、クルマは愛され選ばれている。それだけが救いだった。

「ただ、世の中には『流れ』がある。常に正しいものが主流になるとは限らない。アキオが水素にこだわりたいのは、電力事情だけじゃないんだろう」

すでに電気自動車を開発したことがある喜一郎はピンときているようだ。章男はとあるメーカーの電気自動車のボンネットの中身を撮影したものを見せた。

「やはりスカスカだな」

モーターで動く電気自動車は内燃機関と違って造りが非常にシンプルなのだ。現在のガソリン自動車の部品数は三万点だ。一方の電気自動車はその半分、一万五千点くらいで済む。

「いまトヨタが生産しているクルマを全て電気自動車に換えたら、部品をトヨタに卸している協力会社は半分以上が仕事を失います」

章男が急激なEVシフトに慎重なのは、この事実が大きかった。

「水素エンジン車ならば既存の内燃機関の技術の応用で走行が可能で、二酸化炭素の排出はゼロ、エキゾーストパイプから出てくるのは水だけです」

「エンジンの唸り音が聞こえるのは、クルマ好きにはたまらないだろうね。電気モーターは静かなもんだろう」

「全くそのとおりです。私がレースに出場したときにその話をしたら、大いに叩かれましたけれどね」

レースにこだわるあまりに電気自動車に乗り遅れ、実用化が困難な水素エンジン事業に無駄金を注ぎ込んでいる、と書かれた。章男を嘲笑するコメントがいくつもついていた。喜一郎が同調する。

「わかるよ。私が自動車部を立ち上げたときも、似たようなものだった」

世間は笑い、豊田紡織も豊田自動織機製作所も共倒れになると予想した。戦後も日本で自動車産業を根付かせるのは無理だと日銀のトップが堂々と言い放ち、輸入業者やタクシー業界までもが追随していた。戦争と不況で倒れかけたトヨタを世間は見捨てようとした。新しい発明や産業発展に心血を注ぐ人を笑い、冷めた視線を送る人は、いつの時代も一定数いるのだ。

「トヨタの社長は、孤独ですね……」

無意識にため息をついた章男の肩を、喜一郎がぽんと叩いた。

「だが、仲間はいるだろう」

章男は頷いた。

「はい。いまはもう、たくさん」

お互いに笑顔になった。

「おじいさん――ところで、いま？」

長らく話し込んでいたが、怖くて訊けなかった。喜一郎の死が迫っているいま、日付を訊くのは恐ろしいことだった。

「昭和二十六年の四月だよ」

一年を切っている。章男は必死に微笑んだ。

「桜がきれいなころですね」

「明日にも花見がてら挙母工場に顔を出す予定だ。章男を連れていきたいが、無理だよなぁ」

「では僕も同じ場所で花見をしようかな」

「まだうちの桜たちは若いが、章男のころは大木になっているんだろうね」

握手をして、笑顔で別れた。

翌日、章男は社長室を出て、かつて桜並木のあった場所を訪れた。トヨタ町の交差点の北側あたりだ。現在は片側二車線の県道248号になっている。当時、喜一郎が植えた桜の一部が沿道に残っていた。令和元年六月のいま、葉桜が雨に濡れて光る。

喜一郎はもう次の桜を見ることができない。

4、社長復帰（昭和二十七年／令和二年）

年が明けて節分も過ぎた二月中旬の寒い朝、喜一郎は名古屋市内を杖をつきながら、英二と歩いていた。白い息を吐きながら日本銀行名古屋支店に入る。支店長の高梨壮夫（たかなしたけお）が慌てた様子でロビーに駆けつけた。

「豊田さん、体調がお悪いと聞きましたよ。大丈夫なんですか」

「もうこのとおり」

杖はついていたが、左手を曲げ伸ばしする。

「一昨年の労働争議のときが一番体調が悪かったのですが、かなり元気になりましたよ」

「そうでしたか。どうぞこちらへ」

高梨支店長自ら、執務室へ喜一郎と英二を通してくれた。中はダルマストーブが焚かれて暖かい。

茶が出るのを待たず喜一郎は背筋を伸ばして、頭を下げた。

「その節は、本当にご迷惑をおかけしました」

「いいえ。私はいちバンカーとして当然のことをしたまでです」

資金繰りが悪化し、銀行巡りをしていたころが特に辛い時期だった。若い銀行員に「自動車事業なぞに手を出して」とバカにされたり、無視されたりする。

〝機屋に金は貸せても鍛冶屋には貸せない〟

と言い切った銀行員もいた。父親の事業にだけ専念していればこんなことにはならなかったと言いたかったのだろう。喜一郎の話に耳を傾けてくれる銀行家は少なかったが、高梨は理解をしてくれた。トヨタが潰れてしまうと関連企業三百社以上が共倒れになる可能性が高く、中京経済が破綻してしまうと危機感を持ってくれた。名古屋市内の主要銀行の支店長を集めて説得し、協調融資を呼び掛けてくれた。

「とにかく時世が悪かったんです。いまや朝鮮特需でV字回復、念願の乗用車生産も始まっているとか」

「辞任で一年近く休んだおかげで、すっかり体調もよくなりました。みなは私の辞任を悲劇的に言いますが、まだまだこれからがんばりますよ」

高梨は嬉しそうに眉を上げた。

「おや。では……？」

「失礼。先走ってしまいました。実はこの四月からトヨタ自動車工業の社長に復帰予定です」

正式には七月にある株主総会での承認が必要だが、不信任が出る可能性は低い。四月一日から社長として動く予定だ。喜一郎は改めて深く頭を下げた。高梨は涙ぐんでいる。

「そうでしたか。それは――それは本当に、よかった」

高梨が泣くとは思っていなかった。

「トヨタ自工は喜一郎さんの会社です。喜一郎さんあってのトヨタ自工だ。当時の苦労を知っているだけに――」

高梨は涙を拭い、復帰を喜んでくれた。

「会社は乗り越えた。そして喜一郎さんが社長として戻る。最高じゃないですか」

挙母工場にも顔を出したかったのだが、名古屋支店を出たところで英二に止められた。

「今日は銀行を五つも回ったんですよ。これから挙母はやめておいたほうがいいです」

「いや俺は元気だよ」

「体調はよくなっても、病気が完治したわけじゃないんです。今朝も血圧が高かったと二十子おばさんが心配していました」

「嬉しいから、血圧が上がっちゃうんだ」

英二は笑った。

「今日はここまで。書き物の仕事の締め切りもあったでしょう」

喜一郎は英二が運転するトヨタSF型小型乗用車の助手席に押し込められた。この車両はサスペンションに筒型ショックアブソーバーや柔らかいスプリングを採用したので、乗り心地がいい。昨年十一月に発売したばかりだ。

「そうだな、早く原稿を仕上げねば」

喜一郎は発明協会から発明家五十人に選ばれ、G型自動織機の発明に至るまでの原稿執筆を依頼されていた。欧米視察やオールダムの視察、プラット社の研修を懐かしく思い出す。

「愛知トヨタからも、オートレースの件で執筆を頼まれていたんだ」

トヨタ自販が夏に開催の多摩川スピードウェイのレースでトヨタからレーシングカーを出したいと話していた。

「しかし興行でギャンブル色が強いということもあって、反対が多いようだ」

プロのドライバーがクルマを限界まで鍛えることの意義を、喜一郎はアキオから聞かされている。将来のトヨタは、社長自らオートレースに出て時速三百キロ近くを出して走るらしい。ユニークな孫の誕生まであと四年もあると思うと、喜一郎はもどかしい気分になった。

そして少し心配になるのだ――。

豊田章男と名付けられる赤ん坊がこの世に誕生したら、もうアキオとは会えないのではないか。彼がこの時代へ防空壕を通り時空を超えてタイムスリップしてきたとき、この世に『豊田章男』が二人いることになってしまう。時空はそれを許すのだろうか。そのとき、なにが起こるのだろうか。

一体この先、アキオのタイムトラベルはいつまで続けられるのか。


喜一郎は八事の邸宅の二階の仕事部屋で、深夜ごろまで書き物をしていた。午前一時過ぎ、二十子が隣の部屋で寝静まったころ、そろりそろりと階段を上がってくる音がした。八重だ。

「旦那さま。芋煮汁が炊き上がりました」

頼んではいない。これは合図だった。

「うん、いま行く」

喜一郎はストーブの火を消し、和服の上に一枚羽織って、半地下まで階段を下りた。廊下の先で八重が物置部屋の扉を開けて待っていた。

「今日は様子がおかしいです。未来で疫病が流行っているのだとか」

アキオは物置部屋にアクリル樹脂でできた大きな一枚板を立て並べていた。中に入ろうとしたら、ダメダメというふうに手でバツ印を作る。彼はマスクをしていた。チリ紙を丈夫にしたような薄いマスクを、三枚も重ねてつけていた。マスクのゴム紐で耳が前に引っ張られている。

「一体なんの騒ぎだい」

ゴム手袋までしていた。包装されたマスクを渡される。喜一郎はそれを口につけた。

「えらい軽いな。しかも息苦しくない」

さすが未来はマスクの性能もいい。アクリル板を挟んでいるが、章男はずいぶん遠くの方まで椅子を持っていった。

「密になってはいけないんです。扉を開けて風通しをよくしてください」

「いま二月で寒いよ」

「それでも潜伏期間があります。私ももしかしたら感染しているかもしれません。持病のあるおじいさんに伝染したら大変です」

それは新型コロナウイルスというものらしかった。

「パンデミックです。世界各国がロックダウンを繰り返しています。どんどん変異株が現れていて、世界中が緊急事態になっています。インドでは死者が四十万人に迫っています」

「それは大変だな……スペイン風邪のようなものか」

喜一郎が大学生時代に日本でも流行していた。

「ええ。それ以来のパンデミックです」

アキオは今日とても早口だった。

「今日は五分で切り上げますね」

「寂しいな。実は報告したいことがあったんだが」

アキオがもう帰りそうな勢いなので、喜一郎は慌ただしく伝える。

「トヨタ自工の社長復帰が決まったんだ」

アキオは妙な沈黙を挟んだ。大きなマスクで顔が隠れているから表情がよくわからない。

「それはよかった！」

アキオは手を叩いて喜んでくれたが、違和感が残った。日本銀行の高梨のほうが、心から喜んでくれているように見えた。それも当然か。アキオは未来を知っているのだ。日付を尋ねられた。どうしてか、章男は声が震えていた。

「今日は昭和二十七年の二月二十七日だよ」

「わかりました。くれぐれも体に気をつけて。あまり張り切りすぎないようにしてくださいね」

「わかってるよ。心配しすぎだぞ。元気だと言ったじゃないか」

「そうですね。はい。おじいさんは元気です」

感染するかもしれないから、いつものように握手をすることができなかった。アキオは芋煮汁も食わない。唾液を食器や箸に残したらまずいのだという。

アクリル板をかついで階段をあがっていくアキオの背中が震えていた。

「アキオ！」

思わず呼びとめた。アキオは上がってしまったが、顔だけひょっこり覗かせてきた。目が真っ赤になっていた。

「大丈夫か。風邪気味なのか？」

もしや新型コロナとやらに感染してしまったのか。

「大丈夫ですよ、おじいさんもお気をつけて」

ニコニコと微笑んでいるのに涙を流し、アキオは時空の扉を閉じた。

5、太陽はまた昇る（令和三年／昭和二十七年）

八事の実家の敷地内に次々と作業トラックが入ってきた。足場の設置が進んでいる。章男は休日、移築工事の始まった現場を見にきた。

章男が八事の邸宅の移築工事開始を決意したのは、もうタイムスリップは終わりだとトオノに言われたからだった。

「なぜ終わりなんだ。祖父とアクリル板越しの別れなんて嫌だ。うまいこと調節してくれよ。史実によると、倒れるのは三月十七日だ」

昏睡（こんすい）状態が続き、二十七日にとうとう力尽きる。

「せめて三月十六日に会わせてくれないか？」

「できない。すでに喜一郎さんは何かを察している。十六日に会ったら、きっと理解してしまうだろう。彼を死の恐怖に陥れるだけだ」

無念が残ったが、喜一郎への想いを断ち切るためにも、八事からの移築作業を始めてもらった。足場の設置が続く中、章男は工事担当者に許可をもらい、最後に邸宅の中に入った。トヨタ鞍ヶ池記念館で復元するため工事担当者が計測をしたり、写真を撮ったりしている。

章男は床の出入口から物置部屋へ下りてみることにした。業者は驚いている。

「設計図にはそんな階段はありませんでしたよ」

「これは戦時中に物置部屋を防空壕として使うために作った階段ですよ」

「そうでしたか……これも復元しますか？」

「いや、これはなくしてください」

章男はゆっくりと階段を下りて、物置部屋に入った。いつもならそこは昭和だった。土間があり、かまどの前で八重が芋煮汁を炊いている。喜一郎が笑顔で待ってくれていた。かまどは章男が小学生のころに撤去していた。いまは八重も喜一郎もいない。工事のための資材置き場になっていた。

積み上がった資材の隙間から、トオノがふわりと姿を現した。

「驚いた。なにをしてるんだ」

「そういえば、お別れの挨拶をしていなかったから」

改めてトオノが向き直る。

「アキオ。楽しかったよ。本当にありがとう。元気で」

「ちょっと待ってくれ。君はいろいろと時空を操ることができる存在なんだろう。ならばまた会おう」

トオノは黙っている。

「ちょっと不謹慎かもしれないが、また誰かの体を借りて、俺のところへ遊びに来いよ」

「遊びすぎたんだよ、アキオ」

「えっ……」

「アキオのそばにいすぎたんだ。楽しかったから――」

トオノの口調が変わった。幼くなったような気がしたのだ。

「だって君は面白くて熱くて不器用で涙もろくて、でもちょっと口は悪くてさ」

小さな子供のように屈託なく笑う。

「君のタイムリープを見守るうちに、一緒に遊びたくなっちゃったんだ」

「まさか君は摂津登志夫なのか!?」

笑顔が闇に消えかけたが、物置部屋の壁に小さな影が残った。摂津登志夫の影が濃くなっていく。

「アキオ。僕はクルマが大好きだよ」

影がふつりと消えた。クルマで死んだ五歳の少年の、最期の言葉だった。


章男はそれからしばらく、人目を忍んで泣いてばかりいた。社長としての仕事が忙しかったが、ふと差し込むように悲しみがこみ上げた。喜一郎だけでなくトオノも登志夫も間違いなく自分の人生の中で確かに存在し、支えてくれた。仲間はたくさんいる。それでも、時間旅行という特別な体験を共有したのはこの三人だけだった。心にぽっかり穴があいたとはまさしく、体の真ん中に冷たく乾いた風が吹き抜けていくような、喪失感があった。

そんな章男の異変にいち早く気がついたのは、鵜飼だった。長らく海外で経験を積み、現在は本社に戻って専務になっている。五十路（いそじ）を超えて頭髪も薄くなり、白髪も増えた。四十五を過ぎたころから太り出して貫禄たっぷりだ。

いつか鵜飼に、呪いのエンジンでタイムリープし、防空壕でタイムスリップしていたことを話す日が来るのか――。

話せるわけがない。そんなことを考えていたとき、章男ははたと気がついた。

タイムスリップできる防空壕の出入口はもうなくなったが、呪いのエンジンはまだ存在している。

喜一郎が処分しかけたので一時期は消えたが、章男が止めた。再びエンジンは物置部屋に存在していた。移築工事開始の直前、エンジンは鞍ヶ池記念館のバックヤードに移動させた。

展示するわけにはいかないが、自動車黎明期の内燃機関だから歴史的価値はある。鞍ヶ池記念館の地下室に『開封厳禁』の赤い札を貼られて、眠っている。

エンジンが残っているなら、まだ喜一郎に会えるチャンスはあるのではないか。

タイムスリップして喜一郎と語らうことはできなくても、せめて、喜一郎の死の直前に誰かの体にタイムリープできないか。

マスクをし、握手もできないアクリル板越しの別れなんて、絶対に嫌だった。

ちゃんとお別れを言いたい。喜一郎を送り出したい。

章男は決意した。最後のタイムリープをする。

令和三年五月、富士スピードウェイは強い日差しが照り返していた。まだコロナ禍が収まらない中、章男はマスクをした状態で、レースに出場するGRカローラの前に立つ。集結したマスコミの撮影に応えていた。

このGRカローラは水素エンジンを搭載したレーシング仕様のクルマだ。

世界で初めて、水素エンジンが二十四時間耐久レースに出る。タイムもラップも競わない。水素エンジンで走り続けてクルマになにが起こるか、実証実験するのだ。

メカニックたちはクルマに安全装備を二重三重にもしているだろうが、それでもなにが起こるかわからないのが、耐久レースだ。燃料が水素だけに「途中でなんらかの不具合が起きて爆発するかもしれない」という憶測が流れた。ネット上でも「ドライバーは実験ウサギだ」「観客までも危険に晒す」と批判する人もいた。

章男は六人いるドライバーのひとりだ。水素エンジンのGRカローラで二十四時間レースに出ることは会社からも反対の声が多かった。

「章男社長の運転中に万が一のことがあってごらんなさい。そこで水素エンジンの開発はストップします。ただでさえEVシフトが進んでいるいま、乗るべきではない」

正直、章男も迷った。テスト走行路で、水素エンジンGRカローラが火を吹きながら走っているのも見た。だが怖いと思ったことは一度もない。トヨタで命がけの仕事をする。これは本望だった。

もうひとつ、章男には密かに目論見があった。

最後のタイムリープだ。

今日の特殊で独特の緊張感があるレースのさなかでなら、タイムリープできる気がするのだ。

どうか喜一郎と最後の別れをさせてほしい。

レース前に章男はマスコミ陣を引き連れ、どのようなシステムで水素が燃料となり、内燃機関で動力となるのか説明した。クイズを出す。

「水素は既存の内燃機関で消費されたあと、別の物質に変わってエキゾーストパイプから排出されます。それはなんでしょう」

「水ですね！」

フリーランスの記者がすぐさま答えた。

「ここですぐに正解を言っちゃ面白くないじゃないか。毒ガスが出るとか鳩が飛び出すとかボケてくれないとさあ」

みながどっと笑い、記者は頭をかいている。かつてマスコミは全員敵だと思っていたし、未だに誹謗中傷記事は多いが、章男に理解を示し好意的に接触してくる記者も増えた。

「水素エンジンGRカローラは二時間走ったら燃料補給に入る予定です。あちらがその水素補給設備です」

章男は、ピットの裏にある駐車場にマスコミ陣を案内した。気体水素を作る大型の補給車が停車している。

「この水素エンジンGRカローラが最初にピットに入るころには是非この駐車場にお集まりください。世界で初めて、水素をクルマに補給している様子を撮影することができますから」

マスコミ陣は大いに関心を寄せているふうだった。大型補給車を提供し、共に水素エンジンの開発をしているガス供給会社の担当者が、補給車の説明を始めた。

章男は説明をバトンタッチし、ピットに戻ろうとした。もうすぐスタートの十五時になる。章男はトップバッターだ。

「章男社長！」

数人のマスコミがついてきた。

「社長の就任から早いもので十二年、干支（えと）が一周しました」

「確かにそうだね」

「後任はお考えでしょうか。ようやく社長にふさわしい年齢に追いついたとも言えますが」

章男はまだ六十五歳だ。企業のトップともなると七十代も珍しくないのが日本の企業だ。

「まだまだ長期政権が続くと見ていいのでしょうか」

「政権ってなんだ。私は仲間たちと一緒にトヨタで働いている。なにか大きなトラブルがあったら責任を取って辞める。私の役割はそれだけだよ」

「後任についてはいかがですか」

鵜飼の顔が浮かんだが、口には出さない。

「いい時が来たらちゃんと発表するよ」

章男はゲートで閉ざされた走行路に入った。スタート直前のグリッドウォークが終わり、ほとんどのマスコミや観客が引き揚げていた。トップバッターのドライバーたちがスタンバイに入っている。

章男は水素エンジンGRカローラに乗り込んだ。マシンに語りかける。

「さあ。行くぞ」

次の未来へ向けて、史上初の水素エンジン車による二十四時間耐久レースが始まった。慣れたコースだけに大きなトラブルもなく、粛々と周回を重ねる。あっという間に一時間が過ぎた。

「おいおい、順調すぎて怖いくらいだぞ」

史上初の気体水素エンジンにトラブルがないことは喜ばしいことだが、タイムリープしないのは困る。最初の二時間が終わってしまい、章男とGRカローラはピットに戻った。補給車で水素を充塡し、メカニックによる精密な点検を受けたあと、二番手のドライバーが乗り込んで走り出す。

ピットインをしてメンテナンスする作業を多く取っているので、GRカローラは断トツで周回数が少ない。事故を起こすよりましだが、章男にはタイムリープできない焦りが募る。

深夜の二時間以上のメンテナンス作業を終え、朝の四時前に章男は再びコックピットに入る準備をした。監督にぽろりとこぼす。

「だいぶ遅れているし、順調だし、想定よりスピード上げちゃおうかな」

「ダメですよ！　社長自ら開発中のクルマで無理をしてどうするんですかッ。ただでさえ社長が乗って耐久レースに出るなどという無茶をしているのに」

怒られてしまった。走行データを分析していた鵜飼は笑っている。章男になにかあっても残された者たちでなんとかできる――鵜飼の表情にそんな余裕を感じる。トヨタを率いる人間として申し分ない器と経験を兼ね備えていた。

章男はGRカローラのコックピットに乗り込み、二巡目に入った。ピットにつながるマイクを切り、GRカローラに話しかける。

「なあ、お前。全然トラブルが出ないな」

一・五キロメートルのホームストレートを時速二百五十キロで通過し、ヘアピンカーブになっているTGRコーナー手前で急減速する。タイヤの鳴る音はどこか無邪気だ。

「俺をおじいさんの時代に連れていってほしいんだよ。アルテッツァはやってくれたぞ。お前だってできるだろ」

出口の見えづらいコカ・コーラコーナーを慎重に抜けた先、半円形のグリーンファイト100Rへ入る。左側にかかる猛烈な遠心力をこらえているうちに、横Gの方向が変わるADVANコーナーが目前に迫る。フルブレーキングで挑んだ。ホームストレート直前のパナソニックコーナーを抜けたとき、強い光を左顔面に感じる。眩しさを感じながらフルスロットルでホームストレートへ入る。

東の地平線に朝日が昇り始めていた。雲のかかりやすい五月、富士山麓のサーキットであっても富士山が見える日はあまりない。今朝は珍しく雲ひとつない快晴だった。周回するごとに空が薄紫色に変わる。星の瞬きが残る中で、地平線だけがオレンジ色になり、薄紫色の空にとける。

やがて真紅の太陽が完全に地平線から離れて、章男の目を焼いた。

章男は、七歳のときに鈴鹿サーキットの帰り道で、父と見た朝日を思い出した。

エピローグ

はたと我に返る。章男は布団に寝ていた。ラジオが小さなボリュームで流れている。ゆったりしたジャズピアノの演奏が聞こえてきた。ハワイかグアムの夕暮れにでも流れていそうな曲だ。女性ボーカルが『テネシー・ワルツ』を歌っていた。江利チエミだろうか。

章男はひし形の網代天井に見覚えがあった。

これは八事の実家だ。二階にある父の仕事部屋か。章男は布団から起き上がり、周囲を見渡した。窓辺にデスクがあり、大量の書類やクルマの雑誌が積み上がっていた。セダン型のクルマの石膏モデルが並んでいる。和机に万年筆が転がっていた。父のデスクではない。

ここは……。

章男は布団から出て、和机の上を見た。茶封筒に分厚い原稿が入っていた。宛名は『発明協会』だった。中には『自動織機生い立ちの記』の原稿が入っていた。デスクには別の原稿が広げてある。『オートレースと国産自動車工業』とタイトルされた寄稿文だった。

これは喜一郎の絶筆だ。

章男は壁にかかるカレンダーを見上げた。昭和二十七年の三月と四月に原稿の締め切り日や、銀行への挨拶回り、挙母工場視察などの予定が書いてある。

四月一日の欄には『トヨタ自工社長復帰』と記されていた。

以降も社長としての予定がぎっしりと詰まっていた。

「嘘だ。嘘だろ……」

章男はパニックになった。デスクの上の書類をまさぐり、ものを倒して鏡を探した。これは誰なのか。誰の体にリープしたのか⁉

ラジオでは『テネシー・ワルツ』がフェードアウトした。

〝お聞きいただきました、江利チエミの『テネシー・ワルツ』、一月発売後にリクエストをのばしています。それでは今日、三月二十七日木曜日の歌謡ヒット曲、第一位は……〟

嘘だ。今日が三月二十七日だなんて、嘘だ。絶対に信じない。章男は周囲に積み上がる書類やものをなぎ倒し、隣の部屋の襖を開け放った。二十子おばあさんの三面鏡があった。章男は三面鏡にかかったシルクのカバーを乱暴に取り払った。

鏡に映る自分を見て、章男は悲鳴を上げた。

「嘘だ、嘘だ嘘だ嘘だ、絶対に嘘だ……！」

喜一郎が映っている。喜一郎が泣いている。章男は拳を振り上げて鏡を殴った。

「違う、こんなのは嫌だ。こんなのは……！」

別れを言いたかっただけなのに。さよならも、ありがとうも、言えなかった。

「くそ、くそくそくそ、くそ！」

鏡にヒビが入った。人が次々と部屋へ入ってくる。

「父さん、落ち着いて！」

「あなた、休んでいないと……」

章男が振り上げた拳をつかんだのは、父の章一郎だ。まだ二十七歳くらいのころだろうか。現世では九十六歳のおじいさんだが、いまは少年のようにあどけない。

二十子おばあさんが布団を直し、章男を寝かせようとする。このときはまだ髪も黒々としていて、背筋もピンと伸びている。

「お父さん、お薬を呑みましょう。お医者さんはもうすぐ来ますから」

若き章一郎に抱きとめられ、祖母の二十子に背中をさすられながら、章男は泣き叫んだ。

「こんなのは嫌だ。こんな終わり方は嫌だ」

おじいさん……。

「悔しい。悔しい……!!」

気がつけば室内は人でいっぱいになっていた。章男の母の姿もあった。喜一郎を見て目を真っ赤にしている。学生服姿の達郎おじさんは眼鏡を外し、目元をしきりに拭っていた。喜一郎の妹の愛子大おばさんは号泣していた。百合子おばさん、和可子おばさんやその夫たちも喜一郎の病床に集まってきた。章男のいとこにあたる小さな子供たちが、周囲を走り回っている。

放心状態のまま、章男は布団に寝かされた。ただ茫然と天井を見つめたとき、階段のそばに立ち尽くす割烹着姿の女性が目に入った。

摂津八重だ。彼女は、喜一郎に章男が入ったと気がついている様子だった。幼いときから自分を苦々しく見ていた。タイムスリップで再会したときも、苦笑いで自分を見ていたあの八事の魔女が、今日はとても悲しそうに、章男と喜一郎を見ていた。

八重が静かに頷きかけてきた。章男はその表情を見て少し落ち着いた。ここでわめいても泣き叫んでも、もうどうしようもないのだ。

豊田喜一郎は死んだのだ。


いま、章男にできることはなんだろう。

喜一郎の体で、彼のためになにをしてやれるだろう。

家族のみなに頼んだ。

「――悪いが、章一郎と二人だけにしてくれないか」

家督を継ぐ章一郎に特別な話があると、みな察するはずだ。他の家族は静かな足取りで階段を下りていく。章一郎はピタリと襖を閉めて、布団の脇に正座をした。

「章一郎、お前に頼みがある」


ガレージには五台のクルマが駐車されていた。フォードやゼネラルモーターズの新車がかっこつけたふうに並ぶ中で、ただ一台だけ、小さなクルマが自分にアピールしている。

私に乗って、と……。

薄水色のトヨタAC型乗用車だ。初期のAA型乗用車を思わせる懐かしい見た目だが、B型エンジンを搭載しパワーがある。章一郎が「これにしますか」とAC型乗用車に乗り込み、エンジンをかけた。

「ありがとう、無理を言ってすまない」

「医者が聞いたら怒るでしょうが、杖なしでそこまで歩けるなら、大丈夫でしょう」

最初はクルマの運転は無理だと首を振り続けた章一郎だが、寝巻きから背広に自力で着替えた姿を見て、納得してくれた。いまは甲斐甲斐（かいがい）しく付き添い、AC型乗用車の扉を閉めた。

「僕はトヨペットSA型でついていきますね」

「調子が悪くなったら、すぐに路肩に寄せる。あとは頼んだ」

章男は喜一郎の手でハンドルを握った。頼りない細いステアリングは現在のような樹脂製のものやそれを革で覆ったものではなく、鉄を加工したものでできていた。ひんやりと冷たい。計器類を確かめる。スピードメーターに燃料計、水温計や油圧計、電流計を備えているが、現在のクルマに比べてカーナビやステレオ機器がないので、非常にシンプルに見えた。シートベルトを着けようとしたが、まだない時代のクルマだ。テレンプ地のシートに身を沈める。ギアを換えた。アクセルを踏み、八事の別荘を出る。バックミラーに、家族が遠巻きに出発を見送っているのが映る。

章男が喜一郎の体で向かったのは、喜一郎が三歳のときに湖西から引っ越してきた武平町だ。昭和二十七年のいまは市電が走り、クルマの交通量はさほど多くない。案内標識も章男が生まれ育ったときとほとんど変わらないので、迷うことはなかった。たった四年後に章男はこの街で誕生するのだ。

豊田商店があった場所を通り過ぎて、今度は名古屋駅方面に向かう。島崎町の工場跡地を過ぎて、現在はトヨタ産業技術記念館になっている、豊田紡織へ向かった。戦中戦後の混乱で合併や分割を繰り返しているころだが、紡績機械の稼働する音が聞こえ、ボイラーの熱風が開けた窓から届く。

しばしトヨペットを停めた。その音と風を感じる。

――懐かしいでしょう、おじいさん。

その後、名古屋城の前を通過し、かつて喜一郎が住んでいた白壁町に向かった。いまは別の建物になっている。通りには武家屋敷時代の名残がまだあった。すぐ近所に利三郎邸がある。女中と思しき人が掃き掃除をしていた。この邸内のどこかで利三郎が病床に臥せっているはずだ。利三郎は喜一郎が倒れる前から体調を崩していて、葬式にも出られなかった。この三ヵ月後の六月三日に、彼もあとを追うようにして亡くなる。

しばし、利三郎邸の門のそばにAC型乗用車を停めて目を閉じる。背後のトヨペットSA型から章一郎が出てきた。

「利三郎おじさんをお見舞いしていきますか？　愛子おばさんはいま八事ですが」

「いや大丈夫だ。次は刈谷に行こう」

「ここからかなり遠いですよ」

「大丈夫」

章男は喜一郎の手でハンドルを切り、南へひた走る。トヨタ自動車誕生の地は、今日も自動織機の他、トヨタ自工に卸す部品が生産されているだろう。中に入ると騒ぎになるので、刈谷工場を一周回るだけにした。途中、守衛に呼び止められた。

「喜一郎さんですか？」

窓から手だけ振った。守衛は慌てた様子で事務棟に入っていった。石田退三を連れてきたのがバックミラー越しに見えた。石田の表情は見えないが、いつまでもこちらを見ている。やがて章一郎のトヨペットSA型に隠れて見えなくなった。

東へ向かう。章一郎には言わなかったが、挙母工場に向かっているとわかるだろう。章一郎のクルマは章男と喜一郎を見守るように、じっと後ろをついてくる。やがて名鉄三河線を越えた。

挙母工場の守衛は目をしばたたかせていた。

「豊田社長、体調がお悪いと聞きましたが……」

恐らく、危篤の一報が社内にもあったのだろう。喜一郎は適当にあしらった。

「今日はちょっと体調がいいんだ」

「いま石田社長はいらっしゃいません。英二さんを呼んできましょうか」

「いやいや、みな仕事が忙しいだろうから。ぐるっと一周回って帰るよ」

AC型乗用車のハンドルをゆったり握り、工場の中へ入った。プレス工場とテストコースを左折し、組み立て工場や鍛造工場、鋳物工場の間を進んでいく。行き過ぎる工員のほぼ全員が、喜一郎に気がついた。体調を気遣う人、驚愕する人、帽子を取って元気に挨拶する人など、さまざまだった。

危篤を知らない人もいるのだろうが、そこまで重篤とも思っていなかったのかもしれない。

トヨタ自動車の創業期を支えた面々が、大挙してクルマを追いかけてきた。大島理三郎に菅隆俊、岩岡次郎もいる。白井武明、佐藤亀次郎も出てきた。

確か創業期の自動車部のメンバーは、戦後のころには他のグループ会社に転籍している。当時中堅どころだった大島や菅はそれぞれの会社で幹部になっているはずだが、なぜいま挙母工場にいるのだろう。

クルマを停車させて扉を開けると、彼らは集まってきて、口々に喜一郎の体調を気にかけた。

「喜一郎さんが思い出の地を巡っていると電話がかかってきて、急いで駆けつけたんです」

「体調は大丈夫なんですか？　復帰はいつごろになりそうですか」

英二までもが外に飛び出してきて、喜一郎を気遣った。

「おいおいみんな、仕事に戻りなさいよ」

「でも――」

親類である英二は、喜一郎の真の容態を知っていたはずだ。運転できていることを不思議に思っているだろう。最期の力を振り絞って挙母までやってきたと思ったか。目を真っ赤にしていた。

「じゃあな。みんな元気で。トヨタは次、どんなクルマを生産するのかな。あとを頼んだよ」

章男は喜一郎の手を陽気に振りながら、挙母工場をあとにした。「四月一日に待ってます！」と無邪気に叫ぶ工員もいれば、なにかを察し泣いている工員もいた。

「さあ、帰りましょうか。おじいさん」

窓を開けたまま挙母工場から八事への道路を走る。流れる景色を見ながら、感慨にふけった。

喜一郎と章男の長い冒険の旅が終わったのだ。

無事、八事の自宅に帰ってきた。待ち構えていた医者に散々怒られた。脈やらなんやら取られそうになったので、理由をつけて逃げた。

厠に行ってくると嘘をついて、章男は喜一郎の体で階段を下りた。

あと一ヵ所、喜一郎を連れていきたい場所があるのだ。この時代には八重が生きている。きっと願いはかなえられるはずだ。

誰もいない食堂に、八重が立っていた。床の出入口を開けている。

彼女は全てわかっていた。

章男と喜一郎は物置部屋へ向けて、階段をゆっくりと下りていった。真っ暗で誰もいない空間に出た。窓が小さいのでひんやりとしていて、薄暗い。章男がタイムスリップで訪れたときはかまどがあり、ものが積み上がっていたが、新たに再現された物置部屋はかまども撤去されてがらんどうだった。

ここは令和三年の、鞍ヶ池に移築された喜一郎邸だ。

外に続く扉を開けた。色とりどりの花が咲き誇る美しい庭園に出た。斜路の先のガレージに人が立っていた。トオノだ。いや登志夫というべきか。

ガレージにエモーショナルレッドカラーのGRヤリスがいる。WRCのラリーを走るために作られた走破性の高いスポーツカーだ。セリカGT－FOURの血統を継ぐラリーに勝つクルマが、普段使いするためにどうあるべきかをコンセプトに、トヨタがいちから追求した逸品だ。

「これはお前のチョイスか」

トオノはにやりと笑っただけで、喜一郎に入った章男を運転席に促し、扉を閉めてくれた。

章男はスタートボタンを押しエンジンをかけた。

鞍ヶ池は静寂に包まれている。ゆっくり、味わうようにクラッチを踏みギアを二速に入れる。クラッチミートの瞬間、心がふわりと浮くような、キュンとするような感情が突き上げてきた。GRヤリスが走り出す。緩い坂道を下ると、トヨタ鞍ヶ池記念館の守衛が不思議そうにこちらを見ていた。軽く手を振って通過した。創業者と同じ顔をした男が出てきたせいだろう、守衛は呆然としている。

鞍ヶ池脇の緩いカーブを下りていく。途中の上り坂でアクセルを踏みこむ。地面に吸いつけられているかのようなグリップ力で、のびのびと道路を上っていく。

「おじいさん。すごいでしょう、このクルマ……！」

窓を開けた。風を感じる。

「フォー！」

思わず叫んだ。これは喜一郎の感情だと気がついた。章男の運転でドライブしたいとずっと願っていた。

やがてクルマは豊田市トヨタ町一番地に入った。

トヨタ自動車株式会社に到着する。

本書は書き下ろしです。

本作品はフィクションです。実際の出来事、商品名などを参考にしていますが、実在の人物や団体などとは異なる創作やオリジナルの登場人物も含まれています。

また執筆にあたり、トヨタ自動車株式会社による多大なるご協力、資料提供をいただきました。この場をお借りして感謝申し上げます。

吉川英梨（よしかわ・えり）

1977年、埼玉県生まれ。著書は講談社から刊行中の「新東京水上警察」シリーズ、「海蝶」シリーズのほか、「女性秘匿捜査官・原麻希」シリーズ、「警視庁53教場」シリーズ、「十三階の女」シリーズ、「埼玉県警・奈良」シリーズ、「感染捜査」シリーズ、『海の教場』『桜の血族』など多数。サスペンス・ミステリーの旗手として注目を集めている。

トヨタの子（こ）

二〇二四年六月十一日　第一刷発行
二〇二四年八月二十一日　第四刷発行

著者　吉川英梨（よしかわえり）
発行者　森田浩章
発行所　株式会社講談社
〒112-8001
東京都文京区音羽2-12-21
電話　出版　03-5395-3505
販売　03-5395-5817
業務　03-5395-3615
本文データ制作　講談社デジタル製作
印刷所　株式会社KPSプロダクツ
製本所　株式会社国宝社

ISBN978-4-06-535863-4
N.D.C.913　582p　19cm

KODANSHA